河出文庫

突囲表演

残雪

近藤

kawade bunko

河出書房新社

目次

物語に先立つ紹介

物語

突囲表演

物語に先立つ紹介

（一）X女史の年齢およびQ男史の外観について

　X女史の年齢についてわれらが五香街《ウーシャンチエ》ではまさに諸説紛々《しょせつふんぷん》、一致した見解はなく、少なくともしめて二十八通りの意見がある。なにしろピンは五十歳くらい（とりあえず五十としておく）から、キリは二十二歳という者までいるのだ。五十歳くらいというのは長年やもめ暮らしをしている人好きのする寡婦《かふ》で、当人は四十五歳くらい、豊満なからだにあでやかな顔をしている。彼女はX女史が家で化粧《けしょう》をするのをしょっちゅうその目で見ているが、女史は「おしろいを一寸《いっすん》もぬりたくり」、「首の皺《しわ》をすっかり隠している」ものの、その首には「もう肉などほとんどついてない」という。偵察《ていさつ》の詳しい地点については、彼女は腹立たしげに「漏洩《ろうえい》を拒否」した。筆者はここでちょっと口をはさみ、この愛すべき寡婦について少し紹介しておきたい。彼女はあくまでもれっきとした、貫禄《かんろく》のある、衆《しゅう》にぬきんでた女性で、この物語の中できわめて重要な位置を占めており、筆者はこれまでの人生を通じてその影響を受け、常に一目《いちもく》置いてきている。X女史を二十二歳だというのは、当人も二十二歳の若造《わかぞう》である。その若造がいうには、彼はある霧深い朝、ある井戸端でX女史に「めぐり会った」のだが、X女史は「思いがけずにっこりと」、「顔じゅうを白い歯にして笑い」、しかもその笑い声が「屈託《くったく》なく澄んでいた」ことや、その歯が「じょうぶでしっかりして」いたこと、その容姿が「とても性感《セクシー》」だったことなどの諸要素から判断するに、X女史が二十二を超えているはずはないという。若造は石炭工場の工員で、仕事がひけて全身の炭塵《たんじん》を洗い流したあと、街の公衆便所にしゃがんで隣の者にその話を話したのだったが、そのとき隣の者は「ええっ？」といって疑念を示した。細かに追及するに、石炭工場の若造が二十一でも二十三でもなく、よりによって二十二だといい、すぐ近くに住んでいながら、さもいわくありげに「めぐり会った」などというのは、人にはいえぬ下心あってのことにちがいない。だから彼の話は大幅に割り引いて聞かねばならないし、まして「霧深い」だの「性感《セクシー》」だのと、見えすいためくらましがあればなおさらだ。このほかに二十六通りの説があるが、それぞれに根拠理由があり、とにかく銘々《めいめい》が銘々の意見にこだわってゆずらない。そのなかでとりあげるに値するのは、ある尊敬すべき中年男子、X女史の夫の親友で、義理がたく真っ正直な男の意見である。

その男は人と会って親友の妻の話になると、ぐいと相手の袖《そで》をひいて重々しく宣言する。X女史の歳は三十五である、なぜなら彼は「この目で戸籍《こせき》を見たのだから」と(X家は五香街《ウーシャンチエ》では外来戸《よそもの》である)。そんなとき、彼の顔は土気色《つちけいろ》になり、声は震える。この押しつけがましい侠気を他人は解さず、逆に彼をうらんで「よけいなことをする」だの「偽君子《ぎくんし》」だの、ひょっとして「もううまい汁を吸っているのかもしれない」だのといった。こうしたさまざまな中傷のせいで、男は「日ましに痩《や》せ衰え」、朝起きると「口から胃のにおいがする」ようになった。そういったのはあの寡婦の親友で、四十八歳でなおなまめかしさの残る女である。ある日の夕方、長らく解けなかったこの疑問に突如《とつじょ》答えが出たかにみえたが、またすぐさまそうではないとわかった。というのは答えがふたつあり、人々が二派に分かれてゆずらず、ついに結論が出なかったからだ。それはある蒸し暑い夏の夕暮れのことで、どの家も夕食をすませて道ばたで涼んでいた。まもなく人々は、大きいのと小さいのと、「ふたつの白い光がスーッと」流星のように目の前に流れ寄せてくるのを見た。そしてそこまで来てようやく、X女史が「ぴかぴか光る」白い絹《きぬ》のスカートをはき、小さい男の子が白いスーツを着てやってきたのだとわかったが、そのスーツのほうは「どんな生地なのかわからなかった」。我に返ると人々はどよめいた。石炭工場の若造をはじめとする中青年の男たちはさっそく意見をとりまとめ、X女史の年齢は「二十八前後」と断定するとともに、彼女の身のこなしが「はつらつとしてしなやか」で、すねや腕の皮膚《ひふ》が「すべすべしている」ことからすれば「もっと若いかもしれない」とさえいった。一方、人好きのする寡婦を筆頭とする中青年の女たちはX女史の年齢は「四十五を過ぎている」と断定した。その根拠は、彼女らが間近からつぶさにその首筋を観察したところ、なんと偽装されており、何箇所か偽装がはげたところには「米粒ほどもある毛穴」や「たるんだ皮」が発見されたことだ。つづいて中青年の女たちは中青年の男たちを「恥も外聞《がいぶん》も忘れて」あろうことか「人のスカートの下までのぞいたのだろう」と罵《ののし》った。中青年の男たちは罵られてはたと気づき、わくわくしながら「間近な観察」の詳細な内幕について女たちに探りを入れた。この騒ぎは延々二時間もつづいた。X女史の夫の親友だけはひとり一派を成し、人々を相手になぐり合いを始めたが、血気さかんな若い連中になぐり倒され、「声も涸《か》れよと号泣」したのだった。騒ぎがおさまると寡婦は石テーブルに飛び上がり、ぷりぷりした性感《セクシー》な胸を突き出して、「伝統的美意識を守らなければ」と高らかに呼びかけた。

やがてX女史の年齢はわれらが街の一大懸案《けんあん》事項となった。一方、ひとたび群集心理を離れると、みなはまた銘々の意見に固執するようになり、見解はさらに分かれて二十八をも超え、だれもが面倒くさがってだれの意見をも追及しなくなった。X女史の夫である三十八歳の美男子さえ、奇妙なことに石炭工場の若造のように妻の歳を二十二歳と見るようになり、その親友が強調し、また戸籍にも記載されている三十五歳とは思わなくなった。この夫はひどく惰性的《だせいてき》で自分の特殊な習慣にこだわり、しかも妻にはいつもめろめろだった。聞くところによれば、彼は最初から「彼女にはなんの欠点も見いだせなかった」という。だから、いちばん信用できないのがこの夫の見解なのだ。なにしろ彼は「まったく目でものを見ようとせず、雲つかむようなことばかり考え、頭はおめでたい考えでいっぱい」（寡婦の言《げん》。後に記す事実が寡婦の先見《せんけん》の明《めい》をさらに証明する）なのだから。

X女史の年齢疑惑の問題はついに片づかなかった。片づかないどころかその後ますますふくらんでいった。彼女と某役所職員Q男史の間になにやらひそかなあやしい関係があると聞き及んだ翌日、人好きのする寡婦はある方法で彼女の奥部屋に潜入して彼女の戸籍を盗み見し、年齢の欄《らん》が巧妙《こうみよう》に修整してあるのを発見した。その痕跡《こんせき》から判断するに、寡婦が見当をつけた年齢が誤りでなかったばかりか、まったく「寸分《すんぶん》の狂いもなかった」ことが証明されたという。ところがそのときX女史の夫のもうひとりの友達で頬ひげをはやしたある青年男子が跳び出してきて証明するには、X女史の年齢は三十五ではなく三十二なのだという。なぜなら彼とX女史は同じ年生まれの幼《おさな》馴染《なじ》みであって、両家の父母はふたりをめあわせて姻戚《いんせき》になるつもりさえあったらしく、X女史は少女時代、彼に対していつも幾分はにかんだような態度であったというのに、彼のほうがまだ男女の間のなんたるかを知らなかったばかりに、関係をさらに進める機会をつかみそこなったのだ。今もしXが突然彼より三年よけいに生きているなどということになったら、それこそ摩訶《まか》不思議なことだというのだ。ほかにも何人かわざとひっかきまわす連中がいて、X女史の年齢について大キャンペーンをはり、あちこち遊説《ゆうぜい》してまわったものだが、これで既存の二十八種のほかに三十七・五歳説、四十六・五歳説、二十九・五歳説、二十六・五歳説が出そろい、連中が〇・五歳の差異をもちだしたことによって、事態はなにやらひどく深刻になり、意味ありげになった。

X女史の年齢がいまだ定まらぬ以上、われわれはとりあえずXの夫のいちばんの親友が調べた戸籍に記載されている年齢に基づき、三十五歳と仮定しておこう。そう仮定しておくとなにかと便利である。それなら、われわれがXを少女と見なすことはありえないし（彼女の息子はもう六歳だ）、老婆と見なすこともありえない（寡婦たちは彼女が五十近いと見てはいるが、べつに老婆だと断言しているわけではなく、ここにはやはり微妙なちがいがある。寡婦は分別をわきまえた謹厳《きんげん》な人物なのだ）。X女史の夫が彼女は二十二歳だと言い張るのは彼の勝手であって、他人に干渉《かんしょう》する権利はなく、彼がひとりでに「目覚める」（寡婦の言）のを待つしかない。石炭工場の若造やわざと物事をひっかきまわそうとする連中の流すでたらめについてはこれ以上考慮の要はない。なぜなら連中はいいたい放題をいって絶えず甘い汁を吸おうと機をうかがっている輩《やから》であって、連中の言葉にいささかの誠意を期待するにも及ばないからである。

年齢に関するさまざまな議論を通じて、われわれは今や以下のようなまとまりのないぼやけた印象を得た。X女史はひとりの中年の婦人で、歯が白く、痩せており、首はほっそりしてしなやか、もしくは皺だらけで、肌はすべすべしているか、もしくは荒れており、声はくったくなく澄み、外観は性感《セクシー》か、もしくは性感《セクシー》なところは微塵《みじん》もない。このぼやけた印象がときに思いがけなく一瞬「廬山《ろざん》の真の姿をのぞかせる」ものの、つづいてすべてがもとにもどり、やはりなんともうかがい知れぬ、ぼやけたまだら模様になってしまうのであるが、それはみな後の話である。

彼女の夫の彼女に対する印象には、われわれは同感しない。なにしろ彼の見方はいちばん問題なのだ。当人は恰幅《かっぷく》のいい堂々たる男で、態度物腰にも風格があるのだが、ひとたび妻のことになると急になよなよして、人のいうなりになってしまう。はては話の最中に突然痙攣《けいれん》でも起こしたようにびくりとしてつづきを忘れ、あろうことか子供の「石蹴り」遊びをしようといいだし、すぐさまチョークを持ってきて地べたに格《こう》子《し》を描きはじめる。いっしょに遊んでやらないと、こっちのことなど忘れ、ひとりで夢中になって跳びはねるのだ。

これらすべての印象のなかで、X女史の姦夫《かんぷ》（みながこう呼んでいた）であるQ男史が持った印象だけは驚くべきものだった。人好きのする寡婦はかつてその男がX女史にあてた手紙を公務により開封検閲《けんえつ》したことがある。手紙によれば、Q男史ははじめてX女史に会ったとき、X女史の顔にはなんと巨大な絶え間なく震えるオレンジ色の眼球がただひとつあるだけなのを見て、頭がくらくらし、なにも見えなくなったという。例の醜聞《しゅうぶん》にけりがつくまで、彼は一度もX女史の真の姿をはっきり見たことがなかった。はっきり見なかったのは、はっきり見ようがなかったからである。なにしろX女史が目の前に現れると、彼にはいつもオレンジ色の目玉ひとつしか見えず、しかもその目玉がぴくりと震えただけで感動のあまり彼の目に熱い涙が溢《あふ》れ、その涙で目の前がぼやけて、当然ますますものが見えなくなってしまうからだ。彼の手紙のああした言いぐさは、ひょっとしたらわざと珍妙不可解なことをいって、X女史の暗い異常な心理に迎合《げいごう》しようとしているのかもしれず、ひょっとしたらある種の暗号か符《ふ》牒《ちょう》の類《たぐい》かもしれない。奇妙なのは、X女史の側にもこれに符合《ふごう》する陳述《ちんじゅつ》があることで、しかもそれはQ男史が彼女を知る前のことなのだ（これはX女史の同業女史が提供したものである。なにしろX女史は以前から一席ぶつのが好きで、口を閉じていたためしがなく、まるで気質のちがう同業女史に対しても同様で、もし可能なら、「全世界にむかって一席ぶつ」ことさえやってのけるにちがいない）。そのときX女史はあの暗い部屋で大得意になって同業女史に吹聴《ふいちょう》した。「わたしの目玉がこんなに特殊なのは、これに細心の注意をはらっているからなの。実はしょっちゅう鏡で目玉を観察していて、街へ出るときも肌身離さず丸い手鏡を持ち歩き、何度も取り出して見てるのよ。ときに、わたしが眠ったあと目玉がどうなるのか見たくてたまらなくなるんだけど、残念ながら見えない。そこで思うの、目玉はなにをしようとしているんだろう、この水晶体の裏で、なにが懸命に働いているんだろうと。わたしは目玉の排泄物《はいせつぶつ》の研究までしていて、顕微鏡《けんびきょう》を一台持ってるけど、その観察のために買ったの。こういうことには、わたしは夢中になってしまうのよ。もう大きな進展があったわ。うちの小宝《シャオバオ》（彼女のひとり息子）にも手鏡を何枚か集めてやったし、あの子が大きくなったら自分の目玉に興味を持つように導いてやりたい。みな目は心の窓だなんていっているくせに、だれもその窓について考えてみようともしない。連中は窓のことをすっかり忘れ、ほこりだらけにしているから、ものが見えないのよ」彼女はしゃべりながらしきりに瞬《まばた》きし、眉《まゆ》をつりあげて語気を強めた。しかし彼女が繰り返し強調したにもかかわらず、同業女史はべつに彼女の特殊能力には気づかなかったし、彼女の夫を含め、五香街《ウーシャンチエ》のだれひとりとして気づいた者はなかった。あの夫は無論、妻に首ったけではあったが、不幸なことに彼女のなにが特殊なのか見いだせなかった。するとX女史のそういう特殊能力を理解しているのは、Q男史ただひとりということか？　そうとはかぎらない。五香街《ウーシャンチエ》の外にもまだ広い世界がある。しかも石炭工場の若造が身をもって知ったように、X女史にはある種のなんともいえぬ「性感《セクシー》な」ところがあるのではなかったか？　五香街《ウーシャンチエ》以外の男がそれに引きつけられ、とたんに彼女の特殊能力を発見しないとだれが保証できよう？　歳月はかくも長い。単に彼女の夫が見いだせなかったからといって、その可能性を否定することができようか？　さて話をもどすが、われわれはQ男史がX女史の超能力を感じ取ったがゆえに、彼女に対するその理解が全面的で深いものだといっているのではない。むしろ彼の彼女に対する理解はきわめて浅薄《せんぱく》で一面的だといっているのだ。Qの最大の欠点は、相手の素性来歴を聞きたがらず、ほかの者にたずねることもせずに、ひとり合点《がてん》して勝手に感激することだ。だからQはXとたまたま知り合ってから半年もつきあっているというのに、彼女の本当の歳さえ知らない。この問題に関して、QはXの夫のように彼女を二十二歳と仮定することはせず、あるいはこのほうが事実に近いのかもしれないが、二十八、九歳と仮定しており、ここにももちろんある種の私心雑念があるのだが、今しばらくは深追いせずにおくとしよう。

QのXに対する見方の浅薄さ、ふたりの関係の滑稽《こっけい》さについては、さらにある対話のひとこまを挙げて説明することができる。この対話はX女史の同業女史が提供したものだ。

X……わたしがわざわざ訪ねていかなくても、あなたはかならずやってくる（Xは安っぽい夢見るような顔をしてみせた）。

Q……人の波のなかを、ぼくはひたすらあなたの目をめざしてやってきたんだ。頭がくらくらしてなにも見えなかった、あなたさえも（Qの様子は間抜けな田舎者のようだった）。

X……毎週水曜日、わたしたちはある十字路でかならず出会う。避けようにも避けられない。

Q……ぼくはもしかしたら尾長鳥《おながどり》になってしまうかもしれない。そしたら、高い木の上でしか休めないんだ。

同業女史はこの対話のひとこまを紹介したのち、さらに一歩踏み込んで説明を加えた。いつもふたりが会って話すときの口調は、なにやら前回のつづきのようで、それもまるで意味のない馬鹿げた話、しかも毎度同じ話題である。そのうえふたりは会っても挨拶《あいさつ》ひとつせず、再会したというより、ずっといっしょにしゃべりつづけていたかのようで、馬鹿話以外の一切のこと（たとえば挨拶や自己紹介や周囲のことについての議論）は、すべてよけいな、不調和なことのようなのだ。ここまでいって、同業女史は片手で口を半《なか》ばふさぎ、声をひそめた。「例の透明人間みたいなものじゃないかしら？」そしてそういったとたんに身の毛がよだち、つづきがいえなくなってしまった。

Q男史の外観については、X女史の年齢についてほど見解が分かれてはいないものの、われらが五香街《ウーシャンチエ》の統一意見もない。ここでひとつ強調しておきたいのだが、われわれ五香街《ウーシャンチエ》の者は男の外観をとやかくいうのを好まない。なぜならば「男に醜相《しゅうそう》なし」という古い俗言《ぞくげん》をみなが信奉しているからだ。ならばQの外観はいったいどうなのか？　われわれとしては、いくつかの断片的な形容と談話の無意識の口調から判断するしかない。最初にQ男史の外観についてある印象を持ったのは、寡婦のあの四十八歳の女友達だった。彼女の印象によればQ男史には「まったく特徴がない」という（こういって彼女は軽蔑《けいべつ》するように口をゆがめ、ぺっと痰《たん》を吐いた）。彼女は「どんなふうだったか、どうしても思い出せない」、「なんだか図体は大きかったようだが」、「とにかくひどく月並みだった」といい、そういった後、いささか品位を欠いたと感じてただちに話題を変え、気功術の摩訶不思議な作用について話しはじめ、話しながらしきりに頭を振ってある種の「雑念」を追い払おうとした。表面的には、五香街《ウーシャンチエ》の女たちはQ男史の容姿になんの興味もないようだし、まして細かに観察する気などさらさらないらしい。彼女らに直接たずねたとしても、「醜《みにく》い」とひと言返ってくるだけだ。それではわれらが五香街《ウーシャンチエ》の女たちはQ男史をまともに見たことがないのか？そうともいえない、なぜならQ男史の外観についてのこまごました形容やある種のつかみどころのない話を集めてみれば、いずれも提供したのは女なのだ。彼女たちがしゃべりながら人をはぐらかしたり、さも取るに足りないようにいうことこそ、まさに彼女たちがこの問題に対してなみなみならぬ興味を持ち、異様に敏感であることを示すものではないのか？　しばしば、どうでもよいことのようにこの話題をもちだし、それからぐるりと迂回《うかい》してまたこの話題にもどって相手に探りを入れ、相手に本音をいわせて悦《えつ》に入《い》るというわけだ。われらが五香街《ウーシャンチエ》の女たちはみなこの談話芸術に長《た》けている。たとえば寡婦の友達などは、気功術について大弁舌をふるったついでに人種学に触れ、ある民謡の「江南女に江北男」という歌詞を引いて、相手が呑みこんだところでただちに話題を江北男から大柄な男のよさにもっていき、最後に双方でQ男史の外観についてなにやら含みを持たせてああだこうだといい合い、しまいに日が暮れて外が真っ暗になったころようやく名残惜《なごりお》しげに別れ、その別れ際にはさも楽しげに「きょうはほんとにせいせいした」といったものだ。Q男史についての印象を語ったふたり目は、長年床《とこ》に伏している足の不自由な女だ。その女は二十八歳で異様に痩せていて、落ちくぼんだ目は黒く深く、朝から晩まで休みなくある種の光を放っており、その光でいつでも若い男を「三メートルも後ずさりさせる」（寡婦の言）ことができた。彼女はQが五香街《ウーシャンチエ》に入った最初の日に彼を見かけたのだが、ちょうどベッド際のカーテンを開けていたら（彼女のベッドは当然窓際にある）Qがむこうからやってきて、ふたりの目が合った。女史は渾身《こんしん》の気合をこめて射るような目で、まるまる二十五秒も（本人の見積もり）Qをにらみつけた。あのQ男史ははじめはぽかんとして、彼女が発射する例の光を片手でさえぎったものの、別段「三メートル後ずさり」したりもせず、彼女にむかって無理に微笑み、そのまま立ち去った。女史はバンと窓を開け、Qの後ろ姿にむかって凄《すさ》まじい声で叫んだ。「野良犬！　野良犬野郎！　雷に気をつけな！」後でその足の不自由な女が多少の感慨《かんがい》をこめて語ったところによれば、Qはべつにあの野良犬のような野郎に似ていたわけではなく、単にナマズに似ていたにすぎない。彼の口の両わきにはナマズひげが二本生えており、あごひげを剃《そ》るときいっしょに剃り落としてはいるが、気をつけて見ればやはりわかるという。野良犬野郎というのは何年も昔に彼女の処女を奪ったろくでなしで、Q男史は単にある部位がその男に似ていただけなのだが、少しでも似ていたからこそ彼女は彼を見て思わず怒り心頭に発し、なにがなんでも身を起こして罵ってやらなければ気がすまなかったのだ。Qはべつにその野郎に似ていたはじめての男というわけではない。ここ数年、彼女は大勢の男を罵ってきており、休みなく罵っていないと内心の平静さを維持《いじ》できないのだ。そういって彼女は付け加えた。彼女がその野良犬野郎をうらんでやまないのは、処女の操《みさお》を奪ったからというよりも、初夜のあと「別れも告げずに立ち去った」からで、これだけで一生女にうらまれるに充分なのだ。彼女の処女を奪ったことについては、むこうに過ちを悔《く》いる気があり、もどってきて彼女の前にひざまずいて許しを請《こ》うなら、ある程度許してやってもいいが、だからといって彼女が彼との腐れ縁をつづけたいというわけではなく、あの「悲しみの」一夜のあとは、むしろ「目がさめて」「すっきりしている」ほどだ。ようやく外界と内面の圧力に打ち勝ち、鉄の女になったというのに、今さらまたもと来た道を引き返し、二度も同じ目にあうはずがあろうか？　いや、そんなことを思う者はとんでもない見込みちがいだ、と。この足の不自由な女の描写は事態を少しも進展させなかった。なぜなら彼女のQ男史に対する見方は、彼女の昔の情夫とやらに似ているというそれだけのことであって、彼女がQをきちんと見たかどうかはともかく、その怪しい情夫を見たことのある者はだれもおらず、彼女自身さえどんな男なのかはっきりとはいえないありさまなのだ。万一彼女が退屈しのぎにいい加減なことをいっていたら？　あるいはどさくさまぎれにはったりをきかせていたら？　どうして情夫の写真一枚手に入らなかったのか？（持っていれば、とうに見せびらかしているにきまっている⁉）あるいはもっとひどい話で、情夫などもともとおらず、あのときQ男史をにらみつけ、いいがかりをつけて騒ぎ立てたのは、彼女一流のちょっかい、男をひっかける手管《てくだ》だったのではないか？（きつねは葡萄《ぶどう》が手に入らないので、葡萄をナマズだといった）もし本当にそうだったなら、われら五香街《ウーシャンチエ》の大衆はQ男史が彼女にひっかからなかったことをむしろ幸運に思う。なんといってもそんな女と密通するのはX女史と密通するよりもはるかにおぞましいことだ。Q男史の外観に目をとめた三人目は、X女史の妹を自称する自称二十九歳の女性である（だれも真偽《しんぎ》のほどは知らない）。Qがはじめて五香街《ウーシャンチエ》に来たとき、彼女は彼女の姉と「はじめから終わりまで」まる一日いっしょにいて、その間に「じっくりとQを観察」し、Qの外観が彼女には「馴染み」のもので、姉のイメージとは「まるで似通《にかよ》ったところがない」ものの、どうも「なにかしら目に見えないつながりがある」ように思えたという。しかしQの外観がいったいどんなふうであったかについては彼女は言葉を濁《にご》し、「見ればわかる」とか「わかるけど口ではいえない」とか「とにかくちょっと奇妙だ」とか、「伝統的美意識では評価のしようがない」などというばかりで、言葉の端々からうかがえるのは、彼女がいかに愚《おろ》かで石頭で、馬鹿のひとつ覚えのように姉をかばおうとするだけで、理性のかけらもなく、醒《さ》めた分析もできないかということだった。彼女はまぎれもなく例のぼんやりと無為《むい》に日々を過ごすタイプの典型であって、そんな者の偏《かたよ》った見方にはなんの価値もない。ここではさらに読者にある状況をお知らせしておこう。その後この妹もしくは自称妹は、自分のあのまじめ一途《いちず》な夫を捨てて別な男をひっかけ、しかも「平和的解決」をはかっていまだに「礼儀正しくおつきあい」している。これはわれらすべてに猛省《もうせい》を促《うなが》す。X女史のような人種は決して世と隔絶《かくぜつ》して孤高を守る仙人ではなく、細かに分析するに、一種の悪性伝染病（かかってもそれと気づかない）にかかっているのみならず、悪魔のように人を背後からあやつる技量を具《そな》えている。まさしく彼女のおかげで、五香街《ウーシャンチエ》じゅうが馬鹿騒ぎをし、人々の欲望が堰《せき》を切って流れるようになったのではなかったか？　彼女は家から一歩も出ずに千軍万馬を招集し、この千人そこそこの街を突如襲撃して大混乱に陥《おとし》いれた。彼女はこの手腕をどこで身につけたのか？　なぜ彼女と朝夕いっしょにいる者（彼女の夫、妹、息子、Qの類）は、残らず彼女に同化されておかしくなり、さまざまな奇妙きてれつなことを仕出かしながら、自信満々で悔い改めようとしないのか？　ひとえにXの身に具わった超能力のせいなのか？　それではあまりに神秘化しすぎではあるまいか？　Xはいったい子供のころどんな教育を受けて今日のようになったのか？　これらすべてがついぞ解けない謎だ。要するに、彼女がわれら五《ウー》香街《シャンチエ》の人間を操っているのであって、彼女がちょっと目玉を動かしただけで、多くの者の顔に発疹《はっしん》ができ、彼女が真夜中にひとり言をいっただけで、街じゅうの者が夢のなかで耳そばだてるというしだいだ。筆者の統計によれば、少なくとも二名の者がいかなる状況のもとでも彼女のために喜んで生命を捨てる覚悟であり、その二名はやがて道端の掘っ建て小屋に引っ越し、辛く苦しい悲惨な生活を送ることになるのだが、その原因はすべてXにある。Q男史の容貌に注意をはらった四人目は身寄りのないやもめの老婆だ。この老婆は乾いた竹のように老いぼれて、髪の毛のすっかり抜けた小さな頭に黒い小さなビロードの帽子をかぶっており、朝から晩までニワトリみたいになにかをついばんでいた。彼女がQ男史に注意を向けたのは偶然だった。ある薄暗い冬の夕暮れ、石炭屋が荷車ひとつの石炭を引いてきてくれたが、彼女の家の前は急な坂で登れない。老婆がおろおろとあたりを見回したとき、ただひとり助太刀《すけだち》に来てくれたのがQだった。その後老婆はQの胸のボタンにすがって立ち上がり、彼をためつすがめつしてから、大声で叫んだ。「大きな顔だこと、千山万水《せんざんばんすい》が納まってしまう!」老婆のこの意見もまさに感情論である。月日がたつうちに、彼女はそのことをすっかり忘れ、Qという人間のことさえよく覚えていなかった。Qの話が出ると、若いころのなんとかいう従兄《いとこ》(その従兄が実在するのかどうかもきわめて怪しい)と彼を混ぜこぜにしてしまい、その従兄の「国の字顔」の奇妙さについてまくしたてながら、米をついばんだものだ。彼女はあまりにも年老いていたし、あまりにも幻覚を見やすかった。その後は四六時中幻覚のなかにいるようで、人ととぎれとぎれに話しているときも、かっと目をむいてひとりで唾を飲みこみはじめ、一旦始めたら最後止まらず、ゴクンゴクンとうるさくて仕方がない。ある者が疑義《ぎぎ》を申し立てた。あの薄暗い冬の夕暮れのことは、老婆の幻覚だったのではないか? あんなに目もかすんでいるし、人ちがいではなかったのか？　実は石炭を運ぶのに手を貸したのは老婆の甥《おい》（彼女が強調するところによれば、その甥は二十年も彼女の家の門をくぐっていない）だったのに、老婆が二十余年の積もるうらみから彼のせっかくの善行を故意に伏せ、その功を今評判のQとやらにいい加減に押しつけたとしても、いかにもありそうな情理にかなったことだ。顔に「千山万水が納まってしまう」というたわごとにもほころびが見える。Qの外観から彼女が受けた印象も、せいぜい顔が大きいという程度なのだ。それにしても「千山万水」はべつに顔が大きいことの形容にではなく、ちがう意味で使われるというのに、唐突にこんな大げさなたとえをもちだしている。とすると、こうは考えられないだろうか。老婆は一種の恍惚《こうこつ》状態で童心に返り、昔のだれかの亡霊を見たと思いこみ、それにしがみつくことで、例の多情な想念に執着しているのではないか？　これは「幻覚剤」に関係あるのではなかろうか、と。またある者は別な疑義を提出した。この老婆は気が触れたふりをして、Qを独占しようともくろんでいるのではあるまいか？　Qはみなの評判になっており、だれもが関心を持っているというのに、この老婆は強引に自分のものだと引っぱっていき、大昔の恋人だったなどとぬかしている。明らかにQは若い男だというのに、どうしても三十年も昔に死んだ男だと言い張り、ちがうといっても聞かない。もしもこの世が彼女が思うように、横車を押す者の天下になってしまったら、たまったものではない。Qの外観に注意を払った五人目はある男性、X女史の夫であった。俗に、恋人の目にはだれもが西施《せいし》、つまり越王勾践《えつおうこうせん》が呉王夫差《ごおうふさ》に送ったあの美女のように見えるという。ところが昨今の世は少々狂っているらしく、なにやら話がおかしくなって、恋敵《こいがたき》の目にはだれもが西施、になってしまった。X女史の夫はいうならばまれに見る美男子（寡婦とその女友達および五香街《ウーシャンチエ》の住民みながそう思っている）なのだが、惜しいことに当人はまるでそれを知らず、人が親切に教えてやっても、しばらくいぶかしんだあと、すっかり忘れてしまう。自分の容貌にまるで関心がなく、他人の評価に耳を貸したこともないのだから、もしかしたら自分に「自信がある」のだといえるかもしれない。彼の感じ方は子供のように無邪気で、なにやら偏執狂的な要素もある。いわゆる「緑の帽子をかぶって」寝取られ亭主になってからは、五香街《ウーシャンチエ》でもっとも注目される人物のひとりとなったのだが、今までどおり妻を放任したままのほほんとしており、まるで何事もなかったようだ。寡婦をはじめとする何人かの女たちはかつて彼のそういう生活態度を深く研究したことがあり、最終的に彼の生理上の怪しい原因によるものと結論したが、その原因は人前では「はっきりいいにくい」ものだという（「原因」に触れたとき、寡婦は友達の腰をつついて顔を赤らめた）。その夫の、Qの外観に対する見方が、ただ二文字――美男――であった。あるとき彼がいちばんの親友（つまりX女史の年齢を調べたあの男）にその見方を発表したところ、親友の妻を通じてそれに足《は》が生えて広まり、いくら考えても合点がいかずにいた五香街《ウーシャンチエ》の住民は一挙に納得、すべての疑問が氷解したのであった。彼らは寡婦の探究精神にかぶとを脱いだあと、一歩進んでこの夫の心理を去勢された「宦官《かんがん》の心理」と称し、その言い方を思いついたことに有頂《うちょう》天《てん》になって笑いころげた。とはいえすべては蚊帳《かや》の外の話であって、X女史の夫は相変わらず門を閉ざしてつつましい日々を送り、相変わらずX女史以外の女には異様に冷淡傲慢《ごうまん》で、道を行くときも昂然《こうぜん》と頭を上げて胸を張っていたが、その姿は明らかにX女史以外は、世界じゅうの女に目もくれないぞということを示すものであった。そういう極端な態度が五香街《ウーシャンチエ》の女性を死ぬほど怒らせた。なぜなら彼女たちは、そろって美人とはいわないまでも、畢竟《ひっきょう》、容色《ようしょく》衆にぬきんで、色っぽくあかぬけ、やさしく情の深い者もなかにはいたからだ。たとえば寡婦がそうだ。どこをとってもX女史のような痩せ猿のかなう相手ではない。だが彼女は、すでに四十五を過ぎたと自らいってはいるものの、「かつてどんな男にも屈伏したことがなく」、「一度に二百人の男が押しかけてこようとも」、「ものともしない」という（これは彼女がXの同業女史にこっそり話したことなのだが、同業女史は一日マイクを持って、労をいとわず五香街《ウーシャンチエ》じゅうにふれまわったため、中青年の（一部老年も含む）男たちはみな、それを横目で見ながら試したくてうずうずしたものだ）。寡婦は（今度は声を張り上げて）こうもいった。X女史の夫の傲慢さは見せかけでしかない。思うに真の傲慢さからはほど遠く、自分の欲望を必死に抑えつけるため、ふつうとは逆の態度をとっているにすぎない。いつも豊かな胸を張って歩く彼女に鉢合《はちあ》わせするたびに、彼の「全身がうち震え」、「狂ったように痙攣する」のが「はっきりとわかり」、彼女が「ちょっと目くばせさえすれば」彼の防衛線は「ガタガタに崩れる」に決まっている。しかし彼女は周知のとおり根が真っ直《ま》ぐ《す》であっさりしたたちだし、夫が世を去ってからはずっと心清らかに欲情を去る修練をしているので、そんなつまらぬことにはまるで興味がない。だからあの男がどんなに自分にそそられようとおあいにくさま、彼女は「永遠にびくともしない」のだ、と。

Qの外観についてはほかにも多くの暗示的な意見があるが、紙幅《しふく》に限りもあるのでいちいち挙げない。だが、これまでの五人の印象をとりまとめて得られるのは、やはり相互に矛盾するぼやけた印象である。Qは大男で、醜いか、もしくは美男、あるいはまるで特徴がなく、大きな国の字顔、表情が多少奇妙で、少しナマズに似ている。

われわれはまだ、もっとも重要な人物、つまりX女史のQに対する印象に言及していない。そうだ、XはQをいったいどう見ているのか？　この肝心かなめの人物をどうして忘れられよう？　いっておくが、彼女がいなければこの物語すべてがないのだ。Xは、やはりたしかにQに対してある見方を持っている。その見方とは「金輪際Qを見ない」というものだ。人によってはXが冗談半分に言葉遊びをしていると思う者もいる。しかし、そうではない。「彼女は本気でそういっている」（同業女史の言）。X女史はたしかに目で人を見ないのである（ここにQとの重大な相違がある。Qは目で人を見ようとするのだが、いつもなにかの障害があってよく見えない。たとえばXを見ようとすると涙腺《るいせん》が大きな障害になる。Qは思いきりのよさではXにはるかに及ばず、いつも見ると見ないの間を徘徊《はいかい》してにっちもさっちもいかない）。また人によってはこんなことをいう者もいる。では、Xは自分のあの美男の夫のこともまともに見たことがなく、彼が美男であることをまるで知らないまま捨ててしまって、「醜い」Qを釣り上げたというのか？　だとすればXの人生における一大遺憾《いかん》事ではないか？　かならずしもそうではない。いっておくが、Xの性格は決して昔からああだったのではない。以前、彼女は目であの美男子の夫を見て、うまく釣り上げて夫婦になったのだ。Xの性格は迷信活動（後に詳しく紹介する）を始めるようになってから、しだいに始末に負えない、時宜《じぎ》をわきまえないものになっていった。とくに古物屋で例の鏡をいくつかと顕微鏡を一台買ってからは、断固自分の目を「退職」させると宣言し、鏡に映る物以外はなにも見なくなってしまった。人によってはこんな説明では納得できないという者もいる。なぜなら、かりにXがまったくQを見たことがなく、彼がどんな外観であるかも知らないとしたら、そんな男の存在さえまるで信じられないかもしれない。それなのに、どうしてふたりが関係があるなどといえよう？　ここで少し強調しておきたいのだが、Xは目でこそQを見ないものの、超能力で彼を感じることはできるのであって、そのほうが見るよりも一万倍も真に迫っている（Xの言）。一見馬鹿げているようだが、どうして、それなりに理にかなっている。同業女史によれば、あるそよ風の吹くうららかな日、彼女は、Xがいつものように手鏡を見ながら混雑した通りを落ち着いた足取りで自信ありげに歩いているのを見かけた。そこで不意打ちしてやろうと駆け寄っていき、ぐいとXの両肩をつかんでじっとその目を見た。その結果同業女史は「なにもいえなくなってしまった」。なぜならXの目玉は「ぼうっとして光もなく、すっかり視覚を失っていた」からだ。同業女史はさも口惜《くちお》しげにいった。「それというのも自分は他人とはちがうとうぬぼれて、つまらないことを始めたせいよ。もうちょっと客観的になって、まわりに自分よりずっとすぐれた女性がいるのに、その女性が目立とうと人前にしゃしゃり出ようともせず、彼女と評価を争おうともせずにいることに早めに気づいていれば、あんなひどいことにはならなかったのに」（ここからもわかるように、Qの手紙にあるXの目玉についての例の奇妙な描写は、すべて彼の虚構であり想像である可能性がある）。ともかく、Xが断固として目でQを見ず、ただ「感じる」だけであるならば、われわれは、彼女が「感じる」Qとはどのようなものかを見てみることにしよう。Xの妹が他人に漏らしたところによれば、Xはこういったことがある。QはXが水曜日に十字路で会うあの男で、ツイードのオーバーを着ており（実はQはツイードのオーバーなど持ってはいない）、声が低く（これはまあ事実だ）、目玉は少なくとも五色に変わる（まさか⁉）。Xは、朗々《ろうろう》たる大きな声を出し、目の色が一色しかない男には興味がない。今やQにめぐり会ったが、Qの目玉こそまさに彼女が「夢見た」目玉であり、その声にいたってはもういうまでもなく、Qとの関係は彼女の「第二の恋」なのだ、と。Xはこういいながら、まぎれもなく精神病者のような表情をして、細い指でしきりに白い紙を千切っては放り投げ、白い蝶《ちょう》のように飛ばしていた。この挙動は「幻覚剤」の作用を思わせる。「幻覚剤」といえば、またXのもうひとつの奇癖《きへき》が思い起こされる。常日頃Xを訪ねている人ならだれでも知っていることだが、Xはよく寝室に隠れてなにかやっており、どたんばたんという音や原因不明の物音をたて、そんなときはドア越しに来客にむかって「ちょっと待って」というのだ。その「ちょっと」は長いことも短いこともあり、ときには十分、ときには半時間を超える。彼女がその秘密活動に従事している間は、たとえ夫や息子でも入ることはできない。彼女がなにをしているのかはだれも知らない。カーテンがぴったりと窓をふさいで室内を覆い隠しているからだ。もしも寡婦の働きがなかったならば、五香街《ウーシャンチエ》の住民は今にいたるまでそのせいで頭を悩まし、おちおちしていられなかっただろう。ある雨の晩、人好きのする寡婦は第一次情報資料を入手した（入手方法は秘密だという）。窓の外は真っ暗で、寡婦はじっと雨の音を聞きながら何人かの住民に報告した。Xの室内活動は「つまらないったらありゃしない」、「あんなののなにが面白いのか、さっぱりわからない」という。彼女の活動のすべては、単に素っ裸になって子供みたいに鏡の前で飛んだり跳ねたりしたと思うと（Xは巨大な姿見《すがたみ》を持っており、それも古物屋で買ったものだったが、鏡像は異様に鮮明でゆがみがなかった）、今度は足を蹴り上げたり腰を曲げたり回したりしながら、自分の腰、乳房、尻、足などを細かに点検するだけのことで、「しなをつくり」、「たまらなく下品」だった。実は彼女のあの乳房はお世辞にも豊かとはいえず、かろうじて小娘の基準に達しているにすぎない。成熟した女には当然成熟した美しさがあるべきで、人の心の琴線《きんせん》を震わすようなそういう味わいがあってこそ、はじめて男を魅了することができるのだ。それなのにあんな幼稚な乳房とスズメ蜂みたいに細い腰はどういうことだ？　まさかこの世が逆さまになったわけではあるまい？　X女史があんなに大得意になって、「毎日一時間も二時間も自分のことを観察する」までになったのは、なにかありもしないまぼろしでも見ているのではあるまいか？　聞くところによれば、心の病を持つ者にはよくある症状だという。寡婦はこのように報告し終えたあと、その住民たちにいった。こうしたことからXの内面世界がいかに暗く、その性格がいかに独善的で、誇大妄想《こだいもうそう》的で、眼中に人なしであるかがわかる。自分のからだをあんなに重視して毎日戸を閉めきってためつすがめつしているくせに、まわりの人々については一律に「目を使って見ない」などと称し、自分の目はもう「退職」したなどと称し、自分のからだは「鉄板で包まれている」から、まわりの人々には「なにも感じない」などと称している、と。寡婦の情報を得て、五香街《ウーシャンチエ》の住民たちはほっと胸をなでおろした。それまではXがあのように門を閉ざす行為を憎らしく思うとともに恐れてもおり、ありとあらゆる奇妙な説が出ていた。Xは中で爆弾を作って公衆便所に置くつもりだとか、サソリを飼って自分のことをあれこれいった者に報復しようとしているとか、なにかの術を稽古《けいこ》していて、ひとたびその術が使えるようになれば、念力ひとつで人を死なせることができる等々だ。ある男などは知ったかぶって、

Xは中で遁身《とんしん》の術をやっている、なぜなら一度中をのぞいて見たら、だれも人はいないのにどたばたと音がしたから、といった。男のその説はもちろん寡婦によって否定された。X女史の室内活動の内容がはっきりすると、デマを流した輩のなかには、今度は人々はX女史の家の壁にのぞき穴でも開けて、日夜張りつき、たっぷり目の保養でもするのではないかと思った者もいた。しかし当てははずれた。やがてどうなったかというと、なにも起こらなかった。人々はのぞき穴を開けになど行かなかったばかりか、このことをもちだすことさえしなくなり、やがてすっかり忘れてしまった。よからぬことを考えていた者は糠《ぬか》喜びに終わったわけだ。

最後にもうひとつ補足しておきたいのは、Q本人は自分の容貌をどう考えているかということだ。ここでは寡婦が役目がら検閲した手紙を信頼のおける一次資料として説明することができる。手紙からすると、Qは自分の容貌について両極端のふたつの見方を持っている。ひとつはX女史の夫の見方に賛同して自分は美男だとするもので、もうひとつは捨て鉢に、自分は不器用で姿形《すがたかたち》も醜いとするものだ。この真っ向から対立する感覚が彼に交互に生じており、ときには一時間に何度も大逆転するのだが、その原因は複雑でいちいち明らかにしようがない。だが、ひとつだけ断定できることがある。いつもX女史がかたわらにいて、例のあのオレンジ色の光線を彼にむかって発射しているときは、彼は自分がとても見栄《みば》えがし、とても男らしく、美男といってもよいほどだと感じている。そんなときは顔の表情ひとつひとつが大いに意味を持って限りない魅力を帯び、X女史の手元の鏡で自分を見ると（X女史はそういうかなめ時にはかならず彼に鏡を見せる）、その輝き溢れる顔にたちまち惚《ほ》れこんでしまう。そしてそれから何日もの間自分の容貌に陶酔《とうすい》しつづけ、X女史のように門を閉ざして繰り返し鏡を見ては、喜びをかみしめるのである。こういうひそかな喜びのため、彼はわざわざ鏡を買ってきて壁に掛けた。それまで彼の家には鏡などという代物《しろもの》はなかった。なにしろ彼も彼の妻も鏡など見ず、どちらも自分はもう歳だし、鏡を見るなどというのは若い者のすることだと思っていたのだ。

（二）X女史の従事する職業

X女史とその夫は小さな煎《い》り豆屋を経営している。その店は通りの入口にあり、煎ったそら豆、揚げたそら豆、香料入りの西瓜《すいか》の種、塩味の西瓜の種、揚げた落花生《らっかせい》、煎った落花生などを売っている。人は雇《やと》わず、毎日X女史の夫がよそから生のそら豆や落花生や西瓜の種を引きずってきて、それをふたりが自分で洗い、作って売るのである。ふだんはふたりとも大忙しで通りには四季を通じて香ばしいにおいが漂っている。前に触れたように、X女史の一家は五香街《ウーシャンチエ》では外来戸《よそもの》である。とすると、ここに来るまではどんな職業に就《つ》いていたのか？　この問題についてはふたりともひた隠しにして答えようとせず、問い詰められると笑っていった。「屑拾《くずひろ》いをしてたんですよ」。ついに戸籍調査が始まると、ふたりは五香街《ウーシャンチエ》に来る前の職業の欄に「国家機関職員」と記入した。五香街《ウーシャンチエ》の住民は仰天《ぎょうてん》した。ふたりが五香街《ウーシャンチエ》に来る前はずっと「お国の人」だったとすると、またどうして煎り豆屋をするまで落ちぶれたのか？　あの商売はお国とはまるでなんの関係もないし、お国の人がそら豆売りになるなんて天国から地獄に落ちたも同然、役所でなにか面倒を起こして追い出され、こんなはめになったのではなかろうか？　五香街《ウーシャンチエ》の住民たちはそこには驚くべき事情が隠されているにちがいないと考え、日夜落ち着かなかった。たとえば、あのふたりはどうして五香街《ウーシャンチエ》の住民に融《と》けこみ、仲間に加わることができないのだ？　べつにだれも禁止してはいないというのに！　どうしてあんな謎めいた態度をとって人々をますます警戒させ、疑《ぎ》心暗鬼《しんあんき》にさせるのだ？　表向きはいかにも礼儀正しくごくふつうなのだが、ふたりのあの沈黙とあの放心した視線のうちに五香街《ウーシャンチエ》の民衆はある種のおかしなにおい、なんともおかしなにおいを嗅《か》ぎとり、ふたりを異分子と直感するとともに、一瞬のうちに頭の中でふたりを五香街《ウーシャンチエ》民衆の集団から排除してしまった。しかし、あのふたりときたら悠々《ゆうゆう》と煎り豆屋をやっているばかりでなく、大得意でもあり、まるでそれがなにか高級な、ひけらかす価値のある職業だといわんばかりだ。しかもそういう考えを息子の小宝《シャオバオ》にまで吹き込んでいるので、あのちびは、大人になったらなにになりたいかと聞かれると、待ってましたとばかりに答える。「煎り豆屋」。煎り豆屋はX女史と夫の表向きの職業であるが、X女史にはもうひとつ、周知の秘密の職業がある。彼女はその職業に「他人様のためのうさ晴らし、あるいは一回の悪ふざけ」というややこしい名前をつけていた。それがどういうものなのかはだれもはっきりとはいえず、外部の者が調査に行ってもたいていはなんの収穫も得られなかった。それに参加している者に問いただしてもますますもつれ、隠語か符牒まがいの説明が返ってくるばかりだ。「目を閉じると、頭の中に宇宙船が地球にぶつかるイメージが湧いてくる」とか、「赤い心と青い心をひとつひとつ木の枝に通して空中に掛ける」とか、「簞笥《たんす》に十枚の服が掛かっていて、そのなかの一枚を取れば体温が感じられる」といった調子だ。X女史は五香街《ウーシャンチエ》にやってきたその日から、ひそかにこの「うさ晴らし」の活動をしている。X女史を訪ねてくるのはたいてい少年少女で、彼女は彼ら（彼女ら）のなかで好き勝手なことをしているのだが、金は取っていない（実をいうと、X女史の表情はとらえどころがなく、いったい、部屋にいるその連中をまともに見ているのかどうかさえ疑わしい）。一度だけ、彼女の活動が不幸にも上部の追及を受けたことがあったが、証拠不充分のため罰金百元と国の関係政治文書を一週間学習させられただけですんだ。その政治学習後、X女史はいよいよ手がつけられなくなり、なんのはばかるところなく堕落《だらく》していった。X女史はいったいどういう性質の活動をしているのか、その活動はどんな結果と影響をもたらすものなのか、五香街《ウーシャンチエ》の少年少女たちはどうしてものに憑《つ》かれたように彼女の小さな家に入っていくのか、なにが彼らを引きつけているのか、こうした一連の疑問に関しては政府の調査班はもちろん、人好きのする寡婦さえお手上げだった。寡婦は何度も夜間にX女史の奥の部屋への闖入《ちんにゅう》を強行し、敬服すべき探究精神でX女史やその若い仲間たちと幾晩もいっしょに過ごし、手を替え品を替えて問いただし、目を配り、冷たい聴診器を彼らのぼんのくぼから背中に突っ込んで飽きもせずにじっと聞き入ったりした。しかし収穫はほんのわずかだった。寡婦はあの連中が一種の忘我《ぼうが》の境地にあるのを発見した。ひとりひとりが壁際に端座《たんざ》し、X女史のテーブルから取った手鏡をじっとにらんだまま、陶器の人形のようにぴくりとも動かず、ひと晩じゅうそうしているので、つまらないといったらない。寡婦はその部屋の真ん中に突っ立っていると、いつも見えない「気」の波が自分にむかって押し寄せてくるような気がし、あの鏡から色とりどりの怪しい炎が立ちのぼり、それにあぶられて背中がかすかに汗ばむのを感じたが、立ち去るのも体裁《ていさい》が悪いのでじっと我慢して立っていた。ところが、ふと目を凝《こ》らして見るとべつに炎もなにもなく、相変わらず人形たちが壁際に身じろぎもせず端座しているばかりだった。X女史はひとり勝手に顕微鏡のガラス板上のものをやや緊張した様子で一心に観察しており、やがてひと言「終わり」といった。するとみなはぱっと顔を輝かせた（目の見える者なら、X女史のあの「終わり」というのが実はひとり言だとわかったはずだ）。あの連中は帰る道々すっかり浮かれて追いかけっこしたり叩き合ったり、木のてっぺんまで登ったと思えばまた飛び下りたり、その一方で、つい我慢できなくなってX女史のことを「馬鹿だ」とか「腹ごなしに他人を手玉にとっている」とか「おれたちの神経を実験している」、「自分がすごい天才だと思いこんでいるが実は犬の糞《くそ》にも及ばない」、「こんな怪しいことをするとはとんでもない」、「政府はこういう活動を規制すべきではないか」などと口をきわめて罵るのだった。しかし彼らに状況を説明させるのは明らかに困難だった。なぜなら彼らは自分たちがあの家でなにを経験しているのか、それになんの意味があるのかをまるで知らず、そのことに少しの関心もなかったからだ。もしかしたら彼らがX女史の家にもぐりこんでいくのは、ある神秘な呼び声に体内で感応したせいだといえるかもしれない。その呼び声は星明りの晩によく現れたが、彼らはそのときにはじっくり聞こうとせず、途切れ途切れにつづくそのざわめきをたちまち忘れてしまっていた。ところが今やその蜂のうなりのような怪しい音がX女史の弄《もてあそ》ぶ魔鏡から特別強烈に発せられ、一枚一枚の鏡が奇跡と化して、なにやら名状しがたいものを連中の麻痺《まひ》した鼓膜に送りこみ、彼らに我知らずあんぐりと口をあけさせ、精神を奮《ふる》い立たせているらしい。彼らがX女史の家に入っていくのは、X女史が彼らの仲間であり、連合し手を携《たずさ》えて前進できる相手だと勘ちがいしたせいだともいえる。だからあの家に入っていって、X女史が無表情でことさら尊大にしているのを発見すると、みなはまたひどく憤慨《ふんがい》するのだ。それではじめの心づもりなど覚えているわけがない。寡婦はひどく失望したが、一貫して怪奇を信じない精神に基づき、とことんあばいてやることにした。彼女はひとりひとりの首根っこを締め上げ、思いきりゆさぶって本当のことを吐かせようとした。しかしどれもこれもぼうっとした目をして、肝心なところに来ると話がぼやけてしまう。「全身に今まで感じたことのないものを感じ、あまりの痛快さに口もきけなくなる」とか「自分の肺や心臓にまで自信が生まれるようだ」とか「頭上に星が輝き、足元に風が立つ」とか「ひそかに復讐《ふくしゅう》を果たしたような気がするが、それをそそのかした者を憎いとも思う」などといった妙な話ばかりで、せっかく聞いても聞かなかったも同然だ。では寡婦はこうしてなんの収穫もないまま終わってしまうのか？　もはやことの本質に触れる手立てを見いだせないのか？　それでは彼女の不撓不屈《ふとうふくつ》の精神に反する。われらが寡婦は決して困難にぶつかってしりごみするような人ではない。何日もの苦しい彷徨《ほうこう》の日々の末、ふと心に明るい灯がともり、彼女は別の突破口を探すことにした。そして長い尾行追撃の果てに、あるさびれた路地の曲がり角でX女史の夫、あの偉丈夫《いじょうふ》を、あのまだ開花していない童貞の美男子をむんずと捕まえた。彼女はあの豊かな胸をしきりに彼の腕にこすりつけ、うっとりと顔まですりよせて、彼をひどく当惑させた。以下はふたりの対話である。

寡婦……女のからだで人をいちばん魅《ひ》きつけるのはどこ？（自分の胸でさかんに暗示をかけながら興奮に頰を染めて）

X女史の夫……おや、どうして通せんぼなんてするんです？

寡婦……つまり、男の目が真っ先に行くのは女のからだのどの部分なの？　なにが男の全身の血をかきたて、抑制をきかなくさせるのかしら？　答えてちょうだい、さもなきゃ放さないわ。

X女史の夫……（困った顔をして）それは、難しいですね、ぼくはその方面にはからきし疎《うと》いから。女の色っぽさを判定しろといっても、さまざまな男にさまざまな基準があるしなあ……いちばん魅きつけるところ？　おい、なにをそうからみつくんだ？　ぼくをなめてるのか？

寡婦……（絶望したように）統一基準はないって？　この世に真理はないって？

悪魔が世の男たちを支配しようとしているって？　そんなことで生きていてなんになるの！　そんな邪気に当たって、まったく気の毒だこと！

X女史の夫……なんともめちゃくちゃな人だな、自分からいいだしておいて。

寡婦……ふん！　あなたになにがわかるの？　この乳離れもしないひよっこが。あなた、あの魂もとろける快楽を味わったことがあるの？　熟《う》れた女の魔力を知っているの？　ちょっと試してみるのさえ怖いんじゃないの？　きっとなにかの病気だわ！　奥さんの「うさ晴らし」とやらもその病気に関係があるんじゃないの？　答えてもらおうじゃないの。でも勘ちがいしないでよ、わたしはあなたに気があるわけじゃない。日頃わたしがいちばん嫌いなのは、あなたみたいに子供じみたしゃべり方をする男か女かもわからないやつよ。まったく、そんな男が人の気をそそるなんて想像もできないわ。わたしはずっとあなたのことなんか屁《へ》とも思ってない。あら、ごめんなさい、さっきなにを聞いたんだっけ？　そうそう、あなたの奥さんは夜、なんの活動をしているの？

X女史の夫……よけいなお世話だ。まったくわけのわからない人だな（彼は女のむっちりした両の乳房の間から腕をひきぬき、さっと手を振りはらって行ってしまった）。

寡婦……（夢から醒めたように）ああ！

われらが寡婦はこういうていたらくとなり、いわれなく侮辱されるはめにはなったが、だからといって引き下がり、X女史一家から離れるべきなのであろうか？　彼女の考えが個人的な偏見にすぎないとでもいうのであろうか？　実際のところは、この打撃がますます彼女の信念を強固にし、ますます執拗《しつよう》に追及をつづけさせるとともに、やがてまもなくある転機をもたらすことになった。今回は、寡婦は常に似合わず、その調査結果を発表することもなければ、それについて漏らすこともなかった。彼女が調べた内情は彼女の胸のうちに納められたが、その内面世界は絢爛《けんらん》として豊富多彩であった。だれかが我慢しきれずに内情をたずねてくると、彼女は小皺《こじわ》の多い細長い目を細め、さも意味ありげな、笑っているようないないような表情を浮かべ、たずねた男のまわりを後ろ手を組んでぐるりとまわり、だしぬけに相手の尻をぴしゃりとたたいて大笑いし、しまいに相手が顔を真っ赤にして目も上げられなくなったころ、おもむろに歩み寄って耳元に口を寄せ、問いかけた。「発育不良の小娘と健康なおばさんと、どっちがいい？」同時に流し目をやって相手を仰天させたあげく、急に真顔になって一喝《いっかつ》する。「このばあさんをなんだと思ってるの？　とっとと失《う》せな！」

そのころ、道行く者たちはひとり残らず、X女史の家のあの真っ白な外壁に、ある奇怪な絵柄が出現したのを見た。それは炭で描かれた男性の生殖器だったが、子供が描いたようにへたくそで下に注までついていた。「だれかさんの第二の職業の図解」と。こうした事態が起きても、X女史は少しも立腹した形跡がないばかりか、むしろ宝物でも手に入れたように何日も興奮してそわそわし、その文句をひとりしきりにつぶやいていた。暗闇のなかで、ついにおのれの理解者にめぐり会ったのであろうか？　彼女と共鳴し合うその相手は今、どこに身をひそめているのか？　なぜ彼（彼女）は、かくも奇怪な方法で彼女と連絡をとろうとするのか？　あれこれ考えた末《すえ》、ふとひらめくものがあって、彼女は捨て身の構えでいくことにした。家の前に長机を置き、ひらりとその上に飛び上がって宙にむかって講演を始めたのだ。五香街《ウーシャンチエ》の人々はどっと押し寄せてその見世物を見物した。どうやら彼女がしゃべっているのは、すべて性の問題に関係しているようで、なかには「性交」などという聞くに耐えない言葉も混じり、彼女がしゃべりながら洟水《はなみず》をすするため、肝心なところにさしかかると声が震えて聞こえた。その講演によれば、彼女にはひとりの友がいて、その友がもうじきやってくるので、彼女は日夜彼（彼女）を待ちわびているという。また彼女が関わっているのは実に素晴らしい、とてつもなく高尚なことであって、そのうちにかならずすべてが明らかになるであろうし、その素晴らしいことを実現するために、彼女は顕微鏡を相手に長いこと過ごしているという。「それにはどれほど大きな力があることか！」

「聞いているとなんだかむずむずしてくるなあ。思うにあの人は大変な心理学者だぞ」石炭工場の若造がまじめくさって、感心していった。

「あの女は、まことに面白い！」薬局の易者《えきしゃ》先生はしょぼつく目を細めていった。

「わしはもう八十を過ぎとるが、昔は少なからぬ女といい仲になったものじゃ。それを今の若い者ときたら話にならん、わしらのような大先輩を眼中に置かず、おいぼれの役たたずとまでいいおる。しかし本気でやらせたら、ひょっとして、わしらにかなわないかもしれんのだ。いつか証明してやろう。性的能力は、決して歳をとったせいでだめになるわけじゃない、だめにならんどころか、老いてますますさかんになる。わしは休まずにやれるが、こいつらにはやれん、このひよっこめらが！」彼はしなびて痩せた拳《こぶし》を石炭工場の若造に向かって振り上げてみせた。「わしのほうがこいつらよりずっとうわ手だ。うそだと思うなら、ちょいと試してやろう！　X女史の講演のおかげで、なにやら若返ったような気がするわい。それにしても、こういうことを口に出すとは、あの女自身には問題があるな。女だてらに色気づいただけならともかく、こうおおっぴらにぶちあげるとは、なんたることじゃ？　わしらみなが気がふれてしまったのか？」

「彼女はぼくに向かっていってているのさ」X女史の幼馴染みの青年男子がいった。「あまり長いこと抑圧していたから、ぼくは同情していたんだ。それが今やとんでもない変わりようだ。やたらにあやしげなことをいい散らし、場所柄もわきまえない。おかげでぼくが彼女に抱いていたイメージが台無しになってしまった。あのはばかることない開き直りはどういうつもりなんだ？　彼女があそこに立っているのを見ていると、なんだかもう憎いばかりで、百年の恋もすっかり冷めてしまう。すべてがぼくのせいだったとはいえ、今後は誓って彼女を仇《かたき》と見なす。あまりにも誇りを傷つけられた。女のくせに自分の秘め事を公衆の面前でぶちあげるなんて！　たとえ欲望が限界に達して自制がきかなくなったとしても、ひそかにやればいいじゃないか。それがあの女ときたらまるで逆だ。ふだんはまじめくさってこっちがその気を見せても、けんもほろろに突っぱねるくせに、こっちが思いもよらないときに、こんな手で来るんだからなあ！　まったく、たまらないよ！」

聴衆はますます増えていった。X女史の夫はどうもまずいと気づき、人ごみをかきわけてなんとか早くX女史のもとにたどりつこうと頭に大汗をかいた。そしてとうとう彼女の後ろにたどりつき、すぐさま手を伸ばして彼女の服の裾《すそ》をぐいと引っぱった。危険を知らせてやろうとしたのだ。ところがまわりの男たちはそれを見て、彼がX女史を独占する気だと思いこみ、腹を立てててんでにわめきたて、足払いをかけて倒してしまった。X女史のほうは今や興《きょう》に乗って思いはかなたを馳《は》せめぐり、かたわらの出来事に頓着する暇などない。だれかに引っぱられたことにもまるで気づかず、足元の聴衆がどんな連中であるかも知らず、まったくのところ、自分の講演を聞いている者がいようとさえ思わず、ただただ胸に思い描いた聴き手にむかってしゃべっているのだった。彼女の目はあの震える波光を放射し、まわりの人々の顔はその光に照らされて奇怪に変形していた。彼女がいうにはその光を発する目は失明しているとのこと、これは悲しむべきこととといわざるをえない。われわれにどちらか選べというならば、こんな怪しい光を放つほうは御免《ごめん》こうむり、ぜひふつうの目が欲しいものだ。しかしX女史本人はべつに悲しむでもなく、自分は目の見えない暮らしに慣れているし、これ以上自分に適したものはないという。それどころか、自分が今いかに「自由自在」であり、「水を得た魚」であるかと吹聴《ふいちょう》さえするのだ！　彼女は休みなしにしゃべった。情感をこめ、機知をちりばめ、話の合間合間には自分が今このときいかに「自分の講演に感動し、感動のあまり死にそうであるか」を付け加えた。まったく奇妙な意識だ。この世のどこにそんな「感動」があろう？　それも「感動のあまり死にそう」だとは！

X女史がまるで気づかないうちに、群衆はうごめき、ある種の空気が醸成されてしまった。X女史の夫は危険を察知し、命がけで妻の身を守る覚悟を決めた。もはや彼女を止めようとはしなかった。彼女の性格は知り尽くしており、止めても無駄とわかっていたので、ただ固唾《かたず》を呑んで見守っていたのである。

群衆の気分はもとより変わりやすいもので、万華鏡の色ガラスにも似ている。あの聴衆ははじめは彼女のいい加減な話を五里霧中《ごりむちゅう》のまま半時間もぼうっと聞きながら、なんとかその意味をつかもうとしていた。前列の男はつぎつぎに手を伸ばして、その若い女のほっぺたや太ももをなんとかつねってやろうとしていたし、後列の男は義憤《ぎふん》に満ちて前にのさばる連中をなんとか蹴倒《けたお》そうとしていた。そこへ突然、後ろのどこか（ある者は寡婦の家の窓だという）から、最初の瓜《うり》の皮が飛んできて、まぐれでX女史の左頰に命中した。つづいて石つぶてや瓦《かわら》のかけらが雨あられと彼女にむかって降り注いだ。夫は命がけで彼女を守り、ふたりして大急ぎで彼らの家に撤退し、息をひそめた。しかし、窓はついに叩き割られていくつも大きな穴があき、X女史は脛《すね》に重傷を負って「半月も煎り豆屋の仕事に出られなくなった」。X女史はどうやら失敗したようだ。盲人のふりをして、できるだけ他人を見ないようにしてはいたが、彼女の一挙手一投足は衆目《しゅうもく》にさらされていたのである。この事件は群衆の気持ちの爆発性、変わりやすさを彼女に思い知らせ、彼女の頽廃的《たいはいてき》な気分をますます強めることになった。あのころ、彼女の夫はそれに胸を痛めてひがな一日ため息をつき、狂ったように街をかけずりまわって「傷に効く生薬《しょうやく》」を探していた。

半月後、X女史の脛の傷はあらかた癒《い》えたが、心の傷は同時には癒えなかった。生活に追われて煎り豆屋をきりもりする以外の時間、X女史は昏々《こんこん》と眠っており、目を覚ましてもまわりの家族（夫や息子）さえ見分けがつかず、「あの人たち」などと呼ぶこともよくあった。「うさ晴らし」のほうも自然中止となった。毎日昏々と眠るばかりでほとんど物も食べなかったので、彼女はあれよあれよという間に透明な幽霊のようになり、声もたてずにふらふらしていた。いつも火点《ひとも》し頃になると、五香街《ウーシャンチエ》の人々は、美男子が片手で息子の小宝《シャオパオ》の手を引き、もう片方の手に青白い透明な影の手を引いて、あの真っ黒な河の縁《へり》をそぞろ歩き、何歩か歩いては立ち止まって河の波音に聞き入っているのを見かけたものだ。息子はさかんに跳ねまわり、石ころを拾っては河に投げて喜んでいた。人々は集まって噂した。「見ろ、透明人間だ！」「世間を騒がせた成れの果てだ」「あの女も終わりだな」と。しかし、人々の予想は楽観的すぎた。こんな状況はいくらもつづかなかったからだ。たまたまある日、美男子の第二の親友（自称X女史の幼馴染み）は、美男子が大きなボール箱を抱え、元気はつらつと通りを歩いているのを見かけた。好奇心から近寄って持ち主がやめろというのもかまわず図々しく蓋《ふた》を開けてみると、中にはなんと一台の顕微鏡が入っていた。新しい顕微鏡を買って帰ったその日の晩、X女史の奥の部屋には煌々《こうこう》と明りがともり、祭りのようであった。寡婦が女友達をそそのかして見にやったところ、X女史は「大小の鏡という鏡を磨きあげて目立つところに並べ」、顔からは例の「オレンジ色」の光を放ち、髪は「漆《うるし》のように黒く」、美男子は彼女以上に「いそいそとして」、「一分ごとに心配げに飛び上がって彼女の肩を抱き」、まるで彼女が一瞬のうちに人の形を失って例のとらえどころのないものに変わってしまうのを恐れているかのようでもあり、また「幸福のあまり気がふれた」かのようでもあって、あのべたべたした様子はまったく、見ていて「吐き気がする」ほどだったという。魔法の鏡は再び招集をかけ、少年少女たちは闇夜にまた輾転《てんてん》と煩悶《はんもん》しはじめ、何人かの者はわけもなく素っ裸になって道端に立ったため、治安警察からそれぞれ罰金五元を科せられた。翌日の夕方、彼らはひとりまたひとりとX女史の小さな家へもぐりこんでいき、そこで惚《ほう》けたように二時間坐《すわ》り、それが終わると以前のようにX女史が「退屈で」「面白みがなく」なにひとつ取《と》り柄《え》がないと口をきわめて罵った。ある者はこの次はかならず彼女の革靴を盗んでやると誓いさえした（しかしその次も中に入るやいなや、知らぬまにからだがこわばって陶器の人形のようになってしまう。そこで家を出てまた、この次こそ盗んでやると誓うのである）。

X女史の従事する夜間の職業の内幕については、事情を知る者がいるように見受けられる。つまり例の夫である。彼はかつて無二の親友に問い詰められて、多少の内幕をもらしたことがある。その話し方からすると、X女史はやはり自分のしていることのすべてを彼に説明していたらしいが、この美男子ときたら例の永遠の大人子供であって、妻のすることなすことすべてを子供の頭で理解し、想像し、甘ったるい思いと雲つかむような言葉でいっぱいなのだ。X女史の夜の活動について聞かれて、彼はこう答えたものだ。「星回りを観察してるんだ」彼は顔を紅潮させて付け加えた。「想像してごらんよ。大小の鏡という鏡が窓からヒュッヒュッヒューーッと宇宙へ飛んでいって、それからまたヒュッヒュッヒューーッともどってくるんだ。実に高尚な仕事じゃないか？　この仕事に全精力を吸い取られているからこそ、顕微鏡が彼女の生命になっているのさ」。彼のあの特殊な思考方式によれば、すべての者にはちょっとした嗜好《しこう》がある。たとえば彼は石蹴りが大好きで、一旦《いったん》興に乗るともう夜も日もなくなってしまうのだが、彼の妻の嗜好もその類であって、いささかも怪しむには足りないというのだ。親友はそのいい加減な話を辛抱《しんぼう》強く聞きながら、また脳天気が始まったと思ったものだ。そのことからも思い当たるが、X女史の近くにいる者にはみな多少気がふれたようなところがある。彼らの幼い子供小宝《シャオバオ》さえも「写鏡癖」の兆《きざ》しを見せ、ときどき鏡の自分に見入っている。親友は親子ふたりを正道に引き戻すことによってX女史の過激な傾向を抑えようとたびたび骨折ったが、いつも徒労《とろう》に終わった。あの夫は最後にこう結論した。「ぼくの妻はいちばんふつうの人間だよ」親友はそれを聞いてしきりに首を振り、この男の幼稚さはいきつくところまでいってしまった、自分は友達とはいえ力にもなれないが、ただ成り行きにまかせて転機を待つしかないと思った。X女史ははたして本当に天文活動を行っているのだろうか？　すべてはかくも単純なのだろうか？　美男子の理解はきわめて問題である。実践が証明するところによれば、あの男の両の目はふさがっていて、永遠に理非曲直《りひきよくちよく》を見分けることができない。あの妖艶《ようえん》で魅惑的な寡婦のからだをろくに見ようともせず、せっかくの好機をみすみす逃してなんとも思わないこんな能なしに魔法の鏡の用途がわかるだろうか？　鏡に映った物がひと目でわかるだろうか？　明らかに彼はごまかし通そうと企んでいる。自分が置かれた滑稽な立場をカモフラージュするために、なんとか知恵をしぼって亭主の権威を保とうとしているうちに、自分までうそをまことと思いこむようになり、ふわりふわりとわけもわからぬようになってしまったのだ。

　部外者がこの問題にひどく頭を痛めている以上、われわれは事情通に助けを求めるしかない。事情通はもうひとりいる。X女史の例の自称二十八、九の妹である。あの妹は他人がX女史の夜の職業についてたずねると、妙に感じやすくなって涙や洟水をこぼし、目は泣きはらしてすっかり小さくなってしまう。ともかく彼女の例のまとまりのない話を聞いてみよう。「姉さんはね、以前はきゃしゃな小さな女の子で桃の花みたいだった。それが急に母さんの眼鏡を山の谷川に投げ捨てて、それからわたしたちがどんどん走っていたら、姉さんが空中に舞い上がって、小さな足でわたしの頭のてっぺんをペタペタ踏むの。父さんと母さんはこっそりいってた。姉さんの目にはガス灯がともってるって。ときに姉さんのあの細い指が突然鋭い鷹の爪になって、本当にこわいの。母さんはいつも姉さんをつかまえて血が出るほど爪を切ってたわ」。彼女がさらにいうには、姉は、彼女が最初に見た空を飛べる人間で、そのような能力があるからこそ、姉のすることはすべて絶対に正しく、あげつらうことのできないものなのだそうだ。姉はよく何日も飲食を断って鳥の羽根のように軽く柔らかくなり、それから窓から飛んで出て高く高く舞い上がった。妹はその孤独な影がふわふわ飛びまわっているのを見ると、思わず泣きだしたという。あの妹はいつもしゃべればしゃべるほどピントが狂い、ピントが狂えば狂うほど興に乗るたちであって、頭は迷信と個人崇拝でいっぱい、自分の考えといえば昔から鍋いっぱいの薄粥《うすがゆ》か、ごった煮といったところで、定見《ていけん》らしきもののかけらさえ見当たらない（ここで思い出されるのが何年もあとの例の離婚騒ぎであるが、そのことからもあの女がただひたすら流行を追って、拙劣《せつれつ》きわまりない人真似をしていたのがわかる）。X女史の妹の口から問題の本質に迫ることは少しも聞きだせなかったとはいえ、X女史の少女時代に関するわずかな資料を得ることはできた。この資料はわれわれがX女史の性格特徴を今一歩進んで分析するうえの助けにはなる。これで見たところでは、X女史は幼少期からあの内にこもった怨恨《えんこん》の毒素を培《つちか》ってきたらしい。これはもちろん親の責任でもある（親たちのなかには往々にして、牧歌的なのんきな眼差しで我が子を眺め、無責任な、いい加減な態度をとっている者がいる。いずれもやさしい父や母ではあるが、息子や娘の爪を切ってやるといった些細なことにしか気を配らない）。とはいえ主たる責任は彼女自身にある。そういう毒素がその後の歳月に彼女の全身の毛細血管にくまなくしみわたり、彼女の心を鉄にし、世間を敵にまわす決意を固めさせるとともに、泥沼に滑り落ちて救いようのないところまで行かせてしまったのではあるが、当人はひとりでいい気になっているばかりか、自分に近づく者たちを誘惑教唆《きょうさ》することを片時も忘れず、なにがなんでもそのひとりひとりを泥沼に引きずりこまずにはおかない。しかもその誘惑教唆の仕方がまた一風変わっていて、毒に当たった者はなんと新たな人生でも得たかのように彼女に感謝してやまなくなるのである。ところで、幼時から早くも謀殺への欲求を抱いていたような人間が（母親の眼鏡を谷川に捨てるのは、ひとりの子供にとって謀殺に等しい）大人になったとき、その性格はどれほど破壊性を帯びていることだろう？　その破壊性が客観的な環境によって抑圧されたとしたら（X女史は不幸にもその超人的な情欲を自由に発揮しえたことがない）、どこまで奇怪な転化を遂げていることだろう？　さまざまな状況を分析するにつけ、われわれはXのあの暗澹《あんたん》たる前途にいよいよ悲観絶望せざるをえない。結局のところ、遠い昔のある雨の夜、母親がここの風土に合わない、世の安寧《あんねい》と秩序を脅かす肉塊《にくかい》を産み落としたのがまちがいのもとだったのだ。X女史の父母はすでに物故《ぶっこ》し、どこかの墓地の骨壺の中で声も立てずにいるとはいえ、この点についてはやはりふたりを呪わずにはいられない。もしもこのふたりが無責任にX女史を育て、のんびりとかまえて彼女の殺意を助長しなければ、どうしてX女史があした一連の事件を引き起こしたはずがあろう？（ここでひと言ことわっておく。筆者のこのような描写態度は、五香街《ウーシャンチエ》の大衆が物語のはじめの時期にX女史に対してとっていた基本的態度であり、永久不変のものではない。いずれそれをご覧いただくことになろう）。五香街《ウーシャンチエ》大衆の警戒心は理由のないものではない。だが、彼らはいずれも曇りない目に冴えた頭を持ち、ことに処する術を心得た人間であって、ことが到来する前に直感的に身の危険をさとって遅滞《ちたい》なく防御《ぼうぎょ》、制止することができる。したがって、われわれもそれほど彼らを心配する必要はない。彼ら自身に外部からの脅威に対処する手立てがあるのだから。目下のところ、彼らの部分的調査にまるで進展が見られないとはいえ、あの悠久《ゆうきゅう》の歴史を持つ完全無欠な防御措置は、いざというときかならず威力を発揮するだろう。だからわれわれはよけいな心配をせずに枕を高くして事態の発展を見守っていればよいのだ。さて、あの妹はあんな調子で姉の活動を説明するのだが、毎度ひどく感傷的になってもう生きていたくないといいだす。一度など、しゃべったあとも聴衆にしつこくからみ、ひと思いにナイフで「自分の心をえぐりだして調べてくれ」などというものだから、相手はぞっとして冷や汗をかいた。この手の女がよくやるのは物事をひっかきまわしておいて、後日の醜い品行の理論的根拠を探すことなのだ。そういう無頼《ぶらい》の輩であれば、その後仕出かしたことも意外ではない。あの女ならなんでも仕出かすし、仕出かした後また空とぼけて一部の者の安っぽい同情をだまし取ることもできる。姉の醜行《しゅうこう》が露顕《ろけん》したと聞くや、彼女はただちに姉の家に馳せ参じ、悲しみに暮れる坊や亭主を慰める一方、家にあったいちばん大きなあの鏡を失敬した。そしてそれを持ち帰って弄び、日の光をむかいの土塀に反射させて金切り声をあげた。そのときひとりの真っ黒い男がその塀のあたりを通りかかり、光の斑点をじっくりと調べ、急に立ち止まった。男は塀際にしゃがみこむと二度とそこを動こうとしなかった。夜になるころ、彼は拾ってきた紙屑や薪《まき》を燃やして焚《た》き火をし、塀にもたれてぐっすり寝入った。こうしてその浮浪者はそのまま三日三晩もそこに居座った。その後、われらが妹は衣類をまとめ、その真っ黒い男とふたりして、尻をからげて「駆け落ち」したのである！　これぞ天下の奇談ではあるまいか？　このあきれはてた行為には、いったいいかなる意味があるのか？　やがてまもなく噂が伝わってきた。あの浮浪者はまことに遠慮会釈《えしゃく》がなかったという。「真っ黒いやつにビンタを張られてあの女は両耳とも聞こえなくなった」のだそうだ。「真っ黒いやつのビンタ」という言い方に、五香街《ウーシャンチエ》の大衆は胸のつかえがおりたような気がした。ああいう女はビンタを張られて当然で、張られれば張られるほどよい。われわれはそんな荒っぽい真似はできないし、そういう柄でもないが、今回はよくやってくれた。毎度あの女が五香街《ウーシャンチエ》にやってくるたびに、みなはなにか怪事が起きはしないかとはらはらしていたものだ。彼女の目的がほかでもない、挑発、教唆、煽動《せんどう》にあることをだれもが知っていたからだ。彼女はおつむはあったかいが、生まれつき下品で頑固なうえに、ひどく猟奇を好み、異端邪説を信奉していたので、だれにも手がつけられなかったのだ。

事情に通じた者も通じていない者も、いまだ信頼に足る情報を提供しえないため、近道を行こうとするすべての試みは壁にぶつかっている。今となってはただ、X女史が自ら正体を暴露するのを「座して待つ」しかない。われわれの経験によれば、五香《ウーシャン》街《チエ》では、いかに曖昧な、曲折に満ちた行動であろうとも、時さえ来ればいつかは白日《はくじつ》のもとにさらされるのである。しばらく「座して待って」いたところ、やがてあるうららかな春の朝、雑貨屋のわきで古本屋をしていた金《チン》ばあさんが、ひと冬の眠りからどうにか目を覚まし、ぼろの布靴をひっかけ、獅子《しし》のようなぼさぼさ頭をして軒下に立ち、胸をたたいて「こんちくしょう」と自分を罵った。冬に入る前、彼女の髪の毛はつやがあって「見事」といえるほどだったのに、寝ている間にその髪が台無しになってしまったからだ。罵ったあと彼女はあたりを見回し、ぶらぶらやってきた石炭工場の若造を見かけるやいなやつかまえて家に引きずりこみ、ぼろの籐《とう》椅子に押し込んで耳に口をよせ、ひそひそと話を始めた。ひと冬たくわえた彼女の話は滔々《とうとう》と途切れることを知らず、若造は立ち上がろうとするたびに、馬鹿力で押さえつけられた。その老いた手はヤットコ同然で、さしもの血気さかんな若造もどうしようもなかった。

「生姜《しょうが》は古いほどからい」とことわざにもいうではないか。以下は老女が大切に心にしまっておいたとっておきの秘密である。「わたしはずっと自信を持って生きてきた。これはとても不思議なことだ。ときに目が覚めてから一瞬悩み、頭が空っぽのような気がすることもあるけれど、でもそんなのはなんでもない。自分のこの両手をちょっと眺めただけで、また力がみなぎってくる。そういう自信は小娘のころからあった。あのころ、タガネで壁に穴を開けてやると誓って、本当にやり遂げたものさ。わたしは歩いているとき他人に道をゆずったことがない。力ならあるからね。一度あるじいさんが正面から向かってきたから、尻をぶつけてやったら、じいさんはひっくり返ってしまった。わたしのいいなずけときたら（不幸なことにいいなずけがいたんだよ、幸い結婚はしなかったが）いつもおどおどと戸口のあたりにいて『大変だ』なんていってた。わたしはそれをにらみつけて、相変わらず好き勝手にやった。その後いつだったか、いいなずけがどのくらい頑丈かをためしてみたくなって、あの薄い胸に飛び蹴りをくらわしてやった。それであの男は一巻の終わり、見事な蹴りだった。胸のすくような終わり方だったよ。それがわたしという人間なのさ。ひょっとしたら五香街《ウーシャンチェ》の者はみな、わたしのことを、ぼろを着てろくに肉も食えない下等な人間だと思いこみ、道ばたの電信柱のように眼中に置いていないかもしれないが、心得ちがいもいいところだ！　いずれわたしが何もかも取り仕切り、みなの切実な利益がわたしの一挙手一投足と切り離せないようになる。そういう日がかならず来る。ある種の連中には思いもよらないようなことがかならず起きる。わたしは身の程を知らない人間じゃないよ。今までだって何度となく我と我が身に問いかけてきた。この信念は幻想の産物ではないのか？　このままいったら、一生を棒に振るのではないか？　たしかにわたしはこの人生で、すでに大小さまざまな試練を経てきたけれど、どれも命がけというほどのものではなかった。それがこのたびだけは、とてつもなく見事なものだった。この試練を経てはじめて、自分がみずみずしさと旺盛な活力に満ち、つまらない卑《いや》しい心根《こころね》がきれいさっぱり清められたのを感じた。まるで老木が春に出会ったように、いや、百歳にして子を得たように、いや、大器が晩成したんだ！　わたしはずっと予感していた。わたしのこの数奇な一生には、ひとつの機会があるはずだと。そのことをあのかわいそうな母に三度もいったものさ。それは郊外の山のある松の木の下でのことだった。木の上には鳥の巣がふたつ掛かっていて、わたしはその巣を見上げながら、ひと言ひと言はっきりといった。『かならず機会は来る』とね！　その後起きたことはすべて、この予感が的中したことを示している。自分でも不思議でたまらないけれど、分析しようにも間に合わない！　このわたしという人間のからだには、どれほど驚くべき力が潜んでいることか！　子供のころのあの沈黙の種子が、どれほどまばゆい花を開こうとしていることか！　以前なら、わたしがこんなことをいってもだれが信じてくれただろう？　機会はついに来た。あんなにも速く、猛々しく、まるでこっちが手もつけられないうちに、むざむざと、ざるで水を汲むように流れていってしまったかのように。もちろん『まるで』そんなふうだったというだけで、実は、わたしはすぐさま反応して、しっかと自分の機会をつかみ、新たな情勢を見定め、歩調を整えて行動に出たのだけれどね。わたしはその機会をとことん利用し、あっというまに五香街《ウーシャンチエ》の大衆の偏見を改めさせ、連中の心の中に、新たなイメージを打ち立ててやった。ひとつ例を挙げて、このたびの後の変わりようを説明してやろう。隣の雑貨屋の周三幾《チョウサンチー》のことに気づいてたかい？　だれかさんが十年一日のごとく、毎度大便のあと、わたしの家の前でわざとあのきたないズボンの前を閉じていたのに気づいていたかい？　あいつのその下品な真似は、ただわたしに繰り返しあいつが、周三幾《チョウサンチー》が、わたしより一万倍もえらいんだ、世界じゅうがそれを知っていて、もしまだ知らない者がいたら、どうしてでも宣伝してやらなければならないんだと、思い知らせるためでしかなかった。わたしはじっと我慢して、モグラのように家の中で身をすくめていた。そうして何年も過ぎた。暗黒の歳月だった。ところがこのたびのことが起きて、からりと霧が晴れるように事態はようやく大転換した。まったく画期的な輝かしい壮挙《そうきょ》というものさ」金《チン》ばあさんはそこまでいって急に思わせぶりに口をつぐんだ。そしてよたよたとむこうに行って片手で火かき棒をつかみ、荒々しく石炭ストーブをつつきはじめた。部屋じゅうに灰が舞って息もできないほどだ。そうしながらもばあさんはもう片方の手でがっちりと石炭工場の若造をつかんだまま、決して放そうとしない。そのとき若造はすでに彼女が持ちかけようとしていることを察して、籐椅子の上で身をよじり、荒い息を吐き、顔を紅潮させ、にわかにあの性の衝動を覚えていた。その衝動は対象のないものではあったが、それでも自制できず、どうにもたまらなかった。金《チン》ばあさんはあの長い爪を若造の肉を貫かんばかりに突き立てたまま、数分ごとに、人を身震いさせるあの苗字《みょうじ》を低い響く声でつぶやいていた。「X？」金《チン》ばあさんは自分が生涯抱いてきたあのひそかな期待、あの幽美なもしくは華麗な幻想が、今しも現実になろうとしているのを感じていた。現実とは、あの苗字を持つ者の血わき肉おどる体験に対抗することで、だからこそ彼女は一度また一度と、狂人の遊戯のように繰り返しそのまぼろしを玩味《がんみ》してきたのだ。若造を見据えた彼女のあの老いた目は、しだいにぼやけ、やがてふたつの真っ赤な血の球になって、たちまち眼窩《がんか》からころげ出たかと思うと、またたちまちもとへもどった。石炭工場の若造はなんとも抗《あらが》いようのない力を感じ、一種の劣等感と夢うつつの気分の入り混じった複雑な情緒に支配され、すぐさま、ふだんならあきれかえるような決定をしたのである。つまり、目の前のこの妖婆《ようば》と「でたらめをやろう」と。

ふたりがでたらめをやり終わったとき、だしぬけに戸が大きく開いた。ベッドの上で尻をまるだしにしたふたりは、戸口に現れたのが、まさにあの尊敬すべき周三幾《チョウサンチー》であるのを発見した。男はこちらをちょっとのぞきこんだあと、さも興味深げに戸口に数秒立ち尽くした。そして立ち去るとき、なにやら不可解なことをいい残した。「新たな段階が始まり、ひと冬の煩悩が一掃された」

金《チン》ばあさんは尻をまるだしにしたまま床《ゆか》に下り（しかも石炭工場の若造がズボンをはくのも許さなかった）、周三幾《チョウサンチー》の後ろ姿に向かってぺっとつばを吐き、罵った。「下品でたまらないね」。それから部屋の中を歩きまわり、急に立ち止まってひと言いった。「わたしとXは両立できない！」石炭工場の若造は下半身はだかでおどおどとベッドの上に立ったまま、目の前で起きたことにさっぱり合点がいかずにいたが、どうやら自分が利用されたらしいということだけはわかった。そしてしょげかえり、悔やんだ。ただこの妖婆がなぜ彼を利用するのか、なんのためなのかということは、彼の頭では決して理解できなかった。われわれはこんなふうに想像することができる。彼は一種の暗示と誘導を繰り返されているうちに、心の中の偶像であるXの苗字から、その人間、そのからだのある部位を想像してあのような性衝動に駆られ、そのあげく、まるでちがう相手とでたらめをやって、犠牲者になってしまった。一方その過程において、金《チン》ばあさんは終始醒《さ》めきって冷静だった。計画的で胸には成算《せいさん》があり、全事態の進展を操り、あの他人にはいえない目的をやすやすと達したといえる。不思議なのは、彼女がしたことのすべてが、べつに石炭工場の若造のからだからなんらかの快感をむさぼろうというのではなかったことだ。実のところ、彼女はそんな快感を感ずる年齢はとうに過ぎていたし、むしろ本人は「でたらめをやる」こと自体には「毛頭興味がなく」、それどころか幾分「嫌悪」さえ覚えるといっているのだ。となると事態は一挙に複雑になる。金《チン》ばあさんのさまざまな罠、さまざまな企てが、単に彼女の想像上のひとりふたりの敵に勝つためでしかなかったというのか？　彼女と石炭工場の若造が、その朦朧《もうろう》たる人生のなかで求めていたのは、いかなる境地だったのか？　彼女のように勇猛果敢な凄腕《すごうで》の人物が、失敗を計算に入れることなどありうるだろうか？　これらすべてがわからない。しかしわが五香街《ウーシャンチエ》にはこういう思考の規律がある。わからないことは考えずにただ静かに待っていればわかるようになる。静かに待ってそれでもわからないときは、自分に欠陥があるとしかいえない。その欠陥は頭にあったり、足の指にあったりするが、どの道、不治の病なのだ。

あのことがあったあと、金《チン》ばあさんに大きな変化が起きた。ある朝起きると突然、自分のからだに大きな自信が湧いてきたのだ。鏡にあちこち映してさまざまな印象的なポーズをとり、それから彼女の肉体を遮蔽《しゃへい》する上着の着用をやめることに決めた。あの「魂のあますところなき展示」に到達したかったのだ。彼女はすべての条件がすでに整ったと感じていた。そこで上半身はだかになって「展示」を開始した。ところが残念ながら、五香街《ウーシャンチエ》の大衆の美意識はその種の「展示」には馴染まず、反応は冷ややかだった。だれもが目をできるだけそらしてばあさんの裸体を見ないふりをしたのだ。ほかにも金《チン》ばあさんの生活にある大仕事が加わった。X女史の夜の職業を攪乱《かくらん》することだ。もしだれか大胆不敵な者がそれについてたずねたならば、彼女は天を仰ぎ、手を打って、こういったにちがいない。「ぺっ、歴史的誤解を晴らしてもらいたいね！

当方の成果が卑劣にも盗み取られていたんだから！　X？　Xってだれさ？　わたしじゃないかって？　もちろんわたしだよ。ここで、わたし以外に人を操るあれほどの魔力を持っている者がいるかい？　それをおまえさんたちときたら見る目がない、あっちのにせ者のほうを信じてしまうんだから。声を大にして宣言しておくが、Xとは不肖金《チン》ばあさんのことさ」。毎晩、彼女はいらいらして家にじっとしていられなかった。そこでX女史の家に駆け込んでいって、女史の鏡の奪取を強行し、会う人ごとにいった。もうX女史の内情はすべて掌握《しょうあく》した、X女史はとうに彼女のもとに「敗将として下って」おり、遠からず五香街《ウーシャンチエ》から「引退」するだろうと。ばあさんはそういいながらも、むきだしの上半身を震わせて人々に鑑賞させることをもちろん忘れず、話し終わると街の真ん中で、大声をあげて石炭工場の若造の名を呼ばわり、出てきた若造に「証言」させたものだ。その威風堂々たるさまは、五香街《ウーシャンチエ》の住人を残らず心服させた。

われらが石炭工場の若造はどうなっていただろう？　それは語るも涙、まさに絶望の物語であった。彼はなぜこの世に生まれてこなければならなかったのか？　生まれてしまったのはともかく、なぜこれほど多くの苦難にあわねばならなかったのか？　いったい、この苦しみをなめつくした若造が、日の目を見る日は来るのだろうか？　いや、彼の前途の心配はしばらく置いておくとして、現在にもどろう。今ではあの若造は精神に分裂をきたして一日じゅう家に閉じこもり、金《チン》ばあさんのところ以外、どこへも行かなくなっている。あのからっぽの頭の中には、ときおりあるぼんやりしたイメージが浮かんだ。まわりを霧のようなレースで縁どられたX女史の後ろ姿、あるいはX女史を連想させる後ろ姿のイメージである。そのイメージは、彼が金《チン》ばあさんの家に足を踏み入れ、しかも彼女と「でたらめをやる」ときにのみ、きまって浮かんできた。そんなとき、彼はしばしば快感に身を震わせ、オンドリのような啼《な》き声をあげたものだ。そしてものに憑《つ》かれたように、毎日ばあさんの家にもぐりこみ、阿片《あへん》を飲んだように中毒してしまった。まさかこんなことになろうとは、だれにも思いもよらなかった。あの今にも棺桶《かんおけ》に入ろうとしている古本屋のばあさんが、突然ひと花咲かせたのだ！　五香街《ウーシャンチエ》住人の頭の上に立とうとしているのだ！　しかもあの周三幾《チヨウサンチー》のことがある。毎日、若くたくましい男が隣の家に入っていき、ときどき尻まるだしで出てきて通りで小便をし、またもどっていくのを見せつけられて、どんな気がしていることだろう？　例の十数年来の快感が急に失われ、気がふれて、これまた神経症的行動に出たりはすまいか？

　金《チン》ばあさんの野蛮な襲撃に、X女史はどうやらまるで気づいていないらしく、相変わらず悠々と呑気にしており、態度は慎《つつ》ましかった。夫との談話を例に挙げることができよう。

夫……あのいかれたばあさんがまた略奪に来たぞ。一度打ちのめしてやろうか？

X女史……きょう、わたしはまたあの至上の安らぎを覚えたわ。二十分もの長い間。ねえ、またいくつか鏡を買って、予備にトランクに入れておきましょう。

夫……ばあさんのおかげでぼくはどうもいらいらする。きみはどうして知らん顔していられるんだろう？

X女史……じっと自分の脈搏《みゃくはく》を聞いていれば、ひとひらの雲がゆっくり前を流れていって、すべての煩悩は消えてしまうわ。次には、目が煙霧にかすみ、歯はきらきらと輝いて、ついにばあさんが来たことになど二度と気づかなくなる。鏡は隠しておけばいいのよ。

前にもいったようだが、X女史は周囲のごく近しい者たちに影響を与えるばかりでなく、生まれながらにひそかに人を操る力を持っていた。自分ではそれに気づいておらず、意識的に使ったこともないが、その力は四六時中働いていた。先の話を聞いてから、美男の夫はたしかに幾分ぼうっとするようになり、あのばあさんの攪乱を気にしなくなった。やがてはばあさんの顔まで忘れてしまい、一度正面から鉢合わせしたときなど、いぶかしげに「あんただれ？」とたずね、そのまま何事もなかったように彼女をよけて自分の仕事をしに行き、ばあさんが家の中であれこれ物色するのを見ながら、腹も立てなかった。そういうことは何度もあった。ちゃんと目が醒めているときは、やはりばあさんと言い争ったり、殴ったことさえあり、妻が知らん顔をしているのを多少うらめしく思ったりもしたが、またすぐに妻の考えと一致するのだった。

「座して待つ」こと数日、われらがあの愛すべき寡婦は、ある偶然の機会にまたQ男史がX女史に出した一通の手紙を手に入れた。その中身はたまたまX女史の夜の職業に及んでおり、すべてが隠語符牒で語られていたものの、寡婦は豊かな経験と性関係への驚くべき嗅覚によって、もうなにがしかのことを嗅ぎつけていたようだ。その手紙もQ男史がX女史に出した、あるいはX女史がQ男史に出したすべての手紙同様、呼びかけも署名もなければ冒頭末尾の常套句《じょうとうく》もなく、はじめから終わりまで時流を追うわざとらしい上っ調子の言いぐさばかりで、吐き気がするほどだった（そういってから寡婦は、長く心に秘めていた疑念をもちだした。ああいう手紙は、なにかの古本から一段一段書き写したのではなかろうか？　そうすれば手間も省けるし、他人とはちがう奇抜な真似もできて虚栄心も満たされ、あのふたりの馬鹿にはもってこいだ）。

以下に手紙の数段を摘録《てきろく》する。

一、「きみの目が炎症を起こしたと聞いて、いてもたってもいられない。心配で心配でたまらない。万一失明でもしたらどうしよう。もちろんきみはそんなことをまったく意に介さないだろう。自分にとって視力がなにかの役にたつとは思っていないのだから。涼風《すずかぜ》がそよぐ晩、きみは変わらぬ安らぎに満ちてあの鏡にむかい、笑みを浮かべ、神秘的で魅力的であることだろう。でもぼくはそんなふうにはできない。試してはみた。しかし、目をしっかり閉じても、ぼくの視線は相変わらずまぶたを通して迷霧《めいむ》におおわれた外界を見つめているばかりだ。ぼくは錯乱し、うろたえ、足元もおぼつかなくなり、とんでもない醜態をさらしてしまう。そんなとき、いつもきみのあの悪魔的な笑顔が見えるのだ。そしてきみを憎らしく思い、死に物狂いでなにかに反抗しようともがく」
二、「……きのうの晩、きみはまた鏡の中から夜空へと飛んで出た。ぼくが考えごとをしていたら、突然サッと音がした。きみだということはわかっていたので、ぼくは耳をそばだてて聴覚できみを追った。きみの裸足の足が涼風を起こしてぼくの顔に吹きつけた。日中、ぼくはある噂を聞いた。きみに報復しようとしている者がいるというのだ（少年少女のなかのひとりか？）。そいつはベッドの下や箪笥の後ろに潜んでいるにちがいない。部屋のそういう隠れられそうな場所をかならず調べ、ぼくが贈ったあのほうきでひととおり掃除してほしい。ぼくが神経質だときみはまた笑うだろうし、こういうにきまっている。『そんな人がいるような感じはまったくしない。わたしは他人の存在はほとんど感じないの。そんなわたしにどうして危害を加えられるかしら？』そういうきみの顔が目に浮かぶ。なにはともあれ今夜、ぼくはきみの部屋の外を夜通しぶらぶらしていよう。そいつが心配なんだ、その命知らずの輩が」
三、「きみは長い間『すみきった感覚』でいられるという。それはああいう鏡を使えるからだ。きみは腰を下ろすやいなや、たちまち『入定《にゅうじょう》』する。ぼくはそんな境地はたまに（たとえばきみに会う朝）しか体験できない。ふだんはいつも心が麻のごとく乱れている……」

寡婦はこの手紙を分析していくつかの重要な発見をした。そのひとつ、彼女がはたと悟ったのは、X女史がずっと人を騙してきたということである。なんの術策《じゅつさく》があったのでもない、ただ人を乗せる猿芝居をひたすら演じてきただけなのだ。世のすべての男ども（少数の女も含む）を独占しようと妄想し、彼ら（彼女ら）の猟奇趣味と弱さを充分知ったうえで高尚深遠ぶってみせ、連中に目くらましをかけて転向させ、自力では抜けられないようにしたのだ。ふたつ目は、寡婦がさらにきっぱりと断言したことだが、世の中にはXの夫以外にも未成熟な性的幼稚症患者は少なくない。この手の連中は、見るからに怪しげな女、あの虚しいつかみどころのない思いをかき立てる女には、すぐさま興味を持ち、いとも簡単に自分からとりこになってしまう。連中は性の面では西も東もわからないくせに、ひとりよがりで、しつこいといったらない。だが、こういう精神の病を治療するのは実に簡単なのだ。本物の女がひとり、彼らの生活のなかに入って正真正銘の肉体関係を持ってやれば、連中とX女史とのあんな脆《もろ》い関係など、たちどころに崩壊してしまうだろう。もちろん、寡婦は、世にそういう本物の女がいないせいでこういう不合理がまかりとおるといいたいわけではない。本物の女はいる（寡婦は眉根を寄せ、そしてつづけた）、しかしごくわずかしかおらず、しかもそういう女は絶対にそんな未成熟な、男か女かもよくわからぬような手合いを引っかけようとはしない。あまりにも「物足りない」し、「口ではいえないほど気持ちが悪い」からだ。そういうずれのおかげで、われらがX女史はあの猿芝居をつづけられ、みなはそのめくらましをただ眺めているしかないというわけだ。

われわれが静観している間にもうひとつの出来事があった。それはX女史のあの性の講演と直接関係している。当時、西瓜やマクワ瓜の皮が乱れ飛んでいたさなか、一対の鋭い鷹《たか》のような目が終始X女史のあとを追っていた。その男はX女史の夫同様、身を挺《てい》して彼女を守ろうとさえしていたのだが、順番がまわってこないうちに事態は終結したのだった。その男が壁に落書きしたあのやくざ者なのではあるまいか？ それともただの行きずりの男だったのだろうか？ 三カ月後、その「熱い血のたぎる」（同業女史の言）青年男子はX女史の家の戸をくぐり、べつに名乗るでもなく「平然と、断固たる態度で」腰を下ろし、「虎視眈々《こしたんたん》と」X女史の全身をねめまわしてから、単刀直入にあの講演について話しはじめた。ふたりは二時間ほどしゃべったが、そのうちの約一時間は以心伝心の沈黙のうちに過ぎた。最後に青年はじれったそうに立ち上がってたずねた。「ぼくはあなたにふさわしいと思いますか？」X女史は夢から醒め、水のように澄みわたった目をして、ゆっくりと首を振った。「いいえ。あなたの視線は柔和さが足りないし、三色しかなく、変幻自在にならない。それにわたしはとうの昔に若い娘ではなくなっていて、おたがい満足できないわ」。青年は腹を立てて帰ってしまった。X女史は窓からそのさびしそうな後ろ姿を見て、やりきれないようにベッドに倒れこみ、長い間横たわっていた。その件はこれで終わったわけではなく、青年男子は相変わらず熱に浮かされたようにX女史を想いつづけた。それは決して

「性」の誘惑ではなく、「説明できない」ものだという。なぜなら彼の考えでは、X女史はべつに大して「性感《セクシー》」ではないし、「性感《セクシー》」な女ならいくらでもいるのに、長いこと彼を魅きつけつづけた者はいなかったからだ。だとすると、もしや彼のからだに欠陥でも生じたのだろうか？　それとも彼の考え自体に欠陥があるのだろうか？　彼にはどうしてもわからなかった。彼は相変わらずしょっちゅうX女史の家に出かけていって一時間ほど坐り、彼女と例の快い「精神のつきあい」をした。ふたりとも感動して涙ぐんではいたが、彼が一歩踏み込んだ要求をするか、あるいはその種の動きをすると、そのたびにX女史の断固たる、まぎれもない抵抗にあった。あるとき、彼は震えながら彼女の薄っぺらな肩を揺すってたずねた。「どうして?!」X女史は悲しげに、しかし冷静に答えた。「わたしたち合わないもの」「なにが合わないの？」「性的に合わないの」「どうしてわかる？」「わたしのからだがそう感じるの」「いまいましい鏡だ！」青年男子は自制がきかなくなってX女史の鏡をこぶしでたたき割り、手から血を流しながら家を飛び出していった。X女史はそのせいで長いこと気持ちが落ち着かなかった。彼女は決して青年の魅力を感じなかったわけでも、貞節だの禁欲だのといった観念に災《わざわ》いされたわけでもなく、むしろ好きなだけでたらめをやる気はあり、感覚が合いさえすれば、出くわす男を片端から相手にしてもよかった。しかしこのたびは彼をとても気に入り、彼のある種の魅力にしょっちゅう心を動かされてはいたものの、その前にいてもたしかに性の衝動は感じず、感じたふりもできなかった。それだけのことだ。もし彼が納得すれば、ある種の「微妙」な関係をつづけてもよいとさえ思っていた。そういう関係ならどちらにとっても自然であり、理にもかなう。ところが残念ながら、彼はあまりにも杓子定規《しゃくしじょうぎ》で融通がきかなかったため、そんな関係は不可能となり、彼女もやむなく彼との友情をあきらめたのだった。

この件についてはさらに同業女史の話を聞くことができる。同業女史によれば、青年がやってきたあの日、彼女はたまたまX女史の家にいた。青年が入ってきて腰を下ろした後も「わざと席を立たず、そこに残った」ので、あの一部始終をその目で見届けられたのである。しかし情欲に目のくらんだあのふたりは、彼女がいることなどすっかり忘れて挑発的で放埒《ほうらつ》で淫《みだ》らな話にうつつをぬかし、とってつけたようにまじめくさっていたものの、実は「すぐにもベッドに行きたくて」うずうずしていたのだ。いちばんおかしかったのは、ふたりの話がしばしば十数分も途切れたことだ。その間、ふたりはどちらも相手を見ず、身じろぎもせずに「目に涙を浮かべて」おり、彼女はふたりが気功の練習でもしているのかといぶかしく思った。そしてふといたずらをしてやろうと思いつき、時機を見計らって大声でげらげら笑ってみせたのだが、なんとあのふたりには「聞こえなかった」！　たしかに聞こえなかったのだ。X女史はある静かな、陽光きらめく境地に入っており、そのなかで長いこと遊んでいるうちに、世の騒がしさなどとうに感じなくなっていた。かたや青年男子は、自分の狂おしい胸の鼓動に耳をふさがれ、しかも一時的に視力を失っていた。そんなわけで、同業女史のいたずらは無駄に終わった。ふたりにはなんの効き目もなかったのだ。彼女はついに立ち上がり、「ドアを蹴って」軽蔑したようにその家を後にした。

X女史は例の、性に関してはきわめてまじめな女性なのであろうか？　今の件ひとつをとればそうも見えるが、彼女をよく知る者ならば、むしろその反対だとわかっている。たとえば自分を訪ねてくる男性を、彼女は避けようとしないばかりか、ほとんど「来る者は拒まず」で、多ければ多いほど喜び、ときには「精いっぱいそのかし」、しまいに「のこのこ訪ねていく」始末だ。そういう連中と行き来するときは、やはりどうしても人目を避け、とりわけ夫を騙すことになる（たとえあんなに「いい夫」でも）。これでは、だれとも性的関係を持っていないといっても、なかなか信じてはもらえまい。しかもX女史もべつに信じてほしいと思ってはいないらしく、むしろ「まったく気にしていない」。ただ貝のように口を閉ざしているだけである。X女史とつきあったことのある男たちもみな口を閉ざしている。しかし、ある男が（絶対にQではない）白昼大通りでX女史に口づけしたのを見た者が、たしかにいるのだ。その目撃者は「嫌悪と恥ずかしさ」から、X女史の表情を見きわめることはできなかったが、彼女が少しも抵抗しようとしなかったのは断言できるという。ひょっとしたら、もうめろめろになっていたのかもしれないし、すでに肉体関係があったのかもしれない。またX女史の夫のいちばんの親友は、ある日、X女史がやけに若い男と手をつないで郊外の荒れ山に行き、ひと晩過ごして翌日の午前九時にようやく帰ってきたのを見た。ふたりとも「ひどく憔悴《しょうすい》し」、「興奮した顔をしていた」という。夫の親友は心を痛め、重苦しい気持ちでX女史に忠告したが、X女史は言い逃れに終始し、厚顔無恥そのものだった。彼女はにこにこしていった。「なにもなかったし、彼も納得してくれた。ついに説き伏せたの。今でもいい友達よ」「彼が暴力に訴える可能性は考えなかったんですか？　もしかしてそれをひそかに期待していたのでは？」「もちろんその可能性は考えたし、もしもそんなことが起きたら、彼を気の毒に思ったでしょうね。でもありがたいことに、そうはならなかった。感じ方について話して彼を説き伏せたの」「キスされませんでした？」「それがどうしたの？」X女史はひどく怒ったように見えた。「それがどうしたというのよ⁉　えっ、いってみなさい、いってみなさいよ！」彼女に詰め寄られ、夫の親友のほうが逆に壁際に追い詰められてしまった。その後も彼はそのていたらくを思うと、穴があったら入りたいような気がするのだった。そんな浮気女のどこにまじめさがあろう？　人としての真実と信頼性をすっかり失っているのだ。単にもったいをつけているとしかいえない。X女史のさまざまな行為から、われわれはまたもやあのひそかに他人を操る悪魔的本能を思い出さずにはいられない。もとよりX女史には無数のまるでちがった顔があり、相手しだいで別な顔を演じてみせながら、だれにも決して作為を感じさせない技量がある。先に挙げたあのX女史の講演を拝聴した青年男子の前で、X女史はきっと自らの豊富な経験をもとに、異様にまじめな顔をしていたにちがいない。間に一定の距離を保ち、永遠に最後の一歩を踏み出さないことによって、はじめてその荒れ狂う野生馬をつなぎとめ、調教し、自分のあの変態的な心理を満足させることができると感じていたはずだ。もちろん客観的に見れば、べつにはじめからそう企んでいたわけではなく、単に彼女の天性が常に正確な判断を下させるのだろう。だからこそX女史は生まれながらの役者であり、四六時中演技しているといえるのだ。いや、べつに演技しているのではなく、単に生まれながらの巫術師《ふじゅつし》であって、男を弄ぶのを終生最大の楽しみとし、平気で人を傷つけるくせになにくれとなく相手のためを思っているように見え、性格は冷たいくせにさも温かそうに見えるだけだともいえる。要するに、X女史の性格について、結論を下すことなど絶対に不可能なのだ。思ってもみてほしい。われわれは彼女の年齢を確定するのにさえあれほどの労力を費やしながら、最後は無責任に放り出してうやむやのままにしてしまった。とすれば「性格」という何万倍も複雑な事柄を、どうしてはっきりさせることができよう。はっきりさせられないのなら、はっきりさせようとしないことだ。やはり「静かに待つ」ことにしよう。とはいうものの、一点だけ確かになったことがある。彼女の性格の主な傾向のひとつが、勝手気儘《きまま》だということだ。われら五香街《ウーシャンチエ》の住民は禁欲主義者ではないし、他人に充分寛大ではあるが、それでも規律を守り、定法《じょうほう》を重んじる人間である。だからX女史のああした無法きわまるやり口には、みなはらわたが煮えくり返り、今に思い知らせてやりたいと思っていた。もちろんなかにはどさくさまぎれにうまい汁を吸おうとする卑しい輩もおり、口をきわめて彼女を罵る裏で、ひそかに渡りを付けようとしたが、たいていは見事に肘鉄《ひじてつ》を食らうのが落ちであった。そこでわれわれ以上にいきりたち、非難するのだったが、ああいうろくでもない連中はもちろん、われわれの仲間のうちには数えない。X女史の下品で恥知らずなふるまいについてはさらに二例を挙げられるが、本筋からそれすぎる。今語らなければならないのは、X女史の夜の職業についてなのだ。とはいえこれだけ語ってきたにもかかわらず、真相にはどうしても近づけない。五里霧中、寝言のように際限がない。もちろんこう言い切ることもできる。ことの真相などもとよりありはしない。ただのペテンでしかないのだからと。そういってしまうのが、もちろんいちばん手っとり早く、いろいろな面倒や悩みも省ける。だが、X女史の夜の職業の影響は明らかに存在するのだ。目にも見えず、手でさわることもできないものの、五香街《ウーシャンチエ》の住民はみなその影響を感じている。それはときに放射性物質や衝撃波のようでもあり、ときに蟻に皮膚を噛まれるようでもある。聞くところによれば、X女史の同業女史の息子は、X女史の家でひと晩訓練を受けたばかりにがらりと人が変わってしまい、飲んだくれの浮浪者になってふらふら遊び歩き、街頭に野宿し、治安を脅《おびや》かすようになったという。しかも会う人ごとにほらを吹く。物乞い（実は半分は強盗なのだが）の暮らしはなんと幸せなことか、まるで「全身が光り輝く」ような気がする。この暮らしを始める前は、何度も自殺を考えたものだが、今や本当にこんなふうに思うようになった。「永遠に生きつづけていたるところを歩きまわり、見てまわり、けんかしたければすぐにけんかし、たまたま出会った娘と恋をして性交しよう」と。われらが同業女史はどうしようもなくなり、長い竹竿《たけざお》を持ってその「ばちあたりな息子」を追いかけたが、逆になぐられて腕を折り、気の毒で見るに忍びなかった。その小伜《こせがれ》は今では北方のある蛮地に行き、食い詰めたあげく「毛をむしって野獣を食らい」、しまいに死人の脳漿《のうしょう》まですすっているという。だが生活は「自由そのもの」で「快適」で、「未来永劫二度と帰らない」つもりなのだそうだ。息子が家出したあと、母親は癲癇《てんかん》の発作を起こし、短期間、X女史の世話になった。しかし息子については、X女史は救ってやろうとしないばかりか、「割り切ることね」、「産まなかったことにすればいいのよ」などと逆に母親をさとし、それが「彼にとってはいちばんいい」とのたまうのだった。同業女史は体力が回復した後、この陰険な女に殴りかかった。それはすさまじい剣幕《けんまく》で、X女史があんなに身軽で逃げ足が速くなかったら、「足をたき折られる」ところだった。しかし、時間がたつにつれて、同業女史は口でこそ認めないものの、内心、息子が家出したことをありがたく思うようになった。というのは息子は家にいたとき、家族と折り合いが悪く、なにかというと「刃物を持ち出し」、さらには夜、両親が例のことに励《はげ》んでいるといきなり戸を蹴り開けて飛び込んできて、ひやかすような妙なことを口走るので、家族は心の休まるときがなく、神経がまいっていたのだ。彼が出ていったおかげで家は「太平」となり、同業女史は助かったわけだが、X女史に感謝するどころか、公安機関に走っていって、X女史が「青年を誘惑して堕落させ」、「売淫」に従事し、「大もうけしている」と訴えた。そこで上を下への大騒ぎになったが、最後はまたもや証拠不充分で沙汰止《さたや》みとなった。われらが五香街《ウーシャンチエ》の通念では、「姦通は相手ごと押さえよ」となっているが、だれもX女史の「相手」を押さえた者はなく、いうところの「売淫」にしても、ひそかな臆測《おくそく》にすぎず、一種の個人的、主観的判断でしかない。だからこの点についてわれらが大衆は、同業女史のように無理無体な独断や感情に流されて、すぐさまX女史の夜の職業を「売淫活動」と決めつけ、一斉に公安局に駆けつけて、とんでもない笑いぐさになるような真似は決してしない。われらが大衆は結局のところ、やはり穏健で、事実を重んじるのであり、むしろ「静観」しても、無鉄砲な冒険には断固反対なのである。連中は、すべては「静観」していれば自ずから片づくのだからなにもあせることはないと信じ、同業女史のあせり方をいささか不愉快に思ってもいた。あの年の五月、同業女史がメガホンを手に、街頭で寡婦の私生活をあばきはじめてからは、みなが彼女の悪口をいうようになり、とりわけ中青年の男性はほとんど震えあがって、裏で彼女を「青蠅《あおばえ》」と呼んでいた。それが今、突然公安局に馳せ参じていい加減な訴えをし、他人を出し抜いて目立とうとしているとあって、みなはますますいいようもないほどうんざりしてしまった。だれが、そんなよけいなことをしてせっかくの布石《ふせき》をかきまわしてくれと頼んだ？　頭がいかれて前後の見境もつかなくなったのか？　この調子でいけば、あの女はますます図に乗って五香街《ウーシャンチエ》大衆を牛耳《ぎゅうじ》り、その上に君臨しようともくろみかねない。いったいいつから、彼女がわれわれ大衆を代表して口をきく権利を持つようになったのだ？「だれも彼女のことなぞ眼中に置いてない」（寡婦の言）のを忘れるな！　思えば、かつて寡婦は深い痛手を負い、いまだに名誉は回復されていない。なんと痛ましい教訓であろうか。まさかわれわれはそれでもまだ迷いから醒めず、彼女に攪乱《かくらん》されるにまかせるというのか？

（三）Xと寡婦、ふたりの「性」に関する異なった意見

　前にも述べたようだが、人好きのする寡婦は性については一貫して淡白《たんぱく》で、終始変わることなく貞節を守ってきた。もちろん、だからといって取りつく島がなく、まったく性的魅力がないというのではない。実際はむしろその逆で、本人もそれを認めており、生まれながらの自信も持っていた。もっともなことだ。なによりもまず彼女のからだだが、玄人《くろうと》の男の目にも「見るからに性感《セクシー》」に映る類であって、乳房や臀部《でんぶ》は「異常に豊満」で、「からだの線が官能を刺激する」（某中年男性の言——寡婦が取材）。それほど見事な女であれば、いかに鈍感でも、数知れぬ男たちが自分に向ける飢《う》えや渇《かわ》きにも似た欲望を意識せずにはいられない（もちろんその数知れぬ男たちのなかに、あの男だか女だかわからぬ輩は含めない）。そういうあらわな性感《いろけ》は、彼女をやっかいな立場に置いた。彼女のいくつかの発言を例に、その立場（数知れぬ男たちを魅きつけながら、固く貞節を守り、そのなかのだれひとりとも「友情を超えた」関係を持てないため、せっかくの魅力を存分に開示できず、いかがわしい人間に見えてしまう）を説明することができよう。

「一、わたしはずっと向かうところ敵なしだったわ。二十歳から五十歳までの男という男はみなわたしにのぼせあがり、人が寝ていてもその男餓鬼《おがき》どもは真夜中まで雷のような音をたてて窓枠をたたきつづける。でも、ときにまるでつまらないと思うこともあるの。女があまり性感《セクシー》に生まれるのは、本当に災難ね。静かに暮らしたいと思っているのに、そうさせてくれない。なかにはけっこう美男で家にはきれいな可愛い妻がいるというのに（もちろん、わたしほど性感《セクシー》ではないけど）、一度わたしに会っただけで、妙なことにやつれはじめ、朝な夕なわたしに恋い焦がれて病気になってしまう者までいる。本当はこんなに性感《セクシー》に生まれたくはなかった。自分にもなにひとついいことはないし、他人にはかり知れない苦しみを与えてしまう。でも、人がどんなふうに生まれるかは、自分で選べるものじゃない。わたしはたまたまこんなふうに生まれついてしまったけれど、考えてみれば喜ばしいこともあるわ。自分を慕《した》う者たちを正道に導き、社会の風紀を浄化し、みなの品性を高めてあげることができるのだもの。だから性感《セクシー》な女に生まれるのは、災難でもあるけど、幸運でもあるの。性感《セクシー》な女はみななすところのある女、そういう女たちが社会の浮沈を握っているのよ。

二、男なんてたいていは夢ばかり見て、しっかりした考えもない連中だから、わたしたちのような強い女が導いてやらなければだめなの。とくに伝統的な美意識がここまで打撃を受けてしまった今のような時代には、連中の軟弱な本性がますますあらわになってきている。なかには自分の生理的本能から離れて虚《むな》しい奇怪な刺激を追い、それに中毒して救いようのなくなっている者さえいる。そんなのはみな同性愛と大差ない、不健康で異常なものよ。思うに、こんなありさまになった原因のひとつは、わたしたち女の軟弱さと無力さね。自分の真の性感《いろけ》に自信を失い、ひたすら受け身になって男をコントロールする力を失い、連中がでたらめをするにまかせたあげく、零落《れいらく》した我が身を悲しんでいる。でも本来なら、事態はまったく別なふうにもなりえたのよ。わたしたちは自分のからだの効力を知り、それで男を魅きつけ、コントロールし、連中が地に足をつけて従順にいうことをきくようにさせなければ。この世にはX女史のような怪物も存在するけれど、あの女だって決して万能ではない。その点についてはわたしには意味深い経験があるわ。あの女と関係のあるどんな男だって、わたしがその気になればいつでも釣り上げられるし、連中もみなわたしを見てよだれを垂らすの。もしわたしがこんな性格でなかったら、乱世の佳人《かじん》になっていたかもしれない。でも、あいにくこんな性格だった。おかげでX女史のような怪物がいつまでものさばり、人をたぶらかして派手な迷信活動をするようになってしまった。Xはわたしの性格を知り尽くしているからこそ、心置きなく大胆にことを運び、わたしをこんなのっぴきならない立場に追い込んでしまったのよ。わたしは外見は性感《セクシー》だけれど、長い修練を経てとうに世俗の欲望を失くしているから、あの女の虚偽と、一撃にも堪えないもろさを実際の行動で証明してやることもできない。あんな女と鞘当《さやあ》てしたり、やきもちを焼きあったりする甲斐《かい》もないしね。わたし相手では勝負にならないもの……。

三、男の性感《いろけ》はなんの役にもたたず、生活には無関係ね。でも、女の性感《いろけ》は外界との戦いに勝ち、自分の存在価値を示す宝よ。わたしには男に性感《いろけ》があるなんてとうてい思えない。わたしたち女にとっては、どんな男も同じこと。醜くても美男でも、年寄りでも若くても、生殖器官に欠陥さえなければ、みな同じようにやり、同じように精出すことができる。もちろん力のあるなしはあるけど、本質的には少しもちがいはしない。思うに、性感《いろけ》というのは女に特有なものね。それはからだの効果を知っているということで、その意識が高度な段階に達すると、女は神々しさに溢れ、人の魂をとろけさせるようになる。その一挙手一投足、表情のひとつひとつが、男の全身の力をぬき取り、夢見心地にさせる（どうやらわれらが寡婦は、瞑想《めいそう》のうちにほとんど哲学的で高度な認識に達したようだ。これには敬服せずにいられない。彼女はたしかに性の科学を深く究め、師なくして通じている）。そういう状況で、もし女がしっかりと自分を抑制し、男との肉体的接触を避けることができれば、あの不思議な性感《いろけ》はいよいよ満ち、熟《じゆく》し、ほとんど向かうところ敵なしとなる（この言い方に五香街《ウーシヤンチエ》の中青年の男たちはすっかり腹を立て、口をそろえていった。『そんなとんでもないことのためでしかないなら、女の魅力など要るものか。飾り物の花瓶同然じゃないか』と。また、もしも彼らの家にそんな女がいたら、『半殺しにしてやる』ともいった)。今、社会の風紀がこんなに乱れ、淫らになっている原因はすべてわたしたち女にある。あまりにもたががゆるみ、活力がなくなっているから」

寡婦の発言はまだまだあるが、いちいち挙げてはいられない。ただ、ひとついっておきたいのは、寡婦が性の科学を研究すると同時に、しょっちゅう例の実地調査をも行い、いうならば悪い噂も恐れず、苦労もいとわず、しかも独自の方法を作り上げて、だれ知らぬまに信頼に足る生《なま》の資料を入手したことだ。その資料に名の挙がった罪人たちは、なぜことが漏れてしまったのかどうしても合点がいかず、壁に目でもついていたかと怪しんだものだ。X女史とその夫が五香街《ウーシャンチエ》に越してきて以来、寡婦はふたりの性生活をも調査日程の主要部分に組み込み、さまざまな措置をとった。もちろん彼女は塀を飛び越えたり壁を歩いたりできるわけでもなく、透明人間とやらでもない。あくまでも厳密な論理と推理によってその調査をなし遂げたのである。調査結果によれば、Xとその夫の性生活は「異常に苦痛」なものであり、おたがい「憎しみに満ちて」おり、ふたりの間には「性生活などというものはなく」、ただ「変態的な性心理」があるばかりだといえる。寡婦はいう。「からだの大きなちがいひとつとっても問題は見てとれる。一方はあんなに強壮な大男、もう一方はあんなに虚弱な痩せっぽち、これで性生活の調和なんてありうると思う？　もちろんあの男は性の面でもまったく無能だけれど、無能であればあるほど現実ばなれした空想でいっぱいになるものよ。自分では相当強いつもりでいるけれど、いざやろうとしたら、まるでものの役にたたないとばれてしまう。かたや女のほうは遊び半分で、男という男を挑発してその気にさせておきながら、自分は知らん顔。いってしまえばあれこそ似合いの、めったにいない変人夫婦、ふたりの性的関係なんて正常な人間にはわからないわよ」寡婦はこうもいった。「ふたりとも性的には氷のように冷たいの。ひょっとしたら、今までずっと処女童貞を通してきているのかもしれない！　見たところ、息子の小宝《シャオバオ》はどちらにもまるで似ていないし、孤児院でもらったのかもしれないわ。Xの臀部と乳房をごらんなさい、今もまだ処女のままなんじゃないかとわたしはずっと疑ってるけど、充分ありうることだわ。思うに彼女はその恥ずかしい事実を隠すために、わざと人前では淫乱で奔放な女を装い、さも好きそうにしているのよ。彼女とつきあった男はみな、唖者《あしゃ》がにがい黄蓮《おうれん》を呑んだも同然、苦しくても口に出せず、それも不運とあきらめている。さもなければ、どうして今日まで、Xの私生活についてほんのひと言ふた言話そうとする男さえいないの？　興味津々の現象だわ」今やXの私生活にQ男史という人目も恐れぬ大胆不敵な人物が現れたため、事態はますます典型的なものとなった。寡婦は調査をさらに深く進め、最後にはX女史の「正体」をあばいて人々にその危険性を認識させ、自覚的に、進んで「伝統的美意識を守る」ようにさせようと決めた。

ここまでいうとまた読者の頭にひとつの疑問が浮かぶことだろう。もしあの寡婦が一貫して身を玉のごとく守ってきたとすれば、以前、あの死んだ夫に対してもそういう態度をとっていた可能性があり、ひょっとすると彼女自身（Xではない）が、今日にいたるまで処女のままなのではないか？　だとすれば大風呂敷を広げて滔々と「性感《いろけ》」について語ったりする資格が彼女にあるのか？　われわれはとどのつまり、すっかり彼女にだまされて、いいようにごまかされているのではないか？　ここは今少し彼女自身の説明を聞いてみよう。寡婦がいうには、彼女は一生にただひとりの男としか肉体関係を持っていない、相手はほかでもない彼女の死んだ夫である。自分がほがらかで、考えが柔軟で、生気に溢れ、なみなみならぬ魅力を持っていることは毫《ごう》も疑いを容れないが、彼女はずっと伝統の美徳を厳しく守り、今にいたるまで精神と肉体の純潔を保ちつづけてきた。長年のやもめ暮らしについては寂しくないといえばうそになるし、いささか単調ではあるが、まさにこういう静かな生活、こういう意識的な修練のおかげで、しょっちゅう至高の境地に達することができるのだ。彼女はその境地にあって、感動のあまりしばしばむせびないてしまう。そんな境地に比べれば、世間の一切の享楽はなんの魅力もない。だから彼女は永遠にそんなものに動かされないし、たとえあののぼせあがった男どもがガラスを破り、戸をこじあけて飛び込んでこようと、思いどおりにさせてやるはずがない。しかしだからといって、彼女が生まれつきそうだったというのではなく、昔、夫といっしょに暮らしていたころは、充分に人の世の楽しみを味わった。彼女は決して否定しない。彼女の性欲は異常に強く、

「ひと晩に七、八回やっても満足できない」ほどで、機会あるごとに「数えきれない趣向や動作を考え出した」ものだ。その点では彼女の夫（当時は若い屈強な男だった）は、もちろん彼女に太刀打ちできず、彼女ほど豊かな想像力もなかったため、結婚してまもなく不能になり、日々瘦せ衰えてやがてお陀仏《だぶつ》した。それから何年もの間、その話が出るたびに彼女はよよと泣き崩れ、涙で声をつまらせていった。「あなたには想像もつかないわ。わたしが以前に経験したあの奇妙な瞬間、いや、あれはとうてい形容できるようなものではないし、あなたに想像のつくようなものではない。あれから何年たっても、わたしはまだ冷静になれない。あの人のことを思うと、なんだかふつうの人間ではなく、天から降ってきた神様だったような気がするの。本当に、わたしはもう、あの人のことをだんだん神格化している。この世にあんな人がほかにいる？　まわりのああいう美男たち、凡夫俗人たちを見ていると吐き気がしてくる。そそられるどころじゃないわ！」彼女は泣くだけ泣いたあと、またいろいろと思い出した。「ときにはわたしだって思うことがあるの。もしかしたらあの人はべつに大したことのない、月並みな男だったんじゃないか、単にわたしがその男とああいう関係を持ち、この身にそなわった不思議な魅力を授けてやったおかげで、はじめて人の魂をとろけさせるような男になったんじゃないか。もしもわたしにめぐり会わなかったら、あの人もありきたりの男でしかなく、この世のほかの男どもとなにも変わらなかったのではないだろうか。男は女を通してしか自分のよさを発揮できない。しかもその女は強く、性的魅力溢れる女でなければならない。さもないと、男たちはあの軟弱な天性のせいで悪い女に引きずられて堕落し、攪乱分子になって、世の安寧を脅かしかねないから」これで、われわれの心配はなくなった。寡婦は人生でただひとりの男としか性関係を持っていないものの、豊かな経験があり、ほとんど権威といっていいほどなのだ。彼女の経験はさまざまな男と性交したことからではなく、そのことへの醒めた正確な認識から来ている。男に近寄らなければ近寄らないほど、彼女はますます冷静になり、ますますくもりない感覚と充分な自信を持つようになり、一方、男たちから見ればますます性的魅力に富む高嶺《たかね》の花となるのである。われわれは誇張でもなんでもなく、寡婦こそは理想的な性の化身であるといえる。この点については、五香街《ウーシヤンチェ》の男たちが身をもって証明している。いつも寡婦が侵しがたい表情でゆっくりと大通りを歩いていくと、ほとんどの男たちは惚けたように足を止め、「振り返ってにんまり笑い」、それから頭の中ですばやく服をはぎ取ってそのからだのいくつかの秘密の部位にじっくりと視線を注ぎ、しばし酔いしれ、顔を紅潮させ、荒い息を吐くのだ。それからは一日じゅう正気を失ったように手当たりしだい相手をつかまえては大ぼらを吹き、自分を主人公にした桃色事件をでっちあげ、英雄になった気でいるのだが、夜になるとようやく我に返ってしょんぼりする。空気のぬけたまりみたいになり、妻とその気になろうとしてもなれないものだから、八つ当たりして「まるで性感《いろけ》がない」だの「ひからびてる」だの「病院から人体模型を借りてきたほうがよほどましだ」「こんな女房をもらってどうする」「家庭という足手まといさえなければ、とうに芽が出ていた」だのと馬鹿なことを口走る。しまいにふとんから飛び出して腹立ちまぎれに素っ裸でひと晩床にごろ寝し、大病を患《わずら》ってなかなか癒えなかった者さえいる。寡婦はそういう状況を手に取るようにわかっていたが、冷静に観察するにとどめ、やがてその身の程知らずの連中を「教え導き」、労を厭《いと》わず自分の「好もしい影響」を通じて社会の風紀を改めようとするのだった。

両性関係に対する寡婦のこうした意見に対し、われらが五香街《ウーシャンチエ》の男たちはずっと不満だった。もちろん彼女のもっともらしい話を骨の髄《ずい》まで信じきっているわけではなかったが、繰り返し聞かされているうちに「なんだか落ち着かない」、「宙づりにされたような」気分になるのだ。そんな気分は妻との性生活にも影を落とす。そのせいで寡婦になんともいえない怒りを覚える者もいた。「まじめで分をわきまえている」はずだったある中年男子Aは、怒りがつのるにつれてやけに大胆になり、ある真っ暗な夜、「意を決して」寡婦の家に飛び込み、「そのまま出てこなかった」。一週間もたってから、人々はようやく彼を見かけたが、もう半ば廃人のようになっており、痩せさらばえて血を吐いたり寝汗をかき、一日じゅう年老いた猫のように家のすみに縮こまっていた。頭もいかれてしまい、だれが来ても「豹《ひょう》」だといって、がたがた震えた。何人か、好奇心にかられて寡婦となにがあったのか詳しい事情を聞こうとした者もいたが、成功しなかった。いずれも男の表情を見てひどく不安になり、なにか落とし物でもしていないかと両手でしきりにポケットの中をまさぐるだけだった。衆目の認めるところだが、寡婦はその「だれにも想像もつかない一夜」の後、逆にいよいよ「水もしたたる」「いい女」になり、ますます「高嶺の花」となった。そんな変化のせいで彼女は何日も「どうも落ち着かず」、「記憶力が減退したみたい」であった。慎重に考えた末、彼女はいっそ腹をくくってことの真相を「ぶちまけ」、大衆の疑惑を晴らすことにした。そしてある夕方、その仕事にとりかかった。選んだ場所はほかでもない、X女史の家の前のあの空き地で、そこには丸太が積んであった。寡婦がその丸太の上に腰を下ろすやいなや、五香街《ウーシャンチェ》の男たちがぞろぞろ集まってきて、衆星が月を戴《いただ》くごとく彼女を持ち上げた。どいつもこいつも目をぎらぎらさせ、下心を抱いている。寡婦はまずX女史の家のあのすだれをおろした窓を見ながら、二分に及ぶ長いあくびをし、男たちがしびれを切らして飛び上がるまでじらしてから、ひとつ咳払いし、おもむろに蚊が鳴くような声で話しはじめた。話しながら自分の喉を押さえて「風邪をひいて」、「喉を使えない」という。男たちは思わず取り巻きの輪を縮め、しきりに彼女ににじり寄る。だれもがからだを小さく平べったくし、頭をとがらせて平魚《ひらうお》みたいに泳ぎまわり、隙間さえあればもぐりこもうとする。場所を取れなかったふたりの大胆な男などは、ふらふらしながら寡婦の髪の毛や鼻の頭にまでとまろうとした。そのときあのすだれが少し動き、寡婦はにわかに元気になったが、すぐまたしおれた。風が吹いただけだったのだ。それでも彼女のよく聞こえない話はついにはっきりしてきて、本題に入った。彼女がほんのふた言《こと》み言しゃべるたびに、あの平魚《ひらうお》のような男たちは押し合いへし合い、彼女のふところめがけて突っ込み、とがった頭で乳房をついては、うんうんと相槌《あいづち》まで打つ。後ろの連中も黙ってはいず、死に物狂いで前の者を押し退けて「艶福《えんぷく》」に与《あず》かろうとした。寡婦のあの蚊の鳴くような叙述の大意は以下のとおりである。あの晩発生した事件については、ぜひとも各位の「誤解を解いて」いただきたい、自分は「清廉潔白」なのだ。決して「だれか」（その三文字をいうとき、心持ち声を高め、あのすだれのほうをじろりとにらんだ）のように、むやみに男を挑発して引っかけ、さも気がありそうに見せておきながらいざとなるとたんに知らん顔をして、男をのっぴきならないぶざまな目にあわせ、ひとりで悦に入るような人間ではない。彼女は純朴な誠意のある女で、心から願ったことしかしない。男を引っかけたり、わざと失望させたりもしなければ、そんなことで他人を支配しようとも思わない。あの晩はひと晩じゅう、Aと組んずほぐれつしたけれど、ついに夜明けまで彼の思いを遂げさせるようなことはしなかった。考えてみれば、Aのように血の気の多い男にとって、こんな経験も無益ではなかろう。もみ合っている間じゅうずっと、男は彼女の熟れきった女体に触れていたわけだが、そのことは彼の今後の長い人生に、はかり知れない影響を及ぼすだろうし、少なくとも深い烙印《らくいん》を押しているはずだ。その体験のおかげで、これからはどんな誘惑にも抵抗できることだろう。ひょっとしたら俗世を見限り、自分のように精神修養にいそしむようにならないともかぎらない。男はいくらでも変えられる。今までの自分の経験がそれを証明している。

寡婦は長期にわたり、一貫して性の問題を研究してきた。彼女の見解は独創的で自《おの》ずから体系を成しているが、すべての霊感はみな瞑想から得られたもので、人を敬服させる。一方、X女史もその方面を探索しているのだが、態度はまるで正反対で、機に乗じてうまく立ちまわり、大声を張り上げ、しまいに功もないくせに人前で演説して人々の耳目を攪乱しようとし、動機はいかがわしい。こう比べてみただけで、こんなたとえができる。かたや純金、かたや銅屑と。寡婦は寸鉄人を刺す表現でXを「騙《かた》り」と言い切っている。だがいったいなにを騙っているのかを、寡婦は最後までいおうとせず、嬉しそうにはにかんで笑うばかりだ。思うになんらかの証拠を握っているのだろうが、あの表現は「性別」に関係しているにちがいない。われらが五香街《ウーシャンチエ》の大衆は、これまでXは女性だと信じて疑わずにきたが、どうやら今や、それも眉に唾をつけねばならないらしい。Xについてはあらゆる面で慎重な態度をとらねばならず、やみくもに信じこんではならない。寡婦のあの暗示的な発言を聞いていただこう。

「だれか、あの女のおかげでいい思いをした男がいるかしら？　いないわ。あの女から官能の快楽を得た男がいるかしら？　いないわ。まともな生身の女が雲や霧の類のわけはないでしょう？　本人にいわせてもあれほど淫蕩《いんとう》な悪《わる》が、わたしのように徹底して解脱《げだつ》し、性への興味をなくすところまでいっているわけもない。きっとなにかの障害で、やりたくてもやれないのよ。彼女がこれまでしてきたことを細かに分析しただけで、はっきりわかるでしょう?」しかし状況は決してそう単純ではなさそうだ。もしXが「女」ではなく、妖術を使ってあまたの男たちを魅きつけているだけならば、寡婦のこうした艱難《かんなん》限りない闘争を経て、そのからくりは暴露される寸前まで来ているはずだし、男たちにしても、多少は警戒してそう簡単には乗せられなくなっているはずだ。ところが今のところ、X女史の事業が失敗しそうな気配もなく、彼女とつきあいのある男たち（多くの少年少女も含む）も、警戒するどころか日々ますます彼女に依存し、わけもわからぬまま彼女の家に馳せ参じている。連中は寡婦の善意の忠告にも聞く耳持たず、ろくに相手を見ようとさえしない。まるで性別が問題になるのはX女史ではなく、寡婦当人のほうだといわんばかりだ。もちろん連中のほとんどはXのことをよくいったことがなく、なかには思いきりけなして彼女が巻き起こした邪気を払おうとする者もいる。寡婦は「真の技量」にものをいわせるしかないと重々承知してはいるが、その真の技量はまた彼女が修練によって営々と築いてきた「人格」を台無しにする抜けない宝刀なのだ。どうやらX女史との命がけの闘いは永遠に手詰まりのまま、勝負がつきそうにない。しかし、寡婦は決してそれですませるわけにはいかなかった。そんなことを認めるのは、彼女の研究が不徹底で、真の価値を持たず、ただの空《から》念仏にすぎなかったと認めるも同然だ。われらが寡婦は険しい前途を前に依然としていささかもたじろぐことなく、あのイバラと陥穽《かんせい》だらけの細道を選び、毅然《きぜん》として進んでいくのだった。なぜならば畢竟《ひっきょう》するに彼女は本質的には熱狂的な理想主義者であって、俗物の哲学を軽蔑し、高尚純潔な生活をめざして強靭《きょうじん》に、頑強に、執《しつ》拗《よう》に、おのれの定めた目標を追求していく人物であるからだ。

周知のことだが、われらがX女史は性について話をさせれば立て板に水、滔々と途切れることなく、あのいかがわしい激情をたたえ、労を厭《いと》わずしゃべりつづける。性こそ彼女が終生もっとも関心を寄せる問題なのだ。関心を寄せたあげく、思いがけないときに頭がいかれて街の真ん中で怪しげな演説を始めたことから見ても、彼女自身の生活のなかで「性」がどれほど大きな比重を占めているかがうかがい知れよう。彼女の一切の活動――煎り豆屋の仕事をしたり、鏡を見たり、目の観察をしたり、男と行き来したりすること――すべてがそのためだとさえいえる。その目的を達するためには、超人的な精力と体力がなければならない。だからこそ、彼女は規則正しい謹厳そのものの暮らしをしている。知らない者には、彼女が夜の職業を持ち、鏡を見る癖がある以外、日常生活において別段みなと変わったところはないように見えることだろう。だが、とんでもない。彼女の日常生活などすべて偽装、体力と精力を蓄えるための一種のトレーニングにすぎない。彼女の真の生活は、現在の夜の職業と鏡を見るというふたつのことに体現されており、しかもそのふたつはいずれも性に直接関係し、それこそ彼女が日々やりたいことなのである。彼女はそれに全精力と体力を傾注し、どうやら常に一種の高度な緊張状態にあり、そのせいでいつもあんなに痩せていて太れないようなのである。

X女史の性についての見解は驚くべきもので、五香街《ウーシャンチエ》の大衆にはわけがわからぬばかりでなく、彼女の夫や妹、はては姦夫のQさえ全面的には理解できず、そのほんの枝葉を悟ることしかできないものであった。彼女は自分がそんなに性感《セクシー》だと思っているのだろうか？　寡婦のように生まれながらの自信があるのだろうか？　まさにそのとおりだ。それどころか彼女の自信は寡婦をはるかにしのぎ、傲岸不遜《ごうがんふそん》な思い上がりになっている。だがその思い上がりを生む根拠がまた寡婦とは正反対なのだ。彼女は「生理機能」を完全に無視して、荒唐無稽《こうとうむけい》にも自分の「性感《いろけ》」の源があの視力を失った両眼の波光にあると考えている。「これこそ性感《いろけ》というものよ」彼女は頬を紅潮させ、自己陶酔に浸《ひた》る。「眼球への関心と配慮のおかげでわたしは永遠に若く、新奇なものへの鋭い感受性を保っていられるの」。彼女がいうには、自分のそういう性感《いろけ》は決して前からあったものではない。彼女が迷信活動をするようになってから、しだいに「輝き出て」きたのだ。以前はその性感《いろけ》がずっと潜伏状態にあったため、彼女はほかの女と変わるところはなかった。しかし迷信活動を始めると、本性に潜んでいたなにかが昇華し、異彩を放ち、たちまちのうちにほかの女にはるかにぬきんでるようになった。そして仕種《しぐさ》のひとつひとつまで異様に優雅になって女の色香《いろか》がたちこめ、自分でも「二十歳のころよりはるかに魅力的で」「もはや老いることはない」と思うまでになった。われわれも認めざるをえないが、Qといちゃついていたころ、Xのあの眼光はたしかに決定的な作用を及ぼした。しかしそれが性感《いろけ》であるのかどうか、Qははじめのうちよくわからなかった。日頃考えていたこととあまりにも隔《へだ》たっていたからである。だがよくわからないものの、一旦顔を合わせるとX女史の魔術によって、すぐさま生理的な快感が生まれた。彼が恍惚として涙にかすむ目でX女史の眼球を見つめていると、脳裏《のうり》には絶え間なくXのからだのいくつかの部位が浮かび、性の衝動が湧いた。ただもう「すぐにもベッドに入りたい」と思い、彼女に「いたれりつくせり」のことをしてやり、「自分といっしょにあの最大の快感を味わわせてやりたい」と思うのだった。こうした考えは当初はもちろん実行されず、頭の中にあるだけだった。それというのもQは、前にもいったようだが、決してXのように割り切った人間ではなく、いつも迷っており、しかも気がやさしくて人を傷つけることができないたちで、Xの前で衝動に駆られても必死で抑えつけ、隠していたし、自分のさまざまな行為を説明する理由を探すのを片時《かたとき》も忘れたことがなかったからだ。X女史はQが観念のうえで彼女をどう評価するかなどべつに気にしなかった。彼女は自分のからだで彼のある種の「感応」を受けとめたのだ。当初は決して「でたらめ」をしなかったが、彼女ははじめからあっさりと断定していた。Qと彼女は性的には天の造りし好一対、関係が生じれば、双方ともにあの無上の満足を得られるにちがいなく、Qこそは彼女が出会った唯一「性感《セクシー》」な男であり、彼女が夢に見つづけたまさにそのとおりの男なのだと。彼女は浮気っぽく、ひたむきにひとりを愛するたちではまったくなかったが、本能的に、こんな機会は一生に二度とないだろうから、決して安易に手放してはならないとわかっていた。それにしても彼女はいったい、どのように男を見ているのだろう？　彼女の目には、どういう男が性感《セクシー》に見えるのだろう？　これに関して彼女は寡婦のように全面否定の態度はとらないが、心の内なる基準はやけに、不可思議なほど高く設定していた。しかし一方、その基準はきわめて単純で、笑止千万でもある。彼女がひとりの男が性感《セクシー》かどうかを判断する基準はふたつしかない。そのふたつはすでに前に触れているが、ひとつは目の色であり、もうひとつは声である。こんな基準は正常な人間にとっては、まったく常軌《じょうき》を逸《いっ》している。それらが「性」という豊かでしかも生々しいものとなんの関連があるのか？　まして彼女は判断に当たって五官を運用してもいないくせに、そのいうところによればからだの感応によって判断を下すとのことで、その「感応」なるものにかかっては、彼女に興味を持ったほとんどの男がふり落とされてしまうのだ。相手によっては彼女も興味を持たなくもないが、決して性的欲望は持たず、それも彼女のからだの感応によって決まるとあっては、どうにも手の打ちようがなく、融通もきかない。彼女を大好きな男性でもこうなのである。しかし、彼女のほうが大好きな男性は、どうやらQひとりだけではないらしい。異性に対するこのいい加減な態度ゆえに、ある者は彼女を「博愛主義者」といい、またある者は「冷淡」という。Q本人もいつもそのせいで苦悩し、嫉妬し、突然彼女を失うのではないかと恐れ、彼女と「でたらめをやる」ことが片時も頭を離れず、そのくせすべてをふり捨てて追いかける度胸もないため、後になると日々消沈して、「まったく生きるのがいやになった」ほどであった。

ある日の昼、同業女史はXのあの薄暗い部屋で、Xに根掘り葉掘りたずねた。Xはいったい性というものをどう考えているのか、「心で淫する」類のものなのか、「床入り」とはまったく無関係なのか。もしもそれが世を欺《あざむ》く作り話であるならば、彼女には（そういって同業女史はXの耳元に口を寄せた）、この長年の忠実な友には、秘密にする必要などまるでない。友の秘密を彼女の胸の底に収めるのは金庫に収めるよりもっと確かなのだから、と。こういわれてX女史はすぐさま軽々しく同業女史を信じ、心の扉を開け放って密談を始めた。Xはまずきっぱりといった。彼女の性についての考えが床入りと無関係などということは絶対になく、それどころか密接に関係している。床入りこそ目的でありクライマックスであり、このうえなく美しい妙《たえ》なる瞬間なのであって、彼女の理想の実現そのものといっていいほどだ。だからこそ、彼女はそのことにいささかまじめすぎるほどまじめになり、決していい加減にはしないのである。ほんの些細なことで彼女の気分は台無しにされ、衝動も快感もたちまち消えて味気ない思いをさせられ、無感動になってしまうからだ。X女史はいう。これは彼女の最大の欠点で、まさにその欠点のせいで、これほど分をわきまえず、どんな男にも満足せず、理想がやけに高く（まったく俗世の人間には到達できないほどだ）、感情の波が激しくなって、人に恐れられ、疎《うと》まれるようになってしまった。しかし昔は決してこんなふうではなく、「この男といてあの男を思う」ような悪い癖もなかった。迷信活動が彼女の性格をすっかり変えてしまったのである。その活動は彼女の性感《いろけ》をかきたてるとともに、体内の悪魔まで呼び出してしまい、以後彼女は飢えた狼のようにいたるところを探しまわっては数知れぬ面倒を引き起こすはめになった。同業女史はXがひとり勝手にしゃべりまくり、顔には小さい女の子のような天真爛漫無垢《てんしんらんまんむく》そのものの表情を浮かべているのを見て、内心ますます軽蔑し、こっそり、いやというほど蹴飛ばして悲鳴を上げさせてやりたいと思った。Xは話をつづけた。彼女が興味を覚えるのは常に男の目の色と声で、これについては「きわめて繊細な識別能力と豊富な経験」を持っている。べつに彼女が牧歌的なプラトニックな恋が好きというのではない、いや、むしろそんなのは大嫌いだし、そんなのは愛情を偽造することだと思っている。ある男がもしもその二点で彼女の趣味にかなうならば、断言するが、その男と彼女はあの魂もとろけるようなベッドの快楽を得るはずなのだ。そのときにはどんな束縛も束縛でなくなり、彼女はすべてをかなぐりすてるし、相手もかならず彼女のからだからかつて経験したこともない巨大な満足を得るはずだ、と。この話からも見てとれるとおり、Xの自己評価もいやに高い。高すぎて評価というより大ぼらといったほうがいいくらいだ。Xはこうもいう。彼女の理想は二度と変わらぬというわけではないが、それがあるかぎり、常に直観にたよってすみやかに自分好みのタイプを探しあてることができ、一旦探しあてれば、とことん追いかけて決して途中であきらめないし、どれほど困難があろうとくじけることはない。理想が破れ、その証拠が山のように積まれないかぎり、「振り返る」ことはないだろう。同業女史はXの大弁舌を聞くと、遠回しに手を替え品を替えて彼女が過去の「桃色事件」について話すように仕向け、それによって自分の暮らしに彩りを添えようとした。同業女史はこんな質問を呼び水にした。「あなたは男の体型をどう見ているの？」とか「大柄なのと小柄なのとどっちがいい？」とか「既婚の男と童貞の味わいはどうちがう？」とか「やさしいタイプと荒々しいタイプとどっちが刺激的？」等々だ。しかしX女史はこのときは意外にも怖いほどまじめで、まるで純粋な学術上の探究でもしているように、ひと言も他人のことには触れず、同業女史にうながされても沈黙するばかり。顔にも沈痛な、幾分憐れむような表情を浮かべ、なにやら相手のために心を痛め、手助けでもしてやりたいといったふうだった。高みから見下ろすようなその態度に同業女史はかっとした。彼女は飛び上がり（ついでにXを蹴飛ばし）、大声でわめいた。Xは「売女《ばいた》をやって銅像を建てたい」だけだ。こんな浮気女が、なにを高尚ぶってまじめくさっているのか。つきあう男さえいれば、最初の一分からもうひたすら「寝る」ことしか考えず、「寝る」ことだけが唯一の本音のくせに。どんなに言葉で飾りたて、自分を聖人に持ち上げようと、Xを信じる理由など微塵もない。もしもXの器官に欠陥があるのでなければ、どんな馬鹿だってXが「寝る」楽しみを手放すなどとは信じない。これまでだって、もうどれだけの男と寝ているか知れたものではない。さもなければどうして「繊細きわまりない識別力と豊富な経験」があったりするのだ。そんなのは純粋な空想でしかなくなるではないか、と。X女史はちょっと肩をすくめ、辛抱強く同業女史に説いた。彼女の内なる感覚は言葉では伝えようがないのだ。彼女という人間には少し奇妙なところがあって、他人から見ればありえないようなことがしょっちゅう起こる。だからといって彼女が自分を閉ざしているとは思わないでほしい。実は彼女の心の扉は大きく世の人にむかって開け放たれているし、人とのつきあい（男との「でたらめ」を含む）を切望してもいるのだが、それができない。長期にわたる経験により、彼女は「冷めて」しまったからだ、と。

同業女史はXの家を出るとちょっと角を曲がり、金《チン》ばあさんの家に入った。金《チン》ばあさんはちょうど石炭工場の若造とでたらめをし終えたところで、ふたりとも尻をまるだしにしていた。同業女史が突風のように入ってきたため（金《チン》ばあさんは決して戸にかんぬきをしない）、ふたりはいっそふとんの中に腰を据えたまま立たないことにし、同業女史としゃべりながらたがいにさすり合い、えらく感動しているふうだった。同業女史は彼らにひとつの爆弾ニュースをもたらした。X女史が「嫁に行く」というのである。金《チン》ばあさんは仰天してあわててズボンを探したが、どこにも見つからないので、その辺にあったシャツを腰に巻いて前を隠し、ただちに床に飛び下りて機関銃のように質問を浴びせかけた。X女史には夫がいるのに、どうしてそんな勝手に「嫁に行く」ことができるのか？　われわれの法律でそんなことが許されるのか？　それもよりによってこういう時期、金《チン》ばあさんが大いなる勝利をおさめようとし、その名声が彼女をとことん圧倒し、愛情面でも春の盛りにあるときを、なぜ選ぶのか？　嫁になど行かれては、自分のこれまでの苦労は水の泡、進退きわまってしまうではないか？　いったい、あの女は腹の中でなにを企んでいるのだ？　もしや根も葉もない作り話で人心を攪乱しようとしているだけなのではないか？　同業女史は意味ありげに笑いながら、少し静かにするよう金《チン》ばあさんに合図し、自分は悠々とベッドに歩みよってどすんと腰を下ろした。ちょうど石炭工場の若造の足の上だったので、若造は口をへの字にゆがめて足を抜いた。「X女史はね」彼女は落ち着きはらっていった。「X女史は大した神通力《じんつうりき》の持ち主なのよ！」そのひと言で金《チン》ばあさんは震え上がった。同業女史はふたりにいった。X女史は彼女の親友ではあるけれど、たしかに彼女が今までに出会ったなかでもっとも凄腕の女で、眉をちょっと動かしただけで、どんな人間でもいうなりにしてしまう。かりにだれかがXの隙をついて力比べをしようなどとしたら、ろくな目にあわないにきまっている。Xは顔色ひとつ変えずに、相手を死地に追いやり、永遠に抜けられないようにしてしまうだろう。彼女自身についていえば、今生《こんじよう》にそういう友を持てたのはまさに幸運であり、全力をあげてX女史の名誉を守ってやるつもりだ。X女史のあの男への支配力については、もちろん、金《チン》ばあさんごとき女のかなう相手ではなく、そもそも金《チン》ばあさんなどX女史の眼中にはない。たとえ金《チン》ばあさんが石炭工場の若造とこういうでたらめをして、してやったりとほくそえんでいるとしても、X当人はそんな小細工などまるで気にしていないし、なにも感じていない。あれほどの傑物《けつぶつ》が、石炭工場の若造ごときを気にかけるわけがあろうか？　たとえ若造が、自分はX女史の心の中で重要な位置を占めていると依怙地《いこじ》に思いつづけているとしても、そんなのは片思いでしかない。したがって、金《チン》ばあさんの戦略戦術は的外れな、児戯《じぎ》に等しい要領を得ないしろもので、やらないほうがまだましなのだ。もしもX女史に真のライバルがいるとしたら、それは同業の彼女――Xの親友――をおいてはありえない。彼女こそXが恐れる人間なのだ。Xの一切の個人的秘密を握っているのはだれか？　Xの奇妙な個性を知り尽くしているのはだれか？　また、男に対する魅力の面で、Xに比べてまったく遜色《そんしょく》なく、それどころか圧倒しかねないのはだれか？　ひとりしかいない。だから彼女はXの親友であるとともに悩みの種でもあり、ともに天を戴《いただ》くことのできないライバルでもある。Xの男に対する魅力については、長年の観察を経ていくつかの切り札がわかった。なかでもいちばんよく使われるのは、性欲を暗示するあの怪しげな話だ。Xはこの面では下品きわまりなく、いつも相手に赤裸々に自分の「欲望」を語り、相手に衝動が生まれるのを待って、手玉に取ろうとする。もちろんX自身は決して衝動に駆られたりせず、相手の衝動を情け容赦なく嘲笑《あざわら》いさえする。この切り札は何度試しても失敗したことがなく百戦百勝だ。それというのも男たちの大半があんな能なしだからで、連中のようなのが地球に生まれてきたことがそもそもまちがいだったのだ。彼女が観察の末その内面の冷酷さを見ぬいたと知るとX女史は死ぬほど心配し、何度も彼女を訪ねてきて弁解した。自分はべつに男性に心を動かされないわけではなく、常々だれか理想の男と肉体関係を持ちたいと切望しているのだが、あいにくこの世界は「あまりにもがらんとして、あまりにも荒涼として」おり、「理想の相手が見つからない」、だから今日のようなありさまになったのだという。同業女史はXがこぼすのを聞きながら、その本音を知った。Xがこぼしたそのことこそ、まさにXの致命的な弱みであり、Xは、その弱みが世に公開されればすべての崇拝者を失い、完全に孤立してしまうと心配しているにちがいないと。もちろん彼女はXの長年の親友として、その痛いところをほじくり、世間にいいふらすような真似は絶対にしない。むしろXに深い思いやりを持っており、あの傲慢横暴にちょっとブレーキをかけ、とんでもない思い上がりを少しは慎ませ、親しみやすい人間にしてやりたいだけだ。所詮Xはこの世にただひとりの女ではないし、あらゆる面でXを凌《しの》ぎながら、それを隠したまま平静な気持ちを保ち、謙虚に人に接することのできる者もいるというのに、Xにはなぜそれができないのだ？　しかも生まれつき多情奔放《ほんぼう》でもないくせに、なぜそのふりをしたがるのだ？　それで自分の虚栄心は満たされるとしても、世の男たちに（たとえ能なしだとしても）どれほどの打撃を与えてしまうことだろう！　同業女史はここまでいって口をつぐみ、戸口のほうへ行ってちょっと外を眺め、それからしっかりかんぬきをかけてもどってくると、ふたりを前に、押し殺した声である秘密を語りはじめた。「ついこの前、こんな男がいたの。決して自慢するわけじゃないわよ。その男はもともとXの崇拝者だったんだけど、わたしを見いだしてようやくはたと悟ったの。自分の今までの崇拝はやみくもだったと悟り、真の女の魅力とはどういうものかを悟ったというわけ。わたしはべつにXの店の客を横取りする気なんてないし、その必要もない。いつもこっちに静かに坐っているだけで、男たちがわたしを見つけてしまう。これは決してわたしが悪いんじゃなく、彼らの体内の男性が目覚めてしまうのよ。本物がなんとここにいるんだもの！　輝く真珠がここにあるんだもの！　そんなことが数えきれないほど何度もあったわ。もしわたしがその回数を挙げたら、彼女はもう恥ずかしくて穴があったら入りたいと思うでしょうよ。だってわたしのことを完全に無視してるんだもの、あの身の程知らずが」同業女史はふたりにその秘密を打ち明けたあと、急に自分の内部が空っぽになったような気がして突然怒りだし、大声で文句をいった。「どうしてこの部屋はストーブを焚かないの？」そして足を伸ばしてストーブを蹴飛ばし、倒れたストーブから赤い石炭が飛び散ると、ようやく手をひと振りして部屋を出ていった。金《チン》ばあさんと石炭工場の若造は顔を見合わせた。若造はおそるおそるたずねた。「ズボンをはこうか？」そう聞かれてばあさんは激怒し、しゃがれ声でどなりつけた。「このろくでなしが！」ところが若造はそれを誤解し、てっきり彼女がズボンをはくなといっており、彼の情熱が足りないと責めているのだと思いこみ、金《チン》ばあさんに飛びかかって床に押し倒し、また「でたらめ」をやったのだった。しまいに石炭の上にころがっていって火傷《やけど》をし、豚が殺されるような悲鳴をあげた。

X女史の性に対する考え方は生まれつきこうだったのだろうか？　彼女にはなにか具体的な成功や失敗の経験はないのだろうか？　それがないのだとすれば、彼女の考え方は一種の奇癖というしかない。X女史の妹によれば、X女史の性に対する考え方は「長い歴史過程を経てしだいにはっきりし、今日のようになった」という。だがX女史の妹の話を分析したところでほとんどなにも得られないことを、われわれはとうに思い知らされている。それならいっそ自分で推理したほうがすっきりし、視界も開け、われわれの論理も運用できるというものだ。X女史は現在の素行《そこう》から見るに、昔はなりふりかまわず放蕩三昧《ざんまい》にふけっていたにちがいない。かつては数えきれないほどの非合法の「床入り」活動をしてきたはずだ（これは彼女が「床入り」の話にさえなれば、目を輝かせることから証明される）。あのあきれた意気ごみからすれば、何人もの人命に関わるような事件を起こし、何人もの前途を台無しにでもしないかぎり、あきらめるわけがない。われわれも少なからぬ女を見てきたが、彼女らが多少の浮名を流し、はめをはずしたところで、人々の指弾《しだん》を受けることはない。しかし、X女史のような人命に関わる事件を起こしかねない女は、かつて見たことがない。彼女は某政府機関で悪名を馳せ、そこを追われて五香街《ウーシャンチエ》に流れてきて、ようやく仕方なく少しばかり身を慎むようになった。だがほんの数カ月慎むと捲土重来《けんどちょうらい》、またもや大がかりにやりだした。自分が大損をし、略奪されたと思い、失われた良き日々を取り戻したくなって、日を経ずして正体を現したのだ。彼女は自分が「徹底的に醒めていて、きわめて慎重」であり、今や「自分に対して醒めた評価を下せる段階」に入っており、うさ晴らしの活動は彼女に「すべての世俗の干渉を排除」させ、「直接自分の欲望が見えるように」させたともいう。X女史の幸福という点からいえば、むしろ点から生まれたときから寝ぼけたままで永遠に覚醒などしないほうがましだったろう。その奇妙な覚醒のおかげで、あんなに鼻息が荒くなり、男たちは姿を見ただけで逃げ出し、逃げなかったものは生命まで脅かされるはめになった。またそのおかげで、彼女は自己陶酔にふけり、世の人々とまったく相容れなくなってしまったのだ（彼女は今までの経験があるからこそ、すべての男を眼中に置かなくなったと称している）。それにしても彼女の肚《はら》のうちを誰が知ろう？　それと男たちとの間にどれほどの関係があるというのか？　彼女が自分をそんなに高いところに置く必要などまったくないのだ。どうせみな錯覚でしかなく、本気で考えるようなことではないのだから。おたずねするが、男たちを眼中に置かないのなら、なぜなおも物色するのか？　寡婦のように身を玉のごとく守っているほうが、はるかに高潔で、誠実ではないのか？　だがX女史はこうした問いには答えられない。X女史はこれらの問題をよけて通り、こう強調する。迷信活動に従事するようになってから、彼女のからだは日増しに「活き活きと、力溢れる」ようになった。町の大時計が鳴り、朝の光が窓のむこうに昇るたびに、かろやかに夫の腕の中から跳び出し、長いこと窓辺にたたずむ。そんなとき——彼女の妹によれば——Xは「胸がふっくらし、臀部はむっちりし、足はすらりとしなやかに伸び、全身が柳の枝のように揺れる」のだという。われらが寡婦はある朝そのろくでもないひと幕をはじめから終わりまで目撃し、「形容しようのない」ものを感じたという。しかもX女史の夫がなんと「そうするようそそのかして」いるのだそうで、ひょっとしたらX女史のあらゆる桃色事件はあのお宝亭主と「共謀」しているのかもしれないという。

X女史の体内の悪魔は一旦呼び出されると、休みなく波瀾《はらん》を巻き起こすようになった。本来ならば彼女は自由自在にその神通力を示すことができたのであろうが、あいにく選んだ場所が問題だった。それはほかでもない、われら五香街《ウーシャンチエ》の民衆が世々代々住みついてきた場所であり、整然たる秩序の在《あ》り処《か》であった。そこに、だれにも、薬屋の八十三歳の占い師、懵《モン》先生にさえ思いもよらないことに、彼女のような者がひょっこり現れたのだ。それも天から降ってきたように五香街《ウーシャンチエ》に降り立つと、夫とふたりで煎り豆屋を始め、永久に住みつづけそうな構えを見せたのである。随分たってから、われわれはようやくふとふたりの存在を感じた。五香街《ウーシャンチエ》の民衆はみな多少とも現実主義者なので、まずふたりに疑惑を抱き、いぶかしみ、薄目をあけて値踏みし、それからただちにその既成事実を自らに認めさせ、さまざまな対策を立てたうえで、X女史一家を「異分子」として受け入れたのであった。五香街《ウーシャンチエ》の大衆団体は一貫して、多種多様な思想観念と個体を受け入れてきた組織であるが、その「受け入れ」は決してごちゃ混ぜになることではなく、長い歳月をかけて徐々に相手を同化し、徹底的に自己と一体化させることである。昔からこの方法は、たいてい予期したとおりの喜ばしい効果をあげてきていた。しかしこのたび、X女史が相手のこのたびだけは、すべての法則が効力を失ってしまった。X女史は五香街《ウーシャンチエ》に降臨したその日から今日にいたるまでずっと（二、三年たっているが）、同化されないばかりか、癌《がん》のようにしたたかに毒素をまき散らし、他人に害を与えつづけている。まるで同化されるべきなのは彼女ではなく、まわりの大衆であったかのようなのだ。彼女がひそかに歯を食いしばり、うまずたゆまず努力して得たものこそ、それだったのではないか？　もちろん、団体全体の悠久の歴史からすれば、連中のこれっぽっちの破壊性など取るに足りず、この巨大な健康な有機体に微塵の損害も与えてはおらず、むしろ、抗体が生まれるなどの好ましい点さえあるほどだ。とはいうものの、蚊はやはりうとましく、人の生き血を吸って、ふんふんと鳴く。X女史はまさにそういううとましいヤブ蚊なのだ。われわれはその蚊があまり鳴きすぎて、われわれ心やさしい人民を殺気だたせることのないよう願う。彼女の考え方と五香街《ウーシャンチエ》の伝統的考え方がいかに相容れないものであるかは、さまざまな例を挙げて説明することができる。まず夕涼みの話をしよう。これは彼ら一家が仕出かしたもっとも憎むべきことである。われわれの南方では、毎年夏になるとかならず夕涼みをする。場所は道端と決まっており、三々五々集まっては世の大きな出来事を心置きなく語り合い、論じ合い、明るい未来を予測し、社会の良からぬ風紀を糾弾して、深夜まで話しこむ。こういう集《つど》いにはぜひとも全員が参加せねばならず、多くの決まり事はここから生まれる。ところがX女史一家は、越してきたその年の夏にもう非常識ぶりをさらけ出した。みなが夕涼みしているさなか、彼らはさも他人を見下したような態度で通りを散歩し、人々には目もくれずに悠々と散策したあと、そのまま彼らの小さな家に帰ってかんぬきをかけ、二度と出てこなかったのだ。女のほうは顕微鏡をいじくり、男のほうは「なにをしているのやらわからなかった」。石炭工場の若造がX女史の家に行って「それとなく諭《さと》し」、「少しは社会活動に加わる」よう誘ったことがあるが、彼女は「一笑に付し」、相変わらず顔を伏せて顕微鏡を見つづけ、まるで石炭工場の若造と話すことで一分も無駄にしたくないようであり、彼のことなど知らないかのようでもあった。石炭工場の若造はしばらく黙って坐っていたものの、しだいに劣等感にうちひしがれ、帰るときには「まともに歩けない」ほどだった。

「要するに」彼は面目なさそうにいった。「あの人にはあの人なりにやることがあるんだ。それはきっととても高尚なことだ。あのときおれはそばにいて感動のあまり泣きだすところだった。そんなことははじめてだ。これ以上無理に……」

その話が終わらぬうちに、寡婦が彼の顔に唾をとばして罵った。

「恥知らず、あの古だぬきとどんないいことがあったの？」

一年、また一年が過ぎたが、X女史一家は依然として夕涼みをせず、依然として戸を閉めきっている。そればかりか例のひそかな破壊活動まで行い、あろうことか迷信活動を通じて五香街《ウーシャンチエ》大衆の団結を切り崩そうともくろんでいる。彼女のそういう努力が功を奏し、夕涼みをする者はたしかにやや減り、一方で彼女といっしょに迷信活動をする者は増えた。あの馬鹿亭主は大喜びし、会う人ごとに、X女史のこの「奥の手」がいかに見事であるかを説き、その奥の手がひとたび使われれば、夕涼みの類のいかなる伝統的習慣もひとたまりもなく、まさに向かうところ敵なしだなどといいたてた。もちろん一種の幼児的な心理からほらを吹いただけであるが、そのことからもXのあの見過ごされがちな「浸透力」がうかがわれる。夕涼みのほかにも、もうひとつ大きな出来事があった。写真の件だ。われわれ五香街《ウーシャンチエ》の住人は写真を撮るのが大好きで、それを祭りのようににぎにぎしいことと考えている。家で自分たちで撮るだけでなく、毎年春、花が咲くころになると、連れ立って町の真ん中にある写真館に行って一家団欒《だんらん》の写真を撮り、それを持ち帰って大切な記念とし、りっぱな額に入れて壁に掛けておく。どの家に行っても、壁には色とりどりのそういう写真が壁一面に掛けてあり、おごそかな気分になったものだ。ところがこの集団行事のさなか、X女史一家はまたもや例外となる。彼らはその行事に加わらないばかりか、過激な言論をふりまき、写真を撮っても「いいことはなにひとつなく」、まったくの「みせかけ」でしかない、「人間は、真実の生身の自分を見るべきであって、いちばんいい方法は鏡を見ることだ」、「鏡を見る度胸もない人間がなにを写真に撮ろうというのか、自己欺瞞《ぎまん》でしかない」などというのだ。彼女らの息子の小宝《シャオバオ》までが、しょっちゅう遊びながなんの気なしに「写真を撮って、撮って、撮り殺せ！」などとほざく。X女史一家の奇怪なところはまだあるが、語って語り尽くせるものでもない。結論はどの道こういうことだ。彼女らのやることのすべては、五香街《ウーシャンチエ》の社会秩序をわざと破壊することである。連中はそういう敵対心を抱いており、どうしてもそれを抱いたまま墓場に行こうというのである。

（四）Q男史、その人と家庭

郊外のある小さな山のふもとに、赤レンガの平屋が並んでいる。われらがQ男史は妻と子供ふたりとその一軒に住んでいた。Q男史と妻は三十八、九歳（ふたりとも私的な場では自分は四十五だと言い張り、しかもその年齢を誇り、もう世の中を知り尽くしてなんの謎もなくなったと思っていた）、人柄は穏やかで、率直で飾り気がなく、おっとりした好人物だ。どちらもある役所の職員をしており、一日働いて家に帰り、元気にはねまわっていた息子たち（ひとりは九歳、ひとりは十一歳）が駆け寄ってくるのを見ると疲れが吹き飛んだ。外の者が見ても心温まる、絵に描いたような一家団《だん》欒《らん》の光景で、家の前にはかぼちゃや苦瓜《にがうり》、サヤインゲンなどが植わり、真っ白なアンゴラ兎数匹と大きな虎猫が一匹、それに勇ましそうなシェパードまで飼われていた。夫婦は農村の雰囲気が大好きで、都市の喧騒が大嫌いだった。ぽかぽかと陽が照り、甘い花の香りがただよい、蜜蜂が飛び交うなかで、Q男史はよく妻のあの上気した顔を両手ではさんで瓜の棚の下で接吻《せっぷん》を始め、いつまでもいつまでも、まるで相手の唇に飴玉《あめだま》でも生えているように際限なくつづけたものだ。接吻が終わるとふたりは抱き合ったまま瓜棚の下の石のベンチに坐り、長い間、目に熱い涙を浮かべてあの古い昔のはるかな思いにふけり、生活の煩《わずら》わしさをすっかり忘れるのだった。やがてなにかの鳥が頭の上でいぶかしげな叫びをあげると、ふたりはようやく我に返り、そしてまたもや感動してまたもや接吻した。こんな静かな愛に満ちた日々を、ふたりはまたたく間にもう十五年も過ごしていた。ふたりの仲は最初から実に睦《むつ》まじく、Q男史がX女史に出会うまでは、こういう暮らしがずっとつづいていたのだ。ふたりの間には亀裂がないばかりか情は深まるばかりで、すでに一心同体のようでさえあった。もちろん性格はちがっているところもあった。妻のほうはやさしくて気が小さい純情な女で、出会ったその日からQを崇拝し、その崇拝が愛に発展したのだった。彼女の愛は一途《いちず》で、Q以外の男をまともに見ようとしたことさえなかった。彼女にとってQ以外の男はみな恐ろしく、理解できなかったからだ。だから彼女がQに出会ったのは、まさに人生で最大の幸運だった。誠心誠意Qに尽くし、小さな家庭を懸命に支えていると、心の底から主婦の誇りのようなものが湧いてきて、一時的ではあるが少し気も大きくなり、若妻の色香《いろか》で頬をほんのりと染め、たちまちのうちにはっとするような艶やかな女になった。一方Qの性格だが、これはどうもはっきりしない。Qの性格はいくつもの層を成しており、しかも彼がそれをさらけ出したことがないため、正確な判断は下しようがないといえる。とはいえ、彼の性格の二、三の大きな特徴は常に表に現れている。情が深く、度量が広く、思いやりがあることだ。それ以外の要素はXと接触した半年の間に部分的には明らかになったものの、完全な開示にはほど遠い。当人の説明によれば、それは、彼が生まれたときから例の「原罪の意識」を持っているからなのだそうだ。そのせいで一挙一動が抑圧されているため、彼が潜在的にどれだけの力を持ち、どんな異常なことを仕出かすかは、だれにもわからないのだという。Qは情が深く男らしい男として、ずっと妻を大事にしてきたし、最初から妻を傷つけるようなことは絶対にせず、永遠によき兄、よき保護者、よき夫でいようと心に決めていた。性生活ははじめはあまりしっくりいかなかったが、ふたりの協力と努力、そして愛情のおかげで、徐々に息の合った豊かなものになっていった。ひたすら受け身の処女だった妻も、しだいに自分から挑み、愛撫《あいぶ》し、精神的にも肉体的にもQに大きな満足を与えてくれるようになった。そんな妻にQは心から感謝し、なんとか恩返しをしたいと思っていた。以下のような会話がいつも彼らのささやかな家庭に満ち、その生活に趣《おもむき》を添えていたものだ。「もしあなたがほかの女を好きになったら、その人といっしょになれるよう、わたしはすぐに死んであげる」「あなたがわたしのものになるなんて、夢にも思わなかった。神様がわたしの長い孤独の埋め合わせをしてくれたのね」（妻の言）。「もしも来世があって、また妻を選ぶことになったら、ぼくはやはり迷わずきみを選ぶ」「きみはぼくの理想の人、きみのおかげでぼくは生まれ変わったように汚れない、りっぱな男になれた。ほかの女はぼくを堕落させるだけだ」「ぼくが経験したことのない快楽がほかにあるだろうか？　この深く豊かな快楽以上にぼくを揺さぶるものがあるだろうか？」（夫の言）なんとも気色《きしょく》は悪いが、まぎれもなくふたりの愛の深さを示すものではある。しかし、彼らの生活にはかつて第三者が足を踏み入れたこともなく、常にこのように波風たたず平穏で、頭上には青空白雲が広がり、足元には猫や兎がうずくまり、耳元には蜂が飛び交い、小鳥や虫までがその愛のおすそ分けに与《あず》かりに来た、などといったなら、それはいくらなんでも理想化しすぎである。Q自身の見方に反し、Qは不幸にも非常に性感《セクシー》な男であった。敏感な女なら、その顔や所作《しょさ》からあの封じられた肉欲を読み取ることができたし、ベッドの快楽が彼にとってどれほど興味深く、魅惑的なものであるかも、その体内に奔騰《ほんとう》する力が始終跳び出してきては彼の理性と争い、少なからぬ面倒と悩みと当惑をもたらしていることも読み取ることができた。もちろん毎度、彼は悪魔の攪乱に打ち勝ち、さわやかに彼の楽園に帰って、改めて純潔な男、愛情深い良き夫となるのだった。彼が三十五の歳（男ざかりの歳だ）に、ひとりの美しい艶麗な女が長いこと彼を観察した末、薄暗い階段の下で待ち受け、下りてきた彼の肩を「むんずとつかんで」、赤裸々に、矢も楯《たて》もたまらないように、自分の欲望を語り、彼を求めた。「あなたはしたいのよ」。女は有無《うむ》をいわせずじっと彼の目を見据え、赤い唇を半開きにして口づけを待った。彼は動かなかった。しばらくして（女には一万年にも感じられた）、ようやくこの膠着《こうちゃく》状態の突破口が開かれた。Qがため息をついてこういったのだ。「どうして？　ぼくらはまだ少しも理解し合ってないのに」女はひどく侮辱されたと思い、かんかんに怒って去っていった。その後彼は妻に告白した。ほんの束の間、彼はくらくらするような気がした。だがすぐに落ち着きを取り戻し、その女の「底を見透かしてしまった」。「俗っぽい、軽薄な女さ」彼は淡々と妻にいった（このあまりに淡々としているところがかえってうしろめたそうだったが）。「きみと比べものになるものか」。彼が逃げるのであの女は失望し、まもなく別な男を追いかけるようになった。彼はよかったと思うと同時に誇らしくも感じた。幸い自分は罠にはかからなかったが、さもなければどうなっていたことか。世間の女はちょっと目にはいかにもなにかありそうだが、実はなにもありはしない。それが証明されたではないか。そんな女のために冒険をしても、自分をだめにする以外なにを得られるというのだ？　一般的にいって、女というのはどうもいやらしい。ほかのタイプの女もいるのかもしれないが、彼は見たこともないのにどうしてその存在を保証できよう。今まで彼は妻との関係以上に素晴らしい、高尚な関係を見たことがないし、また今後も永遠にこれ以上の関係を持つことはありえないと思う。こういう仮借《かしやく》ない眼差しをなにものも欺くことはできまい。四十五歳にもなって見抜けないものなどあるものか。彼と妻はともに彼らの勝利（妻は決して「あなたの」とはいわず、いつも「わたしたちの」といった）を祝い、祭りのように浮かれて得意になり、感動していた。そして感動のあまり、妻はまた常にもまして彼をいとおしみ、可愛がり、「かわいそうな、寄る辺《よるべ》ない坊や」などと呼んだ。彼のほうもますますその愛に報い、ほんの束の間とはいえ卑しい考えを持ったことを大いに恥じ、永遠に彼女には黙っておいて、ふたりの愛を完全無欠、無傷なままに保とうと心に誓った。だれと妻を比べられよう？　あの優雅な汚れない乙女のような身のこなし！　愛情を満載したずしりと重い魂！　それがいつも彼を驚嘆させ、崇拝の念をかきたてるのだ。この手の「やっかいなこと」は、十五年のうちに四、五回あったが、毎度Ｑがひとりで適当に処理し、そんな世俗のことで妻のあの天使のような心を煩わせたり（それはとりもなおさず彼女を傷つけることだ）は決してしなかった。彼女に話すとしても、ことが片づいたあと、笑い話として話すのであって、微塵の疑念不安も抱かせてはならなかった。そんなことをしたら一生後悔するはめになっただろう。Ｑの妻は、心の底ではＱが魅力的な男であり、ほかの女にどう見えるかも知っていたが、少しも嫉妬はしなかった。嫉妬などというものはその美しい魂とは無縁であり、彼女はただ心配するだけだった。彼女は自分の夫が、素っ裸で世の中を渡るいたいけな子供であって、まわりにはイバラがびっしり生い茂り、猛獣がひそみ、わずかな不注意ですぐ傷つけられてしまうように感じていた。彼は彼女の夫であり、兄であったが、感情の面では彼女の子供、それもひどく信じやすいやさしい子供であった。彼女はその彼を陰から導き、安全な場所に連れていってやらなければならない。その使命感のために、彼女はいつもひそかに興奮しており、我知らず笑いだすこともあった。「なにか嬉しいことでもあるの？」「女にしかわからないことよ、あなたには教えてあげない」。乱雲が過ぎ去ると空はまた青く澄みわたり、サヤインゲンの花がうっとりするような爽やかな香りを発し、レンゲの小さな花が目の前にほころびていた。Q男史は膝に男の子を坐らせ、たくましい腕できゃしゃな妻を抱きしめながら、父として夫としての喜びを満喫していた。もしXという巫女《ふじょ》が現れなかったなら、もし現れたのがXとは別な女だったなら、Qとその妻の関係は、まさにわれわれの世の愛の手本、すべての者が見習うべき模範と呼ぶに足るものであった。

不幸なことは美しい五月のある昼下がりに起きた。その日はQ男史も妻も休暇だった。朝早く起きると（彼ら夫婦は決して寝坊をしない）、Q男史はなにやらかすかな胸の騒ぎを覚えた。それは昼過ぎまでつづき、彼は慎重に妻には気取《けど》られないようにしていたが、食事のあと立ち上がると、妻にちょっと運勢を見てもらってくるといい残し、そわそわと出ていった（ここで少し補足しておくが、われらがQ男史はまぎれもない迷信家であり、その点はX女史とは大いにちがっている。X女史ははでに神秘主義を宣伝するものの、自分は迷信など本気で信じてはおらず、むしろ骨の髄からの異様なまでの自信家である。要するに神も運命も信じず、ひたすら自分を信じ、運命に対してはむしろ挑戦的、嘲弄《ちょうろう》的な態度をとり、折あらばそれに対抗してどんなめちゃくちゃでもやり、決して降参しない。Q男史はその反対にいつもある種の恐れのなかに暮らしており、神を信じ、運命をも信じ、分不相応なことはめったに考えなかった。しょっちゅう占いに行き、その結果に一喜一憂して異様に興奮したり、うちしおれたりした。何日も子供のようにはしゃぎまわり、なにかつぶやきながらえらくご機嫌だったと思えば、今度はまた何日も老人のように黙然と坐りこみ、鈍い目をしてぼうっとしていることもよくあり、そのたびに、妻はまた彼がだれかに占ってもらったのを知るのだった。彼は休息の時間を削り数十里の道を歩いてでも占い師を訪ね、被服費や食費を節約してでも金をためて彼の運命を握る輩に渡そうとした。占い以外彼には趣味はなかった)。おととい彼は同僚から、市内の五香街《ウーシヤンチエ》に本物の巫女がいると聞いた。超能力もあるそうだが、決して人の運勢を占ってはくれない。だが彼が行けば、その魅力ゆえに態度を変えないともかぎらない、というのだ。Q男史はほっとし、そのことを頭に刻み込んだ。その運命判断の詳細については、ここには記さない。だれも信頼に足る情報を提供してくれなかったからだ。Q男史自身もだれにも話したことがなく、手紙にも眼球のことを披露しているばかりで、運命判断についてはひと言も触れていない。X女史の妹（当時その場にいた）もまるで無関係な感慨を語り、Q男史の容貌に曖昧《あいまい》に触れたにすぎず、これについてはもう前に記した。要するに、それがQ男史とX女史の最初の出会いなのだ。その出会いはとんでもないもので、おかげで多くの者の人生が狂い、ひとりの無辜《むこ》の者が命を落とすことになるのだが、それは後の話である。ここではまずあの日の天気について話しておこう。なぜなら天気も事件全体のなかの決定的な要素であり、無視できないからだ。あれはまったくなんともいえないない異様な日だった。もちろん、とくに注意深く観察しなければ、春にはよくあるふつうの日と変わりはなかったかもしれない。しかし、何年もたってから、五香《ウーシヤン》街《チエ》のあの足の不自由な女性がこう回想している。あの日は晴れ渡っていたが、朝から空に花のような白雲がたくさん漂ってきて、やがて「木々のこずえがその花でいっぱいに」なった。窓から顔を出すと外は「仙界のよう」で、「もうひとつ妙なことには、青草のにおいがした」という。ちなみに五香街《ウーシャンチエ》には草など生えていたためしがなく、数本の発育不良の木が道端に立っているばかりだ。それなのにあのときはたしかに濃い、心にしみ入るような青草のにおいがし、空気までが幾分緑色を帯びて人をかすかに陶酔させ、感傷的にした。われらがQ男史は、その人を陶酔させる浮世離れした空気のなかをX女史の小屋へと向かったのである。それからなにが起き、彼の人生がどのように変わるかも、察しがつこうというものだ。あの日はなんのまちがいか、天までがあのいかがわしい男女の仲をとり持ったというわけだ。その昼下がりに起きたことを、Q男史の妻はまったく知らなかった。彼女は夫がどんな人間とつきあっているかを聞いたこともなければ、彼の個人的な活動についてたずねたこともなかった。夫が自分から話してくれること以外、まるで興味もなければ好奇心も持たなかった。Qは夕方家に帰ってくると気持ちが高揚《こうよう》しているようだったので、妻は「良い運勢だったのだろう」と心から喜んでやった。星が出るころ、ふたりは身を寄せ合って戸口に立ち、低い声で「山のふもとの小川」を歌い、長いこと酔いしれた。だがQ男史の歌声にはいつのまにかあらぬ意味がこもるようになった。そのため最後のビブラートのところで彼の声は急に途切れてしまったが、妻は巨大な幸せの奔流《ほんりゅう》に身をまかせており、まったく気づかなかった。彼らはいっそうひたと寄り添った。「青草のにおい」。Q男史が突然涙を流した。「春が本当に来た。やっぱりね?」「やっぱりよ」妻は涙にむせびながら答えた。緑色の流れ星がひとつ、かなたの地平線で煙をあげ、山がびりびりと震えたと思うと、あたりはまた不思議な静謐《せいひつ》を取り戻した。その晩、Q男史は夢のなかであることを考えつづけた。「人間の目の中に蓄電池《ちくでんち》を取り付けることができるだろうか?」ひと晩じゅう、彼は夢うつつのなかでもがいた。白熱灯に瞳孔《どうこう》をまともに照らされて目が見えなくなってしまい、気が気でない。顔の向きを変えるとがらんとした透明なガラスの広い道が、真っ直ぐに伸びていって途中で曲がっていた。

Qと X が会って二日目、例の窓辺でQ男史と「邂逅《かいこう》」した足の不自由な女の身に突然奇跡が起きた。はじめ、彼女は何匹もの蟻に脛を噛まれているような気がしていたが、やがて「どこから力が湧いたのやら」、なんと松葉杖をついてすっと立ち上がり、ふらふらと出ていった。だれかからQ男史の住所を聞いていたのかどうか、われわれは知らないし、Q本人も知らない。だが彼女はなんらかの根拠のある印象をもとに、たちまち「彼を彼だと認め」、おぼろな記憶にたよって、足をひきずりながらQの家へと歩いていったのだ。彼女はまもなく瓜棚の下の小さな家の戸口に着いた。Qの妻はちょうどそこで蜜蜂が唱うのを聞きながら、小さな桃色の花を挿《さ》した頭を振り、うっとりしていた。彼女は足の不自由な女がすぐ目の前で立ち止まったのを気にもとめなかった。いつも外の人間のことは気にしなかったし、どうせ行きずりの人が家の前でだれかと待ち合わせでもしているのだろうと思ったのだ。そして薄目をあけてちらりと女を眺め、また目を閉じて蜜蜂の歌声に浸った。「ねえ――」足の不自由な女はうなるように怒ったようにいった。ところが妻はそれを聞いて野原で風がうなっているのだと思った。あの風はいつも落ち着かず、なにかというとうなりをあげる。「耳が聞こえないの？」足の不自由な女が痩せて骨の浮き出た手を肩にかけると、彼女はようやく驚いて振り向き、むっとしたとがめるような顔で女を見た。「前を走るあの影は、野良犬の影」女は陰険にQの妻をにらみながらいった。「わたしには経験があるの。あれは十年前、エンドウの花が咲く黄昏《たそがれ》だった」妻はそういわれて今度は女を正視した。木偶《でく》人形のような顔に一瞬不吉な影がよぎったが、彼女はまたすぐ明るさを取り戻した。「あなた、心安らかでいられないのね？」Qの妻は誠意をこめて足の不自由な女を見やり、前の椅子に腰かけるよう合図した。「だれもがわたしのような心境になれないことは、よくわかってるわ。いたるところで人々の心が騒いでいる話を聞くの。本当に気の毒で悲惨なことね。あなたはどなた？」

「わたし？　あなたにわかるはずがないわ。でもわたしはずっと前からあなたとあの野良犬のことを聞いてるの。そいつには足が三本しかない、そうでしょう？　わたしはね、十年前に足がだめになったの。むこうで横になったまま、話だけはそれはたくさん聞いたわ、もう頭が破裂するくらい。だから寝たきりなのに、あなたのこともあの犬のことも知ってるの。きょう急に歩けるようになってここに来たのよ。本当に不思議だわ。医者がいうには、わたしはいらいらするととても危険なんだって。みぞおちが痛むの」

「お気の毒ねえ。きょうの午前、わたしはずっと柳の枝で冠を編もうと思っていたの。裏のあの池のほとりに何本かしだれ柳が生えているから」

「あきれた！」足の不自由な女はさも軽蔑したように立ち上がり、片方の杖であの瓜の棚を指すと、声を荒らげて詰問した。「これはなんのつもり？　こんなくだらないものを戸口の前に広げて、カモフラージュしようというんじゃないの？　まったく、ただ生きてるだけの歩く屍《しかばね》ね。わたしには想像がつくわ。本当に頭がおかしいんだ！」

彼女は腹立たしげに去っていった。

　Qの妻にはその女の憤怒が理解できず、奇妙で恐ろしい女だと感じた。いつも知らない人が自分の前に現れるたびに、彼女は本能的におびえ、だれとも友達になれなかった。人々はいつもひどく怒っていて近づけないのだ。彼女がこの世に生まれたのは、たしかにまずかった。こんなに恐ろしいことばかりなのだから。しかし、幸いなことにQが、彼女の夫であり友達であるQが、この世の危険から彼女を守ってくれる。そう思いながら、生まれてはじめて、彼女はかすかに苛立ちはじめた。Qはどこにいるの！　彼女のやさしい坊やはどこにいるの？　布靴をはいて小路まで見に行くと、風が耳元ですすり泣いた。しきりにむこうを眺めているうちに、彼女はふと恥ずかしくなり、彼にすまないような気がした。これは恥ずかしいことだ。そして平静になってまた瓜の棚の下に蜜蜂の歌を聞きに行った。けれども蜜蜂はもう唱わず、急上昇しながら飛び交い、奇怪な円を描くばかりだった。彼女は頭が少し重く、目の前が少しぼやけているように感じた。あの女はいったいだれなのだろう？　あの炎のような黒い目はなんだか始終見かけているような気がする。井戸端へ水をくみに行くと、一匹の山猫がそこにうずくまっていた。小路はその野獣の足跡だらけだ。なにかの前ぶれだろうか？　いや、こんな沈んだ顔をしてはいられない。彼女は自分の宝箱を思い出した。あの中にないものはない。あの足の悪い女の人にも思いもよらないだろう。じゃあ、大きな声で歌を唱おう。彼女の喉は唱い嗄れてしまった。

足の不自由な女はもう遠くに行ったというのに、いつまでも杖の音が響いていた。

トトッ、トトッ、トトッ……

あれは本当に恐ろしい日だった。

あの日、蜜蜂はもう唱わなかった。

「占い師が来たのよ」彼女は無理に元気を出し、冗談めかして夫にいった。

「このところ、ぼくは占いにあまり興味がなくなってる」Qは血色のいいつややかな顔で妻を見やるとその小さな耳に口づけし、思うところありげに笑いだした。

「えらいわ！」彼女はそういいながら、彼の胸に飛び込んだ。「ねえ、どうかわたしたちの蜜蜂に気を配ってやってちょうだい。ずっと唱いつづけてくれるように」

（五）ある改造の失敗

あれはX女史が「うさ晴らし」の活動を始めて二年目のある真昼のことだった。足の不自由な女史の家で小さな会合があり、十数人の容姿端麗な女性がやってきた。だれに招集されたわけでもなく、一種の共通の心理にかられて「期せずして」足の不自由な女史の家に集ったのである。女性たちはやってきて腰を下ろすが早いか、歯に衣《きぬ》着せず、存分に人をこきおろした。銘々《めいめい》が好き勝手にこきおろしたが、たがいの気持ちはおぼろげにわかる気がした。彼女らがこきおろしたのはおおむねひとりの人物だったのだ。共通の言葉があるとあってみないちだんと奮い立ち、共通の敵を前に闘志を燃やし、ひとつやってやろうではないかと手ぐすね引いていた。その熱気溢れるなか、寡婦がみなで金を出しあい、金《チン》ばあさんにやわらかいねじり揚げパン――油条《ヨウティアオ》――を買いに行ってもらい、「元気をつけて」「ひとつやってやろう」と提案したものだから、部屋じゅうがクチャクチャと油条《ヨウティアオ》をかむ音でいっぱいになり、油だらけの手をこっそりと足の不自由な女史のふとんでぬぐう者までいた。油条《ヨウティアオ》を食べ終わると今度は硬いねじり揚げパン――麻花《マーホア》――を食べ、麻花《マーホア》を食べ終わると今度はカルタもまた楽しからずやと、この会合の趣旨もあらかた忘れ、同業女史に注意されてようやくまたこきおろしはじめた。だがこのたびは標的が最初のあの女ではなくなってい た。はじめの標的はだれもが知っている女だったが、今度は八十になる「くたばりぞこない」だ。小半時もこきおろしてようやく「闘争目標の移動」に気づいたため、みなはまたあの女に矛先《ほこさき》をもどした。「彼女はみなの子供たちに目をつけているのよ！」寡婦はこのもっともデリケートで、もっとも刺激的な問題をもちだしてから、おもむろに彼女の冗長な自己分析を始め、情感をこめて滔々とほとばしるように語った。「わたしに子供はいないけれど、みなといっしょにあの女相手にとことんやるわ。もともとわたしにだって子供を作る能力はあったの。疑いの余地もないわ。ただ、わたしも亡くなった夫も子供のことなんて軽く考えていて、まるで気にしていなかったといってもいい。当然よね、みなも覚えてるでしょうけど、あのころ年寄りたちは、わたしが一ダースも子供を産むだろうと太鼓判を押してくれた。『どっさり卵を産めるメンドリだ』なんてね。そんなことをいう人が五十八人、なかには繰り返し繰り返しそういって感心する人もいた。みな知ってたのよ、わたしの生殖能力はだれもかなわないほど強いってことをね。肥《こ》えた土壌《どじょう》のようなもので、健康な種さえまけばいくらでも実がなったはずなのよ。だれかみたいに、強いりっぱな種をまいてもろくに実がならないか、妙な実しかならないのとはちがうの。あの女の土壌は痩せすぎているものの、そもそも女なのかどうかさえはっきりしない。その後、わたしは自分に子供がいないことに淡々としていられるようになった。子供がいるかいないかなんて、大した問題じゃないし、大事なのはその人の人柄だもの。それこそこの世に生きる本当の価値というものよ。子供がいるのもいいけれど、しつけが悪くて社会に害を与えることもあるし、とくにああいう破壊的な、生まれるやいなや社会に歯向かうような子供だったら、そんなのがいてどうするの？　今わたしたちのなかに、そういう破壊的な子供がどんどん出てきている。みなだれかの陰謀と直接関わっているのよ。この現実の問題にどう対処すべきなんでしょう？　対策を思いつかないなんてことは、まさかないわよね？」寡婦はそこでまた補足すべき点を思い出し、付け加えた。「わたしが子持たずなのは、長年の間身を玉のごとく守ってきたせいなの。これは重要なことだと思うわ。あの病気の夫が死んでから、わたしがほかの男と友達以上の関係になったのを見たことのある人がいる？　みな若くてたくましく血気さかんで、もう矢も楯もたまらずにいたけれど、わたしはとうに解脱して、そんなことにはもう興味がなくなっていたのよ。血のつながった子孫がいるかいないかなんて、まったく大したことじゃない。わたしに関心があるのはただ、わたしの崇高な理想を実現することだけよ」。寡婦の噛んで含めるような話を聞いて、同業女史の感情の堰《せき》が切れた。彼女は自分の「罪作りな息子」を思い、ついよよと泣きだして顔じゅうを洟水と涙だらけにし、はじめは袖《そで》でぬぐっていたが、そのうちに足の不自由な女史の油染みがいっぱいついたふとんでぬぐい、おかげで顔に黒い跡がついてしまった。彼女は涙にむせびながらいった。Ｘ女史と「刺しちがえてやる」と（彼女は実名を挙げた。寡婦の含蓄ある物言いにははるかに及ばず、これも教養のなさを示すものだ）。もし刺しちがえられなかったら、ひとりでなにかに頭をぶつけて死に、公平な法律に彼女を制裁してもらう。彼女はそういいながら言葉どおり頭をベッドの枠にぶつけはじめた。みなはそれを止めようともせず、彼女の頭蓋骨の強度を調べようとでもいうように面白そうに眺めていた。おおよそ二十回もぶつけてから、同業女史はようやく頭を上げ、「気がふれたような目つき」で外に飛び出していった。「あれこそ子供がもたらした災難よ」寡婦が冷静に総括した。「あんな子供がなんの自慢になるものですか。自分のひねくれた根性が次の代でますます目立つようになっただけよ。他人があの息子を見れば、ついあの母親を連想するわ。あんな息子なんていないほうがまし、まだ高尚ぶっていられるもの」寡婦がそういい終わると部屋じゅうが静まり返った。ずいぶんたってから、急に部屋のふたすみから途切れ途切れにすすり泣く声がした。金《チン》ばあさんと寡婦の四十八歳の親友が泣いているのだった。ふたりとも寡婦と同病相哀れむ立場——どちらも子供がなく、これからもできる見込みはないのだったが、Ｘ女史が五香街《ウーシャンチエ》住人の子供たちに目を付けていると聞いて恨み骨髄《こつずい》に達し、またどうしたわけかなにやらぼうっとして錯覚を起こし、自分に後継ぎがないのはひとえにあの憎きＸ女史のおかげのような気がしてきた。あのＸ女史さえいなければ、今頃は孫にまつわりつかれる福々しいおばあちゃんだったろうにと。金《チン》ばあさんはあの石炭工場の若造とのなんの快感もない「愛情生活」を振り返り、急にうそ寒い気持ちになった。それもそのはず、彼女は束の間の勝利の喜びを覚えはしたものの、それは優曇華《うどんげ》の花ひと時、たちまち跡形もなく消えてしまった。Xという女が愛の楽しみを妨害したのだ。今では金《チン》ばあさんは石炭工場の若造を「死ぬほどいやになって」おり、彼との関係は一種の「義務」（彼を捨てるには忍びない）でしかなくなっている。X女史と張り合うためでなければ、彼女は決して石炭工場の若造のようなひよっこを相手にはしなかった（そんなひよっこならいくらでも手に入る）。わかってほしい、かつて彼女は「楚々《そそ》とした風情《ふぜい》」の女だった。運が悪かったばかりに心の底で男を憎むようになり、一切の男から遠ざかっていたが、もう少し運がよければ、男という男がみな彼女の足元にひれ伏し、よりどりみどりだったにちがいない。今では落ちぶれて石炭工場の若造（哀れな男よ）の情婦にまで成り下がり、しかもそうまでしながら五香街《ウーシャンチエ》での評判は上がったわけでもなく、ひょっとしたらますます下がっているかもしれない。そのすべての禍《か》根《こん》はX女史にある。X女史はたしかに巫術《ふじゅつ》に長けた女で、彼女に会う者はだれもが我知らず幻覚を起こし、過ちを犯してしまう。その過ちというのが、たいてい人を一生後悔させる取り返しのつかないものなのだ。思えばかつて、彼女にはどんなに多くの胸躍る構想があったことか。どんなに多くの日々を飄々《ひょうひょう》たる仙郷に浸って過ごしたことか。彼女はもともとすでに周三幾《チョウサンチー》に勝っており、その勝利は疑いないものと思っていた。ところがおとといの朝から、あの畜生がまた戸口に姿を見せるようになり、ズボンを引き上げながら鼻歌を唱い、いやでも彼女に気づかせようとする。今はっきりしているのは、なにもかもひっくり返ってしまったということだ。どうしてそうなったのか、そのわけはまったくわからない。わかっているのはただ、彼女のすべての努力は徒労に終わり、みなの笑いものになり、二度と顔を上げて生きてはいけないということだ。あの周三幾《チョウサンチー》は、昼家に入ってきて彼女と石炭工場の若造に弁解までした。彼が彼女の家の前でズボンを上げるのは、べつに彼女に見せつけるためではないし、彼女がどう思おうとまるで関心はない。きのうたまたま彼女が大声で彼をどなるのを聞いたが、彼が戸口に立つのは単にそこが「考えごと」をしやすい場所だからだ、と。

では寡婦の四十八歳の親友はなにを泣いていたのか？　彼女が寡婦に訴えるのをひとつじっくり聞いてみよう（寡婦ははじめから終わりまで一心に耳を傾けながら、厳しい顔をしていた）。親友がいうには、二十年余り前、彼女がまだなまめかしい若い女だったころ、ある少年がひと目惚《めぼ》れしてきた。心が動かなかったわけではないが、歳も離れており自分は寡婦でもあるので、「気持ちをずっと押さえつけ」、素振《そぶ》りにさえ見せなかった。二十年が過ぎ、少年は一人前の男になって家庭を持ち仕事に就いたが、彼女は依然としてひとりぼっち、少年の純真な愛だけが心のよりどころだった。ふたりとも、相手への渇きが消えたわけではなく、むしろ日増しに強まっているのは知っていた（もちろん彼女はそれ以上関係を発展させて、彼の家庭を破壊するような真似は決してしなかったが）。まさにそういう時期に、その美男子が急に心変わりし、ほかの女を好きになったのだ。常に似合わず一日じゅうその女を追いかけまわし、「彼女の戸籍調べまで始めた」。嗅覚が異様に鋭くなって、その片思いの女の話をしている者さえいれば、すぐ割り込んでいって大声でだれはばかることなく女の弁護につとめ、騎士気取りで「まったくの恥知らず」だった。まともな人間にどうしてこんな命知らずの情熱が湧こうか？　理解に苦しむことだ。たとえば彼女の場合、かつての少年、今の青年男子に対する情熱とその激しさは、ふつうの者には想像がつかないほどであったが、彼女は決して「命知らず」ではなかったし、彼も「恥知らず」ではなかった。これはべつに作りごとではない。だれだって、彼女のそういう気持ちのあり方のほうが自然で理にもかない、ああいう「命知らず」のやり方こそ、偽りの、中身のないものだと思うだろう。彼女は自分の意中の人を責めようとは思わない。憎いのは、彼を邪悪な道に引きずり込んだあの悪い女と悪い男だ。悪い男というのは悪い女の亭主のことだ。彼女の意中の人は単純で信じやすい人だったが、どういうわけか、あの亭主と友達になり、すっかり気に入って離れられなくなってしまった。当時、彼女は忠告してやったが、彼は一笑に付した。そのことからも彼が善良で善意に満ち、他人のために水火も恐れぬ思いやりがあることがわかるだろう。彼のこういう人柄は、二十年も前から充分知っており、だからこそふたりの愛もこれほど長くつづいたのだ。しかしもうすべては終わった。こんなに急に、こんなに思いがけず！

女たちはひそかに約束をし、数日後のある夕方、少年少女たちがやってくる前に、突然X女史の家に現れた。X女史の夫はちょうど前の部屋で息子とダイヤモンド・ゲームをしており、夢中になって盤をにらんでいた。彼は例の変態的な心理から、その女たちの到来を自分がなんとも思っておらず、彼女たちを女と見なしさえしていないことを——たとえそろいもそろって容色ぬきんでた女性であっても——示すべきだと思ったのだ。彼は彼女たちに目もくれず、口元に蔑むような薄笑いを浮かべただけだった。X女史は白い毛糸のセーターを着て窓辺に坐り、宙に向かってなにやら複雑な手真似をしていた。一枚の鏡を胸のボタンに掛け、みなに背を向けたまま、振り向く気もまったくなさそうだ。女たちは目配せし合い、ひそひそと耳打ちして、その手真似の意味を推測した。最後に寡婦がみなを代表して進み出、X女史を引っぱってこっちを向かせ、いとも悲しげに口を開いた。自分は「母親たち」を代表して忠告するが、これ以上彼女たちの子供に害を与えないでほしい。彼女自身は一貫してこう思っている。X女史ほどの聡明《そうめい》さとがんばりがあるのなら（どちらかといえばがんばりのほうだ。人はがんばりさえすれば、生まれつき大した頭を持っていなくても多少は聡明になるのだから）、むしろ有益な社会活動をしたらどうか。なにかの意見を出すとか、黒板新聞を書くとか、あるいは法律知識の宣伝でもいい。それなら合法的でもあり、人にぬきんでる希望もある（彼女はX女史がたしかに飛び抜けて目先が利く面があるのは認める）。それをなにが悲しくてこんなに我を張り、ひとりきりで迷信活動などするのか。たとえ十年二十年やったところで、みなに認められることも、地位が上がることもなかろう。かりにいつか自分で素晴らしいと思えるような成果をあげて、ひとりほくほくし、大得意になったとしても、それがどうだというのか？　だれにも彼女の仕事などわかりはしない。そんな成功になんの現実的意味があろう？　まただれがその成功に関心を寄せよう？　もちろん自分たちも彼女の気持ちはわかるし、彼女が孤高の人で、今のところ地位を高めたいと大して思っておらず、おそらく、なにか新鮮な刺激を求めることにいちばん興味を持っているのはわかる。しかし人は、真空のなかで生きているわけではないのだから自分のことだけ考えて行動してはならず、もしその行動で他人に危害を加えたりしたら、恐ろしい結果になろう。寡婦がこんな話をしているとき、人々はX女史の顔がふだん見慣れたあの顔とはまるでちがう、見たこともない顔になっているのに気づいた。あのぼうっとした顔にふたつ、瞳のない灰色の目玉があり、その目玉はまったく動かず、まるで死んでいるようだ。ただ彼女のほっそりした指は胸元のあの手鏡を弄んでおり、その指の表情は豊かで、なにやら奇妙な演《だ》し物のようだ。彼女はひと言も口をきかなかった。寡婦がしゃべり終わると今度は同業女史がしゃべり、同業女史のあとは金《チン》ばあさん、金《チン》ばあさんのあとは寡婦の四十八歳の親友、四十八歳の親友のあとはB女史、B女史のあとはA女史……しまいにみなが一斉にわめいた。「破壊活動をやめなさい！　子供はわたしたちの命だ！」数人の者は乱暴に彼女のあごをつかんで、あの見たことのない顔を元どおりにしようとまでした。X女史はようやく少し身震いし、瞳のない目を見開いてたずねた。「子供って？」「あなたが毎日ここに招集してるじゃないの」足の不自由な女史が杖で彼女の膝をつついた。「とぼけないでよ」「子供なんて来てないわ」彼女はきっぱりといった。「とにかくそんなことは知らないけど、ひょっとしたら、この部屋に影法師がいくつかもぐりこんできていたかもしれない」この意外な答えにみなは唖然《あぜん》とした。「わたしはなにが入ってきても、全然気にしないの——実験をしているとき、そんなのはどうでもいいことだもの、まったくどうでもいい。あなたがた、さっき子供とかなんとかいってたけど、もしかしたらその影法師のことじゃないの？」彼女はそれしかいわなかったが態度は誠実そのもので非の打ちどころがなかった。ただ人々には、彼女の目玉の瞳がどうしても見つからなかった。X女史の夫は隣の部屋で人々がわめくのを聞いて妻がいじめられていると思いこみ、あわててずかずかやってきて人々をかきわけ、広い背中で妻のあのきゃしゃな体をかばうと、女たちにむかって低い声ですごんだ。「あんたらなんの用だ、ええっ？」女たちは後ずさりし、顔を見合わせた。勇敢な寡婦だけがわめきつづけていたが、彼女も応戦する度胸はなかった——男の拳は硬すぎる。ついに彼女たちは外に退却した。夫はバンと音をたてて戸を閉め、窓から顔を出していった。また彼の妻をいじめに来たりしたら「歯をたたき折ってやる」、それに「いかなる社会活動も」彼らには「無関係」だと。彼女たちは帰る途中であの多くの少年少女に出会い、なんとか引き止めようとしたが、うまくいかなかった。小わっぱどもは魚のようにつかまえにくく、へらへら笑いながらつぎつぎに女の股《また》や脇の下をくぐりぬけていってしまった。「馬鹿を見たね」女たちはしょんぼりと道端に坐り、たちまち沈みこんでしまった。「夏まで待つのよ」B女史がいった。「国事討論の活動が始まれば、大衆も興奮するわ。もしかしたらこの前の演説のときみたいになるかもしれない。自信をなくしちゃだめよ」

（六）X女史が漠然と男に対する感じ方を語る

X女史はあの薄暗い部屋の中で、男に対する感じ方を何度も語った。主な聴き手はふたりいた。ひとりは彼女の妹、もうひとりは同業女史だ。この話題はX女史のもっともお気に入りの話題で、この話になると彼女はためらうような幼稚な表情を浮かべ、うわずった声で手をひらひら動かし、室内になにかの影でもないかと心配そうにしきりにあたりを見回すのだった。しかし、ふたりの聴衆が漏らしたところによると、彼女の描写は赤裸々で、単刀直入だった。長時間にわたって自分の理想の男のからだの各部位について話すことができ（もちろんそういう人間が存在するわけではなく、Xにいわせれば聴衆さえ存在しない）、そのさまざまな動態や動作にこめられる意味について論じたものだが、もちろんそこに欠かせないのが目の色と声だった。彼女はそのふたつからからだがわかるという。驚くべき言いぐさをふたつ挙げておこう。「手や唇の本能的な動きには、その人の一生の感情の履歴が凝集《ぎょうしゅう》されている。男を理解するのに時間をかける必要はまったくない。その男がどんな動きをするかを見ればいい、いいや、見る必要さえなく、ただ待ち、感じればいい」「力と持続時間で個性がわかる。

だが女性を通してしか真の姿はわからず、そうでないのは自分をも人をも欺《あざむ》くものであり、男性ではない」。ほかにももっと恐ろしい言いぐさがあるが、差し障りがあるのでここには絶対に挙げられない。要するに、X女史はこの手の話を始めれば、すれっからしの淫婦《いんぷ》も同然、なんの恥じらいもない。しかしそういわれると、彼女はたいてい傲慢に口をへの字に曲げ、恥じ入るべきなのは彼女ではなく、むしろそんなことをいう当人のほうだといい、あろうことか逆に相手を変態呼ばわりする。理解できないのは、彼女が話すときのあの超然とした表情と口元の魅せられたような笑みだ。その表情を演技と呼ばないとすれば、われわれはまたもやあの頭の痛い、彼女の性別問題にひっかかってしまう。みなが覚えていることだが、われらの五香街《ウーシャンチエ》で、ああいう世にもえげつない言葉でなんのはばかりなく男を論じたのはX女史が最初で最後だ。その話し方には、彼女と馴染みの同業女史さえしょっちゅう耐えきれなくなり、けんかをしたくなったものだ。われらが同業女史は男には大いに興味があり、経験もあって、夫と頻繁に房事を行う（息子が家を出てからはますます頻繁になった）のみならず、それを話題にするのも大好きで、とりわけしゃべりながらさまざまな面白い細部を思い出し、繰り返し味わうのが得意である。しかし、X女史のように漠然とした形で男女の秘め事を語るのには、どうしても馴染めない。特定の個人のまるで出てこないそのものずばりのあああいう大演説は、彼女の秘められた情念をかきたて、気をもたせ、彼女の美意識が馴染んできた暗示的ななにかを期待させるにもかかわらず、本当の刺激を与えてくれることは決してない。結局あてがはずれ、してやられたような気持ちになり、引け目を感じ、その醜態を取り繕わねばならないはめになるのだ。まったくなんとひどい話だ！　男の話をするのなら、ちゃんと名や姓があり、具体的な地位や関係があってこそ落ち着いて聞けるというものだ。あんなつかみどころのない話は、ただのたわごとではないか。それをXときたら子供みたいな口調に老練な分析を混ぜ、なんだかんだといいながら、自分の体験もまるでなければ信頼できる根拠もなく、みなでたらめな暇つぶしでしかない。たしかにXは刺激的な言葉を惜しみなくこれでもかと使ってはいるが、その言葉はひとたび彼女の口から出ると、あのわけのわからぬ表情と相まって、たちまちふつうの公認の意味を失い、味もそっけもなくなってしまう。先に挙げたふたつの例も同様で、あのときの彼女の口調もまるで公文書を読んでいるようだった。彼女の話は聞いていると実に疲れ、胸糞が悪い。

同業女史はX女史の家を出るとたまたま自分のあの太った亭主に出会い、地団駄踏んで悪態をつきはじめた。亭主は彼女を抱き寄せ、尻をたたいて落ち着かせようとした。「強盗にあったの！　身ぐるみ剝《は》がれてしまったわ！」彼女は飛び上がって亭主に平手打ちをくれたがまだ収まらず、わなわな震えている。「だれに？」「強盗によ！」「どこで？」「人殺し！」

X女史は周囲の者を大して意識していなかったが、さまざまなチャンネルを通じて彼女に対する他人の憤りや怒りは知っていたし、理性のうえでも彼女に対する全世界の敵意は知っていた。何年も前に彼女はすでにある特殊な経験則を導き出していた。すなわち、他人に自分の本当の感じ方を話せば、笑い物になるということだ。なぜなら、あらゆる人のものの見方は彼女とは正反対だし、ごくありふれた些細なことへの感じ方さえ決して同じではなく、たがいに相容れないのだ。彼女もとうに自分なりの考え方が身についていて変えようがなく、適応もできない。いったいどちらがおかしいのか？　X女史はおかしいのはみなのほうで、彼女ではないと頑固に思っていた。そして我を通すため、二度とその目で周囲を見なくなったばかりでなく、他人と話もしなくなった。ときに彼女がいかにも熱心に、真剣にこっちと話をしているように見えることもあるが、そのうちに決してこっち相手に話していたのではなく、こっちの頭上のあの空間にむかって、あるいはなおひどいことに、彼女自身にむかって話していたのに気づくことが多い。そんなとき、こっちがそこにいると注意を促したりすると、彼女は怒りだす。彼女はああいう対話にもう慣れており、これまた彼女の世間に対する一種の武器になっているのである。この武器は目にこそ見えないものの実に手ごわく、五香街《ウーシャンチエ》の大衆はいつも困惑させられ、なにか失くし物をしたような気分にさせられ、そのまま彼女と話しつづけるかどうかさえ決めかねるのだ。彼らは彼女がひそかに自分を嘲笑しているのではないかと心配もする。ああいう現実味のない漠然とした話をするのは、こっちが気づかないだけで実はからかっているのではないか？　それもわからぬようでは馬鹿まるだしではないか？　彼らはなにがなんでもX女史の真意を確かめてやろうと何度もひそかに決心したが、その努力は毎度無駄に終わった。いつもX女史と話しているうちにひどく疲れ、自信もすっかりなくなってしまう。ある者がそれについてたずねたところ、X女史は「いたって素朴に」その者にいった。彼女は本当になにも企んでいないし、他人をからかうなどという面倒くさいこともしない。自分はこんなふうにしか人と話ができないだけのことだ。彼女は一貫してみなとは「考え方がちがう」。生まれつきそうなのだから、こんな形でお茶を濁すしかなく、さもなければ双方が「苦しむ」だけだ。たとえば彼女は男女間の性交を性交と呼ぶが、人々はそれではあまりにも「露骨」で、身も蓋《ふた》もないから「業余《ぎょうよ》文化生活」といった呼び方をすべきだという。ところが彼女はそんなのは聞いただけで「吐き気がする」。だから、みなは好きなだけ自分の考え方を通せばいいし、彼女のほうも変えるつもりはない。たがいに干渉しなければ、平穏無事だ。

X女史は大衆に対してはこういう態度だったが、あの妹に対してはまるでちがっていた。ふたりは同じゲテモノ趣味の同じ穴のむじなで、しゃべりはじめればもう「きりがなく」、ときには戸を閉めきって半日もさかんに熱っぽく、厳粛さのなかにユーモアをまじえて語り合った。その中身といえば、例によって目の構造だの、男女のちがいだの、星回りだのといったことから離れないのだが、X女史は自信満々、立て板に水で独自な見解を述べたてる。妹はすっかり敬服し、X女史は四六時中そういうまじめな人生の問題に気を配っているのだろうと思ったが、X女史はいった。思考の極意は「あれこれ気を配る」ことにではなく、「決して気を配らない」ことにある。「決して気を配らない」からこそ、彼女は終始「醒《さ》めた頭」でいられるのだ。ひとたび「気を配る」邪道に走れば、頭はぼんやりしておのれの本来の姿を見失い、「オウムの口真似」を始めてしまう。もしもすべての人が「気を配るのを止めて」、彼女のように単純素朴になれば、世の中はすっかり変わり、みなずっと自由自在にいっしょにいられるようになることだろう。みなが生まれ落ちるやいなや「気を配る」手管《てくだ》を学んでしまうばかりに、世の中は異様に複雑になり、逆に彼女のほうが「変人」にされて、風船のように宙に浮かぶはめになるのだ。こういう話は、妹にはもちろん全部はわからなかった。彼女はもともとわけもなく姉に敬服しているだけで、物事をつきつめるようなことは決してできない。姉のすべての奇談怪論を、彼女はただひと言で説明していた。「姉さんは飛べる人なの！」生まれつきか、姉の影響を受けてかは知らないが、彼女のロジックも奇妙きてれつだ。ふたりが戸を閉めてしゃべっているその部屋の窓から、ときたまかすれた女声二重唱の「孤独な小舟」が聞こえてくることがあった。彼女たちはいつもこの同じ歌を唱っていたが、どうやらそこにこめられる情感は毎度ちがっているようだった。そんなとき、よその者が訪ねてきたりすると、美男子はきわめて丁重に彼を押しとどめ、そっというのだった。「中で今、歌を唱ってるんです。しーっ！」そのころ――X女史の妹はいう――彼女たちは男に対する感じ方をじっくり話し合ったことがある。X女史は自分の理想の男のイメージを繰り返し描いてみせた。もちろん、そのさまざまな描き方も相変わらず例の調子で、粗野で直截的でそのくせ中身がなく、大げさだった。それをさも面白そうに、見てきたように話すのだ。「ふたりは絶え間なく愛撫し合いながら、絶え間なく話すの。言葉も感情を暗示するひとつの方式だから。自分の激情と想像をなんとか相手に伝えたいとき、動作だけでは足りず、言葉の助けがいるのよ。そんなときの言葉には、もう日常の意味はない。もしかしたらいくつかの簡単な音節、翼の生えた小さな声かもしれない。わたしにはそういう特殊な言葉が思い浮かぶわ」。X女史はよく「すてきな手が見つからない」と嘆くことがあった。男の手はすべからく活き活きとして、あのやさしい力に満ちているべきであって、その人となりを象徴し、感情の激流がそこに奔騰するようなものでなければならない。ところが、ほとんどの男の手は「ひからびて、青白く、生命を持たず」、単に「自分の欲を満たす道具」でしかない。彼女は「そんなきゃしゃで、中性的な哀れな手は、ひと目ですぐ見分けられる」。そういう手の男は「一生愛撫の楽しみも知らず、女の世界に到達することもなく、真の大人の男になりきることもない、いわば模造品のようなものだわ」。妹はそんな話に大喜びし、もっと詳しく話してほしいと思いながらとんちんかんに、自分はときに本当に「むらむらときて、自分を抑えられなくなるの」などといった。X女史はもちろん妹ほどおめでたくも衝動的でもない深謀遠慮《しんぼうえんりょ》に長《た》けた御仁《ごじん》であったが、粗野という一点で、姉妹は意気投合していた。X女史はここでひとつの例を挙げた。何年も前のある日、彼女は偶然ある一対の目に出会った。その目は彼女の前をかすめるとたちまち三色に変わった。彼女はひそかに喜び、すぐさま駆け寄って男を引き止め、同時に若者のような手をしていると思った。その手は「いかにも内容がありそうに見えた」のである。しかし、触ったとたん、自分が愚かな勘ちがいをしたことに気づいた。「その手はひからびて、栄養不良で、おまけに少し病的だった」「撫でてみたら、痙攣しているようだった」。彼女は軽く首を振り、かつての幼稚さに照れているようだった。彼女がいうには、自分はもう二度とあんな勘ちがいはしなくなったけれど、同時にひどく頽廃的《たいはいてき》になった。なぜなら、この世にはそんな発育不良の手ばかりはびこって、「目を閉じていてもそれがわかる」からで、「この世は老衰した、無性繁殖の場所でしかなく、そんな手をした男には決してなにひとつ創造することはできない」のだという。X女史が奇談怪論を発表したあと、ときにふたりは黙って向かい合い、あのなんともいえない感傷に浸った。夕日の光の輪がレースのカーテンの上をゆっくりと移ろうのを見、あの置き時計がガラスのケースの中でティティタタと時を刻むのを聞いているのだった。妹は、沈黙のさなかによく驚嘆の声をあげた。「わたしたち、もとは野生の鹿のように活き活きしていたのにねえ!」X女史は例の淡々とした、途方に暮れたような笑みでそれに答えた。その感傷に満ちた漫談のなかで、X女史は自分の秘密を打ち明けたことがある。ある日の真昼、X女史はひとりで河原の砂の上に寝ころんでいた。あたりはひっそりとして、人っ子ひとりいない。「空はあのぬけるように悲しい色をして雲ひとつなく、太陽は尖《とが》った三角形に縁取られていた」。陽光が「熱烈に、奔放に」彼女に照りつけると、たちまち色とりどりのたくさんの幻覚が生まれた。彼女はいった。「あれはまるで彼の口づけのよう」で、彼女は「そのぴたりと合わさった肉体をありありと感じた」。そしてまたどうしたことか、ふと衝動にかられ、自分は「どうしても服をすっかり脱ぎ捨てなければならない」と思った。そしてたしかにそのとおりにした。素っ裸になってそこに横たわり、長いことそうしていた。やがてまた立ち上がり、「焼けるような空気のなかをひらひらと飛びまわってあの白熱した雲を追い、我を忘れて思いきり楽しんだ」（幸い河辺を通りかかった者はなかった。さもなければ、どんな茶番劇が起きていたかしれない！）。その後も何度も河原に行ったが、服は脱がずにただ砂地を散歩するだけで、彼女の言葉でいえば「奇跡が起きるのを待っていた」。晴れた日には彼女はこういった。「もしかしたら彼が陽光のなかをこっちにやってくるかもしれない」。雨の日にはこういった。「彼が雨の中をやってくるかもしれない。地面には白いきのこが何列もずらりと生えている」。奇跡はべつに起きず、これはみな片思いのひとり遊びでしかなかった。X女史も心の中ではそれをよくわかっていた。やがて経験を積むと、彼女は二度とそんな遊びをしなくなった。「思いもよらないときにしか会えないのよ」彼女は穏やかにいった。妹は姉のその秘密を友達に話し、その友達は夫に話し、その夫はまた自分の友達に話し、その友達というのがおしゃべり屋だった。そんなわけで、X女史のその秘密は五香街《ウーシャンチエ》じゅうに知れわたることとなった。X女史はもうおしまいか？　どうして人に顔向けできよう？　しかし彼女は平気の平左、むしろ「嬉しそうな」顔さえしていた。

X女史の夫の無二の親友は、この驚くべきニュースを聞くと夫を自分の家に引っぱっていき、二時間にわたって密談した。彼はX女史の夫を責め、「自分の女房にこんな勝手な真似をさせておくと」、いつか「とんでもないことになり」、そのとき「後悔してても取り返しがつかない」とおどした。彼はそういいながら膝をたたき、痛恨のきわみといった面持ちだった。あの友情に厚い夫はしばし呆然としてしまった。だが呆然としているうちに、急に相手が気の毒になって逆に慰めにかかり、「あまりかっかすると」「からだに悪い」といったあげく、気のきかないことに、わざわざ例まで挙げてみせた。自分の昔の同僚が些細なことを気にして「心臓をいため」、心筋梗塞になっていまだに発作に苦しんでいるというのだ。おまけに「何事も気持ちをゆったり持って」などと導きさえした。親友は椅子から飛び上がって叫んだ。「女房に面汚しをされたのは、いったい、おれとおまえのどっちなんだ？　おまえ、性倒錯じゃあるまいな？」夫はなだめるように相手の肩をたたき、椅子に坐らせていった。「ちがう」。そしてまたこうもいった。だれかがちょっと服を脱いだくらいで、そんなに騒ぎ立てる必要はまるでない。実はだれだって心の中ではそんなことをしてみたいと思っている。ただその気持ちを抑え、それを誇っているのだ。ほら、わたしはなんと我慢強いことか、なんと清らかで欲望を捨てていることかと。だからだれかがそんな真似をするととんでもない悪逆非道と見なす。彼自身だって、ときに公衆の面前で素っ裸になり、ぴょんぴょん飛びまわりたいような気がすることがある。きっと気持ちがいいだろうなと。しかし彼にはできない、「それほどの勇気がない」。妻はもちろん彼より勇気があるが、それでも人のいないところでしかやれない。彼は賛嘆、敬服こそすれ、彼女の趣味に干渉する気などさらさらない。彼は馬鹿ではない。だれも彼を馬鹿あつかいすることなどできない！　「じゃあ、おれのほうが馬鹿だというのか⁉」親友は怒り狂った。夫は同情溢れる目で彼を眺め、なんともやるせない気分だった。やがてふたりは長年ではじめて、不愉快な別れ方をした。彼が立ち去るやいなや親友は妻にどなった。「あいつが坐ったその腰掛けをごみ捨て場に捨ててしまえ！　まったくあきれた野郎だ！」それから何日も彼は悶々《もんもん》として楽しまなかった。五香街《ウーシャンチエ》の男たちの間にX女史の秘密が広まってからというもの、だれもかれもが感じやすく、多情になり、やたらに河原に走っていっては「見張り」をし、なんとかその「すごい裸の場面」（寡婦の言）を見、折あらばことに及ぼうと手ぐすねひいている者も大勢いた。いずれも単独行動をとり、他人に自分の意図を悟られはしないかとはらはらし、知り合いに出会うと顔を赤らめてごまかした。「よく日が照るねえ。大して照らないって？　少しは照ってるだろう？　へへ……」そして回れ右して去っていくのだが、遠くへは行かず、その辺をぐるぐる回っていた。だがこうした苦心も当然みな無駄で、彼らはX女史の影さえ見ることができなかった。彼らは恨めしさと恥ずかしさから腹を立て、心の中でつぶやいた。もともとでたらめだったんだ。そんなことがあるわけがない。服を脱ぐ度胸があるくらいなら、その分、家でせっせと男とやるさ。だが服を脱ぐというのは、なにやらロマンチックで刺激的で、なんといおうと男とやるのとはまるでわけがちがう。いや、まったくちがう。それもああいう無人の荒地に出向いてやるのだから、ますますわからない。いったいなにを象徴する行動なのか？　おそらくただの隠れ蓑《みの》でしかなく、真実はその背後にあるのか？　女がひとり素っ裸になって、そんな場所を飛んだりはねたりする光景は、いったいどんなものだろう？　たとえ欲望を抑えきれないとしても、家でこっそりやればいいものを、その「ストリップ・ショー」はなんのつもりなのだ？　われらが五香街《ウーシャンチエ》の大衆は何事につけどこまでも深く考え、軽々しく結論など下さない。一時は答えの出ない謎でも決して手放さず、苦心惨憺《さんたん》して答えを探し、それでも答えが出ないとなるとますます気にかかり、そこに神経を集中するようになる。ときにはある小さなことが彼らをあの果てしない思路へと誘うと思えば、また別な小さなことが彼らを豁然《かつぜん》と悟らせたりもするのだ。われらがX女史は、世界でもっとも変化めまぐるしい正体定まらぬ人間といえる。その一挙一動、一言一句がいずれも不可解な謎であって、一切の経験や常識は通用しない。彼女を相手にするとき、われわれは異星人を相手にするように論理規律に反する方法を新たに模索しなければならない。行動はあくまでも慎重に、軽挙妄動は断固慎まなければならず、情緒に流されるのも禁物だ。動じることなく黙ってなにもせずにいるほうが、大げさに騒ぎ立て、やみくもに行動に走るよりははるかにましである。今までのところ、小さな誤りが出現し、わずかながら短期間大方向を攪乱した者もいるが、全体的にいえば、われらが大衆は依然として観察の過程にあり、軽挙妄動もなければ、風向きで動く者もない。これは非常に賢明なことであり、彼らの教養を充分に物語るものである。X女史の脱衣事件は、五香街《ウーシャンチエ》をしばし活気づかせた。みなはひそかに訪問し合い、さかんに議論し合い、そのなかで絶え間なく深い分析と豊かな連想をくり出し、ありあまる精力を見事に発散した。これはもとよりきわめて高尚なことであり、魂を浄化し、解脱にいたる恰好の機会でもあった。しかし不幸なことに、五香街《ウーシャンチエ》の大衆のなかには少数の教養のない堕落した者もいた。連中はまともなこともせず、がむしゃらに走りまわってりっぱな社会秩序を乱し、せっかくの好事を台無しにし、局面を収拾不能にしてしまう。なんのためにと問われても彼ら自身もよくわからず、ただそうしたいだけで、手のつけられない事態を残して自分は呑気にどこ吹く風で逃げてしまうのだ。このたび躍り出たのはBという女で、X女史の改造が失敗した際、「夏を待って」改めて決着をつけようといったあの女である。彼女は細かに情勢を分析してから同業女史のところへ行き、まる一日相談した。相談しているうちに「ふたりの心にぱっと灯がともり」、ふたりはすぐさまこう決定した。大通りでひとつ即興ショーをやり、その「生々しい」形式によって、X女史の脱衣事件の実体を再現してみようと。ふたりは相談しながら顔を紅潮させ、興奮し緊張していた。その細部と起こりうるあらゆる状況への対処法を決め、十全の計画を練り終えたころには、もう睡眠朦朧《すいがんもうろう》とし、ぶつぶつと長短さまざまな音節を吐きながら、寝台に倒れ込んだ。そして壮志満々の夢の境地に入って英気を養い、翌日のはりつめた戦闘に備えたのだった。夜が明けるとふたりは一糸まとわぬ姿で大通りの両端に現れ、ひとりは東から西へ、もうひとりは西から東へと歩き出した。足が麻痺《まひ》して寝たきりの者以外、すべての者が街頭にひしめいた。はじめのうちは、みな甲高い声で叫びながらひるんだように遠巻きにその「新潮流」の遊戯を眺めるだけで、にわかにはその意味が解せずにいた。ふたりは激情にかられて尻をくねらせ、腹の皮をよじり、あらゆるポーズと絶妙な演技を見せた。演じながら両手をラッパにして、群衆にむかって掛け声をかける。「はい！　はい！　はいはい！」それを聞いて人々はふと合点がいったらしく、我知らずその後につづいて身をくねらせはじめた。ひとたび身をくねらせると今度は服を脱ぎたくて矢も楯もたまらない。えいっ、脱いでしまおう、素っ裸にならなくても、上を脱いだだけで胸がすくというものだ。こうしてこの五キロの道筋の老若男女がそろって衝動に身をまかせはじめた。だれかれかまわず接吻するやらからだじゅう撫でまわすやら、わずかながら地べたで「でたらめをやる」者までいて、上を下への大騒ぎ、だれもが汗びっしょりになって牛のように喘《あえ》いでいた。あのふたりの女史の亭主ははじめは腹を立てていたものの、今や潑剌《はつらつ》ぴちぴちとした女たちがつぎつぎに自分の胸に飛び込んでくるのを見て、あわてて感じ方を調整し、遅れをとることなく楽しみに加わった。ふたりは喘ぎながらいった。「この世にこんな極楽があったとはなあ！　今まではまるで融通もきかず、楽しむことも知らず、半生無駄に過ごしたようなものさ。その結果得たものはなにもなく、嫉妬することしか知らなかった。嫉妬なんて、いちばんどうしようもない感情で、無能の証拠だ。どうやら、われわれの道徳に新しいものを取り入れねばならんようだな。さもないと時代遅れになってしまう」。お祭り騒ぎはまる一日つづき、五香街《ウーシャンチエ》にとりかえしのつかない悪影響をもたらすことになった。翌日の朝、目を開けたとき、ほとんどの者は自分が昨日演じたことを忘れており、顔を合わせてもあのことは話さず、まじめくさって「道徳修養」の問題を話しはじめた。顔に憂慮《ゆうりよ》の色を浮かべ、元気なく、乗せられた憤怒《ふんぬ》をかすかににじませ、そしてあたりを見回す。なぜ見回すのか、だれを探しているのかはわかっていた。ふたりの女史は活動をし終えるなり姿をくらまし、二、三日たってからようやくこっそりと五香街《ウーシャンチエ》にもどった。彼女らはあの敏感な鼻で形勢が激変し、自分たちが標的になったのをかぎつけたため、どうしても風を避けねばならなかったのだ。聞くところによれば、ふたりは逃げる道中けんかのしどおしで、責任を逃れようと猛烈に相手を攻撃し、「歯までたたき折った」という。X女史は窓辺に坐って鏡で通りのあの出来事を目にしたが、なんでもないふりをして懸命に髪をとかし、髪をとかし終わると靴をみがき、靴をみがき終わるとまた息子の小宝《シャオパオ》に顕微鏡の見方を教え、それからわざと驚いたふりをして夫にいった。「どういうこと？　わたしは、あんな連中相手に演説までしたのかしら？　いつのことだった？」夫はあわてて彼女の気持ちを汲み、それを否定した。彼女は「あんな連中」相手に演説をしたことなどまったくなく、彼女がひとり言をいったのを、「あんな連中」が勝手に彼ら相手の演説だと言い張り、彼女を攻撃する口実にしているだけで、「まったく滑稽きわまりない」と（ここからもあの夫がX女史にいかに気をつかっているかが見て取れる。彼がどうしてこんな奇妙な生活に安んじていられるのかは、だれにもわからない。まったくなにかに取り憑《つ》かれているようだ）。X女史はさらにたずねた。「あのとき、わたしは連中を少しは物の数に入れてたのかしら？」「とんでもない」夫はただちにおべんちゃらをいった。「きみはしょっちゅう架空の相手に話しかけているじゃないか。あのとき、きみは彼らを架空の人物と見なしていたんだ、べつに連中に気づいていたわけじゃない」「そうだったみたいね」。彼女は安心し、いつものあの笑みを浮かべた。何日もたってから、X女史は自分のあの脱衣行為を他人に軽妙に描写して聞かせ、「頭がおかしくなって」、「理屈では説明できない衝動に駆られただけよ」などと自嘲的にいった。「期せずしてめぐり会う」決心をしていたのだと。彼女がいうには、自分はすでに非常に落ち着いてすっきりしており、「群山をつらぬき極地にいたる」ほど感覚が澄み、手の指は日ましに「すべすべしてきて」おり、「焦がれるような思いに駆られることは二度となくなった」とのことだ。それ以来、彼女はたしかにめったに外出しなくなり、一日じゅう家の中か煎り豆屋の店にいた。立ち居振る舞いは「優雅そのもの」（妹の言）で、いつも目を伏せて他人を見ず（商売しているときさえそうで、ときに見るにしても相手の頭上の空間か、足元の地面を見るだけなので、その視線を捉えることは決してできなかった）、話すときも例のつかみどころのない歯切れの悪い口調で、相手を居心地悪くさせながら、彼女自身はまるで気づいていなかった。春が去り夏が来て、秋が去り冬が来た。X女史はひっそりと彼女の歳月を過ごしていた。その間、少なからぬ男たちが彼女に興味を持ち、彼女もそのひとりひとりを念入りに眺めたが、ついにあの男を見いだすことはなかったと断定した。男たちももちろん、彼女のそういう苛酷で冷厳な視線には耐えられず、一度鉾《ほこ》を交えただけで敗れ、身の程知らずの望みを断念したのだった。彼女はいった。自分が探さなければならないのは、見ればそれとわかる男であって、いつどこで見かけようと、まちがえない自信がある。その男は独特の目と活き活きした力強い手を持ち、「熱い血が血管の中でたぎっている」のだと。しかし、ときにはまるで逆のこともいった。「あの男のことは想像でしかないの」彼女は冬の傾いた日差しの中で感慨をこめて妹にいった。「でもそのせいで悩んだりはしない。来る者ならかならず来るんだから。わたし、どうしても試してみたいの。いったいどれほどの高みまで達することができるかを。たとえ試した結果なにもなくてもいい、彼が来たら、どうしても試してみるわ。これは運命なの」彼女はそういうと顔を日差しのほうに向けて妹に彼女の目を観察させ、中になにが見えるかとたずねた。妹はぽかんとし、目の中にはなんだか魚が泳ぎまわっているようだといった。X女史は、それは決して魚などではなく、まさに彼女の「生命の放射線」なのだと告げた。あの男だけがその放射線をはっきりと見分けられる。なぜならあの男は彼女と同じ目をしており、彼女と彼はそれぞれの目によって相手を見いだすのだ。今、彼女は自分の眼光が日に日に熱を帯びているのがわかる。「じっと見つめさえすれば、宇宙の一切を照らすことができる」

物語

（一）物語の発端に関するいくつかの意見

もし外部の者が五香街《ウーシャンチエ》の住民にこの物語のあれこれをたずねたりしたら、彼は奇妙なことに気づくことになろう。人々は彼がもちだしたのがひとつの「物語」であることをまったく認めず、だれひとりほんの半時間かそこらさえ相手をしてくれようとはしないだろう。みな忙しくてそれどころではなく、外部の者がそのあるはずのない「物語」のことでなおもからんだりしたら、かんかんに怒りだし、ひどく侮辱《ぶじよく》されたと思うにちがいない。「われわれはみな大事な仕事があり、本質的な問題に関わりのないそんな小さなことにはまったく関心がない。カラーフィルムの現像や憲法と人民の関係について議論したいというなら話はべつで、そういう問題についてならわれわればぜひとも、さまざまな根拠を理論的に明確にしなければならない。しかしなにか下心のある輩《やから》がXやQとやらの偶発的な問題を本質的なもののほうへ引き寄せようとするとしたら、われわれは実に心外だ。だれもXやQとやらのことなど眼中に置いていないし、ふだんからめったに気にかけてもいない。それをこんなふうに話題にしては、まるでわれわれが彼らを重視し、問題にしているようで、ふたりをかえって大物にしてしまうではないか。こんなことをもちだす輩は、きっとわれわれのような思想純潔な人間を邪道に引き込もうとしているのだ。陰険な意図を持って網を張り、獲物が飛び込んでくるのを待っているのにちがいない。実は、われわれにはなんの物語もないというのに」彼らはこういってたがいに押し合い、目配せし、クモの子を散らすように散ってしまい、その外部の者をひとり置き去りにする——それはいずれも穏健で老練な住民であり、きわめて信頼のおける者たちであって、その見識と慈愛溢れる住民に対し、われわれがとやかくいうことはなにもない。彼らはおのれの魂が受けた傷にかくも恬淡《てんたん》としており、今後の前途にもかくも自信に満ち、常に謙虚で大地に足をつけており、たがいに過去を語りあえば、あたかもすべてが光明に満ちた美しい記憶であるかのようだ。しかし、だれもが知っているとおり、こうした粉飾がなされたのは、彼らがこうむった打撃、災難があまりにも重大であったからなのだ。当時の惨状は今なお目に浮かび、人々の辛酸《しんさん》の涙を誘う。だがことが過ぎ去った今、彼らの強靭《きょうじん》な天性は他人がとやかくいったり同情するのを許さない。前途ははるかで予測できない風雲に満ちている。元気を出して勇猛果敢に進んで行く以外選択の余地はない。たしかに以前のあのとんでもない怪事は今にいたるまで彼らの心に暗い影を落としており、ひとり思いにふけっていると、かつての疑念や屈辱や、馬鹿にされた感じや、後悔や自責の念が怒濤《どとう》のように噴き出してきて、ろくなことがない。そこで彼らは銘々《めいめい》それをひたすら抑えつけ、往事をふり捨て、晴々と、身軽に前進しようと決意したのである。過去を徹底的に忘れるため、彼らは堅苦しい日課表を定め、もって決意のほどを示した。日課表には一日にやるべきことが分秒の単位までこと細かに定められ、だれもがそのとおり実行しなければならず、それを専門に監督する者もいた。感傷や自由の氾濫《はんらん》を抑え、思想の健全な発展を保証するためである。

その不幸な事件の発端については、われらが大衆の保存文書の中に、五名の者の口述が如実に記録されている。叙述は活《い》き活きとして活発で各々特色があり、見る角度も異なっている。それぞれの独自な見解は他の見解に対立し、反駁《はんばく》しており、読んでいると目が回って頭がこんがらかってくる。しかしこれもまさに、われらが大衆の心理の豊かさと独立性を反映するものであろう。彼らは決して風になびく人物ではなく、むしろそういう人々に異様なまでの反感を抱き、なんとか筆誅口誅《ひつちゅうこうちゅう》を加えてやりたいと思っているほどで、何人《なんぴと》も彼らにおのれの見方を強制することなどできない。仲裁するような態度で意見を統一したりしても、得るものはなにもないばかりか、むしろもの笑いになることだろう。

黒いビロードの帽子をかぶった身寄りのない老婆の口述

「いとしい従兄《いとこ》の話になると、わたしはかならずあの晩、毛布を蹴飛ばしたことを思い出す。わたしの寝具で値打ちがあるのは、知ってのとおり、あの毛布だけだ。ふとんは三十年掛けてとうにぼろになってしまったし、シーツの下には藁《わら》を敷いているだけ。ところが毛布だけはたしかにいい物で、あのつやつやした短い毛がお日様に照らされると燃え上がるようだ。四十年前、父はあの毛布をわたしにくれたとき（素敵な従兄もその場にいて）こういった。『これは純毛の毛布だ』今でもその父の声を覚えているし、従兄のあの魅力的な笑みはなおさらよく覚えている（ここで老婆は十分にわたって唾液を飲みこみ、目を閉じたまま動かず、どうやらつづきを話すのを忘れてしまったようで、強く肩を揺さぶったらようやく目を醒《さ》ました）。わたしがどうして毛布を蹴飛ばしたかというと、長い話になるが、あれはもう春だった。湿気がひどく、蒸してきていて、本当は夜ふとんを掛ければ毛布なんかいらなかったんだが、なにもかもあのいまいましい甥《おい》のせいだ。実をいうと、あいつは決してわたしの甥なんかじゃない。十二年前にむこうが勝手にわたしの甥だといいだして、今ではだれもがその作り話を信じている。まったく奇妙な話さ。あいつはどこの馬の骨とも知れぬ流れ者、ふた親ともいないいちんぴらで、人間の心を失くした偽君子だ。盗みもすればひったくりもする。人の生き血を吸い、ほっぺたにいつも大きなこぶをぶら下げてる。それをどう勘ちがいしたのか（そんなことをいいだした馬鹿を呪いたいよ）、大勢の者があいつにわたしのところへ石炭を運んでやれなんていった。わたしはその意地の悪い言い方に腹が立って、もしもあいつが本当に運んできたら、とことんやり合うつもりだった。歳をとって弱ってはいるが、あんなやつを相手にするのは朝飯前だ。結局、わたしはあいつを絶対に家に入れないことにした。隙を見て入ろうたって、そうはいかない。わたしは冬の間じゅう戸口を見張っていたんだから。つまり、ひと冬じゅうわたしは火を焚《た》かなかったのさ！（そんなこと、構っていられるものか！）家の中はじめじめしていたが、心は晴々していた。春が来ても家の中はまるでこぬか雨でも降っているようだったから、ふとんの上に毛布を掛けておいたら夜中に暑くなって、蹴飛ばしてしまった。朝起きたら毛布は床に落ちていた。そのとき、あのことが起きた。そう、入ってきたのはもちろんわたしの従兄、あの従兄が石炭を届けに来てくれたのさ。いいかい、四十年もたって、わたしがいちばんあの人を必要とするときに、あの人はそばに来てくれたんだよ。ずっとそんな予感がしていた。従兄はかならず来ると。例の自称甥とやらと闘っているときも、あの骨まで凍える冬の夜も、この信念がわたしを支えてくれた。人の生き血を吸うあのいまいましい野郎は、あの毛布をずっとねらっていて、わたしが冬のうちにくたばるだろうと手ぐすね引いていたけれどね。従兄は本当にやってきた。石炭を運んでくれたばかりでなく、家の真ん中に七、八分も立ち尽くした。情に溢れる目は、四十年前と同じように物言いたげで、同じように深みがあった。あの人はそっといった。『思いもよらなかった』と。そのとき、あの人は唇を動かしただけで、声は出さなかった。でもわたしにははっきりと聞こえた。それを聞くやいなや涙がどっと溢れ、もうあの人の姿さえよく見えなくなってしまった。なんと俠気《おとこぎ》のある人だろう！　なんと義理人情にあつい人だろう！　あの人が帰ったあと、わたしは急に足に力が湧いて、トントントンと一気に五キロの道を歩き、何度も飛び跳ねさえした。それでも少しも疲れず、自分もまだひと花咲かせられるのではないか、若返りの奇跡が起こったのではないかと思った（頭を垂れ、どうやら寝てしまったようだったが、五分後にまたむっくり顔を上げた）。

わたしはだいぶ前から、なにか目に見えない危険が従兄に迫っているような気がしてならなかった。そんな感じは四十年前からずっとつづいていたんだけれど、それがとうとう起きてしまった！　従兄はまぎれもない童貞だった。そんなことをわざわざいうのは、あの人が純粋無垢《むく》で世間知らずで、男女の機微などまるで知らなかったということを、みなに知っておいてほしいからさ。四十年の試練は従兄の人柄を証明するに充分だった。鏡の女子《おなご》（Xに対する老婆の蔑称《べっしょう》）はその人柄を見抜いたからこそ食いついて離れず、悪の道に引きずりこんで、今日のようなありさまにしてしまった。敢えていうが、あの人はまったくなんの快感もなく、鏡の女子《おなご》が自分のからだにどんな悪さをしているかさえ、まったく知らなかったんだ。事件の間じゅう、わたしは消極的な傍観者だっただろうか？　あるいはだれかが思っているように、好《い》い気味だとそれを見ていたのだろうか？　とんでもない、わたしがどんなに恐ろしい歳月を過ごしてきたか、だれにわかるものか！　鏡の女子《おなご》が巫術《ふじゅつ》をやめ、顕微鏡やらなにやらの道具をしまってあのかわいそうな従兄と駆け落ちした後、わたしを待っていたのは夜な夜な襲う孤独、死のような静けさと空漠、そして恐怖だった。わたしはたちまち老いぼれて足も上げられなくなり、ただ哀れみの眼差しであのふたりの後ろ姿が茫々《ぼうぼう》たる闇夜に消えてゆくのを追いつづけるしかなかった。ことの発端はなんだったのだろう？　こんな悲惨な結末をもたらした原因はどこにあったのだろう？　だれもその秘密を知らないけれど、実はほんの些細なこと、あの荷車の石炭のせいだった！　あの日、わたしが石炭工場の者に石炭を運ばせたのが悪かった。おかげでわたしは死ぬまで自分を許せず、絶え間なく自分を呪いつづけるはめになってしまった。たまたま家の前にこんな坂があったばかりに、そしてたまたまあの若造《わかぞう》が力を出し惜しみして上まで引っぱりあげてくれなかったばかりに、たまたま従兄が頭の下がる侠気《おとこぎ》を出して手伝ってくれたばかりにねえ。あの人はきっとわたしと会って興奮のあまりぼうっとしてしまったんだろう、とにかく自分が行くべき場所を忘れ、ふらふらと石炭工場の男の後について鏡の女子《おなご》の庭に入っていってしまった。そして入口でつまずいて転び、気を失ってしまったのさ。夕方ようやく出てきたとき、あの人の顔色は恐ろしいほど悪かった。ちょっと待っておくれ、またあの毛布のことを話さなければ。大事なことを忘れていた。四十年前、毛布は従兄が抱えてきてくれたのだった。街じゅうの女がうらやましそうに首を伸ばして毛布を見、わたしと従兄を見ていた（ほかの用事で見逃した者は死ぬほど残念がった）。みなひそかにわたしと従兄は似合いのふたりだと思っていたから、毛布はちょうど結納の品のようなものだった。あれがわたしと従兄の心を結びつけたのさ。わたしがXごときを眼中に置いてるなんて思わないでおくれ、ふん！　あんな者のことはすっかり忘れた。わたしが今日ここに来たのは、決してあの女のことを話すためじゃない。ただ従兄とあの毛布の関係をちょっと話そうと思っただけださ。おたずねするが、あの女は何者だい？　地の下から這《は》い出してきた妖怪だよ。わたしらが、そんな女のなにに関心を持たなければならないのさ？　自分のことさえ手に余るというのに！　近頃の気風は、わけのわからぬ人間にばかり注目したがる。素っ裸になって大通りでわめいたり、何人も男をひっかけたりするだけで有名になる。ここの者たちときたらだんだん足元が定まらなくなり、やたらに他人の提灯《ちょうちん》持ちをするようになって、まったくみっともない。従兄が泥沼にはまったのは、ほかでもない、入口でつまずいて転んだせいだった。あの人は人事不省のまま堕落して、いまだにその妄想症状から抜けられずにいる。まさかわれわれはその溺れる者に石を投げるような真似はすまいね？　この肝心かなめのときに、あの人に致命的な打撃を与えたり、まともな話を聞こうともせずに時流に乗った者に同調してはしゃぎたて、どうでもいい者がするどうでもいいことの後ばかり追って、気息奄々《きそくえんえん》のあの人を蹴飛ばすような真似はすまいね？　こんなことをいっているだけで、もう疲れて死にそうだよ。きょう話したかったのは、毛布と従兄の関係だったたのに、本当にいいたかったことは充分伝えられなかったようだね。あれこれ邪魔が入って気が散って、馬鹿みたいな話になってしまった。必死に自分の考えにしがみついていれば、少しは邪魔なものを避《よ》けて肝心なことに近づけるのだけれど、それも一瞬だけ、また邪魔が入って休みなく考えをかき乱される。それがますますひどくなって、しまいに精も根も尽き果ててしまうが、伝えたいことはまだ霧の中だ。わたしの話はここまでさ、このろくでなしども！」（老婆は突然倒れて手足を痙攣《けいれん》させ、約二十分後に目を醒ましていまいましげに出ていった）

足の不自由な女子の口述

「鏡のことなんて信じたらだめよ。もとはといえば虚構でしかなく、人目を欺《あざむ》く手品でしかないんだから。あなたがたがある日ある家に入って行ったらテーブルの上に大小の鏡が並べてあって、あの女がもっともらしい手つきをしてみせた。するとあなたがたはどっと鍋のお湯が沸いたように騒ぎだし、この世に奇跡が起きた、だれやらの超能力はものすごい、なんて！　もしわたしがことの真相を暴いてみせたら、あなたがたはまたもやどっと騒ぎだすでしょうよ。あなたがたの最大の欠点は軽々しく物事を信じ、衝動に流されやすいこと。ありとあらゆる議論はことの本質とはなんの関係もなく、真相は永遠に深い深い地の底に埋もれている。人は議論を始めると、なんだか目の前が明るく開けたような気がするけれど、実はきわめて疑わしい。あなたがたに見えるのは本質からかけ離れた仮象、一種の人為的なゲームでしかない。

　そろそろ、あの日の午後の例の発端について話しましょうか。あれは雲行きの怪しい午後だった。空気中にはひそかな殺気が潜んでいるようで、なにやら恐ろしく、かすかな物音にもびくりとさせられた。窓辺に坐っていたら急にカーテンがまくれて、目の前に羊の頭蓋骨が現れた。わたしは果てしない灰色の塀に沿って二時間も歩いていき、ついにあの操縦者の家にたどり着いた。あの女はこっちに背をむけて坐ったまま、ひひひひひと馬鹿笑いしていた。近寄って見ると、錆《さ》びたナイフで蟻《あり》の巣をつついているのだった。ブスリブスリとつついては足を踏み鳴らし、蟻どもは慌てふためいて逃げまどっている。『あなたの亭主は少し問題があるんだってね、みんながそういってるわ』わたしは女の背中をたたき、できるだけ気さくな調子でいってやった。『シーッ！　馬鹿なこといわないで！』彼女は目を細め、値踏みするようにわたしを見た。そして『なにもかも、計画どおり実行されている』といってわたしをあの真っ暗な小さな部屋に引きずっていき、みすぼらしい古い鉄の寝台に腰掛けさせた。それから大きな木箱を運んできて蓋を開け、中を見るようにいった。中にはさまざまなサイズの男物の靴下が百足くらい、重なって整然と並んでいた。『あの子が生まれてから今までのを一足残らずとってあるの。これはわたしの秘密で本人も知らないわ』女はわざわざ指さして見せてくれた。『ほら、これを見て、穴があいてる。あの子が八つのときはいていたものだけど、爪が長くて破れてしまったの。思い出すとおかしくなる。あの子はどこまで歩いていくのかしら？　電灯をつけたほうがいい？　いや、やっぱりやめておくわ。電灯をつけると根切り虫が動きだして野菜をやられてしまうから。この箱は年じゅうしっかり鍵をかけておくから、気にしなくていいの。あの子はどこまで歩いていくのかしら？』女はまたそういって、肩をすくめてみせた。小窓からひと筋の光が差しこみ、女の顔がはっきりと見えた。なんと十三歳かそこらの少女でしかなく、髪にリボンをつけ、裸足でバッタのように部屋の中を跳びはねているのだった。いまいましいのは、彼女がわたしを少しも尊重せず、自分のあんなおもちゃ（編みかけの色物のマフラーや、ガラス玉の首飾りや、漫画のスチールや、瀬戸物の子犬など）をひたすら並べてみせるだけだったことよ。そんながらくたで自分の存在を肯定し、自信をつけ、いい気になってのぼせあがってさえいる。思ってもみてほしい。こんな哀れな虫けらが死に物狂いで人の上にはい上がろうとし、ついに亭主の頭によじ登って彼を掌握《しょうあく》し、あの芝居を演出したのよ。あなたがたのような石頭にはとうてい思いもよらないことよ！

Qという人物にはいくつか疑問の点があるわ。一、あのQという男は五香街《ウーシャンチエ》の女たちの間では、家族同然によく知られている。わたしの観察では、彼の話になると（たとえ直接彼についての話ではなく、単にその話から彼が連想されるだけでも）、だれもが身を乗り出し、興味津々で根掘り葉掘りたずねずにはおかない。みなどうやら彼に怪しい慕情《ぼじょう》を抱いているらしいけれど、それをぶちまける場所もないため、仕方なく関心のなさそうな冷淡な顔をしてすましている。でも、心の中ではやるせないつのる思いを彼にむかって綿々と訴えつづけているのよ。それにしてもあの男はどうやってその身に余る評価を勝ち得たのか？　だれかがからだの各部位をつぶさに調べ、あるいは彼に情をかけられて、はじめてその魅力の所在が確定したとでもいうのか？（もちろんそんなことはない！）思うに、原因はおそらく彼とXの関係にある。あるいは、より正確にいえば、その関係を夢想することにある。ひとつ例を挙げるわ。もとは柑橘《かんきつ》類をとくにありがたがる者などいなかったけれど、柑橘が癌を防ぐという研究結果が出たとたん、みなが先を争って買い、値段がはねあがってしまった。わたしたちの夢想もその心理と同じこと。もしかしたらいつか、わたしたちはついに自分の夢想が主観の誤りだったことに気づくかもしれない。長い長い塀の果ての小さな暗い部屋には、薄気味悪い怪物が錆びたナイフを持って坐り、かがんで歯をきしらせながら木箱の中の靴下を数えており、外にはころころした醜い根切り虫がびっしり這っている。そんな彼女がすべてであってQはその操り人形にすぎないのを、わたしたちはついに発見するかもしれないのよ。そうなったらQ男史への評価がどう変わるかは想像に難くない。わたしたちはいつも夢想のなかで生きようとする。はにかんだような表情を浮かべ、物欲しげにあたりを見回し、動作のはしばしに青くさいものを漂わせ、その窓のむこうをイメージに合う男の影がよぎったりすれば、ひそかに胸躍らせてつぶやく。『Qはなんと素敵で堂々として、しかも多情なことでしょう！』その影を無理やりにQと見なすのは、単に、夢見ていたのがQとXとのうっとりするような『関係』だったからにすぎない。詩情もなければとりあげる価値もない妙な行状であればあるほど、わたしたちはそれに豊かな美しい詩情と、夢まぼろしのような彩りを与えて飾りたて、生きるための精神の糧《かて》としようとするのよ。よくない傾向だわ。QとXのうっとりするような関係を夢見たあと、わたしたちは今度は自分をXの位置に置いて比べてみる。夢見心地で自分のさまざまな長所美点を思い、自分はXよりもどんなにいい女であることかと驚嘆する。もしも自分がQとああいう仲になったら、どんなに素晴らしかっただろうに、Qが自分を見初《みそ》めずXに引っかかってしまったのは、なんと大きな過ちだったことか。こうしてあれこれ考えているうちにすっかり元気をなくし、自分の価値への最後の自信さえ失い、犬のようにあちこち嗅ぎまわり、だれかの後を追っていく。その大英雄が、まさか真っ暗な部屋に坐る怪しい女の操り人形でしかないとも知らずにね。二、あのQという男を、みなはひそかに、若くて勇敢でたくましい男で、この世にふたりとない美男であって、多情で、愛を語れば小糠《こぬか》雨の降るごとく、やさしく綿々と暖かく人の心を包むなどと思っている。彼以上に理想的な男はこの世にいないと決めてかかっているのよ。みな家でひとり言をいい、そわそわと歩きまわり、夜もよく眠れずに寝返りばかりうち、夜が明けるやいなや起き出して、ひとりひとり公衆便所に駆け込んでいってしゃがみこみ、寝ぼけ眼《まなこ》であの名状しがたい思いを語り合う。ぺちゃくちゃぺちゃくちゃとそれはにぎやかに。さらにはむやみにQとひき比べ、自分の亭主などまったく話にもならないと軽率に高ぶり、にわかに貴婦人になったようにからだにも触らせず、情交はひざまずいて懇願させ、なんとか情をかけてやるにしても、氷のように冷たく軽蔑の色を浮かべたままだ。もしもわたしが事実をありのままにいったりしたら、みな失望のあまり呆然とするにちがいない。あの日の午後、彼がX女史の家の前の空き地で転んだのを（おまけに人事不省になったのを）見た者がいたという話ではなかったかしら？　あなたがたはまじめに考えてみたことがある？　大の男がただの平地を歩いていて、わけもなく人事不省になるような転び方をするわけがないでしょう。わたしはもちろん、あれがどういうことかわかっているわ。たとえ、嫉妬からだといわれようが、でたらめだといわれようが、他人をたたいて自分だけのしあがろうとしているといわれようがかまわない。わたしは真理を堅持し、決して屈伏しない。聞いてちょうだい、あの雲行き怪しい午後、彼はあなたがたには想像もつかない姿でわたしの窓の前に現れたの。松葉杖をついていたのよ。わたしたちは二十三分もの間見つめ合い、彼はついに松葉杖が重いからだを支えきれなくなると、ようやく後ろ髪を引かれるように一足ごとに振り返りながら去っていった。彼は同類を見つけたのよ。三、わたしたちはみな、このQなる者が興味を持っているのはXただひとりと決めつけ、それを信じきっている。けれども、あの日の午後の行動を見れば、Qは決してまっしぐらにXの家に行ったわけでない。まず、わたしの窓辺に意味深長に二十三分も立ち止まっていた。これは大いになにかを物語っていると思う。もしわたしが、あなたがたに少しでも希望を持っていれば、あんなに消極的にはならず、もっと開けっぴろげに成り行きにまかせたはずよ。でもわたしはあなたがたに絶望し、とうにあきらめ、行動に出るのがいやになっていた。思うに、彼の目標は絶対にXひとり（いわゆる死んでも離れない）ではなかった。わたしたちみなが、こんなにやせ我慢をせず、少しでも心の扉を開きさえすれば、彼がひとりひとりに興味を持つ可能性は充分あった。いってしまえば、彼は決して完全無欠の大英雄などではなく、みなさんの家の亭主と変わらず、少しも高尚なわけではない。それをあなたがたは軽率にもあっちへ行けとXのほうに追いやり、今になって後悔している。わけもなくロマンチックな気分になり、自分のための偶像をこしらえて毎日それを伏し拝み、ありとあらゆる可能性を失ってしまった。これこそわたしが予想していたことよ。だからこそわたしは失望し、すべての積極的な努力は無駄だと思ったのよ。もともとQが最初に興味を持った女はわたしだったのだから、彼の心をつかみ、『導入』工作をするのなどいともたやすいことだった。そうしておけば、あなたがたもこんな孤独や寂しさを感じたり、朝から晩まで空想にふけって人生をはかなむようにはならずにすんだはずよ。でも結局、機会はすべて逃してしまった。なぜか？　愚かだったからよ！　怠惰《たいだ》だったからよ！　あなたがたは寝台に寝ころんでふがふがと白日夢にふけり、たとえ天が落ちてこようとも、ありもしない摩訶《まか》不思議なものを思いつづける。永遠に醒めたくないからと窓辺に駆け寄ってカーテンを閉め、戸口だけはわざと開け放しておいてじっと目を凝《こ》らし、心の中でしきりに、切々と呼びかける。そんなときに亭主が帰ってくれば、八つ当たりして出ていけと怒る。『人がせっかくいい気持ちでいたのに！』と。

あなたがたにひとつ物語を聞かせてあげるわ。それを聞けば、多少の道理はわかってもらえるかもしれない。ただ、わたしの物語はとても長いし、こみいっていて複雑なの。気力と辛抱《しんぼう》と集中力がなければ、その中のさまざまな関係はわからない。いや、たとえそうやって聞いても理解し損なう可能性は高く、きちんとわかる可能性は千分の一もないわね。あなたがたがその散漫な精神状態を改めようとしないかぎり、永遠にわたしの物語に入っていくことはできないでしょう。わたしの物語はひとりの女、あるいはひとりの男（もしかしたらわたし同様足の不自由な男かもしれない）が、正常ではない社会秩序のもとで、どのように身を立て世に出たかという話なの。その物語はもとより、灰色の塀の果てにある真っ暗な小屋に住んでいる者とはまったく無関係だけれど、ここにいるわたしたちそれぞれとは直接関係がある。それどころか、あなたがたは直接物語に入りこんで主役になることさえできたのよ。当時、その可能性は充分はっきりしていて、ただあなたがたが主観能動性を発揮するのを待っているだけだった。ところがあなたがたときたら、主役にならないだけならまだしも、なんだかんだとちょっかいを出し、その散漫でとりとめのない想像力で無関係なことを結びつけからみ合わせ、てんやわんやの大忙しでいたくせに、後になると放り出してきちんと答えを見つけようともせず、みな散り散りになってわけもなくめそめそ泣くばかり。いまだになにが起きたのかすらわかっていない。なにが起きたの？　地震が起きたのよ！　山津波が起きたのよ！　魔物が降りてきたのよ！　あるいはべつになにも起きず、ただあなたがたが朝、包子《パオツ》をひとつよけいに食べすぎて、腹が張ると泣いていただけかもしれない。いや、あなたがたになど話してはやらない、あなたがたに聞かせても無駄よ。わたしは心の中の物語を大事にとっておくわ。この宝物はわたしの一生の慰《なぐさ》めになり、武器にもなる。真っ暗な夜更けに寝床から起き出すと窓の外は鋼鉄のように硬い空、薄灰色の塀が山坂の上に起伏し、うねっている。わたしは歯をがちがち鳴らしながらふとんにもぐりこみ、あの物語にすっぽり包まれる。わたしの物語は温かく鮮やかで少し刺激的で、わたしだけのもの。もう一度いっておくわ。あなたがたが考え出したあんなことは存在せず、発端すらないのよ。それぞれが想像している発端は、すべて主観による捏造《ねつぞう》で、感傷とロマンチシズムの氾濫《はんらん》の結果でしかない。真の発端は今や失われ、二度ともどってはこない。昔々のある日、ひとひらの雲が垂れ、青草のにおい漂う昼下がり、それはもしかしたらわたしたちの間に始まっていたのかもしれない。わたしにはほとんど準備ができていた。もしも鉄の事実にはばまれなければ、もしも頽廃《たいはい》的な情緒が勝利を収めなければ、一切の可能性がすべて実現を見ていたかもしれないのよ。でももう終わりだわ。あなたがたは三々五々集まって好きなだけ議論し、馬鹿げた推測をしていればいい。好きなだけごっこ遊びにうつつをぬかし、感傷に浸り、ロマンチックになっていればいい。わたしにはだれよりもよくわかっている。あなたがたの後ろに立って、絶望の冷笑を浮かべていよう。あなたがたがいつの日か自分の習性を改め、誤りにはたと気づいて猛省《もうせい》しないかぎり、わたしの口からありのままの物語を聞き出そうなどと考えてはならない。わたしはむしろ孤高を守り、乱れきったこの時世に醒めた頭を保ち、地道に、人知れず平凡な人生を送りたいのよ。世間をあっといわせるために、あなたがたとぐるになって自分の純粋なものをすっかり失い、だれかに付和雷同《ふわらいどう》して騒ぎ立てるなど真《ま》っ平《ぴら》ごめんだわ」

Xの夫の親友（戸籍簿を見たことのあるあの男）の口述

「発端だって？　これはこれは！　そんなことをいわれたら、またあのごたごたしたややこしい悩みがぶり返してくる。X女史にとってのすべての発端はおれにとっての発端でもある。おれの暮らしのすべてはもう、彼女のあの数知れぬ出来事ひとつひとつと切っても切れない輪でつながっているんだ。だから新たな発端などといわれると、ぎょっとして身がまえてしまう。Xがおれたちの街にやってきて、おれがその亭主の親友になり、彼女の第一の保護者になってからというもの、まったく波瀾《はらん》の連続だった。こっちがほっとひと息つき、ことがようやく過ぎ去ったと坐りこんで疲れ果てた頭を休めていると、彼女がまた背後で新手の事件を引き起こし、こっちはまた電気に触れたように飛び上がるというわけだ。あの女《ひと》にはどれほど精力があるのかわかりはしない。彼女は四六時中、新たな発端を画策している。亭主との友情を思い、彼の惨めな立場を見るに見かねて、おれはほとんど命がけで彼女の説得にあたってきた。寝食も忘れた夜も日もない毎日、なんと暗い生活をしてきたことだろう。ここ数年、おれは肉を食っていないし、女房との夜の勤めさえやめ、見る影もなく痩《や》せてしまった。おれのこんな苦労をXはわかってくれただろうか？　とんでもない！　ある日のことだった。彼女はおれを自分の部屋に呼び、あの瞳のない目玉で十分間も見つめたあと、やにわにおれを押し退《の》け、身を震わせて両手でヒステリックに自分の髪の毛を引っぱり、部屋の中を歩きまわりはじめた。小一時間もたったころ（おれの辛抱もすごいね！）、おれはついに耐えきれなくなり、軽く咳払いしておそるおそる、少しは気分がよくなったかとたずねた。その答えを聞いてくれ。『あら、わたし、あなたを呼んだかしら？　たしか、呼ばれもしないのにいつもやってきて、わたしにつきまとう人がいたようだけど。わたしに呼ばれたなんて、いったいどういうこと？　べつに呼ばれていないのに勘ちがいしたんじゃないの？　あなた、自分でやることはないの？　こんなに他人のことにばかり関心を持つのは、あなたのために良くないわ』。まったく不埒《ふらち》千万な態度だった！　その日以来、彼女は道でおれに出会ってもあらぬ空をにらんでいて、おれが行く手をさえぎるとそのまま突っ込んできた。まるでこっちが押せば倒れるカカシみたいにね。おれが諭《さと》してやろうと訪ねていくと彼女はいった。おれなどまったく目に入らなかった。おれが行く手をさえぎったのは大失敗だった。彼女に見えるはずがないのだから。むしろ家にじっと坐って泥人形になっているほうがましだった。そのほうがからだにも心にもずっといいし、ひょっとしたらそこから芸術的な連想が生まれたかもしれず、自分が生きる意味さえ見つかったかもしれない。それをなにが悲しくてわざわざこんな妙な人間を気にかけるのだ、と。彼女はこんなこともいった。自分の友達に前からの悪い癖でしょっちゅう公衆便所に行って人とおしゃべりし、時間を忘れて一日じゅうそこにいるため、からだじゅう臭くなってしまう女がいた。夫が死ぬほどいやがって寝台に上げないので、その女は仕方なく廊下で寝ていた。しかし夫はそれすら我慢できなくなり、ほうきで大通りに追い立て、女が家に入ってきたら、刺し殺してやると言いわたした。ある日、彼女は街でたまたまその女がごみ捨て場にしゃがんでなにかを拾い食いしているのを見かけたので、近寄っていって雑談し、シュロの葉でバッタを編むのを教えてやった。女はがんばってすぐに覚え、たちまちやみつきになって、二度と公衆便所に油を売りに行かなくなった。夫は女を家に連れ帰り、一家団欒《だんらん》、めでたしめでたしとなった、と。彼女がこんなアラビアンナイトを話して聞かせたねらいは、見え透いていた。悲しく、しかも腹が立ったのは、おれの親友があろうことか、にこにこ顔で傍らに立ち、妻がひと言いうたびにいちいちうなずき、おれに近寄ってきてさも気づかわしげに背中をたたき、X女史がいったのは本当のことで、本当にそういう人がいるのだ、などと愚かにもいったことだ。まるで気がきかず、目玉の動かし方ひとつ知らなかった阿呆《あほう》が、彼女にちょっとねじを巻かれただけで、だんだん賢くなり、まともになってきたというわけだ。ふたりは婦唱夫随《ふしようふずい》でますます興に乗り、ますますお熱くなって、親友の手はX女史の腰を抱きしめたまま放そうともしない。そのうちにX女史が『ねえ、机に飛び乗ろうよ』などとくだらぬ提案をした。そしてふたりで机に飛び乗って、手に手を取って四本の足をぶらぶらさせ、小馬鹿にしたようにおれにむかって口笛まで吹いてみせた。ショックだったたな！　しばらくの間、事態が呑みこめず、ただ胸糞《むなくそ》がわるいばかりで生きているのもいやになった。おれは衰えた暗い目でこの茫々《ぼうぼう》たる世界を眺めて思った。世間の人はおれのことなどまるで必要としていない。親友さえおれを相手にせず、好きなとき呼んで好きなとき追い払うだけだ。しかもせっかくの苦労を陰で嘲笑《あざわら》って好意を踏みにじり、ひたすら女房の肩を持つ。こんな世の中に生きて、なんの役割を演じようというんだ。おれのあれほどの苦労もただの笑いぐさでしかない。あれこれ考えるとおれは苦しくて悲しくてたまらず、ある月のきれいな晩、短刀でこの男ざかりの命を絶とうと決めた。短刀も用意し、場所も選んだ。うちの中庭だ。ところがちょうどそのときXと亭主がうちにやってきた。ふたりはねんごろに挨拶《あいさつ》し、なにやらぎこちなく不安げにおれの寝台の端に寄り添って坐った。やがて亭主がいった。自分は常におれのいちばんの親友であり、決して裏切るつもりはない。おれの好意はすべて心に刻んでおり、永遠に忘れはしない。かりに小さな誤解があったとしても、悪いやつらが退屈しのぎに挑発しているだけのこと。そのせいで友への見方を変えるようなことは断じてしない。彼はそういいながら激しく手を振り、肩にもたれた女房はそのたびに揺すられて、眠気を催したように目を閉じていた。友はこの前のことにも触れた。彼らは決してあてこすりをいったのではない。そんなふうに勘ぐって死なれたらあまりにも悲しい。ふたりともおれの才知を疑ったことはなく、女房はついこの間、あの人はこの世でいちばん賢い人のひとりだといったばかりだ。この胸をたたいて保証する。ふたりがおれの才知を疑っているなどと思ったらとんでもないことで、友自身も常々そう思っている。おれのようなやり手で切れ者の友人を失ったら、どうやって生きていけばいいのか？　ほかにだれを頼ることができよう？　彼が話を終えたとき、女房はもう白川夜船《しらかわよふね》、いくら揺すっても目を覚まさないので、彼は仕方なく抱いて家に帰っていった。友情がまたもやおれを崖《がけ》っ縁《ぷち》で引き止めた。友情の喜びと痛みを知らない者のなんと哀れなことか！　なんと空虚なことか！　おれは昔からなによりも情を重んじ、そのため生きてきた。友のためならたとえ火の中水の中、精いっぱいのことをする。彼らが去ったあと、おれはただちに寝床から出て顔を洗い、元気を出し、ますます誠実に、ありったけの知恵をしぼって友に報いようと決心した。そして睡魔をはらい（こめかみにメンタムをぬった）、目を見開き、日夜友の番をして守り、おれの女房まで動員した（女房は軟弱で能力もなく、精力もおれにははるかに及ばない）。だがその女房のおかげでとんでもないことになった。女というものがあれほどめちゃくちゃで野放図《のほうず》で自制がきかないとは、夢にも思わなかった。それをいやというほど思い知らされたよ。ある日、X女史が林に入っていったので、おれと女房は後をつけた。見ていたら、X女史は石の上に腰を下ろした。おれはまたなにかが始まると確信した。そして女房に手で合図し、ふたりである大木のうろにもぐりこみ、小穴から彼女の一挙一動を監視した。X女史はひょいと足を伸ばしてそのまま横になり、ぴくりとも動かなくなった。おれも女房もすっかり興奮し、酒を飲んだように顔を真っ赤にしてつつき合い、蹴り合い、木のうろの中で浮かれた。しかも女房はひっきりなしに小声でわめいた。『もうじき、一生でいちばんすごい見世物が見られる！あの女は我慢できなくなったんだよ！　卒倒してしまうほどにさ！』女房の声はだんだん大きくなっていった。おれは聞こえてはまずいと思い、静かにしろと合図した。しかし、あいつはまったく聞く耳持たず、ますます興奮して騒ぎ、飛び跳ね、がさごそ音をたて、恐ろしいといったらない。しまいに木の穴から外のX女史の足元めがけて、どんどん石を投げつける。おれはやめさせようとしてあいつの手をねじあげた。ところが女房は気が触れちまった。犬みたいに人に嚙みつき、唾を飛ばしながら罵《ののし》るんだ。おれが『X女史とできている』だの『とうに兆《きざ》しは見えていた』だの『今度の手はどんぴしゃりだった』だのとね。しかも以前からおれの隠し事をあばいてやろうと機をうかがっていて、おれについてきたのもX女史を見張るためでなどないという。X女史がどうしようと知ったことではないし、毎日顔をあわせていて言葉をかけたことすらない。彼女が林に来たのは亭主のおれを見張るため、おれの醜悪な行いに干渉するためだというのに、その亭主ときたら愚かにも彼女の秘密にとうとう気がつかず、まったく笑わせてくれる。本当に彼女が阿呆だとでも思っていたのか？　夫婦の間の房事《ぼうじ》がわけもなく半年も途切れてしまったというのに、彼女が気にもかけず、それを正常だと思っていたはずがあろうか？　おれがそんなふうに思っていたとしたら、見損なわないでほしい。いつかかならず、目にもの見せてやる。彼女がその気になれば、いつだっておれの息の根をとめられるのだ。しかし、その復讐は房事がなくなったせいではない。彼女は昔から房事など大嫌いだ。今まではいつも仕方なくいうとおりになっていたが、おかげで大嫌いになったのだ。だからおれが房事をやめたのは彼女にとってはもっけの幸い、もし今後気が変わって、また求められたりしたら、それこそ災難というものだ。彼女がついてきたのはおれの尻尾《しっぽ》をつかみ、Xに対する妄想を除くためだ、というのだった。おれたちが殴り合い、顔を腫《は》らして木のうろから出たときには、X女史はもう姿を消していた。女房は突然自分の失敗に気づき、頭をかかえて泣き崩れた。おれはそのとき、これからは独力でやるぞと誓った。この世でことがうまくいかないのはみな女のせいだ。とくに情が深く意志の弱いあの手の女は手がつけられない。連中はヒステリーを起こすとなにをやりだすかわからない。なにがなんでも人の計画を台無しにしようとし、やめさせようとすれば気が触れたようになり、いちばん肝心なときに人に壊滅的な打撃を与えておきながら、自分がそのごたごたに巻きこまれるとカマトトを決めこみ、頼りない哀れな女でございと同情を買い、次のヒステリーの機会を残しておくのだ。女なんてみなそんなものだ。おれは独力でやる決心がついた。それにそのほうが友への掛け値なしの誠意も示せるというものだ。

人生の途上にはときに、一歩まちがえたら取り返しがつかないような局面がある。おれは単独行動を始めてようやく、知らないうちに自分に尾行がついていたことに気づき、愕然《がくぜん》とした。どんなに警戒しても、戦術を変えても、あいつは打つ手を見つけた。それも消極的な手ではなく、大攻勢をかけてくる。おれはあいつをふり切れず、おかげで目が回ってしまった。いったい、おれは毎日X女史を見守るために、友としての責任を果たすために出かけているのだろうか、それとも女房と隠れん坊をするために出かけているのだろうか？　朝、家を出るときは目的は明確で、頭もすっきりしているようなのだが、途中までいくと劇的な転換が起こってわけがわからなくなり、目標を見失うばかりか、こっちが人の目標になってしまう。おれは女房をふり切ろうとして逃げ歩き、やぶの中にもぐったり、ごみ箱の後ろに隠れたり、どこかの屋根裏から屋根にはい上がったり、猿になったようだった。女房はそれを楽しんでおり、まったくうんざりさせられた。前途はまたもや渺茫《びょうぼう》として、X女史の変化《へんげ》の術だけでも手に負えないところへ、またひとり増えてしまった。おれが逃れようとすればするほど女房は面白がり、顔の色つやまでよくなって、なんだか若い娘にもどったようだった。おれが新しい手を考え出すたびにあいつは奮い立ち、すぐさま全智を傾けて対抗してくる。おれはやりきれなくなり、直接あいつにいってやった。このままいけば共倒れになるだけだ。彼女には自分のしていることがわかっているのか？　人間、この世に生きていくには、はっきりした目標がなくてはいけない。一途《いちず》に追い求めるものがなくてはならない。他人に流されたり、他人の行動の邪魔をしたりするのは不道徳な、恥ずべきことだ。それにこんなふうにぼやぼやしていたら、歳をとってもなんの思い出も残らない。ただなんとなく生きてきた影みたいなのが残るばかりだ。きっと後悔する。おれはこの人生はずっと、ある高い精神的境地を追い求め、一切の物質的享楽を捨てて、困難に満ちた道を歩いてきた。ところが残念なことに彼女はおれの理解者、よき伴侶《はんりょ》にはなってくれなかった。それどころかあらゆる手を使っておれをだめにしようとする、まったくたまらない、とね。女房は聞いていたのかいないのか、目を見開いて驚いたような顔をしてみせてからこういった。彼女が追い求める目標？彼女が追い求める目標とは亭主のおれにほかならない。彼女はこんなに長い間生きてきて、その間ずっとおれのいうなりになっていたが、近頃、薬局の占い師の老懵《ラオモン》にいわれて、ようやくはたと気づいた。自分の今までの人生はまるで無意味だった。何年もの間、こんなに意味のあるやりがいのあることを見落としてきたのは、まったくぼんくらもいいところだ。亭主こそ、この世で最大の謎のなかの謎、その亭主のおれが何者であるかをはっきりさせることさえできれば、彼女も生きてきたかいがあったというものだ。この目標が決まってからというもの、彼女は元気いっぱいになり、若さ溢れるようになったし、はじめて存分に自分の力を示すことができるようにもなり、その剣幕でおれをたじたじとさせ、彼女に譲らせることもできるようになった。思ってもみてほしい。状況はなんと変わったことか！　以前は彼女の暮らしは屈辱的で無味乾燥でなんの楽しみもなく、蛆虫《うじむし》の暮らしも同然だった。あんな暮らしはもうこりごりで、死んでももどれない。彼女の今のやる気満々の暮らしは、彼女自身の力で勝ち取ったものだ。だれにも壊せはしない。彼女をいいくるめて志を曲げさせ、後戻りさせようたって、そうはいかない。もう昔の彼女ではないのだ。目も見えれば、鼻も利く！　亭主がどこへ隠れようと、たとえ透明人間になろうと、しっかり捕まえてみせる。こういう興味のつきない仕事のおかげで、彼女はこのうえなく充実し、このうえなく楽しく、限りない力が湧いてくる。もうあの至高の幸せを手に入れたと断言してもいい。女たちのなかには房事に神経を使い、得るものもほとんどないままたちまち老いて、あげくのはてに、人によっては夫に虐待されて捨てられる者までいる。思えばなんと引き合わない、意気地のないことか。女は男にどこが劣るわけでもない。それなのになぜ彼女らはもっと自分を主張して自分の事業を選び、男と張り合わないのだろう？　なぜ青春と精力を男のために浪費してしまうのだろう？　もちろん彼女のように独立しようとする女は、幾重もの障害に取り囲まれ、社会と男からの圧迫を受ける。しかし結局のところなにも恐れることはない、肚《はら》をくくり、強い意志をもってすれば、なんだって克服できる。こうして彼女が決意を固めたからには、おれにはあきらめてもらうしかない。彼女がおれのああした話の真意をわからないとでもいうのか？　彼女のことをいいたければなんとでもいえばいい！　今、彼女の仕事は上げ潮に乗っている。正念場で手加減してこれまでの成果を台無しにし、他人の物笑いになるような真似はできない。彼女はどんな誘惑にも乗らない。だからもう僥倖《ぎょうこう》を期待してつまらぬご託《たく》を並べるのはやめよ。この上げ潮のときに、彼女が手を引くことなどありえないのだから。いつかそのうちに、彼女はかならずや驚くべき成果を上げるだろう。その彼女の成功の日こそおれの最後の日なのだ。これだけいえば、おれにももう、ふたりの関係がどういうものかわかっただろう？　おれはおれで好きなようにやればいい、彼女もやりたいことをやり通す。ただし彼女に対しておれになにかの権利があるなどとは思わないことだ、それに彼女が房事に少しでも興味があるなどと思わないことだ。女はひとたび目覚めれば恐ろしい虎になる。それも知らなかったとは、何十年も無駄飯を食っていたわけだ。彼女という虎は、やたらに牙や爪をむきだすのは好きではないし、吼《ほ》えたてるのもきらいだが、食うときは本気で食う。せいぜい用心したらいい。とくに夜寝るときは、どんなことが起こってもおかしくはない。彼女の前で空威張《からいば》りし、こけおどしをいっている暇があるなら、むしろ自分の身の安全を考えておくことだ。これが女房の本音の話だった。おれの女房はこうして決然と、おれに向かってきたのだ。おれの苦衷《くちゅう》をだれが知ろう。天を恨むことも他人を恨むこともできない。すべておれ自身がまいた種だ、その苦い果実を黙って呑みこむしかない。

おれの女房、女房の気持ちはわからぬでもない。あの奇妙な変化はみな一種の復讐心から生まれたものだ。しかしそんな心理はおれにはとても理解できないし、力を貸すこともできない。人の力には限界があるんだ。考えてもみてくれ、二十年も仲良く連れ添った夫婦だ。妻は貞節そのもので、身も心も性愛に捧げ、房事に限りない欲望と興味を持っている。ところが夫は、房事以外にもやることがある。つきあいがあり、友達がおり、義務というものがある。無二の親友の妻が親友を恐ろしい立場に陥《おとしい》れ、彼も彼女も自力ではそこからぬけ出せない。だれもが知っているように、おれという男は友達を放っておけない自己犠牲の精神の持ち主だ。すぐさま首を突っ込み、とことん面倒を見ようとした（亭主はもちろん大いに恩に着たが）。それは、不幸にも異様に手の焼ける問題で、おれはあらんかぎりの体力と精力を使うことを余儀なくされた。さらには、いちばん肝心なことなのだが、どうしてもその問題に興味を持ち、あるる馴染みのない気分のなかに入っていかなければならなかった。その気分にならなければ、あの女史の精神世界を理解し、行動パターンを知り、そのさまざまな欲望を洗い出すことはできないからだ。それでもまだおちおちしてはいられず、時々刻々、臨機応変に対処しなければならない。さもないと、収穫はまったくなくなってしまう。おれという男は一旦仕事にかかればうまずたゆまず、すべての雑念を払えるたちで、しばらくするとあの女史の精神世界に濃厚な興味を持つようになった。彼女の一挙一動を研究し、繰り返し体験し、分析を加え、たちまち虜《とりこ》になった。ふだん家にいても女史のことばかりを思った。飯を食っていても、力仕事をしていても、寝ていても、頭の中にはいつも女史のあの表情や仕種が浮かび、心の中で彼女の行動のさまざまな可能性を考えながら偵察のプランを練っていた。いつしか女史の妙な癖までうつり、なにかというと台所の流しに行って、おのが尊顔を観察するまでになった（おれの家には鏡などという代物は買ってなかった）。さらにまずいことには、そのうちにあの女史を見かけただけで照れて赤くなり、胸がどきどきし、すっかり調子が狂うようになった。自分で自分に腹を立てても状況は変わらない。もちろんこれは決して彼女に気があったということではない。おれという男はもともと男女関係には潔癖《けっぺき》なのだ。今度のことだって、まったく私心なく親友のためにひと肌脱いだだけで、これはだれもが認める議論の余地のないことだ。それをうろたえてしまったのは、ひとつには女房以外の女性とほとんど接触したことがなかったからで、もうひとつは、いわれるように、あの女史がいささか邪道に走り、やたらに魔術を使って人を取り乱させ、悦《えつ》に入《い》るようなところがあるからだろう。そろそろわかってもらえたと思うが、親友がおれに託した任務は困難きわまりないもので、おれにとってはとてつもない試練だった。そんな事態に巻きこまれながら倒れもせず、精神錯乱することもなく、今日まで生きてこれたのはまさに奇跡なのだ。これまでに三十六人もの者が、そんなことから手を引いて女房と仲直りし、家に帰って団欒しろといってくれた。このままいっても先は見えず、なんの甲斐《かい》もなければ『うまい汁も吸えない』、ただ『一日じゅう馬鹿みたいになにかを待ってるだけだ』（いったいなにをだ？　天から財布が降ってくるのか？　地から金の瓜が生えてくるのか？）。このままいけば、性的能力はかならず失われる。いいか、『業余《ぎょうよ》文化生活』というやつから、人間は一刻たりとも離れられないんだぞ、とね。こうしたさまざまな輿《よ》論《ろん》の圧力にも、おれは持ちこたえた。敢えていうが、今日まで、自分ほどあの女史の精神生活を理解し、女史の一挙一動に通じ、またその内なる意図を読み取れる者は絶対にいない（おかげで恐ろしい事件の発生をどれだけくい止めたことか！）。しかし、おれがこうして高尚な友情に浸り、困難な仕事に取り組んでいる間に、家庭には危機が訪れていたのだ。おれの女房は情の深い女だが、心が狭く嫉妬深く依怙地《いこじ》で、つまらぬことを気にするたちだ。亭主の高尚な気持ちを理解することもできなければ、しようともせず、自分が理不尽にも当然の権利を奪われたと思っていた。あの頻繁な『業余文化生活』を、彼女はもう二十年も楽しんできたというのに。なにもかもうまくいっていたというのに。それによって亭主と、彼女の家庭全体をつなぎとめてきたというのに。そこに今や降って涌《わ》いたように怪しげな女が現れて亭主を虜《とりこ》にし、おかげで彼女は空閨《くうけい》を守り、眠れない夜を過ごすはめになった。どうして黙っていられよう、というわけだ。彼女はあの狭い見識で世のすべてを理解しようとしており、亭主が苦心惨憺《さんたん》している崇高な事業を『げすのやること』と罵り、少しでも遅く帰ると『人目をはばかるようなことをしてきたんだろう』という。彼女と房事をなすだけの精力がなければ、彼女の家庭は『もう存在しない』といい、『自分の居場所を妖怪に乗っ取られた』という。しかも家で一日じゅう亭主を罵るスローガンを紙に書いて、あたりに貼りちらし、近所の者がみな見に出てきて物笑いにした。亭主は恐れをなして無理に彼女と房事に及ぼうとしたが、彼女は今度は身をかわして『恥知らず』、『助平』、『世の女全部と遊ぼうというのか』などという。とにかく口から出るのは悪口ばかり、理屈もへったくれもなく、ますます下品に凶暴になり、手がつけられなくなった。最近、ふたりの夫婦関係はもう取り返しのつかないところまで来ていた。どこのろくでなしの讒言《ざんげん》に耳を貸したのやら、彼女はわけもなく『生きがいを見つけた』などとぬかし、その生きがいというのが、とめどなくおれを悩ませ、邪魔し、罠をしかけ、折を見て手にかけようということだったのだ。あいつはそういう背筋の凍るようなことを面白がってやっていた。一度始めたら最後止められず、少しずつ枯れはじめていた性欲がまた旺盛《おうせい》になって、なにやら変態じみた形で出てきていた。狼みたいに貪欲《どんよく》に、休むことなく。以前のあのやさしい女の面影なんて、どこを探しても見当たらなかった。

ところが女房はしばらくおれと角突き合わせたあと、突然そっぽを向き、おれへの興味をなくした。何日もの間、おれはひそかに喜んでいた。彼女の憑《つ》きものが落ち、すべてが元どおりになると思ったのだ。朝出かけるとき、彼女はやさしくおれの肩をたたき、『安心して自分の前途を開きなさい』などといったものだ。しかしよい時は長くはつづかず、おれはやがてさらに大きな打撃を受けた。近所の者がおれにいった

(そいつはしゃべりながらおれの足を踏みつけた、おおかた、おれを阿呆だとでも思ったのだろう)。おれの女房が占い師の老懵《ラオモン》を引っかけ、ふたりして薬屋の二階で公然とでたらめをやっており、街じゅうの者がそれを知っているというのだ。しかも女房は、自分のしていることは亭主も認めており、彼女とおれはともに『それぞれの理解者を見つけた』と公言しているという。まさに青天の霹靂《へきれき》で、おれはたちまち前後不覚に陥った。そして薬屋の二階に飛んでいって戸を蹴り開けた。あのふたりはまだ寝台の上を転げまわっていた。老懵《ラオモン》は鉄鉤《てつかぎ》のような震える指で眼鏡を探って鼻梁《びりょう》にのせ、きょろきょろ見回したが、なにが起きたのかわからない——あの盲人同然の近眼ではおれなどまったく見えなかったのだ。『なにかが飛びこんできたようだな？　犬かなにかか？』老懵《ラオモン》はおれの女房にたずね、こわそうに後ろに隠れた。女房はのろのろとズボンをはきながら剃刀《かみそり》のような目でじろりとおれをにらみ、悠々といった。『猿よ。ほかになにもいるわけがない』。そして戸を真っ直ぐ指さした。その視線に射すくめられて、おれの顔半分はしびれてしまった。おれはふと、早々に引き上げるべきだという気がした。それに気がついてなんだかほっとした。回れ右したら、後ろで老懵《ラオモン》が女房にいうのが聞こえた。『この次は戸に鍵をしておきなさい。こういうのを猿に見せるのは不道徳だ』。階段を下りるおれを女房が追いかけてきて引き止め、異様に無邪気そうにおれの首っ玉にぶらさがり、ぺちゃくちゃしゃべりだした。『あの人のことをどう思う？　めったにいない人よね。わたしの新生活はみな、あの人の指示を仰いでいるの！　あんたは昔のわたしがどんなふうだったか覚えてるわね？　ほんとにぞっとする。わたし、あの人をうちに連れていこうと思ってるの。あんたには少しも迷惑をかけないから。あの人は高尚な人だし、あんたはとうに業余文化生活をする元気はなくなってる、そうよね？　あの人がわたしに人として生きる道を教えてくれたのに、こんな方法でしか報いられない。気の毒な人。あんたは今までどおり自分のことをやっていればいい、それぞれ好きなようにやりましょう』。おれは彼女を説得にかかった。十幾つも例を挙げて、彼女のそんなのは愛情ではなく、単なる恩返しにすぎないといい聞かせ、しかも恩返しの仕方はいくらでもあり、なにも身を捧げる必要はないのであって、そんなのは実に馬鹿げており、理解に苦しむといってやった。しかし彼女は首をかしげてそれを聞きながら、小馬鹿にしたように口をへの字に曲げ、いい返した。彼女はどうしても『身を捧げたい』、そうしないと気がすまないし、こういう方法が今の流行りでもある、と。おれは家から追い出され、ごみ捨て場の隣のバラックに引っ越した。独りぼっちで、あの事業以外、なんの趣味もない。夜は寒々としていた。おれはバラックの屋根のまばらな杉板の隙間から星空を眺め、あの空虚の瞬間を一分また一分と耐え忍んだ。ときにはふと起き出して外に出、親友の家のまわりをうろついて夜を過ごしたこともある。今やその小さな家の中で安眠しているあのふたりを除いては、だれも親しい者はいなくなったのだ。おれは常にも増して、ますます痛切に思った。あの事業はおれのすべてだ、おれはもう自分の全生命をそれに賭けたのだ。この家に親友がいるかぎり、おれの努力が無駄になることはない。おれはいつの日かかならず、おれが証明したいことのすべてを証明するのだと。おれは窓に耳をつけて中の寝息にじっと聞き入り、ふたりはまだ生きていておれのそばにいると確信して安心した。幾多の孤独な夜をおれはこうして過ごしたのだ。親友にはこのひそかな努力や犠牲、家庭の崩壊のことを隠したまま、おれ個人はますます落ちぶれ、苦労はますます増えていった。しかしおれはますます自分の生活に充実感を覚えるようになった。自己犠牲の秘密を隠したまま、さも楽しげに、磊落《らいらく》に彼らと話しながら、心の底で大きな満足を覚えていた。そのうちにおれは新しい生活に適応し、それに熱中するようになった。そういう生活のおかげで精神が徹底的に解放されたからだ。おれはわざとおのれの肉体を痛めつけた。バラックの寝台を運び出し、布団も捨ててしまい、何枚か大きめの石の板を見つけてきてそこにひと抱えの稲藁《いなわら》を敷き、ねぐらにした。毎日夜になるとそこにもぐって縮こまって眠り、凍《こご》えて皮膚が青くなっても歯を食いしばって耐えた。ひどい風邪をひいて藁の中で震えていても、心は健康そのもので豊かだった。親友が訪ねてきたのでおれはいった。今鍛練をしているところだ、それに朝飯もたっぷり食っているから安心してくれ（実はもう二日もなにも食っていなかった）、女房もいたれり尽くせりで世話を焼いてくれるし、おれは今までにないほど元気だ、と。親友が半信半疑の面持ちで去っていくのを見て、あやうく涙がこぼれそうになった。なんと崇高な、なんと偉大なことか！　おれは感動のあまりなす術を知らなかった。この生活のなんと楽しいことか！　人は、真の自己犠牲の快楽を手に入れると、世間のすべての楽しみを一笑に付すようになるのにちがいない。おれの女房のような生ける屍《しかばね》は、肉体こそ生きているものの、魂はとうに死んでおり、ミイラみたいにこの世をふらつきながら、いたるところで他人の邪魔をし、他人に寄生している。これこそ悲しむべきことだ。彼女のような者におれの精神生活の機微《きび》がどうしてわかろう？　なにも見えやしないのだ！　おれはそう思い、はじめて、おれたちの結婚が実に大きな過ちだったことに気づいた。おれと彼女はまるで合わない。おれがあの鎖から抜け出せたのはまさに幸運だった。気が変わって、またおれにまとわりつくようなことを、どうか一生しないでほしい。

X女史のこのたびのことの発端はどういうことかだって？　発端の前には、長い空白があるんだ。彼女は長いこと扉を閉ざして外出せず、他人の訪問もことわり、毎日ひとりで窓辺に突っ立っていた。だれが話しかけても笑みを浮かべて目を開けたまま、相手を見てはおらず、間の悪い思いをさせた。あの時期にはなんの発端らしきものも存在しない。彼女はどうやらひっそりと声も立てずに一生を過ごす決心をしたらしいのだ。おれはあわてた。こっちがどんなに飯を抜こうが、凍えようが、そんな手はもう通用しない。彼らは、そういう苦労は彼らとは無関係で、おれがすき好んでやっているだけだとはっきりといったのだ。その刹那《せつな》、おれの頭は巨大な空虚に包まれた。おれはなす術もなく茫然とし、疑惑の悪魔がおれの心を噛んだ。ひと晩またひと晩と、おれは危険を冒して彼らの家に走っていって戸をたたき、X女史に真の姿を見せてくれとたのんだ。たとえ波風を起こし悪事を働いても、こういう偽装した姿よりはましだ、これには三人の存亡がかかっているのだ、と。落とし穴は足のすぐ下にあった。おれはどうしてもみなを呼び起こし、告げなければならなかった。表面の静けさの下に、猛獣の鋭い爪が隠されているのだ。どれだけの者がこの無感動な顔にだまされて自分を台無しにしたことか。おれは関節が腫《は》れあがり、めまいがしはじめるまで戸をたたいたが、彼らはぐっすり眠りこんでいて、一度も戸を開けてくれなかった。翌日、おれはX女史に、夜中になにか物音を聞かなかったかと探りを入れた。彼女はじろりとおれをにらんでいった。彼女はなにも聞く気はない、とくに夜は。今では自分は目でなにも見ようとしないばかりでなく、耳でなにを聞こうともしなくなっている。外で天地がひっくり返るような騒ぎがあろうと、彼女には聞こえない。彼女の世界は静まりかえっている。広々とした平原は一面に丈の短い草におおわれ、明るい太陽が高い空にかかり、虫の鳴き声さえ聞こえない。なにかの音を立てて彼女をかき乱そうなんて、見込みちがいもいいところだ……要するにうそ八百を聞かされて、おれは頭が痛くなった。どうやら彼女はおれという保護者をお払い箱にするつもりらしい。あの軽薄な女ときたら、おれが彼女のためにどれだけ苦労してきたか、少しは考えてもみろ！　まったくいい気なものだ、日に日に痩《や》せ細っていくおれの顔を見ながら平気の平左で、しかも他人に向かって、おれには『妙な癖』があるなどといっている。彼女は『そんな保護など欲しくもなく』、むしろおれの保護に『うんざり』している。自分はなんの危険にもあっていないというのに、なぜ人に守ってもらわねばならないのか？　もしおれに保護癖があるのなら、せいぜい自分の女房を保護したらいい、なんてね。もちろんこうした言いぐさは、おれには意外でもなんでもなかった。人のいうことは素直に聞けないものだ、だれだってそうだ。逆らいたければ逆らえばいい、おれはそんなに料簡《りょうけん》の狭い男じゃない。女が一時だだをこねたぐらいで目くじら立てるようなことはしない。女なんていつだって勝手で、無自覚で、だれかが正しく導いてやらなければ道を踏み外すものなのだ。おれもX女史のひと言ふた言が気に障ったからといって、保護者の役割を放り出し、親友の期待を裏切り、冷淡な、同情心もない要領のいい人間になって、平々凡々に生きつづけ、女房のごとき生ける屍になる気はない。おれが見たところ、気の毒な親友は、これまで以上におれの助けを必要としていた。まるで目の見えない子供が袋小路に迷いこんだようなもので、自力ではとうてい出口を見つけだせない。すべてはおれにかかっていた。おれだけがあの男を救い出せるのだった。絶体絶命の境地にあって、勇敢な、おのれの力にのみ頼った行動が実現された。それは理性と知恵の輝かしい火花を散らしながら、あの果てしない暗い道を照らしたのだ。それとはなにか？　いかなる結果をもたらしたのか？　それはX女史の例の発端と直接関係するのか？　その一切の秘密は、どうか、おれの私有財産として末永くおれの心の底に秘めたままにさせておいてくれ。おれは言葉に尽くせぬ苦痛に耐えてきたのだから、それくらいの楽しみがあって当然だ。他人とそれを分かち合う気はない。どんな親しい者でもだめだ。おれはなにがなんでもこの楽しみを『独り占め』する。おれがこの世を去るその日までな。きみたちも、おれのような超人的な気力と、長期にわたる苦難に耐える覚悟があれば、あるいはいつの日かそれが手に入るかもしれない。少しだけ秘密を漏《も》らしておいてやろう。X女史のこのたびの行動の発端は、実はおれが指導し、操作していたんだ。べつに大したことではないが、完全におれの意図のままに発展したものだ。おれの女房のような手合いは、あの件を好きなように誇張し、針小棒大にいって、おれの無能さを際立たせようとしている。だが連中にあの内なる秘密がわかるものか。あんな卑《いや》しい低級な見識では、永遠にその程度の判断しかできない。成功者はおれだ。ひどい環境にもくじけず、幾重もの困難にもめげず、おれは巨人のように立ち上がった！」

石炭工場の若造の口述

「おれがあの尊敬すべき女史に特別な気持ちを抱いているのは、もうだれもが知っていることだから、くどくどと説明はしない。おれが話したいのは、おれ個人の精神生活についてだ。率直にいって、女史に触発されて、おれ個人のあの絢爛《けんらん》たる多彩な幻想活動が始まったんだ。あれは永遠に、おれが思う存分生きた時代の象徴になることだろう。以前、尊敬すべき女史が五香街《ウーシャンチエ》に越してくるまでは、おれには個人的な精神生活などなかった。ぼうっとして、毎日みなの後にくっついて馬鹿さわぎして、牛のように食い、死んだように眠るばかりで、夢さえ見ず、まったく自意識のないまま二十二の歳まで生きてきていた。ところがある霧深い朝、おれは例の井戸端で、世に並ぶもののない尊敬すべき女史にめぐり会った（おれは絶対にあの人の名前を呼ばない。自分がそれに値《あたい》しないとよくわかっている）。あの人はおれに向かってこのうえもなく魅力的ににっこりと微笑みかけ、おかげでおれはその後二週間も歯が痛んで門歯を三本も抜き、ひげがようやく急に生えはじめ、そして一人前の男になったんだ。以来、おれの生活は天地がひっくり返ったように変わった。その新しい生活を祝うため、また常に自覚を忘れないようにするため、おれはわざと歯医者に門歯を全部抜かせ、入れ歯もしなかった。そうすれば物を食うときどうしても変わった食い方をせざるをえないし、ふつうの何倍も気力がいる。おれはそうすることで、ますます深く切実に、自分は他人とはちがうと感じることができた。尊敬すべき女史に出会うまで、おれにはまじめさなんてひとかけらもなかった。むしゃむしゃと食いたいだけ食い、女ならだれにでも惚れ、便所でくだらない卑猥《ひわい》なことをべらべらしゃべり、通りで若い女を見かければすぐちょっかいを出し、へらへらいちゃついていいことをした気になり、暇さえあれば必死で香水をつけ、その香りで朦朧《もうろう》とするほどだった。仲間と『愛』の話になれば、いつもの伝で、香水をつけたり、女にちょっかいを出したり、便所に行ったりするのといっしょくたにし、目をぎらつかせて面白がった。そうして年じゅう浮かれっぱなし、頭の中は愚《ぐ》にもつかない企みでいっぱいだった。尊敬すべき女史のことは、いったいどういうことだったんだろう？　どうしても説明がつかないが、あの井戸端であの人にめぐり会って家に帰り、その晩生まれてはじめて夢を見たのを覚えている。おれはその夢のなかで、一匹のヤマアラシが死に物狂いで深い池の淵に突っ込んでいくのを見た。メタセコイヤの木がつぎつぎに池の端に倒れ、ひどく不吉な夢だった。朝起きたら、おふくろがおれにたずねた。『あれ、おまえの顔半分はどこへ行ったんだい？』おれは手で顔にさわって大きな叫び声をあげた。それから寝ぼけまなこで寝台から下りると、家具という家具にびっしりと蜜蜂が這っているのが見えた。おれは大声でおふくろにいった。『現実はなんと馬鹿げているんだろう！』おふくろの手が震え、皿が落ちて割れた。あんたがた、金《チン》ばあさんなんかに目を奪われるなよ。あのばあさんはなんでもない、おれの小道具でしかないんだ。苦しい片思いのなかで、沸き立つ情欲のはけ口をどうしても見つけなければならなかった。だれでもよかったんだが、おれはあのばあさんにした。もしかしたら、あれが最初に手に入った女だったからかもしれないし、あのばあさんが色恋の道を心得ていて、おれに合わせてくれたからかもしれない。だが、おれのあの張り詰めた幻想のなかに、ばあさんは一度も出てきたことがない。おれは毎日ある場所から尊敬すべき女史を見ている。だが女史からは絶対におれは見えない。いつもうまく隠れているからね。ところが一旦あの人から離れると、おれの体内のさまざまな液体が沸騰《ふっとう》しはじめる。おれは怒れる獅子《しし》のように飛び上がって金《チン》ばあさんの家に飛び込んでいき、狂ったようにやりまくる。情欲の炎が消え失せるまでね。尊敬すべき女史に征服されてからというもの、おれは二度とあの人と向き合う勇気がなくなってしまった。おれにできるのは、あの人にまったく気づかれずに遠くからあの人を観賞し、それからひとりで慕情を温めてとめどなく想像をめぐらし、こころゆくまで恋慕うことだけだ。しかし、ひとたび女史の前に出ると、いや、ちょっと後ろ姿を見たり声を聞いたりしただけで、また足の力がぬけて、まともにものもいえなくなる。恐ろしいことだが、幸い女史はおれのことなんか気にかけてもいない。あの人は狂った顕微鏡に支配されているんだ。声はか細くてよく聞き取れず、両眼とも失明していて、しかも人に邪魔されるのが大嫌いで、邪魔する者は消えてなくなれと思っている。だけどそんな気質のせいでおれはあの人をますます尊敬し、崇拝し、あの人への愛はますますゆるぎないものになるんだ。暗がりのなかで横になっていると、おれはしみじみ思う。もしも尊敬すべき女史にめぐり会わず、もしも深い霧や、白っぽい井戸や、微笑やらなにやらがなかったとしたら、今頃おれはどんな生活をしていたことだろう？　あんな男だか女だかわからんような幼稚な真似（香水をつけたり、便所で女談義をするようなこと）を、いつまでつづけたことだろう？　しかし運命は、二十二歳のおれに輝かしい転機をもたらし、ひとりの女史がおれの進むべき道を指し示してくれた。たとえ生活にどんなひずみが生じようと、人々が女史の人格をどんなに攻撃しようと、おれの無私の愛は終始変わらない。

おれと金《チン》ばあさんの関係は、まさにそんな気持ちの副産物なんだ。尊敬すべき女史への情熱がつづくかぎり、おれは一日たりとも金《チン》ばあさんから離れられない。おれはこういう表現形式が気に入っていて（馬鹿げた思いこみだというやつもいるが、おれは動揺しない）、我知らず毎日トレーニングに励み、その道の技巧に熟達した。この情熱を通俗的な『業余文化生活』といっしょにして、おれの存在価値を貶《おとし》めようという連中がいるのは知っている。おれのあの昔の仲間たちに、それ以上を期待するほうが無理というものだ。からだじゅうに香水をふりかけ、大勢で便所にひしめき、身ぶり手ぶりで男女の情実を談じ、だぼらを吹いて大喜びしており、一旦その狭い世界を超え出ようとする者がいると、一斉に攻撃にかかる。例の人をなめきった態度で『それしきのこと、なにが珍しい？』などという。寒気がするような話さ。まったく、おれの昔の仲間たちはもう、高度な文明人に進化するには手遅れになってしまったんだ。あまりにも悲観的な結論だが、おれの身に起こったすべてを考えるとこうなる。その経過を少しばかり話すことにしよう。

最初の衝突が起きたのは『めぐり会い』の日の午後だった。昔の仲間たちが便所の中でおれを取り囲み、目配せし、浮かれ、口をすぼめてしきりに『シーッ』などといいながら、おれを壁際に追い詰め、『内幕』を明かして『みんなで楽しもう』、『さわりの部分をかいつまんで話せ』と迫った。しかもこういって説教するのだ。おれが話の中で『性感《セクシー》』などというただならぬ言葉を使ったからには、当然あの女史とできているはずだ。さもなければ、そんな言葉を軽々しく使えようか？　女房以外の者に使えば、なにを意味するかはわかりきっている。わが五香街《ウーシャンチエ》では『性感《セクシー》』とは、『業余文化生活』の代名詞にほかならず、いずれの言葉も昔からその意味で使われてきたのであって、しかも『業余文化生活』の意味はだれでも知っている。このふたつの言葉はどちらも誤解の余地がなく、実にリアルであって、生理的な快感さえ生む。彼らがこの言葉を分析したのはべつにもったいぶるためではなく、単にことをはっきりさせ、ためになる教訓を引き出すためだ。べつにあの女史に手を出すわけではないから、警戒することはないし、だれもがあの女史を見てそそられるわけでもない。あの女史は彼らの鼻先にもう何年も暮らしてきたが、残念ながら、彼らのだれひとり気にかけたこともなければ、ろくに見たこともなかった。おれのさっきの描写でようやく、あの女にはなにか驚くほど『性感《セクシー》』なところがあるとわかった。これでは改めて見直さないわけにはいくまい、と。おれは暗い顔をして連中にいった。この世には、常識に頼るだけでは理解できないこともある。ときには慣れ親しんだ見方を変え、新たな眼差しで観察しなければことの本質には迫れない。そういうといかにも面倒くさいようだが、その気になればできるはずだ。もちろん革新には犠牲がつきもので、たとえばおれは門歯をそっくり犠牲にしたが、その部分的な損失によって全体としての自由を得たのだ。昔ながらのつまらぬことにこだわっていては、新たな生命あるものを理解することは永遠にできない。おれとあの尊敬すべき女史との関係は、まさに彼らの観念の範囲を超えた、高級な人間関係なのだ。それは未来に属し、現在を超える。おれと女史との間には、決して肉体的な接触はない。しかし、おれはたしかに想像を通じて彼女のあの活き活きした性感《セクシー》なものを感じた。その感じは確かなもので、少しも空虚さはないが、かといって決して『業余文化生活』と同じでもない。ではなにかといわれたら、おれもにわかには適当な呼び方を思いつかないが、とにかくそれがおれの発展の原動力なのだ。わかってほしい。彼らの観念の外には、まだこれほど大きな、目新しいことに満ちた空間があるのだ。ぜひ、自分の殻を破り、世界を広げ、狭い観念のなかで窒息しないでほしい。おれがこういい終わると、連中はますます興奮し、わめき、詰め寄ってきて、おれのズボンを脱がせようとした。おれがインポでないか調べるというのだ。おれの隣に住んでいる男が火に油を注いだ。『インポのやつはみな口が達者だ。なんだかんだと屁理屈をこねて、死んだものまで生きているといいくるめる。それもひとえに他人の注意を自分の恥部からそらすためだ。おれの知っている男でインポになったとたん、やけに弁が立つようになったのがいる。毎日かんかん照りのなかを街頭に演説に行き、古い観念がどうの新しい観念がどうのと理路整然と分析してみせ、わけのわからん新しい提案を山ほど出し、みなに髪に豚の油を塗れだの、業余文化生活は多ければ多いほどいいだのとぬかした。みなは面白がって、その男にじゃあ、みなの前でひとつやってみせろといった。するとそいつはぶったまげてひっくり返り、こと切れてしまった』連中がおれに手をかけようとしたそのとき、あるじいさん（薬屋の老憎《ラオモン》だったようだ）がよろよろと割って入ってきて、やめろと叱りつけ、それから『泳がせておけ』といった。そうすれば、もっと刺激的な桃色事件を聞けるではないか、というのだった。

二度目の衝突が起きたのは夕涼みのときだ。あの幾日かの間に、おれの運命に大きな波瀾《はらん》が起きた。そのとき、おれは仲間たちとカメラ機材の広告を張るか張らないかということを討論していた。それぞれが活発に発言して多くの建設的な意見が出、初歩的なプランも固まって、みなのびのびといい気分になっていた。そして素晴らしい生活へのあこがれに浸っていたそのとき、尊敬すべき女史の一家がぶらぶらとやってきた。あたりはばからぬ大声で息子に益鳥《えきちょう》と害虫がどうのといった話を聞かせながら、おれたちのことなど見向きもせず、まるで材木の山の間を抜けてでもいくようだ。亭主は馬鹿みたいな笑い声までたてて自分の大声に得意になっており、女史はそれを励ましていた。『いい説明ね！　もう一度いって！　もっと大きな声で！』みなは顔を見合わせ、色をなし、胸騒ぎを覚えて一時沈黙した。一家がだいぶ遠くへ行ってから、ようやくある老女が胸をたたいて叫んだ。『人を馬鹿にしてるじゃないか！』これで群衆は怒りに駆られ、思案し、分析し、左右を見回したあげく、矛先《ほこさき》をおれに向けた。女史一家をあんなにのさばらせたのはおれだというのだ。X女史はもとはといえば、だれも目もくれない病的な顔をした老いぼれ女でしかなく、歩くのにも亭主の支えがいるほどで、髪もまばらで何本も残っていなかった。ところが女史が『性感《セクシー》』だなどとおれがいい加減なことをいい、また彼女といい仲になってからというもの、彼女は見ちがえるようになってしまった。いったいどこが変わったのかみなにはわからないし、みなの目から見れば相変わらず老いぼれ女でしかないのだが、あの女の態度には明らかに、彼女が以前とはちがい、天女とまではいかずとも絶世の美女だと思わせるようなものがある。しかもそれには根拠があり、決してただの思いつきではない。その根拠は、人ごみのなかに隠れている。彼女はそいつを操り、そいつに頼ってやすやすとみんなを征服することができる。その根拠たる男こそ、彼女を老いぼれ乞食から今の身分に出世させ、人々に彼女を注目させ、論じさせ、あがめさせているのだ。一方、この街の多くの魅力ある粋《いき》な女たちはすっかり色あせ、だれにも顧《かえり》みられなくなってしまった。まるであの女の実体が消え失せ、ありとあらゆる者がバラ色の眼鏡をかけて仙女でも発見したかのようだ、と。おれは申し開きもできず、いわれっぱなしだった。おれとあの尊敬すべき女史との間には『精神的交わり』しかなく、女史はおれが何者かさえまったく知らず、おれは女史をひたすら尊敬しているだけだということを、どんなに誓い、保証しても、連中はおれを放そうとせず、またぞろ以前の発言をもちだして例の曲解を加え、『自白』を迫った。あの大声の老女はおれと尊敬すべき女史にもう一度『実演』させろとまで提案した。その提案は全員に支持された。おれはみんなに押されるまま、ふらふらと女史の家の戸をくぐっていった（窓の外にはふたりの仲間が隠れて見張っていた）。女史はちょうど顕微鏡を見ているところだったが、おれのせいで光線がさえぎられたため、ひどく腹を立てた。しかし、部屋の真ん中にいるおれには気づかず、隣の部屋に飛び込んでいって夫にいった。窓の外に野牛が二頭来て彼女の研究を妨害しようとしており、『まったく冗談じゃない』、猟銃を持ってきてその野牛に『彼女の腕前を思い知らせてやる』と。ふたりの仲間は肝《きも》をつぶして逃げていった。彼女は皮肉っぽく目を細めて窓の外の頓馬《とんま》どもを見やってから、振り向いておれに気づいた（そして不機嫌になった）。『どうしてもなにかがもぐりこんでくるわ、変なの！』夫がすぐさま駆けつけてきて彼女をなだめ、これは人間ではなくロープに干してある雑巾《ぞうきん》でしかないといいながら前に立ちふさがり、どんとひと突きしておれを外に押し出してしまった。

二度目の衝突が起きたあと、おれのあの絶望的な胸の思いはますますつのった。顔を火照《ほて》らせ、目を血走らせ、檻の狼のように家の中を行きつもどりつして、凄まじい叫びをあげた。叫び疲れると、腰を下ろして思いにふけった。隣のあの野郎のいったことを思い出すと、つい怒りがこみあげてくる。あんな連中とは金輪際、共通の言葉を持つことはない。おれの胸に溢れる思い、おれの無私の愛は、彼らにすっかり踏みにじられてしまった。人はこの世でなんと孤独なことか、理想の光が闇を貫くのはなんと困難なことか。おれはかつてない深い悲哀に沈んだ。だが一本の見えない糸がおれと尊敬すべき女史を、この生死の境でつないだ。おれはあの人のためにどんな犠牲でも払いたいと思った。献身への熱狂、一種宗教的な敬虔《けいけん》な気持ちがおれをとらえ、自分がなにか輝かしい壮挙《そうきょ》をなし遂げるような予感がした。それがどんな壮挙かは、ときが来ればわかる。おれは毎日家にとじこもり、じっと耳をすましていた。尊敬すべき女史はかならずわが家に現れるはずだ。そう信じる理由があるのだ。万一彼女が突然やってきておれが留守だったりしたら、一生後悔する。なにがなんでも百倍の忍耐、千倍の信念を持って待たなければならない。きちんとした身なりで、充実した精神で彼女に会わなければならない。彼女が来たら、あの犬革のクッションを置いたただひとつの椅子に腰掛けてもらう。おれはきりりと立ちつづけ、消しがたい印象を残すのだ。うっかり寝こむわけにはいかない。あの人は夜中に来る可能性もあり、それこそかなめどころだ。おれはいいことを思いついた。窓から縄を垂らして輪を作り、そこに首を突っ込んでおく。そうすれば万一居眠りしてもすぐ目が醒める。床にも竹串をどっさり打ちこみ、夜歩くとき、高度な注意力がいるようにした。慎重によけて歩かなければ、たちどころにからだに穴があく。この思いつきのおかげで、おれの気持ちはずっと高揚《こうよう》していた。毎日がはらはらどきどきの連続で、このうえなく充実していた。外に足音がするとすぐさま襟《えり》を正して坐り、胸をときめかせて戸や窓のほうではなく天井を眺め、足音が遠ざかっていくまでずっとそのままの姿勢でいた。おふくろが飯を食えだの寝ろだのと俗っぽいことをいって、せっかくの気分に水をさすと、おれは跳び上がって色をなして警告したものだ。この調子でやられたら、おれは死んで自分の気持ちを示すしかない。おれの今の崇高な心境は、刮目《かつもく》して見直してもらわないことには、少しも理解できまい。おふくろだって、おれが香水の瓶を残らず捨てたのを見たはずだろうに。最近は便器まで買った。二度と公衆便所には行かないつもりだ。どうしてわかってくれないんだ、と。なに、あんたがたがたずねているのはこの発端だって？　いや、これが発端なのさ。なんと冗長な発端であることか。ほとんど一段の歴史を形作るほどだ。思うに、こういうことに結末などというものはない。ありとあらゆる喜びや苦しみは、みな期待のうちにひっそりと消えていく。ただあの永遠に消えることない光が前方を照らし、ひとりの新たなタイプの人物が現れ出るのだ。このすべてを決定したのは、あのヤマアラシの夢だ。ヤマアラシは深い淵に突っ込み、メタセコイヤの木はつぎつぎに池の端に倒れた。あの日から、おれと尊敬すべき女史は共同で歴史を創造しはじめた。それにしても、公衆便所のほうがやけに騒がしいな！　連中がまた香水をふりかけているのか？」

筆者の口述

「筆者は充分にわきまえている。われわれがはっきりさせなければならないのは、X女史とQ男史の姦通事件がいかにして始まったかということだ。みないらいらしながら頑固な主観や偏見を抱いてたがいに譲らないものの、心の底では疲れた頭をゆっくり休めるため、公正な統一された標準答案を痛切に求めている。だが、そんなのはもちろん無邪気な幻想にすぎない。この種の問題は見たところ簡単そうだが、実際は簡単どころではない。われらが五香街《ウーシャンチエ》ではこの種の問題が生じるとつぎつぎと際限なく答案が出されるのが常で、煩雑きわまりない。いずれ劣らぬ個性豊かな住人であれば、ある者にはイノシシに見えても別な者には鳩に見え、三人目にはほうきにしか見えないかもしれないのだ。われわれはその個性を尊重し、事実を尊重し、ひとつひとつの答案を全面的に肯定するという態度をとることによってのみ、激流逆《さか》まく難所を越えて、あの明るい彼岸に到達することができるのだ。重箱のすみをつつくように個々の関係にこだわる石頭では、やればやるほどいつのまにかわけがわからなくなり、しまいに闇の底に沈んでしまう。度量の広さは人類のもっとも高貴な特質だ。このややこしい世の中で、どれだけのほどけぬ結び目が、どれだけの人目を欺《あざむ》く疑惑が、その清《せい》濁《だく》あわせ呑む広い心のうちに融け去ったことだろう。発端とはいうが、ああいうことにはもとより固定した発端などないのかもしれない。それは特殊で、刺激的で、色鮮やかで、人を深くはるかな思いへと誘ってやまない。だからこそ各人の目に、それぞれの切実な利害に直接関わる場面として映り、それらがからみ合って錯綜《さくそう》した複雑な網の目をなしたのも大いに理解できる。われわれ住民はもともとこの五キロそこそこの通りで、もたれ合い、関わり合って生きている。見かけは冷淡で無表情で無関心なように見えても、うちなる心は熱く、情は深く、博愛的で、他人のことはとりもなおさず自分のことだ。日々考え、感じるのもみな他人の身に起きた大事であって、行動目標もそれらをもとに決められる。われわれは一見、心狭く思慮浅く、日がな一日個人的な小世界に浸っているかに見えるが、実はみな遠大な理想を追う同志なのだ。われわれの小世界は外の大世界の縮図であり、個人が追い求めるのは集団が共同で追い求めるものにほかならず、たがいに矛盾しないどころか補い合って『すべての道は天国に通ず』、『虹の中に昇華する』といったところだ。当地では、なにか大事が起きるとすぐに連鎖反応が起き、一千ものまったく異なる、きわめて個人的色彩の強い場面が出現し、てんでに対立しながら共存する。ときに陣容が乱れて可笑《おか》しな統一がしばし達成されることもあるが、それはすぐさま瓦解《がかい》し、銘々が我が道を引きつづき行けるところまでとことん行き、各自の見方に執着し、その見方のなかで各自の個性が充分に演じられ、発揮されるのである。出演中はだれもが神様なのだ。だれもが誠実かつ高尚に、情熱を持って、見知らぬ美しい新天地をそれぞれ切り拓き、その功績に欣《きん》喜雀躍《きじゃくやく》する。現実はそれぞれの世界で活き活きと再現され、変化常なき規律も各人の思いのままだ。そのひとつひとつの新天地はまことに忘れえぬものである。そこには四季を問わず藤や大木が生い茂り、妙な鳴き声のさまざまな鳥がおり、波立つ大海原があり、永遠の生命の光が輝いている。すべての詩歌の霊感はみなここに、この芸術の永遠《とわ》に変わらぬ題材に起源する。真夏の烈日の下、朦朧《もうろう》とした酔眼《すいがん》を見開いて空を仰ぎ見ていると、あのいたるところで聞こえる呼び声、あのひそひそとつぶやく声が現れ、雁《がん》の隊列は乱れ、日輪は紫を帯び、この肉体は荘厳にうごめき、霊感を受けた大脳は詩の極致を感ずる。このたび、われわれの前に現れたのは、何千年の昔からの古い演《だ》し物の再演にすぎず、理性的に見れば、ごく平凡な、退屈でさえある事柄であるかもしれず、それゆえに存在さえしない事柄なのかもしれない。重要なのは、そのこと自体がどうだったかということではなく、それが、民衆の頭の中で巧みに再現されたことである。あの輝かしい絢爛《けんらん》たる想像、不羈奔放《ふきほんぽう》な、天翔《あまかけ》る馬のごとき想像、あの広大無辺な細部の掘削《くっさく》、微に入《い》り細を穿《うが》ち食いついたら離れない執念、それらすべてが、われらが大千世界の豊かな宝の鉱脈をなしているのだ。いつの日か、われわれは老い衰えていくかもしれない。しかし、この生命の木に実った不思議な果実は永遠にわれわれのあの自由奔放な心のしるしでありつづけるのだ。

さて、X女史とQ男史は、われらのこの五キロそこその通りでは、たしかに不調和な、奇妙な人物である。だが、われわれはそれを認めたくない。それを認めてしまっては、なんだかわれわれの生活が彼らを中心に置き、われわれの歴史が彼らによって創造されたような具合になってしまう。もちろん、そんな馬鹿なことはない。まして、あのふたりが何者だというのだ？　ひとりは天から降ってきたように、やってくるなり地に根をはやして落ち着いてしまった。もうひとりは覆面の透明人間で、顔かたちさえ推測のなかにしか存在せず、実は首なし人間だといおうが蛇男だといおうが、いっこうにかまわない輩なのだ。われわれはもともとあまり関係のないこのふたりにわざわざ注目したり、関心を寄せたりはしなかった。最初からわれわれの考え方は、ふたりが勝手に自滅するにまかせよう、どうせ長いことはないだろうから、というものだった。薬屋の老憎の占いも、ふたりは五年後には穿山甲になって五香街《ウーシャンチエ》から『塀を穿《うが》って出ていく』というもので、そうなれば朝日は四方を照らし、天下太平となるはずだった。そこでわれわれは今までどおり地道に暮らし、毎日あのほこりに埋もれたアルバムの写真を整理し、壁に掛けた大きなカラー写真を取り替え、大規模中規模のさまざまな記念撮影をセットし、道路の保全や夕涼み場所の境界についての規則を定め、そのせわしなさのなかであのふたりのことを忘れかけていた。英雄主義に陶酔し、あの連綿と起伏するはるかな山並みにのみ、ひたすら目を向けていたのだ。一時期、われわれは話の中であのふたりの名を挙げるのを避け、わざと『H』と『L』という苗字を代わりに用い、もう少しで慣れるところまでいった。なんだか彼らはもうこの街から消えて、われわれが話題にしているのは、XやQなどよりはるかに注目に値する、ふたりの新しい人物であるかのようだった。XとQだって？　だれもそれがだれだったか思い出せず、ここには『H』と『L』がいるばかり、それこそわれわれの興味をそそる男女であり、ふたりには特徴があるのだ！　しかし、こちらが気にしないふりをしようと、呼び方を変えようと、あの下賤《げせん》のふたりは、終始ひそかに人心を惑わす物音をたて、ついには白日の下で『発端』を生じさせるにいたった。おかげで五香街《ウーシャンチエ》の住人は気もそぞろになり、朝から晩まで走りまわり聞きまわって仕事も手につかなくなった。だれもがそういう重い心の病にかかりながら、他人にはいえず（闘志を損なう）、ただ遠回しに訴え、ぐちをこぼすだけだった。たとえばこんなふうに。

『あの「H」と「L」は、法的制裁を受けるべきだね。今の法制には残念ながら不備があって、証拠はないものの理論上は明らかなああいう犯罪についての規定がなく、そこにつけこまれている。考えてもみろ。なんと発端ができてしまったんだ。おかげで、こっちの業余文化生活は台無しだ。インポになんか、なったことはなかったのに。これは心理的な問題だな』

『おれはこんなことばかり空想している。あの「H」と「L」が二匹の蚊になって、フンフンと上空に消えてしまい、桃にすももに歌踊り、天下太平ああいい気分、なんてね。あまりにも虚しい夢うつつの人生だったかなあ？　きのうふと手を伸ばしてみたら、親指がもう長いこと麻痺《まひ》していたのに気づいた』

『性の問題は今や科学的問題として机上で論じねばならなくなった。あのふたりは、われわれのまじめさを利用し、貞潔《ていけつ》な羞恥心につけこんで挑戦を始めたのではないか？　われわれは自律神経の失調を治し、大胆に自分の考えを明らかにしなければならん。折を見て公開実演をして、彼らの凶暴な進攻をたたきつぶし、われわれが徹底的に解放されていることを見せてやってもいい』

『ああいうことは、もしかしたらとうの昔に始まっていたのかもしれないし、いまだに真に始まってはいないのかもしれない。われわれがはっきりしていると思っていても、実は霧に包まれているんだ。それをよりによって今頃騒ぎだしたのは、われわれみなの弱みを突いてきたのではないか？　ぼくの足はどうしてこんなに力が入らないんだろう？　あの声がいつも耳元でささやいている。「耳がふたつに足三本、耳がふたつに足三本……」』

『こういう議論が出るのはもとはといえば、それぞれが相手に薄紙の殻を破らせ、生々しい本音を吐かせたいからだ。ところが相手は、その意図を知りながら、深謀遠慮を働かせ、言葉を濁《にご》しつづける。すべての奥義《おうぎ》はその含蓄にある。それをも知らず浅はかに、大声で自分の偏見を語ったりすれば、みなに馬鹿にされるだけだ』

筆者は一貫して公正な立場から、このことの発端について客観的な描写をしたいと考えてきた。それは決して、他の者の活き活きした描写が客観的でなく、不正確でたらめだということではない。筆者はただ、さまざまな観点を数珠《じゅず》つなぎにして、雑然と入り組んだものをすっきりさせ、一種の静態観照をしたいだけである。ちょうど日没前に宇宙全体を把握するように、あるいは『車、山前にいたればかならず道あり』、『水落ち石出ずる』といってもよかろう。しかし筆者が家で目を閉じ、こうしたすべてに思いをめぐらせていると、いつも呼びもせぬのにやってきた群衆に邪魔されてしまう。連中はいずれも衝動的で、棍棒《こんぼう》を振りまわし、筆者の坐っている椅子を引き抜き、物語を記すときはかならず『事実に即し』『正直に語れ』と迫り、それから口々にてんでんばらばらに滔々《とうとう》と自分の観点を述べるのである。高度な歴史意識と責任感、出生の年から説き起こして未来への心づもりを語り、自身の優勢と劣勢、今までの成果と不足をしきりに分析するのであるが、本題であるXとQの例の発端に関してはいずれも心もとなく、触れるか触れないかのうちに、すっかり忘れてしまう。そんなのはごくつまらない取るに足りないことではないか、と。連中がここへ来るのは自分の思いを謳《うた》いあげるためであって、共通の口実としてXとQのことに触れるにすぎない。言い換えるなら、XとQの事件が、彼らそれぞれが長らく胸に秘めていた情熱に火をつけたのである。みなはしゃべり終わるとたがいに攻撃を開始する。人好きのする寡婦はB女史のことを『ガマが白鳥の肉を食いたがっている』という。『身の程知らずの醜女《しこめ》がおぞましい夢を見ている』『あの男（Q男史）があなたを見つめたりなどするわけがない！』寡婦は鼻息荒くそういって、女の腹にひじ鉄を食わせた。『あの男がどんな目をしているか知りもしないくせに、牛の目みたいに大きいなんてでたらめをいって。教えてあげるわ、あれは小さい三角目の男よ！　あなたは発端の時間も捏造《ねつぞう》している。あの男がやってきたのは真夜中で、灰色の小豚が街じゅうを走りまわり、チンピラがひとり口笛を吹いてた。わたしは公衆便所に行こうと表に出て、この目で見たんだから。だれもわたしを見ていなかったけど、わたしはあのときは思わず顔が赤くなった。今思い出しても赤くなる。それをあなたときたら、昼間から寝言みたいにあの男が真昼に来たなんていう。おかげで大事な発端がわけがわからなくなってしまった。この世の大事なことはみな、こういう利己主義の悪魔にひっかきまわされて、まるで別なふうに変わってしまうのよ。あなたのようなのがいるからあのふたりが悠々と好き勝手をやり、あなたのようなのが四の五のいうから最後まで醒めていた理性さえ完全に失われて、すべての者が暗黒の淵に引きずりこまれてしまうのよ。それも知らずに自分だけいい気になって。あのふたりはとうにそれにつけこんで楽しんでいるわ。わたしの世代のすぐれた素質が、あなたがたの手で断たれてしまうのよ』B女史も負けてはおらず、さかんに足払いをかけながら『独裁者打倒！』と叫び、自分が『春に生まれ、論理的推理力と進取の気象に富む』ことを強調した。春は『生産的な季節』であるのに対し、寡婦のほうは『大して性感《セクシー》とも思えないし』、『妬《や》いているだけよ』そういいながら、彼女はついにあの豊満な寡婦を蹴倒したのだった。筆者はやむなく机から飛び下り、割って入った。そのとき、X女史の夫の親友が老懵《ラオモン》とけんかを始めた。老懵《ラオモン》は針金のような手で腰掛けをつかんで震えながら振り上げたまではよかったが、力いっぱい、自分の足に振り下ろしてしまった。骨が砕ける音を聞いたとたん、親友の目は緑色を帯びた。彼は老懵《ラオモン》にはかまわずあたふたとやってきて、筆者に耳打ちした。『発端の日とはおれの新生の日なんだ。だれも拭《ぬぐ》い消すことはできない。おれは地獄の中でその真理を悟った。どれほどの苦難があったことか！おれはどうして生きてきたのか？　現実とは髪の毛が逆立つほど残酷なものではあるまいか？　すべてがおれの予見の正しさを証明しつつあり、理想はまさに実現されつつある』その後、ふたりはまた急に言い合いを始めた。老懵《ラオモン》は、自分は『なにもうまい汁など吸っていない』といった。あの女は吸血鬼で、夫婦して彼を陥れたのであって、彼は今『別れる』算段をしているが、ついてはその前に彼に『ひと部屋譲る』べきである。それでこそ『公平で理に適《かな》う』というもので、部屋をくれないなら決して別れず、むしろ彼らの家に『一生居座る』というのだ。親友はいった。彼にとって『金銭など糞のようなもの』、自分はとうに托鉢僧《たくはつそう》も同然になっており、いかなる誘惑にも堕落しない。もしあの家が欲しいのなら女房と争ったらいい。彼は今大事を抱えており、それどころではない。彼が道端に野宿し、乞食をして生きているのをよもや知らないはずはあるまい。そういいながら親友は筆者の手をぐいと握り、どうしても彼の抱えている大事を、あの『素晴らしい輝かしい発端』を、この場で書き留め、彼のための『歴史の証しとしてほしい』といった。『どれほど苦労してきたことか！』彼はまたもやその点を強調した。『ふさふさしていた髪の毛は風に吹かれる落ち葉のようにすっかり抜けてしまった』彼はいらいらしてあまり適当でない比喩を用いた。筆者は慰《なぐさ》めるようにいった。かならず書き留める、そういうことはひとつ残らず、数珠の珠をつなぐようにつないでいき、決して書き漏らすことはない。それが自分の才能なのだから。しかし『この場で』は無理だ。こういう高度な複雑な仕事は、だれにも邪魔されずにひとり長いこと黙想し、温め、そして霊感がひらめいたら一気呵成《かせい》に書き下ろすのだ。『おれはあんたの糸でつながれるありきたりの珠か？』親友は大いに不満げだった。『くだらないものにたとえるな、この速記人めが（なんと彼はわたしを速記人だと思っていたのだ）！　おれは数珠の珠《たま》なんかじゃない！　あんたやあんたとぐるのやつらこそ珠だ、いや珠ですらない、ただの数珠つなぎにした発酵豆腐、臭豆腐《チョウトウフ》だ。素晴らしい発端、これはおれひとりのものだ』そのとき老懵《ラオモン》も筆者のもう片方の手を握り、叫びだした。ぜひとも『良心に則《のっと》って』、家の問題を歴史に記載してほしい。圧力を受けて『立場を見失う』ようなことがあってはならない。彼の足の骨は折れてしまったが、これこそ真理を守るために払った犠牲なのだ、と。筆者は乱暴なふたりに左右から引っぱられて今にも裂けそうになり、しかも両側から脇の下をくすぐられてげらげら笑いっぱなしだった。そういう手も足も出ないところへ、突進してきた寡婦に胸をひと突きされ、筆者はそのまま倒れて人事不省に陥り、あの連中はいつのまにか帰ってしまった。筆者が意識を取り戻し、ずきずきするこめかみをもみながら、痛む病体を励まして仕事をつづけようとしたら、椅子がなくなっていた。考えてみれば、老懵《ラオモン》があの椅子を振り下ろしたのだが、ひょっとしたら自分の足にぶつけたふりをして窓の外に放り出しておき、あとでさりげなく失敬していったのではないか？　とにかく椅子はなくなったのだから、床に坐るしかない。筆者は寝台の上にノートを置き、床に坐ってペンを走らせ、夜を日に継いで仕事に励んだ。大部分の正直な大衆は筆者の仕事を賞賛し、肯定してくれた。彼らは毎晩筆者の書き終えた手稿を持っていって、大講堂で討論会を開き、文章に詳細な詮釈を加え、自分に結びつけ、繰り返し対照し、胸襟《きょうきん》を開いて楽観的に文章のすべての観点を検討したうえ、各ページに精細な写真を付して出版すべきだなどという提案もしてくれた。しかしなかには、筆者の苦労を評価してくれるどころか、妨害しようとする者もいた。毎日押しかけてきて無理な要求をつきつけ、はては大いばりで部屋の家具を持ち去るやら、原稿にインクをまくやら、やくざ同然のやり口は防ぎようがなかった。筆者の原文のある一節はこうなっていた。『……芳香がたちこめ、雲は花のごとき夜明け、さわやかに後を引く青草のにおいがはるかな空からこの全長五キロの古い街並みに流れこんでいた。正直で善良な住人たちはみな夢のなかでそのうっとりする春の息吹に頬を紅潮させ、熱と力をみなぎらせていた。そこに黒い人影が現れ、この街の住人X女史の小さな扉にむかってまっしぐらに飛んでいった。そのせわしないノックの音が、人々の心の扉をたたいた。まさにベートーヴェンの運命交響曲のように……』。その後、この見事な文章（余すところなく筆者の力量を示す）は、削除せざるをえなくなった。さもないと命が危なかったからである。筆者がこれを書いていたとき、数人の女夜叉《やしゃ》が飛び込んできた。連中は図々しくこの文章をのぞきこんで大声をあげ、手入れの悪いぎたぎたした髪の毛をしきりに筆者の顔にこすりつけて仕事を中断させ、その後さらに大胆に筆者のノートをひったくり、大声で朗読した。そして読み終えると怒って目をむき、雷を落とした。筆者は事実をねじ曲げ、言葉を弄《もてあそ》んでいるというのだ。もしこの気取った中身のない文章がこのまま残り、すりかえられた歴史がそのまま残るとしたら、彼女たちは二度と世間に顔向けできない。だから覚悟を決めて、筆者と命がけでやりあうしかない！　この文章のもっとも致命的な文言は『この街の住人X女史の小さな扉にむかってまっしぐらに飛んでいった』という箇所だ。おたずねするが『まっしぐらに飛んでいった』のを、だれが見たのか？　なんの証拠があるのか？　あのQ男史の到来という謎めいた事柄については、彼女たちの間にさえ何百という説があって、それぞれに証拠があり、歴史的根源的論証も加えられている。しかるに筆者ときたら、なんと民衆の願いも顧みず、独断で筆にまかせて『まっしぐらに飛んでいった』などと書くことによって、すべての民衆の個性を消し去ったのだ。これを我慢できようか？　こういう世間をなめた態度で歴史資料を書くくらいなら、流血沙汰になる前に、いっそやめてしまったほうがいい。彼が沈黙を守り、でしゃばった真似さえしなければ、結局のところ事実は事実、だれもが自信を深め、悲観したり失望したり、自分の存在価値を疑ったりする者はいないはずなのだ。それをこんなふうに書かれては、彼女たちはなんの拠り所もなく空中のロープの上に立たされたようなもの。ちょっと動いただけで、まちがいなく墜落死してしまう。あまりにも悪辣《あくらつ》な手だ。こんなに現実を歪曲《わいきょく》してどうするつもりだ、と。筆者は貴重なノートを救うため、恥を忍んでみなの前で罪を認めるとともに、あの精妙な文字を削り、さらに二度とこのようなことを起こさないように、常に正直に、常に他人を尊重すると保証したのだった。

筆者は執筆の過程で、ある避けがたい問題、越えがたい障害にも出くわした。それは物語の歴史的根源に遡《さかのぼ》らなければならないということだ。この巨大な困難に孤立無援で立ち向かうとき、唯一の武器はおのれの才能であったが、日夜懸命に知恵をしぼっていたら、ついに霊感がひらめき、夢のなかでなんともとらえどころのない文章を得た。『……われらのこの活気溢れる彩り豊かな街で、住民はみなそれぞれに充分な自由を満喫しつつ、水を得た魚のごとくのびのびと楽しんでいる。車両は豊富な食品を満載して道路を走り、高度な技術を持つ写真屋はわれらのために日夜営業し、街路の大木の緑の傘は澄んだ青空に縁取られて目に心地よく、群れなす鳩はわれらが廟宇《びょうう》の屋根に止まっている……人々は朝、目を開くやいなや深呼吸をし、頭の先から足の先まで歓喜にうち震えながら妙なる旋律を聞き、なかには熱い涙を浮かべ、あるいは感涙にむせび、声も出ない者さえいる。この、地上の楽園、世外の桃源では、だれもが平和に暮らし、家族のように睦《むつ》み合っている。いかなる用心も警戒心もわれらとは縁がない。人々はおおらかで情にあつく、この地を訪れる者はみなな温かいもてなしと、あけっぴろげな友情と、太っ腹な俠気《おとこぎ》で迎えられる。たとえていうならば、この豊饒《ほうじょう》な、エネルギーに満ちた自由な土地には、どんな種子がまかれようとも、それが生まれ持った素地そのままに生長し、発育し、その生命を全《まっと》うしうるということだ。途中で横やりが入ったり、乱暴に踏みつぶされたりすることは決してない。ここはいわば百花咲き乱れる大きな花園。終日かぐわしい香りがただよい、ウグイスが鳴き燕《つばめ》が舞い、仙人が花の中に目を閉じて座し、優美な琴の音が上空にこだまする……しかし、すべての種子が残らず健康で、純良で、美しい花をつけると保証できるだろうか？ひょっとしたら、ひとつふたつの病んだ不健全な種子が、毒液に浸ったあとで、やわらかな肥沃《ひよく》な大地に育《はぐく》まれ、暖かな春風になでさすられ、その奇怪な素地のままに生長して百花の中にひとつの席を占め、目障りにのさばり、死に物狂いで自分の毒素をまき散らしはしまいか？　どうやらこれはすでに今、現実となっているようだ。それとも、この言い方は大げさにすぎるだろうか？　ならば、小さな汚染とでもいい直そう。ちょうど人のからだの出来物《できもの》のように、手術をするまでもなく、ひとりでに崩れるのを待てばやがて治ってしまう。こういう言い方のほうがより実情に合っているかもしれない。われわれはX女史とQ男史をにくむべき敵、あるいは角の生えた牛魔王と見なす必要はない。そんな幼稚で無知な女々しい心で問題をとらえる必要は断じてない。かりにふたりがそういう代物だったとしたら、この地を世外の桃源などと呼び、はたまたその変わることない静かな楽園の風光を愛でることなどどうしてできよう？　われわれは彼らをそのようには見なさない（それはわれわれの寛大な天性にも合わない）。しかし、実情に即したいくつかの大胆な仮説を立てることはできる。それらの仮説はいずれ正しさを実証されることになろうが、当面はわれわれの目のほこりを払い、探索の自信を強めてくれるであろう。筆者の充分な理由に基づく仮説によれば、あのふたりの家系には精神的に不健全な祖先が出つづけており、忌《いま》わしい、口には出せない病の患者さえいる。その家系はもちろん五香街《ウーシャンチエ》とはまったく血縁がなく、もしかしたらどこか辺鄙《へんぴ》な山村で糊口《ここう》をしのいできたのかもしれない。禿げ山には草木も生えず、村は愚昧《ぐまい》と野蛮に満ち、ぞっとするような多くの悪習が残っている。そんな村が大火事で焼け、生き残ったあのふたりの男女は故郷を捨ててこの都会にやってきた。そして写真撮影の行列にまぎれこみ、この市の住人になりすまし、ここに定住した』このように仮定することによって、ふたりを毒汁に浸かった二粒の病気の種子とする見方が成立し、われわれの街に発生した大事の歴史的根源も明らかになる。筆者ははたとそれに気づき、迷いから醒めた。この一節を書き終えて、筆者は晴々し、のびのびして、鼻歌まで唱った。『東方に昇る金色の朝焼け』を。その晩、筆者の文章は持ち去られて大講堂で読まれ、討論された。筆者は壇の下で自信満々でその朗読を聞き、触りの部分では泣きだしてしまった。おのれの才能に打たれたのである。朗読が終わると、たちまち壇の下にひそひそとざわめきが起こり、やがてしんと、恐ろしいほど静まり返った。まずい。どうもなにか怒りを押し殺しているようだ。やがていつしか人々はひとりまたひとりと会場から出ていった。筆者は泣きやみ、赤い目をこすりながら壇上に上がって、少しかすれた声で聴衆に作品誕生の過程を話しはじめた。しかし話しながらふと見下ろすと、座席はどの列もがら空きだ。がっかりしてその場に坐りこんでしまった。大衆の気持ちは実にわからない。真っ向から痛撃を食らってしまった。一旦愛する読者を失ってしまったら、芸術家も何もあったものではない。一文の価値もないのではあるまいか？　ただの浮浪者ではあるまいか？　根のない花はどんなに美しく咲こうとも、奇怪な鬼花でしかない。読者のあの温かく寛大なふところの中でのみ、芸術家の感情は昇華し、霊感が湧きつづけるのであって、読者に捨てられてしまえば孤児も同然、才能も枯渇《こかつ》し、芸術との縁も断たれるのは周知の常識である。筆者はいったいどこでへまをして、こんな取り返しのつかない過ちを犯してしまったのか？　どうしてこのたびは読者との間に壁ができてしまったのか？　筆者の才気と力量がまさにきわまり、成熟を見たその段階で、突然なにかの妖怪にばっさりやられ、一巻の終わりになるのだろうか？　輝かしい芸術家としての生涯がこうしてわけもわからぬまま終わってしまうのだろうか？　いまいましいXとQ、彼らと五《ウー》香街《シャンチエ》の広汎な大衆はいったいいかなる微妙な関係にあるのか？　明らかに、筆者のあの自由な想像、あの得意な形容詞と構想が敏感な大衆を激怒させてしまったのだ。だとすれば、文章そのものはまるで意味がなくなっていたのにちがいない。それなのになぜ筆者は、そういう関係に気づかなかったのか？　頭がもう硬くなりかけているのか？　筆者は痛切な思いを噛みしめながら繰り返し自己点検し、涙にかすむ目であの読者を失った文章を三遍も点検し、ついに心を決めた。謝りに行こう、と。筆者は謝りに行くのが自分を貶《おとし》めることだとは思わない。むしろ自分の開けっ広げな磊落《らいらく》さを示すことによって、いつの日か大衆にこの天才を理解し、支持してもらうことができると思う。ひょっとしたら、窓辺で首を長くした人々に待たれる身になるかもしれない。あるいはすでにもう彼らは耐えきれなくなって、寛大な胸を開き、筆者が飛び込んでいくのを待ちかねているかもしれない！　もしかしたらもう、さっきの行動が気《き》短《みじか》にすぎたと気づいているのではないか？

筆者が謝りに行った最初の読者は、あのビロードの小さな帽子をかぶった身寄りのない老婆だった。あれこれ検討した末、あの老婆を突破口にすることにしたのだ。女性、とくに年配の女性は情け深く善良で、若い者が前途を台無しにするのは見るに忍びないはずだし、頼っていく者には暖かく手を差し伸べ、知恵を授け、ひと肌脱いでくれることもあるだろう。彼女らは一種の母性本能から、さらには女性としての本能から（若い男と接触することによってしばしば若返り、たちまち情熱的になることもある）、頼ってきた男におのれの持てるすべてを気前よく、見返りも求めずに与えてくれるはずだ。筆者はそんな希望を胸に、あの運命の坂を登って老婆の家に入った。すでに真夜中を過ぎており電灯は消えていたが、戸に錠はかかっておらず、入って右手に寝台があった。老婆は眠ってはいなかった。深いため息と、寝返りを打つ音が聞こえた。筆者が寝台の縁を手で探り、斜めに腰を下ろそうとしたら、したたかに蹴りつけられ、つんのめりそうになった。『床に坐ればいい』老婆がきっぱりといった。『わたしは腹を立てているんだ。わたしはずけずけものをいうたちでな』。筆者は石炭灰とおぼしき物の上に慎重に腰を下ろし、ひと言もいわずに、つつしんで説教を聞こうと思った。老婆は長い沈黙のあと、ついに苦しげなため息をつき、しゃべりはじめた。『今晩はおまえさんの文章の朗読を聞いて、腹を立ててしまった。あんなにたくさんの文字を、なんと薄汚い帳面に書いて、表紙に真っ黒な指の跡までつけている。まったく締まりがなくてだらしないんだから。人の話だと、おまえさんはこんなふうに床に坐って、手も洗わずに書き物をするそうじゃないか。おおかた、真っ黒い指を口に突っ込んで唾をつけて帳面をめくったりしてるんだろう。おまえさんがなにを書こうと、本当はわたしには関係はなかった。だって、あのときは居眠りしていたんだから。ところが、あの朗読していた人が急に大声を出したものだから、椅子から転げ落ちてしまった。帰ってからもずっと眠れずに考えていた。おまえさんがなにかあてこすりでもしたんじゃないか、さもなければあの人があんなたまげるような大声を出すはずがあるか、とね。わたしは今日は気分が悪い。ひょっとしたら、幻滅してなにも助けになってはやれないかもしれない。あの大声はそれは怖かった。おまえさんが文章の中であんな大声で叫ぶからだよ。もともとわたしはみなといっしょに詮釈の仕事をするつもりだったし、おまえさんには才気があると思っていた。だけど、あの大声はどういうことなんだい？　いやいや、わたしの美意識とは相容《あい》れないね。もしかするとおまえさんにはなにかあてこする気があり、うぬぼれがあるんだ。おかげでこっちはまるでやる気がなくなってしまった。あんな詮釈の仕事なんてやめてしまいたい。わたしの気持ちはこんなに乱れてるのさ』。老婆はグッグッという叫びをあげ、藁の中に顔を埋めた。筆者は低い声で卑屈に彼女に求めた。どうかこの手を握り、彼女が依然として彼の読者でいてくれることを示してほしい。さもないと『自分は気が狂ってしまう』。彼女のようなりっぱでおおらかな人柄には、そういう行為こそふさわしい。それによって、どうか彼女の美しい心を見せてほしい、筆者の手はここ、寝台の枠の上にある、わかりますか？　ちょっと手を動かすだけですぐ触れます、と。『手を動かすだけでも、ただではできないね』老婆は暗闇のなかで例の曖昧な笑い声をたて、たてつづけに痰《たん》を吐いた。『わたしが鍵なんだ、そうだろう？　わたしが態度を変えさえすれば、おまえさんは欲しいものがそっくり手に入る。おたがい見当がついているいることさ。わたしという人間は、見かけはぱっとしないが、内には大変な能力を秘めている。そのことは従兄がいちばんよく知ってるよ。誇張でもなんでもなく、あの人はわたしに敬服しきっていた。いいかい、もう四十年もたって、じいさんになっても、まだあのことをはっきり覚えていたんだよ。相手が並の者だったら、そんなことがありうるかね？　わたしはいつも黙想していてふとそのことを思うと、自分の力に呆れてしまう。わたしにははっきりわかっている。自分が望みさえすれば、どんなことでもかなう。生まれつきそういう、すべてを動かせる力と風格が具わっているのさ。ただ、欲がないものだから、名誉や金を求めないだけでね。今夜会場を離れたあと、わたしには、おまえさんが訪ねてくるのがわかっていた。ほかの者を訪ねてもなんの得もないが、わたしを訪ねればすべてが手に入るんだから。わたしって何者だろうね？　だれか比べられる者がいるかい？　さあ、もういいたいことはわかっただろう？　おまえさんは見どころのある速記人だ。暮らしのなかで起きた大事件や、さまざまな個性的で魅力的な人物をいつでも書き留めることができる。おまえさんにとっていちばん大事なのは、曇りない目で先を読みながらまわりを見渡し、どういう人間が書き留めるに値するか、どういう人間が一時は派手でも実はものにならないかを分析することだ。人を見かけや若さだけで判断してはいけない。歳をとればとるほど魅力が増すことも多いと、だんだんわかってくる。この街の時の人にも、中身は空っぽで表だけちゃらちゃらしてるのがいる。こういう見かけ倒しの者におまえさんのような若い人はついだまされて、ほいさと英雄に仕立てあげ、歴史に書きこんでしまう。するると連中はもったいぶってめったやたらに指揮をとりはじめ、おまえさんのその不用意な過ちのおかげで歴史全体が暗黒の軌道に滑りだし、もとにもどらなくなってしまう。わかってるね、おまえさんたち速記人は重い責任を負い、経験豊かで頭脳明晰な人物の指導を切実に必要としている。過ちを減らし、千古《せんこ》に遺恨《いこん》を残さないためにね。あんなうわべだけの輩よりも、こういう黙々と働く無名の英雄、見かけはただ慎ましく言葉少なく、出歩きもしないけれど、実は大変な力量を持っているこういう人たちこそ、歴史に書き留める価値があるのではないのかね？　おまえさん、そういう仕事をしているのなら、なぜまわりのそういう傑出《けっしゅつ》した人たちに気づかないのさ？なぜこういう人たちに大きな関心を持って追いかけないのさ？　それが若い速記人のいちばん悪いところだ。若いうちに自分のその欠点に気づかず、教養ある先輩から（往々にしてその先輩自身が傑出した人物だったりするものだが）行き届いた指導を受けることもできずにいれば、せっかくの天分もいつのまにか失われ、歳をとって後悔するようになる。自分は一生なにをしてきたのかもわからず、思い出し甲斐のあることもなにひとつないとね。傑出した人間は、いつでもめぐり会えるというものじゃない。ときには何百年にひとりしか出ないこともある。問題はおまえさんに人を見る目があるかどうか、ひと目で見分けられるかどうかということだ。見る目のほかに、運もある。だけどね、そういう人間が今ちょうどおまえさんのそばに来て、気さくに諄々《じゅんじゅん》と導いているんだよ。おまえさんに才気がなければ、もちろんなんとも思わず、相手がほらを吹いてるとさえ思うかもしれないが、勘がよければ、ひと目で惚れこむだろうね』

身寄りのない老婆は一席ぶち終わると、急にまたいつもの沈黙にもどり、筆者に背を向けてしきりに唾を呑みこみはじめた。最後まで、筆者が寝台の枠に置いた手に触れようともしなかった。きっと、今まで筆者に無視されてきたのが許せず、少しもったいをつけて、筆者におのれの愚かさを思い知らせようというのだろう。こういう仕打ちを受けて、筆者は複雑な気持ちになった。みなと同様筆者も、この老婆は役たたずのおいぼれでしかないとずっと思ってきた。穴だらけの古いビロードの帽子をかぶり、イナゴみたいに身を縮めて、一生の大半をニワトリが米をついばむように首を振り、唾を呑みこむのに費やし、あのひからびた体の体液はすべて唾と化している。遠くにいてもその唾を呑むグッグッという音が聞こえたし、筆者はこれまで、あの音こそ彼女がまだこの世にいるしるしなのだと考えてきた。しかし、今にして思えば、こういう観念的な見方には大いに問題があり、足の先から頭の先まで自分を洗い直し、思いきってメスを入れないことには病根を探しあてられそうにない。自分は一日じゅう茫々たる宇宙を仰ぎながら、なぜ人間が目に入らなかったのだろう？　こういう人々は、みすぼらしい外観の内にりっぱな熱い心を秘めている。筆者は毎日顔を合わせながら、それを見ようともしなかった。それというのも賞賛に慣れきっていい気になり、ああいうつむじ曲がりの変わり者を相手にせず、考えもなしに十把《じっぱ》ひとからげで関心に値しないと決めつけていたからだ。毎日寝台のそばで腰をかがめて筆耕にいそしみながら、勝手気儘《きまま》に空想のなかにしかありえないうすっぺらな人間をこしらえて歴史を創造する英雄ともてはやしてきたが、その人物といえばどれもこれも霞《かすみ》を食って生きているような、どれもこれも高潔優雅な、身寄りのない老婆のような人々とはとんと無縁な仙人でしかなく、血も肉もない紙人形でしかなかった。この何年もの間、筆者はもしや、根のない才気を育て、見かけばかりの空疎《くうそ》な形式を発展させてきたのではないか？　それはやがて筆者の築いた楼閣を崩壊に導き、筆者自身を木っ端《こっぱ》みじんに押しつぶすのではないか？　思えば冷や汗の出るような話だ。ことの因果を分析するに、なによりもまず老婆の理解を得るのが先決だ。彼女の理解が得られれば、すべての読者の理解が得られる。さもないと、筆者の芸術の生涯は終わりを告げるしかなく、あの苦労に苦労を重ねて書いたノートも火にくべるしかなくなる。

『いつかある日、あなたは目を醒まして空一面の朝焼けを眺め、なにやら考えこみ、いつのまにかぼくを許してくれる』筆者は泣き声で痛々しくいった、『どうかはっきりいってください、そういう可能性があると。そうすればぼくは一縷《いちる》の希望を持ってあなたから離れ、その希望がこれからのぼくの精神の支えになることでしょう。ぼくは高望みはしません。この場でぼくの読者でいつづけると答えてくれなどとはいいません。ただ、その希望を与えてくださいとお願いしているのです。誓っていいますが、ぼくはもう、あなたにいわれたとおりに行動する決心をしたのです。もしもぼくの命を救うその希望を与えるのに同意なさるなら、どうか、あなたの手を握らせてください。あなたの手はひとりの男の生殺与奪《せいさつよだつ》の権を握っているのです』

老婆は黙って長いこと考え、うるさげに掛け布団を蹴飛ばしながらなにかいおうとしてためらい、やがておもむろに答えた。『おまえさんに手を握らせろ？　いともたやすいことだが、応じるわけにはいかない。何十年の経験から多少教えられることがあったからね。人間というこの怪物は虚栄心がひどく強くて、少しほめてやると、いや、単に過ちを許してやっただけですぐつけあがり、大口をたたいてまわり、一日じゅう浮かれて自分の居所《いどころ》も分際もわからなくなる。老若男女を問わず、大半の者がそういうろくでもない傾向を持っている。要するに、この世界をだめにしているのは、あの施《ほどこ》し好きなお情け深い輩だということさ。連中は安っぽい同情を惜しまず、すぐ人を慰め、やたらに励ます。おかげであの思い上がった連中は懲罰《ちょうばつ》を受けてもすぐ立ち直って、またぞろもと来た道を歩きだし、自分を鼻にかけて同類を見つけ、自信満々、前よりいっそう悪くなってしまう。だめだね、今おまえさんに手を握らせるわけにはいかない。わたしは少しも同情なんかしないし、あの愛しい従兄だっておまえさんに同情なんかしないさ。わたしが日頃からいちばん嫌いなのが、あのお情け深い連中だ。おまえさんがもし、このつらい教訓から立ち上がり、もう一度始めたいと思うなら、わたしのいったことを覚えておき、そして行動で示すことだ。わたしは希望を与えてやることはできるが、絶対に手は握らせてやらない。そんなことをしたら、おまえさんの虚栄心がまた悪性膨張を始める。直面する困難を忘れ、陶酔し、浮かれてしまう。人間とはそういうものさ。おまえさんは希望を抱いて行動したらいい。わたしがじっと見守って、成功を祈ってやるよ。ひとついっておくが、たとえ成功しても、それでわたしの手を握れるなんて、「夢にも思うんじゃない」。わたしはまたおまえさんの別な欠点を見つけてやる。もしかしたらなにひとつ取り柄がないとさえいうかもしれない。それでこそ、おまえさんは不断に自分の殻を突破できるというものだ。わたしという人間がいちばん嫌いなのは凡庸《ぼんよう》さだ。もうひとついっておこう。唾を呑みこむことについてだ。聞くところによると、街ではわたしのこの特徴を悪《あ》しざまに、なにか人前をはばかる下品なことのようにいい、わたしがひと言しゃべるのに三回も唾を呑むなどとぬかす者さえいるらしい。事実がどうであるかは、おまえさんがさっき聞いていたとおりだ。わたしはあれだけしゃべったが、唾を呑みこんで言葉を途切れさせたことは少しもなかった。驚くべき自己制御さ。さっきもいったが、わたしにできないことはなにもない。わたしをねたんで中傷する者がいるが、連中はだれかの些細な欠点さえもちだせば、その相手を傑出した人物の隊伍《たいご》から永遠に外すことができると思いこんでいる。しかし聞くが、欠点のない者がいるかい？　あの歴史を創造した人物たちだって往々にしてたくさんの、しかも目立った欠点を持っていたが、そのせいで彼らの偉大さが損なわれたりはしなかった。肝心なのはその人間の素質、内在するエネルギーだ。ひょっとしたら、特殊な欠点こそ傑出した人物のしるしかもしれないよ。わたしがいちばん嫌いなのは凡庸さだ。なんの欠点もない凡庸な人間なんて、この世に生きる理由もない』」

（二）いくつかの暗示的な要点

　われわれはすぐにも物語の核心に入るのであるが、もしその全過程を一定の形式で客観的に叙述《じょじゅつ》せよといわれたら、おそらくやりおおせる者はいないだろう。伝統的な形式はすでに時代遅れであり、革新せねばならない。さもないと悶着が起きる。へたをすると連中がなだれこんできて騒ぎ立て、銘々自分の権利を守ろうと勇敢に戦い、壁を突き破り、しまいに家まで壊してしまうかもしれない。連中はなんでもするのだ。そこまではいかなくとも、群衆は湖のアヒルの大群のようにガーガーとだれのいうことも聞こえないほどわめき立てる。朝から晩まで、晩から朝までそれをやられては、こっちの神経がまいり、あきらめるしかなくなってしまう。あのひそかに生じた男女の私通は、かつて相当長期にわたってわれらが五香街《ウーシャンチエ》の庶民の精神の糧であった。われわれは表向きはそうと認めず、蔑《さげす》んでさえいたが、その実だれもが夜な夜なそれを夢に見、思いを馳《は》せ、自分も主役のひとりとなって加わり、日中なにか動きがあれば、すぐ駆けつけて細かに調べ、素材を収集して大胆に想像をめぐらした。こうした行動はいずれも単独でなされたが、小規模なグループ討論もしばしばあり、いつもだれかの部屋で暗い明りをともして、もしくは明りを消して行われた。暗闇のなかでこういう問題を論じると「ますますドラマチックになる」のだという。そういう場所こそ、筆者の資料の入手場所であった。筆者はあの大きな過ちを犯して広汎な読者に見捨てられ、幸いにも身寄りのない老婆に啓発されてまた読者を取り戻してからというもの、以前よりずっと考え深く、慎重になった。二度と「門を閉ざして車を造る」式の独善をもって芸術にあたることはなくなり、折にふれては深く大衆のなかに入り、「彼らの胸に伏してその息づかいを聞く」ようになった。精神は大きな変貌を遂げ、自分に対しても社会全体に対してもずっと達観できるようになったし、自信も深まった。わが大衆団体の同志たちが討論するときは押し合いへし合いだった。たがいの口臭を感じるほど、できるだけ顔を寄せ合い、声を低く低く押し殺し、蚊が鳴くよりももっとかすかな、はっきりしない声で、いやほとんど声など出ておらず、唇だけがしきりに動いているような感じでしゃべる。聞くほうはその口の形の変化から意味を推察する。ある種の意味の伝達はきわめて微妙である。たとえば「業余文化生活」の意味は決して性交と完全に同義ではないが、「純粋な精神的交わり」とも完全に同義ではない。両者とも極端な言い方で、実際からかけ離れており、われわれはいずれにも反対だ。だがあることに反対するのは決してほかのことを提唱することではない。やはり節度を持って厳密に区別しなければならず、その区別は口元の微細な動きをもとに行わねばならないのだ。わが団体内部の者でなければ、こういう動きの深い含意《がんい》を察知するのは無理である。明りがついていないときは、われわれはそのかすかなくぐもった声をもとに、自分で判断し、想像した。こうした集会は実に面白く、それぞれの参加者の忘れえぬ思い出となっている。何年もたった今でも、まだしみじみという者がいる。あのときにもどれたらどんなにいいだろう、もしあのひそかな楽しみに満ちた瞬間にもどり、あの偉大な戦慄《せんりつ》を少しでも感じることができるなら、命が十年や二十年縮まっても惜しくはない。しかし楽しみはもはやもどらず、ただ人々に淡い失望を残しているばかりだ。あの暗い部屋の集会、あの壁に揺れていた怪しい影、あの声なきささやき、そして眠れぬ長い夜とロマンスの主人公になる興奮、それはみなどこへ行ってしまったのか？　甘い懐かしい思い出よ！　老年になって、もしまたあんな境地に一度でももう二度でももどれるならば、死んでも悔いはない、と。筆者は機を逸することなく頻繁にみなの集まりに顔を出したが、もちろん彼らが「しゃべること」を聞きに行ったわけではない。機械的にそんな目的で出かけたならば、壁にぶつかったことだろう。いかなる古い方法もみな時代遅れとなり、ただ創造的実践のみが有効なのだった。なにしろ連中のしゃべることを「はっきりと聞き取る」のはまったく不可能なのだから。その実践は、実に趣《おもむき》深い、暗示的な思惟《しい》活動であって、すべては教養ある主体の「暗黙の理解」によって把握されるのだった。筆者は一時期の修練ともちまえの打てば響く才気によって、しだいにこつをつかんでついにその境地に達し、大きな収穫をあげた。かろうじて聞き取れたことの一節一節に潤色《じゅんしょく》を加え、理にかなう想像を加え、華麗な浮わついた文体を改め、中身の濃い、個性、感性を突出させた虚飾を排した文体によって、真実と自然を本来の姿に返し、かなめとなる要点をノートに記したのである。

要点一　XとQの姦通はいかなる状況下で実現されたか?

まずQ男史の側から分析に着手しよう。この男史は先に述べたようによき夫よき父であり、家には情愛深い妻とふたりのよい息子がいる。田園風景をこよなく愛し、家の前後には瓜や野菜を植え、猫や犬や兎を飼っており、占いを信じる点をのぞけば、非の打ちどころのない男だった。しかるにその最大の弱みがあだをなし、家庭を崩壊させたのである。Qは、あの美しい昼下がりに家を出て、風も通らぬあの部屋でX女史にひそかに運命を占ってもらって（詳細はわからない）以来、理性と常識を欠いた人間になり、ときには無頼漢まがいの行動に及び、以前のあの温厚な男とは別人のようになってしまった。彼は仲のよい役所の同僚にむかって言揚《ことあ》げした。彼はこれから自分の主観を抑えるのを止め、運命の采配に身をまかせることにした。それはまごうかたなき天意であり、その力たるやあまりにも強大で抗う術はなく、もがくことさえ不可能であり、ただおとなしく従うしかない。いつかある日彼がくたばったなら、それもまた天意だ。そう語る彼の目は据わり、歯はガチガチと鳴っていた。同僚がどうしたんだとたずねたのも聞こえず、ぶつぶつと十字路がどうしたの、水曜日がどうしたのと興奮に声を震わせ、やがてだしぬけに音吐朗々《おんとろうろう》とニワトリの鳴き真似をし、何度も何度も顔を真っ赤にして鳴いたものだ。同僚が仰天して大声で助けを求めるとようやく静かになり、強い口調でいった。「ぼくはまさにこうなんだよ。もうわかっただろう。以前から少しおかしかったけど、まともなふりをしていただけなのさ。事務机にむかっていつもこんなことを考えていた。机に飛び上がって大声でニワトリの鳴き真似をしたいなあって。きみたちがさっき見たようにね。何年もがまんしてやらずにいたんだ」。密通事件が起きると、噂は彼が働いていた役所にもなんとなく伝わり、あの善意の同僚は彼に面倒が起きないうちにここで「手を引く」よう忠告してやった。しかし彼は恩に着るどころかその同僚が手を貸してくれないと責めたて、「権力に迎合《げいごう》する」だの「虚偽」「冷酷」だのと非難し、しかも大声でわめきだして錐《きり》で窓ガラスを割り、とにかくふだんとはうって変わった不可解な挙動ばかり見せるのだった。同僚はやむなく善意の心をしまいこみ、他人の不幸を喜ぶ本来の姿を見せた。その後の行為から見るに、Q男史が「手を引こう」とした形跡はまったくなく、むしろ枯草に火がついたようにますます燃えさかり、開き直ってしまった。ひどく疑り深く怒りっぽくなり、だれかにあてこすりをいわれたりそんな気がしたりすると、突進していって腕をひっつかみ「もう一度いってみろ」とすごみ、相手があれこれ弁解し、繰り返し言い逃れをいうのを聞いて、ようやく半信半疑のまま放してやるのだった。ある日、上司からある仕事を与えられたときも、なにを根拠にか難癖をつけられたと思いこみ、口論のあげく「上司の髪の毛をひっつかみ、壁に頭をぶつけて血を出させ」、仲裁に入った者に「辞めてやる」、「乞食になってやる」と息巻き、いやはやあきれた剣幕であった。X女史の妹の話では、かつてQは、自分は災難にあう運命なので肚《はら》はくくっていると何度も彼女にいった。目を輝かせ、さも幸せそうな顔をしていたという。「この世にあんな目があるとはなあ。きみの姉さんという人は、いったいどうなってるんだろう。ぼくにはまだわからない」しかし彼の眼差しは明らかに、彼が彼女がどうなっているかをあまりにもよく知っていることを告げていた。彼が知らなかったのはただ、自分がどうなっているかということで、もしそれを知っていたら、まったく、あのうえなにが起きたかわかったものではない。きちんとした折り目正しい男が、一日にして無頼《ぶらい》の徒に、ごろつきに変わったのだ。どうやらそこに大いに問題があるらしいが、それを追っていくとあの運命判断にたどりつくしかない。Q男史は例の虚無的な人生観を抱いたまま三、四十年をぼんやり過ごしてきて、突然、目の波動だの、神秘の力だのとぶちあげるようになったのだ。もちろんそんなのはすべてでたらめであり、問題は彼のあの致命的な迷信思想と生活への消極的態度にある。聞くところによると、彼は十一の歳からもう災難を恐れ、自分が友達に別れも告げぬまま突然死んでしまうのではないかと心配して、道を歩くのもびくびくし、不眠症にまでなった。このいまいましい症状は以後ますますひどく彼を苦しめるようになる。「まるで頭の中からたくさんの兎が駆けだしてくるようだ」と彼は形容した。それにしても、あの運命判断はどういうことだったのだろう？　われらがQ男史はふらふらと五香街《ウーシャンチェ》に歩み入ってから、ビロードの帽子をかぶった身寄りのない老婆の石炭車を押してやり、彼女の家に「七、八分も立ち尽くし」、そこを出てまた足の不自由な女史に「めぐり会い」、それからついに「人事不省」になってX女史の家の戸口に倒れこんだのであるが、彼がどうやって戸口を入っていったか見た者はいない。その後発生したのが「眼球の震え」だけだったなどということは、よもやあるまい（こういう表現の仕方がまた幻覚剤を連想させる。その人事不省の間に、家の中でどさくさにまぎれて、なにか野蛮な注射が行われたりはしなかったろうか？　当時上映されていた「マンションの幽霊」が恰好のヒントにならなかったろうか？）。あの幾度か発射された波が、ひとりの男の一生を決定してしまった！　Q男史はその詳細についてだれにも語っていない。「そういうことは言葉でいえるものではなく」、「どんな言葉も冒瀆《ぼうとく》になり」、「ひと言口に出しただけで気が遠くなり」、「絶対に言葉にはならない」からであって、目撃者であるX女史の妹に対してさえ、ごく簡単に「なんと明るかったことか」などといっただけである。あのぼんくらな妹は、これまた「それらしい形跡は少しも見当たらなかった」などと無邪気にもいっている。「あれはひと目惚れと言い切れるわ。ふたりともひと言も口をきかず、触れ合いもせず、ただ黙っていた。あれは高尚な感情、情操の力だわ」「運命判断なんてするものですか、そんなありもしないことを」。表面的に見れば、あのとき運命判断はたしかに「ありもしない」ことだったようだ。

だがまさにその「ありもしない」ことから、その後のすべてが醸成《じょうせい》されたのである。すべては仮定のなかから芽生え、あの一条のまぶしい光の中で、Q男史はさなぎから成虫への脱皮を遂げた。殻を食い破り、決定的な変身を遂げたのである（念力で人を操る――これがX女史の十八番である）。その日以来、この男は荒唐無稽な考えをもとに、自分は他人とちがう、そればかりか、一段上にいると思いこむようになった。彼は自分の責任義務を放り出し、コートのポケットに両手を突っ込んでその辺の道楽息子のように四つ角でじろじろと女を眺め、ある女の袖を引っぱって十分にわたり（同業女史の計算）自分の思いを打ち明けた。そのなかで七面鳥やアヒルやなにやらをもちだしたが、明らかに「寝る」ことを暗示しており、じりじりと「いてもたってもいられない様子」で、今にも「その女に飛びかからんばかり」だった。彼は鏡を見るのも好きになり、毎日家に閉じこもって眺め、（あんなに面子《メンツ》を重んじていたQが）街ではショーウィンドウに映る自分の姿を眺め、ひとつひとつの前であまり長いこと立ち止まっているものだから、店主は気になって仕方なかった。あれほど彼を愛していた仙女のような妻に対しても、今ではその情愛こもる繰り言に「ほう」としか答えなくなった。「ほう」の後はすぐまた鏡を見に行くのである。ある日、彼は突然妻に、自分のコートに虫が這ったからもう着られないといいだした。「前からそんな予感がしていた。夜中に聞こえなかったかなあ、ザワザワと這っていったんだ。あんなにたくさん」。彼は口をへの字に曲げて顔をしかめた。妻は驚いて彼の顔を見、ひどく怖がった。彼はあとですまないと思ったらしく、すぐまたいいわけした。虫のことはわざといったのだ、「ふと魔が差した」だけだ。ときに、よくそんな妙な考えが頭に浮かぶことがある、ちょうどからだに出来物ができるように。だがもうだいじょうぶだ、と。しかしその口調はひどく憂鬱そうで頼りなく、「もうだいじょうぶ」とはとても思えなかった。数日たつと病気がぶり返した。彼はまた虫のことをもちだし、あのコートはもう「食われてスカスカになり」、着られたものではない、「はおるとすぐ、やつらはぼくの皮膚をかじりだす」。彼は異様に苦しそうに妻に訴え、棒の先にそのコートを引っかけて、窓のほうを指した。「やつらはあの窓から飛び込んできたんだ、真夜中に」「なにが？」「虫がさ、わかりきってるだろう」彼はどうしてもそのコートを焼いてしまうという。妻は驚いて泣きだした。「なにを泣くんだ、どうでもいいつまらないことだ」。彼はやさしく妻の肩をさすりなだめた。「近頃よく幻覚を見る。おそらく日一日と歳をとってきているんだろう。まだなにか、ぼくらに見通せないようなことが残っているだろうか？」最後のほうの口調はまるで落ち着かず、なにやら自分に問いかけているかのようだった。天気のよい休日も、彼は二度と野菜の世話をせず（おかげですぐ枯れてしまった）、猫や犬とも遊ばなくなり、ただ籐椅子を持ち出してひとり太陽の下でうたたねしていた。眠ったままかすかに微笑み、五本の指を開いては結び、開いては結んでいたが、いったいなにをしていたことやら。だれかに呼び起こされるとしぶしぶ返事をし、手をかざしてまぶしい日差しをしばらく観察してから、ようやくむき直ったが、そのぼうっとした顔は、今さっき別世界からもどったようだった。「だれの後ろにも、少なくともふたつ以上の影が重なっている。人によってはもっと多い」彼は妻にいった、「影は地上に、開いた扇のように立っていて、見ていると頭がくらくらする（いつの日からか、彼はだれに対してもこんな話し方をするようになった。その声は深い崖の洞穴《ほらあな》から聞こえるようだった）。思いきり目を細めないと、そのばらばらな影は重なってこない。もちろん、愉快なことじゃないよ（彼は急に腹立たしげな口調になり、語気を強めた）。きみたちはそんなに自信満々だ。自信満々で、視線ははっきりとものをとらえる。笑わせるね！　もしぼくが本当のことをいったら、いいかい、扇のことをいったら――あれはまさに事実なんだが、きみらはまた怒りだし、おれのことをカゲロウだなんていって、わかったような目配《めくば》せを交わすんだろう。おめでたいことだ」「蜜蜂が相変わらず外を飛びまわっている、聞こえるだろう?」「そうとも、ぼくには聞こえる」彼は力なく認め、影のように少しずつ家の中へと縮んでいった。

Q男史は脱皮を遂げたのちに五香街《ウーシャンチエ》に潜入した。X女史との間では某日、ある秘密の場所で人知れず姦通事件が生じており、その後も似たようなことが四、五回あった。いずれも人知れず行われており、あのいまいましい猫さえいなければ、ふたりの密通はひょっとしたら永久につづいたかもしれない。これは決してわれら五香街《ウーシャンチエ》の者がまぬけで、ぼんくらで、すぐ鼻先の悪行を知らずにいたということではない。われわれはただ沈黙していただけで、その沈黙には深遠な意味がこめられていた。問題の場所についても姦通事件の実際状況についても、われわれ五香街《ウーシャンチェ》住民は徹底的に抽象的な表現形式をとった。このたびはみなが顔をこわばらせて極力表情を殺し、口の動きさえ抑えたのである。明りがついていようがいまいが、人が多かろうが少なかろうが、部屋の中であろうが街頭であろうが、筆者やよそ者がその問題をもちだすと、すべての者が一様にまじめくさったこわばった顔によって自分の態度を表明した。高度な抽象思惟能力と訓練を経たきわめて豊かな感受性をもってして、はじめて、その落ち着きはらった顔に真実の所在を探しあて、大衆のあの深い洞察力に傾倒することができるのである。さもなければ、大衆はがさつで情理に疎《うと》く、歴史の進展に無関心で目先のことしか考えず鈍感だなどと、むかっ腹を立てるのが落ちだろう。多くの学者は幼稚な現実離れした理想主義を頭に詰めこみ、勇んで当地にやってきて、ひたすら熱意に頼ってなんらかの研究をものにしようとするが、最後はすっかり失望して帰っていく。自分の観念の欠陥を点検しようともせず、ひとえにわれわれが協力せず、つける薬がなく、はては妨害までするせいだと決めつけて、毫《ごう》も反省の色がない。この手の学者や芸術家にわれわれは大いに不満である。できれば自分の場所に留まり、われわれの生活をかき乱しに来ないでほしい。連中などいないほうが、われわれの日々の暮らしの段取りはよほどうまくいくのだ。他人の邪魔をする以外、あの手合いになにができるのだ？　誠意ある芸術家ならば、静かに思いをめぐらすだけで五香街《ウーシャンチェ》大衆のこわばった顔が、決してその心の貧しさや、頭の足りなさを示すものではないと悟るはずである。あの態度の意味は底知れず、空の虹や砂漠の蜃気楼《しんきろう》にもたとえることができ、今思いついただけで、五つ六つの含意を挙げることができる。その一、これはわれわれ内部のプライバシーで、こういうプライバシーは一種の財産であり、誘惑に満ちている。それを外部の者と分かち合う気はない。当地のほかに、こういう高級な精神の糧を生み出しうる場所はふたつとない。われわれ内部についていえば、あの問題をどう見るべきかはみなが承知しており、それぞれの深い感じ方を持っているため、やはりたがいに論じ合うにはおよばず、だから無表情でいるのである。その二、まさか、われわれみなが暇をもてあますルンペン、定職もない遊び人だとでもいうのか？終日他人の面白くもない挙動を探る以外、することがないとでもいうのか？　ひょっとして、それを理由にわれわれの性的能力まで疑おうというのか？　一日じゅうぶらぶらしてあれこれ探り、壁に耳をつけ、戸の隙間からのぞく去勢者――こういう固定観念を熱心に作りだそうとしている者がいる。その手に乗ってたまるか！　だからわれわれは無表情でいるのだ。その三、こういう問題を出す当人はそもそもなんだというのだ？　それを理解するに足る教養を具え、まじめな処世態度を持っているというのか？　もしも淫らで下品な態度ですべての世事を見ているとしたら、われわれまっとうな五香街《ウーシャンチエ》住人は断じてそれに与《くみ》するわけにはいかない。自力で勝手に研究し、壁にぶつかってひどい目にあい、歯が落ちるほど人を笑わせる結論を出せばいい。こっちはそんなのにかかずらわる義理はない。だから無表情でいるのだ。その四、ことが核心にいたれば、高い教養を持つ五香街《ウーシャンチエ》大衆は全員一致で本能的にテレパシーを生み出す。この種の問題は言葉で伝えることはできず、顔の表情によって伝えることもできない。ただテレパシーによってのみ察することができる。そのテレパシーは非常に複雑で多レベルにわたるもので、外部の者がそれを具えていないとしても、無理からぬこと、こちらの予想どおりであって、おのれの優越性に対するわれわれの自信はいっこうに揺らぎはしない。もし外から闖入《ちんにゅう》してきた無礼な輩がほんの三、四日で目覚めてわれわれの境地に入り、われわれのように聡明になれたとしたら、それこそ悲しむべきことである。連中には当方を礼儀知らずの野蛮人と思わせ、地団駄ふませておこう。われわれは今までどおり我が道を行き、われわれの伝達方式を変えることはない。われわれは通俗的な潮流に迎合するような者ではない。だから無表情でいるのだ。その五、ひょっとしたら胸に一物あるあの連中は、われわれの真意を探り出したのち、さまざまな下種《げす》の勘ぐりを加え、自分に都合のいいように利用しようとするかもしれない。連中はもとよりあの件とは無関係で、まったく口出しには及ばなかったというのに、今や悲憤慷慨《ひふんこうがい》して救世主気取りになり、まるでわれわれが彼らに――あの下水から這いだしたようなやつらに――頼らなければ問題を解決し、郷土を治めることができず、彼らの参与がなければ、一歩も先へ進めないといわんばかりだ！　だからわれわれは無表情でいるのだ。無表情でいる理由はほかにも無数に挙げられる。

ほとんどの者がふたつ以上の理由を持っており、そのふたつも永遠に変わらぬというわけではなく、ときには日に何度も大きな振幅で変化するのである。

Qの側から姦通事件の状況を理解しようとする場合、われわれは以下のいくつかの可能性を挙げることができる。一、あの日の午後、Qは不幸にもXの家の戸口で転び、人事不省になっている間に、すばやく幻覚剤を注射された。二、Qの体内には幼いときからある病毒が潜んでおり、その病毒は狂犬病と似たところがあって、一旦発作が起きると精神は崩壊し、日夜不安に苛《さいな》まれ、絶えず献身への狂熱に浮かされる。ここまで書いたとき、筆者は、ずっと後ろに隠れてのぞき見していた同業女史にいきなりどなりつけられ、飛び上がった。今回は筆者はすぐさま反応し、床から立ち上がって優雅に丁重《ていちょう》に一礼すると、同業女史のあのふんわりした小さな手を鼻先まで引き寄せてにおいを嗅ぎ、ものやわらかにたずねた。筆者になにかご意見でもおありでしょうか、筆者が書いた文章がお気に召しませんでしょうかと。そういいながら、もう片方の手で女史の頬をしきりにさすった。女史は大いに感激し、しだいに落ち着いてきて筆者にいった。彼女は決して筆者の文章が嫌いなわけではなく、ただある重要な状況を補足したいだけだ。その状況はきわめて重要なもので、それが欠ければ歴史は一面の闇になってしまう。もし彼女が社会への高度な責任感からここへ駆けつけてこなかったなら、損失ははかり知れないものとなっただろう。彼女は筆者の芸術的才能を信じており、筆者が態度を改め、愛すべき男性になってからというもの、ずっとひそかにその一挙一動を見守っており、心からこう思っている。このような芸術家が庶民のための速記人をしてくれるようになったおかげで、だれもがすっかり安心し、愉快になり、「生活がバラ色になったようだ」と。ぜひこのまま書きつづけ、才能を「燦然《さんぜん》と輝かせて」ほしい。彼女自身は筆者の成功を永遠に喜びつづけることだろう。男女間のこういう純粋な友情はまことに高尚だ。ともに精神的に同じものを追いつづけるほど素晴らしいことがあろうか？　彼女の親友のX女史はいまだかつてこのように崇高な情熱を味わったことがなく、ひたすら「床入り」にのみ勃々《ぼつぼつ》たる興味を示している。今にして思えば、あんなにつまらない人間はいない！　気の毒に！　同業女史はそういいながら興奮して涙を流した。筆者はハンカチを取り出してその涙を注意深く拭き取ってやり、そのきゃしゃなからだを支えてベッドに坐らせ、長い長い間休息させてやっていた。ふたりとも一種センチメンタルな気分に浸り、そこからぬけ出せなかった。最後に筆者はなんとも悲しい思いで女史を送りだした。

補足状況　Q男史とX女史の路上におけるもうひとつの対話

X……きょうは空が明るいわね、そう思わない？　いつもこんな明るい光線の中で立ち話をしていると、あなたに不満が湧いてきて、ときにとても悪いことを考えてしまう。あなたは日一日と縮んでいくけれど、それは知らないうちに起こっていて、だれも助けてあげることができない、なんてね。あの日差しの下の玉石が懐かしいわ、目の前のをあっちこっちと手でつかもうとしたものよ。もっと近くに来て、わたし泣くから（涙を拭くふりをしてQにしなだれかかる）。

Q……（やさしい声で）ああ、泣かないで、ぼくがここにいるんだから。ふたりの男がいる。ひとりは道をぶらぶらしていて、もうひとりは真っ暗な部屋の中だ。道にいる男は黒くて柔らかく、うっかりすると白昼の光線に融けて影も形もなくなってしまう。部屋の中の男は白い輝く固体で、たとえ棺桶《かんおけ》に入れられても形は変わらない。ほら聞いて、彼がやってきた、彼はいつもあの角に立っている。彼に見つめられると、ぼくは身動きひとつできなくなる。そんなことがもう三度もあった。

X……（夢見るような表情をしてみせて）きょうは鏡を持ってこなかったけど、あなたのそんな様子に本当にそそられるわ。さっき最後にいったことをもう一度いって。素敵だったわ。

Q……ぼくは身動きひとつできなくなる、ああ！（ぼうっとした顔をしていたが、やがて甘い笑みを浮かべ、道路際のショーウィンドウのガラスにむかって歯をむきだす）

X……（ひとり言のように）奇跡よ起これ、奇跡よ起これ。

同業女史は電信柱の陰に隠れて、この対話をひと言漏らさず手帳に記したのだった。二度目の「姦通事件」が発生したあとのことだ。彼女はこの対話資料を筆者に提供してくれたあと、どうか内密にして文章に彼女の名前を出さないでほしいといった。できればわざと目くらましを施して、わけがわからないようにしてほしい。彼女は（だれも知らないことだが、筆者にだけには話しておく。さっきのことで、彼女と筆者の間にはすでに生死を超えた交わりができたと思うからだ）愛すべき、魅力的なＸ女史とは気のおけない間柄で、Ｘ女史は男女関係の処理にあたってしょっちゅう彼女の助言を得ている。またふたりは影の形に添うごとくいつもいっしょにいるため、Ｘ女史はしばしば同業の彼女の魅力のおかげで多くの男を引きつけているのだが、他人には、それがまるでＸ女史自身の力であるように見えているらしい。そういう依存状態にあるせいで、Ｘ女史は彼女をいわば理想化し、なんでも腹蔵なく話してくれるし、なんの隠しごともせず、それどころか彼女を自分の活動に参加させようとさえしている。あの対話にしても、Ｘ女史は彼女に聞かれるのを意に介さず、彼女が電信柱の陰にいるのを重々知りながらはばかることなく大声を出し、自分の言葉を風に乗せて友の耳へと送りとどけ、いやでも聞かせようとした。どうも意図的に友にあの対話を記録するよう仕向けたふしがあり、ひょっとしたらあのときすでに史冊《しさつ》に記載されるのを見込んでいたのかもしれない！　友が忠実で信頼が置け、友情を重んじる人柄であるのを承知していたので、事実をねじ曲げられる心配などまるでしていなかったにちがいない。ならばまたどうして彼女は筆者に内密にしてくれなどというのか？　なにか人前ではいえない裏でもあるというのか？　なにか自分の利益をはかる小細工でもしているというのか？　とんでもない。彼女はあくまでも公明正大であって、この対話資料を提供したのはむしろX女史にそれとなくほのめかされたからなのだ。そのほのめかしは、目配せするでもなく、顔の筋肉ひとつ動かすでもない高度な方式で行われたが、それがなければたとえ姉妹のような友情からであろうと、彼女がほこりの舞う路上で、馬鹿みたいに電信柱の陰に隠れ、大汗かきながらこんな対話を記する筋合いはない。まして彼女には速記人のような才はなく、字を書くのもおそく、耳もさほどよくないうえ、あの脳天気な話には心底うんざりしていたので、この仕事には死ぬほど疲れた。それでも文字どおり命がけでやったのである。もしもそのあげく、つまらぬことを騒ぎ立てるおしゃべり屋などと仲間たちから蔑まれ、誹謗《ひぼう》された日には、どうして生きていられよう？　たとえ彼女は気丈にもちこたえたとしても、親愛なる友、Xの悲しみ嘆きはいかばかりであろう？　X女史はあの暗い家の中で何度も彼女にいったものだ。もしも彼女が事故にあったり悪いやつに謀《はか》られたりして、名誉を傷つけられ、あるいは命を落とすようなことがあったら、自分も生きていたくないと。X女史は彼女同様きわめて情の深い女で、ふたりの友情は石の心をさえ動かすであろう。その友情は苛酷な歳月の試練に耐え抜いたものだが、だからこそますます好き勝手を慎み、何事につけX女史の気持ちを思いやらねばならない。X女史にはいつも愉快でいてほしい、いかなるときも彼女のせいで悲しませたくない。もしも筆者が彼女の名前を出したせいで、不幸にもつまらぬ輩に彼女がおしゃべり女などと罵られ、それが

X女史の耳にとどいたとしたら、X女史は悲しみのあまり死んでしまうにちがいない。彼女にはX女史の気持ちがわかりすぎるほどわかっている。X女史は常に彼女に恩義を感じ、その恩義に報いられないと感じているというのに、そんな苦しみにどうして耐えられよう！　彼女の存在なしに、ちっぽけなX女史が今日のように時の人になることがありえたろうか？　あの男たちは最初は彼女をめがけてやってきたのだが、彼女が譲り、とりもってやったおかげで、しだいにX女史に興味を持つようになったのではなかったか？　もし彼女がそこで少しでもわがままを出し、わずかでも自分の魅力を施してやったとしたら、あの男たちは彼女に目を奪われてしまい、X女史の今日はなかったわけだ。X女史はそのことに痛み入っている。同業女史はこういい終わると、あのひたむきな目で筆者を見ながらたずねた。彼女のいう意味をわかってもらえただろうか、この腹蔵ない話を聞いて新たな霊感が湧いただろうか、もっと別な方式で彼女と筆者の理想的な男女関係を速記帳に記したくはないかと。筆者は少し考えてから決然と同意し、霊感が湧いたらこの活き活きとした感動的な情景をありのままに再現し、ふたりの間の超俗のよしみを史冊に記載することとした。同業女史への筆者のひと目惚れは今や闇路《やみじ》に踏み迷い、引き返せぬところまで来てしまったが、いまだかつて体験したことのない不思議な心持ちであった。そこには肉体的な要素は絶対に含まれていない。筆者は美しい（こんな俗っぽい言葉を許してほしい）同業女史にただただ敬服し、心から敬慕《けいぼ》するのみである。それ以外のいかなる心得ちがいもあってはならないのだ。徹底的に私心雑念を払わねばならず、にわかには払いきれないとしても、それと不撓不屈《ふとうふくつ》の闘争を行い、純粋な澄みきった心境で彼女と交わらねばならない。そうやってはじめてそこから啓発を受け、霊感を生み出すことができる。さもなければ世俗の泥沼に滑り落ちて小才に頼った浅薄な文章を書き、結局はなにひとつものにならないだろう。

　同業女史を送りだしたあと、筆者は再びＸ女史に思いを馳せた。この冗長な物語の主人公、五香街《ウーシャンチエ》でもっとも伝奇的な色彩を帯びた巫女《ふじょ》。姦通事件が生じたとき、その真実の状況はいったいいかなるものであったのか？　生々しい寝台の行為のなかで、彼女がひとつの記号にすぎず、ひとすじの湯気でしかなかったなどというわけはあるまい？　残されたわずかな手掛かりをもとに、情理にかなった推測をめぐらすことはできないものだろうか？　そこには当然、汲めど尽きぬいわくがあった。もしも筆者がたゆみない精神によって、目が回るほどこんがらかった手掛かりを子細に調べて筋道をつけ、夜昼なしに推敲《すいこう》しなかったなら、その謎は依然として鉄の壁に囲まれたままであったことだろう。もっとも信頼に足る手近な情報は、Ｘ女史の妹の夫の親友の妻の口から出た。それは色黒のやせぎすの女で、しきりに膝を揺すり、大きな蒲《がま》のうちわでいらいらと蚊を追いながら、どうでもよさそうなふりをして筆者にいった。

「そのことは口ではいえないね」。しかし、そういったとたんにもぞもぞしはじめ、南京虫にでも刺されたように飛び跳ね、あたりで涼んでいる人群れをしきりに見回した

（人々は興味津々で女を見つめ、耳をそばだてており、何人か少し離れたところにいた者もガタガタと椅子をこっちに移した）。「場所を変えて話そう！」女は落ち着いているふりをして立ち上がり、ぐいと筆者の手をつかむと全速力で走りだした。するとあの連中もすぐさまわーわーとなにか叫びながら後を追ってきた。そのうちに筆者は汗まみれになってしまったが、女はとてつもない力持ちで、しまいに動けなくなった筆者をあの広い肩にひっかついで飛ぶように駆けていった。どれくらいたっただろう、女はとある真っ暗な小屋の寝台の上に筆者を下ろし、それから戸にかんぬきをかけに行った。あの涼んでいた連中は、どうやら小屋を包囲したらしく、大勢が戸を蹴ったり、窓をたたいたりしており、どこかから石が豪雨のように降ってくる。「声をたてるんじゃない、連中は勝手に帰っていくから。どうせ、俗っぽい好奇心でしかない。口いやしい子供みたいに、満足を知らないのさ」女は腰をかがめて筆者の耳元でささやいた。ひとしきり騒いだあと、外のだれかが大声でいうのが聞こえた。「ひょっとしたらあの女、面白い秘密など知りもしないくせに、それにかこつけて中でいいことをしようというんだ。あの速記人はたしかにいい男だからな！」人々は急に静まり、やがてぶつぶついいだした。多くの声が無駄足を踏んだとこぼしながらゆっくりと散り、遠ざかっていった。暗闇の中で、女は拳で筆者のわきばらをこづきまわし、筆者ににじり寄って首にくすぐったい息を吐きかけ、クツクツとしきりに笑い、嬉しくてたまらないようだ。ところが筆者がその気になって迫ろうとしたら、突然端のほうに飛びのいてしまった。寒けがするとでもいわんばかりで、震える両膝がぶつかって鼓(つづみ)のように鳴っている。「すごい！」女がだしぬけにいった。「だれが？」「きまってるだろう？　あの女があの男のことをすごいといったんだよ！　すごい男！　要するに、並の男ではないとね。わかったかい？　このぼんくらが！　あんた、なんの資格があって速記人になった？　だれに選挙された？　なんで自分勝手に速記人におさまった？　この闇の中に坐っていれば、あんたなんか泥にしか見えない。壁ひとつふさげない水っぽい泥さ！　なんてこった！　わたしとしたことが、なんでこんな棒杭《ぼうぐい》をひっかついでこんなところまで走ってきたんだろう？　どうしてこんなことになってしまったんだろう？　もうおしまいだ‼」女はすすり泣きながら硬い拳で雨あられと筆者の背中を打ち、筆者のせいで彼女のイメージに汚点ができてしまったから、「損失の償い」を求めるといった。また、こうもいった。彼女はもともと速記人など眼中に置いていない、昔は役人と友達づきあいしたことさえあるのだから！　芸術家なんて、大衆のなかでの地位はまるで頼りないし、だれも物の数には入れていない。手前勝手に無理やりものの数に入れたところで、せいぜいちょっとひねくれてみせ、それでなにかせしめようというだけだ。芸術家なんかに惚れてしまったら、とうてい芽が出る日はこない。彼女は情に溺れて面倒を背負い込む気などない、と。筆者は辛抱強く彼女が拳でこづきつづけるのにまかせ、終始無言でいた。やがて女のすすり泣きが止んだ。「XとQは、船の上の穴のこともいっていた」女は最後にしゃくりあげながら補足し、ついでに筆者の頬をぎゅっとつねって仲直りのしるしとした。

　筆者は睡眠朦朧として色黒の女のあとから小屋を出た。ところが出たとたんに女の姿は見えなくなってしまった。筆者は仕方なく、茫々たる夜色の中をおぼつかない足取りで歩いていった。あたりには人影ひとつなく、ひっそりとし、道端の多くの家々はなにやら恐ろしい青みがかった色をしている。前方にはいかなるものが待ち受けているのか？　筆者はびくびくもので、額から玉の汗がにじんだ。「あんたに第一次資料を提供してあげられるんだが」。どこからともなく現れた金《チン》ばあさんが行く手をさえぎり、筆者の肩を思いきりどやしつけて、へへへと大声で笑いだした。「ここはどこなんだ？」筆者はぼうっとしてたずねた。「わたしらの街じゃないか！　ほう、邪気に当たったっちまったね？　どうしてわからなくなったんだい？　さあ、道端に腰を下ろして話そう。お聞き、みんな寝静まって、邪魔は入らない。保証するが、わたしが提供するのは第一次資料だよ。ほかの者を信用するんじゃない、だれも信用できない、連中のいうことはみなでたらめにきまっている、あんたをからかっているんだ。さっきの色黒のばあさんにしても、あれが若いとでも思ったのかい？　とうに六十になっていて、わたしより十も上だよ。きっとあんたには四十そこそこだといってただろう。あの女はだれにでもそういって、派手なブラウスなんか着てごまかし、男の目を欺けると思っているが、まったく笑わせる！　どうしてこうも自分を知らず、不似合いな役を演じたがるんだろう？　どこか調子が狂ったんじゃないかい？　この世に生きていていちばん恐ろしい、いちばん悲惨なことは、自分の調子が狂うことだよ。まともな人間も一旦狂ってしまえば、まるで存在価値がなくなってしまう。しかも本人はまったくそれを知らず、ひたすらその滑稽な役を演じつづける。なんと恐ろしいことだろう！　あのとち狂った女があんたを小屋に閉じ込めたとき、わたしはそこに企みをかぎとり、ずっと見張っていてやった（昔、あんたを憎からず思っていたことがあるのさ）。万一、あの女が思いを遂げられず、せっぱつまってあんたを手にかけたらどうする？　だれも見ていなければ、こっそり始末するのは簡単だ。わたしはその手の人間を知り尽くしているから、ひそかにあんたの命を守ってやらざるをえなかった。そうだろう、調子が狂った女というのは並のやくざなどよりずっと危ない。どんな残忍なことだって仕出かす。さっきあんたが無事に出てきたのを見て、本当にほっとしたよ。なんとか殺されずにすんだのだからね。さっきいった資料の話だけど、いいかい、速記人にとっていちばん大切なのはなんだい？　芸術的素材だね。素材こそ決定的な問題で、それが根本からことの成否を左右し、そこでつまずく者も大勢いる。りっぱな素材を見つけるには、まずそういう素材の提供者を見つけなければならない。たとえばさっき、あんたはあやうく取り返しのつかない過ちを犯すところだった。なんと精神の錯乱した六十の淫婦のところへ調査に行ったんだからね。しかもだまされてあの女の部屋に一時間二十五分もいたとは、いやはや恐ろしい。夕涼みのとき、本当はあんたのところへ飛んでいって厳しく警告してやりたかったんだが、あいにく、ある同志と黒板新聞でカラー拡大印刷の宣伝をするかどうかで激しくやりあっていて、ぬけられなかった。あのとち狂った女が、どんな素材を提供できるというんだ？　もしわたしが陰ながらあんたを守ってやらなかったら、どんな悲劇だって起こりえたんだよ。芸術家に素材を提供する者は、頑健で、豊かな知恵と生活経験に富む者でなければならない。その人はもしかしたら波瀾万丈の人生を経てきたのかもしれないが、残酷な現実に打ち負かされることはなかった。天性の素質のおかげですべての苦難を人生の養分に変え……」金《チン》ばあさんは茫々たる夜空を眺めながら、ひとり陶酔してつづきをいうのを忘れてしまい、情感豊かにある行進曲を口ずさみはじめた。唱いながら靴の踵《かかと》をアスファルト道路に打ちつけて拍子《ひょうし》をとっている。十分ほどしてから筆者はそっと彼女の袖を引っぱり、注意を促した。「素材は？」「そうそう、まずそれだよ。あんたは目を見開いて強い意志を持ち、ただちにことの真偽を見分けなければならない。そうしてはじめて自分の仕事を進展させうるというものだ。人によっては、大した天分を持っていたというのに、不幸にも偽装した輩の目くらましを受けて道を誤り、一生苦労したあげく二流、三流で終わる者もいる。どこにでもある教訓さ。そういう陰謀家どもが世にはびこるのを阻止することもできず、そっくり消滅させることもできない以上、こっちの識別能力を高めて、できるだけ悲劇の発生を防いでいくしかない。残念ながらこの世には、豊かな生活経験と充分な知恵を持った人間が少なすぎる。そうでなかったら、もっと多くの驚くべき天才が養成されるだろうにねえ！」彼女はそういいながらまたうわの空になり、また行進曲を口ずさみ、タッタッタッと拍子に合わせてあごを振っていた。

「しかし、あんたは素材を提供してくれてないよ！」

「ふん！　男なんてそんなものさ。口を開けば欲しい欲しいとまつわりつき、まるでこっちになにか借りでもあるようだ。せっかくの魅力ある女もこんな世じゃ、おしまいだね。ちょっと甘い顔をしていうとおりにしてやると、また欲しいといってくる。五分もしないうちにまたまつわりついてきて、腹を空かせた餓鬼みたいにあれこれねだり、おまけにこっちがやるといったなどという。わたしがなにをやるといったって？　一介の女にまたなんの方法があろう？　男からは絶対になにも得られないというのに、女は、自分の持てるすべてを男どもにくれてやるしかない。ところがそれでもまだ足りず、もっとくれもっとくれというんだ」

「ぼくはなにもくれなんていってない。ただ素材のことを……」

「ただ！　なんだかまだ物足りないようだね！　わたしゃ、この人生で何人の男にいわれたことか。ただ、もう一度だけ。もう一度がすめばまたもう一度だ、きりがない。男どもに我慢や自己犠牲の精神なんて少しだってあるものか？　絶対にありゃしない、自分さえ楽しければいいんだ！」

「じゃあ、ぼくは帰るよ」

「帰る！　思いどおりにならなけりゃ帰るのかい！　連中はみんなそうだ、同じ鋳型《いがた》から取り出したみたいにさ。なにが愛情だ！　同情も友情も、綿々《めんめん》たる恋も、連中とは無縁なのさ。連中がしたいことはひとつだけ、それができないとなると、すぐさま冷酷な本性をむきだしにして大声でいう。ぼくは帰る！　しかもわざと腰を伸ばしたりなんかして見せ、こっちは頭の先から足の先まで冷えきってしまう。この世の中のこと、本当にたまらないね」

「さっき話していたのはXの問題だったが」筆者はおそるおそるいった。

「それがどうした？　ふん、わたし自身の問題もまだ片づいてないのに、うるさいねえ、Xのことなぞかまっていられるかい！　あれがだれだっていうのさ！　わたしになんの関わりがある？　話をそらしてごまかすんじゃない！　あの女が大事なのか、わたしが大事なのか？　わたしを馬鹿にしようってのかい？　今に目にもの見せてやるから、ふん！」

筆者はさんざん剣突《けんつ》くを食らわされたあげく、金《チン》ばあさんからはとうとうなんの情報も得られなかった。実に口の固い人だ。それのみならず、彼女はある討論会に駆けつけていって呼びかけた。「女性の同志は団結し、男たちによるさまざまな侵犯を撃退せよ。その侵犯はすでにまぎれもない行動の形をとっており、見くびることはできない」彼女は演説の後、一本のナイフを取り出し、固唾《かたず》を呑む人々のなか、会場の後ろに並ぶ木の柱めがけて手裏剣のように投げつけた。会場は騒然とし、悲鳴や叫びで混乱は十三分に達した。「わたしには演舞《えんぶ》の才能もあるんだ」彼女はくるりと筆者のほうを向いていった。「今まであんたの前でやってみせたことはない、目立ちたがりじゃないからね。これでもしかしたらあんたは、わたしのことを吟味探究したくなったんじゃないかかい？　残念ながら遅すぎたよ。わたしはひと筋縄ではいかない女でね、だれにも底までは読めないし、わたしからなにかを手に入れようなんて無理なこった。ガマガエルが白鳥の肉を食いたがるようなものさ。わたしはあんたらみたいに芸術家と称する手合いに幻想は抱いていない、あんたらになにができるというんだ？」

上述の種々の状況を総合し、筆者はついに姦通事件前後のX女史の態度を主観的に八文字で表現した。「事前画策、行為冷静」と。この八文字を書き終えたとき窓の外はすでに黎明《れいめい》、むこうを眺めやれば酒屋の上の空は赤く染まり、希望に満ちた一日が始まろうとしていた。青い服を着た女が窓のむこうを通りすぎていった。その女こそX女史、筆者に限りない苦悩と喜びをもたらした当の人物である。筆者は急いで窓から顔を出しよく見てみたが、だれも見当たらず、空中になにやら青っぽい影のようなものが漂っていた。さらによく見ようとしたらその影さえ消えてしまい、ただ聞き覚えのある怪しい足音がいつまでも道路に響いているばかりだった。筆者はがっかりして寝台に倒れこんだが、やがて突然顔が輝き、なにもかもわかった！　ことの核心を探り当てたのだ！　長い間の気掛かり、徘徊《はいかい》がついに一段落を告げた。親愛なる同業女史に敬礼！　親愛なる金《チン》ばあさん、そしてやさしい色黒の女史に敬礼！　筆者はいさぎよく朱筆であの八文字を消し、霊感に満ち満ちた以下の文字を記した。

「X女史という、あの、いるのかいないのかもわからぬ人物は、われらの歴史に数知れぬ謎を残そうとしている。かつてなされたとおぼしき彼女のある行為については、決して論理、理性によって判断してはならない。なぜならばあの人物自体が、信を置けないある仮定に属しており、ちょうど枝葉の傘は巨大だが根は浅い大木のように、少し揺すっただけですぐ倒れてしまうものだからである。確かなのは、あの空虚なまぼろし、あの永遠の迷霧と煙雲のみが、われわれの興味を引きつけてやまないということなのである」

要点二　姦通事件後X女史に生じたいくつかの大きな変化

姦通事件はたしかに発生している。その場所や時間ははっきりとはいえないが、人々はみなその事実だけは認めていた。筆者はある日の深夜、明りをつけない小さな家の会議に参加し、ハイレベルな人々の間で興奮の二時間二十五分を過ごした後、この問題に対する見方を固めた。あの事実があったと断定されてしまうと、X女史は目に見えない形で自由を失った。なぜ「目に見えない形で」などというかといえば、われわれ五香街《ウーシャンチエ》の大衆が表面的には一度も彼女の行動の自由を阻《はば》んでいないからである。そういうことはわれわれの教養にふさわしくない。われわれはだれかが良俗を害したからといって、棍棒で制裁するような真似は決してしない。われわれは上品な民衆なのだ。われわれはただ、彼女が前にいるときは顔を伏せて見ないようにし、彼女がむこうを向くやいなや一斉にあの薄い背中に無数の意味不明な視線を投げかけていつまでも見つめ（最長一時間）、彼女が自ら気づき、目覚めるのを待つのであり、これによって彼女の一挙一動に制約を加えるのである。われわれは忍耐強い民衆なのだ。しかし意外にもこの方法は、随分時間をかけても効果が現れなかった。あの女は終始あの一貫した無感動な態度を改めず、四、五人がよってたかって尾行しても、三つ四つの子供のように勝手気儘《きまま》に行動し、言論は前にもまして野放図になった。ふつうに道を歩いていたかと思うと、突然、人目もかまわずひょいと棒高跳びのような真似をすることがよくあった。

事件が発生してからのX女史のいくつかの大きな変化は、今やだれもが目にし、充分明らかになっている。筆者もわざわざ調査するには及ばない。

X女史の大きな変化のひとつは、短期間、急に視力を回復したことだ。この点については五香街《ウーシャンチエ》のほとんどの住人が証言できる。もちろん、わずかとはいえ問題は残っている。たとえばなぜ相変わらず気体の中を漂うような歩き方をするのか？　なぜ相変わらずわき目もふらずに街を行くのか？　とはいうものの視力はたしかに回復しており、とくに人と話すときは、両目とも「きらきら輝いている」といえるほどだ！　あるいは「流れ星のようにあたりを見回す」とさえいえるほどなのだ！　姦通事件の発生から二、三日後、X女史は煎り豆屋で落花生を売っていた。秤《はかり》で目方を計りながらビロードの帽子をかぶった身寄りのない老婆に話しかけていたが、その目も老婆の頭上や足元ではなく、真っ直ぐにうっとりと老婆の顔に注がれていた。どういうわけか、彼女は老婆のことを無理やり「陳姑娘《チエンクーニヤン》」と呼んだ。お愛想のようでもあり、彼女の目に老婆が本当に姑娘《むすめ》のように映っているようでもあり、その両方のようでもある。老婆は異様に興奮して頬を染め、皮膚の皺の間にかすかに汗を滲ませ、しかもしきりに肩甲骨を動かして、なにやらイメージどおりの仕種をしようとしているようだった。その後老婆は会う人ごとにいった。「人間の目は本当に不思議なものだね。一度見えなくなった後、かえってよく見えるようになってる。賭けてもいいが、あれはまるで顕微鏡だ、大したものだ！」つづいてX女史の視力の回復を証言したのは石炭工場の若造や寡婦の四十八歳の親友などであった。石炭工場の若造は断言した。X女史の彼に対する態度はすでに友好的な段階から親密な段階へと発展しており、別れ際に（ふたりは煎り豆屋で会った）力いっぱい三発も彼の背中をたたき、彼のことを「手品師の兄さん」と呼んだ。その三発のおかげで彼の背中は何日もむずむずしていたものだ。四十八歳の親友はいった。「以前、あの女が不思議なほど傲慢だったのは、眼病のせいだったんだね。きっとひそかに苦しみ、絶望していたにちがいない。でも、あんな恥さらしな真似をしたのは、苦しみ、絶望していたからではすませられない。あの件はつまるところ、残念ながらもう客観的事実になってしまっている。あの件を目の問題にからませることはできない。わたしは同情できないね。あの女がかりに目を悪くしたことがなく、かりに最初から人を見ることができ、かりにわたしが訪ねていったとき粗略《そりやく》に扱わなかったとしても、今日のあの件について考え直すわけにはいかない。原則問題に譲歩はできないよ。それにしてもあの目はどうしてよりによって今頃やっとよくなったんだい？　今頃なんの足しになるのさ？　X女史、とんだ計算ちがいだね！」

X女史本人は視力が回復してもべつにどうということもなく、その変化を感じているかどうかさえ怪しいものだった。しかし五香街《ウーシャンチエ》の大衆はそうではなく、議論百出、喜色満面、それが大いに刺激的な、桃色事件と大差ないことだと思っていた。彼らは食事がすむと煎り豆屋のむかいの道端に立ち、X女史が出てくるのを待って気がふれたように突進していき、彼女がよろけるほどの勢いでぶつかった。その特殊な方法によってX女史の視力がどの程度回復したかを試すとともに、さらに一歩進んで、その変化と「姦通事件」の微妙な関わりを明らかにしようというのだった。これは面白い仕事で、やりはじめるともう止まらない。人々は驚くべき忍耐と切実な関心を示し、連日朝から晩までこれに時間を費やした。X女史はたまらない。外に出る勇気もなくなった。ふつうに歩いていても、いつなんどき鉄砲玉みたいなのがぶつかってくるかしれないのだ！　姿が見えてもよけきれるものではない。ある日、彼女は食事をしながら腹いせに夫にいった。「たいていのものは、もともと見えたけど、見ようとしなかっただけ。たとえ相手の姿が見えていても、驚いたような顔をしてみせるの。ところが連中はそんなこととは知らずうろたえるものだから、おかしくって。わたしわざとやってたの。人をうろたえさせてやったの。いつもみんなをからかってやりたいと思ってるんだけど、あの手はどうだったかしらね？　ときには顔をしかめて受難の人のようなふりをしてみせたわ。あのときの連中の歩き方に気づいた？　平気なふりをしようとして腰を引いて、尻をぴんと上げてたでしょう？　だけど、あんなに上げることはないのよ。なんの説明にもならないんだから」。夫はその愚にもつかない話にすっかりつりこまれ、しまいにつまらぬ相槌《あいづち》を打った。「連中、アヒルみたいだったね」「今日はあの揚げパン、麻花《マーホア》を売ってる王姑娘《ワンクーニャン》（おそらく寡婦を指しているのだろう）としゃべっていて、鼠《そ》害《がい》防止の話をしてやったの。そしたら彼女ったら顔色を変えて震えだしたわ。あの連中、いったいなにを考えてるんだろう。もともとあの王《ワン》姑娘《クーニャン》と話なんてしなくてもよかったんだけど、ちょっと興が湧いて、鼠害防止のことをもちだして脅かしてやった。鼠が大きらいなのを知ってたから。いつもわめいてるもの、真夜中でも。そう思わない？　あの女に奇襲攻撃をかけてやりたいのよ」。彼女がいうことはますます常軌を逸してきたが、夫はますますうっとりと聞きほれ、静かにうなずいていた。

　今や五香街《ウーシャンチエ》の住人はX女史と話すときは、きまって視力のことに触れるようになった。面と向かって「目が鋭い」と大げさにほめる者もいれば、誇張なく直接自分の感じたことを話す者もいた。だがいずれも「姦通」を口にするのは避けていた。そんなのは野蛮なやり方だと思っていたのだ。相手は女だ、いかに変わった人間であれ、女にむかってそんな言葉は口にできない！　しかしいわないからといって彼女に賛同していたわけではない。彼らがとったのは遠回しな、穏やかな方法である。そういう方法で彼女を教育したかったのである。数人の発言を摘録《てきろく》しておこう。

寡婦……「あなたの視力が回復したことは、もう聞いてるわ。べつに大声でいうほどのことではないし、なんでもないといってもいい。目が見えなくなって、また治った。それがなんだというのよ、自分からいわなければ、他人にはまったくわからないかもしれない。実際、目がいいからといって、たとえ千里眼だって、なにも得意になるようなことじゃない。そんなことのせいでなんでも好き勝手ができると思うとしたら、それこそ気がふれたというものよ。こういうふうに考える者もいるのを、あなた知ってた？　自意識もなくしたような人間は、まだ闇のなかで暮らしていたほうが呑気よ。だったら他人も気にはかけないし、なにか馬鹿なことをしても同情の余地があるもの。それが今や真っ向からにらみ合うことになった。視力がもどったって、いいことはなにもないわよ！」（すごい剣幕で、もともと出ている二本の門歯をむきだす）

老懵《ラオモン》……「視力がもどったなら、あの鏡はなくてすむわけだ。思うに、おまえさんの第一の仕事はあの鏡を捨てることだ、物惜しみしないでな。人は鏡を見ているとすぐ幻覚のようなものが生まれて、破壊的な欲望がむらむらと湧いてくるものだ。まわりを見てごらん、だれが鏡なんか見てる？　だれも見ておらん！　だからみなきちんとしていて、あんな妙なことは仕出かさんのだ。はっきりしとるだろう？」

同業女史……「わたしはあなたの友達だけれど、そんなふうに目をきらきらさせるのが、あなたにとっていいとは思えない。かえって滑稽に見えるだけよ。そんなことで魅力が増すなんて、だれも思わない。あなたの魅力はとうに証明されてるでしょ。わたしが協力してあげたあのときに、もう評価は定まってるのよ。それをまた無理してこんな新しい手口を使うなんて、あなたらしくもない。これじゃ悶着《もんちゃく》が起きるわ」

夫の親友……「おれが、もうはっきり見えるんだね。なんだかかえって緊張するなあ。あまりはっきり見られるのは苦手なんだ、レントゲンみたいでさ。実をいうと、おれにとっては、あなたは以前のほうがはるかに輝いていた。以前のあなたにはあれこれ欠陥はあったけれど、結局のところぼくはあの純真なあどけなさに胸を打たれて、いつのまにか保護者になっていたんだ。ところが今や、ある変化が起きたというのに（暗に姦通を指す）、あなたは悪びれもせずにまじまじとおれを見る。まったく恥ずかしいったらない、穴があったら入りたいよ」

X女史はこれらのさまざまな忠告にどう対応したのであろう？　彼女のいくつかの発言を聞いてみよう。

一、「わたしには見たいものはなんでもよく見えるの。でもなにもかもみなどうでもいいことよ。視力そのものはまるで重要ではなくて、ただ使い方がちがうだけ。以前わたしはできるだけ節約していたけど、今はわざと浪費している。とにかく自分の状況を見て決めるの。ここ何年もの間、わたしは志をまったく変えていないし、これから何十年たっても変えることはないわ。今はわたしの人生の得意の絶頂の時期、なんでも思いのままになるの。あなたもそんな幸運にめぐり会えるといいわね」(実の妹への言)

二、「あのことがどうだというの？　不思議ねえ、どうしてみなには『あのこと』がないのかしら。噂では、みながひそひそ話をし、毎晩眠れず、昼間道端で見張っているのは、わたしひとりの『あのこと』のためだそうね！　でもわたしは楽しくてたまらないの。あなたがたのなかのだれかの肩をたたいて、この気持ちを話し、楽しみを分けてあげたいほどだわ。ところがわたしがちょっと口を開くと、相手はすぐ目をそらし、なにか後ろ暗いところでもあるように恥ずかしがるものだから、あきらめるしかない。あのことねえ！　あなたがた、わたしを猿あつかいしているけど、わたしはこれまでただの猿ですむ程度の玉だったかしら？」(夫の親友への言)

三、「わたしが『凧《たこ》』というと、相手は『靴に注意しろ』なんて答える。わたしはずっとこういうしゃべり方をしてきたのに、どうしてだれもそのことに気づかないんでしょう？　人間はここまで鈍感になれるものかしら？　連中はわたしのほうに問題があると言い張るの、ある種の病気だなんて。わたしが喜んでわざとその病気を誇張してやると、連中は驚いてかえってわたしのことを忘れてしまう。変な連中よ。だんだん規則性がわかってきたわ。最近わたしはどうも視力を浪費しすぎているみたい。おかげで妙なことにとめどなく気づく。たとえば今日、Fがわたしの部屋に入ってきたから、ちょっと目をあげたら、たちまち真っ赤になって照れるの。椅子に坐っては立ち、立っては坐りして尻をもぞもぞさせている。わたしは何度か力一杯咳《せき》をして、当惑したようにいってやった。『このテーブルの木目、やたらに飛び跳ねると思わない？　この部屋のありとあらゆる物が、きょうはやけに激しく飛び跳ねてる。カーテンを見ればすぐわかるわ。なにか理由があるのかしら？　こういうことについては、どうしても考えがまとまらない』って。あの男、驚いて聞いていたけど、気がふれたような目をしていた。転んだところを本当に見てやりたかった。あんな薄汚い連中がわたしを監視しようなんて、もってのほかよ。連中のああいう横暴に対処する手を考えなくては」（夫への言）

この三つの発言を分析すると、Xの態度は以下のとおりであることがわかる。一、今までのいかなるときよりも得意である。二、思いのままにしている（この態度は姦通事件発生前にも見られた）。三、姦通事件のせいで「楽しくてたまらず」、「楽しみを分けてあげたい」ほどである（相手を名指してはいないが、彼女の言外の意を知らない者があろうか?)。四、自分のある種の病気を誇張し、人をたぶらかそうとしている。

X女史の第二の変化も人騒がせなものであった。最初にその変化を思い知らされたのは例の、夏を待って復讐する決心をしていたB女史である。その日の午後、B女史は「うきうきと」行進曲を口ずさみながら、足取りも軽く街に標語を貼りに行った(手には「カラー撮影は国のため人のための大事業」と書かれた赤や緑のステッカーをひと重ね持っていた)。そしてX女史の戸口の前を通りかかったとき、ひと筋の真っ白な電光の直撃を受けて倒れ、両眼とも半時間にわたって失明した。その件はたちまち街じゅうに知れ渡り、夕食後はだれもかれもがそれを論じた。暗闇会議のはりつめた討論を経て、またB女史本人の証言を経て、最高レベルの有識者は一致して以下の結論に達した。X女史の超能力はすでに想像もつかない高みに達しており、しかも他人の身に直接的危害を及ぼすまでになっている。B女史は生涯忘れられないその半時間の間両眼が失明したのみならず、「全身がしびれ」、「身動きもできなかった」。蘇生したあとは、「銀色に光るヘリコプターが何百も空を旋回する」のが見えた。X女史の窓辺には「あのいちばん大きな魔鏡が掛けてあり」、X女史当人は「姦夫や夫と三人で並んで鏡の下に立ち、ぼうっとした顔で隠語を使って話し合っていた」

筆者は最高レベルの暗闇会議に参加したあと、一度、ある誤った予想をして自分の浅学菲才《せんがくひさい》を思い知らされた。散会後、筆者は夜色のなかを人好きのする寡婦と同道したのであるが、まだ会議の興奮冷めやらず、あれこれ考えながら幾分浮かれていたため、久しく胸に温めていた考えをつい口にした。「これで、みながX女史に対して、なにかの行動をとらなければならなくなりましたね」。人好きのする寡婦の冷静沈着な態度は筆者を驚かせ、赤面させた。「どうして？」彼女は胸から響く低音で反問した。「どんな行動をとるというの？　わたしたちがそんなに神経が細いとでもいうの？　妙なことをいう人ねえ。こんなに長いこと速記人をやっていて、まだこんなに上っ調子だとは思わなかったわ」。筆者は押し黙って長い道のりをいっしょに歩いたが、彼女はいかめしい顔をしたまま終始ひと言もいわず、別れ際にようやくこっちをむいて、真剣にいった。「人間としていちばん愚かなのは、思いこみと物事の客観法則をとりちがえることよ」

寡婦の意見は五香街《ウーシャンチエ》精鋭集団全体の態度を代表するものであった。暗闇会議から随分たっても、五香街《ウーシャンチエ》にはまったく動きはなかった。X女史が毎日魔鏡を窓辺に掛けるにまかせ、彼らは相変わらず規則正しく日々を過ごしていた。同様の会議は何度も開かれたが、べつに「行動をとる」部類に属するようなものではなかった。なにしろ会議に出たのはそろいもそろって「世の荒波を経た古強者《ふるつわもの》」で、くちばしの黄色いひよっことはまるでやることがちがうのである。会議はただ開くだけ。彼らはそういう高級な会議に出るのが好きなのだ。そういう、精鋭の寄り集う形式が彼らを酔わせ、明りを消したあの神秘的なムードも捨てがたい。だからこそみなはこぞって積極的に時間どおりにやってくる。黒い外套《がいとう》をまとい、おごそかに暗い部屋に端座するのである。筆者は彼らの危なげのない落ち着いた態度に教えられ、敬意からそれを模倣《もほう》するようになり、しばらく練習しているうちに、彼らのなかで水を得た魚のように自在に過ごせるようになった。社会の精鋭集団に食い込み、おのれの天賦《てんぷ》の才を公認してもらうため、筆者はまず黒い外套を購入し、頭の先から足の先まできちんと身なりを整え、日暮れどき、人々に混じって会場に入った。そしてひと言ものをいわずに片隅に坐り、会議が終わるまでそうしていた。そのときに筆者は聡明な者の沈黙を学び、いかなる言葉もすべて笑止千万であるのを知ったのである。暗闇のなかでだれが話しているかなど、だれにわかろう？　たとえわかったとしても、またなんの意味があろう？　われわれは沈黙し、冷静でいる。たとえ討論が街の全住民の身の安全に関わるものであろうとも、ぴりぴりはしない。ぴりぴりするようでは、性急短慮な若い者と同じになってしまうではないか？　まるでこちらがその問題に手を焼いているように見えるではないか？　取るに足りない人間の超能力のせいで、五香街《ウーシャンチエ》の全精鋭が勇み立ち、臨戦態勢に入ったなどといわれてしまうではないか？　他人の思惑《おもわく》はともかく、自分自身の本性から出発して、われわれは決していかなる行動もとらない。われわれはわれわれ独自のやり方で勝利をおさめる。すなわち、日常生活は今までと少しも変わりなく規則正しく送り、だれかの超能力になど目もくれず、ただし定期的に会議を開くという方法によって。これがわれわれの大攻勢であり、いかに堅固な要塞《ようさい》をも打ないかにぬけめない敵も度胆をぬかれるであろう。われわれが黒衣をまとい、陰鬱《いんうつ》に会場に歩み入るとき、いかにぬけめない敵も度胆をぬかれるであろう。

精鋭たちがとったこの対策は、X女史にどのような影響をもたらしただろうか？　こういうあまりに高度な意識活動は、だれにでもわかるというものではないかもしれず、X女史がそのひそかな対策にまったく気づいていないということもありうるのではないか？　B女史はそれについて一度綿密な調査を行った。その報告によれば、対策実施による効果は目ざましく、X女史の超能力はたちまち低下し、顔は「日増しに黄ばみ」、外出の回数は「めっきり減り」、言葉の端々には「短慮を起こしかねない気配さえあった」。B女史はそういうと我慢できなくなったように飛び上がって首を掻き切る真似をし、いうところの「短慮」を説明した。「それ以外にどんな出口があるというの？　全大衆は団結している。かくも強大な陣容を前にしては、あの女のあっぽっちの技量は蟷螂《とうろう》の斧も同然。もともと姦通事件だけで充分ややこしいところへ、頼まれもしない超能力までもちだして、まったく自業自得よ！」彼女は驚くべき最新情報も知らせてくれた。X女史は窓に黒いカーテンを掛け、もう二十七時間も部屋に閉じこもっているというのだ。

筆者は強烈な好奇心に駆られて、X女史の部屋に闖入した。中は地下室のように真っ暗で、濃厚な花の香りに襲われて息が詰まりそうだ。
「お坐りなさい、その椅子はだいじょうぶだから」片隅から声がした。「この部屋の物にはいろいろと問題があったけれど、わたしがひとつひとつ解決してきたの。だらだらやるのは嫌いだから。もう、はっきり見えるでしょう？」彼女は寝椅子から身を起こしてたずねた。

分厚いカーテンやテーブル、椅子やベッドがひとつずつ筆者の目の前に姿を現してきた。大小の鏡がきらきらと白い光を放ち、室内のすべてがけれん味《み》たっぷりのこけおどしに見える。X女史のいる片隅には鉢植えの花がたくさん置いてあり、香りはそこから出ているのだった。そしてなにやら大げさなムードも。こういうこしらえ物の環境のなかで、X女史は妙に饒舌《じょうぜつ》になっていた。

「ここの物はどれも問題ないわ。どの椅子の脚も信頼できる。でも外に出ればちがう。一度出てみたら、人々が問題のある椅子に坐っていたので、驚いて、あわてて目を閉じて逃げ帰ってきたの。どうやらこれからは外に出ないほうがよさそうね。安心してちょうだい、この部屋の物はみなしっかりしているから。わたし宙ぶらりんは嫌いなの」彼女はそういって笑いだし、ふわふわの手袋をした片方の手を筆者のほうに差し伸べてきた。勇気を出して握ったところ、手袋の中身はなにやらひどく怪しく感じられた。

「わたしはもう手袋を取らないことにしたの。それもいいと思わない？　カーテンは最近付けたんだけど、変わってるでしょう？　これはわたしの最近の思いつきなの」

「あなたが、自分で作ったこの天地に、現実とかけ離れた期待を抱いているだけだとしたら？」筆者は心配になっていった。

「自己イメージのことをいってるのね？　わたし、そういうことにはさっぱり興味ないの。自分のことは鏡で見るだけで写真も撮らないわ。あなたがたもわたしの好みは知ってるでしょう。わたしは偶然ある罠に落ちたことがあるの。あなたがたの、ええと、そう、陳姑娘《チエンクーニャン》が仕掛けた罠で、抜け出すのは容易じゃなかった。でもここに坐っていると、外の世界のイメージがますますはっきりしてくるわ。たとえばあなたは網を繕《つくろ》う人で、小鼠を捕まえたがっている。要するに、わたしはもう肚を決めてありとあらゆる問題を残らず解決したのよ」彼女はまたくすくす笑いだした。「あなた、なにしに来たの？　ここにはだれも来ないのに。連中は問題のない場所にはいたたまれないの。陳姑娘《チエンクーニャン》はここが『空白の透明地帯』で、『人が宙に浮いてしまう』といってるわ」

　筆者は悶々《もんもん》としていた。ある鏡から出る白い光が、もろに筆者の両眼に当たっている。「目玉の研究はこれからもつづけるんですか？」

「わたしの研究はもう疑いなくある高度な段階に入っていて、今は顕微鏡から足を洗おうとしているの。よく思うのよ、なぜわたしは奇跡を生み出さないのかと。生み出すほうが研究よりずっと面白い！　このカーテンが、わたしの最初の試みよ。でも、こんなのはなんでもない。わたしは空無のなかから奇跡を生み出してやる」彼女はそういい終えるとにわかに意気が揚がり、昂然と頭を上げてテーブルのところにやってくると、一枚の鏡を持ち上げ、力いっぱい床にたたきつけた。鏡はたちまち砕けた。

「わたしはこのなかに奇跡を生み出してやる。あなた、帰っていいわ。出ていくとき、光線を入れないように気をつけてね。それが頭痛の種なんだから」

まったくだ。あの暗い部屋のX女史の行動と外の大衆の強烈な攻勢との間に、筆者はどうしても、毛筋ほどのかすかな関連さえ見いだすことができなかった。彼女はあそこに坐り、分厚いカーテンで外からの光線を遮り、カサコソと奇跡を生み出している。たとえだれかがはやる心を抑えきれず、単身乗り込んで攻勢をかけたところで、彼女が反応するかどうかさえわからない。まして、五香街《ウーシャンチエ》の住人は申し合わせたように上品にすましこんで行動に訴える気もなく、ひたすら目に見えぬ精神の武器を運用しているのだ。その武器は外の者から見ればある種の「気功」に相当するとはいえ、X女史がそれによって打撃を受けると断言できる者もなく、当人がその「気」を感じているらしい気配も見受けられない。そのようなわけで、X女史の家を出て歩きながら、筆者は深い憂慮を抱きつづけた。社会の精鋭たちは判断を誤ったのではあるまいか？　この誤りが癒《いや》しがたい後遺症を残しはしまいか？

X女史の三つ目の大きな変化は、知らないうちに起きていた。いつの日からか、彼女は夜の「うさ晴らし」をやめ、暗い部屋にこもって「一心に奇跡を生み出す」ようになった。そして同業女史はその親友から「女らしさがすっかり失われ」、すでに「どんな醜男の興味さえ引かない」ようになったのに気づいた。それは親友たる同業女史の「深く遺憾《いかん》とするところ」であり、「古きよき日」を思い出させるものでもあった。なぜならば「あれは本当にうっとりするような」、「人が自分が永遠に若い娘であり、永遠に高慢で自信に満ちていられるような気がする時間」であったからだった。しばし思い出にふけった後、彼女はいまいましげに話の方向を転じた。「あんなふうに閉じこもってごそごそしてるのを、みなどう思う？　貞節を装おうとしているのは一目瞭然だわ。でも、笑わせるじゃない？　姦通は一回しようが二十回しようが同じこと、それもわからないのかしら？　今までの行為がそれでも一種の子供っぽさから出た単なる野放図だったとしても、今度の行為はどうにも言い逃れはきかない。なんとあんなにうわべを気にする、いやらしい女だったのね。突然閉じこもって自分を取り繕おうとするなんて！　まじめになったこと！　なにを証明したいのかしら？　こうやってあの姦夫の心をしっかり捕まえておこうというの？　そうだ、思い出したわ。あれはまさにそういう女なのよ。だれかに目をつけると、すぐしなを作り、なにか演技を始めて、ひと晩のうちにまるで人が変わったようになるの。あの姦夫は、恐ろしく嫉妬深い怪物だそうね。その姦夫のためにほかの男には目もくれず、日がな一日閉じこもって妙なことをしてるんだわ。必要に迫られてのことにしても、やはりいいたい。彼女のああいう行為は、わたしが知り合って以来、もっとも憎むべき行為よ。それをこともあろうに『創造』だなんて、自分をとんでもない怪物に創造してるだけだわ。以前好意を寄せていた男たちもみな鼻を押さえて逃げ出してる。だって家から出てくると、からだじゅうが硫黄《いおう》くさいんだもの！　彼女が窓を開けたら濃い煙がもくもくと出てきたのを、通行人がひとり残らず見てるわ！　あれが以前わたしと協力し合っていた愛すべき女性だなんて、だれが思い出せるかしら？　自分のイメージを台無しにしてしまって、まったくがっかりするわ」。同業女史は悲しげに涙をこぼし、聞いていた者は、その友情に胸を打たれて顔を曇らせた。

X女史は果たして家の中で「奇跡を生み出して」いるのだろうか？　故意にそういう空気を流し、実際は姦夫と密会しているなどということはありうるだろうか？　答えは「否」である。いくらなんでも、彼女は真っ昼間から姦夫を家に引きずり込んで密会するほど馬鹿でもなければ、衝動的でもない。相手を侮《あなど》ってかかってはならない。彼女の密会地点については、まだだれひとり正確な場所をいうことができずにいる。一説では郊外の荒れ山の上、一説はごみ捨て場の裏、一説は老懵《ラオモン》の屋根裏（Xの夫の親友の見解）、一説は会議室等々、千人いれば少なくとも五百通りの説がある。したがってこの問題については、大衆が内なる情熱に駆られて、多少無責任な当て推量をしているにすぎない。とはいえ、姦通事件はたしかに最近また起こっている。これは人々がみな心の中で断定していることだ。暗闇会議において、あの高度なテレパシーによって断定が下されたのだ。だれもがみなたしかに姦通を「見た」し、今もありありと目に浮かぶ。たずねられれば、彼らは異口同音に答えるであろう。場所や時間は二の次の問題である。重要なのは「見た」こと、この「見た」ことこそ永遠なのであって、五香街《ウーシャンチエ》住人の芸術家気質と詩人の気風をあますところなく示すものである。X女史がQ男史との姦通にあたって「透明人間」になり、尻尾をつかまれないようにできるとすれば、五香街《ウーシャンチエ》の精鋭たちは特殊な方式でその姦通を再現することができるのである。「道が一尺高まれば、魔は一丈高まる」というとおり、上には上があるものなのだ。

X女史は猫をかぶっているにせよ、なんにせよ、今や本当に男から離れてしまった。二度とそのからだからめくるめく女の香りを発散することもなくなり、あの性感《いろけ》もすっかり消えてしまった。妹がそのことをたずねると、彼女は大笑いし、自分はそんなことなど「考えたこともない」し、他人が自分に興味を持つかどうかなど知るわけがないといった。自分が「いったい貞節なのか淫蕩《いんとう》なのか」をはっきりさせようとしたこともなく、自分は自分であって、男は好きだけれど、残念ながら目を見開けばまがいものばかり。最愛の人にめぐり会った今では「まがいものなど眼中になく」、楽しくてたまらない。他人の思惑を気にしている暇などあるわけがないと。その日、姉妹ふたりは暗い部屋にいつまでも坐っていた。鏡から射す白い光の中で、妹はX女史の目に涙がたまっているのを見た。実は彼女は口でいうほど楽しいわけではないのだ。妹は姉の立場を思いやり、その「愛する姉」を気の毒に思った。そして姉は寒さ冷たさを感じているにちがいないと勝手に判断し、箪笥《たんす》からオーバーを取り出して掛けてやった。もう暖かな五月の日で、人々はみな単《ひとえ》になっていたのだが、姉がオーバーを着たのを見て、彼女はようやく少しほっとした。

「わたしはここにいると、自分がこの世でただひとりこの部屋に坐っているような気がするの。外には人が大勢いるけれど、もう見分けがつかない。馴染みの友達のふりをしているけれど、実はまるで見分ける気もなく、いい加減な名前を呼んで、でたらめな話をしているだけ。ときにここは異様に静まり返っている。それが良いことなのか悪いことなのか予想はつかず、ただ待っているしかない。いつか、いっしょに歌を唱ったのを覚えてる？　もう随分昔のことよね？　わたしはそのうちにきっと夫と、あなたの義兄《にい》さんと別れなければならなくなるわ。そんな予感がするの」

「いっしょに唱いましょう」妹は喉をつまらせていった（彼女は姉のこの感傷的な話に胸を打たれ、さっきから涙や洟水《はなみず》を流しつづけていた。要するに、頭はすっかり混乱しており、わかったのは大きな災難が降りかかろうとしていることだけだった）。

「唱わないで！」X女史は小さく身を縮めた。「お聞きなさい、彼があっちの山の坂を歩きまわっているわ。わたし聞こえるの。彼がいないとき、この片隅に坐っていると、すべてが聞こえるの。あのね、彼は自分の実在性を疑っているの。そのことでわたしはとても悩んでいるのよ。そこにはなにか宿命的なものがある。それがもうじきやってくる。わたし、耐えられるかしら？」

　妹はこらえきれなくなり、身も世もなく大声で泣きだし、およそ十五分も泣きつづけた。

「あなた勘ちがいしてるわ」とうとうX女史がいった、「すべてはわたしが望んだとおりなのよ。いいえ、望んだより何倍もよかったの、どんなによかったか、あなたには想像もつかないわ。あのとき、わたしは目についてあんなに多くの条件を出したのに！」

「それにぴったり合ったの？」妹は涙に濡れた目でたずねた。

「それ以上よ!!　なにもかも手に入ったの、一切合切が……ああ、引き止めたい、なんとかして彼を引き止めなくては！」彼女はどんと足を踏みならし、青白い顔に断固たる決意の色を浮かべた。

　X女史の第三の変化が人々の注目を集めてまもないある日、ひとりの無謀な男が彼女の家に押し入り、勇敢にもあのちかちか光る魔鏡の間に立って、X女史に面とむかって挑発的な問いを投げかけた。たとえば「夜、寂しくないか」とか、「男の魅力はいったいどうすればわかるのか」とか、「赤いラメのシルクビロードは性感《セクシー》ではないか」等々だ。男はそんなことをたずね終わったとき、X女史がすでに窓がまちによじ登り、彼の声だけが真っ暗な部屋の中で、蓄音機でもつけたように、狂ったように渦巻いているのを発見した。「ちょっとこのカーテンをどうにかしてよ」彼女が上のほうからいった、「さっきから見てるんだけど、どうも様子がおかしいの」男はそれを聞いてすたこら逃げ出した。

「以前とはまるでちがうぞ（もとF君と便所で例のことを話し合ったときは、まったくあの女のために気も狂わんばかりだったのに）」男は発表した。「おれがいっしょにいるというのに、あの女は猿みたいに窓がまちに登ってしまった。おれはまるで火照《ほて》ったからだに冷水を浴びせられたようだった」

みなはそれを聞いて一斉に、へえーっと感嘆した。

「あんなふうになって、なにが面白いんだ」彼らは合点がいかないようにいった、「いくらなんでも、やりすぎだな。何様だと思ってるんだ。自分を変える必要などまるでなかったのに。もとのほうがよかった」

X女史に第三の変化が生じた後、ある者が路上で彼女の夫の行く手を遮《さえぎ》り、無理やり立ち話をした。以下にその対話を公表する（行く手を遮った者はそのとき覆面をしており、事後も面倒に巻き込まれるのを恐れて名前を出すのをいやがっている。よって、X君としておく）。

X君……止まれ！　ひとつ聞きたいことがある。あんたは自分の妻の第三の変化をどう思っているんだ？

Xの夫……「第三の変化」ってなんだ？　悪いが、ぼくは長いことときみたちの社会活動に参加していないんだ。写真撮影に引っぱられたりしたらたまらないからね。思うに、この世に生きてる人間は、たいていなにかしら変化するものじゃないのか。毎日同じであるわけがなく、一日に四、五回変わることだってある。できればみなそれぞれが、自分の目玉が病気にかかったり、炎症を起こしていないかに気を配ったほうがいい。他人のことなどかまわずにね。そんなことにかまけていると、失明することだってありうる。ぼくのことを気にかけてくれるのはありがたいが、だからといって自分をおろそかにして致命的な病を背負いこんではいけない。

X君……彼女はどうして迷信活動をやめたんだ？

Xの夫……（真顔で）星回りの観察はしている。（逆にたずねて）きみは自分の目玉に注意を向けたことがあるのか？　油断大敵だぞ、病毒性角膜炎は知らないうちに進行するからな。朝はなんともなかったのに昼には完全に失明した者もいる。妻は今まで以上に素晴らしい方法を発明して（つい自慢する）、空無のなかから星群を生み出しているんだ。（またすぐ警戒して）きみにこんなことをいっても始まらないな。どけ!!

この対話調査が発表されると、すべての者にことのしだいが呑みこめた。彼らは内心の興奮を抑えて軒下を右往左往し、たがいにつつき合い、すばやく意味ありげな目配せを交わし、一日じゅうにこにこしていた。B女史は軒下を往《い》きつ戻りつしながらみなにいった。「静かに」「足をそろえて壁際に正座しなさい」

彼らにはなにがわかったのだろう？

この間、X女史は相変わらず規則正しく夫とともに煎り豆屋の仕事に精出していた。毎日夕方には、相変わらず三人そろって散歩したが、時間は大幅に延長され、「うさ晴らし」活動のほぼ半分を占めるまでになった。彼らはものもいわずにひたすら歩き、息子の小宝《シャオバオ》は父親の背で眠ってしまう。五香街《ウーシャンチェ》の住人は何度も尾行したが、少しの情報も得られなかった。ふたりはただぶらぶらするばかりで、沈黙する幽霊も同然、尾行者たちはかんかんであった。

しかし散歩中にしばしば、あの女の感嘆したような大きな声が聞こえることもあった。彼女はわざと寒そうにして夫にひしと寄り添い、大声でいう。「なんだかうすら寒い風が吹いてる、あなた感じない？　骨まで滲《し》みる風だわ。ねえ、帰らない？」夫は大得意だ。なにしろ街じゅうの者が伸び上がって見ているのだ。彼はたいていこんなふうになだめる。風など吹いていない、顔を上げて見てごらん、木の葉一枚動いてはいない。たとえ吹いたとしても、もう過ぎていった。夕方散歩するのは本当に気持ちがいい。できることなら、一生彼女と腕を組んで歩きつづけたい。あまりにも素晴らしいことだ！　あまりにもよく問題の本質を説明するものだ！（なんの問題の本質を説明するのか知らないが、とにかくこの夫にはこういう愚かしいところがある――筆者）X女史はやさしく夫に目をやっていう。「じゃあ、もっと歩きましょう。ここは人っ子ひとりいなくて、荒涼としてるわね」こういう言い方はX女史のお得意な手だった。みなが常にも増して彼女に注目し、耳をすましているそのときに、すかさず意表を突いて、もったいぶって宣言する。彼女にはだれひとり目に入らないと。それによって自分がいかに孤高の人であり、大衆にとっていかに重要であるかを示そうとするのだ。だが、もし他人が彼女のことをまったく気にせず、銘々自分のことにかまけていたりしたら、きっと寂しさに耐えかねて他人を訪ね歩き、相手にしてもらおうとするにちがいない。われわれはみな不幸なことに悪い癖でどうしてもじっとしていられず、ついきょろきょろして意味もない人や物事に目を奪われ、そこからなんとか刺激を得ようとしがちである。まるで自分はなにもすることがなく、そうした人や物事に精神を預けねばならなくなったかのように。それも顔を紅潮させ、胸をどきどきさせ、恋でもしているかのようなのだ。これこそわれらのなかのある種の人々の最大の欠点である。もちろん、そこに含まれない人も大勢いる。たとえば寡婦やその四十八歳の親友である。ふたりとも態度こそ明らかにちがうものの、威厳を持ってきりりと坐り、終始空のかなたの雲彩《うんさい》に目を注ぎ、顔に憂《うれ》いをたたえて聴覚を閉ざしている。すなわち、X女史のくだらぬおしゃべりを少しも聞いていない。彼女たちはおのれを把握しうる成熟した女性なのである。かりにすべての者がそういう立派な品格を具《そな》えていたならば、X女史もせっかくの演し物の見せ場がなく、鬱々とし、意気消沈して、幕引きを考えざるをえなかったにちがいない。あいにく事実はそうではなかった。あいにくわれらのなかの多くの者がいつのまにやら彼女の歪んだ欲望に迎合し、あのわけのわからぬもったいぶった発言に多大な興味を示した。彼女はそれにつけこんで、衆人の挑発を開始したのだ。他人が彼女を気にすればするほど、ますます他人など眼中にないという態度に出、長い間にそれがもう一種の条件反射になって、そこからあの想像もつかない快感を得るまでになった。われらが寡婦は真っ先にそのからくりに気づいた人である。彼女はかつて全力をあげて、あの迷いから醒めぬ連中に思想教育と啓発を行い、絶え間なく即身説法し、じれったさのあまりある者の横面をひっぱたいたことさえある。しかしのんべんだらりと惰性《だせい》に流れるあの天性怠惰な連中は、相変わらず坂道を転がりつづけ、もはや救いようがないようだ。いつもX女史一家が道端に現れるとつい伸びあがって見つめ、耳をそばだて、すっかり骨なしになってしまう。寡婦たちにも現状を変える力はなく、ただ連中の隊伍に混じらず、顔をしかめて端座することで、ちがいを示すしかなかった。この隊伍の分裂、策略上の不一致は一目瞭然である。すべての者の大方向はただひとつ、X一家に反対するということであったが、理論上の分裂、思想のゆるみから、勝利の可能性はますます減ってきた。精力の大半は内部抗争に費やされ、統一の見通しは薄い。敵はその隙を突き、勝手気儘《きまま》にのさばり、悪口の限りを尽くし、大攻勢に出る勢いだ。寡婦は日々繰り広げられる陰謀を前にして焦った。毎日夕涼み活動が始まるやいなや鉄鍋の蟻のように焦り狂い、同党を招集して水も漏らさぬ囲みを築き、耳打ちしあった。過激派は石をぶつけてあの三人を「家に追い返そう」と提案したが、穏健派は「しばらく夕涼み活動を見合わせよう」と提案した。夕涼みのときみなが自分の家にいて街ががらんとしていれば、X女史一家がいくら散歩に出て、大声で「人っ子ひとりいない」といおうが、どうせ聞く者はいない。二、三度もやればつまらなくなって、演し物もひとりでに幕となるだろう。

（三）追随者の自己表明

尾行者の一……わたしだって教養ある高い階層に属している。忍耐することも知っており、なにかというと頭に血がのぼるあんなひよっこどもとはちがう。ふだんはいかなる状況下でも自分の考えを失うことはない。しかし今回だけは異常事態が出現した（異常というのは、裏になにかが隠れているからだ）。致命的な打撃を受け、愚弄《ぐろう》され、自信が根底から揺らいでしまった。わたしはだれか？　たらふく食って暇をもてあまし、夜な夜な堅気《かたぎ》の人間を用もなく追いかけまわし、デマをとばして騒ぎを起こし、結局なにひとつ得ることのない、そんな輩だというのか？　彼らは本当に堅気といえるのか？　あの夜ごとの追っかけが単にそれを証明するためのものだったというのか？　自分で証明したかったことをなにひとつ証明できなかったからといって、逆にわたしのほうが無頼漢になってしまうのか？　はじめ、わたしはこれが気力の勝負だと思っていた。勝利に自信を持っていた。しかし今ではどこに問題があるのかもしだいにわからなくなっている。どんなに努力してもこの魔の罠からぬけ出せない。山はもはや山ではなく、水ももはや水ではない。わたしはあわてふためいて走りまわり、靴まで脱げてしまった。わたしは今、根底から疑っている。わたしという人間は、なにかの仮象に惑わされ、才能を浪費し、錬金術の類の怪しげなことに手を出してしまったのではないか？　こんな追っかけの仕事がわたしにふさわしいだろうか？

尾行者の二……おれにはもともとあのふたりの行状を心配する暇など、まったくなかった。考えてもみろ、おれはずっと街じゅうの人たちの大黒柱のようなものだった。あらゆる仕事を押しつけられ、朝から晩まで休む間もなく、昼寝の時間さえない。ちょっと目を閉じたと思うと標語を貼れだの、壁新聞を出せだの、大衆集会を組織しろだのといって起こしに来る。ときに坐って一服しようとすれば、おれをねたんでいるやつが、指導者の地位をねらいはじめる。おれは負けん気な男だ。なにをするにしても、見事にやり遂げてみなを心服させたい。そんなおれにほかのことにかまっている暇などあるものか。一旦仕事を始めればとことんやるまでだ。今はあのふたりのろくでなしの悪行を告発しようと思っている。いや、おれは我慢できない！　あんな馬鹿なことがあるものか！　あれだけひどい、略奪も同然な目にあいながら黙っているしかないなんて。考えてもみろ、おれはまだ事業で頭角も現しておらず、まだ若い前途ある身で所帯も持っておらず、さまざまな夢を描いてきた。ところが突然――ああ、あのふたりのろくでなしが！　いったいだれがやつらを五香街《ウーシャンチエ》によこし、おれたちの日常生活を攪乱《かくらん》させているんだ？　あのこれ見よがしな態度の裏にはどんな企みがあるんだ？　しかもなんと大衆の尾行まで発生した！　尾行して少しでも効果があったか？　この問題をはっきりさせる度胸のある者がいるか？　われわれはずっとなにも聞かず、なにもいわずに過ごしてきた！　みな自分の置かれた立場がわかっていたからだ。なかにはあの煩わしい尾行活動に疲れて大病を患い、命の危ない者さえいる。いってしまえばみな大したことではないが、決して見過ごせないのは、やつらのあの手前勝手な我が道を行く態度だ。ああいう態度を前にしていると、神経がおかしくなってしまう。こっちが夜の猫みたいにこそこそしているというのに、やつらがどこ吹く風で悠々と歩いていると、恥辱と劣等感がどっとこみあげてきて足はよろよろ、目はしょぼしょぼ、全身がだるくなって、こっちが浮かばれる日は永遠に来ないような気がしてくる――このままやつらを尾行しつづけても功を得られないばかりか、自分のしてきたことは徒労にすぎず、自分の運命はやつらに握られて逃れようもないと認めざるをえなくなるような気がするんだ。尾行の件では、もうX女史と話した。おれが大声をあげて、この大がかりな活動をどう思うかとたずねたら、彼女はすっと立ち上がって歩きだし、とりとめのないことを山ほどしゃべった。「今朝」彼女はいった。「電灯をつけたら、部屋じゅうが人でいっぱいだったわ。みな壁にもたれて坐り、電灯がまぶしくて目を細めていた。なかのひとりの話だと、彼らはみなこの家に何年も住んでいて、毎日わたしを観察し、わたしがとんでもなく横暴で、しゃべり方が傲慢で、恥知らずで、虚勢をはってるのがわかったんですって。そいつはテーブルに飛び上がって悪態をつき、わたしに詰め寄って無理やり質問に答えさせたあと、会議室に行けといったわ。その会議が『新たな発端』をもたらすんですって」。X女史は人民大衆の目は「ごまかせない」といっていた。わざと大げさに誇張しているんだ。あの女のいう意味がこれでもまだわからないか？　おれたちはいつから馬鹿になったんだ？　それも馬鹿になっただけでなく、そこからぬけ出す希望さえまったくないんだぞ。ことははっきりしている。かりにおれたちが尾行を止め、連中を勝手にさせておいたとする。ところがいつか、ちょうどやつらの散歩の最中に驚くべき変化が起きたらどうする？　それともこんなに大勢で活動をするのはやめて、ひとりふたり残しておくだけにするか？　しかし、だれもがそう思って行かなくなり、その行ったひとりふたりもそう思ってまじめにやらなくなり、しかもその瞬間に大問題が起こったりしたら、それこそ悔《く》やんでも悔やみきれないぞ。だから好きであろうが嫌いであろうが、こうしているしかない。とことん尾行をつづけるんだ。忠実な犬の群れのようにぞろぞろと主人のあとを追いかけ、ひそかに見守るんだ。どんなに疲れていてもおろそかにはできない。これは運命というものだ。たしかに面白くはないし、道が悪いだの、寝る暇がないだの、なんの得るものもないだの、味もそっけもないだのと、いろいろ文句はあるが、やはりあきらめきれない。やつらが出てくるやいなや、やつらの尻に魂がつながれてしまう。ときには、おれだって自問することもある。いったいどうしたことだ？　あのふたりがどうしておれのご主人様になったんだ？　いってみれば、やつらはなんでもありゃしない。おれたちが一目《いちもく》置いたこともない。ところが神様は冗談が好きで、こっちが馬鹿にすればするほど、その相手をもちあげてみせる。おかげでこっちはぼうっとしてわけもなく大騒ぎを始め、自分でも止められない。

尾行者の三……一度、ある計画を立てた。X女史が散歩するときにある行動をとろうと。もちろん、ひとりではできない。みなでいっしょにやらないと、こっちがなにか企んでると思われてしまう。ぼくは考えた。みなの意見をまとめるのは並大抵じゃない。それぞれ自分の心づもりがあるから、あまりことを急ぐと反感を買い、みながすっ飛んで聞きに来る。どうしたんだ、気がふれたのか？　みなを差し置いて、自分だけいい目を見ようというのか？　おまえはいつから先覚者になったんだ、と。一旦ぼくを疑ったら最後、連中は死んでも協力してくれず、それどころかぼくの計画を邪魔しにかかるだろう。本当は、その完全無欠な計画を公表しようと思っていたんだが、そんなことを考えているうちにすっかり落ち込んでしまった。やっぱり計画は黙って肚にしまい、ことがひとりでに収まるのを待とうと思った。ぼくの性格だとそれしかない。だれにも足をすくわれたくないんだ。毎晩家に帰ってキャンバス・ベッドに横になっていると、とらえがたい運命と自分の並外れた自制心、日ごとに増していくおのれの人間としての奥行きが思われ、つい涙が湧いた。大衆の気持ちほどつかみにくいものはない。ちょっと油断すると壁にぶつかってしまう。若いころはそれで何度もしくじったものだが、今度はまるで逆をいった。この間ずっと、極力自分を抑え、平凡に、灰色に、目立たずにいるようにしてきたんだ。注意深く慎重に、一線を越えず、長いものに巻かれ、だれにもぼくの本当の考えを知られないようにした——実際は胸の中には素晴らしい考えを持っているんだが！　まあ、だからこそ自分の仕事を疑わず、これほどの自信と克己心を持ってやってこれたんだ。人間、この世に生きていくのに精神の拠り所がなくては、生ける屍《しかばね》になってしまう。まわりの連中があんなにびくびくし、あれこれ迷っているのを見ていると、自分の充実ぶりと幸福をつくづく感じ、彼らがどれほどまちがっているかはっきりわかる。ときにはどなりつけてやりたいとさえ思う。世間の連中ときたら気の毒に目先しか見えず、生活とはなにかさえ知らない。連中にそれを悟れというのは、オンドリに卵を産めというようなものだ。この世に理想を持ち、抱負を持った人間はあまりにも少ない。くだらない人間ばかり溢れ、ありとあらゆる事業は手に余って途中で投げ出す。どんな天才も生まれるがはやいか夭折《ようせつ》し、前途はただ茫々としている。なんと悲惨な現状だろう。だが、ぼくは決して悲観論者じゃない。ぼくは今日のこういう現実にあって、なお倦《う》むことなく奮闘をつづける。ぼくのすることを見ていればすべてがわかるさ。

尾行者の四……昨夜、河の土手を歩いていたら、X女史の声が南風に乗って聞こえてきた。彼女は——いや、せっかくの収穫を公表する気にはなれないね。でも少しだけ漏らしてやろう。みなを窮地《きゅうち》に追いこんだ事件の核心は、もう明らかになった。これからはだれも例の件で気をもまなくていい。もっとも、だれも信じてくれないかもしれないが。具体的な証拠はないし、わたしがみなをかついでいないともかぎらないものね。でもだからといって、X女史がいったことをありのままに公表できるだろうか？　あれはわたしだけの秘密、幾夜もの眠れぬ夜と引き換えに手に入れたんだもの。いや、むしろ天の配剤というべきだ！　それを軽々しく口にしては不謹慎ではないか？　こういうことはめったにあるものではない。一生に一度だってあるとはかぎらない。だけどみなが雨風の中を歩きまわってこうした尾行や見張り（この言い方はどうも品がないね）をつづけ、しかも窮地に陥っているのも、見るに忍びない。だからわたしとしては、天に誓ってこういうしかない。わたしは例の件の経過を全面的に把握している。情報はX女史本人からのもので絶対にまちがいない。でも、わたしがこれでいい気になっているなんて思わないでおくれ。とんでもない、わたしはなにも自分がすごいなんて思ってはいない。今までどおりみなと心は通い合っているし、以前と変わりなくやっていくつもりだ。昨夜従妹に、どうして毎食酢漬け野菜のスープと干し大根しか食べないのかと聞かれたから、こういってやった。わたしは死ぬまでこういう暮らしをするつもりだ、うそじゃない、と。今夜だって、みんなといっしょに外に出て走りまわるつもりだけれど、だれもわたしの変化には気づかないはずだ。わたしは目立つのは好きではない。自分は特別だといわんばかりではないか。そういう連中は滑稽《こっけい》だ、自分をひけらかすのに夢中になり、はかないものにしがみついて陶酔し、しっかり足を踏みしめて前進するのを忘れている。いってみればまだ幼稚な子供みたいなもので、経験もないくせにいい気になって、いい目ばかりみようとする。少しでも新発見をすれば（ときには錯覚でも）鬼の首でも取ったように騒ぎ立て、知らぬ人がいては大変と触れまわり、他人から褒美までもらおうとする。こういう濡れ手で粟《あわ》の暮らしに慣れてしまえば、もうずるずるとだめになるだけだ。でもわたしはまったく逆だ。子供のころから勤勉で質素な暮らしをしてきた。そういう暮らしにだって決してロマンがないわけではないが、この一生、意識的に自分を鍛《きた》えてきたおかげで、ことを前にしても冷静に、控えめにしていられる良い習慣が身についたのだ。

この大規模な尾行活動に終始加わらず、冷静を保っていた者がいる。ほかでもない、人好きのする寡婦である。彼女の意見を聞いてみよう。

「同志たちよ、みなのこういう理性を欠いた愚かな行動に、わたしはもう我慢できない！　あなたがたはそれぞれ自分の利害打算を考え、盲目的な衝動に駆られてこの大衆運動の列に加わり、日夜駆けずりまわっているけれど、ことの本質をいったいどう把握しているんでしょう？　あなたがたの前に現れているのはまやかしの罠で、まったく中には入れないというのに、あなたがたはそれをごまかしてさも自信ありそうなふりをし、そうすれば自分の愚かさを隠せると思っている。単刀直入に説明してあげるわ。この全長五キロほどの街でかつてX女史が怪しげな精神の拠り所となり、頻繁に波瀾を巻き起こし、数知れぬ者の正気を失わせ、その運命を変えてしまったのは、周知のとおりよ。われわれはみな惰性からこの固定した見方にもう慣れきっており、少しでも動きがあるとただちに駆けつけて介入しようとする。でもよく考えてみれば、ここに大きな問題があることがわかる（われわれはいつも考える余裕がない。朝から晩まで忙しく社会活動に参加し、熱中している）。簡単な例を挙げるわ。目下の尾行活動は、X女史にある特殊な姦通事件があったというまさにその固定観念に基づいている。もとはといえば、あなたがたは暗闇会議の啓示を受けて爆発的な事件が起きようとしていると決めつけたわけだけれど、現実はあいにく見込みどおりにはならず、なんの波風も立ちそうになければ、事件が起きそうな気配もない。そこであなたがたはからかわれたとむきになり、こういう堅忍不抜の対抗行動で困難を解決し、歴史を自分たちが定めた軌道に乗せようとした。だけど、もしもだれかが（不幸なことにそういう聡明な人が少なすぎるけれど）その観念自体があやふやで信用できないといったとしたら？　それでみなの推理の基盤そのものが揺らいでしまうんじゃないの？　われわれは興奮すると対象をさまざまな魅力的な色で染めあげたあげく、自分でそれに目がくらんでしまう。尋常でない姦通事件にせよ、神秘的な情夫にせよ、みなこっちの期待が生み出したものよ。どうしてそんな期待をするの？　虚しいからよ、苦しいからよ、それに怖いからでもある。だからその危機を転嫁《てんか》しようとさまざまな活動を始める。でもいわせてもらえば、もしX女史があなたがたが空想するようなものだったとしたら、そんなのは存在するはずのない笑い話でしかないわ。われわれのこの整備された社会では、さまざまな行動が鉄の規律の制約を受けるし、人はだれしも天寿を全《まっと》うしたいという本能を持っている。それがわれわれの安全な暮らしの保証なのよ。ところが、そこに急にだれかがもぐりこんできて、社会と関係を持たないばかりか、背後から全体の意思を操って玩具のようにわれわれを弄び、しかも天から降ったやら地から湧いたやらだれもその素性を知らないなどという話になったとしたら、そんなこと、どうして信じられる？　それでは、われわれの社会はおもちゃの国も同然じゃないの？　人の意のままに操られ、変えられてしまうようでは、われわれ社会の精鋭たちはどこに顔向けできるの？　それを思うと憤懣《ふんまん》やるかたないわ。なかには高等教育と厳しい社会訓練を受け、暗闇会議で指導的地位につき、ことにあたっての冷静さと鋭い分析で知られた者もいるのに。わたしは長いことほとんど無条件にあの人たちを信じ、そのやり方を支持してきたけれど、今になってみるとどうやら大まちがいだったようね！　この単純さと誠意のせいで、わたしはつまらないはめに陥ってしまった。ことは思うように運ばないし、連中は破竹の勢い、こっちは片隅に振り飛ばされてだれも相手にしてくれない。すべてをなぎ倒す流行の気風が街じゅうを席巻し、だれもかれもが先を争って伝統的美意識を足元に放り出し、飛んだり跳ねたりして自分の『新生』とやらを祝い、新大陸を発見したとまでのたまう。その大陸とはX女史のことで、それがまたとてつもない人間、手練手管の尽きない凄腕で、目が放せないというわけよ！　以前の冷静さはどこへ行ったのかしらね？　思えば昔のことだけれど、まだはっきり覚えているわ。ある速記人がその手の幻想を抱いてここに調査に来たとき、みなは見事にそれをあしらったものよ。まったく変わってしまった。どうしてこんなことになったのかしら？　どうしてここまで来てしまったのかしら？　考えはじめると自責の念に駆られ、悔やまれてならない。先月の暗闇会議のとき、今日の危機をまぎれもなく示すさまざまな兆候が現れていた。それなのにわたしは議長席のこっちで楽観的な、子供のように信じやすい目でみなが戦略を決めるのを眺めていた。みなの気持ちに険悪な成分が含まれているのを嗅《か》ぎ取りもせず、みなが泥沼に落ちていくのを悠然と眺めていたのよ。会議の後、群衆がいよいよ動き出そうと行動計画を練りはじめたとき、わたしはまたいろいろ用事があって、みなをいさめ、止めるのも間に合わず、とうとうここまで来てしまった。どうしてこんなにうかつだったのか？　単なる客観条件のせいか？　偶然の過失か？　ふつうの者ならそれで責任逃れをし、果ては受難の英雄を気取りさえするでしょう。でもわたしはそんなのとは無縁だわ。すべての過失を引き受けるだけでなく、おのれの魂の穢《けが》れを点検し、おのれの病根の在り処を探し出すのよ。よく覚えているわ。わたしは子供のころから人を信じやすい悪い癖があった。まわりの人ひとりひとりを美化し、なんでもよいほうにとろうとした。人に物を盗《と》られても取り返そうとするところか、もっとやろうとし、相手はすっかり感動してわたしの終生の友になったものよ。その後の青春時代、良縁で結ばれると、わたしは夫を守護神と見なし、信頼しきってなんでもはいはいと聞き、外の誘惑には洟もひっかけなかった。もしかしたらあの夫はこっちが思うほど完全無欠ではなく、もともと他人にはいえない疾患があったのを結婚するとき隠していたのかもしれない。でもそのせいでわたしの情熱の潮が阻《はば》まれることはなく、今もそのまま残っている。決してほかの男にばらまいたりはしない。今日、こんなことをもちだすのは、過去のすべてをひっくり返そうというわけではなく、わたしの性格の欠点がどこから来たかを説明したいだけ。夫が生きていたころ、ある人がわたしに夫が不貞を働いているると告げ口したとき、わたしはかんかんに怒ってその人をこっぴどく罵ったものよ。他人から見れば、花も恥じらう性感《セクシー》な若妻が、半人前の男のために貞操を守り、しかもその亭主に裏切られているなんて、どんなにおかしかったことでしょうね！　どうしてわたしはもう少し自分を満足させるため、新たな歓びを求めようとしなかったのかしら？　眉をちょっと動かすだけで、好きなだけ手に入ったでしょうに！　でも天性の気質がその人間の一生の運命を決めるの。わたしは伝統の守護者となるよう定められており、今日でもそれを誇りとしているわ。わたしは自分に欠点があるのを否定しないし、そのわたし個人の欠点が歴史に悪影響を及ぼしたのも否定しない。わたしがもう少し強く、警戒心があり、あんなに無邪気で信じやすくなければ、多くのことが変わっていたにちがいない。これが『お人好し』の致命的な点よ。でもわたしはそのせいで生じた損失を喜んで引き受け、また喜んで魂の奥からその原因を探し出すつもりなの。なにしろみなに過ちを犯させた張本人はわたしなのだから。本当はなにもかも避けられたというのにこのていたらく、これを前にして、わたしは慙愧《ざんき》に耐えない」

(四) Q男史の性格

われらが大衆がX女史一家に対して大規模な尾行活動を行っている間に、人々に忘れられたQ男史の精神に明らかな分裂状態が出現した。しかもその状態は日増しにひどくなり、彼を廃人にしてしまった。われらが大衆のなかには、流されるままにつまらない尾行活動に加わったりせず、自分の主張を持ち、ひとり一派を成して独自の手法を展開したひとりの気丈な女性がいる。その女性は連日連夜の観察の結果、以下のような情報をわれわれにもたらした。Q男史の体内には二匹の蛇が争っており、そのせいで彼は昼夜まったく異なる二重人格になってしまったというのだ。ある日、その気丈な女性は道端のイバラの茂みに潜伏していて、Q男史がゴムまりを手に家から出てくるのを見た。子供みたいに走りながらまりをつき、楽しくてたまらぬようだ。あの堂々たる大男がわざとらしく子供の真似などしているのを見て、その女性は（ちなみにその女性は足が不自由である）ひどく腹が立ち、むかむかした。そこで杖を頼りに矢のように突進していき、Q男史の行く手をさえぎって「タアーッ」と一喝《いっかつ》した。さらに道の真ん中でころげまわり、舞い上がるほこりの中からはっしと男史をにらみつけた。ところがあきれたことにQ男史は「道を開いて行ってしまった」。路上をころげまわる彼女を置き去りにして、瞬く間に「行方をくらました」のだ。数時間後、彼女はとある倉庫の近くで二度彼の姿を見かけた。二度ともテンテンとまりをついていたが、彼女に気がつくなり、影も形も見えなくなってしまった。同じ日、彼女はQ男史が勤めている役所に調査に赴《おもむ》いた。頭の先から足の先まですっぽり厚い毛布をかぶった人たちが彼女に告げた。Q男史はゴムまりを事務室にまで持ちこみ、やたらに取り出して堪能《たんのう》するまでつきまくる。みなは彼がふだんとちがうのに気づき、また、まりの音になにやら異様なものを感じ取って緊張し、汗をかき、彼と言葉を交わす度胸もなかった。同じ事務室の者は彼が入ってくるのを見るなり逃げ出し、彼ひとりを事務室に残して存分にあばれまわらせた。「われわれは恐ろしい威嚇《いかく》に直面しています」彼らは暗い顔をしていった。「これはわれわれの性生活に関わることです。ほこりによる汚染で肺結核になってしまうでしょう。今、心配なのは寒さです」。そしてため息をつき、涙を流した。Q男史のこうした行動にまたもや想像力を刺激されて、あの女性はさらに積極的かつ勇猛に仕事を展開した。ある夕方、彼女は松葉杖をついてQ男史の部屋にもぐりこみ、青筋の浮いた手でQ男史の襟元《えりもと》をつかみ、じっとその目を見据えて命じた。「もっと近寄りなさい」。どうやら彼女が望んだことは発生しなかったようだ。いったいなにを望んだのか？　なにが悲しくて、こんな一か八《ばち》かの行動に出たのか？　後で彼女はこう語った。「わたしは彼といっしょにまりつきをしたかったの。これが夢にまで見た望みだったの。今や自的は達成された。わたしたちは夜通し真っ暗な部屋でまりをついたわ。奥さんを外に締め出して」。これがQ男史の昼の活動に関するある女性の（彼女は自分の職業、姓名を絶対に出さないでくれといった）身近な観察であるが、こうした描写にどれほどの真実があるかは検証を待たねばならない。もしかしたらX女史の妹がまきちらした言論のほうが、いっそう問題の説明になるかもしれない。妹がいうには、Q男史はかつて彼女にこういったことがある。現在彼の目の色はまた五色増えて全部で十色になった。これもみなまりつきという「人を夢中にさせるスポーツ」のおかげであり、そのスポーツが彼を「童心に返らせ」、子供のころのさまざまな遊戯に浸らせ、もう「やめられない」ところまで来ている、と。しかも彼ははぐらかすように、X女史が「なんともいえず素敵」で、彼自身も今では一日に四、五十回も鏡を見ており、すでに「人知れず上着のポケットに鏡をしのばせる」までになったなどといって、何度も妹にたずねた。「ぼくは今、堂々たる美男に見えるかな？」妹が何度もそう見えるといってやると、彼はようやく嬉しそうにまりをつきに駆けだしていった。それだけではない。彼は自分の身の上についての神話まででっちあげた。口からでまかせに、自分には父も母もなく、木にぶらさがっていた革袋から跳び出してきたのだという。彼は生まれたその日にたくさんの蚕《かいこ》が木の上で黄金色の繭《まゆ》を作るのを見た。「ぐるぐる、ぐるぐるとね」彼はうつけたような笑みを浮かべた。「人間はみな、木の上から跳び下りてきたんだ。足を見ればすぐわかる。前は真っ暗な林で、いろいろと道に迷う、嗅覚を失った蟻のように。あっちの音はなんだ？」妹は、それは街の人の足音で、みな姉の一家を尾行しているのだと教えてやった。「びっしりと生《お》い茂った密林が連中を分散させるさ、あのカブト虫どもを」彼はきっぱりとうなずき、猫のように耳をそばだてた。大衆運動の流れの外にいたもうひとりの女性、われらの寡婦は、Q男史の昼の性格態度について、また別な見方を持っていた。その見方は彼女自身の切実な体験から来たもので、そのために彼女は大きな代価を払っている。一時期、彼女は長いこと自我の研究に専念してQ男史のことなどとうに頭のすみに追いやっており、顔もろくに覚えていないほどだった。ところがある日突然、ある塀のわきでQ男史に出会った。Q男史は寡婦にむかって「あの肉感的な口を猥褻《わいせつ》にほころばせて微笑み」、「色っぽい目」でじっと彼女を見つめ、いかにも「道に外れたことを企んでいるよう」であった。寡婦はわっと大声をあげて一目散に逃げ出し、一キロも離れてもまだ恐怖に「青ざめていた」。「明らかにわたしの貞操を奪おうとしていた」彼女は興奮冷めやらずにいった。ところで、このQ男史なる者、かつては寡婦の目には半陰陽か、さもなくば「廃人」にしか見えず、この男の話になれば彼女は昂然《こうぜん》と顔をあげてぷっと噴き出し、「あのニワトリの骨を拾い食いする御仁《ごじん》のこと？」とたずねたものだ。どうしてそんな形容を思いついたのやら、だれにもわからない。偽善者とも似非《えせ》道学者とも馬泥棒ともいわず、ずばりニワトリの骨を拾い食いする御仁とは！　実にお見事であった。ところが今やみなが彼を忘れ、取るに足りないちっぽけな男と思いはじめた矢先、彼は突然豺狼《さいろう》のごとく現れ、しかも不思議なことに性欲旺盛な、人をたじろがせる男に変貌していた。「死ぬほど驚いたわ」寡婦は胸を押さえていった、「ニワトリの骨を拾い食いするような男が、どうして性的暴行魔になってしまったのかしら？　なにやら意味深長じゃない？　塀のわきにいたとき、あの男の態度にはなんのわざとらしさもなく、体内の原始的な力の現れそのものだった。簡単に断言できるわ、ふたりが同居していたこの間《かん》、X女史はQ男史にまるで性を意識させず、ふたりのあの幼稚な友達づきあいは、肉体的な接触などとは程遠いものだったのよ。もっと簡単にいえるのは、Q男史が掛け値なしの本物の女にめぐり会ったとき、なぜああいう暴行魔のような態度を見せ、一瞬のうちに一人前の男になったかということよ」。あの塀際の邂逅《かいこう》のあと、寡婦はどうも元気が出ず、一日じゅう憂鬱で頭が重く、毎日眠る前に鼠が見え、その赤いつるんとした足の裏が見えた。彼女は暗闇会議の言葉でみなに心の奥のあることをほのめかそうとした。それは声に出してはいえず、声に出したとたんにそのことではなくなってしまうようなことなのだ。彼女は多くの譬《たと》えを挙げ、多くの仮定をたてた。かりにQ男史があの塀際で出会ったのが彼女ではなく、たとえば、ビロードの帽子をかぶった老婆だったとしたら、彼女は、Q男史が別な態度をとったにちがいないと断言できる。これは試してみるまでもないことで、彼女の直感がすでにまちがいない答えを告げているのだ。またかりにQ男史がこれまで木偶《でく》人形とじゃれ合うだけで、彼女のような本物の女にめぐり会ったことがなかったとすれば、Q男史の目や口が性感《セクシー》になりようがなかったのは、彼女にも想像がつく。外部では一般に、Q男史はX女史との間にいわゆる姦通事件を起こしてから、人相がまるで変わり、「肉欲に満ちた」顔になったという見方をしている。しかしこれはつまらない臆測《おくそく》にすぎず、先にある結論に合わせた実証であって、こういう実証は厳密さも独立した分析をも欠いており、塀際で発生した事件がすでに、その幼稚な推測をすっかりくつがえしている。さらにまた仮定するが、かりにあの一刹那《せつな》にQ男史が彼女に襲いかかり、また彼女がそれを防ぎきれずに犯されていたとしたら、もちろん悲しむべきことではあるが、彼女は同様に断言できる。Q男史が本物の女の肉体と接触し、体内の欲望を放出した後、その顔に現れていた肉欲は消え失せたにちがいない。こんな仮定と実証に明け暮れているうちに、寡婦はしだいに目が据わり、顔の色つやも失われていった。聞くところによるとそれからまもなく、Q男史はまたもやいよいよ激しく性的暴力行為に及ぼうとし、われらが五香街《ウーシャンチエ》の美貌の女性たちが白昼襲撃を受けた。その地点はいずれも倉庫付近だったという。彼女らの話では、彼ははじめは手にしたゴムまりで攻撃し、それから突進してきて「どうにか」しようとしたが、女性たちが逃げたため「どうもされなかった」。もし死に物狂いで逃げなかったら、「どうにかされた」可能性は大いにあったという。

愛すべき寡婦がQ男史に傷つけられ、寝たきりになったという知らせを聞いて、筆者は同情し、見舞いに出かけた。彼女の状態は思わしくなかった。筆者が入っていったとき、彼女は厚い布団にくるまって滝のように汗をかいていた。あの恐怖の叫び声のせいで彼女の聴覚は失われており、筆者と対話することはできなかった。しかし筆者がベッドのそばに腰を下ろすとひどく興奮したらしく、ひたすらしゃべりつづけた。彷《ほう》徨《こう》、自分の身の上話から説き起こし、若いころの理想の形成およびそれにつづく追求、彷徨、苦悩と破滅を語った。「わたしがみなの目にどう映っているか」彼女は布団で口を覆い、苦しそうにいった。「それははっきりしているわ。数十年来、わたしはそのイメージを完全なまま保ってきた。そうは思わない？　あなたの意見を聞かせてちょうだい」。筆者は急いで力強く、あごが胸にぶつかるほど深くうなずいた。筆者がそうやって意見を表明すると、寡婦はうーうーと泣きだし、涙で布団を濡らした。筆者は彼女の肩を揺すり、なんとか慰めようとして赤ん坊をあやすようにアワワワと声をたてた。すると寡婦はますます激しく泣きじゃくり、熱い涙をたたえた目でうらめしげに筆者をにらみ、口をとがらす。そのとき彼女の顔はひどくやつれ、痩せ細り、哀れを誘うとともに、子供のように純真無垢で筆者を頼りきっているように見えた。筆者はついほろりとし、目に熱いものが湧いた。どちらからというのでもないが、とにかくそのうちに筆者は寡婦のあの熱いふとんにもぐりこみ、ふたりでひしと抱き合っていた。筆者はこうして寡婦のあの豊かな肉体に触れる幸福に恵まれたわけであるが、無論、その先の行為にはいたらなかった。なぜならそれは原則に反することであり、しかも寡婦自身が一貫してそういう行為を深く憎んでいたからだ。筆者の考えでは、彼女は単に慰めと憐憫《れんびん》を求めていた。ただそれだけのことである。しかもなんと弱々しかったことか！　病に押しつぶされていたのだ。このたび、精神がすっかり崩壊したあと、彼女は自分が一歩一歩死の淵へと近づいていくのを感じ、切実に助けを必要としていた。ひとりの本物の男が一臂《いっぴ》の力を貸してやる必要があった。そして筆者は光栄にもその騎士の役を務め、生まれてはじめて自分が晴れがましさと使命感に満ちているのを感じた。筆者は一介の芸術家でしかなかったが、これで疑いなく格上げされ、英雄にでもなったようだった。筆者がからだに触れたとたん、寡婦は奇跡のように聴力を取り戻し、相互の対話が始まった。筆者と寡婦は布団の中で、今後の人生において永遠にたがいに支え合い、助け合おうと堅く誓った。誓いがすむと寡婦は両足で筆者の足をきつくはさんで締めつけ、こういった。「今このときを、精神を集中して味わってちょうだい。なにか危険な誘惑があるのを感じない？」筆者はぼうっとしていた。彼女はさらに進んで暗示をかけてきた。「たとえば性に関係するような」。筆者は彼女の意図が読めたと思った。そこですかさず身を起こし、得たり賢しと大演説をぶった。古今の文献を引用し、「精忠報国」とか「身を殺して仁を成す」といった多くの成語を用い、「精神の伴侶」とか「永遠の象徴」といった形容を用い、はたから見れば幾分大仰だったかもしれないが、自分ではまさに思ったままだった。筆者は興奮し、熱い血をたぎらせ、一方では仙郷《せんきょう》に入っていくようなさわやかさと清々《すがすが》しさを感じていた。ところが妙なことに当の寡婦はその演説をさっぱり喜んでくれず、筆者が興奮すればするほど顔を曇らせ、やがてこっちがしゃべっていることにまったく関心を示さなくなってしまった。おまけに乱暴に筆者の話をさえぎり、布団の中になにか刺す虫がいるような気がしないかとたずねる。筆者が演説を終えると寡婦は暗い顔をこっちにむけていった。「ふたりで同じ布団の中にいて暑すぎない？　わたしはさっきからあなたがなぜ人の布団になんてもぐりこんできたのか、不思議でならないのよ」。そしてくるりとむこうをむいてつぶやいた。「こんなこととわかっていれば、むしろ……どこからかこんなカラスがひょっこり出てきて、うるさくってかなわない」。筆者は浮かれていたところへ冷水を浴びせられて震え上がり、仕方なく哀しげに指図を請《こ》うた。ところが寡婦はにわかに色をなして筆者を「鼠」と呼び、「すぐ出ていけ」と命じ、腰を蹴飛ばした。筆者は床に転げ落ち、やむなく暫時《ざんじ》その場を離れた。まったく悲惨な、取り返しのつかない結末であった。

Q男史が夜間に見せるまったく別な人格とは、どのようなものだろうか？　もう一度、先に挙げたあの気丈な女性の実地観察にもどってみよう。あの女性はある日の晩、Q男史の家から泣き叫ぶ大きな声がするのを聞いた。事態を明らかにするため、その女性はある高度な方法で中に忍び込んだ。そして数時間じっと耳を澄まし、あの夫婦とふたりの息子はみな寝ているにもかかわらず、そこから男の泣き声が途切れることなく聞こえてくるのを発見した。どうやらQ男史の悲しみが夢のなかでひとりでに生まれ、自制がきかないらしい。寝相《ねぞう》を見ると、ひどく「もがいているような形跡」がある。女性は明け方まで潜伏し、Q男史が家から出てくるのを待った。そしてQ男史が陽光の下で貧弱なひからびた老人に変わってしまうのを見た。ニンニクのようにむくんだ生気のない目をしていたが、妻が転ぶという妄想を抱き、大事をとりすぎているらしく、道にどんな小さな石ころがあっても、よろよろと妻の前に出ていって蹴飛ばし、赤ん坊でも支えるように妻を支えながらおそるおそる歩いていくのだった。また別な晩、女性は近くの林でQ男史を発見した。近寄って話しかけようとしたらふたりの話し声が聞こえたので、大きな木の陰にすばやく身を隠し、辛抱強く聞いていたところ、ようやくそれがQ男史のひとり芝居だとわかった。どうやら自分の声とまるでちがう声を出す特技、あるいは「話し相手」を作りだす特技を身につけたらしい。そうやって対話しながら、Q男史はなんと酔いしれたような忘我の状態に達するのだった。たとえばだしぬけに大木の幹に頭からぶつかっていって鮮血を足まで滴《したた》らせ、あの自暴自棄《じぼうじき》の決意を垣間《かいま》見せたり、石ころで火花が散るほどこめかみを打ち、それから頭を小さな木のうろに突っ込んで朝までそうしていたりした。ほかにも木の葉を食べたり、土にからだを埋めたり、さまざまなことをした。そしてそういう活動の間じゅう、臨終《いまわ》の際の嗚咽《おえつ》のような、身の毛のよだつ声をたてた。

Q男史の肉体はそのうちについに二分され、「昼間は幽鬼、夜は人間」という恐ろしい局面が形成された。おかげで彼の肉体はぼろぼろになり、骸骨《がいこつ》のようになってしまった。早くから彼の肉体のこういう失調を予感していたX女史は、やがて冷酷にも彼と袂《たもと》を分かち、別な道を行くのであるが、これは先の話である。ここではひとまず、X女史自身の論ずるところを聞いて、Q男史の疾病《しっぺい》を今一歩進んで理解することにしよう。

妹に「見通し」を聞かれたとき、X女史は常に似合わず顔を曇らせてしばらく黙りこみ、長期の試練を経た両の目からふた粒の液体をこぼした。「あの人はおしまいだわ」彼女はむせびながらいった。「結末はもう少しずつ見えてきている。聞いて。このところ、わたしはあの不眠の夜に、彼を捜し当てられないの。屋根の上を走りまわり、部屋のすみずみまで満遍《まんべん》なく探すのだけれど、どうしても見つからない。ところが太陽が昇るころ、思いがけず、草むらの中でうめいている彼を見つけることがよくあるの。弱々しく痩せ細り、骨は細い草の茎《くき》みたいになって、両眼とも完全に失明し、眼球は生命のない淡い白色になっている。午後、わたしがまた十字路で彼に、あの独特の声をした美しい男に出会うのはわかっている。でも夜間のことはますます怪しく、いかがわしくなり、耐えがたくなってきているわ。おかげでからだがふわふわして地に足が着かず、失踪事件まで起きてしまった」

「病因」に話が及んだとき、彼女はこういった。「人殺しの手術は夜に行われたの。怪しい風が筋骨を吹き切り、わたしが屋根の上を走っていたとき……ああ！　なぜすべてがこうなってしまったの？　なぜ別なようにはならなかったの？」

彼女は絶望していった。「一度だけ、彼がわたしの夢に現れたことがある。まるで別人のようで、しばらくしてようやく彼だとわかった。彼はわたしの枕元に立ち、ポタリ、ポタリ、ポタリ……と、ワアッ!!　わたしは彼にむかって大声で叫んだ。『午後、十字路のところに日が照ると、あなたはまたあのショーウィンドウの前に現れるのよ！』わたしはこう叫んで自分を元気づけた」

こうしたさまざまな頽廃的な考えにもかかわらず、X女史とQ男史の姦通は依然としてつづいていた。あのだれも知らない場所で彼らがどのようにことをなし、どのように「歓を尽くし」、またどのように彼女の男に対する見方を検証したかは、天のみが知っている。その詳細については、X女史は同腹の妹にすらひと言も漏らしてはいない。この件に関しては過度に慎重になったようだ。われわれはあのふたりの間に生じた状況は、決して寡婦が推測するほど味気ない、もっともらしいものではないと考える。実際、あの極端に主観的な推測は、寡婦自身さえ本気で信じてはいないのだ。そのおかげで五香街《ウーシャンチエ》の人々の間に一種の反抗心のようなものが生まれた。いつの日からか、多くの人々が絵画芸術に熱狂しはじめ、沿道の塀に突然、さまざまな絵がところ狭しと貼られるようになった。いずれも線画で、性交の各種ポーズが描かれ、だれが見ても今起きている「姦通事件」を描いたものであった。その大胆で赤裸々な表現手法は、疑いなく、寡婦の謬論《びゅうろん》と真っ向から対立するものである。みなはこの仕事に没頭しているとき、強烈な創作意欲を見せ、寝食を忘れ夜を日に継いで描きつづけ、なかには熱狂のあまりバケツ一杯の絵の具を頭からかぶった者までいる。ほかに、狂ったようにわめきながら描き終えた裸体を細かく千切り、その切れ端をまた塀に貼って「抽象派」と称した者もいた。彼らは異口同音に、感きわまってこういった。「芸術はなんと崇高な楽しみを与えてくれることか！　寡婦のような理詰めの人間を除けば、その力に打たれぬ者がいようか？　豊かな想像力を離れれば、生活はひからびてしまう」。外に発生したこれらすべてのことを、X女史はなんとも感じず、ただ姦通にふけり、楽しめるうちに楽しんでやろうという態度を死んでも改めなかった。今は自分の境遇を充分にわきまえ、夢は破れつつあり、頭上に災難がさしかかっているのを知ってはいたが、傍目《はため》には、相変わらずどこ吹く風で毎日ふたつのことにかかりきりのように見えた。ひとつは十字路での逢いびきである。いつも一刻を争うように、小娘のように息せき切って駆けていく。人の姿も目に入らなければ、声も耳に入らず、ショーウインドウの前まで駆けつけるとあの美しい男にひしとすがりつく。まるで激流の中の岩にすがりつくようでもあり、また激しい情欲の炎に耐えかねたようでもあった。ふたつ目はいずこともしらぬ場所での姦通である。だれもこの件を解きあかすことはできず、その白昼の放恣《ほうし》なふるまいがすでにみなの恥辱になってはいるものの、五香街《ウーシャンチエ》の住人は、X女史とQ男史が白日の下、手に手を取ってこれみよがしに街を歩き、日一日と若やぎ、色つやよく、性感《セクシー》になり、しかも傍若無人になっていくのをぽかんとして眺めているだけだった。これほどわれわれの教養程度を物語るものがあるだろうか？　さらに一歩進めて考えてみるに、X女史とQ男史のふたりはいずれも性体験のある（X女史の場合は「豊富な」とさえいえる）大人でまさに壮年期にあり、しかも目下その道に全力を傾け、興味津々である。そのふたりがいずことも知れない場所に行って、ただちに服を脱いであれこれ趣向を凝らす代わりに、寡婦がいったようにただ人形みたいに坐り、あるいは詩を作り、吟《ぎん》じ、交わし、離れて坐った遠い場所から目配せし合って「兄子《せこ》よ妹《いも》よ」などと、やっているとしたら、それこそ理屈が通らない。しかもQ男史の性的機能に欠陥はなく（ふたりの息子がその証拠だ。ひと目で彼の血筋とわかる）、ましてX女史が、今日にいたるまで名前が出ただけで五香街《シャンチエ》《ウー》大衆が顔を赤らめ、息づかいを荒くするようなこれまた無軌道な女で、いまだかつて社会の規範を認めたことのない御仁ときている。こういう分析を経て、さらに絵画芸術の啓発を受ければ、穀物倉庫の中（とりあえず、姦通の場所をそこと仮定しておく）の実態は、およそ想像がつくというものだ。たとえQ男史が「人にはいえぬ病」を持っていようと、彼の肉体がすでに「ふたつに分かれて」いようと、X女史が将来いつの日か「別々な道を行く」ことを予感していようと、とにかく今、彼らは枯れ草に火がついたも同然、狂ったように燃えさかっているのだ。X女史の言葉を借りれば「性の理想が実現され」、「生きてきた甲斐があり」、「十色の目の波にとろけてしまう」等々となる。それはもちろんみな美化された言葉であって、ひょっとしたらなにかをカモフラージュしようとしているのかもしれず（彼女が自分の異常な欲望を恥じていないはずがあろうか？）、その言葉を細かに吟味《ぎんみ》すれば、ついにはその奥に隠された性交への渇望、性交の回数、一回ごとの満足不満足等々を悟りうるのである。X女史自身は自分がなにをいいたいのか完全にわかっており、Q男史もわかっているはずだ。いかに偽装粉飾しようとも、いかに巧みに理由づけしようとも（十字路での対話やら鏡やら目の波光やら）、彼らふたりはまさにあのことのためにいっしょになったのであり、それこそが彼らが長年の間、朝な夕な、寝ても覚めても思ってきたことなのだ（この点についてはQ男史はX女史よりはるかに鈍く、彼女にそそのかされてようやく貪欲な本性を現した）。俗言に「飽漢は餓漢の飢えを知らず」という。X女史とQ男史のふたりがその体内の特殊な並外れた性欲のせいで、ずっと飢餓状態にあったのも、世間の人には理解できないことであろう。われわれはみな規律ある性生活を好み（たとえば週に二回ないし三回、多ければ十回に達しても）、ああいうからだを損なう無節制な淫乱をきらう。健康な性生活によってわれわれの頭はすっきりし、積極的になり、向上心が湧き、人生への感謝の念でいっぱいになる。ところが現在、その隊伍のなかにふたりの正気を失くした輩がにわかに現れ、自分たちが節度なく性交し、荒淫無恥《こういんむち》であるだけでは足りず、その伝染病をまき散らそうとしている節が大いにある。おかげで多くの人がじっとしておられず、ついそっちに頭が行くようになってしまった。中青年たちのなかには、最近急にニキビの類の吹出物ができた者が何人もいるし、女房たちは顔を赤らめ「本当にもうたまらないわ」などとこぼしている。ほかの何人かは肉体的欲望を精神的欲望に転化して、絵画芸術を始めるとともに、

「一生崇高な芸術に身を捧げる」決心をしている。

Q男史は相変わらずゴムまりをついており、昼間は相変わらず健康で美しい男子だった。寡婦でさえよくいったものだ。「あの若いの、性欲が湧いた一瞬は、本当に輝くばかりだったわ」。だれがその「性欲を湧かせた」かについては、彼女はまたほかで説明している。X女史の容貌もこの間に大きな変化を生じた。もっとも変化の著《いちじる》しい部位は目で、眼球の色が以前より濃くなり、眼窩《がんか》の中も前のように乾いているのではなく、瞳が浸るほどの涙で光っていた。おそらくQ男史のがうつったのであろうが、今では彼女も涙腺《るいせん》が発達しすぎてコントロールがきかず、少し瞬きしただけではらはらと分泌液がこぼれ落ち、一日じゅう、その分泌液を通してぼんやりと外界の物を識別するしかないのだった。彼女は仕方なく三、四枚もハンカチを持ち、しょっちゅう「風邪をひいているふり」をしていた。頻繁な「自己設計」と極度に刺激的な性的活動のせいで、X女史の内分泌にこれほどの変化が生じたのだ。それは涙腺にとどまらず、今まで平らだった胸まで「日々ふっくらし」「むちむちして」きた。その変化については、「間近で長いこと観察」していた寡婦も「ひと言もいわなかった」。それというのも寡婦が今ではもう「そんなことは論じるに値しないと思う」ようになったからだ。寡婦はこのごろしだいにある新しい観点を形成しつつあり、その観点はある潜在的な歴史の潮流を代表するものであった。彼女は自身の変革のなかでしだいに先駆者の孤独を感じるようになり、ますます傲岸《ごうがん》かつ冷厳になっていた。ときにはみなとしっくりいかず、彼らの活動には加わらずにいた。ある日、筆者はそのかたわらにかしこまって、彼女の新思想を拝聴した。「実をいえば、お尻だの胸だのは大したことじゃないのよ。ひとりの女にとっていちばん肝心なのは、中身の精神的気概よ。気概のない女なんて脱け殻も同然、刺繡《ししゅう》した枕も同然、灰皿やスリッパも同然だわ。人間の上《うわ》っ面《つら》の魅力は歳とともに消えていくけれど、精神的な魅力は永遠に残る。わたしがふだん会う女性のなかで、お世辞じゃなくて本当に魅力的な人は何人もいない。わたしの見方はもう随分変わったわ。上っ面はほとんど見ないの。人間の値打ちを見ようというとき、わたしの鋭い眼光はその殻を突き抜けて魂の在《あ》り処《か》にいたる」。筆者は最後のひと言を聞いて思わず身震いし、我と我が身を恥じた。ところが彼女は筆者を二秒ほどじっと見ていたと思うとたちまち興味を失い、ごくりと唾を呑んでまぶたを閉じた。「わたしの話が終わったと思った?」彼女は突然目を開けていった「ふん」筆者はもともと行こうとしていたのだが、あわてて足を引っ込め、気を付けの姿勢をした。しかし、いくら待っても彼女はつづきをいわない。筆者がまた歩きだそうとしたら、彼女はまた突然いった。「わたしの話が終わったと思った？　とんでもない」こうして四、五回も同じことが繰り返された。彼女の顔には冷笑が浮かんでいた。

X女史は今や豊満な若奥様となった。涙腺が前より少し発達し、しょっちゅう風邪をひいたふりをするのには辟易《へきえき》するが、それもささやかな欠点にすぎず、彼女の外観、上っ面については新たな評価が生じた。集めてみたら、以下のいくつかの意見があった。「たとえ彼女が今、氷のようにおれに冷たかろうと、性的なこととは無縁なような、ああいういかめしい顔をしてみせようと、おれにいわせれば、今の彼女は以前よりずっと性感《セクシー》でずっと面白く、『成熟した女のにおいがぷんぷんする』。豊満な女は痩せっぽちの女より、とにかく人を魅きつける。とくに三十前後の女は。しかし、おれにあんなに冷たくすることはなかろうに。おれが生活というものを知らないとでもいうのか？」「ぼくはむしろ前のほうがきれいだったと思う。今のああいう感じは、少し危険な傾向があり、地に足がついていない。ぼくは彼女の前に行くといつも頭がくらくらする。痩せた女のほうがずっと清潔な感じがするな。ぼくのおふくろがそうで、いつもみなのお手本と思ってきた。年じゅう白いエプロンをしめていたものさ」「もと、彼女は人を馬鹿にしていたが、それでも目玉が見えたから、安心して相手ができた。ところが今の様子は実に恐ろしい。正面から見ても瞳が見えず、濁った液体が溜まって光っているばかりだ。おかげでこっちは気もそぞろになって、なにか妙な気を起こしそうな感じがするし、もう罪深いことをしてしまったように恥ずかしくてならない。あの女、今度の手は悪辣《あくらつ》だよ」「淫乱な性生活は顔に烙印《らくいん》を残す。ずっと血色の悪かった女がにわかにああも妖艶《ようえん》になるとは、ちょっと異様ではないのか？　ああいう優曇華《うどんげ》の花ひと時といったはかない美しさはなにもいいことじゃない。思うに、夜間、内分泌失調に苦しんでいるにちがいない。目の分泌液が急増したのを見れば、そう断定できる。この変化を前にして、わたしは表面的な現象に惑わされることなく、むしろ心から彼女を哀れに思う」「彼女についてはおれはもう自信を失くして、あの問題から手をひく決心をしていた。しかし、あんなまぶしいほどの変化があると、また気持ちをかき立てられ、血が騒ぎだす。とにかく、あれはおれが今までに会ったいちばん厄介《やっかい》な女で、いつのまにか人を虜《とりこ》にしている。こっちはつい自分の運命をあの女に結びつけ、あの女が変わるたびに生理的な影響を受ける。また不眠症に苦しんでいるんだ。おれの性格の悲劇的要素がひとつ増えてしまった」

こうしたさまざまな議論のなかで、X女史の夫の親友の意見はひと味ちがっており、考えさせられる。彼は通りに面したあの窓から細長いやつれた顔を出し、われわれにこんな物語をしてくれた。

「ある通りにひとりの純粋純潔な青年と、ひとりの純粋純潔な女史が住んでいた。ふたりはもう長いこと人知れず愛し合っていたが、ある外的な理由により、それ以上関係を深めることができず、ただ遠くから慕い合うしかなかった。ふたりとも世俗を超越した、今の世では日増しに減りつつあるタイプだった。いずれも心の底に言葉にするまでもない深層の語感をたたえ（表現形式はさまざまで、天気や健康のこと、他人の性の問題等々を話した）、たがいに相手の望みを知っていた。そしてひそかに励ましあっていたのだった。長い年月が過ぎた。平穏無事な長い年月が。青年はずっとその友情（もしくは愛情）を精神の支えとし、味わい深い人生を生きていた。あの女史も暗黙の約束を守り、ふたりの間のすべてに陶然としていた。ところが突然、青天に雷鳴が轟《とどろ》き、青年の頭上に雷が落ちた。美女は一夜にして毒蛇に変身し、氷のごとく清らかで玉のごとく穢れない仙女が妖艶邪悪な狐の化け物となって、理想はぼろ雑巾《ぞうきん》と化した！　すべてはいかにして生じたのか？　はじめのうち、青年は途方に暮れ、消沈し、頽廃的になり、からだをこわした。彼の一生は台無しにされた。なんと恐ろしい運命、なんと残酷な嘲弄《ちょうろう》、彼がどう耐え忍んできたかは想像に余りある。彼にしてみれば、悪運はとうに始まっていた。だから今日、その冷えきって石のようになった心の前で、人々がぺちゃくちゃと興味津々で、あの女史の顔またはからだのある部位の変化について論じていても、彼にしてみればべつに珍しくもなく、二度と感情の激しい波立ちを覚えることもない。彼はただうとましいだけで、早くそんな俗世のしがらみや煩悩から逃れ、本当の、独立した人格を得たいと思うだけだ。たしかに、あの女史のからだのある部位が変化したからといって、それが彼とどう関係があるというのだ？　まさか、まだ彼女に弄ばれ足りないとでもいうのか？　またあの恥辱の泥沼に陥ろうというのか？　ここ数年、彼は人生を浪費しつづけ、自分の価値をすっかり失いながら、理想も守りきれなかった。これでも教訓が足りないというのか？　青春は美しいものだ。しかし人はいずれは成熟し、老練にならねばならぬ。一生涯、空想や、現実からかけ離れた理想主義にふけっているわけにはいかない。彼は前進しなければならず、おのれの過去を認識したうえで、新たな人間へと脱皮しなければならない。こうして、青年は人々の議論には加わらず、ひとり自分の内面世界を見つめ、周囲の一切を忘れた。彼はある澄み渡った境地のなかで、成年への階段を上りはじめたのだった」

ある者がたずねた。Ｑ男史が一夜にして廃人になってしまったとしたら、その病状が性機能に影響を及ぼさぬわけがあろうか？　そんな奇怪な病状でありながら、日中、性的不能に陥らぬばかりか逆に生竜活虎《せいりゅうかつこ》、精力絶倫になったりするだろうか？　世の中にはなんと不思議なことがあるものだろう！　いや、世の中とはまさにそういうものなのだ。謎のＸ女史が五香街《ウーシャンチエ》に来てからというもの、常識では考えられないことが次から次へと起こり、信じたくなくても信じるしかなくなっている。Ｘ女史のからだの変化からすれば、Ｑ男史の性的能力が今、どれほど強烈旺盛であるかは察しがつく。なにしろ、石炭工場の若造の論評によれば、彼女は「今や花のさかり」であって、どこへ行こうと、だれが見ようと、彼女の欲望は顔に描いてある。男という男は思わず振り返ってにんまりし、全身がむずむずしてくるのだ。もちろんだれも彼女の尻尾《しっぽ》をつかむことはできなかった。彼女がことをなす場所や時間はわからず、どうも日中はまるまる煎り豆屋で亭主とともに働いているようで、穀物倉庫の姦通事件も推測の域を出ておらず、第一次資料ではない。たしかに十字路で逢いびきの現場を見た者はおり、電信柱に隠れて対話を記録さえしているものの、それとて姦通と同日には論じられない。そこから新たな見方が生じた。Ｑ男史の二重人格は、Ｘ女史がわざとまき散らしたデマであると。自分の人前ではいえない行為を隠すため、彼女は故意にＱ男史が夜間に廃人になる、おかしくなるといって、夜間人々の注意を彼らからそらし、偵察をゆるめさせ、その隙にふたりで穀物倉庫に忍びこんで、いやというほど楽しんだというわけだ。彼らの姦通事件は、日中のいかなるときに起きていたのでもなく、ちょうど真夜中ごろ、X女史が「彼を探し当てられず」、仕方なく「屋根の上を走りまわっていた」はずの時刻にこそ起きていたのだ。あのいわゆる気丈な女性は（なにが気丈なものか、そのふりをしていただけだ）、もともとふたりに金銭で買収され、宣伝係をつとめたにすぎない。そのいわゆる観察とやらも、はじめから終《しま》いまででための人心を惑わす作り話でしかない。われら大衆団体の内部に裏切り者が出て、時限爆弾を埋めていたのである。ずっと前からわれわれは日中に歩哨《ほしょう》を立て、尾行し、討論も日中に重点を置いていたが、今にして思えば、これらはすべて徒労であり、まんまとX女史の計略にひっかかっていたわけだ。彼女が「骨は細い茎のよう」だの「両眼とも失明した」だのいうのを聞いて、われわれはたちまち惻隠《そくいん》の情を起こし、原則や常識まで捨ててしまったのだ。俗に「三十は狼のごとく、四十は虎のごとし」というではないか。真夜中、あたりが静まり返ったころ、ひそかに、真っ暗な穀物倉庫の中でなにが起きていたか、これでも明らかでないというのか？　われわれは真夜中に時間を設定すべきだったのだ！　どれだけの回り道をしてきたことか！　この新たな見方は、すぐさま大多数の人々に支持され、全体の指導思想となった。五香街《ウーシャンチエ》の人々は行動が速い。ただちに休息の時間を変え、睡眠時間を日中に移し、夜間に張りつめた仕事を開始した。だが効果は依然、微々《びび》たるものだった。ふたりが夜間にそれぞれの家から出ないのは、衆目の一致するところだった。「透明人間」にでもなったというなら話は別だが。また休息時間を変えたせいで、みなの健康に多大なマイナスが生じた。昼間、どうしても眠れないのだ。どこかでQ男史が死に物狂いですさまじい勢いでまりをつく音を聞いていると、眠気など吹き飛んでしまう。事務室で毛布にくるまっていたあの連中は、居眠りできただろうか？　こんなどっちつかずのはっきりしない状態が、いつまでつづくのだろう？

（五）X女史がのっぴきならない事態に直面する

X女史はあの光線の暗い部屋に坐り、今後の発展方向とさまざまな可能性を詳細に分析した結果、自分が薄氷の上に立っており、足元がギシギシ鳴り、一本の裂け目が広がりつつあり、のっぴきならない事態になっているのに気づいた。思えば妹はかつて彼女が空を飛べるといった。ならばすべてを振り捨てて、空に舞い上がることはできないのか？「ああ、振り捨てることなんてできない。このすべてにどれほどの吸引力があるか、あなたには想像もつかないのよ。おそらく、なにもかまってはいられなくなる」彼女はそういいながら、その場に氷ではりついた足を指さしてみせた。「どうしようもないの」。どうやら、その状況は完全に彼女が自ら望んで招いたもののようだ。今、彼女の両足は下の氷にはりついてびくとも動かない。もしもいつか氷が裂ければ、彼女は海かあるいは河に墜落してしまうだろう。だが、それも予想のうえのことなのだ。とにかく彼女の態度は、絶対に動かない、すなわち自ら望んだことに逆らわず、つまりは、あの芝居を最後まで演じきろうというのだった。彼女がこうしてかたくなにあの薄氷の上に立ちつづけていたある日、急に信念の揺らいだ妹が、おそるおそる海辺もしくは河辺にやってきて、その氷塊からだいぶ離れた場所で歩みを止めた。そこから先へ行く度胸はなかった。その日は太陽が出ていたが、日差しは冷たかった。姉妹は遠くから相手を見ながら、両手をラッパにして叫びあった。X女史の顔は土気色《つちけいろ》で、厳しさと苛立ちがうかがわれ、またしょっちゅう足踏みをしようとして氷の裂け目を広げているようにも見えた。妹の眼差しは熱烈で、哀願するように目に涙を浮かべ、ひざまずかんばかりだった。その日、姉妹の対話は一時間半に達し、ふたりとも声をからしてへとへとになった。やがて妹は危険を顧みず氷塊の上に受難の姉を救いに行こうとしたが、姉は恩に着るどころか厳しく叱りつけ、妹はがっかりしてしぶしぶ帰っていった。

妹……なんとかうまい手を考えましょうよ。姉さん、爪先をそっと起こして、大急ぎで氷を渡ってらっしゃい。こっちで抱きとめるから。その気にさえなれば、きっと成功するわ。

X女史……爪先を起こすには、まずそういう願望がなければいけない。でもわたしはむしろここにいたいの、裂け目が開いてしまうまで。そしたら機を見てことにかかるわ。わたしがここに長く居すぎたとでも思っているの？　つい今し方始まったばかりよ！　ああ、この一刻ごとの始まり、この赤紫の少し老衰した夕焼け！　まだ間に合うかしら？　糸口を見いだすことができるかしら？　わたしはきっと選択するわ。かならず、ただひとつ可能な方法があるはずよ。それは混沌のなかから突然顔を出す、あの潜伏している鮫《さめ》のように。

妹……選択どころじゃないわ。見て、あの裂け目、あの裂け目を。もう姉さんの足元から氷の端までとどいている。鮫は大きな口をあけて岩礁《がんしょう》のむこうで待ち受けている。この海水のなんと黒くて恐ろしいこと！　なんと寒いこと！　わたしは凍りついてしまう。

X女史……時間はもうあまりないのだそうね、そろそろ芝居は幕にすべきかしら？　この落花生《らっかせい》売りの女将《おかみ》役、歯を食いしばってついに最後までやり通し、満身《まんしん》弓で射られて穴だらけ。ひとつ、とんぼ返りで海に飛び込むとしようか？　いやちょっと待って、まだ少し奇想天外なことをしたいから。この氷の上で踊るのよ。なんと明るいこと！　なんと明るいことでしょう！

妹……行きましょうよ、もう暗くなったわ。だれが呼んでるの？　わたし、怖くてたまらない。

X女史……そこにいるのはだれ？　あなたはだれ？　どうしてそんなところにいるの？　行きなさい！　わたしは傍観者は好まない。たとえ友人肉親であっても、わたしの邪魔になる。昔、山の谷川で、わたしの冷酷さを思い知らせてやったものよ。去れ！　おしゃべり女よ！　わたしはうまい手など信じたことはない。ひたすら奇想天外に、悪辣《あくらつ》に、人とは逆にやってきただけ。成功だの失敗だのというのは、大げさすぎる。わたしはただ場所を変えて星回りを見るだけ。蒼穹《そうきゅう》のなんと明るいことか、星々は行ってしまった。去れ！

妹が立ち去ったあと、X女史はきらめく薄氷のかけらを拾い上げ、頭上にかざしてあのほの暗い蒼穹をあちこち照らし、立ってはしゃがみ立ってはしゃがみしていた。そしてやがて氷の塊で足元の氷を打ち開き、両足を解放した。もしかしたら、これで彼女が逃げ出すと思った者がいるかもしれない。だが、彼女は逃げたりはしなかった。彼女はあの浮氷《ふひょう》の端に坐って両足を真っ暗な海水または河水に浸し、すぐさま南国の密林と、そしてあの沼沢《しょうたく》の夢を見たのだった。そして絶え間なく夢を見つづけながら、そこに端座し、目を見開いてなにかの歌を口ずさんでいた。氷の裂け目は絶え間なく分裂し、絶え間なく広がっていた。翌日の夜明け、妹はもどってきてX女史が頰をほのかに染め、かつてない「さわやかな」顔で、「たまらなく穏やか」な様子でいるのを見た。おかげで妹は「胸のつかえがおり」、ついに姉のことはかまわないことにしたのだった。

ここにまた問題が生じる。X女史が浮氷の上に身を置いていることに、五香街《ウーシャンチエ》の大衆は無関心だったのだろうか？　彼らはそれほど忙しく、この生死に関わる大事にさえかまっていられなかったのだろうか？　それともそんなことには興味がなく、見て見ぬふりをしていたのだろうか？　実は、彼らはX女史の状況などまるで知らず、浮氷のことなど聞いたこともなかった。これはX女史個人の秘密であり、一種の幻覚といえるものだったのだ。なにしろわれわれがすでに知っているように、X女史は巫女《ふじょ》のような人物であり、空無のなかに奇跡を生み出すことができる。その彼女が幻覚を作りだせないわけがあろうか？　そんなわけで、彼女は人々から離れて、海または河の中の小さな氷塊の上に住むことにしたのだ。これも彼女が一時の気まぐれから作った幻の境地であって、ふつうの者はその魔境に足を踏み入れることはできず、実の妹でさえ端の部分にしか到達できない。しかも彼女自身は「入定《にゅうじょう》」して幻の境地に入れば、妹さえ妹と認めずにいられるのだ。今では彼女の能力はますます向上し、いつでもどこでも「入定」することができた。だれかと話していて急に目が据《す》わり、とらえどころのない表情になることがよくあったが、彼女がすでに九霄《きゅうしょう》の雲のかなたまで行っていようとは、相手にわかるはずもなかった。思えば笑い話のようではある。われわれみなが騒ぎ立て、尾行し、討論会を開いて大まじめにやっていたとき、彼女のほうは呑気なもの、浮氷の上でぐうぐう寝ていたというわけだ！　しかし、われわれは彼女の秘密を知らなかったので、自信満々に頑強に、思い定めた道筋をまっしぐらに歩き通した。何年もたってから、妹がX女史のあの巫術《ふじゅつ》の能力を人に漏らし、それが一人から十人、十人から百人とついに全員に知れ渡ったとき、われわれはようやく茫然とし、なにかを思い出した。ある者が大声でいった。「われわれがかつてしたすべてのことは、まさに彼女のこうした計略を全面的に考慮に入れたものだった。われわれは実に賢明だった！」妹は反駁《はんばく》した。姉の能力がどうしてわかったのか？　わかっていたはずがない。そんなのはただの負け惜しみで、X女史には痛くも痒《かゆ》くもない。

彼女は巫術を行うときにはだれにも気取《けど》られず、なんの道具も使わない。今では彼女の能力は以前鏡や顕微鏡に頼って研究していたころよりも、いちだんと高度になった。以前の研究は低級な段階としかいえず、今のものこそ真の発明創造であって、容易には到達できない段階なのだ。X女史の追随者たる彼女さえ、低級段階にしか行き着けず、それより上にはあがれない。だからみなにとって、X女史が今作りだしている境地など、とうてい手のとどかないものである。それでもあきらめずに追究したとしても、彼女の顔にいわゆる尋常でないものを見いだす以外、なにひとつ得るものはなかろう。姉の幻術は特殊なもので、魂は抜けても見かけは人と変わらず、しかも彼女はその新たに身につけた能力を自慢したりもしなければ、得意になって人より一段上だと思ったりもしない。むしろ、恥じらいを見せ、新しい能力を人に知られまいとしているほどだ。しかし、彼女にはたしかにその能力があるのだ！　X女史と朝夕ともにいる妹は、姉のテレパシーを受けて、何度も瞬間的に姉のあの幻の境地の端まで接近した。その境地自体を完全に目で見て理解することはもちろんできなかったが、感じることはできた。「そこにはなんとものすごいものがあるのよ」妹がまじめくさって間の抜けたことをいうので、みなはどっと笑った。「だれに頼まれて広告してるのやら」みなは口々にいった、「ますますいんちきくさい、がまの油でも売ってるようだな。それしきのことがわからないと思っているのか？　なにがものすごい能力だ？　人間、どんな高級な能力だって表に現れてくるものだ。目にも見えず手でも触《さわ》れないものを、舌先三寸ですごいすごいといったところで、どんな代物かわかりはしない。力があるなら、みんなに見せてみろ！　おれたちが盲人だというのか？　あんなに長いこと一歩も離れずにあの女を観察してきたのに、幻の境地とやらにはお目にかかったこともない。きっと気後《きおく》れして、わざとああいうぼうっとした顔をして、人の機嫌をとろうというんだろう。さもなければなにかのとき居眠りしかけたのを、だれか考えのないやつが巫術かなにかと勘ちがいしてデマを流したんだ。巫術であればかならず人間に感じられるはず。感じられなければ、そんなものはないのだ。どこぞの馬鹿娘が吹聴することなど信じるものか」。大衆のこうした無関心な態度はもとより理由のないものではない。浮氷にせよ九霄《きゆうしよう》の雲のかなたの何事かにせよ、純粋に個人に属するもので、外界とはいかなる直接的関係もなく、まして他人になんらかの影響を及ぼすことなどありえない。そんなものになぜ心を煩《わずら》わすのか？　一日の仕事がまだ足りないというのか？　X女史がそれに没頭して楽しいのなら、勝手に没頭するがよかろう。だがわれわれのような穏健な人間の注意を引こうというのなら、骨折り損というものだ。

（六）どちらが先に仕掛けたか

X女史とQ男史のふたりが人知れぬ時刻にあの真っ暗な穀物倉庫に入ってからの行為については、すでに検討した。しかしまだ最大の問題が未解決のまま残っている。すなわち、どちらが先に仕掛けたかということだ。暗闇会議においては、この微妙な問題について、われらの精鋭たちから三つの異なった意見が出た。その激烈な大弁論のなかで精鋭たちは繰り返し吟味し、ついに全会一致で最初の発言者の側に立った。彼らは歴史への通時的、巨視的分析を通じ、また比較学の方法を用いたシステム研究によって、その結論に達したのである。彼らのなかには多くの大学者や社会観察者がおり、五香街《ウーシャンチエ》の意識形態領域において大きな影響力を持っていた。三番目の発言者（C博士）は彼らの重要性を痛感しているからこそ、矢も楯もたまらずに口を開いたのだが、思いがけないことに、結果は惨敗であった。われらが精鋭たちはなめてはかかれない！　最初の発言者（A博士）の見方は、仕掛けたのはQ男史であるとするものだ。表面的に見ればX女史は主動性の強い因子であり（とりあえず、ふたりを二つの因子と仮定する）、生まれつき攻撃性をも具えているらしい。片やQ男史は受動性が強く、彼女が仕掛けた罠に落ちた間抜けのように見える。Q男史という因子はいかにも純朴で罪がなく、X女史という因子がそれに飛びかかって服をすっかりはぎ取り、木偶《でく》のように弄び、おかげで海に飛び込んでも洗い落とせぬ恥辱を与えられたと想像することは完全に可能である。しかし以上は一般の凡庸な者の見方であって、われわれ五香街《ウーシャンチエ》の精鋭は決して表面的な現象には惑わされない。われわれは群書を博覧し、思弁に長じており、決して性急に浅薄な結論を出し、安逸を貪《むさぼ》ることはしない。このたびの大弁論の試練を経て、われわれはさらに成熟した。今回は厳粛な科学的態度により古今の歴史を研究し、此方《こなた》より彼方へと厳密に区分し、論証し、ようやく断固としてA博士の側に立つことを確定したのである。以下に三人の発言を摘録する。

A……女は、からだの構造からして決して主動的になどなりえず、まして先に仕掛けるなどとんでもない。X女史という因子は表面的にはえらい鼻息で、えらい剣幕で、エネルギッシュではあるが、彼女とて自然の法則には逆らえない。断言するが、中身は受動的に決まっている。なにか生理的な異常があったり、女ではないというなら話は別だが。もっともそういうことならますます、仕掛けるもなにもあったものではない。女から攻勢に出るなどというのは、まだ性に目覚めぬひよっこしか信じない神話だ。性的不能者もこの手の神話をでっちあげるのが好きなようだな。しかし、まともな成年男子でそんな経験をした者はいるわけがなく、思うだに気色が悪い。まるで化け物に出会うようなもので、そんな目にあったら魂が抜けてしまう。いや、まわりくどい言い方はやめよう。そんな問題は存在しないのだ。単にわれわれが、ある異常な個性を持った女を前にして動揺し、常識さえ信じられなくなったというだけのことだ。彼女が女だというのが前提である以上、われわれは女を見る見方で彼女を見るしかない。彼女が化け物だというなら、前提さえなくなってしまうからな。わたしは大勢の女を見てきたが、表面はえらい剣幕でどすがきいていても、一旦ベッドに入ればどの女もそっくり同じ。それでも天地をひっくり返すかといえば、連中だってそんな気はない。実はわかっているのさ。もっと女らしくしないと、充分楽しめないということをな。昼間派手にやるのは単に自分はなかなかのものだと思いたいし、男の上にいるような気分になりたいからだ。男たちはそんな心理を承知のうえで、やさしくおおらかに微笑むだけで、裏をあばくような真似はしない。そんなのはどうでもよい小さなことで、夜のことにこそ本当の意味があるのだから。しかも彼らは自分の最愛の女が少しばかり派手にやるのを喜んでいるともいえる。それこそ女の「個性」の現れだからだ。どんな男も一種の見栄から、自分の妻に個性を持ってほしいと思う。べつにベッド上のことの妨《さまた》げになるわけでなし、むしろ楽しみが増すのだから、もちろんいいことなのだ。だから最愛の女が目立てば目立つほど、男の顔も輝いてくる。昔から女とはそういうもので、男たちはそれを保護すると同時に、一定の範囲内で多少は手綱をゆるめることも心得ていた。たとえX女史がとびきり派手にやり、男にも衝撃を与えるほどの勢いだとしても、どうして女の運命を逃れられよう？　断言できるが、あの真っ暗な穀物倉庫の最初の一瞬、彼女はあわてふためき、取り乱し、本来の姿にもどり、いうなりになるしかなかったにちがいない。主動者はもちろんQ男史のほうである。ここからわかるように、物事は表面を見てはならず、鋭利な剣のような眼光でことの本質を見ぬかねばならない。遺憾ながら、一般の者にはそれができず、盲信し、追随し、奇妙きてれつなニュースを作り出すことしかできない。われらが民衆はあまりにも惰性的であり、あまりにも主観能動性に欠ける！　きのうはある馬鹿が駆けつけてきてわたしにこんなことまでいった。X女史の超能力には蠱惑《こわく》的な力があり、われらが五香街《ウーシャンチエ》の女たちが男の上に立つようになると。無知蒙昧にもほどがある！　悲しむべきは、こんな意見を持つ者がほかにも大勢いることだ。ひとつ例を挙げて説明しよう。小生の家内のことだが、だれもが知っているように、家内はきわめて「なんというか」、個性的な女だ。いつぞや真っ昼間にわたしの頭に小便桶をかぶせたことさえある。わたしという男は、性欲のほうはべつに強くはないが、性生活はきちんとやってきた。それだというのに、ことがあべこべになるというのか？　わたしが自分で個性ある女を求めておきながら手に負えなくなり、おかげで恨めしや、男でなくなってしまうというのか？　そんなのは連中の脳天気な考えでしかない。われわれは女に対処できる。これは生まれながらの本能なんだ。

女と争うまでもなく、どっちが上でどっちが下かはからだの作りで決まっており、永遠に変えられない。ふだんは大様《おおよう》に、穏やかに、適当に譲ってやるのが男の度量というものだ。女は往々にしてせっかちで、調子に乗りやすい。自分が受け身の立場が不安なせいで、なんとかささやかな反逆をしようとするが、なにも悪いことではない。そういう活発さがいっそう男の性欲をかき立て、性生活をいっそう愉快に、活き活きとさせ、生活態度を明るくさせる。要するに、個性ある女の（X女史のように極端に走り、巫術など始めないかぎり）伴侶となるのは、男の終生の幸福なのだ。夫婦間の毎度のいさかいやけんかは、たがいの愛情を深めるだけだ。暗雲が過ぎれば空は晴れ渡り、金色の太陽が四方を照らす。わたしはそういう幸せ者だ。もう十二年もそんな幸せな暮らしをしてきたので、相変わらず健康で、顔の色つやもよく、元気いっぱいだ。わたしはすでに実践のなかで女性の本質をつかんでおり、いかなるときも疑惑を抱いたり、目を塞《ふさ》がれたりはしない。わたしのこの方面の研究はきわめて徹底したものだ。ここでさらに、性欲の節制について話そう。一般的に、われわれ男の性欲には限界があり、直接からだにも響き、ある種の「なんというか」女性と比べれば、男は弱者でさえある。そこで節制が当面の急務、焦眉《しょうび》の問題となるわけだ。幸福円満な家庭というものは、例外なくこの節制の産物である。節制は自分の心身に大いに有益であるばかりでなく、相手をコントロールし、より大きな快感を得ることもできる。満腹した人間は食物に嫌悪を覚える。永遠の半飢餓状態こそ性の調和を保ち、相手に自分をありがたく思わせ、常に新鮮鋭敏な感覚を保たせるものなのだ。わたしの家内など、しょっちゅう泣いて欲しがる。そういうとき、わたしは男の気概に満ち溢れるが、女のほうは柔弱な肉の塊でしかない。ひょっとしたらこういえるかもしれない。以前、X女史のあの薄暗い大部屋ではじめてふたりが出会ったときは、X女史がまず主動的に攻勢をかけ、目のいわゆる波光でもってQ男史をめろめろにさせ、上位に立った。しかしまじめに考えれば、それがいったいなんだというのだ？　あのとき床入りはなかったのだ。そんな技量など児戯《じぎ》にも等しい。われわれにいえるのはせいぜい、X女史は個性ある、自己表現を好む女だということだけである。女は所詮女であって、どれほどの手練手管を持っていようとも、男にはなれない。穀物倉庫から一頭の雌虎が飛び出してきて、男のシャツやらなにやらをはぎ取ったなどというデマを流す者がいた。どうやら自分の性生活に相当不満で、こんな妙な話を捏造《ねつぞう》し、それを想像でもしないことには刺激が足りないらしい。おおかた自分の女房も雌虎になってくれればいいと思っているのだろう。自分が変態的な快感を得られるようにな。しかし、だれもが知っているように、虎のような女などというのは、みなの捏造であって、もし本当にそんな虎が来ようものなら、震えあがって小便漏らすのが関の山、手合わせする度胸のある者などいるものか！　ありえないことであればあるほど、想像力をかき立てられる。

人間とは厭《いと》わしいものだ。それも愚かさのなせるわざだ。わたしは人の師表《しひょう》たる者として、醒めた理知的な業余文化生活をし、以前から愚かさを除去することをおのれの任務としてきた。しかし、ああいう無知な輩とそんなありもしない問題で争う気はない。我が身を清く正しく保ち、健康な睦《むつ》まじい夫婦生活という事実をもって彼らに答えれば、わたしの任務も達成される。問題のもうひとつの面、Q男史がどのように主動したか、どのような動作をしたか等々については、主観的な想像は差し控えたい。わたしは理論を業とする者であり、ひとつのことを論証するにも厳密な科学的根拠が必要なのだ。わたしはすでに以上の論証を通じて迷信を打破し、事実を本来の姿に戻した。細部の描写は芸術家のすることだ。芸術家はわたしの指摘を得て大方向が明らかになったことによって、はじめて真実に達し、高度な作品を創造することができる。せんだっての線描芸術運動にはいろいろと問題があった。前途は楽観できない。多くの者は顔も上げず道も見ずにやみくもに突き進み、粗製濫造《らんぞう》の作品を山ほど世に出して悪影響を及ぼしている。ある種の人々の俗悪な変態心理に迎合して芸術のイメージを貶《おとし》め、猟奇的手段で安っぽい喝采《かっさい》を博そうとしている。これは社会道徳の問題にも関わる。人によってはその影響を受け、夫婦の義務をないがしろにして一日じゅう例の雌虎の類の怪物を夢見ており、自分の女房がおとなしすぎて、満足が得られないなどとぬかす者までいる。まったくあきれた話だ！　最近、わたしはある大胆なことを考えている。この前の暗闇会議の後で思いついたのだが、われわれ五香街《ウーシャンチエ》の男子が、男らしさ——陽剛《ようごう》の気《き》——を提唱する運動を起こしてはどうだろう。さまざまな項目が考えられる。たとえば同じ写真を撮るにしても、そこに大いに主張を入れる。何人か男だけ集まって撮り、眉宇《びう》をきりりと引き締める。近頃、こういう写真があまりにも少ない。家の壁に掛かっているのはみな、ああいう女っぽい写真ばかりだ。われわれ男の本来の面目はどこへ行ったのか？　いつからわれわれはこうも女々しくなり、性的優越感を失い、空想の女の前にひれ伏すようになったのか？　われわれはどこまで自分を粗末にするのか？　わたしは提案する。五香《ウーシャン》街《チエ》の男は明朝から毎日山に行き、発声練習をしよう。休みなく咆哮《ほうこう》してわれわれの勇猛さを顕示し、眠っている雄の意識を蘇らせるのだ。われわれはあまりにも長いこと零落《れいらく》していた。沼地に眠ったまま女の神話を編み、それによって不能症の蔓延《まんえん》をくい止めようとしたが、結果は裏目に出、われわれは細い甲高《かんだか》い声になって、一日じゅう目にうろんで淫らな光を浮かべるようになった。厳しい教訓だ！　復讐は決してありえないことではない。われわれがこのまま惰性に流れていけば、根元から腐り、懲罰が下されるだろう。その日、女の皮をかぶった妖怪は残らず地上に現れて黒い蒼穹に向かって怒号し、男たちは胴体をへし折られて地面に倒れる。体内にはふにゃふにゃした繊維《せんい》がびっしり生えているばかり。これが復讐だ！　この恐るべき光景がいつもわたしの脳裏に浮かぶ、警戒せよ！

Xのような女の技は、わたしのような男にはもちろん通じない。だれもがわたしのようであれば、Xの類は存在しないのだ。それが悔しいことに、ここには彼女を存在させ、発展させる土壌がある。ああいう有毒なものが成長し、繁殖するばかりでなく、威嚇にさえなるのだ。すべての者が知らず知らずに議論し、ひとたび議論すると、空想が事実になってしまう。そしてその事実がわれわれのもともと偏狭《へんきょう》な考えをさらに締めつける桎梏《しっこく》となる。今朝、家内はあの不気味な目つきでわたしをじろりとにらみ、しかも不気味に頭を上げた。わたしは敏感な男だ。すぐさま、このただならぬ変化に気づいた。これはかつてない挑戦の姿勢なのだ。これに比べれば、以前のさまざまな騒ぎや、小便桶を頭にかぶせるようなことでさえ、児戯にすぎない。社会の疫病はわが家の暮らしにまで伝染してきた。夫婦の性生活は今や破壊されつつあり、さもなくば変質しつつある。男はもはや男でなくなる。女ももはや女でなくなり、想像もつかない怪物になろうとしている。わたしはそれを予感している。われわれ全男性がおのれの生存のために奮戦する日が来ている。われわれは武器を持って戦うのではない。敵は外にいるのではない。われわれの敵はわれわれ自身なのだ。この懶惰《らんだ》な肉体、この銹《さ》びた頭、この硬直した四肢、空想にふけるうつろな目なのだ。奮い立とう！　身を清く正しく保とう！　山に行って発声練習しよう！　歩くときは足を高々と上げよう！　われわれの四方の壁に陽剛の気の写真を掛けよう！

B……女に主動性がないなどとだれがいった？　まったくとんでもない誤解だ。断言できるが、女の九十パーセント以上は主動的で、性欲は男よりもはるかに強く、態度も行動もはるかにストレートだ。目をあけてちょっと見回しただけで、ほとんどの夫婦の性生活は女が主宰《しゅさい》していることに気づくはずだ。男がなんだというのか？　ただの石ころでしかない。その石ころを胸に抱いて暖め、生き返らせてやらねばならない。これがわれわれ女の夜の悲哀なのだ。いわせてもらえば、男は仕事のせいで台無しにされ、女の媚態嬌態《びたいきょうたい》も見えやしない。この世界のいたるところに活き活きした女と老い衰えた男が氾濫している。女は、性生活で優勢であるのみならず、社会全体の歴史の発展方向を決定しているのだ！　X女史がなんだ、彼女がどこかの穀物倉庫で間抜けな男に攻勢をかけたのは、べつに新発明でもなんでもない。だれだってそんなことはできる。彼女は単に慣例に従っただけのことだ。ぴちぴちした生身の女が、暗いすみっこにしゃがんで、あの石ころが虎になり、いつか彼女めがけて飛びかかってくるのをただひたすら待っているなんて、想像できるだろうか？　しかも彼女があの真っ暗な場所に行ったのは、こらえきれなくなって、いいことをするためだったというのに、それがどうして急にもじもじぐずぐずして、間抜けな男に希望を託《たく》したりするのか？　真っ暗でだれにも見えない場所だ。彼女が飛びかかっていってあの間抜けにがぶりと咬《か》みつき、「こんなにわたしを待たせて！」とどなりつけなかったとしたら、それこそ不思議というものだ。女が男の主動を待つとしたら、それは太陽が西から昇るのを待つようなもの。たしかに男が先に手を出すことはままある。しかしそれは決して彼らが主動的だということにはならない。彼らはなにやら気もそぞろで、自分がしていることにろくに関心がなく、途中で急に口笛を吹いたと思えば、起き上がって水を飲みに行き、あのことをすっかり忘れてしまう、女のほうに忍耐心がなかったり、胸に幻想を抱いていたりしたら、精神錯乱になってしまうだろう。男に期待してはならない。彼らになにができるというのだ？　たとえばわたしの亭主は、だれもが知っている堂々たる押し出しの男だ。家での業余文化生活は、いつも彼が始める。飛びついてくるときはいかにも生竜活虎という感じで、むこうが主動しているかに見える。しかし誓っていうが、彼は十回のうち九回は、まだことも始めないうちにわたしのからだに伏して寝てしまうのだ。たまに本当にやりはじめてもすぐ気を散らし、だれかが外からのぞいているなどとわめくものだから、すっかり興ざめして途中で止めてしまう。するとむこうはかえってほっとするようなのだ。どちらが先に仕掛けるか？　男だ。だれに向かって仕掛けるのか？　決して女に向かってではない。なにかの幻影に向かって攻勢をかけ、幻想のなかで精神の交わりをすませ、あとは寝てしまうのだ。女のほうは糠喜《ぬかよろこ》びに終わり、ため息をついて一晩じゅう眠れない。数十年の経験と教訓のおかげでわたしも賢くなった。男に期待するのはとうにやめた。わたしは連中を利用し、からかい、目が回るほど振りまわして、一日じゅうわたしにまつわりつかせるが、屁ひとつくれてやらない。なにしろ男は本番をやるのはもとよりだめだが、みな空想だけは一流で、女房の話になるとすぐ怒りだし、「足手まとい」だの「災難」だの「夜叉《やしゃ》」だのとぬかし、これが連中のわれわれ全体に対する呼称なのだ。手前の夜の不首尾を隠すため八つ当たりして、こっちが「冷感症」でつまらないから性欲が日増しに衰えていくとか、こっちが連中をさっぱりそそらず、このままいけば不能症になってしまうなどという。どうやら、こういういい加減なことをひととおりいえば、外で女を漁《あさ》る口実ができるらしいのだ。いかにも落ち込んだ様子で仕事もせず、まる一日軒下《のきした》に坐り、通りかかる女に好色な視線を注ぎ、しきりに媚《こ》びるような目つきをし、秋波《しゅうは》を送り、しまいにふざけかかる。女たちも満更《まんざら》でなく、はじめこそ恥ずかしがってみせるものの、やがて目配せをよこし、ふたりいっしょにある暗い部屋にしけこむのである。しかし、ことの性質がこれで少しでも変わるだろうか？　ほんの一度か二度の姦通で、男が急に雄々しく、威勢よくなったりするものだろうか？　まわりをちょっと見回せば、答えはすぐに見つかる。その暗い部屋の中でのそのこと自体についていえば、理屈からいって、男はある種の「意外な刺激」や「新鮮さ」を得たのだから、「元気いっぱい」になって当然であろう。あの猛り立つ様子を見ればたしかにそうらしい。ひょっとしたらはじめ女は、これでは自分がもたないと思うかもしれない！　しかしひとたびことが始まるとすぐまた悪い癖が出る。落ち着きはないわ、居眠りはするわ、こっちが行きそうなときに急に身を引いて戸締まりをしに行くわ、しきりに歌を唄うわ、悪態をつくわで、とにかく地をまるだしにして醜態をさらけ出す。男たちのこうした振る舞いを記録してまとめたら、さぞ面白い本になることだろう！　ほかにあのくそまじめな男たちもいる。ことのはじめから終わりまで刑罰でも受けているように顔をしかめ、汗だくになり、今にも気を失って倒れるのではないかとこっちははらはらし同情して楽しむどころでなく、ひたすら彼の安寧《あんねい》を願うばかりだ。だからといってべつに良い報いがあるわけでもない。男は帰る前にそこに大いばりで突っ立ち（この手は大男が多い）、蔑むような視線を投げかけて鼻先で嗤《わら》い、こっちが性的に不完全であって、自分は失敗した英雄だといわんばかりの態度をとるのだ。こんな男たちもいる。まるでやってもいないうちに死んだ犬みたいになってしまうくせに、しきりにまつわりついて性懲《しょうこ》りもなく、さっきのは本当にすごかったと証言させようとするのだ。その気持ちの悪いまつわりつき方は彼らの驚くべき持久力を示している。もし本番でこれだけの持久力が出せたなら、それこそ大したものなのだが。何時間もまつわりつかれてこっちもいい加減疲れはてて、相手に「強い」だの「すてき」だの「男らしい」だの、とにかく嘘八百なおざなりをいってやると、男はすっかり満足して立ち上がり、飛び跳ねながら出ていってしまう。こっちは暗い部屋にひとり取り残されてぷりぷりするばかりだ。この種のことはいずれも大同小異であって、結局のところ馬鹿を見るのは女である。後始末もしなければならず、満たされない飢え渇きに苦しみ、日夜まんじりともせず、終生に病根遺恨を残す。まじめで純情な女子で早死にしない者はいない。生まれつき発育不良の男のほうが、かえって長生きするのだ。女はすべてを創造し、苦労して全社会を支えているというのに、男は濡れ手で粟《あわ》で、しかも、われわれが仕事の邪魔になるだの、物足りないだの（まるで彼らにとてつもない欲望があるようではないか）、一日じゅう文句をいっている。男たちをかくも衰弱させたのは、ひとえにわれわれ女の過失である。このままいけば、彼らはおしゃかになってしまうだろう。X女史の話にもどろう。考えてみてほしい、Q男史とはどんな男か？　あのふたりのつきあいはこんなに長いというのに、なんとずっと床入りもなかった。とうとうX女史がたまりかね、苦心惨澹して穀物倉庫のことを画策し、あの間抜けな男を引きずりこんで、ようやく望みがかなったのだ。あの間抜けはおおかた倉庫に入る前もぐずぐず、おどおどしていたにちがいない。十中八九、X女史に尻を蹴飛ばされてころがりこみ、土まみれになって起き上がった様子など見る影もなかったにちがいない。そんな男がどうやって主動するというのだ？　ただおろおろして今なにが起きたのかも知らず、ひょっとしたら地べたに坐ってめそめそ泣いていたかもしれない男に主動せよなどとどうしていえよう？　X女史がなだめすかし、あの手この手で誘いをかけなければ、倉庫から逃げ出しかねなかったのにちがいない。完全に想像のつくことだが、彼は最初から逃げたがっていて、まともにことをなす気などなく、従っていたのはX女史なのだ。となると、こう聞く者がいるかもしれない。では彼はなにをしに倉庫へ行ったのか？　やはりまったく行く気もなかったのに、X女史に強制されたのか？　その問いにはこんなふうに答えられよう。彼は倉庫に行く道々、ある幻想を抱いていた。倉庫の中に行けば、最愛の人の目を観察できると思っていたのだ！　彼は以前から目の中の光とやらに、大いに興味を持ってはいなかったか？　X女史に行くようにいわれたとき、彼は大喜びし、おおかたゴムまりをつきつき走りながら、内心ついに機会が来た、自分の興味のあることを思いきりやろう、などと思っていたにちがいない。まさかX女史が中に入ったとたんに目を閉じてしまい、彼と本番をやろうとするなどとは夢にも思わなかった。実はX女史の目のいわゆる波光は、彼女の手管のひとつにすぎず、彼女はまずそれを使ってあの男を武装解除し、それから好きなように段取りしたのだ。これはべつに彼女の新発明ではなく、とうの昔からあったことで、X女史はきわめて現実的に問題を処理しただけである。Q男史は馬鹿みたいに彼女の後にくっついていって波光やら雲やら蝶々やらの空想にふけっていたとき、突然穀物倉庫に着き、いきなり蹴飛ばされて暗々した湿っぽい洞穴に飛び込んだのだ。このひと蹴りはまことに見事で、教育的意義があった。彼は現実的にならざるをえず、男としての義務を果たさざるをえなくなった。泣きべそをかこうが、逃げようとしようが、X女史の掌中《しょうちゅう》にあって、現実的にならずにすむわけがない。そこで彼は現実的になった。その効果がどうであれ、ともかくあのことは発生した。それはわれわれの暗闇会議で公認されている。考えてもみてほしい、この世界で、われわれ女は実に損をしている。なにもかもわれわれが設計し、心を砕き、主動しているというのに、その結果なにを得たか？　なにひとつ得ていない！　性の面で主動しているのはわれわれ女だが、快感を得るのは男のほうだ。なんたる皮肉だろう！　いってみれば、われわれがどんなにがんばろうと、この世界は結局のところわれわれをからかい、われわれの欲望を嘲笑するだけなのだ。単に男が性生活の面で間抜けな役割をしているだけならともかく、連中は社会の輿論を握って、自分の間抜けぶりを認めようとせず、どいつもこいつも英雄気取り、いたるところで吹聴している。何人もの女とやったとか、ひと晩につづけて何回もやったとか……。連中は大道を大いばりでそっくり返って歩き、大声で軍歌を唱い、女のほうがかえって影が薄くなっている。まったく、ベッド以外のどんな場所でも、連中はのさばりかえり、われわれに威張り散らし、仕事のためと称してどんな反抗も容れず、しゃべらせてみればどいつもこいつも唯我独尊だ。実際、これは異常なことで、実情にまったく即していない。われわれ婦女はなんと昔からこういう地位を黙認してきたのだ。これこそ奇跡というものだ。われわれは何故にこんなことに甘んじているのか？　単に、われわれ自身の怠惰のせいにすぎない。すべて見て見ぬふりをして、男が輿論を用いてこの世界を操るにまかせ、自分は面倒がってなにも考えず、嬉々として鸚鵡《おうむ》の口真似に明け暮れる。ただ男に気に入られて、その日暮らしができさえすれば、気楽で愉快と喜んでいながら、一旦男がいい気になりすぎてわれわれを悪《あ》しざまにいい、はてはベッドの上のことを歪曲捏造《わいきょく》して大ぼらを吹くと、今度はひどく馬鹿にされたと憤慨し、ひと騒動起こしてやろうとするのだが、いかんせん頭脳は荒廃し、辛辣《しんらつ》な反撃の言葉ひとつ出てこない。これがわれわれの悲しむべき現状なのだ。闇のなかに横たわってこうした苦境を思い、思いきり泣いて憂さを晴らしたいような気がすることが何度もあった。ときにはベッドから飛び起きて亭主をたたき起こし、問い詰めてやろうと思ったこともある。しかし思うようにいったためしがない。男はわれわれのおかげで満足したあと、たちまち泥のように眠りこんでしまい、絶対に起こせないのだ。しかも夜が明けてから問い詰めると、夜中のことなどとうに忘れており、業余文化活動における自分の態度は英雄的なものだったと言い切り、口から泡を飛ばして目を輝かせるというわけだ。X女史の主動性（もしくは勝利）がまたどうだというのか？　わたしはそんな勝利などより、もっと実質的なことを求めたい。そんな勝利はひけらかす価値などまったくないし、だれかさんの独創でもなく、大昔からの習慣にすぎない。その習慣のせいでわれわれは現状に甘んじ、精神的な自己評価を誤り、自分の地位は結構高いと思いこむようになってしまった。だからわれわれは以後は主動性だの勝利だのといわないようにしよう、主動性なんてもうたくさんだ。そのおかげでわれわれは永遠に浮かばれなくなってしまったのだ。泥沼から抜け出せもしないのに、いい気になっている。ところが男たちは正反対だ。女がおめでたくも夢見心地になっていると、ますますあおりたてる。それが一種の麻酔薬で、自分たちに好都合だとわかっているからだ。連中は折を見てはわざとらしく「おふくろ」だの「女神」だのと唱いあげ、腹の中で笑っている。われらの馬鹿な姐《ねえ》さんがたはそうやっておだてられると、夜はいちだんと相手に尽くし、ますます主動的にがんばり、赤ん坊でも世話するようにあの阿呆どもの面倒を見てやり、顔が赤くなるようなさまざまなことをしてやりながら、おめでたいことに、自分がいったい満足したのかどうかもわかりはしない。同志たちよ、わたしにひとつ提案がある。長いこと腹に温めておいたものだが、今こそ公開することにしよう。われわれ女たちがそれぞれの家の通りに面した戸口に黒板を掛け、男たちの夜のさまざまな下劣な行為を暗示と比喩の形式で発表するのだ。その黒板新聞を週一度発行して、社会への警鐘とするとともに、われわれ女の力を示してやろう。思えば、男たちが成功をおさめたのは輿論を掌握したからであった。どんな社会においても、意識形態領域はもっとも重大である。長いこと、われわれ女たちはなんとそのことに気づかずにいた。考えもなく、いわれるままにあの阿呆な男どもを崇拝し、彼らの輿論を天命と奉じ、自分たちの輿論を持ったことは一度もなかった。現状を見ても、男たちが黒板新聞を出すたびに大勢の女たちが押し寄せ、かんかん照りの下で、あるいはどしゃぶりの雨の下でじっとそれに見入り、おまけにわざわざ指さして愚にもつかないことをいったりする。たとえば「よくぞ、わたしたちの気持ちを表現してくれた。こういう輿論こそ必要なのよ!」とか「こういう高度な理論の導きがなければ、わたしたちのような馬鹿な女がどうして生きていけるでしょう!」「やはりこの世を救う役割は男のもの、あの人たちの勇ましい気概には胸を打たれる。女になにができましょう?なにもできずにただ物事をひっかきまわすだけ。女はやはり現状に安んじ、分をわきまえて男をたてなければ」といった類だ。こうした女たちは黒板新聞を見てますます信仰を固め、わざわざ自分のいたらないところをつつき出して「補おう」とまでする。人によっては、夜通し目を開けたまま泥のように眠る男のそばに侍《はべ》り、自分が行き届かず、逆らってばかりいたなどとしきりに後悔したりする。こうした奴隷根性は決して生まれながらのものではなく、輿論を通して伝播《でんぱ》し、知らず知らずにわれわれをだめにしたのにちがいない。もしも今、われわれが毒をもって毒を制し、自らその武器を握れば、かならずや、天地を覆す変化が生じるであろう。ありとあらゆる男が今のようにいい気になっているのは、すべてあのいまいましい黒板新聞のせいであり、連中はあの新聞の上に自らの輝かしいイメージを打ち立てているのだ。われわれが輿論において彼らを打ち破りさえすれば、事態はたちまち逆転する。いたずらに長かった夜は明けるのがうらめしいほど短くなり、快感を得るのはわれわれ女、今度は男が夜通し眠れぬまま夜の長さをかこつことになろう。われわれ女は名実ともに英雄となり、性生活のみならず、全社会生活をもコントロールする。だがそうなってもわれわれは決して冷酷になってはならず、大いなる仁慈《じんじ》をもって男たちにもそれなりの満足を得させ、われわれとともに快楽を享受させてやらねばならない。それにしてもX女史の行動は実質的になんであったのか？　先に明らかにした道理が彼女とはなんの関係もなく、彼女が永遠にこのように高い境地に達することがないのは論を待たない。ある暗い場所で、彼女が先に飛びかかろうが彼が飛びかかろうが、まるで同じこと、なんの意味もない。そこには精神的なものが欠けているため、女の独立心など問題にならない。ふたりとも相も変わらぬ昔ながらのパターンをつづけているにすぎない。わたしはX女史を主動因子とする意見に賛成だが、その意見自体はどうということもない。われわれすべての女は黒板新聞の件にこそ注意を向けねばならない。それこそが時代を画する大事なのだから。

C……わたしは斬新で独特な、他人とはちがう見解を持っている。わたしの考えでは、真っ暗な穀物倉庫の中ではとっくみあいが起きているはずだ。なぜならば、ふたりがどちらも先に攻勢を仕掛け、主導権を争おうとしたからで、その結果どちらも得るところがあり、極楽だったはずだ。男たるもの、あるいは女たるもの、おのれの活発さと勇敢さを示したくないわけがあろうか？　はじめはふたりとも相手を一頭の獅子《しし》と見なし、自分をひとりのすばしこい猟師と見なした。さまざまな技を思い浮かべ、幾重もの困難と危険を予想してから、ある黒雲垂れこめる朝、決死の覚悟で出発した。まる一日獲物を追い、待ち伏せし、へとへとに疲れ果ててついには忍耐も限界に達し、ふたりともめまいがしはじめたちょうどそのころ、突然穀物倉庫にたどりついたのだ。ふたりはいずれもその堡塁《ほうるい》を、その勝利への要衝《ようしょう》を先取しようとした。そして足が細くてこまわりのきくＸが先に堡塁に進入した。図体が大きく動作の遅いＱは別な手を考えて倉庫の戸の外に身をひそめ、持久戦が始まった。暗闇のなかで二対の緑色の目がにらみ合った。どちらも一瞬も目が離せない。にらみ合いは三時間もつづいただろうか。突然、ふたりは期せずして同時に相手に飛びかかった。だが一回目の手合わせは空振りに終わり、どちらももんどりうって土を噛んだ。ひょっとしたらＱは歯の一本も落としたかもしれない。半時間ほど休んでまた二回戦が始まった。今度はＸは迂回戦術をとり、休みなく倉庫の中をぐるぐる歩きまわってＱの目をくらまそうとした。Ｑの応戦法は山のように動かぬことであった。おのれの体格と力を恃《たの》み、Ｘにひっくり返されるようなことはよもやあるまいと踏んで、その間に休息をとり、煙草まで吸った！　ところがその一本を吸い終わったとたん、Ｘにあの細い足でついと足払いをかけられ、どうと倒れてしまった。X自身も土間に倒れ、そのからだにちょうどQがのしかかるような恰好になったのである。もともとXは、いやというほど相手に咬みついてやろうと思っていたのだが、またどうしたことか咬みつくのはやめ、ふたり同時に立ち上がって震える声でいった。「脱ごう！」「うん」ふたりはたちまち素っ裸になった。さあ、極楽のときがきた。ふたりは抱き合い、咬みつき合い、つねり合い、XはQの前髪を少なくとも五百本はむしり取った。いったいふたりがあれをしたのかどうかはわからない。どの道、そんなのは実にどうでもいいことだ。とにかく快感はもう充分に得られたのである。やがてふたりは同じ穀物袋の上に坐って歌を唱いはじめた。子供のころの「放課後は楽しいな」という歌で、ひと言唱うたびに相手の横面を音高くひっぱたいた。明らかに拍子をとっていたのだが、おかげでXのやわらかな顔はすっかり腫れあがってしまった。Qの顔は腫れなかった。なにしろがさがさした木のように硬い顔で、ひっぱたくと逆にXの手の関節のほうが痛くなるほどだった。ふたりは興に乗っていった。「これでこそ満足がいく。これこそ真の性の調和というものだ。ともかくわれわれがはじめてそれを体験したのだ。まわりの衆生《しゆじよう》のなんとあわれなことよ。ああいう動物的な交合からなにが得られるというのか？　われわれは実に勇敢だった！」そういうが早いか接吻を始め、接吻のさなかにまた相手の舌先を噛み切ろうとする。どちらもすばやく舌をひっこめなかったら、見るも無残な惨事が起きていたかもしれない。親愛なる同志諸君、わたしはここでひとつ、性生活における快感とはいかなるものかについて話そうと思う。それは滔々と絶えることなき謬論《びゅうろん》に没し、ほとんど元の姿を留めぬまでになっている。不撓不屈の努力によってついにかすかな輪郭が見いだせたかに思えても、さらに追っていけばそんなのは輪郭でもなんでもなく、人生の大きな冗談にすぎなかったのに気づくのだ。性の快感とは、世にも不思議な雲の上のものなのだ。精鋭たちは暗闇会議において、唇の形でたがいにたしかにその種のものをほのめかしはしたが、決して性交ごときによって得られるものではない。まったく人の手の届かぬもので、要するに快感とは、実物とはほど遠い！　要するに快感とは、まったく人の手の届かぬものうなもので、つかまえたと思ったときにはとうにこっちのからだから逃げ去っている。そこで人はすっかり落胆して責任を相手になすりつけ、腹を立てて跳び上がり、わめきたてる。「そんな妙なものを求めてどうする？　風を捉え雲をつかまえるよりなお難しいではないか。なにしろこっちは自分で仕掛けた罠に落ち、堂々巡りせねばならないのだから。いっそ禁欲主義者になったほうがよほど心静かで清らかというものだ。こんなふうに渇きつづけているのはあまりにも苦しい、死ぬより苦しい！　半年もたたないうちにお陀仏だ！　快感など糞食らえ！　どうせだれかの人を欺くでっちあげだ！」そういいながら、それもこんなに興奮していいながら、次にまた意中の者が現れると、また犬のように相手を嗅ぎまわり、あの快感への思いが頭を離れなくなるのだ。再びXとQにもどろう。ふたりが咬みつき合い、足払いをかけ合い、横面をはり合い、それを快感の実現と心から思ったのは、たしかに一理ある。だが、それがすべてだなどとはとてもいえない。あの大して見栄えのしないがさつなふたりが雲の上の奥義《おうぎ》をきわめられるようでは、われわれ精鋭はただの無駄飯食いになってしまうではないか？　長年の研究活動が無意味になってしまうではないか？　先ほどふたりに一理あるといったのは、彼らが目端《めはし》がきき、人に取り入るのがうまいからにすぎない。暗闇会議が開かれるたびに、彼らは資格がなくて参加できないものの、ありとあらゆる手を使ってわれわれの秘密情報を入手し、それをただちに我が物として、機会あるごとに実践していた。そして、たしかにいくばくかの成果をあげているのである。しかしわれわれ精鋭たる者、まだ倦《う》むことなき探索の過程にあって、自分さえつかんでいない性の快感の秘訣を、どうしてあの歯牙にもかけていないふたりの小人物にそっくり盗み取られるようなことがあろう？　ちょっと取っ組み合ったり、足払いをかけたり、咬みついたり、髪の毛を五百本抜く、それしきのことが、まさか快感の秘訣のすべてではあるまい？　それではたかをくりすぎてはいないか？　われわれが日夜たずさわる研究活動はそんな生易しいものであろうか？　ふたりともあまりいい気にならぬがよい。いつの日かわれわれはかならずや、研究成果を世に公表するであろう。その日はあるいはまだ遠い先かもしれないが、遅かれ早かれ来るのだ。同志たちよ、待っていたまえ！　研究は成果があがるまでは無論秘密にしておかねばならず、ここで口外しすぎるのは差し障りがある。しかし、わたしの実践の成果を少しばかり披露することはできる。わたしはあんなにうぬぼれてはいないし、自分がすでに性的快感の秘訣をすべてつかんだなどと吹聴する自信もない。ただ、XとQのように咬みつき合い、足払いをかけ合う類のことがその組成の一部分であることには同意する。それは欠かすことのできない快感の低級段階ではある。だが、それゆえに決して大したことではなく、だれでもできるが表現形態がちがうだけと断言してもいいくらいなのだ。わたしには妹がひとりいるが、快感を得ようとして愛する男の頭皮に咬みつき、あやうく咬み破るところだった。人は率直であらねばならず、何事も包み隠してはならない。ひとつみなさんに、わたしがいかにして性の快感の縁（あの高級な段階）まで達しかけ、そしてまたいかに惨敗を喫《きっ》したかをお話ししよう。ある日わたしは窓辺に坐り、雲を見ながら長いことあの詩的な空想に浸っていた。自分が快感のすぐ間近におり、ほとんど手を伸ばせばとどきそうな気がしていた。そのとき、ある声がわたしに告げた。散歩に行け、散歩に行け、奥義はそこにあると。わたしが飛び起きて女房——性の相手《パートナー》——のところへ行くと、彼女はちょうどハサミでわたしのズボンの後ろに穴を開けているところだった。わたしが街に出たとき尻が見えるようにだ。わたしは彼女にむかって吼《ほ》えた。「散歩に行こう！　散歩に！」そしてふたりでうきうきと散歩に出た。どちらもひどく興奮しており、河辺の砂州《さす》に横になったときには、かつて到達したことのない高級な段階にすぐにも到達できるような気がした。われわれはウハウハ笑い、ありとあらゆる華麗な動作を無意識のうちに生み出した。もしも、あのいまいましい蟻さえいなければ、今頃はすべての精鋭に先んじて確固たる知識と厚い理論基盤を持つ名だたる大学者になっていたことだろう。蟻が真っ先に侵攻した部位はわれわれの生殖器だった。まったく思いもよらない天災で、とにかくことはそこまでだった。まるまる五時間に及ぶ準備作業と八キロに及ぶ散歩行為、明らかにあとほんの半歩で成功するところだったというのに、突然――蟻だ!!　あの糞いまいましい蟻のおかげで、女房はそれ以上わたしとやろうとせず、乱暴にもわたしの散歩がX女史の盗作だと罵り、しかもわたしが「ほんの上っ面しか真似できず」、「まったく気色が悪く」、「永遠に成功するわけがない」とぬかし、もしも彼女が昔、公園で目がかすんでわたしのようなうだつの上がらぬ男といっしょになったりしていなければ、とうに「ひとりでその最高のレベルに達していた」はずだというのだった。さらに腰に手をあてて、こうもいった。「性の快感なんてわたしひとりのものよ。あんたのような役たたずがいっしょになにをしようというの？　ふん、散歩だって！　このうそつきが、ロバが！　おかげで足が棒になってしまった。道々なにかいい景色でも見つかった？　これからこんなろくでもないことにまたわたしを引きずりこもうとしたら、承知しないからね！　そのときになって、こっちがなぜ豹変《ひょうへん》したなんて責めないでちょうだい！」さて、こうしてみるといわゆる高級段階には、わずかに散歩と、そしてあの華麗な動作しか含まれないのであろうか？　われわれのもっとも注目する成果がみなそこにおいて実現されるのであろうか？　そしてそれによってわれわれは快楽をきわめるのであろうか？　いや、同志諸君、そうではない。わたしがさっき話したのは、ひとつの長い準備段階にすぎず、本当に実質的なもの、すなわち快感自体は、そんな生半可なものでは決してない。手に入れようとすれば、いつか命を落とさないともかぎらないものなのだ。それはあまりにもはっきりしている。わたしのように聡明な人間がその決定的な一歩を軽々しく踏み出すことはありえない。いってしまえばやはり悲しみのせいだ。なぜか？　やる相手がいないのである。わたしと女房は散歩をし、砂州の上をころげまわり、不断に追い求め、ある種の情緒さえ生み出し、まるで最高の目標めざして突進しているように、どちらもとても興奮し、自信を持っていた。それなのにあの蟻が招かれもせずにやってきたというのか？　外的要素がわれわれの前途にそれほど大きく関与するというのか？　ふん、そんなのはただの冗談でしかない。蟻などいてもいなくてもどちらでもよかったのだ。本人の意思ひとつでいたほうがよければおり、気にしなければいないのだ。したがって問題の病根はやはり女房にある。彼女はもともと快感は彼女個人のことと考えていた。

決してわたしといっしょに楽しもうとはせず、わずかな分け前さえよこそうとしなかった。しかもわたしが体験したあの高級なものについては無感動で、「死んでも感じられない」というのだ。そんなのはでっちあげで、「盗作」で、わたしといっしょに快感とやらを楽しむくらいなら「死んだほうがまし」だとも、もちろんいった。彼女がそのわたしといっしょに辛抱強く七、八キロの道を歩いたのは、「この男がどんな馬鹿を仕出かすかを見届け」、後でそれを種に嘲笑してやろうと思っていたからで、それにしてもわたしがまさかこれほど「どうしようもない馬鹿」だとは思いもよらなかったという。あの派手な上っ調子の動作はまさに曲芸だったが、それならむしろ二、三十銭払って芝居小屋に見物に行ったほうがよほどましで、あんな素っ裸の曲芸など、たまらない代物だったというのだ。さて、親愛なる同志諸君、もう蟻の意味するところはわかってもらえただろう。相手がいないというのは、いかに申し分のない想像をめぐらしたところで、やはり悲劇だ。わたしの心は血を流している。失望、孤独、寂寞。もうたくさんだ！たくさんだ!!　人が高度な業余文化生活を求めようとすれば、快感の高峰に登りつめようとすれば、失敗が待ち受け、悪運が待ち受けている。あるいは、ひとりがらんとした広野に立ち、夕陽を受けて自分の影が長く長く伸び、足元には行くべき道とてなく、少しでも身動きしようとすればもんどり打って倒れてしまう。さもなくば、ある夜叉の手に落ち、そしていまいましい蟻が出現するのだ。出かけるときは伴侶と手に手を取って、長い河の堤を歩きながら胸に高尚な情熱をたぎらせ、すべてが計画どおりに進んでいるように思える。成算は充分あるように思え、自分が急に大きくなったような気がする。ところが思いがけないことに、ひとつ肝心なことを見落としているのだ。今後の全行程に関わる重大なことを。つまりあのいまいましい女房のことだ（彼女はいつわたしの生活に紛れこんだのだろう？　あの馬鹿はどうやってわたしの信任をだまし取ったのだろう？）。彼女はわたしの純真さと理想主義につけこみ、あのときひそかに画策していた。わたし相手にひどい悪ふざけをしてやろうと。わたしと足並みをそろえて歩きながら、頬を赤く染め、見たところわたし以上に興奮しているようで、しかもしきりにため息までついた。「ああ、あなたが好き！　本当に大好き！」おかげでわたしは彼女がその場でおっぱじめるのかと思った。一生理想を追いつづけてきたわたしのような生《き》まじめな人間に、彼女が演技しているなどどうしてわかろう？　わたしは孤独と寂しさのなか、長年ひとりきりで過ごしてきて、ついに自分を理解してくれる者にめぐり会ったと思った。願ってもないことではないか？　わたしは忍耐強く、あの八キロの道のりを歩き通し、おのれの理想を貫くつもりだった。女房はもう矢も楯もたまらない様子で必死にわたしにまつわりつき、しまいに、すぐ要求を満たしてくれないなんて冷たいと文句までいった。わたしは辛抱強く彼女をさとした。この八キロの道はまだ低級な段階で、この後にさらに高い段階がある。この八キロを歩き通して精いっぱい気持ちを高めること（これは気功術の気の運びといささか似たところがある）をせずに、あたふたとやってしまっては後悔する。かりにわれわれのすべての煩瑣《はんさ》な準備作業が、あのほとんど感覚のない一分間の性交のためでしかないとしたら、そんなのはわざわざ自分を苦しめるだけのことではないか？　そんなことなら家でもでき、ここまで神秘的にする必要はまったくない、と。とにかく、わたしがいえばいうほど女房はその気になり、もうすぐ目的地につくというとき、なんと飛びかかってきてわたしを地面に押し倒した。そして自分ひとりで体験する、わたしに主導権などとらせてたまるかというのだ。これでわたしの快感はすべて破壊された。調子はすっかり乱れ、死人のようにあの一分間の変なことをやり終えたが、顔からは血の気がひき、全身冷や汗をかき、目の前に起きたすべてが信じられなかった。女とはいったいなんだろう？　あんな馬鹿力がいったいどこから出るのだろう？　わたしはなぜ先にこうしたすべてに気づいて防衛せず、逆に彼女を同志と見なして心底から信頼したりしたのだろう？　同志諸君、わたしはあの一分間の性交を呪う。ゆえに永遠に禁欲主義者になろうと決意している。そしてかならずやその決意を実現する。わたしという人間にはそれしか希望はない。なにしろもうとんでもない物笑いになり、おしゃかになりかけているのだから。

八キロの事件が発生したあと、陰でほくそえみ、わたしの醜態を見たがる者がたしかにいた。女房とその共謀者はひそかにわたしが「お追従者」で、五香街《ウーシャンチエ》全民衆の敵――X女史にさえ追従していると断言した。わたしが朝めまいがしてベッドから起きられずにいると、連中は部屋に押しかけてきてベッドの下に陣取り、わたしが「布団の中でどんな曲芸まがいの動作をするか」観察するという。おかげでこっちは身動きひとつできず、しかもまずいことに南京虫まで野次馬に来たため、ひたすら歯をくいしばって我慢するしかなかった。わたしは本当に打ちのめされてしまっただろうか？　いや、そんなことはない。悪運を原動力に変え、世界にむかって自己の存在を示そうともがきつづけた。この世にとことん失望して三日目、わたしは自力で奮い立った。うちの茅屋《ぼうおく》の屋根によじ登り、毎日そこであぐらをかいて一生の経験教訓を総括した。そのなかで性の快感の高級段階に新たな定義を下したりもした。そこにじっと坐って空を見上げていると、足下にはせわしなく衆生がうごめいている。わたしは自分は連中をはるかに超越したと思った。わたしの耳にはもはや俗世の音はあまり聞こえず、わたしの思惟は哲学の高みに向かって発展しつつあった。幾日も過ぎた。わたしは日に照らされ、雨に打たれながら、終始、屋根に生えた化石のように、あるいは白髪ぼうぼうのすべてを洞察しきった老哲人のようにそこにいた。天地はわたしと融け合い、万物はわたしの胸で舞い、人類はいかにも愛すべき憐《あわ》れむべきものであり、その性交繁殖の方式はいかにも滑稽であった。ある日、わたしが微笑を浮かべ、心静かにそういう抽象思惟にふけっていたら、突然、足の裏にすさまじい痛みを覚えた。その気を失うほどの痛みでわたしの思惟は中断された。すぐさま足の下からわあわあと大声でわめくのが聞こえた。わたしの女房を先頭に、何人もの連中が尖った竹竿でこっちに突きかかり、「あの牛の糞を屋根から下ろしてしまえ」といっているのだった。わたしが「屋根の上でひった臭い屁が彼女の料理していた鍋に入り」その屁は「五香街《ウーシャンチエ》人民の敵のにおい」さえするというのだ。連中のわめき声はますます大きくなり、攻撃は防ぐに防ぎきれなくなった。わたしの首も胸も尻も、何度かしたたかに突かれて血が滝のように流れた。これには女房たちもぎょっとし、あわてて竹竿を放り出して逃げていった。遠くへ行ってもまだ連中が責任をなすり合う声が聞こえた。邪魔が入らなくなると哲学的思惟がまたわたしの頭脳を占領し、わたしは体内にかつてない確固としたものが出現したのを感じた。一種の天才としての自意識が朦朧《もうろう》たるなかに誕生したのである。わたしはだれか？　わたしがこの世に到来したのはいかなる使命のためか？　なぜわたしひとりが磐石《ばんじゃく》のごとく茅屋の屋根から動かず、人類はわたしの足元で芝居を演じるのか？　ひょっとしたら七七《しちしち》四十九日、あるいは八八《はっぱ》六十四日もたったただろうか（わたしはとうに時間の観念を失っていた）。わたしはついに茅屋の屋根から下りた。水晶のように透みきった頭とともに。わたしが真っ暗な部屋に歩み入ったとき、居並ぶ精鋭たちは粛然と襟《えり》を正し、わたしの一歩一歩に身震いし、おののいた。ひょっとして同志たちはわたしが大演説でもすると思ったのだろうか？　たしかにこの間、わたしは茅屋の屋根の上で総括を行い、胸の中にはすでに滔々たる高論が蓄積され、比べるもののない弁舌の才がすでに充分に熟していたのではなかったか？　わたしは厳しい目でわれらの団体のすべての者をひととおり見まわし、それからゆっくりと腰を下ろした。連中が期待したことは起きなかった。だが、茅屋の屋根の上でのわたしの壮挙を目にした後では、精鋭たちがみだりに口をきいたり動いたり、束の間の虚栄心の満足を得るために、検証も経ていない生半可《なまはんか》な自論をいい加減に発表できるわけもない。だから彼らは期待に満ちて、子供のような目をしてじっとわたしの口の動きを見つめていた。ひと言も聞きもらすまいと。わたしはこういった。「われわれの時代は悲劇の時代だ。高級な快感を得られるその日は、われわれの幻想のなかにしかない」わたしはそういい終わると眉根に皺をよせ、あぐらをかき、またもや茅屋の上の化石となった。部屋じゅうに沈黙が満ち、ひとり残らず首をうなだれた。そのころには黄昏《たそがれ》の最後の光線も薄れ、深い夜が訪れようとしていた。冷たい風が割れた窓ガラスから吹き込み、会場の空気は凍りついたようだった。散会になるまで、わたしは二度とひと言もいわなかった。あの千鈞《せんきん》の重みのある言葉が、すでにすべてを語っていた。茅屋の屋根に七七四十九日、あるいは八八六十四日坐りつづけた老哲人以外に、だれがこれほどのことをいえよう？

こうした水も漏らさぬ厳密な論理思惟は、すでに群雄を睥睨《へいげい》する効果を生んでいた。これほど透徹した超俗の悲観主義、世界を悟りきった態度は、知識階層のなかで多少ともそれを経験した者を心服させずにおこうか？　わたしは保証できる。あの会議が沈黙のうちに終わったあと、知識階層はもはやX女史やQ男史の問題に関心を持たなくなっていたはずだ。騒いだり嚙みついたりというのはまったく低次元なことであって、われわれ教養ある知識人が求めるのはその程度のことではない。「その日」はいつかは来る。歴史の流れは阻むことはできない。霧のたちこめる朝、わたしたちは手に手を取り、肩を組んで道端でこんな歌を唱った。「その日はまだ遠い、静かに待とう、声なきところにヒバリの声が響くのを。暮らしはこんなにも重く、わたしたちは苦しみに呻く、おお、呻く……」この哲学的歌詞はわたしが編んだものだが、今やわれら五香街《ウーシャンチエ》の流行歌となった。わたしの女房さえ教化され、ある真夜中、突然庭に走り出てこれを大声で唱い、それから自分の頰を何度もたたいたものだ。要するに、わたしがこの流行歌を出してからというもの、XとQのことを問題にする者はいなくなった。わたしは一度好奇心と幻想に駆られて彼らを尾行し、観察したことがあるが、ふたりのやり方は実に低次元で、理論研究の範疇《はんちゅう》になどとうていひっかからないものであった。茅屋の屋根に登ったあの朝から、わたしは決然と、あのふたりの問題をわたしの研究範疇からはずした。わたしはそのとき向上と普及の問題に思いいたったのである。これは認めねばならないが、ＸとＱの考え方は民衆のなかでまだ大きな影響力を持っていた（だれもが軽蔑したように口をゆがめてはみせるが、そのだれもがひそかに彼らの一挙一動をうかがっていた）。もしもこの問題を直接俎上《そじょう》にのせるか、あるいは壁新聞で論じたてたりしたならば、わたしはまちがいなく混戦に巻き込まれ、すべての研究はとどこおり、すたれたであろう。それはもっとも拙劣な策であって、わたしの身分ともつりあわない。同志諸君、安心してほしい。わたしはそんな馬鹿なことはしなかった。泰山のごとく茅屋の屋根の上にいたとき、とうに対策は考えていた——流行歌の運動を起こし、向上と普及を結びつけ、わたしの真に悲観的な意識によって民衆を感化しようと。大した効果がないことはわかっていたが、茅屋の屋根にいる間にすべての幻想はとうに捨てていた。わたしがこの方法にこだわったのは、ひとえにＸとＱのような意識形態領域の壟断《ろうだん》を打ち破るためだ。ひとたびわたしの運動が起これば、精鋭たちは深くその意を汲んで大衆に広め、全五香街《ウーシャンチエ》の意識形態が徹底的に変わるであろう。そうはいってももちろん、彼らの意識がすぐさま高まり、わたしがすぐさま楽観できるようになるというのではまったくない。わたしの悲観主義はとうに骨の髄までしみこんでいる。大衆の意識形態は、むしろゴム粘土のようなもので、人がこねあげるままになるのだ。わたしは心の底では彼らに真の意味での意識形態があるとは思っていない。それはいずれも精鋭たちが作り出すもので、その精鋭の霊感はわたしの啓発によって生じるのだ。このたび、わたしはまずぼんやりと未来の高級な快感の存在を察知してから、通俗的な流行歌の形式を用いて、それを精鋭たちに伝えた。精鋭たちはそれを承認してから（決して理解してからではない。ここには質的なちがいがある。いかなる者もわたしのあのような抽象的意識を理解することはできない。なぜならそれは神の意思だからだ）、アヒルの口に餌《えさ》を注ぎ込むようにわれらの愛すべき民衆に与えた。愛すべき民衆はひとりひとりが酒に酔ったように大通りをぶらつき、わたしのあの高級な歌詞をがなりたてた。外部の者には、なんとも冒瀆的な醜悪な芝居のように見えようが、ほかにどんな方法があろう？　それが生活というものだ。わたしの目的がすでに完全に達せられた以上、形式などどうでもよかろう。とにかく、客観的な事実はすでに造成され、XとQの影響は排除された。穀物倉庫におけるふたりのあれやこれやの行為は、純粋に低級な段階に属しており、人々はいつのまにかもうひとつの高級な形式の存在を認めるようになっている。その形式がいったいいかなるものか、いかなる感じのものかはわからぬまでも、とにかく認めたのだ。わけもわからずに認めようが、めそめそ泣きながら認めようが、夢のなかで認めようが、うらみつらみのうちに認めようが、怒りながら認めようがかまわない。どの道、わたしは勝利したのだ。

筆者はすでに先に述べたが、一番目の見方を持つ者は精鋭の絶対多数を占め、五香《ウーシャン》街《チエ》の輿論を統治している。二番目の見方を持つ婦人は、単に狂ったふりをして大騒ぎしているだけで、一過性である。いわゆる「雷は大きいが雨は小さい」というやつで、なんの影響も及ぼしてはいない。いつだったか、彼女らが自分の家の戸口で斧で板を切り出しはじめ、口をそろえて黒板を作るといっていたことがあったようだ。しかしみな、少し斧を振るうとすぐ放り出し、公衆便所にもぐりこんでその運動の見通しや計画を元気いっぱいで語りはじめた。黒板新聞さえ出れば、すぐにも我が世の春が来て、二度と憂き目を見ることはなくなると信じこんでいたのだ。なかにはその日の晩から亭主と別々に寝て「あの老いぼれ犬をじらし殺してやる」などという者までいた。しかし、便所から出たとたんに板を切り出すことなどすっかり忘れ、斧を放り出したままたがいの家を訪ねて話しこむ。今からこれまでとはまるでちがう高級な新生活でも始まるかのように浮かれるのだ。「X女史は犬の屁にも及ばないとはいえ、客観的にはある種のヒントは与えてくれた」彼女らは一致してそう認めた。だが、行動となると、これは絶対にないのだ。その日の晩、彼女らはいつものように亭主の世話を焼き、なかにはかえって下手《したて》に出る者までいた。明らかに一種の後悔からで、できることならひと晩じゅう目を開けたまま亭主を懐に抱いて夜を明かしたいほどだったのだ。夜が明けると、男たちは寝ぼけまなこをしょぼつかせながら、あの板切れや斧を発見する。しかしたずねる暇もないうちに、女が大声でわめく。夜中に泥棒が来たというのだ。「斧で戸を破って入ろうとしたんだ」幸い彼女が早めに見つけたので、斧を放り出してあわてて逃げていったが、「なんとひどいやつ！」彼女は叫ぶ、「わたしたちのささやかな家庭の幸せを破壊しようとしたのよ。早く見つけなかったら、流血の惨事になっていたんじゃないかしら？」筆者は公正な態度をとってはいるものの、この堪えがたい事実はやはり記録しておくしかない。なんとも解《げ》せないのだが、女たちのこの竜頭蛇尾の陋習《ろうしゅう》はいつの時代から伝わったものなのだろう。だが親愛なる読者諸君、わたしはわれらが五香街《ウーシャンチエ》の愛すべき女を貶める気は毛頭ない（なかには粋で美しく魅力的な女も大勢いる）。ひょっとしたらこんなのは小さな欠点にすぎないのかもしれないのだ。完全無欠な人間などどこにいよう？　というわけで、二番目の見方についての論評はここまでとする。三番目の見方については、支持勢力はわずか（Cひとり）である。しかしあの雄弁、あの高度な哲学性、そしてあの周知の神霊との直接対話はたしかに精鋭たちを残らず平伏させ、もう少しで輿論をそっくり味方にするまでとなった。その間に、何度も繰り返し、一番目の観点を打倒してもいる。だがCが今にも大成功をおさめようとしたそのとき、歴史はまたわれわれに冗談を飛ばした。X女史があの所在不明の穀物倉庫から跳び出してきて、道行く者のひとりひとりに大声で宣言したのである。彼女は意中の男と関係を「正常化」すると！　この青天の霹《へき》靂《れき》に精鋭たちの目から赤や緑の火花が飛び散った。一番目の観点を持つ者はただちに集まって騒ぎ立てた。「女とはなんだ？　ええっ？　見ろ、報復が始まった！　コブラが穴から這い出してきたぞ！　それなのに、われわれはなにを内輪もめしているのか！　とんでもないことになるぞ！」まったくだ、あの三番目の見方をするいまいましいC男史は、もとより神霊などとはなんの直接的関係もない。あのひとりよがりの老いぼれがX女史の怪気炎を助長したのだ。彼が茅屋の屋根に七七四十九日もしくは八八六十四日坐ったからといって、かならず神霊や蒼天と対話したといえるのか？　だれが保証できるのか？　彼の行動を証言する者は女房しかいないが、彼女とて彼が対話とやらの結果、対等な性の快感を悟るにいたったと証言したわけではない。むしろ彼が屋根の上で何度も消化不良の屁をひって、それが彼女の鍋に入ったと証言しているだけなのだ。X女史が通行人をいちいち引き止めては彼女の主張を宣言してからというもの、精鋭たちはみな頭に血がのぼり、口を開けばCの悪口をいい、さんざんに罵り、一時的に自分の教養と風格も忘れるほどだった。彼らはいった。あの権謀術数を弄ぶ輩が（彼らはCをこう呼んだ）、高級な快感とやらのろくでもない主張をし、おまけに気がふれたように流行歌など作ったおかげで、X女史がこんなに勢いづき、横暴になってしまったのだ。以前ならば、あの二匹のゴキブリ風情《ふぜい》（彼らはXとQを暫時こう呼ぶことにした）に、どうしてそんな度胸があろう。Cに煽動されて五香街《ウーシャンチエ》の下層民衆はすっかり分を忘れてしまった。今に見ていよ、風紀を乱す行いが続々と出てくるにちがいない。そうなっては、われわれ精鋭たちの面子もまるつぶれ、なんの資格があってもっともらしくつまらぬ会議など開くのかということになる。そうした問題に胸を痛め、精鋭たちははじめて後悔した。あのCがムカデのように屋根に登っていったとき、よもやこんな結果になろうとはだれも予想しなかった、銘々の小さな窓からそれを眺め、楽しみ、すべての責任と義務を彼に託して、あとは座して成功を待つといわんばかりであった。彼が蒼天を仰ぐと（実際はひそかに詭計《きけい》を練っていた）、われわれは一斉に賛嘆し、あの男がわれわれの世界を救い、みなの魂をも救ってくれるように願った。しかもわれわれをからかう彼の歌を、馬鹿みたいに高らかに声をそろえて唱ったりしたのだ！　なんたる「流行歌」だ！　今では恥ずかしくてひと言も唱えない！　箪笥に隠れて出てきたくないほどだ！　思ってもみよ、精鋭たちまでがそんな恥さらしな真似をしてしまったのだ。思い出すのもおぞましい。では下層の民衆はどうか？　XとQはどうか？　断固たる措置をとるべきときがたしかに来ている。同志たちよ！　もはやためらっていてはならない、みなで立場を正し、A男史の一番目の意見を座右銘として、深く学びぬこうではないか。会議は引きつづき開き、それぞれが魂の奥底から私心をえぐり出し、その汚物を卓上に置いて小刀でしっかり解剖するのだ。われらのA男史の話にはひとつの核心があった。すなわち男らしさ、陽剛の気だ。彼が出した改革案も意味深い。あれは決して写真の撮り方をちょっと変えるというような小手先のものではなく、うちに質的な飛躍を秘めている。われわれが幸いにして飛躍を遂げ、あの見知らぬ場所に到達したあかつきには、われわれのからだにはつぎつぎに硬い筋肉がつくことだろう。ひげも太く黒く、声も深く響くものとなり、動作もきびきびと力強いものとなろう。われわれがそういう写真を壁に掛けたとき、この世は男の世界となり、あの雄々しい活動に満ちるであろう。われら精鋭は過ちを犯した。しかしわれわれは自分の弱点を直視して一から出直し、過ちをばねにして反撃する。あるいは矛《ほこ》を返して逆襲するといってもよい。その一撃をC男史に向けるのだ。すでに彼の化けの皮は剝がれ、正体が見えている。あんな男が大学者や哲学者なものか？　ある者がよく考えた末思い出したところによれば、彼は何年も前、五香街《ウーシャンチエ》のはずれでいんちき薬の行商をしていたという。それがその後ある日、腰をひと振りして変身し、われわれ精鋭の隊伍にもぐりこんだのである。だとすれば、われわれも実に間が抜けているではないか？　いんちき薬の行商人を哲学者や精鋭と等号で結ぼうとしたのではないのか？　ここで強調しておかねばならないが、彼の「腰をひと振りしての変身」は、一日二日でできたことではなく、何年もの刻苦研鑽によるものだということだ。田舎者の牛顔負けの頑固さで紙屑の山をつつきまわり、ときにはそれを丸飲みにして、はじめて今日の水準に達したのだ。だからこそ彼ははじめ、その博識でわれわれをなんと丸めこみ、敬服させたのである。あの男はきわめて変わり身が速いばかりでなく、人に合わせてものをいう。おべんちゃらをいうわけではない。われわれがおべんちゃらを好まないのを知っているからだ。彼はただ人の気持ちを読み、われわれがある観点を出すと、ただちにそれを受けて大きくふくらませ、理路整然と弁じたてて相手を大喜びさせ、たちまち同志とされ、かけがえのない友、理解者とされるのだ。何年もの切磋琢磨《せっさたくま》によって、あのいまいましい薬売りがすでに博学多才になっていることは承知しておかねばならない。今度のようなまずいことが起こらなければ、彼のあの卑しい出自を思い出す者がいただろうか？　ここ数年、彼はわれわれと肩を並べてきたのではなかったか！　われわれの不良分子のなかには、わざわざいやらしく彼をもちあげて首長の座に据え、ついでに自分も出世しようというのさえいる！　その不良分子は彼といっしょに茅屋の屋根に登り、例の神霊との対話のペテンに一枚かもうとしたのだが、茅屋の垂木《たるき》が朽《く》ちていてふたりの重みを支えきれないため、しぶしぶあきらめた。そして七七四十九日か八八六十四日の間、ずっとその下で待ちつづけ、上で少しでも物音がすると、たとえすかしっ屁ひとつでも会う人ごとに宣伝し、自分は「屋根の上の老哲人の自慢の弟子」だと称し、「あの老哲人とほとんど一体になりかけている」などといったものだ。精鋭はみな、自分たちの最大の欠点は歴史の経験教訓をきちんと総括せず、健忘症になっていることだと考えた。あのCはほんの八年か十二年前まで薬売りをしていたというのに、それをなぜすっかり忘れてしまったのか？　いんちき薬を売るあの声がまだ耳に残っているというのに、あの男をやみくもに崇拝しながら、なぜそれを少しも思い出さないのか？　まるで故意にそれを忘れたか、あるいは彼のあの汚れた経歴を栄《は》えある奮闘の歴史にすりかえたようではないか。その点を認識したあと、精鋭たちは暗闇会議を五日に一度から三日に一度に改めた。緊急の場合は一日に一度開いてすみやかに総括、交流ができるようにし、われわれの鉄壁の陣に「蚊一匹もぐりこめない」ようにした。ともあれわれわれはここで、Xがどのように彼女の「正常化」を果たすのか見てみることにしよう。正常化とは合法化と等しいのであろうか？　この可能性はまず排除しなければならない。なぜなら彼女にしても彼にしても、合法化など金輪際するわけがないからである！　では彼女はどうやって「正常化」するのか？　まさかあの暗い倉庫から大通りに跳び出して、青天白日の下で性交を実演するのでは？　それとも無理やり薬局の老憎《ラオモン》の屋根裏をのっとり、姦夫と公然と同居するか？　明らかにいずれの道も行き止まりだ。われわれが「座して待って」いるからである。この「座して待つ」のが甘くないのは、XもQも何度も経験ずみだ。われわれはむしろXの宣言を一種の誇張した表現と見なすべきであろう。A博士の観点によれば所詮女は女であり、いくら変わっていてもたかが知れている。彼女がQを征服したからといって（もしかしたら実際はQが彼女を征服したのかもしれない）、われわれ精鋭すべてを征服できるとはかぎるまい？　彼女には勝手に雲の中で「正常化」してもらおう。やるならやってみればいい。ただやたらに騒がないでもらいたいものだ。われわれは二度とCの意見には従わない。彼女のメンドリのような鳴き方まで快感の一段階とする意見は、たとえ舌をちょん切られても承認できない。冗談じゃない！　彼女がCをいい口実に人目をはばかる暗がりでさまざまな快感を大いに楽しみ、それから大通りに出て騒いだからといって、われわれ精鋭がすぐさま彼女を支持するとはかぎるまい？　冗談じゃない！

彼女がCと連合したからといってすぐさま強大な勢力となり、老懵《ラオモン》の屋根裏に討ち入ることができ、われわれ精鋭が恐れ入りましたと尻に帆をかけて逃げだすとでもいうのか？　冗談じゃない！　思うにXは頭がおかしくなって勘ちがいしたのだ。彼女とQが今や勝利に向かい、向かうところ敵なしになったと思いこみ、いい気になって街に乗り込んで好き勝手を始めたのだ。さもなければなぜ今までこそこそ隠れていたのだ？　なぜだれも穀物倉庫の在り処を知らず、終始想像でしか語れないのだ？　これまでの態度を分析するに、Xの欠点は、勝利を信じるのも陶酔するのも早すぎる。そこに大敵が待ち構えていることに気づかないのだ！　まったく、彼女はいい気になりすぎた。いかに超人的な頭脳と計略と演技力を具《そな》えていても、ああいう実際とかけ離れた読みが、彼女の苦心の計画を台無しにする。まともな、ある程度常識を具えた者が、通行人ひとりひとりにぬけぬけと自分は姦夫や姦婦と関係を「正常化」するなどと「宣言」したりするだろうか？　出発点からまちがっている！　単なるだぼらというならともかく、彼女は人をぎょっとさせるほど異様に厳粛《げんしゅく》な顔をして、あの縁もゆかりもない通行人たちに自分の主張を「宣言」したのだ！　まったくいまいましい！　勝手に氷河の中にでも行って正常化したらよかろう！　あのどことも知らぬ犬のねぐらに行って正常化すればよかろう！　しかし、われわれの五香街《ウーシャンチエ》に来て正常化するのだけは願い下げだ。ここには彼女のいうところの「正常」などありはしない。遅かれ早かれ、われわれはこのろくでもない男女の存在を、速記人の歴史記録から抹消し、連中がどう「正常化」するか見てやるのだ！　Cの馬鹿げた観点に従って、彼女を正常な人間と見なすとしたりすれば、逆にわれわれすべての精鋭と民衆が精神に異常をきたしていることになりはしないか？　あのCこそ諸悪の根源だ。なにもかも彼にひっかきまわされた。あの男は人にぬきんでた、だが浅はかな猿知恵で、あやうく歴史の車輪を逆にまわすところだった。幸いわれわれ精鋭が一枚上手《うわて》で一定の識別能力を持っていたため、すみやかに彼の考えを否定することができたものの、それにしても危ないところだった。もう少しであの三人がなんの防備もない老慒《ラオモン》の屋根裏に討ち入り、そこをひとつの拠点として五香街《ウーシャンチエ》大衆のいたって目障りな目の上のたんこぶとなり、まぎれもない事実となってそのまま存在しつづけたかもしれないのだ！　そうなれば速記人のノートにもそのいまいましい事実を記さないわけにはいくまい！　あるいは楽観主義者はこう思うかもしれない。たとえ陰謀が実現したところでどうせ一時のことで、結局は歴史のごみために掃いて捨てられるはずだと。こういう見方はことを誤らせる。なにが恐ろしいといって潜伏した病毒ほど恐ろしいものはない。たとえばCがさらに八年ないし十二年潜伏した後なにを仕出かすか、その情景は想像に堪えない！　同志諸君、友人諸君、永遠に油断は禁物だ。永遠に理論的問題への真剣な探究検討を怠ってはならない。現実に対する鋭い触覚を保ち、病毒の侵入への防備をますます固めようではないか！　このたびXは身の程も知らず「正常化」すると主張した。次はあの決戦のときが来るのを待とうではないか！　もっともなにも交戦もしないうちに、彼女のほうは総崩れになるであろうが。われわれが彼女に太刀打ちできる相手だろうか？　ふん！

（七）残ったすべての問題をどう説明するか

筆者はここまで物語を語ってきたが、すでに糸口のない糸が無数に残り、読者に説明できぬままになっている。物語をここでやめてしまうわけには絶対にいかないので、そろそろ手のうちをさらし、このこんがらかった糸玉をすっきり仕分けるとしよう。とはいえ五香街《ウーシャンチエ》住人がみな知っているように、この物語は延々ときりがなく、はじめもなければ（先に掲げた発端は一種の仮定にすぎない）終わりもない。それは歴史の大河そのものであり、地球と太陽が衝突してこの世が滅亡するときに、はじめて一段落するのであろうが、ひょっとしたらまた別の星の上で改めて始まるのかもしれないのだ。筆者はそれほどの難題を前にして大きな蟻の巣のごとき迷宮に踏み込むような気がしている。だが、幾多の試練を経た個性と才気溢れる現代芸術家としては、やはり刻苦勉励《こっくべんれい》して一枚また一枚と迷宮の路線図を描き出し、抽象的手法により、幅広い読者にそのものずばりとはいかないまでも、「見当がつく」ようにはなっていただけると思う。それこそ芸術の魅力なのである。それはとらえどころのない至高のもので、人の心にしみ入る。あの鈍感で感情の肌理《きめ》の粗い連中だけは心を動かされることがないが、もとより彼らは芸術とは無縁なのだ。

迷宮路線図の一……X女史という人物はそもそも存在するのか？　いかなる理由により五香街《ウーシャンチエ》に存在するのか？　こんな問いを出す時期はもうとうに過ぎているようだ。これほど長々と歴史的事件を語っておきながら、今さらそのすべてが読者をからかうでっちあげで、筆者の悪ふざけだったなどということがありえようか？　世の中はそう甘くはない。親愛なる読者諸君、どうかご承知おきいただきたい。われわれは依存し合っている。わたしは先の教訓を得てからは二度と軽佻浮薄《けいちょうふはく》な態度で読者を遇さず、あなたがたを父母よりもさらに大切に思っているのだ。この路線図を提供するのは、ひとえに各位の疑問と批判精神を喚起し、われわれの意識形態領域をさらに浄化せんがためにほかならない。筆者は並大抵でない苦労をしてさまざまな意見を集めた後、以下の問題はたしかに提出に値するのに気づいた。まずX女史は決して天才などではなく、煎り豆屋の仕事といんちきな巫術《ふじゅつ》のほかはなんの取り柄もない女でしかないということだ。一方、われらの五香街《ウーシャンチエ》にはごく少数ながら天才的人物がおり（たとえば筆者、たとえば寡婦）、そうした人物こそ真の孤独な強者なのである。これまでの観察によれば、あのX女史はたしかにひとりの孤独者で、筆者や寡婦以上に孤独であって、自分の夫や情夫にさえ心の秘密を明かさず、一挙一動がすべて即興の演技のようである。自分の本当の気持ちの動きについて、彼女はなにを語ってきただろうか？　なにも語っておらず、なんの手掛かりもない。この世では天才こそ強者であるが、天才ほど孤独な者もいない。Xは天才でも強者でもないのに不可思議な孤独を示しているが、いったい何者なのか？　ひょっとしたらそんな人間は存在せず、われわれみなの共同の虚構、一種の集団意識の現れでしかないのだろうか？　しかし今日の午前、筆者はまぎれもなく彼女が五香街《ウーシャンチエ》のはずれでそら豆を売っているのを見ている！　エプロンをかけ、荒れた手をして、相変わらず異様に虚ろな目をしている以外は、ふつうの下層民衆となんのちがいもない。彼女は天才でないばかりか精鋭の位置にさえ届かない（われわれ精鋭に近づくどころか、できるだけ離れようとさえしているようだ）。筆者は、Q男史が、もしかしたら自分は精鋭の階層に属しているかもしれないとおずおずと彼女にいったのを、たしかに見たことがあるが、彼女はたちまち顔を真っ赤にして鼻を鳴らし、「幸い自分は字ひとつ知らない。そのほうがよほど素晴らしい」といったものだ。彼女が顔を真っ赤にして鼻を鳴らしたのを見て、Q男史も顔を赤らめた。あの怪物はどこから来たのだろう？　なぜ五香街《ウーシャンチエ》に存在しつづけられるのだろう？　どうやら、また別の面から手を入れねばならないようだ。X本人にばかり目を向けず、われわれ自身の考え方にもどってじっくりと整理し、検討を加え、問題の在り処を探り、誤りを改めなければならない。その際、もちろん芸術感覚を切り離すことはできない。芸術感覚は常にわれわれの創造の源であるからだ。X女史の孤独はあの真の天才の孤独とは本質的にちがっている。天才の孤独は現実と時空を超越した高級な、生まれながらの孤独であって、だれにも真似のできないものである。われわれがたまたま見かけるそういう希有《けう》の人物は、たいてい人里離れた山の頂や茅屋の屋根に坐り（たとえばCのようにであるが、もちろんCは天才などではなく、それを巧みに模倣したにすぎない）、直接神霊と対話し、まわりに金色の輪が浮かんでいたりするものである。その対話は凡人の耳には聞こえないが、彼はこうして静かな聖人もしくは化石となっており、ただ私心雑念を払い高度な修養を身につけた者が仰ぎ見たときのみ、ようやく時折それと知られるようなものなのである。しかしそういう天才は決して山の頂や茅屋の屋根でおのれの孤独を守るだけではなく、人類に対し、あの非凡な熱情と関心を持っている。彼の孤独は単に彼が歴史の先端を歩いているため、人の理解が及ばぬがゆえのものである。そういう人物は山の頂や茅屋の屋根から下りてくれれば、和光同塵《わこうどうじん》、民衆とすっかり融け合う。時事に参与し、倦むことなく指導に当たり、自分が山の頂や屋根の上で見たマクロ、ミクロの世界を衆人に伝え、みなを率いてともに歴史の車輪を推し進めるのである。筆者はこれまでの人生で、ひとりふたり、こうした聖人に会ったことがある。自分も同類であるため、すぐさま見分けがついたのだ。ではX女史の孤独はどうか？　筆者がつぶさに見たところではあれはまったく病的なもので、冷酷さの結果である。神霊と対話したこともなければ学問教養もなく、一日じゅうああいう世俗の小商いに携わっているだけで、周囲の人間となんの変わりもないというのに、あの傲慢さ、あの世間を見下したような目つきは、まぎれもなく、自分の内面の弱さ、一種の極端に利己的な欲望ともがきの現れであるにちがいない。その病的状態は、あろうことか、わけもなく自分の目を「引退」させて二度と「だれも見ない」ところまで行き着き、なんと全身に鋼板のような保護膜を生やして「刀も槍も通さず」、「外からのいかなる襲撃もまったく感じない」までになっている。しかもふざけた態度で人々をあしらい、ひとりひとりの呼び方まで勝手に変えていい加減な名前で呼び、さらに腹立たしいことには、天才の孤独と見まがうばかりのイメージをこしらえてみなの目をくらましているのだ！　だれがあの女の氷窟《ひょうくつ》のような孤独に興味を持ったりするものか！　彼女があのだれも知らない氷窟で声もたてずに死んでも、だれも気づきもせず、驚きもしないだろう。ひょっとしたら、その入口が氷で何年も閉ざされても、われわれはまったく気にかけないかもしれない！　彼女の孤独は純粋に彼女個人の酔狂《すいきょう》によるもので、人民大衆とは無関係なのだ。彼女もそれを天才の孤独と結びつけようなどと、ゆめ妄想しないでもらいたいものだ。われわれがX女史をひとつの客観存在として五香街《ウーシャンチエ》に受け入れたとき、愚かな人々のなかにはX女史がひとりの病人で、平々凡々な小人物であることを忘れてしまう者がいた。彼らは誤って彼女のある種の奇行を買いかぶり、その奇行の話になると目を輝かせて我知らず彼女をまつり上げ、深い霧で包んでしまった。おかげで事情を知らない外部の者は、Xが天才だなどと思いこんでしまう！　また、X女史という人間は存在するのか、なぜ五香街《ウーシャンチエ》に存在するのか、といった問題が日ましにふくれあがって枝葉を生じ、やけに神秘的になり、わかりにくくなってしまった。もしその線で研究しつづけたとしたら、どんなに博学多才な人物でもすっかり精力を消耗し、命を落としたにちがいない。筆者の結論はX女史の孤独は彼女個人の精神の病によるもので、毫《ごう》も研究価値はないということだ。次に、X女史の従事する特殊な仕事について話そう。これまで述べてきたように、X女史はたしかにある特殊な、彼女自身が「うさ晴らし」と称する仕事に携わっている。その仕事はどうにも説明がつかず、だれが調査に乗り出してもっ引っ込みがつかなくなり、まるで思うような結果が得られないまま無数の笑いぐさを残すばかりだ。ここまで書くと、あのひとりふたりの肚に一物ある連中がひそかに手をたたいてこういうかもしれない。結構だ、こうして残ったいちばん手ごわい歴史的問題について、きみがどんなでたらめな解釈をするか見てやろうじゃないか。速記人や芸術家はみないやらしい饒舌な輩だ。そのすべての作品がめちゃくちゃになり、連中が悩み憔悴《しょうすい》するほど、こっちはせいせいする。願わくばこの世の速記人や芸術家はみな死に絶えてほしいものだ、と。今や筆者の仕事がいかに大きな冒険であるか、読者にはわかってもらえたと思う。筆者はしばしばこんな激流の中でもがく遭難者のような立場に陥るのだ。

その難題に筆者は降参しただろうか？　怖じ気づいて後退し、あるいは黙ってすごすごと引っ込んでしまっただろうか？　あの肚に一物ある方々にはもう少し辛抱してもらわねばならない。幕はこれから開くのだ！　筆者はその問題に直接答えることは避け、糸を思いきり引っぱってX女史のあの遠いおぼろな幼年時代まで伸ばしていこうと思う。X女史の妹が提供してくれた素材に筆者の想像力を加味すると、われわれの目の前にはX女史のあの陰鬱な幼年時代の情景が浮かんでくる。あのやせっぽちな小さな女の子は、生来の狂気じみた火を吐くような黒い目をして一日じゅう跳びはね、子犬のように吠えたてていた。爪が伸びていたのでまともに物を「もつ」ことができず、なんでもかんでも「ひっつかみ」、着ている柄物のブラウスにまで無数の爪の穴があいていた。あの脳天気な妹以外、まわりの連中をことごとく敵と見なし、毎日休みなく謀殺の真似ごとをして遊び、思いきった悪さをし（眼鏡を捨てた一件がすでに完全にそれを証明している）、こっぴどくたたかれても（両親はどうにも手におえないとき、一、二度この荒っぽい方法をとった）悔い改めるどころか無数の「新たな手口」で利子をつけて報復したものだ。その恐ろしい子供は大人になってそれまでの環境を失い、この世の中、子供のときのやり方ではまったく通らないことに気づいた。無理に通そうとすれば、自分がやられる危険がある。彼女は本性こそ変わらないものの決して融通のきかない石頭ではなく、場合によっては実に変わり身が速い！　歳月の流れとともにその謀殺の心理は弱まるどころか日増しに強まっていったが、彼女は賢明にもこの世に自分が羽根を広げられる場はないのを見てとった。だがそれを忘れられないままただ黙って胸に収めておくしかないのでは、自分は生きてはいけないと思った。親愛なる読者たる同志諸君、友人諸君、ここまで読んではたと気づかれたのではないだろうか？　X女史はその変わり身の速さとぬけめなさから、われらが五香《ウーシャン》街《チエ》を子供のころからの宿願を果たす地として選んだのだ。それまであちこちに問い合わせ、五香街《ウーシャンチエ》の住人がきわめて温厚篤実《とくじつ》で寛大であることがはっきりしたため、自分がなにを仕出かしても、懲罰を加えられる恐れはないと判断したのだ。そしてここに住み着いてまもなくあの罪作りな道具——鏡と顕微鏡——を買ってきた。それで悪さをするときは笑みを浮かべ、大げさな手つきをし、亭主や息子といっしょにその「仕事」始めの「祝い」までして、それから戸を閉めきり、人を相手にしなくなったのだった。聞くところによると、ある日彼女はあの大事な息子を抱いて膝に坐らせ、片目で顕微鏡を見る見方を教えて半時間以上も観察させた。それから親子して大喜びでベッドの上をころげまわり、「世界でいちばん面白い演《だ》し物」を見たとか、自分が子供のときに失ったすべてをこの大事な息子に「取り戻して」やるなどといった。それは始まったら最後収まらず、あの女は以後毎日その「仕事」にふけりながら、「二重生活」とやらを送るようになった。昼間の生活では日々小商《こあきな》いに精を出した。五香街《ウーシャンチエ》の住人はその店の前を通りかかってもたいていは彼女の視力や首に気をとられてごまかされ、彼らが去っていく後ろ姿を彼女が鷹のような目で憎々しげににらんでいることに、だれも気づかなかった（筆者はふと振り返ってその視線にぶつかり、おかげでめまいがして三日も寝込み、いまだに後遺症がある。ここからわかるように、芸術には犠牲的精神が必要なのだが、あの肚に一物ある連中はそのことがわからず、公衆便所で油を売りながら筆者を売名の徒といっしょくたにしている）。ここで心の中にたちまち謀殺のシーンがひらめくのだが、その謀殺の方式はわれわれがかつて見たことのないもので、凶器も使わず血も出ない、ただ筆者のような深くわかりやすい分析を通してのみ感じられるものなのである。いや、感じられるのではなく、ただ「見当がつく」のである。なにが「二重生活」なものか。そんなのは彼女が投げた煙幕弾でしかない。彼女がすることなすことのすべて、すなわち小商い（他人の背中をにらむための煙幕）、家に閉じこもっての行動（地形を分析し、作戦陣地を選ぶ煙幕）、Q男史との姦通事件を含む鏡を見る活動（陣容を拡大し、ひとりでも多くを引きずり込んで共謀者にするため）などは、実はみな同じひとつのことなのだ。夜眠るのもその精気を養うためだ。それなくしてあれほど元気いっぱいに謀殺活動をやれるだろうか？　彼女は世界でもっともからだを養うのに長《た》けたひとりなのだ。さて、ここまでの説明にまたしても疑義を呈する者がいるにちがいない。少年少女のことはどうなのだ？　彼らまで彼女の謀殺活動に加わっていたはずはあるまい？　一時期、少年少女たちが夜な夜な彼女の部屋に馳せ参じ、厳粛にみじろぎもせずに坐っていたというが、そのひとりひとりが彼女に殺されるのを熱望し、喜びとしていたとはかぎるまい？　この問題に答えるにあたり、筆者はまた手掛かりの糸を思いきり伸ばし、X女史一家が五香《ウーシャン》街《チエ》にやってくる前までもっていこうと思う。当時X女史は今ほど名前が売れておらず、彼女の存在を知っている者などだれもいなかったため、謀殺の意図も胸に秘めたまま、行動に訴えることはなかった。だが変装して五香街《ウーシャンチエ》に潜入し、数えきれない実地調査をしてから、彼女は計画を決め、やがてついにその執行に着手した。彼女の計画では、少年少女は最初の謀殺対象であった。熟慮の結果、彼女は毒物吸引に似た効果を持つある方法によって、目的を果たすことにした。流行を追うのがなによりも好きなあのこわっぱどもは大喜びし、毎晩かならず出かけて興味津々うきうきわくわく、なかには「これで有名になってやる」などといいだす者までいた。そんな彼らがX女史に毒薬を注射されるのをどうして防げよう？　ときには文句をいい、ときには彼女の革靴を盗んだりしたものの、所詮みな単純で幼稚な子供であって、すっかりX女史に掌握されてしまった。それほどの神通力ならば、X女史の謀殺行動はすぐさま大きな惨劇をもたらしたであろうか？　申し訳ないが、筆者はここでは事実を重んじ、実情を語るしかない。X女史のその行動は同業女史の息子に思いがけない影響を及ぼした以外、ほかの者たちには肉体上精神上のいかなる被害も及ぼさなかった。それが実情である。われらが五香街《ウーシャンチエ》地区の気候条件はとうの昔から地元の人々のなかに一種の免疫を育《はぐく》んでいた。これこそX女史が実地調査の際に見落とした肝心な点である。その免疫のおかげでわれわれは長年毒汁につかりながら、依然として健康につつがなくやっていけるのである。同業女史の息子の場合は、子供のころ大病を患って免疫を失っていたため、たまたまX女史の毒に当たってしまったのだが、X女史はこのただひとつの成果に躍りあがって喜んだ。あのお宝亭主は会う人ごとに「すごい威力だ」、「原子爆弾なみのエネルギーだ」などと、歯が落ちるほど人を笑わせる馬鹿なことをぬかしていた。

X女史はその成果を「意外な収穫」と称した（彼女によれば、自分は他人に影響は与えるつもりなどべつになく、周囲の人間のことなどとうにすっかり「忘れて」いたという）。「まさかまだあんな子が残っていたとはねえ！」彼女は相好《そうごう》をくずした。「本当に勇気のあるいい子だわ！　いつか将来、あの子も奇跡を起こすかもしれない」。同業女史の息子の件を今一歩分析すれば、すぐ「見当がつく」ことだろう。同業女史の息子というのはその女史の実の息子で、生まれたその日から他の子供たち同様われわれ五香街《ウーシャンチエ》住人が持つ免疫を具えていたのだが、その後不幸にも大病を患ってそれを失ってしまった。しかしだからといってかならず現在のような人間になるとはいえなかったはずだ。彼の前には一本の明るく広い道が広がっており、先輩の指導の下、災難や疾病を避けながら傑出《けっしゅつ》した男になることも充分できたはずだ。しかしある夏の夕方、彼はある奇妙な呼び声に引きつけられ、その声のいざなうままにX女史の家の戸をくぐり、そこに二時間もじっと坐ったあげく、急に気がふれてしまったのである。おかげで十数年、彼を手塩にかけて育ててきた母親の苦労は水の泡になった。X女史の陰謀はあたかも吸盤のようにぴたりと彼に吸いつき、もはや外すことはできないのだった。母親がその恐ろしい吸盤のことをもちだしてなんとか外してやろうとすると、息子はかんかんに怒りだし、母親のせっかくの善意を逆に「人を殺そうとする」などと退《しりぞ》け、もとにもどるくらいなら「死んだほうがましだ」といった。ああ、X女史は本当に彼女の活動の影響を知らなかったのであろうか？　本当に自分の内面の静けさを保つことにのみ集中し、そのためにあの夜間の怪しい活動をしていたのだろうか？　だれがそんなことを信じよう？　世間と争わず、ただ修練しようとするだけならば、人はどんな活動もできないはずである。X女史のあの見せびらかしや大立ち回り、あの取り繕った無表情、そうした活動の客観的作用（わずかなものとはいえ）、さらには行き着くところまで行こうとする決意、一切合切がわれわれの先の観点を証明している。子供のころからひそかに謀殺の欲求を養ってきた人間、その後の人生でも世間への殺意を失うどころかますます激しく持つようになった人間が、摩訶不思議にも解《げ》脱《だつ》して殺意をかなたへ放り出し、ひたすらおのれの内面の静けさを保つのに注意を集中し、聖人になろうとするようなことがあろうか？　少年少女のあの若く柔らかな胴体が行き来するのを前にしながら、飛びかかってがぶりと咬みつきもせず、「目にも入らなかった」というのか？　もしも本当に目に入らず、本当に解脱したかったなら、当然茅屋の屋根か山の頂へ神霊と対話をしに行くべきであった。それを人々に囲まれてひがな一日平々凡々に過ごし、夜になってようやく何枚かのぼろ鏡を並べ、あるいは空無のなかから奇跡を生み出すとやらいうことを始めるようでは、なにが解脱といえよう！　俗に「虎の話に顔色を変える」というが、われわれは今やXが解脱したなどと聞いたとたんに「顔色を変える」。ただしそれは決して恐ろしさに「顔色を変える」のではなく、「正顔厲色《せいがんれいしょく》」、すなわち、きっと色をなすほうである。われわれはそのような態度によってXに、われわれがすでに彼女の詭計を見破っており、だれもが彼女の特別演技を冷やかな目で見ていることを示してやるのだ！　解脱＝謀殺、事実はそういうことなのだ。ここまで深く入ればわれわれにもおよそ「見当がつく」。謀殺ということから見れば、X女史は周囲の者を「忘れて」いるどころか日夜気にかけており、彼女のひとつひとつの計画や動きすべてが誘惑に満ちた罠としてその獲物に向けられているのだ（残念ながらそういう獲物は多くはなく、今までに本当に罠にかかったのはわずかひとりだが）。さもなければ彼女が一度また一度と訓練を積み、一度また一度と手段を改良進歩させていくのは（顕微鏡が「空無のなかから」に進歩している）なにを基準としているのか？　目の「引退」とやらはもとより脱け殻の計であって（さもなければなぜ鉦《かね》や太鼓を鳴らして「宣布」したのか！）、人知れぬ間に、彼女の後頭部にはすでに髪に隠れて第三の目が生えていたのだ。その目は今までよりさらに鋭く、すべてを貫くとまではいえないまでも、「剣のように鋭利」だった。彼女は髪に隠れたその怪しい目で外界のすべてを見渡し、ひとりひとりの動向を手に取るように知っていた。われわれ純朴な民衆は彼女のあの「お払い箱」になった両眼しか見ず、多くの者は彼女のいうことを鵜《う》呑《の》みにして彼女が本当に解脱しはじめたと思いこみ、なかにはその解脱と天才の解脱をいっしょくたにする者さえいた！　X当人はその民衆の信じやすさにつけこみ、彼女の「解脱」学を大いに談じた。彼女がいうには、自分の解脱は天才の解脱よりさらに高級で深みがあり、今ではもういつどこででも自分を「二つに分ける」ことができるという。分けたいときには分け、分けたくなければ「一つになる」のであって、茅屋や山の頂にわざわざ登って神霊と対話する必要など毛頭なく、いつでもしたいときに対話できるし、その対話の中身にしても今までの天才たちをはるかに超えている、と。聞いていると、まるで彼女がすでに超天才にでもなったかのようだ。われわれ俗世の希有《けう》の天才をも、彼女はひとしきりけなした。「事実を誇張して恰好をつけているだけの連中よ。そんなに生きるのがいやで、体力を消耗しつくしているのなら、茅屋や山に登る力などあるわけがない。ちゃんと大人にもならないうちにお陀仏するにきまっている。思えば人はなんと脆弱《ぜいじゃく》で、天才になることはいかに難しいことか！　幸いわたしはそんな思想に煩わされず、天才にはなど興味はない。わたしはとうに全身に鋼の保護膜を生やし、もはや天才たちのように感じやすくはない。むしろほとんど無感動で、おかげで内面の静けさを保つことができ、道化のように愉快なのだ。今の世に天才などいない。ただわずかばかりの人間が内面の弱さと恐れからそういう言葉を作り出し、人をだましているだけだ。連中は天才を標榜《ひょうぼう》すれば解脱でき、責任を負わずにすむと思っている。その言葉をしきりに口にしながらあちこち遊びまわり、自分はもうすぐ神霊と対話する資格を得るなどと会う人ごとに吹聴する。わたしはそんな天才たちの境遇には少しも同情しない。連中は勝手に悩みを探しているだけだ。わたしはむしろ提案したい。暇をもてあましている天才たちにひとり残らずなにか職を探させ、ふつうの庶民の貧しい暮らしをさせ、米味噌醬油の心配をさせ、それでもやりたければ余った時間に彼の天才活動をさせるのだ。どうせろくな仕事はできはしまい」だれが見てもわかるように、彼女はねたみからこういうことをいっている。自分がとうてい天才の器ではないのをよく知っており、また幸運にそうなったすぐれた者たちをうらめしく思っていたので、月日がたつうちにこういうひねくれた理屈で対抗するようになったというわけだ。それもいちいちもっともな、さも自信ありげな、明察そのものといった調子でだ。彼女はこの題目で話すときはいつもできるだけあらぬ方を見て「解脱」を示した。だが、その話を聞いている者は、まさか彼女の第三の目が油断なく活動していようとは知るよしもなかった。彼女は人々が自分をどう評価するかを恐ろしく気にしていたのだ！　もしもだれかがその場で「第三の目」を発見し、その「解脱」が見せかけだといったなら、彼女は怒りのあまり卒倒したことだろう！　五香街《ウーシャンチエ》の者ならだれでも知っている。だれかがなにかを度を越してけなすとき、彼（彼女）は実はひそかにそれを欲しているのだ。Ｘ女史がああいうふうに天才を語るのは、心の底で常に、いつか人々に承認されたい、天才と肩を並べたいと思っているからだ。彼女は単にその意図をうまく隠しているだけなのである。そうでなければなぜ、わざわざ天才を攻撃するような意見を発表するのか？　彼女にはよくわかっているはずだ。この五香街《ウーシャンチエ》で人々があのごく少数の雲の上の天才のことをとやかくいわないのは、彼らがわれわれの領袖《りょうしゅう》であり、指導者であり、人々が生まれながらに崇拝する偶像であるからだ。Ｘ女史はそれを見て、天才をけなさないかぎり人々の注意を自分に向けさせることはできないと判断したのだろう。自分を天才と同列に論じさせ、無意識のうちにいっしょくたにさせること、これこそが彼女の望みであり、少しでもそれめいたことをいわれると有頂天になるのだ。彼女にとっていちばんうれしいのは、「この世がめちゃくちゃにひっかきまわされる」のを見ることなのだそうだ。われわれはこういって差し支えあるまい。彼女が発表したこうした意見もあの夜間の謀殺活動の一組成部分である、と。それがX女史の愚かなところなのだ。天才になりたいのなら地に足をつけて忍辱《にんにく》し、責務を負い、人民大衆の信頼を勝ち得るべきだというのに、どうしてわがまま勝手にこんなひねくれた方法で目的を達しようとするのか？　そんな奇妙な成功者がどこにいる？　思えば筆者はどれほどの苦難と打撃に耐えて今日の地位まで這い上がったことか？　しかも民衆はいまだに筆者が天才であると公然とは認めていないのだ（それが彼らの慎重さのせいだというのはわかっている。彼らは実際は態度のうえでとうにそのことを黙認しており、その気持ちは大いに理解できる）。ところがあのX女史はなにもせず（筆者のあの幾多の困難な取材を考えてもみよ！）、人民大衆と「まったくつきあわず」、「まったく相容れず」、自分のあの小さな家に閉じこもってカサコソと巫術の類にうつつをぬかしている。そんな者を人民大衆が「天才」と公認したりするだろうか？　まったく脳天気としかいいようがない。それればかりか彼女は勝手に天才の定義まで変えようとしている！　茅屋の屋根や山の頂に登るというどんな天才もやらねばならぬことを「大仰《おおぎょう》」で、「気取り」で、「そんなにまじめくさる必要はまったくない」などという。だとすれば、天才の定義は彼女のモデルに合わせて新たに定めねばならないというのか？　もちろん彼女はこの世に天才などおらず、天才論など時代遅れだともいっている。彼女がなにかにつけて常識とぶつかるねらいはただひとつ、「それをめちゃくちゃにひっかきまわして」そこからうまい汁を吸おうというのだ。断言できるが、X女史は絶対に茅屋の屋根や山の頂に登るような真似はできない。そんなことをしたら神霊の罰が当たるか雷に打たれるか、あるいは事故で命を落とすと予感しているからだ。彼女は一貫して自分にできないことはなんでも嘲笑し、皮肉り、できないとはいわずに、するに値しないというたちだ。そういえば超越できると思っているのだ。妹にはこんなことまでいっている。「苦労して天才の真似をするよりも、一キロでも多く落花生を売るの！　結局はそのほうが得だし……」群衆が茅屋の下に押し寄せて天才の心音に耳を傾けていたとき、彼女はわざと下をむいて目を伏せ、なんでもないふりをして煎り豆屋の仕事に没頭していた。ある者に問い詰められると、無理に驚いたような顔をしてみせ、自分は外界のどんな動静も気にかけたことはなく内面生活は充実して愉快であり、外の出来事を見に行く必要などまるでないといったものだ。そしてやってきた者の手を「腹立たしげに振り払い」（その者は、それが精鋭と近づきになる唯一の道だからと彼女を茅屋の下に引っぱっていこうとした）、「個人の自由に干渉するな」と叱りつけ、「そんな馬鹿騒ぎに加わってたまるものか」といった！　「落花生の売上げを百グラムたりとも減らす気はなく」、「そんな意味のないこと」に精力は使えない、自分は精力の配分には実に細かく気を配っており、その配分は「変えられない」というのに、こんなふうにやってきてそれを崩すとは「略奪」も同然だ。彼女はそういい終わると、まったく気づかれずに第三の目で相手を長いこと観察した末、「雑巾の類の輩だ」と断定し、下を向いて落花生を量《はか》りにかかり、二度と目もくれなかった。相手はまだ何かいおうとしたが、X女史の夫にほうきの柄《え》で突かれて店の外に追い出されてしまった。「あの雑巾、場ちがいなところにあって、きみの目障りになっていたようだから、ごみために捨てたよ」夫はほっとしたようにいった。さて、また迷宮の路線図にもどろう。われわれはすでに、X女史がどのように地形を読み、どのように五香街《ウーシャンチエ》を拠点とし、またどのように凶器を使わぬ殺人をするようになったかというところまで糸をたどってきた。またそれを実証するため、彼女の行動を天才と対照して区分したのであるが、これで読者もほとんど「完全に見当がついた」ことだろう。本来なら筆者の仕事は順調そのもので大勝利が目前にあるはずだったのだが、はからずも新たな問題に遭遇した。X女史が夜間の活動を放棄して大通りに紛れこみ、通行人に向かってその姦夫との関係を「正常化する」と宣言したことで、筆者の研究は一頓挫を来《きた》したのである。あの宣言のせいで、多くの人々が例の夜間の活動を「謀殺」活動とすることに納得しなくなり、人によってはあっさりとこういう者までいた。「夜間の活動？　あれは純粋に彼女個人のささやかなことじゃないか！」人々は夜間の活動から目を離し、「姦通事件」一点にのみ興味を向けるようになった。よかろう、筆者もとりあえず研究は措《お》いておき、人々の視線を追ってX女史の新たな変化を見てみることにしよう。正常化とはなにか？　法律や伝統的な考え方のうえでは、男女関係の正常化とは一夫一婦制である。しかしX女史はすでに夫がおり、別れてもいない。それなのにどうやって姦夫との関係を正常化するのか？　彼女が今の夫と「別れる」といったことはあるが、べつに裁判所に出向いて離婚手続きをしようというのではなく、その兆しもない。聞くところによれば、彼女はそういうことが「心底きらい」なのだそうだ。手続きもせず、一方ではばかるところなく姦通を発展させるとしたら、彼女のいう正常化とはどういう意味なのか？　Qと死ぬまで添い遂げようというのか？　すぐに思い起こされるのは、X女史がかつてひどく浮気っぽく、男なら「来る者は拒まず」、「多ければ多いほどよく」、しかも「わざわざ訪ねていく」ほどだったことだ。その後あのQ男史を引っかけ、やがて自分は「彼に首ったけ」だと宣言し、大げさに「どんなまがいもの（ほかの男）も眼中にはない」といったのだった。ならば彼女が離婚してそのQと結婚さえすれば、たちまち邪は正に改まり、良妻賢母ができ上がる。しかし指摘しておくが、X女史は姦通事件のはじめから終わりまで、ただの一度も「結婚」の二字に触れたことがない。よくよくこの形式が嫌いなのだろう。そんなわけで、われわれは決して彼女に対していかなる幻想も抱いてはならないのだ。彼女をわれわれの道徳に収めようとするいかなる試みも失敗に終わるだろう。子供のころから貪欲な本性をむきだしにしていた（ものを見ればひっつかむ）Xが、三十いくつになった今日、いかなる道徳観を持っているかは熟考に値しよう。結婚もせず、裁判所に離婚手続きに行くのも面倒がる彼女の言外の意は、だれとでも仲良くなりたければなり、だれとでも同居し性交したければすればいい、それが正常化だというわけだ。それにしてもここにはなんの目新しさもない。すでに歴史となった「性解放の波」はまさにこういう考え方ではなかったか？　しかし一方ではX女史はまるで「解放」されていないようでもある。まじめくさったことをいうときは、こっちをぎょっとさせるほどだ。彼女は頑固にこう考えている。第一に、Qと姦通した以上は愛しい夫とかならず「別れ」なければならず、それが正常化である（Qが納得しないため、その後も実現していないが）。第二に、Qと裁判所に行って結婚登記をする必要もなく、「公明正大」に姦通をつづけさえすればよい。それが正常化である。第三に、「ひとりの男を見つめつづける」必要もなく、その男を見つめているときに他の男に目を引かれたら、すぐさま喜んで「向きを変えれば」よい、と（Qははじめからこの見方を受け入れず、その後もずっと異議を唱えていた。これもふたりがそれぞれの道を行くようになった原因のひとつである）。読者はひょっとしたらここまで読んで、つい叫んだかもしれない。「それではまるで、あの麻をかぶって牛車に乗った連中のやり口と同じではないか？　連中、虱《しらみ》がたかってるぞ！」と。その虱がたかった夜鷹について、X女史は忌憚《きたん》なくたしかに「好感」を持っているといい、さらにQにはこういった。「あの人たちに比べれば、われわれこそ野蛮人よ！」

ここで彼女は文明と野蛮の概念まで勝手にひっくり返したが、およそ彼女に必要なものは文明と称し、必要に合わないものは野蛮と斥《しりぞ》けるのだ。われわれには想像がつく。彼女の未来の文明世界とは天下大乱、上を下への大騒ぎの世界なのだ。彼女はずっと本心を隠してはいたが、われらが五香街《ウーシャンチエ》でその理想の青写真を実現しようと思っていたのだ。親愛なる同志諸君、X女史の新たな変化はいってしまえばなにひとつ新しくない！　彼女のその正常化にはわれわれ精鋭や大衆はもとより姦夫のQさえ納得していないか、あるいはひどく反感を抱いている。そんな正常化は彼女ひとりの発明であって、あのとち狂った頭の中にしか存在しない。できればそれは頭の中にしまって、行動には訴えないほうがよかろう。行動に移せばとたんに一歩も先へ進めないのに気づくはずだ。なにが「新しい」ものか！　麻靴をはいて牛車に乗り、ぼろをかぶるのが「新しい」というのか？　もともと彼女が麻靴をはこうが牛車に乗ろうがわれわれとは無関係だったのだが、なんと無理やりQをそこに引っぱり上げ、大通りにまで出てきて通行人を引き止め、自分のろくでもない考えを宣布するときている（ある者の計算によれば五十八人が害毒を受けた。幸い老懵《ラオモン》が屋根裏を乗っ取られそうになったのをうらみ、X女史の夫の親友の妻の協力を得てパチンコでX女史の足に石を命中させたおかげで、白日の下での罪業を暫時中止させることができた）。それにしても石のような意志とあの倦むことを知らぬ努力には、もっと別な意味もあるのだろうか？X女史の変人ぶりとぬけめなさ、奇怪さを思えば、当然警戒してかからねばならない。

わずか半年のうちに彼女は手段を選ばずQの家庭を崩壊させ、大声で恥ずかしげもなく、結婚という形式で自分とQを束縛する気は少しもなく、「正常化」（すなわち麻靴をはいて牛車に乗ること）すればそれでいいなどとぬかしている。どうやらねらいは別なところにあるらしい。X女史がしたことのすべて——いわゆる姦通——は、もともとQとは大して関係がなく、QでもYでもどうでもよかったのだ。彼女は「空無のなかから奇跡を生み出す」といってはいなかったか？　これこそが彼女の奇跡なのだ！　われわれのなかには頭が硬すぎて彼女のあの密室と顕微鏡のそばから目を離さず、そこが「奇跡」の製造場所だと思いこみ、だれかが少しでも目を離すとひどく不思議がるばかりでいつまでも反応しない者がいた。X女史はそれにつけこんで機敏に行動し、場所も時間も手段も対象も変えて、例の真っ暗なところへ「奇跡を製造しに」行ってしまった！　しかも「今度の手は顕微鏡などよりどれほど高級かわからない」（妹にいった言葉）と得意になっているのだ！　人目をくらますため、彼女はさらにわざとカーテンを下げて部屋の窓を閉めきり、夫を外で見張らせてうそをいわせ、一旦外の者が入ってくると、彼女が寝言戯言《ねごとざれごと》をいってだましたのである。筆者でさえあやうくその罠にかかって大きな過ちを犯すところだったのだから、一般の人は少しの疑いも抱かなかったにちがいない。

筆者はまだ覚えているが、X女史の窓の下で三日間も見張りをし、彼女が「奇跡」と称するあの黒いカーテンを羽根ぼうきでしきりに外そうとしていた男がいた。大まじめに疲れもいとわず、これほど「意味のある仕事はない」といって、睡魔に襲われると石を拾ってこめかみをたたいては元気を奮い起こしていた！　もしも彼があのとき、窓のむこうはもぬけの殻で、X女史は今どことも知らぬ穀物倉庫で男の肉体を相手に「奇跡を生み出し」ながら、企みが実現したと悦に入っていると知ったとしたら、どんなに失望したことだろう！　「すべての河は大海に帰す」、われわれはみなといっしょに長い道のりを歩いてきたが、やはりあの古い問題に立ち帰らねばならない。すなわち、奇跡の製造はまさに謀殺の一組成部分であるということに。X女史にとってQやYなどまったくどうでもいいのだ。彼女が心にかけているのはただひとつ――世間の者に全面報復すること――である。だれかが彼女の計略にひっかかってカーテンの下で番をしているとき、彼女はわくわくしてほくそえんでいるのだ！　彼女が通りに出て「正常化」を宣言したのも、決してQがそれほど魅力的だというのではなく、単にこの人の世の一切合切を「めちゃくちゃにしてやれ！」ということでしかなかった。夫の親友が暴露したところによれば、ある日X女史の息子の小宝《シャオバオ》は明らかに母親にそそのかされて道端の黒板新聞をいきなり蹴り倒し、一目散に家に逃げ帰った。X女史はほころびる眉を無理にひそめ、顔をしかめて長いこと説教したが、その説教の理屈がまた一風変わっていた。「黒板が倒れておまえの可愛い頭に当たったりしたらどうするの」とか、「人に見られたら、お父さんとお母さんは罰金を取られたり監獄に入れられたりするんだよ」とか、「小さいうちから大人のくだらないことに首を突っ込んだりせず、そんな元気があるなら、仲間たちと思いきり遊びなさい。パチンコでも、鳥の巣を取るのでも、そのほうがずっと面白い」云々で、その行いが悪いことだとも馬鹿なことだともひと言もいわなかった。それが親を見て育った結果であり、親に似た謀殺の心理がその幼いからだの中に徐々に形成されつつあることがわかったからだ。おかげで彼女には息子の前途が「だんだん見えてきた」（夫への言。そういいながら彼女はにこやかに慈母のように微笑んだ）。あの息子は七つになったばかりだったが、X女史の幼年時代とうりふたつなのはもう目に見えていた。ただ家で押さえつけられなかったので、いっそう大胆で野放図（X女史は「奔放」という）だった。その後母親の姦通事件が起きると同じ年頃の子供に「売女《ばいた》の子」などと罵られたが、彼は泰然自若《たいぜんじじゃく》としていた。まるで意味がわからないようでもあり、鈍感なようでもあり、これまた母親ゆずりのあのうつろな夢見るような目をして一時ぼうっとしていたと思うと、すぐまた活動的な天性を取り戻し、仲間たちと思いきり遊びまわったものだ。あの子は七歳でもう型が定まり、全身に毒汁がしみわたっており、どんな大事にも決して動じない。親切な大人たちがどう導いてやっても（X女史の夫の親友はそれに打ち込んで何度も「舌の先に水ぶくれを作った」ほどだ）、彼は考えを変えなかった。「ぼくの母さんと父さん、それからQおじさんは、みなすごい人だ」。なぜかと聞かれるとこう答えた。「母さんは鏡で空のことを見られるし、夜中に飛ぶこともできる。父さんが煎った落花生は香りがよくてぽりぽりして、だれもかなわない。Qおじさんは千回もまりつきができる。ぼくは五十七回しかできないのに」。しかも気をきかせて母親にこんな提案までした。「Qおじさんにうちへ引っ越してきてもらおうよ。ぼくら三人といっしょに住めば、もっと面白いじゃないか」。夫の親友はこれには思いきり横面を張られたような気がして、一週間も顔を紫にしていた。X女史は事件のあと妹に長い手紙を書いた。寡婦を筆頭とする精鋭たちは慎重を期してそれを開封検閲した。その手紙を読んだかぎりでは、筆者の迷宮路線図はきわめて精確であった。彼女はたしかにQやYを眼中においておらず、ただ演技していたにすぎない。Xは手紙の中でこう語っている。彼女はQを遠くから来たツイードのオーバーを着た行商人と勘ちがいしていた。実はQはこの地に生まれ育った変わり種で、たしかに変わってはいるが、結局は土着の者だ。しかし彼女があこがれるのは遠くからやってくる行商人なのだ。そんな人間が鏡の中にしかいないのは、頭ではわかっている。彼女の技量はすでに空無のなかから奇跡を生み出すにいたったとはいえ、空無のなかから人間を生み出すことはない。だから土着の変わり種のなかからその身代わりを探すしかない。どの身代わりの男も、彼女が理想とする遠くの行商人のような気質を具えてはいるが、その身代わりと永久に「いっしょになる」決心がつくかといえば、おそらく無理だ。だとすれば休みなく探しまわり、休みなく「転向」しつづけるしかない。そのたびにもしかしたらあの高度な快感が得られるかもしれず、そのためなら彼女は「一切を顧《かえり》みない」だろう。たとえ傍から見て彼女の名誉は地に落ちていようとも、彼女は相変わらず「馬耳東風」だし、「新たに始める」充分な体力と気力もある。もしまたあんなチャンスにめぐり会ったなら、「決して手放しはしない」。もちろん彼女は他人を傷つけたくはないし、できればみなと「仲良くやりたい」と思っている。知らないうちに他人を傷つけていたとすれば（たとえばQの妻にはずっと好感を抱いており、今でもなぜあの妻が袋小路に入ろうとするのか合点がいかない。もっとずっといい道があるはずだと思っている）とてもつらいが、自分ではどうしようもない。彼女がしているすべてのことは「思いどおりにはならない」のだ。この手紙を開封検閲したあと、筆者と寡婦は通りのはずれの煎り豆屋に行き、X女史がどのように「新たに始める」のか、じっくりと丸一日観察した。だがわれわれの労働は無駄だった。X女史はまたもや視力を失っており、カウンターや煎り豆や手にした秤《はかり》の針（寸分の狂いもない）は見えるくせに、人間は目に見えず、前や横からしきりにぶつかってきてわれわれを狼狽させた。どうやら、彼女は相変わらず従来の原則を守っているらしい。つまり「期せずしてめざす相手にめぐり会う」つもりなのだ。いかにも自分は自分のことをやるまでといった調子で、顔にはあの俗言がはっきりと書いてあった。「太公望の魚釣り、かかりたい魚よ、かかれ」と。彼女の顔にその俗言が出現すると五香街《ウーシャンチエ》の多くの者がこぞってその「魚」になろうとし、X女史の釣り針を試しに行ったものだが、ひとり残らず失敗した！　X女史は連中が魚だなどとは端《はな》から思っておらず、今までどおり彼らを「雑巾」と呼んでいた。思うに、たとえYやZの類の男が大魚として釣れたとしても、彼女のねらいはその魚自体にあるわけではない。目を伏せて落花生やそら豆を秤っているあの尊顔を少し拝しただけで、彼女が馴染んでいる快感が尋常なものではなく、謀殺の快感なのだとわかる。釣られた者はそれでもうおしまいなのだ。はじめは素晴らしいことと思いこんでいるものの（Qのように「熱い涙が溢れ」たり、大喜びで十字路に逢いびきに出向いたりする）、やがてようやく自分が網にかかった魚と気づき、そのままくたばるか、さもなければ滝を登る鯉さながらに身を躍らせて跳び出そうとし、地面にたたきつけられて半死半生の目にあうかなのだ。そうなったところでX女史は動じない。そんなことは悲しむには及ばないのだ。もともと悲しんだり後悔したりする習慣はなく、相変わらず落花生を売っているうちにたちまち忘れてしまうか、頭のすみに追いやってしまう。そして可能でさえあれば、またぞろひそかに釣り針を下ろし、わくわくしながら新たにひっかかる者を待つ。彼女は妹にいった。自分は生涯このゲームをするよう運命づけられている。たとえ「老いて目が黄色く濁る」ような歳になろうとも、かならず引っかかる男はいるという自信がある。「この世界は広いんだもの」彼女はそういってすぐまた付け加えた。「このがらんとした世界が遠くから来る行商人ひとり収容しきれないようでは、わたしの一生は待ちぼうけになってしまう」と。われわれの迷宮路線図はここまでである。そんなことをいうと多くの人が騒ぎだすにちがいない。「われわれは暗闇会議を開いたり、絵を描いたり、標語を貼ったり、尾行したり、これほど煩雑な仕事をこなしてきた。今さらそれを徒労だった、XとQの事件はもともとXが暇にまかせて作り出した人をからかうための即興芝居でしかなかったというのか？　それとも貴様、この陰険な速記人がもっともらしく詭弁《きべん》を弄し、自分のろくでもない才気とやらを見せつけようというのか？　見せつけたいなら好きなだけ見せつければいい、大衆を犬の糞のようにいい、売女を英雄といえばいい。しかし今度の言い方はあんまりだ」と。しばし待たれよ、同志諸君、筆者は決してXが途方もない才能を持ち、人生を舞台として自分でなにもかも演出したなどといっているわけではない。筆者が強調したいのはただ、Xが良心も情もない女であり、自分が起こした悶着のなかでも三枚目を演じているにすぎず、べつになんの雄大な計画があるわけでもなく、単に天性がこうさせているだけだということだ。彼女は教育もなく（本人がいう「字ひとつ知らない」というのはもちろん誇張だが）、物事に「気を配る」こともしないというのに、雄大な計画などどこから出てこよう？　同志たちよ、安心したまえ、きみたちのしてきた一切は無駄にはならない。いつかかならず「機が熟し」、すべてが明らかになるであろう。われわれの暗闇会議と高度な伝達方式はいずれも空前絶後のもので、われわれ民衆と精鋭の英知をあますところなく体現しており、そのすべてが、すでに事実そのままにわれらのあの輝かしい史冊に書き込まれている。それは今も筆者の窓辺に置かれ、四方に光を放っているのだ。いつかの晩、泥棒がこの宝を盗みにきて、まぶしい光に目がくらみ、つまずいて大失敗してしまった。まったく身の程知らずというものだ。それにしても筆者の目から見ると、X女史の人生はまったく算盤《そろばん》に合わない。謀殺も実現できないばかりか、孤独でだれともつきあわず、だれとも心を通わせず、気さくに話ができる相手もいない。そんな人生にいったいなんの意味があろう！　魚釣りで時間をつぶすにしても、今後かかる魚はおそらくますます減り、ついには待ちきれなくなるにちがいない。

迷宮路線図の二……X女史の今後の発展方向をどう予測すべきか？　今までの分析によれば、X女史はさまざまな奇癖《きへき》を持つ小人物で、その実体はわれらの五香街《ウーシャンチエ》に存在している。このことは、どうやら断定できそうだ。この気がかりな問題が片づいたので、全力をあげて黒板新聞の仕事にかかろうとした矢先、第二の問題が筆者の頭にひらめいた。筆者は大声で叫んだ。「待ちたまえ！」すべての者が仕事の手をとめ、いぶかしげに筆者を見つめた。筆者はみなに話しはじめた。もしこの第二の問題をうまく解決できなければ、今までの仕事は無に帰してしまう。X女史が実体として存在するならば、必然的にその発展があるはずで、発展があるならば、その方向があるはずなのだ。その基本的な問題をどうして無視できよう？　今朝、われわれは期せずして全員が通りのはずれの煎り豆屋の前を通りかかり、X女史が夫といっしょに三輪自動車から落花生やそら豆の荷を下ろし、店に運び込むのをはっきりと見た。われわれは長いことそこにたたずみ、X女史は存在するとそれぞれが断定した。しかし、それで終わってよいものだろうか？　彼女は存在すると断定した以上、われわれはひとつの重荷を背負ったも同然なのだ。その荷を最後までかつぎ通さなければならない。彼女の将来のこと、前途のことだ。どうしてそれを放っておけよう？　彼女は老哲人ではなく、老哲人のように化石となるはずもない。だから彼女の変化はとどまるところを知らないはずであり、われわれも永遠に彼女に注意を向け、判断し、予測せねばならない。それができないとしたら、明らかに、彼女が実在すると断定したこと自体が不徹底だったことになり、責任感に欠ける態度といえよう。生身の人間が目の前で「なにか企んでいる」というのに、われわれは現在および将来、部外者のように「ぼうっとして」いられようか？　筆者のこの一喝に、成功に酔いしれていた精鋭たちははっとし、また雄々しく奮い立って集い、はりつめた頭脳労働を開始した。われわれはすでに知っている。X女史はあの波瀾を経て再び内面の静けさを取り戻し、毎日心置きなく落花生やそら豆の小商いに精出しており、冷徹に「だれをも見ようとせず」に、秤の針だけを見ている。あの打撃（またはゲーム）のなかで悟り、換骨奪胎《かんこつだったい》したのであろうか？　そんなことをたずねるのは、幼稚で無知な若者だけだ。われわれ世事に通じ、X女史と矛《ほこ》を交えたことのある精鋭たちがそんな幻想を持つはずがない。俗に「万変《ばんぺん》その宗を離れず」という。あのX女史がどんな姿で現れようと、原形はただひとつ。それは彼女の出生時に、幼年時代に、すでにでき上がっていたものなのだ。真っ暗な穀物倉庫の中で存分に姦通を展開するのも、通りで落花生を売るのも本質的にちがいはなく、通るものなら、落花生売りは「姦通の継続」、あるいは「新たな姦通の予備段階」ないしは「火山爆発前のエネルギー備蓄」だといってもいい。とにかくそのいずれも当てはまるのだ。彼女自身も気まぐれに妹に漏らしているではないか。彼女には新たに始める力がまだ充分あると。彼女が落花生など売っているものか！内分泌を調整しているのだ！　気を運び、精神を集中しているのだ！　第三の目で新たな獲物を探しているのだ！　かつて多くの者たちは全力をあげて彼女の運命を心配してやり、人によっては家庭まで台無しにした（たとえばXの夫の親友）。われわれはなんと多くの希望を抱いていたことか！　そんな甲斐はまったくないと知りながら（X女史は少しも変わらなかったし、われわれにも良いことは少しもなかった）、それでも終始「やりかけたことは最後まで」とがんばりぬいた。聞く者を驚かすこの過程こそ、われわれ五香街《ウーシャンチエ》住人のすぐれた資質を余すところなく示し、神霊の胸をも打つものなのだ（かつてある天才が茅屋の屋根の上でそれを証明した）。とりわけ泣かせるのは、人によってはなんの得にもならないのに、その過程の間じゅう我が身を苛《さいな》みつづけ、それを一種の嗜癖《しへき》にまで発展させたことだ。なんと根性のある民衆であろう！　このような人民がいるかぎり、X女史の今後の発展方向が暗黒であろうが光明であろうが、われわれは「大船に乗った」も同然だ。だが、今後の見通しについては楽観悲観両極端の見方がある。悲観主義者はこう考える。X女史の欲望は膨張して数年後には一定の威力を示すにいたり、彼女に対する大衆団体のコントロールは相対的に弱まるであろう、と。この結論はX女史自身の素質から導かれるというよりも、われわれ大衆団体のある人々に原因があるとされている。ある人々とは騒ぎを起こしたがる連中で、その病毒が拡散蔓延《まんえん》すれば、われわれの事業はきっと台無しにされるだろう、というのだ。振り返ってみよう。かつてXとQがあの事件（もとはといえば小さなことで、ひとりでに片づくのを静かに待つことは完全に可能だった）を起こしたあと、一部の者は黙っていられなくなり、自分の本業を放りだして一日じゅうX女史の家のまわりをぶらつき、どさくさまぎれにこんなことをいった。彼らの生活の重心は歴史的転移を生じた。それでいいのだ、彼らは二度と黒板新聞の類の世俗のことに関わるには及ばない。もともとそんな事務的な仕事にはうんざりしており、とうの昔からやめたかったのだ。彼らはそんな無味乾燥な仕事をするために生まれてきたわけではない。おのれの才気と天分を発揮できるもっとましな場を得てしかるべきなのだ。今やXとQのあの味わい深い事件がもちあがり、彼らが存分に腕をふるえる場が開かれた。これこそ降って湧いた好機というもの、二度と下積みに甘んじる気はない、と。そんなしだいで彼らは続々と辞職し、辞職できない者は勝手にあっさり仕事を離れた。輝かしい前途が彼らを誘っているのだ！　彼らの趣味に合う仕事が待っているのだ！　このかなめ時にいさぎよく決断しなければ、どうして身軽に戦いに臨《のぞ》み、功績をあげることができよう？　やるからにはとことんやるまで。まず辞職して自分の退路を断つのが第一歩だ。辞職すれば身軽そのもの、蛇のように敏捷《びんしょう》に、犬のように敏感になることだろう。しかし、観察者の報告によれば、あの連中は職を投げ出したあと、自分で吹聴した事業とやらをしようともせず、XとQの事件を隠れ蓑《みの》に家をぬけ出し、Xの家のまわりを何度かぶらぶらまわってからつぎつぎに彼らの堡塁に——公衆便所に——駆け込んでいった。連中はそこで作戦を練るわけでもなく、どっかりしゃがんで一日じゅう延々とあの下品で卑猥な話をするのだった。しかもその猥談に「理論探究」などという聞こえのよい名前までつけていた。彼らはその「探究」に目を血走らせ、人気《ひとけ》のない物陰でX女史をつづけて二度も襲ったりした。目的は達せられなかったものの、大衆団体のなかで連中の評判は地に落ちた。この看板だけの探究のせいで、われわれの古来の優美な言葉を冒瀆《ぼうとく》する者まで出るようになった。人によっては「業余文化生活」や「百年之好《よしみ》」といった伝統表現を捨てて、代わりに「一発やる」とか「かます」といった低級な下層の俗語を一日じゅう口にするようになり、のべつまくなしにそればかりいって豪放磊落《らいらく》ぶりを示すとともに伝統に挑戦しようとしたが、まことに笑止千万、身の程知らずというものだ。連中が徒党を組んで通りを行くのを見ると、だれもが蛆《うじ》を呑んだように吐き気を覚えた。警戒すべきは彼らが自分で職を辞めただけでなく、まじめに働いている人々を煽動《せんどう》し、挑発し、嘲笑《ちょうしょう》し、われらの隊伍をかき乱そうとしたことである。人が毎日時間どおりに出勤退勤するのを、連中は「ロボット」だの「木偶《でく》の坊」だの「貧乏性」だのと嘲笑い、人が一生懸命働いているのを「のろま」だの「理想がない」だの「見込みがない」だのとぬかした。はては人をそそのかして仕事道具まで壊させ、「千年の鉄鎖《てつさ》を断ち切る」だの「自由のために奮闘する」だのとほざいた。連中のいう自由とは、人民の生き血を平然と吸いながら悠々と便所にしゃがんであぶな絵を描き、たまらなく卑猥な言葉でわれわれの古来の文化を踏みにじることなのだ。それでもまだ足りずにX女史の前途について大声で悲歌を唱い、彼女の前途が真っ暗なのはQのからだに原因があるなどという！　いまいましげにQを「役たたず」だの「インポ」だの「早漏」だのと罵り、罵りながらXの窓の外を勇ましげに行進してみせ、作り笑いを浮かべ、秋波を送り、窓枠をたたき、投げ文し、しまいに窓を乗り越えて鏡を盗んだり、戸に求愛の手紙を貼りだした者もいた。ある家では、この歳になって息子にとんだ面汚《つらよご》しをされたと腹立ちまぎれに家の前の木で首をくくった親までいた。悲観主義者は問題を出し終わるとそれぞれ散っていった。もともとひょろりとしたからだにあの夕陽が差して長い影を落とすなかに呆然と立ち尽くし、二度とものをいおうとしなかった。またなにをいうべきことがあろう？　最後の日が来ようとしているのだ。ただ目を閉じて待つしかあるまい。一方、これとは逆に、絶対多数の人々はX女史の今後の発展方向に（すなわち五香街《ウーシャンチエ》の今後に）喜ばしい楽観的態度をとっていた。彼らの考えはこうだ。X女史はあれほど特異などうしようもない変人で、どうやらわれわれ民衆にわざと対抗しているようではあるが、そのうちにかならず持ちこたえられなくなって民衆の寛大なふところに融けこみ、二度と出現しなくなるにちがいない。これまでの態度を見てもその傾向はますますはっきりしてきている。たしかに相変わらず通りで落花生を売ってはいるが、だんだん影が薄くなっている。少し忙しくなるとわれわれは「彼女を気にしなくなり」、「手をひとふりしただけで彼女を視野から抹消した」者さえいる。とりわけ冬季、屋根や通りが大雪におおわれるころには、ひとり震えるXがどんな騒ぎを起こそうと、なんの効果もなくなってしまう。われわれ民衆はこの時期は「厳寒と対戦し」、「心に真っ赤な火を燃やし」、「勇猛果敢に天と戦う」のだ。X女史のあの蚊の鳴くような声に耳を傾け、まともにとりあう者などどこにいよう？　あの頽廃的な音楽が瓦解腐食の作用を及ぼすことは明らかにない。この点について、Xは広汎《こうはん》な大衆が「その深い意味を知らない」からだというが、知らぬわけがあろうか？　われわれ精鋭も民衆も彼女のあの浅薄な技量などとうに読み切ったうえで、「深く研究するには及ばない」とすぐさま興味をよそへ移したのだ。彼女はそれも知らずに精いっぱい工夫をこらしてさまざまな変奏曲を作り、もう一度「人目を引こう」としている！　われわれは彼女がそのうちに力尽き、「人目を引く」ことなど永遠にありえないと信じる。これは想像がつくことだ。たとえばひとりふたりの物好きな若者が雪の降りしきる夕方、彼女の家にもぐりこみ、その口元に耳を寄せてしばし聞き入ったとしよう。いったいなにが聞き取れるというのだ？　単調で、冗長で、繰り返しばかりで、心からではなく腹の底から出たぼんやりした途切れ途切れの声、ひょっとしたら声でさえなく、聞く者の幻覚にすぎないのかもしれない。聞いていた者はついにしびれを切らし、どんと足を踏みならして悪態をつきながら跳び出していき、以後それを深い教訓として、二度とXを眼中におかなくなることだろう。さて、X女史が融けてなくなるという論点だが、これもX本人の側から導かれたものではなく、主に、われわれ精鋭の側の見方から出たものである。われわれがこの摩訶不思議な眼差しを一転させれば、この世は本質的な変化を遂げるのだ。ある日、われわれは濃い茶を飲みながら彼女の噂をしたが、まるで太古の時代の野蛮人のことを話しているような口調であった。彼女はたしかに徐々に、われわれの記憶と視野から消え失せつつある。われわれのノートには、まぎれもなく彼女のことが一筆記されてはいる。しかしその一筆は歴史の参考として、もしくはわれわれ民衆の偉大な功績のささやかな脚注として記されているにすぎない。個人としての彼女は今や抽象化され、ぼやけ、似て非なる代用記号（すなわちX）が残っているだけだ。しかもその記号さえ、いつの日か人々の言葉から消え失せ、彼女はほこりにまみれたあのノートの一筆にしか存在しなくなる。後世の人にとって、その一筆は永遠に解けぬ謎となろう。歴史の大河は今も変わらず初日の出に向かってごうごうと流れ、天の果ての光芒《こうぼう》は四方を照らしている。だがわれわれは前途に関してこの喜ばしい判断を下したあと、その栄誉の上で高いびきをかくようなことはしなかった。相変わらず慎み深く、慎重に、Xの最後のあがきに対抗するいささかの措置をとった。われわれは自分の眼差しから、彼女は融け去りつつあると判断したわけだが、だからといって彼女が「もうお陀仏した」というわけではない。もしそうだとすれば、先の彼女の存在に関する迷宮路線図は改めて描き直さねばならないだろう。われわれはみな、目下のところ彼女がまぎれもない事実として存在し、しかも相変わらず血迷った真似をしているのを見ている。たとえばおととい、彼女はまたもや宣言した。新たな役者とやらがQに代わってまた彼女の私生活に加わってくる予感がするというのだ。その代役が降臨し、自分が新たな昇華を「体験」するとともに「おのれを浄化し」、「さらに豊かになる」ことができるようになるのを、彼女はわくわくしながら待っている、と。明らかに、彼女は再起をねらっているのだ。しかしそんなことを恐れる者はいない。むしろわれわれは彼女の再起を心底喜ばしく思う。それもまたわれわれの魂を見せてやる好機ではないか？　われわれは家にこもって計画を練り、彼女のために場所まで選んでやった。このたびは穀物倉庫ではなく、寂しい山の谷間だ。「谷間の恋」といってもよかろう。いかにも意味ありげだ。相手の男はP男史と呼ぶことにしよう。そうとも、われらがX女史は融け去るまでに、まだ長い苦しい道のりを歩かねばならない！　それにしても、われわれのように太っ腹でふところが広く、哲学性に富む明晰な頭脳を持っていなかったら、どうしてこれほど整然と仕事を進め、ついには「霧が晴れ」、「道が開ける」ところまで漕ぎつけられただろう！

茅屋の屋根から見渡した歴史の光景のなかでは、あのXはずっと人ごみにまぎれてこそこそと見え隠れしながら仮面舞踏を踊ってきたにすぎず、この程度の小人物なら、人口の大半を占めている。敵を甘く見る者は、彼女は「瞬く」間にきれいさっぱり消え失せる、遅くとも明日か明後日にはそうなるなどと考える。しかしわれわれはその誤った観点に真っ向から対立する。われわれ楽観主義者はすでに態度を表明した。前途は光明に満ち、素晴らしいが、任務はきわめて重い。X女史は当面は決して「瞬く」間に消え失せたりしないし（いつかその日は来るのだが）、われわれも今このときにわれわれ自身に不利な「瞬き」をしたりせず、むしろ瞬きもせずに彼女のすることを見つめ、すみやかにわれわれなりの仮定をし、青写真を描き、本人が体験するよりもさらに活き活きと、まざまざとそれを思い浮かべ、彼女が一歩進めば、こちらは五歩進んで、彼女がどうするか見てやるのだ。彼女がおととい思いついたばかりのことを、こちらは今日、早くも地点や名前までそっくり考えている。それでも彼女があきらめず、衆目のなかでパンツを脱いで実演するようなことがありえようか？　たとえ彼女が今「ますます勇気が湧いて」おり、敢《あ》えて実演し、われわれ宣伝の陣に対抗してきたとしても、その自信はいくらも持つまい。電光石火の行動でことを終わらせ、「新たな体験はすでに達成！」と宣言するのが関の山だ。そのころにはもう気息奄々《きそくえんえん》で家にいて、声もなくうめくばかり。だれかが顔をすりよせて聞いても、なんの調べも聞き取れまい。そして条件は熟し、われわれはあの霊験あらたかな「瞬き」をする。天地万物には永遠の青春が溢れ、Xはこの大地から引退する。彼女の存在について、あのノートの中の一筆については、そっくり新たな、異なった解釈がなされ、その解釈は最後には謎々も同様な記号と化すだろう。何年も後にわれわれの子孫たちがその記号についてたずねたとき、ひとりの真っ白なひげを生やした老人がよろよろとノートに歩みより、関節の浮き出たひからびた指でその表紙をたたきながら告げる。「静かに待つ、それこそが成功の鍵じゃ。この迷宮路線図をじっくり読みなされ」というわけで、迷宮路線図は大いに異彩を放つ。この路線図に従って、大勢の子孫たちは茅屋の屋根や山の頂に登り、ひとりの孤独な先駆者としての筆者の名が改めて発掘されていくのだ。

（八）寡婦の歴史的功績と地位の合理性

われらが五香街《ウーシャンチエ》の物語においては終始、寡婦が輝かしい人物として登場してきた。この人物について、ここでじっくりとその歴史的功績を総括するとともに、その性格についても今一歩踏み込んで探究したいと思う。ここまでの物語では、まだ彼女の表面的な現象についてしか言及していない。その多くは彼女の容姿および容姿の延長線上にあるさまざまな性格特性であって、これだけではまるで寡婦がその特殊なからだ、そのもって生まれた特性のせいで、はじめて五香街《ウーシャンチエ》で目立った地位を占めるようになり、彼女の功績のすべてはその特殊性を源としているかのようである。またかりに彼女がこれほど見栄えがせず、これほど性欲をそそらなければ、どれほどの成果をあげられたか疑問であり、たとえ成果をあげたとしても精鋭や大衆にこれほど重視（ほとんど天才と同一視）されるようになったかどうかはさらに疑問だという印象を与えてしまう。こういう印象は正さねばならない。結論はまったく逆なのだから。寡婦はそのからだの特殊性のせいではなく、正に彼女の普遍性と典型性ゆえに、この五香街《ウーシャンチエ》で赫々《かっかく》たる地位を占め、人々に慕われ、女傑《じょけつ》といわれるまでになったのである。まず第一に、寡婦は強烈な性欲を持っており、その性欲は歳をとっても少しも減退しない。これこそわれわれ五香街《ウーシャンチエ》大部分の住人の特性である。元気溌剌やる気満々の五香街《ウーシャンチエ》住人のなかで、この性機能の現れはとりわけ顕著である。通りをくまなく歩きまわっても不能症の男や冷感症の女はほとんど見当たらず、だれもが房事に精通し、熱中し、ひとたび「業余文化生活」の話になればたちまち元気が出る。八十の老翁も十三の子供もひけはとらない。まことに強壮な、進取の気象と創造性に富む民衆なのである。X女史は内面の弱さと恐れから彼らをひとまとめにして「偽物《にせもの》」と称した。実はそういって自分が目立とうとしたのだが、あにはからんや、それが裏目に出て自分の性別まで疑われるはめになった。われわれ人民の正真正銘の強壮ぶりを説明するため、思いつくまま例を挙げよう(この手の例はみな似たりよったりである)。たとえば薬局の老懵《ラオモン》は今年もう八十三だが、今なお房事色事が可能である。こういう例は古今の歴史にもめったにあるものではない。老懵《ラオモン》は見かけは強壮どころかいかにも弱々しいのだが体内は頑丈そのもの、精力はまったく衰えておらず、女と同居するのを恐れないばかりか、若い女を「満足」させ、「降参」させることさえできるほどである。この一例だけで、X女史の詭弁に反駁するには充分だ。もちろん若返りについては、われら五香街《ウーシャンチエ》住人には先祖伝来の仙丹《せんたん》妙薬もある。老懵《ラオモン》は薬局にいるわけだから大いにその恩恵をこうむり、そのおかげで永遠の青春を保っているのだといわねばなるまい。先頃彼はX女史の夫の親友の女房を袖《そで》にして十六の娘を女中に雇ったが、その娘は一日じゅう屋根裏にいるというのに、すでに「顔は桃の花のよう」、「肌は豆腐のよう」になった！　そしてあの老憎《ラオモン》は、老いてますますさかんな強壮ぶりを改めてみせつけたのである。われわれ人民のこの普遍的特徴は代々の遺伝であるとともに、この地の風水のおかげでもある。当地の風水はわれわれに免疫を与えるとともに、生殖能力を高め、われわれの隊伍の人数を増やし、日々強化しているのだ。寡婦の性欲の場合は、生殖能力に反比例しているが、これはまた別な範疇《はんちゅう》の問題であり、そのうちに話すことにしよう。五香街《ウーシャンチエ》住人に対するX女史の誹謗《ひぼう》は反駁にも値しない。性の問題は五《ウー》香街《シャンチエ》ではまったく問題の数にも入らないのだ。それはわれわれのおびただしいたくましい子供たちを見てもらえばすぐにわかることで、ここには節制の問題こそあれ、提唱の問題などありはしない。われわれはみな規律正しく、上品で礼節を守り、洗練された「業余文化生活」を行う。肉欲のおもむくにまかせ、軌道を外れた行いをしようともくろむ者は、広汎な人民大衆に唾棄《だき》されるであろう。たとえば老憎《ラオモン》の行いはすでに非難されている。たとえ彼があの娘を「満足」させていようと、それをひそかにうらやむ者がいようと、彼の行いはすでに宣伝機構の指弾を受けている。われわれはあの「放蕩《ほうとう》息子が改心し」、天下晴れてあの娘を妻にめとり、末永く睦《むつ》み合うよう望むのである。第二に、寡婦はその人生において、終始おのれの性欲を抑え、亡夫以外のいかなる男とも肉体関係を持たず、五香街《ウーシャンチエ》公認の模範的人物となっている。彼女のその高尚な精神は多くの青年男女を動かし、影響を及ぼし（たとえばX女史の夫の親友や石炭工場の若造、X女史の同業女史や筆者など）、その友愛の精神はわれらが五香街《ウーシャンチエ》にみなぎり、外来戸《よそもの》はこの街に入るやいなや、新鮮な空気にすがすがしさを覚える。とはいうものの、これはべつに寡婦の新発明ではない。こういう心理的素質は彼女より年長のあの黒ビロードの帽子をかぶった身寄りのない老婆にもとうの昔から見られ、その従兄にも、その他大勢の人々にも見られていたものだ。寡婦はその普遍的なすぐれた素質を大いに発揚することによって、今日の貢献をなし遂げたのである。友愛の精神はたしかに人間の生理的本能より高度なもので、まさにそれあるがゆえにわれわれ人類はともに歴史を創造し、たがいに依存し合ってきたのだ。夫婦の間でもこの精神的な関係はもっとも重要な位置を占めている。筆者はこの目で見てきたが、多くの夫婦はそういう精神の絆《きずな》が強すぎるせいで、生理的本能をないがしろにするまでになっている。業余文化生活がきわめて少ないか、あるいはまったくないのである。だがふたりはまわりの夫婦以上に深い愛情を持っていて、そういう結びつきは共白髪《ともしらが》になるまでつづくにちがいなく、子供はいなくてもりっぱな模範である。筆者はべつにみながこういう禁欲主義者の清らかな生活をすべきだというのではない。ただ、精神的恋愛をなによりも大事にしてほしいと希望するのだ。石炭工場の若造は感情の波瀾を経てすでに随分成熟し、金《チン》ばあさんとの性的関係を毅然と断ち切って、X女史の夫の親友が住むバラックに引っ越し、彼の永遠の隣人となった。これも放蕩息子の改心のひとつの貴重な典型であるが、寡婦やX女史の夫の親友、身寄りのない老婆などには、もちろんまだ遠く及ばない。彼は過ちを犯した成熟の遅れた子供であり、不健康な思想に蝕まれて長いことX女史のコントロール下で肉欲に溺れており、相棒の金《チン》ばあさんはなおさらであった。だが今や暗黒はすでに去り、彼らは目覚めた。自分を恥じ、責め、ただちに新規まき直しにかかり、おのれの罪悪や欲望と空前の闘いをしようとしている。彼が引っ越す日、金《チン》ばあさんもとるものもとりあえず髪をふり乱して手伝いに駆けつけ、若い娘のように元気いっぱいに走りまわり、気合を入れて勉強机をかつぎあげ、飛ぶように歩いていったものだ。彼女はいった。「前からこの日を待っていたのさ」「この子が五つのときから、きっとものになると思っていた。今ではわたしの薫陶《くんとう》を受けて、日一日と見ちがえるようだ」と。石炭工場の若造の門出を祝うため、みなはバラックに押しかけて大声で歌を唱い、肩を寄せ合い、手に手を取って輪になって踊った。X女史の夫の親友は思いがけず同じ志を持つ友を得て、感動のあまり慟哭《どうこく》し、泣いたと思ったら今度は笑ってみなにいった。彼の事業は後継ぎの心配がなくなった。これまでは何年も暗く長いトンネルを這《は》いつづけてきたが、今、にわかに暁《あかつき》の光が見えてきた、と。石炭工場の若造の引っ越しがすんだ後、寡婦は身をもって教え導くため、若造のバラックに五日五晩滞在した。あの青年の思想がまだ安定しておらず、決して手放しで安心はできないのを充分見てとり、すべてをなげうって援助しに来たのだ。五日五晩、ふたりは倦むことなくひたすら腹蔵なく話し合い、話し疲れると地べたに（若造は今後は地べたに寝る決意だった）背中合わせになってうとうとしながら、それでも口だけは動かしていた。ふたりが話したのはすべて天国に関することで、五日五晩のうちに若造はたちまち人間が変わった！　深く思索する人間になり、寡婦がひと言いうたびに、また、かすかなため息をつくたびに、骨の髄から感動して身を震わせ、寡婦が暖かい手でその柔らかな髪をなでてやると、声もなく忍び泣いた。「今までの生活は悪夢のようだった」彼は後悔に満ちていった。「ああ、もう一度生まれ変わってやり直したい！」寡婦は彼を慰めていった。実際は、彼はもう生まれ変わってやり直しているも同然だ。まだこれからがある。彼が一日一日を一年を過ごすように、つまり彼女のように生きていけば、いつかふと気づいて驚くことだろう。自分はなんと気持ちが澄み、豊かになり、有意義な暮らしをしていることかと。今では彼女は行くところまで行き着いて神と対話する資格を得、目を開けば天国が見えるようになった。しかしそれでも満足せず引きつづき修練しようと思っている。修練そのものが彼女にとってはもう、最大の楽しみなのだ。つづいて彼女はいった。年長の指導者として、彼女はすべての細部を理解しておかなければならない。病状を知らないことには薬は出せないのだから。もしも彼がすでにX女史と肉体関係があったのなら、それを包み隠さず話してほしい。そういう関係がなく、彼の片思いにすぎなかったのならば、そこで思った淫らなことを細かに話してほしい。詳しければ詳しいほど彼の病気を治すのには都合がよい。彼女はなにもかも理解できるし、どんなに汚らわしい内容でも決して彼を嘲笑したりせず、むしろ励《はげ》ましてやるつもりだ。

なにしろそれこそまさに彼の新たなる第一歩なのだから。あらいざらいを「ぶちまけて」、はじめて「新たなことを受け入れる」ことができるのだから、と。石炭工場の若造は勇気を出して自分の内緒事を話した。最初の仮定のようなことは明らかになかったので、二番目のことについて話した。長い悪夢のような片思いの日々に、彼の頭に浮かんださまざまなイメージについてだ。そのイメージのなかではいつも自分が中心にいて、素っ裸でひどく醜く、X女史は単に朦朧とした背景にすぎなかった。彼は自分が考えたひとつひとつの動作を克明に説明したが、そこに金《チン》ばあさんの肉体で体験したことがどうしても混じり、順序も脈絡もないめちゃくちゃな話になってしまった。寡婦は瞬きもせずに彼を見つめ、話の先を促しながら、両手で彼の下腹部をさすり、赤ん坊をあやすようにそうっと頬に接吻してやったりしていた。彼が話し疲れてしだいに目を閉じ、うとうとしはじめると、寡婦は容赦なくそれを起こし、「新生にはまだほど遠い！」と注意を促した。そこで彼はまた元気を出して話しはじめ、またうとうとしてはまた冷酷に起こされた。それを繰り返しているうちに彼の顔はしだいにとがり、目玉は不気味に飛び出し、口元からはよだれが垂れるようになった。彼がついに目を閉じて押しても目を醒まさなくなると、寡婦は起き上がって台所からひしゃくで水を汲んできて、頭から浴びせかけた。「これでいい、これがいちばん効くのよ。たゆみなく、休みなく話しつづけなさい。それ以外に何ができるというの？」通りに面したバラックにいるこのふたりは、今や五香街《ウーシャンチエ》の前衛分子になっていた。彼らは決して外界と隔絶してはおらず、そのバラックからひとつまたひとつと外にむかって信号を発し、その最新情報を受け取った群衆のなかにひとつまたひとつと波を起こしていった。彼らはバラックにこもって夢を見、その夢が全民衆を覆いつくした。夢の世界とはまさに、民衆がそのなかにいる日常生活にほかならない。ただ彼らは少々忘れっぽいため、うっかりそのことを頭の隅に追いやっているだけなのだが、今やあのふたりの執念の前衛分子が備忘録《びぼうろく》となり、警報機となって、生活のなかの積極性は大いに高まった。最近のひとつの出来事もそれを証明している。先頃X女史の夫の親友がまたみなにあるニュースをもたらした。X女史のあのつかまえどころのない新しい姦夫Pが、すでに女史と最初の接触を持ったというのだ！　気のゆるみかけていた群衆はこのニュースにまたもや奮い立ち、はりきり、日増しに、自分たちはあのふたりの前衛分子から離れられないとますます痛感するようになった。まして彼らはバラックに住み、石の上や土の上に寝ているのだ。あのふたりほど私心なく労をいとわず公衆のために働く者は、外ではやたらに見当たらないだろう。五十近い寡婦は今や超俗の仙人のようになり、バラックで石炭工場の若造の指導教師として五日五晩過ごした後、ゆったりした黒い長着をまとってあのはっきりしたからだの曲線をすっぽり隠してしまった。彼女がおごそかに通りを歩いてくると、まるで大きな黒い雲が押し寄せてくるようで、五香街《ウーシャンチエ》の住人は恐れ慎んだものだ。人々はもはや寡婦のかつての「性感《いろけ》」をもちだそうとせず、もちだすにしても決して現在の寡婦には触れずに、あの人の心をとろかした人物に新たなあだ名をつけて代用した。たとえば「椿の木の下の粋《いき》なご婦人」といった類だ。黒い長着をまとった寡婦は今やますます魅力的になった。その性欲を排した魅力は大海のごとく、虹のごとく、原始の草木のごとく、満天のはるかな星辰のごとく、神秘的で涼やかに美しく、清風を飲んだように人を陶酔させ、健康的でおごそかでとらえがたく、人を地上から雲の高みにまで引き上げ、天国を見せてくれるものであった。要するに彼女をひと目見ただけで、性欲たぎる野卑な男も真摯《しんし》に、高尚になり、たちまち欲望を仕事への熱意に、芸術の霊感に、活き活きした理想の追求へと変えるのであった。さて第三に、寡婦の鋭い視線の透視力は（これが見られるのは性的問題の探究、伝統的美意識の護持、男性同胞の値踏みなどの方面だ）、まさにわれわれ五香街《ウーシヤンチエ》住民のその方面での並々ならぬ素質を代表するものである。いってしまえば、われわれの目はいずれも複雑な機構を持った顕微鏡であり、望遠鏡なのだ（X女史のようなつまらぬ小細工はいらない）。そういうすぐれた素質を持っているからこそ、われわれは「顔色も変えずに平然と」していられるのである！　さもなければ、Xのあの人を惑わす巫術や大胆不敵な行為がわれわれの社会秩序をまったく乱さず、むしろわれわれの益となる結果をもたらすようなことがどうしてありえよう？　外の者から見ればいかにも不思議であろう！　X女史はかつて、われわれが「だれも自分の目玉に注意を払わず」、「鏡を見ない」などと気炎を吐いたものだが、あの浅薄な考えでわれわれの徹底した自覚と主動性をどうして理解できよう？　われわれは生まれながらにそういう能力を、そういう眼光を具えている。自分のからだの構造と特殊性などとうに観察し尽くしているというのに、なにをわざわざ鏡などで遊ばなければならないのだ！　X女史のそんな議論は「井の中の蛙《かわず》」のものにほかならない。そういうわけで事情はまったく逆なのである。X女史が鏡の中になにかを発見したのではない（たとえ発見したと何度も宣言しているとしても）。われわれの生まれながらのこの眼光が、彼女のからだを貫き、彼女を暴き尽くしているのだ。彼女がどんなに悪賢く、どんなに煙幕を張ろうと関係はない。われわれが静かに厳粛に軒下に坐るやいなや、一切の問題はひそかに「自ずから片づく」のである。われわれの眼力を如実に物語るのが、穀物倉庫の一件を掌《たなごころ》を指すがごとく把握していたことである。あの玄妙《げんみょう》な事件をだれかが調査し、情報収集したのだろうか？　いや、していない。われわれはまるでなんの関心もないようにそれぞれの思いにふけり、今にも眠りに入らんばかりであった。しかし、あの事件について話させればだれもが長《ちょう》広舌《こうぜつ》をふるい、興奮し、身をもって経験したことのように語った。その極意はわれわれしか知らないが、われわれはみなそれを「見ている」のである。それぞれ見たものは同じではないとしても。必要とあらば、事件が起きる前におよその見当をつけることさえできるのだ！　物事を透視する眼光を具えた者のみが明晰な頭脳を持ちうるのであって、われわれ五香街《ウーシャンチェ》住民が何事につけ分析と論理的探究を重んじるのは、おおむねこの超人的眼光による。もし外部の人間が穀物倉庫の事件を調査に来たとしたら、きっとつかみどころのなさに戸惑いを覚え、長いこと堂々巡りしたあげく、得るものもなくすごすごと引き上げたにちがいない。連中はなにも見えず、頭は空っぽで、なんのイメージも、仮説的なイメージさえない。だが、われわれ五香街《ウーシャンチェ》住民は一度暗闇会議を開いただけでたちどころにその難問を解決し、唇ひとつ動かさずにだれもが納得したのである。したがって、寡婦の眼光は決して衆にぬきんでた彼女ひとりのものではない。われわれが寡婦を評価し、敬服するのは、彼女に（Xのように）なにか特異な点があるからではなく、彼女が衆人の利益を代表するからであり、だからこそゆくゆくは彼女を天才と奉《たてまつ》るつもりなのだ（これは彼女の臨終のときに実行される。それゆえ彼女も筆者同様の苦難を経ねばならず、それまでは彼女を天才と識別できるのは筆者のみということになる）。寡婦のことを思うと、つまりわれわれ自身を思うことでもあるが、なにやら親しみ深い、恋情のようなものがふつふつとこみあげてくる。あの秀麗な目は見れば見るほど親しみ深く、心地よい。あの目とこの目を見交わせば天にも昇る心地がし、崇高な思いがふつふつと湧いてくる。だが、X女史の眼光となると話はちがう。親しみにくくがらんどうで、ひねくれた感じがするだけでなく、見ているとわけもなく恐ろしくなって鳥肌が立ち、五秒以上は目を合わせていられない。偶然じろりとにらまれただけで頭がくらくらして目をそむけ、心が乱れてしまう。なぜなら彼女のあの眼光はまったくわれわれに馴染みのない範疇のものか、もしくはなんの範疇にも属さぬもので、純粋に彼女個人のでたらめであるからだ。あの眼光は彼女個人の悪辣な傾向を代表するだけで、だれもが憎しみを覚え、自分の後ろ姿を見つめられただけでもたまらず、本当に謀殺されかかったように（先に挙げた凶器を使わぬ殺人同様）無性に腹が立つ。彼女はすでに「オレンジ色の光の波」でQという男を殺したのではなかったか？　つづいて現れたPまたはYの運命をだれが保証できよう？　また彼女がその眼光を息子の小宝《シャオパオ》に遺伝させ、将来も悪ふざけをつづけることがないとだれが保証できよう？　保証などできない。できるのは、われわれ自身の眼光によって彼女を「排除」する策をとることだけである。その策には彼女は手も足も出まい。というわけで、われわれは買物するとき以外、二度とだれも彼女の店の前で足をとめず、買物するときも彼女と目を合わせないようにした。われわれは大いに緊張し、煎り豆屋に入るやいなや身をかがめてできるだけ小さくなり（周知のように、その時期Xの眼光は一貫して水平または上を向き、決して下を向くことはなかったからだ）、あるいは店の戸の外に立ったまま、片手を伸ばして金を渡し、物を受け取るが早いか逃げ出した。ある者は真っ赤な長着を着て赤いサングラスをかけ、煎り豆屋に買物に行ったものだ（Xは赤が大嫌いなのでそんなときは化け物にでも出会ったように、襲いかかる赤い光を手でさえぎり、来た者の顔を見るどころではなかった）。ぜひ触れておきたいのは、ある日、われらの親愛なる寡婦があの清純な正義の眼光でX女史の邪淫な眼光と一戦を交え、一回で彼女を「撃破した」ことだ。このニュースは翌日にはもう大見出しで黒板新聞に載った。「なにも大したことじゃない」寡婦は落ち着きはらって微笑を浮かべていった。「あんなのは正面からかかっていけば、やわでまったく一撃にも堪えないとわかる。とうの昔からわかっていたことだけど、興味があるならみなも試してみたらいい」。みな、それには及ばなかった。われらの寡婦の実験で充分に証明されている。寡婦はみなの能力を代表しているのだから。要するに、X女史の眼光はやわで一撃にも堪えないのだ。われわれはみな大いに自信を持った。

第四に、寡婦の識別能力と研鑽《けんさん》の精神、危機に臨んで乱れることのない態度は、これまたまさにわれわれ五香街《ウーシャンチエ》住民全体の個性を代表している。その個性のおかげでわれわれはやすやすと難関を越え、天外の来客のようなX一家を受け入れ、消化し、彼女に同化されないばかりか逆に連中をわれわれの養分として体内に吸収したのである。このような例は人類史上でも珍しいものだ。たとえば同業女史が「姦通者を捕まえろ」と大声をあげたとき、われらが民衆は敬服すべき冷静さをもって、だれひとり一歩たりともみだりに動かなかった。べつに相談も討論もなく、ただ暗黙の約束と鉄の規律の働きがあっただけである。こういう境地には一日二日でたどりつけるものではない。口幅《くちはば》ったいことを敢えていうならば、われわれのこの土地で、われわれのような民衆にめぐり会ったおかげで、X女史は自由自在に発展し、この感涙を呼ぶ物語すべてを生み出したのである。たとえどのつまりはわれわれに消化されてしまうとしても、物語自体は充分人を感動させる（自身の歴史に感動しない民衆がいようか?)。もしも別な土地であったなら、彼女はとうに「捕まって」いるか、姦通事件を起こす暇もないうちに袋叩きにされていたにちがいない。もうひとつの可能性としては、姦通事件が一度また一度と実現し、民衆がそれに喝采して淫乱の潮が全社会を席巻するようなことにもなったかもしれない。よく見てみれば、われらが五香街《ウーシャンチエ》こそXの生存に理想的な楽園だったのだ。彼女がこの地に降ってきたのは、表面的には偶然のようだが、実は必然性に満ちている。五香街《ウーシャンチエ》がなければXはなく、Xに関連したこの物語のすべてがないのであって、五香街《ウーシャンチエ》こそXの温床であり、揺籃であり、母親なのだ(彼女はついにはその母の子宮に帰り——融けてなくなるであろう)。Xは五香街《ウーシャンチエ》に来てはじめてXになったのであり、われわれが彼女を形作り、援助したのであって、彼女の衷心《ちゅうしん》からの表演《パフォーマンス》の屈折のなかに、われわれの集団精神は大いに発揚された。そしてこうして実現されたすべてがまた、われわれのすぐれた素質の——修練を通じて外界をコントロールしうる素質の——益となったのである。母親たるものはむやみに自分の子供を捨てぬもの。たとえその子がろくでもない反逆者でも例外ではない。X女史が五香街《ウーシャンチエ》にやってきたとき、われわれ人民大衆は彼女から自分とちがうにおいを嗅ぎつけはしたが、それでもいつものようにおのれの胸を開いて受け入れた。だれでもこの地に生まれ育てば、ひとり残らずこの母親の子供であって、ひとり残らずその慈愛に満ちた世話を受けられる。われわれ人民はとうにこの土地に融けて一体となっており、寡婦のような傑出した人物を不断に生み出してきた。彼(彼女）らは通りに面した暗い部屋に身じろぎもせずに坐ったまま、輝く頭脳で外界の動きを事細かに知るのだ。今日では、その高度に発達した能力の働きは見当もつかないものになっている。Xがひとりどころかもう十人やってこようとも、われわれは胸に成算があり、手をたたいて賛成するだろう。昔、寡婦は性の問題を研究してあの高度な深い理論を生み出し、それはすでにわれわれの歴史の里程標《りていひょう》となっている。だが彼女は時代遅れにならないばかりか、これからも長い歴史の道のりをわれわれを導いて進んでいくのだ。この理論の創造者は、またもや新たな成果をあげつつあり、その才能は枯《こ》渇《かつ》を知らない。彼女は同じところに留まってはおらず、「常にさらなる深みを究めようとする」。顔に慈愛に満ちた光をたたえた彼女のイメージは、ますますあの母なる大地に似てきており、子供を育てたことのない彼女が今やわれらが五香街《ウーシャンチエ》の神聖な母性の象徴となっている。彼女に出会えば、五香街《ウーシャンチエ》の老若男女はみな「お母さん」と心から呼びかけるのだ。ある者はだいぶ昔のことを思い出した。そのころXはまだこの街に来ておらず、もちろんXとQの姦通事件も起きてはいなかったが、われらの寡婦もその天才ぶりを充分に示してはいなかった。当時の五香街《ウーシャンチエ》はまったく静かな小島のようなもので、人民はその島の素朴な蟻であった。Xの到来はそのわれわれの生活をかき乱したのであろうか？　いや、こういうべきであろう。われわれがもとより具えていたすぐれた性質と高尚な情操が、X女史という人物を通じて典型的に現れ出たのだ、と。まったく、あのXこそわれわれが夢にまで見た人物であり、彼女がほかでもない五香街《ウーシャンチエ》に降ってきたのも、われわれ人民の呼び声に応えるためであった。「あれは忘れられない日、あの朝、ダリアが一面に咲いていた……」われわれはよくこのセンチメンタルな歌を口ずさむ。あの日からわれわれわれもの言わぬ蟻たちは、高らかに世界に向かって自分の存在を宣言し、ひとりひとりが「廬山《ろざん》の真の姿」を見せるようになったのだ。われわれがどうして蟻などであろう？　同志たちよ、すでにわれわれの演し物を見てきた諸君は、この問いにどう答えるであろう？　X女史はこれからも生きつづける。われわれの演し物はQの消失で一段落した後も決して幕を閉じてはおらず、あるいは永遠に終わることがないかもしれない。新たな見せ場がまだ後にあるのだ！　先頃、われわれはひとつの疑惑に出会った。ある日の真昼、みなが道端に坐っていたときのことだ。ある十六歳の子供がよく響く声でみなに向かっていった。「あのXの事件ときたら、まったく少しも面白くない」と。われわれはただちに彼を取り囲み、厳しい声で詰問した。「なぜだ?!」彼はいった。なぜかはわからないが、とにかくとことんつまらなかった。なんとか抜け出して山へ蝶々やなにかの採集に行きたいとずっと思っていたけれど、かけがえのない青春をもう随分浪費してしまった、と。彼はむきになって大きなナスのように顔を紫色にしてしゃべった。そのひよっこにいくつかと聞くと十六だという。「でもほとんど十七に近い！」と。みなはじめは憤りのあまり声も出ず、だれもかれもがげっそりした様子だったが、やがてわれらの寡婦がやってきた。彼女は片手でその子の髪の毛をなでてやりながら、しばらくものをいわず、しきりにため息をついていた。そしてそのまま立ち去りそうな素振りを見せてふと立ち止まり、じっとその子を見つめ、たずねた。「あなた、精神の拠り所を持ったことがあるの？　明るい希望に満ちたものを追いかけたことがあるの？」その子はぽかんとして彼女を眺めていた。彼女の声はしだいに硬くなり、迫力を帯びた。

「あなた、なんの資格があって、人生の意味などという大それた問題を語ろうとするの？　ええっ？　あなたの父親の世代が築いた精神の成果をそっくり帳消しにしようというの？　どうせ物心がついたその日から、この世界はずっとこんなふうだったと思っているんでしょう。だからこの世界に生まれてなにもしないでその成果を享受できるのは当たり前だと思い、一度も考えてみたことがないのよ。あの長い年月、あなたの先輩たちが暗いトンネルを這いつづけ、出口も光も見えないなかで、ただ内面の堅い信仰にささえられて、倦むことなくああいう努力をつづけてきたことを。わたしたちは絶望のなかで希望を抱き、『虎がいると知りながらその山に向かい』、『命がけで闘い』、ようやく今日のような世界を作ってきたのよ。ときには目を見開いてあたりを見回しても真の闇、絶望の一本道しかないこともあった。あの苦難に満ちた日々を、これっぽっちも体験していないくせに、よくもまあ『とことんつまらない』などとくだらないことがいえるわね。よくもまあ先輩たちの勇敢な理想の追求を小馬鹿にできるわね。あなたのような子を見ていると、わたしたちはつくづく自分のうかつさを痛感するわ。享楽と、大口をたたくこと以外、あなたがたの頭の中になにがあるというの？　先輩たちが勝ち取ったすべてを不遜にも放り出すことで、孤高とやらを示そうとしているようだけど、愛しいわが子よ、あなたになにがあるというのよ？　なにを足場にこの世界にしっかと立とうというの？　蝶々の採集などという逃避行動で反逆精神を示そうというの？　まさかここの青年がみな虫捕り網をかついだ道楽者になって、一日じゅう山で遊びまわっているんじゃないでしょうね？　ああ、わたしにはそんな光景は想像もできない。あなたがなにがなんでも地獄に突き進んでいきたいのなら、わたしは構わない。ただ、あなたがなぜ『とことんつまらない』などというのか知りたいのよ。あなたにいわせれば、われわれのような理想の追求者、この、光明への希望に満ちた者たちは、空っぽで、愚かで、『とことんつまらない』人間で、あなたがたのような思い上がった輩が改めて世界を作り直さねばならないとなるんでしょうね。それも単に、この今の世界がなんだか気に食わないという理由で！　わたしたちの世代は一生奮闘に継ぐ奮闘で息つく暇もなかった。でも充実していて、面白いかつまらないか、そんな呑気なことを考えている暇などなかったわ。Xの事件が起きてトンネルのむこうにかすかな光が見え、希望の火が燃えるようになったとき、わたしたちは驚喜《きょうき》し、せわしなくおのれの全精力をその闘いに注ぎ、だれもがかつてない英雄的な精神と超人的な知恵と勇気を示した。その精神の力に頼って、わたしたちはついに外界の暗黒に打ち勝ち、輝かしい道へと歩み出し、そうして生まれ変わったのよ。こんな子が、われわれ五香街《ウーシャンチエ》住民の血筋かしら？　ここに腰を下ろし、平気そんな顔で細い足を（細いにきまってるわね！）ぶらぶらさせて恰好をつけている。そんな子がいうことをみながまともにとるなんて！　いいわね、この土地にはそんな子はいやしないのよ。彼だってわたしたちの運命に関わることなどなにもいっていない。ただちょっと口が滑って冗談をいっただけ。だってそんな話を信じろ、そんなことをいった者がいると信じろというほうが無理じゃないの。彼は五香街《ウーシャンチエ》に住んでいて、わたしたちみなの子供なのだし、ある日の真昼にちょっと冗談をいっただけなのよ。きっと彼もわたしの言い方に同感だと思うわ、そうよね？　愛しいわが子」。彼女は子供の手を引き寄せた。その子は思わず顔を赤らめた。みなは彼がかすかにうなずき、ウーウーと泣きだし、寡婦の黒い長着に顔を隠すのを見たような気がした。「こういう子は、やっぱり可愛い」寡婦は顔を上げて人々のほうを向いた。「あの事件の研究はいよいよ深みを増してきたわ。わたしたちはあの迷霧のなかのたいまつをめざして駆けていかなければ」

（九）Q男史とX女史の夫の曖昧な立場

われわれはX女史という人物について、すでに「見当がつく」ところまで来た。迷宮の路線図は彼女の出生地から彼女がいずれ身を置くことになる山の谷間まで描かれており、彼女が七十二変化《へんげ》しようが八十三変化しようが大して変わらない。今や最大の問題はもはや彼女ではなく、彼女のそばにいるあの影のようなふたりの人物――QとXの夫――である。落ち着いて考えてみれば、あのふたりの人物はX女史よりもさらにとらえどころがない。本文中ではすでにあれだけの紙幅に彼らのことを記してきたものの、われわれの感じでは、彼らは単なるふたつの影――Xの影――であり、二本の蔓草《つる》――Xという根のない大木に寄生する蔓草――でしかない。彼らには色もなければ形もない。Xは五香街《ウーシャンチエ》にやってきたときこのふたつの影をも引き連れてきたのだが、将来いつの日かXの御尊体が隠れれば、彼らもいっしょに消えるのであろう。もちろんこれはあのふたりの男がわれわれに与える表面的な感じ、あるいは彼らがXといっしょになってわれわれに与える錯覚であって、ひとりずつとってみればふつうの男にすぎない。そのことは「どちらが先に仕掛けたか」の一節でA博士がすでに証明ずみである。問題はこの物語の中で、われわれが一度もあのふたりを独立した個人として見ず、一貫して彼らを三位《さんみ》一体《いったい》——ひとりの人間とふたつの影、もしくは一匹の蛾《が》と二匹のさなぎ——と見なしてきたことだ。あの蛾が大木の下を悠々と飛んでいるかぎり、ほかのふたりは永遠に身動きのとれないさなぎでしかなく、脱皮変化もその段階までだ。この件を分析しているとき、われわれ五香街《ウーシャンチェ》のすべての男女は心穏やかでなく、だれもが「刀を抜いて」助太刀《すけだち》したいと思った。ここでまた大まかに分類せねばならないが、基本的には、Qに助太刀したいと思った者の多くは粋で器量のよい女性だった。Qは性格も人当たりもよく、早くから女たちの心をときめかせていたのだが、Xが邪魔になってほかの女は手が出せない。Xさえ排除できればQは十中八九自分のものだとだれもが固く信じていた。「うかつだったわ」足の不自由な女史は下を向いてシャッシャッと刀を研《と》ぎながらいった。「二十五秒も視線を戦わせていれば、本来なら運命を変えられる限りない機会があったはずなのに、うかつなことをしてすべてを失ってしまった。彼は暗い部屋から出てきて灰色の塀伝いに歩いていったけれど、あれは実は新たな人生どころか死に向かっていたのよ。骸骨のもとに飛び込んでいったんだもの」。ほかにも多くの女性が時の経過とともにQの肉体的な弱点を忘れ、彼によってもたらされたさまざまな悩みを忘れてひたすらあの綿々たる思いを寄せ、彼があの妖怪といっしょになるまではなんと見目麗《うるわ》しい多情な男で、なんとりっぱな体格をして魅力的だったことかと語るのだった。それを証明したのは、Qが役所の階段の下で「めぐり会った」あの女だ。「心ときめく美男だった」その艶麗《えんれい》な女はそういいながらポケットから果物ナイフを取り出し、ほかの女たちもつぎつぎに刀を抜いた。女史たちの主観的願望はもちろん褒《ほ》むべきものではある。ただ惜しむらくは、その有効性に大いに問題があることだ。Ｑは今やさなぎになって身じろぎもせずに木の幹の隙間に横たわっているとはいえ、彼女らに「刀を抜いて助太刀」してもらう必要など、おそらく金輪際ないことだろう。悲しい結末ではあるが、彼自身が好きこのんで選んだものなのだ。ひょっとしたらそのうちに後悔するかもしれないが、すべては遅すぎる。彼は「狂ったように絶望の一本道へと突進する」のだ。幼稚で楽観的な若者はいった。「でもまた春が来るさ」と。だが春はもはや永遠に彼に属することはない。彼は一匹のさなぎであって、春にはひからび、萎縮し、脱け殻になってしまう。あんなに多くの希望を抱いてＸのもとに飛び込み、自分も彼女のような蝶になれると思っていたのに、無情な自然の法則は彼を木の隙間の脱け殻にしてしまうのだ。いったい彼に破滅的な結末をもたらした原因はなにか？　たとえ千万の原因があるとしても、直接の原因はやはり彼の体内に探すしかない。十一の歳から、心の中の恐怖から抜け出すことができないがゆえにある種のロマンチックな気持ちを発達させてきたあの男は、歳月が流れても終始大人になれない子供であった。本来ならばその童心を保ったまま、彼同様に大人になれない愛妻とともに、静かに安穏《あんのん》に一生を過ごすべきだったのだが、いかんせん、Ｘというあの妖怪が広げた情の網にかかり、さまざまな成人向けの芝居を演ずるはめになった。彼も内心は自分の演技がいかに拙劣《せつれつ》であるかを感じていたし（たとえばまりつきの策など、今思い出しても顔が赤くなる）、傍目にもどれほど阿呆らしかったかしれないが、ほかにどうしようがあったろう？　彼は神経がおかしくなっており、Xを死ぬほど崇拝し、Xの話になれば涙を流し、一日じゅうあの穀物倉庫に行くことばかり考え、できることなら永遠にそこから出てきたくなかった。ではあのXは、もしも自分で吹聴するようにやはりQのことを気が狂うほど愛しており、しかも奇跡を生むことができるのなら、なぜQをも蝶に変えて、ふたりで空へ飛んでいかないのか？　「だめよ、わたしはカーテンや玩具は作れるけど、人間は作れない」彼女は首を横に振った。なんということだ、われらのQが木の隙間で脱け殻になるしかないなんて！　五香街《ウーシャンチエ》の女たちは悲しみのあまり木の幹に頭を打ちつけ、頭皮は破れて血が噴き出した。その泣き声は天地を揺るがした。彼女らにはどうしても合点がいかなかった。あのQが！　あのいとおしい美しい男が、そんなに成熟した男になりたいのなら、なぜ彼女らを、五香街《ウーシャンチエ》の美しい女たちを訪ねず、あのいまいましい骸骨のもとへ走ったのか？　彼女らのこまやかな情愛溢れる胸に抱かれれば、たちまちのうちに成長し、短期間で子供っぽさから抜け出し、果敢でたくましい人の魂をとろけさせるような目をした男になれただろうに。なぜなら、彼女たちはみな、きわめて創造性に富む、強い女であり、これまでも何人もの英雄をつくりあげているのだ！　しかも決してそれを吹聴することなく、黙々とその青春と精力を社会に捧げてきた。その無私の精神のおかげで彼女たちの魅力は終生衰えることなく、たとえ身寄りのない老婆の年齢になろうとも、依然として顔は輝いており、少女のように無邪気で天真爛漫、優雅なのだ。いちばん許しがたいのは、あのQが、かつてわれわれの未来の天才たる寡婦に一度めぐり会っていながら、どこに目をつけていたのやら、ろくに見ようとせず、しかも後で自分が「性欲勃発、光彩人を照らす」ようになった内在的原因をまるで知らず、あの邂逅《かいこう》が彼に及ぼした作用を忘れ、そのすべての生理的変化をあろうことかXのおかげとしたことである。これこそ「朽木《くちき》彫るべからず」というものだ。大胆な仮定をしてみよう。かりにあの邂逅において、Qが寡婦を足の先から頭の先までまともに見てはたと目覚め、穀物倉庫への道を途中で引き返してわれらの寡婦についていき、そして寡婦に諄々《じゅんじゅん》と指導されながらおのれの真の進化の過程を始めていたとしたら、今日のように木の隙間で脱け殻になるようなはめに陥っただろうか？　寡婦の影響力は驚くべきもので、五香街《ウーシャンチエ》じゅうの者が一度ならず経験している。まずかったのは、Q男史があのとき彼女をろくに見ようとせず、彼女がまた謙虚で淡白で、自分の考えを押しつけようとも、人をコントロールしようとも思ったことがないうえ（Xは男さえ見れば飛びかかり、相手が気を失った隙に幻覚剤を注射するような卑劣な手段を用いるのも辞さず、男のからだで残酷な実験をしたあげく、ことがすめば足で蹴飛ばして知らん顔、「それぞれの道を行く」などとのたまう）、あの慈母《じぼ》のような心を持ち、国を憂い民を憂い、わが子のように民を愛する人だったことだ。彼女のすべての影響は潜在するのであって、その場では目に見えず、純粋な心を持つ者のみが永遠に彼女に魅かれつづける。そんなわけでXに全身毒素を注ぎ込まれたQは、ぼうっとしているうちに一生で唯一の進化の機会を逸し、たちまちあの底知れぬ陥穽《かんせい》に落ちていったのである。寡婦が彼に向けた束の間の視線は、ほんの数日彼の「顔を輝かせる」にとどまった。しかも彼はそのことをまったく意識しておらず、寡婦のほうももう一歩踏み込んで彼に影響を与える暇はなく（彼女は仕事が多すぎてあまりにも忙しかった。Qひとりの面倒を見るためにほかのすべての者を放り出すわけにはいくまい！）、彼はそのままXという妖怪に泥沼に引きずりこまれた。本人が漏らしたところによれば、彼はXと快楽にふける合間に、何度も足を洗ってそのいかがわしい立場から逃れようとした（もちろん寡婦のあの束の間の視線の影響である）。だが、あのいまいましい巫女《ふじょ》の魔力に酔い痴《し》れてしまい、あらんかぎりの力をふりしぼって自分もXのような蝶になろうとし、改心するのを止めてしまったのだ。「蝶にはなれなくとも、人として生きる真髄はわかった」彼は歯を食いしばっていった。「とにかく子供でいるのには飽きた。なにしろ、もう四十年もやってきたんだからら！」と。事件が山場にさしかかったあの日、Q男史の同僚は毛布の中から首を出して率直に自分の見方を述べた。「大人でもなければ子供でもない。いい歳をしてまだまりつきをしたり、鏡を見たり、まったく話にならん。こういうのを田舎では『邪気に当たった』といい、それは恐ろしいことになる。あの男は自分がなりたいと思えばなんにでもなれると信じきっているが、そんなにうまくいくものか！」同僚はそういってつづけざまに十回もくしゃみをした。Qが事務室のむこうのすみで派手にまりをつき、もうもうとほこりをあげたからだ。妙なことをいう者があまりにも多く、顔をしかめる者も少なくなかったため、Qの耳と目は聞いているようないないような、見ているようないないような状態にあった。実はなにもかも見え、聞こえてはいたのだが、彼の大脳で濾過《ろか》されるとそれらは耳をつんざくような大音響や、奇怪な色に変わって、彼を日夜不安にさせるのだった。四六時中脅迫されているような感じがしてほんの数秒じっとしていることもできず、足がいつもぴくりぴくりと動き、そのたびにびくりびくりとしながら過ごすのは、なんともつらいものだった。がんばってXを真似、「あの最高の静けさ」に到達しようとして十五秒もの間静けさを得られたこともあったが、それはXといっしょにいたときで、Xが彼を連れてある境地に入り、そこに十五秒留まったのである。その後はかえってひどいことになった。彼は家に帰るとカンガルーのように跳びまわって三日も床につかず、妻は三日三晩泣き暮らしてだんだん痩せていった。「あの世界がぼくを引きつける。だが悔しいことに、あれはぼくには属していない」彼はしょんぼりと結論を下した。顔を上げて壁のあの鏡をちらりと見ると、額の皺と、間の抜けたおかしなからだの動きが映った。「ぼくは一匹のゴキブリでしかないんだ」こんな頽廃的な結論を下したものの、次にまたXが、ふたりである境地に入って放浪しないかともちかけると待ってましたとばかりに身を起こし、置き去りにされたり、自分だけ入りそびれたりしないよう、彼女の腰にしがみつくのだった。後でなにを見たのかと聞かれると、彼はぽかんとし、顔を火照《ほて》らせ、目にいっぱい涙をためて薄笑いまで浮かべながら答えるのを忘れていた。いつもこうだったが、そのときだけは、彼は数秒間、本当になにも見ず、なにも聞かずに「のびのびした気分」になれるのだった。こうしてみると、われらがQは四十近くまで生きてきたが、なんとその間じゅう遊んで過ごしてきたわけだ。その極楽トンボのような野放図が、彼を死にいたらしめた根本原因である。彼を殺したのは光の波でもなければ幻覚剤でもなく、まして輿論でもない。彼が木の隙間にもぐりこんで脱け殻になったのは、まさにその野放図、ロマンチシズムの理想の実現なのだ。十一の歳から彼はその日が来るのを待ちわびており、それがたまたまXの謀殺の心理にひっかかって、あの一連のごたごたが生じたわけである。先にXの謀殺の心理について述べた際には、その害毒について説明しただけで、その対社会的エネルギーを強調したりはしなかった。彼女のエネルギーは今のところ小僧ひとりを堕落させたにとどまっている。Qのような人物の脱皮変化はXのエネルギーとは大して関係がなく、光の波にせよなんにせよ想像上のものでしかない。彼の脱皮は彼の体内の成分によるものなのだ。もちろんXと「一体になった」ことが決定的な推進力になってはいるが。しかし生まれつき遅鈍《ちどん》なQは、はじめのうち、自分が「生まれ変わった」のは（彼は自分が生まれ変わったと思いこんでいた）Xの眼光の波のおかげだと考え、何度もXを魔術師と呼ぶとともに、頻繁に鏡で遊びながら自分の新生を確かめた。彼が上着のポケットに鏡を入れて通りを入れて通りを闊歩《かっぽ》し、ショーウィンドウのガラスに自分の尊顔を映しているのを見て、五香街《ウーシャンチェ》の住民はだれもが忍び笑いをもらした。なにしろ彼は以前はおそろしく謹厳《きんげん》で、気が小さく、まじめくさった男で、瓜の棚の下でとりとめのない馬鹿げた空想にふける以外は、四十年、常道を外れたことなどしたことがなかったのだ。われわれはQのことを思うとなんとも奇妙な感じがし、足元が不確かになったような気がしてくる。まったく、なんという人間だ！　まずかったのは、われわれのあの美しい女たちが本気で彼を想い、死ぬの生きるのという者や、奇妙であろうが不確かであろうが、とにかく自分はあの男にぞっこん惚れた、彼こそ自分がつきあいたい唯一の男だとわめきたてる者までおり、たとえ木の隙間の脱け殻になっていようとも「刀を抜いて助太刀する」といいだしたことだ。女たちは腹を決めると、どっとQのところへ押しかけた。だがあの瓜棚の下の小さな家の前には、空っぽの寝椅子が置いてあるばかりだった。長いこと探してようやく、Qという人物はすでにXに「融けて消えた」ことがわかった。女たちは家の裏の石の下に割れた鏡を発見し、その発見に顔を見合わせてにっこり笑った。毛布をかぶってやってきた顔のはっきりしない男が女たちに告げた。Qは今、彼の事務室で統計の仕事をしている。「彼が狂っていたあの日々は、われわれにとって一場の悪夢だった」と。階段の下にいたあでやかな女が、ただちに独自の見解を述べた。「原状にもどったからには、彼の魅力も失われたわけね。あの事件の前は、彼にはなにも目立ったところはなかったもの」。みなは少し考え、そのとおりだと思った。結局のところXの事件がなかったとしたら、われわれがQの存在を知ることがありえたろうか？　彼はあの美しい午後に五香街《ウーシャンチエ》に入り、はじめて愛し甲斐のある男になったのではなかったか？　われわれが先を争って彼に想いを寄せたのもやはり一種の精神の拠り所としてで、あの事件と直接関係していた。しかし今や彼が事件から退き、民衆に融けこんでありきたりの人間になってしまえば、もはや五香街《ウーシャンチエ》の美しい女たちが想う相手ではない。ありきたりの人間をだれが愛するものか？　われわれ女の愛情は、すべておのれの自己犠牲と英雄的精神を体現しようとするもので、ありふれた恋愛では物足りない。われわれは灰色のまじめくさった女ではないのだ！　もとはといえば刀を抜いてここへ駆けつけたのは、ぜひとも修羅場で「暴風雨の洗礼」を受けたかったからで、「愛のために身を捧げる」覚悟さえしていたというのに、なんとあてが外れてしまった。Qはまったくつまらない男だった。心に描いた理想を実現するのは本当に難しいものだ。われわれはこんなに深入りすべきではなかったし、大きな希望を抱くべきではなかった。心に思い描いたとおりになることが現実にどれほどあろう？　充分考えたつもりでも結果は往々にして正反対になり、思いも寄らない打撃を受けて呆然とするのだ。Qがちょっと粋な真似をしたがっていただけで、「事件」が先をまともにとらず、ことが起きるとたんに亀のように首を引っ込めてしまうのが先にわかっていれば、われわれは洟《はな》もひっかけはしなかった。しかもこんなつまらないところへ、だれが好きこのんで来るものか？　こんなぼろ家があることなど、おそらく永遠に知らずにいたにちがいない。ぺちゃくちゃとこんな議論をしながら、女たちはだれもがひどく侮辱され愚弄《ぐろう》されたと感じており、だれもが怒りに震えていた。足の不自由な女史の先導の下（彼女はあの致命的な二十五秒を思うと、Qが不倶戴天《ふぐたいてん》の敵のような気がし、この千回殺しても足りない男は、彼女の処女を奪ったあの若造より百倍も憎いとさえ思った）、女たちは石で窓ガラスをたたき割りはじめた。ガラスを割り終わると今度は戸を壊して中になだれこみ、家具という家具をめちゃくちゃに壊してしまった。それからようやく外に出て畑に向かって大笑いし、またいだれかの先導で行進曲を唱いながらついに凱旋《がいせん》したのである。われらの寡婦はこのたびの行動には参加しなかった。その日はある非行青年を指導していたからだ。事後、彼女は総括した。「人たるものの原則は、一本筋を通すことよ。何事もいい加減にせず、折り目正しく信義を重んじ、責任感を持たねばならない。わたしがふだんからいちばん嫌いなのはああいうカメレオンのような人間よ。つかまえどころがなく、ひと晩で人が変わってしまうような男は最低ね。大の男が、女の自尊心を傷つけるとはなんたることでしょう！　そんなのは犯罪よ！　われわれ女は誠心誠意男を信じ、愛する男にいつまでも変わらずにいてほしいと思う。それでこそ潑剌と元気良く生きていけるのよ。ふつう、五香街《ウーシャンチェ》の女はだれか男を想うようになると、よくも考えぬまま相手はずっと変わらないものと思いこみ、共白髪になるまで精神的に結びついていたいと願う。それは自然なことだし、われらの愛すべき男たちも女を失望させたことはなかった。ところがこのたびQ男史に、愛すべき女たちが今までどおり開けっ広げに、信じきって惜しみなく想いを寄せたところ、だれも思いもよらないことにあの木偶《でく》の坊は、あのどこの馬の骨かもわからぬ野郎は、われわれ相手に悪ふざけをした。みなの情熱と想像をかきたてたあげく突然姿をくらまし、この美しい女たちが畑で顔を見合わせるはめになった。今までの人生でここまでこけにされた者がいるかしら？　われわれは品性高潔な者ばかりだというのに。だから戸や窓や家具を壊したことは完全に理解できるわ。そこに野蛮な要素は少しもないと思う」。あの行動のあと、五香街《ウーシャンチエ》の女たちは男というものに愛想が尽きたような気がした。「今後、わたしは禁欲主義者になるかもしれない。失望し、頽廃的な気持ちになるのはもうこりごりよ」彼女らは口々にいった。「あれに比べれば、うちの亭主のほうがまだずっと頼り甲斐がある。平凡だし刺激もないし、精神的な満足も与えてくれない代わりに、確かな手応えがあって、あんなに面倒もかけない。何年も前から一度感謝の気持ちを示してやろうと思っていたけれど、明日の朝、早速それをやろう」。そして朝になると女たちは銘々の家でその良いことをやりはじめた。ある者は夫といっしょに撮った写真を金縁の額に入れて部屋のいちばん目立つ場所に掛けた。もともと先祖の写真や英明な指導者の写真が掛けてあった場所だ。ある者は亭主の一張羅《いっちょうら》を引っぱり出して朝からそれを着せ、仕事を休んで夫婦して大通りにくり出し、祭日のように過ごした。またある者はとっておきの得意料理をこしらえて豪華な午餐《ごさん》を準備し、客を招いてみなでこころゆくまで飲んだ。良いことをやり終えると彼女らは気が楽になり、Qというお荷物を頭のすみに追いやってしまったが、それも真夜中までだった。夜が更《ふ》けて人々が寝静まり、薄暗い街灯が瞬くころは、とりとめのない思いがもっとも羽ばたきやすいころである。しかも胸に抱いた亭主は揺すっても決して起きない。そこで女たちはまたあの綿々たる思いを脱皮前のQに向け、彼がはじめて五香街《ウーシャンチエ》にやってきた日の強烈な印象を思い出して、全身がとろけ、顔じゅうが涙で濡れるほど思いつめる。それにしてもなぜ、彼はあの日の午後彼女らを訪ねてこなかったのだろう？　彼女らのだれもが彼とつきあう覚悟は充分にできていたし、そうなっていれば、彼は素晴らしい有能な男に変身できたであろうに。彼女らはそのうらめしい選択の誤りを呪った。その誤りがなんと天地の差を生み、全女性とQ本人の運命を変えてしまったのだ。この誤りさえなければ、足の不自由な女史はあのいまいましい松葉杖を放り出し、しとやかな淑女になってはいなかったか？　寡婦はまたもや成果をあげ、ひとりの信徒を増やしてはいなかったか？　身寄りのない老婆や寡婦の四十八歳の親友なども、晩年を前に今一度青春を謳《おう》歌《か》し、仕事への意欲もますます高まってはいなかったか？　そしてQ本人も、やはりついには一人前の男に成長して、社会の表彰を受けてはいなかったか？　だがあの男がせっかくの好機を逃がしたのは、まったくの自業自得だ。かつて選択可能な道はいくらでもあったのだから。たとえ彼女らの胸に飛び込んでこなくとも、節操を守ってひとりでおり、X女史とあんな猿芝居を演じていなければ、今もまともな男のままで、木の隙間のひからびた虫になどならずにすんだはずだ。彼女らもみな夜の慰めと確かな拠り所が得られ、思い出だけを頼りにひとり妄想にふけったりせずにすみ、ひょっとしたら盗み撮りした彼の写真を寝床の下に隠し、夫から満足を得られないときにこっそり取り出して眺め、心の支えにすることもできたかもしれない。ともかく、そのすべてが不可能になった。Qのやつがすべてを台無しにしてしまったのだ。女たちの夜間の光景はまったく語るに忍びなく、筆者さえとても詳細な描写はできない。なにか新たな理想と精神の拠り所を見つけないかぎり、あの状況はなかなか終わらず、公衆の事業も目に見えない損失を受けることになろう。なにしろ女たちのなかには、夜寝られないせいで、なんと昼頃まで起きられず、黒板新聞の仕事に間に合わない者がいるし、またある者は亭主の機嫌をとろうと何日も無断欠勤してその亭主と盛り場を歩き、われわれの厳粛にはりつめた仕事の雰囲気をぶちこわす。こういう頭の痛い問題に気づいたわれらが団体の知恵袋A博士は、数日家に閉じこもって、不眠不休でついにあのX女史の新姦夫Pに関する方案を考え出し、その方案を押し広めることにより、社会の乱れをすみやかに正した。A博士はその学説を「移情」説と呼び、あちこち奔走してその主張を宣伝し、Pという男のイメージを人々の心の中に打ち立てることによって、すでに溶けて消えたQのイメージに替え、婦女の内分泌を再び活発にさせた。彼女らがまた自信を持ちしっかりとして、ますます生活を熱愛し、仕事を熱愛するようにさせたのである。「移情の働きは万能である」彼は総括会議の席でみなに告げた。「ある女の子供が夭折《ようせつ》したとき、その女に元気を取り戻させる唯一の方法は、もうひとり子供を産ませることだ」A博士は今や権威となった。あの月夜に山の頂に登って神と対話したあと、彼はまず筆者と寡婦に対して天才としての地位を確立したのだ。それ以来、彼は話すとき割れ鐘のような大声になったが、それこそ五香街《ウーシャンチエ》の住民が待ちわびていた声であった。だれもが自分の耳にその衝撃を受けたいと思っていた。それにえもいわれぬ快感があったからだ。あのQは、女たちの許しも得ぬまま恥知らずにも消え失せてしまい、われわれもこれ以上彼を分析する気はない。女たちはすでにA博士の援助の下で彼への思いから脱却し、ほかに新たな偶像を立てている。以下では、X女史の夫の人物分析に着手しよう。今までのこの人物に対する描写からは、われわれはこんな印象しか得ていない。この夫はなんでもはいはいと妻の機嫌をとるばかりの不能者で、X女史との長年の共同生活の間に、すでに自分の男としての性を失い、去勢された側《そば》用人、宦官《かんがん》のような人間に成り果てている。それは彼らが五《ウー》香街《シャンチエ》に来る以前からたしかにそうだったことで、X女史がどうやってそうしたのか、そのお宝亭主がどのように欣然《きんぜん》とそれを受け入れたかは、天のみが知っている。しかしそんな情けない男でもなんとか自己表現をしようとはしており、かつてあの親友に心を打ち明け、彼自身にも個人的に「好きなこと」はあるといったことがある。ところが聞いてみると石蹴りの類の馬鹿馬鹿しいことなのだ。まさか石蹴りをするから不能症でないとはいえない。彼がXとの関係において終始女中の役をしているのは明白だ。彼が家でどんな仕事をしているか見てみることにしよう。Xの門番、Xの護衛、カーテンを掛けたり顕微鏡や鏡を買ったり、とにかく奇妙にやたら忙しく、それも大まじめにやっており、男らしさのかけらもない。ときには彼なりの悩みもあるが、めったに他人にはいわず、母方の従妹に一度こういったことがあるだけだ。「Xといっしょに、だれもいないところに行って静かに暮らしたい」、なぜなら「街はほこりがひどくて息もできないから」と。彼のその理想はもちろんまだ実現しておらず、将来も永遠に実現するはずはないので、彼も肚に収めておくしかない。われらの寡婦の性問題に関する高度で深い見解によれば、あの夫は完全にXに育てられたもので、Xから離れて適当な保護者（たとえば同業女史の親友）の指導を受けたならば、「性欲勃発」とまではいかずとも、少なくとももう一度男性の機能を取り戻すだろうけれど、今の男か女かわからないような状況はなによ？　ということだった。彼に対して五香《ウーシャン》街《チエ》の女たちが微塵も好感を持っていないことはすでに話した。多少付け加えておかねばならないのは、彼の性格のことである。彼はQほど温厚でもなければ多情でもなく、女に対する態度は傲慢なうえにけちで打算的で、そばの女にわずかでも情がこぼれるのを心配し、自分の情はXの歓心を買うために取っておかねばならないと公言している。寡婦が彼の魂を見ぬいたあと、女たちの彼への軽蔑は極点に達した。だれもが彼が美男であることは知っていた（われわれは事実を否定し、白を黒といいくるめたりはしない)。しかしそれが彼にとってなんになろう? それこそ「見かけ倒し」というもので、むしろ醜いほうがまだ目障りにならない。造化《ぞうか》はときに人間に敵対したがる。われわれはあの暗闇会議でこの男をなんとか分類しようとあれこれ考えたが、どのタイプにも当てはまらず、結局また同業女史が叫んだ。「彼はそもそも人間の数に入らないんだもの、タイプ分けなんてできるはずがない。わたしは親愛なるXと十年もつきあっているけれど、彼を人間だと思ったことはないし、まして男だなんて思ったこともないわ。あの家に出入りして、これまでずっと戸口の垂れ幕のようなものだと思っていた。わたしの女としての魅力に心を動かされない男はいない。それは十何年の友達づきあいのなかで繰り返し証明されている。でもわたしはあの男の気を引こうなんて思いつきもせず、十何年、まともに目もくれなかったから、いまだにどんな顔をしているのかすらわからない。だれかさんは自分は天才だといいながら、あらゆる手練手管を使ってあんな男をたらしこみ、真っ昼間からべたべたして自分の大事な場所をその目の前にさらけ出し、それでもまだ卑しい思いを遂げていないんだからね」。彼女が話し終わると、寡婦がすぐさまつづいて発言した。「あの亭主はもっとも同情すべき人物よ。X一家が五香街《ウーシャンチエ》に来る前の年月に、あの男がどうして彼女の手に落ちたかは、もはや調べがつかない。わかっているのは、われわれがはじめてあの男を見かけた日、彼はもう性を失った人間だったということだけ。一挙一動をあの女に厳しく監視されて、女を見ればただちに逃げ出す条件反射が形成され、それがやがて女への奇形的な嫌悪感を形成したのよ。彼は一生萎縮して過ごし、Ｘが先に消え失せないかぎり、顔を上げ、男としての本来の姿を取り戻すことはない。あの男の気を引こうとしないせいで自分が高級に見えると思いこんでいるいかれ者がいるようだけど、笑わせるわね、それに見方が狭い。この五香街《ウーシャンチエ》で、本気で彼の気を引こうとする女などいるわけがない。だって男じゃないんだもの、女が気を引きようがないでしょう。わたしは以前、彼のからだの男性を呼び起こそうと何度も啓発を試みたけれど、結局失敗に終わったわ。Ｘが彼の本質をとことん破壊していたし、わたしのほうも、彼のためにあまり精力を使えなかったから。あんなに大勢の人がわたしを必要としているんだものね。そんなわけでその件についてはそのままにしていた。ところが五香街《ウーシャンチエ》の大衆のなかにいる一部のいかれ者は、わたしがたまに彼の面倒を見てやるのが気に入らず、わたしが自分を犠牲にして他人を救っているとは思わず、気を引こうとしているなんていう。男性の機能を失った男の気を引くんですって！　あの甲斐性《かいしょう》なしの気を引くんですって！　世の中にはなんとそんな馬鹿がいるのよ！　そんなことを触れてまわる者は、まさに語るに落ちるというものよ。だって、あの見かけ倒しの美男を一日じゅう虎視《こし》眈々《たんたん》と見張っていなかったら、だれかが気を引こうとしたなんて、どうしてわかるの？　まったく微妙きわまりない話ね！　きっとのぞき見していたのも発育不全の半陰陽で、女性ホルモンの欠けた女なんだわ。そういう女が好きになるのがちょうどＸ女史の亭主のような大人にならない男、しかも一旦惚れるとたちまち異様に嫉妬深く専制的になり、そばの女が彼をちらりと見ただけで（わたしのような高尚な目的がないかぎり、だれが見るものですか？）かっとなり、恋敵と思いこんだ相手とすぐにも一戦交えようとする。同志たちよ、事情はそういうことよ。わたしにとってはあの男もその女も、どちらも救ってやらねばならない相手だった。ふたりの発育不全は彼ら自身の責任ではなく、さまざまな外的要素の影響を受けている。わたしはずっとその良くない影響を彼らのからだから取り除き、彼らの体内のエネルギーを解き放って、本物の男と女にもどしてやりたいと思っていたの。でも残念ながら個人の能力には限りがあり、なにもかも面倒を見ることはできないし、おまけにあちこちから飛んでくる火の粉も払わねばならない（これも結構精力がいるの）。わたしはもう多くの仕事をしてきた。成功したものも失敗したものもあるけれど、X女史の亭主については失敗だったと認めるわ。それというのもわたしが彼を軽視して、めったに注意を向けなかったからよ。でも、そのわずかばかりの仕事のせいでまさか『たらしこむ』などといわれようとは、夢にも思わなかった。そんなことをいった者も救ってやらねばならない相手であり、そんな馬鹿なことをいったのが発育不全のせいであるにしても、わたしはその思想の根源をえぐり、みなさんにそこから学んでもらおうと思うの。われわれのところには、なぜああいう大人になりきれない男がいるのか？　だれが彼らを造ったのか？　みなさんはXが造ったというかもしれない。だけど、彼女ひとりの力でとてもできるものではないわ。われらの五香街《ウーシャンチェ》には、Xの亭主と同類の大人になりきれない女が大勢いるのよ。そのおかげでそういう男たちも寂しさを感じず、自分が異様だとも思わず、世界も人間も、当然、彼らの目に映るとおりだと思いこみ、だからこそ大人になれないのよ。もしも彼がわたしに引かれてXのコントロールから離れ、またどこかのいかれた女に邪魔されもせずに、わたしの好もしい影響下にずっと置かれていたとしたら、大人になれないわけがある？　でも今となっては遅すぎる、すべてが遅すぎるわ。あの哀れな男とその哀れな女は、どちらも子供の段階に留まり、もう大人にはなれないのよ！　人生はなんと冗談が好きなんでしょう！」

このふたりの発言を聞いて、女性同胞たちはもちろんこぞって彼女らの領袖《りょうしゅう》に賛成した。彼女らは敏感な頭脳ですでになにかしら妙なにおいを感じ取って、かつての出来事（警察にXの姦通行為を告発に行った件）を連想しており、歴史がまた繰り返されるのかと少し腹を立てて顔をしかめていた。同業女史はそのしかめ面を前にして針のむしろに坐っているようで、あわてて立ち上がるとかばんを探すふりをしながらこっそり抜け出そうとした。しかし戸口まで行ったところで、X女史の妹の夫の親友の女房であるあの力持ちの色黒の女に行く手をはばまれた。女は一喝した。「わたしたちをなめてかかってるのかい？　どうしてあの人のことを垂れ幕だなんていうのさ？　なにやら裏がありそうだね！　いくら性的機能を失った男だって垂れ幕はないだろう！　あまりひどい言い方に頭を殴られたような気がしたよ！　あの人を含めてすべての男がわたしにはひそかに敬意を持っていてくれるし、わたしも領袖と同じで彼らには心から同情している。さっき領袖があの人のことを大人になれない男というのを聞いて、かわいそうであやうく涙が出るところだった。ところが心が鉄でできたあんたは、血と肉でできた苦しい脱皮の過程でもがいている子供を垂れ幕になどたとえる！　あの告発のとき以来、わたしたちはあんたがいったいどういう材料でできているのか、どのくらい硬い心を持っているのかわからず、ずっと冷やかに観察していたのさ。ああ、たまげたねえ、世の中にはあんたみたいに陰険な女がいるんだ！　さっき領袖の話を聞いて、あんたがなにをねらっていたのか、やっとわかったよ。なにもかも発育不良のせいだったんだ！　変態的な性心理のせいで、あんたはきれいな男の子になによりも興味がある。あの人のことを一文の値打ちもない垂れ幕だなんていったのは、実はみなを遠ざけてあの人をこっそり独り占めするためだったんだね。賭けてもいいが、あんたはここをぬけ出したらすぐあの人のところへ行くんだろう。煙幕を張ってそれからずらかる、自分ではうまいこと考えたつもりだろうが、意外にもその企みをとうに読んで、この戸口で待ち構えている者がいた。これには驚いただろう？　いうことを聞いて、帰ったらおとなしく横になり、人前で恥をかかないよう、企みはやめることだね。人間、なにをするにも節度というものがあり、やり方というものがある。目を開けてこの部屋じゅうの同胞を見てごらん、だれがあんたみたいなでたらめをやってる？　いいかい、もっと気をつけてものをいうことだ。ここには芸術家もひとりいて、歴史を記す任務を帯びている。あの夕涼みの晩、わたしがいっしょに暗い小屋に駆け込み、多少の秘訣を伝授してやって以来、彼は実に切れ味がよくなり、ユーモアもあるようになった。その前で垂れ幕のなんのと言ってはいけない、危ないよ。その芸術家はもう少しでわたしの水準に達するところまで来ているから、ひと目であんたの心の中を見ぬいてしまう。いやはや、あんたと話すのはどうしてこんなにくたびれるんだろう？　ふだん、こんなにだらだらと話したことはないんだが、あんたはまったく呆れるほど鈍いからね」色黒の女はそういった後も同業女史を通してやろうとせず、光る目でにらみつけたまま大の字に突っ立って戸口を塞《ふさ》いでいた。「いや、考えが変わった」彼女はいった。「あんたは帰さない。今夜はわたしも帰らずに、戸口の番をして夜を明かすことにしよう。今夜は大事な一夜のような気がする。まじめな問題についてデマを流し、ことを起こされるのは我慢できない。馬鹿馬鹿しい垂れ幕の話が外に流れてしまったら、わたしの立場がなくなってしまう」

　何度会議を開いても、X女史の亭主の問題は依然、ひどく曖昧なままだった。筆者は前に迷宮路線図を用いてX女史の問題を解決したが、路線図の手法はあの男には適さない。特殊な問題はどうしても特殊な方法で解決しなければならない。われわれはなんとしてもその扉を開く鍵を探し当てねばならないのだ。われらのA博士は「移情」の方法でQの問題を解決したが、Xの夫についてはさしものA博士も打つ手がないに決まっている。とすればこれは天才の当然負うべき任務となる。筆者は心の中でだれかがこの問題を解決してくれる可能性をすべて否定したあと、単身行動に打って出た。「朱に交われば赤くなる」のたとえを思い出し、Xの妹を訪ねたのである。ここでいっておかねばならないが、X女史の妹は姦夫と駆け落ちし、その後「平和的解決」を果たしたあと、今の夫とひどく狭いある屋根裏部屋に住んでいた。その部屋は町の糞尿《ふんにょう》を船で農村に送り出す糞尿波止場のすぐ隣にあり、朝から晩まで糞尿の臭気に燻《いぶ》されていたが、ふたりはいかにも愉快そうで、波止場に面して開け放たれた窓からは、よくふたりが抱き合って接吻しているシーンが見られた。彼らはその合間に窓から顔を出して大声で叫んだりもしたが、なにをいっているのかはよく聞こえなかった。彼女を訪ねていったとき、筆者は家のまわりを何度も回ってみたが、上に上がる階段が見つからない。仕方なく糞尿波止場で待った。小半時も待ったころ、あの窓ガラスにふたつの驚いた顔が映った。筆者は急いで手を振った。女はにっこり笑って引っ込み、十分ほどしてから、窓からシュロ縄と木の棒で作った梯子《はしご》を下ろしてくれた。筆者はおそるおそるそれにつかまって上に登った。「これでいい」女が男にいった。「この方法なら安全よ、だれも上がってこれないもの。そうでしょ、坊や？　この若い人はわたしたちのところの芸術家なの」「芸術家だって？」男はびくりとした。「悪いけど、ぼくは仕事に行かなくちゃ」彼は窓によじ登って縄梯子を下りていき、地面に着くと妻にむかって大声でいった。「そのいまいましい野郎に気をつけろ！」そして後をも見ずに消えていった。「可愛い人でしょ。ちょっと、窓をきちんと締めてちょうだい、また糞の汲み取りが始まったわ。あなたは姉の夫について聞きたいというけど、わたしには何も話すことはないの」「どうして？　あんなに親しいのに」「それはここに越してくる前のことよ。この屋根裏部屋に来てからは、過去のことはすっかり忘れてしまった。今では一日じゅう外に出ないからますます思い出せなくなったし、少しでも思い出すと気が変になりそうになって本当に恐ろしいの。あの人のことはそんなに気にすることないわ。見たところ、そう悪くない人生よ。美男だし、幸せを見つけられない気遣いはない。もちろん、わたしの夫も美男よ、さっき見たでしょう。ここでわたしたちがどんなに楽しくやってるか、あなたには想像もつかないでしょうね。まるで二羽の小鳥みたいなの。しかも愛しい彼がこんな縄梯子を発明してくれたから、下に行く通路は塞いでしまったの。まったく仙人の暮らしよ、あなたどう思う？　わたしはもう三カ月も家から出ていないし、二度と出る気もない。姉さんのことは、わたしにいわせれば、ニワトリを殺して猿への見せしめにするような一罰百戒《いちばつひやっかい》の猿芝居。わたしは臆病で気も小さいでしょう、幸い彼がこの屋根裏を見つけてくれたからいいようなものの、もし下であなたがたの間にいたりしたらとても持たなかったわ、ああ恐ろしい。気をつけて！」彼女は跳び上がって数秒間あたりを見回し、すばやく机の下にもぐりこんでしゃがんだ。「こっちへいらっしゃい、机のわきに坐って。そのほうが話しやすいから。あのね、外に出ないでずっとここにいさえすれば、わたしたちはとても楽しいんだけど、心配事がないわけじゃないの。しょっちゅう人が屋根によじのぼってきて嫌がらせをするし、いちばん困るのは大小便、おまるを持って下りたり上がったり、しかも襲撃されるの。どんなに大変か、あなたには想像もつかないでしょう」「想像はつくよ」筆者は思いやりをこめていった。「ぼくが訪ねてきたのは、あなたの姉さんの夫の件なんだが、ひょっとしてまだ覚えていないかな――」「覚えてるものですか、無理いわないで。わたしは毎日机の下にもぐるのとおまるのことで精いっぱい、これは決しておろそかにはできないもの。さっきいったけど、わたしには心配事がないわけじゃない。このふたつのことだけはどうしても忘れるわけにいかないの。たとえ愛しい人と寝ているときでもね。何日か前、そんなときにだれかが屋根の上から鉄の塊《かたまり》を投げ込んできたのよ。悩みはどっさりあって、ほかのことにかまっている暇なんてない！　ここに越してきてから、記憶力が落ちたのに気づいたわ。机にもぐるのとおまるのことはあまりにも重要で、逃げようもないし、それに高度な注意力がいるの。たとえばの話、部屋が糞だらけになったら、あなただっていやでしょう？　自分の妻が人に物をぶつけられて穴だらけになったら、もっといやでしょう？　昔の友達が訪ねてきたときも下でことわったわ。そんな精力が余っているわけがないじゃない？　きょうはあなたが来たけど、だからといって警戒はゆるめられない。わたしの注意力はふたつのことにしか向けられないの。わたし相手におしゃべりしようなんて思わないでね。ちょっと窓を開けてあの人が帰ってきてないか見てちょうだい。仕事の途中で暇を見ては帰ってきて、おまるを空けてくれるの。わたしは外に出られないし、出ればすぐ襲撃されるから。でも彼が厭々《いやいや》やっているとは思わないでね、喜んでやってくれているのよ。わたしたちはおしどり夫婦、わたし、家庭の雰囲気が好きなの。今の条件では子供を産むのは明らかに無理だし、この点では姉さんと考え方がちがうけど、わたしは相手はひとりがいいの。今のあの夫と共白髪になるまでいっしょにいたい。あら、小鳥が飛んで帰ってきたわ！」彼女は駆け寄っていって窓を開け、縄梯子を下ろしてから振り向いた。「あなた、もう帰ってよ。どうしてこんなところにまだいるの？　あの人、あなたのことをあまり気に入ってないわ、わたしにはわかるの」。その日の午後、筆者がその屋根裏部屋で得たものはなにもなかった。むしゃくしゃしながら道端に腰を下ろして靴の底をたたいていたら、肩にずしりと重い手がかかった。顔を上げると筆者の同類――黒衣をまとった街の全住民の母――であった。「わたしはもうあの件に新たな評価を下したわ。あなたは今回はわたしを怒らせなかったし、捨ててはおけない長所がある。こんな人材はめったにいない」寡婦は筆者の頰を軽くたたいて考え深そうにいった。「あなたの根気強い探究精神はりっぱなものね。ほんの今し方、あなたはもう成功したのよ」「なんですって？」「あなたの仕事は完了したの。あのひよっこ亭主はもうX女史と別れ、荷物を背負って五香街《ウーシャンチエ》から消え失せたわ。この目で見たの。これで一件落着よ！　われわれは歴史からあの男についての記述をすっかり抹消できる。ああ、どれほど多くの無駄な論争をせずにすむことかしら！　でもね、なんだか心の中が空っぽになったようで、なんともいえない感じがするの。あのひよっこがやってきたその日からわたしが背負っていたお荷物がようやくなくなり、本当は喜んでいいはずなのに、どうしてこんな寄る辺ない感じがするのかしら。急にこんな気がしてきたのよ。あの男がここにいたとき、わたしはかえって元気があり、目標があり、若く見えた、そうでしょう？もし彼が出ていく前に別れを告げに来て、適応する過程を与えてくれていれば、多少はちがったかもしれない。でも彼は荷物を背負うなり行ってしまった。冷たいものね！　こっちはもう何年も彼の存在に慣れ、活動を組織するたびに彼のことを考えに入れていたし、自分がどんな服を着るかさえ、彼を意識して決めていた。わたしのあの見事な演説を思い出してみて。わたしはずっと彼を観客と想定していたの。そうするとくにやる気が出たから。それなのにどうしてこんな残酷な別れ方を思いついたんでしょう。ひと言くらい挨拶に来てくれると思っていたわ。以前から気心の知れた間柄じゃないの？　友達同士という暗黙の了解があるものとばかり思っていたわ。だってわたしはあなたがたのだれともそういう了解があるのよ。わたしはこの街の母親なんだもの。Xがほかの男を引っかけて以来、わたしは心静かに待つようになった。いつか雨まじりの風の夜、彼はきっとわたしの家の門をくぐるにちがいない、ほかに行く場所はないんだもの。そうすればかつての記憶はすっかり蘇り、あの友の脳裏にはかつてない豊満な胸躍るイメージが浮かぶ。それは彼の中で、目の前のこの黒ずくめの悲哀の女とたちまち結びつく。そして彼はそのイメージの魂を吸い取るような魅力に動転し、自分がかつて素晴らしい機会を逸したことを後悔するのよ。まちがいなく、彼は一瞬妙な気さえ起こし、その一瞬のうちに子供から大人の男に変わる。そのとき黒衣の女は目を上げて、ふたりの眼差しがすばやく交差するのよ、成人の深い眼差しが。それから男がまず美しい頭を垂れる。『なぜぼくは今までこんなに目が見えなかったのだろう？』彼は苦痛に満ちてそういい、わたしは辛抱強く彼を慰めてあげる。すべてはまだ間に合う、彼は誤りを犯しはしたけれど、それはかえって良いことだった。おかげでいっそう強く、何事にもくじけぬようになれたのだから。あの三十年の誤りがなければ今日の目覚めもなかったのだから。わたしたちはだれもがそういう誤りを犯すけれど、その誤りが逆に前進の力になる。そういう誤解を経たおかげで、わたしたちふたりはたがいの真の姿が見えるようになった。わたしの目に映る彼はもはや子供ではなく、魅力的な大人の男だ。こんなに嬉しいことはない、以前のさまざまな働きかけが結局無駄にならず、実りをもたらしたのだから、と。このことからも、わたしが彼に疚《やま》しい気持ちなど微塵も抱いていないことがわかるでしょう。これでだれかのでたらめな中傷は一蹴できるのよ。わたしは戸口に坐り、日々が過ぎゆくのを自信満々で見ていた。ふたりが会う日が刻々と近づいてくるのを見ていた。そしてあの男の目が日一日と暗くなり、絶望をたたえ、形勢がしだいにわたしに有利になるのを見、ある者たちの陰謀の実演を見ていた。わたしはすべてを見とどけ、すべてを予想した。ただ、まさか彼が荷物を背負って行ってしまおうとは、あんなにきっぱりとわたしとの友情を断ち切ろうとは予想できなかったわ。もちろん、ああいう過激な行為も理解はできる。これもわたしの以前の働きかけの意外な結果なのよ。彼は目覚めたあとで恥ずかしくなり、過去を一挙に断ち切ろうとして、あんな過激な行動に出たというわけ。本来なら、これはかえっていいことだった。こっちは面倒が省け、あの男を歴史から一筆で抹消すればそれですむ。だって、こうなってしまえば彼は五香街《ウーシヤンチエ》に生存したことがないも同然、大人の男になってよそへ行き、新たにやり直しても、われわれとは無関係だもの。ふつうの大衆なら、こういう考え方もそれなりに情理にかなっているわ。でもね、わたしは母親なのよ。産んだばかりの赤ん坊が自分を離れて遠い異郷へ行ってしまうのは、なんともいえずつらい。うそじゃない、彼が通りの外れに消えていったとき、わたしは涙さえ流したの！　いくらでもここに留まることはできたのに、わたしの表戸は日夜彼にむかって大きく開かれ、いつでも来たいときに来られたというのに、あの子はどうしてあんなに思いきりが悪かったのかしら？　だれかの悪意のでたらめが耳にとどき、愛する女が傷つかないよう守ろうとして、自分が犠牲になることにしたのかしら？　それにひきかえ、あの女は口も顔もなんと汚く、醜いことでしょう。あの子がここを去って、陰謀家の内面世界は余すところなく一挙に暴露されたわ。われわれの凜《りん》とした大義の眼差しの下で、あの女はそれでも詭弁を弄する度胸があるかしら？　速記人の同志、わたしはさっきあなたを見かけたとき、あなたもわたしと同じ仕事をしているのに気づいてたちまち心が軽くなったの。このことに関心があるのは、わたしひとりじゃない、と。あなた、考えたことがある？　目の前のこのことこそ素晴らしい題材じゃないかしら？　もしさっきわたしが話したあの微妙な心理をあなたがそっくり記録できれば、それだけでもう充分見事で雄弁な作品ができ上がるわ。だれもがそれに教えられ、啓発され、陰謀家は身の置き所がなくなるにちがいない。彼は決して行ったきり帰ってこないわけじゃない、あなた、そう信じる？　人間というものはね、自分の存在まで怪しくなり、みなに名前さえ忘れられて『Xの夫』などというすっきりしない記号で呼ばれるところまで来ると、自分が倒れたその場所で立ち上がるのは難しくなるの。しかも客観条件の多少の制約もあって、わたしと心を通わせる暇もなく、わたしの保護も受けられずじまいだった。だから彼はいっとき意気消沈して、この唯一の出口も目に入らなかったのよ。このたび出ていったのは主観的には一種の破滅的な決心を抱いてのことでしょうけど、客観的にはそうではない。わたしが与えた潜在的な影響が、彼の一生を決定するにちがいないのよ。彼は生まれ変わって外をひとまわりし、最後にはやはり自分の母親のもとに帰り、彼がただひとり敬意を抱くその友のそばで晩年を過ごすことになるでしょう。速記人の同志、あなたに話したおかげで、考えがだんだんはっきりしてきたわ。驚くべき能力でしょう？　わたしはもうXの夫の前途を楽観しはじめているの。彼はすでにひとつのすっきりしない記号から一個の人間へと変化を遂げた。これからは外の世界の旅をなし遂げ、最後には身も心もわたしの胸に飛び込んでくるでしょう。二十分前には彼がわたしから離れていくのをしょんぼりと見送っているうちに、十も老けてしまった。あなたが見たとおりよ。でもたった二十分で、たちまち元気になったわ。あなたから見てどう？」筆者はいった。彼女はこのうえもなく素敵に見え、「花開こうとするつぼみ」といってもおかしくないほどだが、それよりさらに深みがあり、彼女の艶やかさを感じたあとでは、だれもあの青春真っ只中の少女たちに満足できなくなるだろう。彼女はまさに完全無欠なのだ、と。考えてみると、筆者は朝早く家を出て今まで、随分回り道をしてきたようだ。筆者のめざすものは決して糞尿波止場隣の屋根裏部屋にはなく、あれは単なる口実にすぎず、見せかけにすぎなかった。あそこから下りてきた筆者を、神が真実の在り処に導いてくれたのだ。今や問題は解決した。解決法は「一筆で抹消する」だけ。実に痛快である！　残念ながらノートを持ってこなかったが、持ってきていればこの場でその偉大な壮挙をなし遂げられたはずだ。まさしく「英雄の見る所はあらかた同じ」、「すべての道が行き着く先はひとつ」、今日はまことに記念すべき日だ。この偉大な壮挙は仁慈と博愛そのものでもある。われわれは見知らぬ者のために故郷を作り、その故郷の扉を日夜、異郷を旅してきたその者のために開け放っておくのだ。思うだに感動する。寡婦はまた付け加えて筆者にいった。夜が明けはじめるころ、彼女はXの家の窓がまちからあの男の布靴を一足持ってきた。象徴的な意味をたたえたその靴は、彼女のあの思い出の品を入れる引き出しにもう保存されている。あれもまたひとつの有力な証拠なので、彼女に万一のことがあったときは、筆者がその靴のことを覚えておいて、予想される攻撃をその事実によって撃退するように、と。

今や筆者はついに、あのふたりの曖昧な人物について残った問題を片づけた。これは筆者にとってはまぎれもなく一種の解放だった。寡婦の家で筆者があの布靴を取りあげたとき、ふたりは同時にため息をついた。それはわれわれがひと仕事終えたことを意味するものだった。寡婦は戸口の椅子に腰を下ろし、ぼうっとした目をしていた。顔に表情はなく、からだもなんだか随分痩せてしまったようだった。老けたなと筆者はひそかに思った。「なんの意味もない」彼女が急に苦笑いしていった。「風が顔の前を吹き、通りが目の前に横たわっている。その一切が、まったくなんでもありはしない。わたしはいつも自分に問いかける。どうしたというの、わたしが色つやのいい顔をして、若くてきれいだとして、それがなんになるの？　たとえ枯れ木のように老いさらばえ、黒ビロードの帽子をかぶったあの人のようになったところで、なにも悪くはない。社会的な責任感を投げ出して家に帰り、この棺桶《かんおけ》のような小さな家に坐っていると、死の思いにおびえてしまう。近頃は、ますます頻繁に人類の前途を心配し、自分への懐疑を抱くようになった。わたしはあまりにもこの人生に疲れた。率直な話、さっきのあの男があんなに薄情でなかったら、いっしょにどこか遠くへ行って、一から始めたいくらいよ。わたしたちのところはたしかに、あまりにも閉鎖的で、なにを考えても絶望的になってしまう」彼女はまた苦笑した。その気分が伝染して、筆者は突然、家に帰ってあの貴重な歴史記録を火にくべてしまいたいような衝動に駆られた。

幸い、その衝動は三十七秒しかつづかず、また新たな問題が親愛なる友の頭を占領したため、われわれはようやく個人的な感傷を捨てることができた。

（十）われわれはいかにして不利な要素を有利な要素とし、X女史をわれわれの代表に選出したか

X女史をわれわれの代表に選出する。このことは、かつて多くの人々の反感を買った。ここ数年来、X女史は五香街《ウーシャンチエ》にずっと敵対的人物として存在してきた。その彼女を急に大衆の代表にするといっても、だれも馴染めなかった。新しい思想や考え方の誕生はかならず各方面から圧迫を受けるものであり、それは少しも不思議ではない。そんな対立が数カ月つづいた後、Xはついに大衆の代表としての身分で史冊に入った。こういうと読者はあきれかえるにちがいない。常識的にそんな見方は成立するはずがない。無数の破綻《はたん》が生じるうえ、なにやら怪しい裏もありそうだ。天外の来客、大衆団体から排斥された異分子、謀殺の陰謀をめぐらしていたるところで衆人に敵対する輩、青少年を犯罪に誘う教唆《きょうさ》犯、道徳も品性もなっていない女ごろつきが、いきなり人民代表になる！　まったく身の毛がよだつ。しかし新たな考え方はついに誕生し、しかもしたたかな生命力を持って生きのび、思想改造は静かにひそかに完成した。今日、外からの代表団のメンバーが整然と五香街《ウーシャンチエ》に入って実地調査をしたとき、市民た

ちはしゃあしゃあといった。「かつてのあのX女史は、すでにわれわれみなの代表に選出されました。これは提起に値することで、歴史の転換を示すものでもあります」つづいてひとりふたりの者が代表の袖をつかんで道端に引っぱっていき、「語り合った」。目覚めた民衆はその語らいのなかでなかなか重みのある意見を述べた。「随分前から、われわれはXのやり方を本質的に理解していました。あのやり方はわれわれが実によく知っているもので、大騒ぎするほどのものではないのです。Xの根本的な誤りは、単に時間の観念がなかったことです。彼女はすっかり混乱してわれわれの今日の社会秩序が目に入らず、なにもかもだめにしてしまいました。しかし実験的にそのやり方を未来社会に持ちこんだと仮定すれば、すぐ気づくのですが、彼女がしていることは、実は、われわれがとうの昔から思っていたことです。ただわれわれは自分の原始の本能を解き放つ勇気がなく、古来のしきたりを無視する勇気がないだけなのです。しかもそんな勇気はまったく必要なく、あってもろくなことにならないので、まともな人間なら持っていません。本能的には、われわれはだれしも生まれつき一種の破壊性を持っていますが、生まれたとたんに好もしい制約を受け、欲望を正道に引き上げられて、こういう教養人になるわけです。Xがしているすべては、べつに目新しいことではありません。それはみなわれわれがとうに先にやり、先に欲したものです。われわれはその原始的欲望を克服し、それを高度に発達した未来社会に解き放つ、要するにそういうことです。Xのさまざまな行為を考えるとき、なぜわれわれのなかにふつふつと親しみが湧き、あの女のことがわれわれの生死存亡に関わるように思われるのでしょうか？　彼女に関わるすべてのことを細かに考えてみれば、もともと彼女が、われわれが将来の社会でやろうとしながら、現在の社会ではやる勇気がない一切のことを拙劣に実演しているのに気づくのです。その一切をわれわれはいとも簡単にやりおおせるのですが、実際にはやりません。われわれが教養ある民衆であって、野蛮人ではないからです。だれも目立ちたくないし、陰口もたたかれたくない。だからXのような型破りな行動はとらないのです。われわれの才能をもってすれば、だれだってX女史より何倍も上手に演じられるにちがいなく、Xは単に機に乗じて、みながしようとせず、したいとも思わないことをしているだけです。われわれのほうがもっと上手にできるのです。われわれは自分の才能と明晰な時間観念に基づき、将来いつの日か、それを本当に実演しはじめることでしょう。今日われわれがX女史を代表に選出したのは、決して彼女の才能がぬきんでていたり、あるいは彼女が正確な意味でわれわれを代表していたりするからではなく（ここで強調しておきますが、彼女の演技はたしかに拙劣です）、単に彼女がわれわれより先にわれわれが演じようとしていた題材を演じたからにすぎません。われわれは嫉妬深くはないので、新たな形式が生まれた以上、それがいかに幼稚で、薄っぺらで、はては反動的でさえあろうとも、賢明に受け入れ、それが発展的解消を遂げるまで、ひとつの場を与えるのです。そういう意味において、Xには彼女なりの進歩的作用があるため、その演じ方がどうであれ、われわれは彼女を代表に選びたいと思ったのです。それはわれらの団体の寛容な精神を示すものです。代表の同志の方々、みなさんが現在興味を持つべきなのはX女史の実演内容ではなく、その外在形式です。それはとりもなおさずわれわれ全体の形式であり、正式な上演にはまだいたっていませんが、未来社会の舞台において、われわれは全世界を震撼《しんかん》させることでしょう」みなは代表に自分の感想を語ったあと、長い行列を作ってXに講演を頼みに行った。なぜなら彼女はすでに民衆の代表と公認されたからだ。

Xはちょうど煎り豆屋で汗まみれになってそら豆を洗っているところだった。群衆は黙々と外で待ち、A博士とB女史が中に入っていって、みなの願いを伝えた。おしゃべりなB女史はそら豆を洗うのを手伝いながらXに説明した。Xがせっかく素晴らしい講演をしたのに以前はたしかにあんなに大きな誤解が生じ、群衆の不当な仕打ちが彼女に多少の損害を与えてしまったが、それは少しも不思議ではなく、新しいものが生まれるときにかならず直面する局面なのだ。どうか人民のしたことをわかってやってほしい、彼らは本意としては彼女を保護してやりたかったのだ。それを誤解して人民に敵対してはいけない。長い発展過程を経て、彼女のある種のやり方はしだいに人民に受け入れられ、みなはもう心の中で彼女を「未来派」と見なしている。この信任をないがしろにしてはならない。未来派とは人民の未来を代表するものであり、非常に光栄なことだ。彼女、B女史は、大衆の利益のためにここ何年も働き、青春のすべてを捧げ、ほとんど全力を出し切ってきたが、いまだにそんなりっぱな呼び方はしてもらえず、無名の一兵卒B女史にすぎない。しかるにX女史は功もなく禄《ろく》を受け、なにもせず、石の腰掛けに跳び上がって適当にしゃべり、怪我《けが》をしたと称して一カ月寝込んだだけで、たちまちこのような栄誉に浴した。代表になったばかりでなく、「未来派」と冠されるまでになった。その栄誉が当然のものだなどと思ってはいけない（黙々と大衆のために働いている五香街《ウーシャンチエ》の無名の英雄のことを考えてもみよ）、決して当然のことではなく、たまたまチャンスにめぐり会い、運がよかったにすぎない。以前Xに対して行《おこな》ったあの改造の際、B女史はたしかに失礼なことをしたが、あれはひとえに大衆の利益のためで、あの行動はまったく正しく、あの改造がなければ彼女が今日代表になることも、未来派になることもなかったのだから、女たちのあのときの行動を根に持ってはならないし、むしろ感謝すべきなのだ。彼女の今日の栄誉はすべて女の同志たちのおかげなのだが、その女たちは今にいたるまでなんの利益も得ていない。それを思えば、彼女は当然講演の義務を果たすべきである。彼女が良心の不安と疚《やま》しさを覚えていないはずはあるまい？　みながたきぎを拾い、彼女だけが火にあたる。これではあまりに不公平だし、その不公平は一目瞭然だ。なんとかそれを埋め合わせるべきであろう。善良な人間なら、いても立ってもいられないはずだ。なにもかも自分の楽しみのためにやってきたのに、突然棚からぼた餅で栄誉と地位が降ってきて革命の先駆者になるなんて、自分だったら恥ずかしくて死んでしまうところだ。

B女史はそら豆を洗いながらこうした道理を語ったのだが、あまり一生懸命洗ってくれるのでX女史はすっかり感激し、彼女の話にも耳を貸した。とにかくX女史は最後には彼女のいう意味がわかり、その問いに答えた。X女史はいった。今日みなが彼女を代表に選び、こんな大きな栄誉を与えてくれたことには感動している。ただもう少し早く来てくれればよかったのだ。もとは彼女はずっと代表になりたいと思っていたし、栄誉も欲しく、そのために多くの意味のない努力をした。もしあのころ代表に選ばれていれば、きっとみなのために心にしみる講演を何度でもしたことだろう。しかし残念ながらもう遅すぎる。時は流れ、もう中年になってすっかり失望し、代表になりたいと思わないばかりか、人を見るのもひどくおっくうになった。たとえばさっき、B女史がそら豆を洗うのを手伝いに来てくれなければ、部屋に男女がふたりして入ってきたのもろくに見えず、B女史の話も聞こえなかったことだろう。代表になる気をなくしたとたん、彼女は目も見えず耳も聞こえなくなったのだ。そんな身障者の女になんの用があるのか聞きたいものだ。演壇に押し上げられたりしたらつまずいてころび、ぶざまなことになるに決まっている。いや、彼らには彼女などまったく必要ない。彼らは勘ちがいをして本質的なことがわからなくなっているにちがいない。彼女が代表になる？　まったく笑わせる。彼女は死んでも代表になどならない。どうしてもなれというのなら、演壇に上がって犬の鳴き真似をし、とんぼ返りでもしてやる。X女史は答え終わるとそら豆を日に干しに行き、ついでにA博士の足を思いきり踏んづけて悲鳴をあげさせた。「この男、まだいたのね、少しも目に入らなかった」彼女はいった。今度はA博士が話しはじめた。彼は壁際に立ち（また足を踏まれたくなかったので）、悠然と語った。代表の崇高な意味と、全住民が彼女に寄せる心からの期待を語った。彼は、彼女のそういう問題を研究する博士として、このうえなくよくわかっている。「これは至高の栄誉だ」、その栄誉が自力で得られたなどとは思わないでもらいたい。決してそんなことはないのだから。少し内幕を明かせば、彼女のこの栄誉は彼という権威が与えたものにほかならない。だれが先に仕掛けたかという討論が終わり、完全な勝利を得たあと、彼の地位はみるみる上がってそのひと言ひと言が聖旨《せいし》となり、民衆はこの博学な人物を慕ってやまず、五香街《ウーシャンチエ》で決裁を要する重要なことが起きると、迷うことなくただちにこういうようになった。A博士を訪ねよう、と。彼から離れれば人民は迷える小羊だ。今では彼のひと言が、彼の眼差しが、全住民の命運を決している。彼の頭には深刻な問題がぎっしりつまっており、今にも破裂しそうだ。最近一時期、Xが問題の核心になったが、彼のひと言が彼女を今をときめく人物にしたのだ。それというのも彼が彼女を改造する決心をして、意識的にそうなるように仕向けたからだ。わかってほしいものだが、生涯こつこつと苦労を重ねている者は大勢いるというのに、彼はこういう機会を与えていない。なかには彼の前でひざまずいて懇願する者までいるというのに！　彼はさっきの彼女の態度が不思議でならない。恩義を感じないのはともかく（彼は世話をしてやった者に感謝されるのは望まない。彼は高尚な人間で、俗っぽいおべんちゃらは嫌いだ）、人の足まで踏むとは！　おかげでまだ足の指がしびれている。こういう行動を見ると、本当に考えてしまう。彼女に簡単に桂冠《けいかん》を与えたのはまちがいではなかったか、と。彼が代表団の前で彼女のことをどれほどほめあげたかを考えても見てほしい。そのほめ言葉をまた外部の人間の前でどうして引っ込められよう？　今のところ彼はまだ彼女といっしょにやろうという初心を持ちつづけている。どうかじっくり考えて、軽はずみなことは慎んでほしい。彼女はまだ若く、これから何十年も五香街《ウーシャンチエ》で過ごすのだし、ここで暮らしていくかぎり彼の統括を離れることはできず、一時の意地で彼の気分を害すれば、彼女の前途がまた問題になろう。彼は彼女になんの機会も与えないだろうから、代表になれないばかりか彼女の名前を口にする人さえいなくなる。五香街《ウーシャンチエ》の何人かの歴史学者や芸術家はみな彼と生死をともにするほどの仲で、彼らの文章はすべて彼が目を通している。輿論の支持が離れてしまったら、彼女の改革や新しい主張をだれが問題にするというのだ？　彼女は永遠に世に出る機会がなくなる。だがもし彼女がここで目覚めるならば、足の怪我のことも許してやってもいい。彼はもともと度量の広い修養のある学者であって、他人に傷つけられたのを気にかけたことは一度もなく、ただ彼女がすみやかに態度を変えるよう希望するばかりだ。X女史は知らん顔で、壁に貼りついたふたりには目もくれず、部屋の中で忙しく立ち働いていた。まもなく彼女の妹の新しい夫が入ってくると、彼女はすぐさまその腕をつかみ、大声でいった。「さっきまたふたりもぐりこんできたの、まったく油断も隙もないんだから！　ちょっと外を見てちょうだい。わたし、どうやら包囲されたみたい」。妹の夫はいった。たしかに外には大勢いるが、心配はいらない。連中はたるんでいて西瓜の種をかじったり、木に登ったり、つぎつぎに家に帰っていっている。昼には、家の前にはだれもいなくなるだろう。連中はまるで忍耐心がないのだから。彼女が外に出たりさえしなければ、すぐさま思っていたことを忘れてしまうだろう。妹の夫は彼女の耳に口を寄せていった。家の中に、ふたりの怪しいやつが壁に貼りついているが、追い出してしまおうか、と。「ああ、勝手にさせといて！」彼女はいった。「なんだ、あなたがた、隠れていたのね。さっきいったでしょう、わたしは代表になることにはまったく興味がないと。どうしてあきらめないの。そんなところに隠れていても、なにも変わらないわよ」さらにこうもいった。もし彼らが暇でやることがないのなら、彼女の仕事を手伝ってくれれば大いにありがたい。ふたりのうち男のほうは博士だそうだが、博士がべつにすごいとは思わないし、彼女から見れば落花生売りのほうが数等上で、博士などどうせほら吹きのペテン師でしかないのだから、条件があれば、みな煎り豆屋に来て自己改造し、でたらめをいう悪い根性を直すべきなのだ。彼女はもともと博士の類は大嫌いだ。頼むからその博士に自分で代表になってもらいたいものだ。博士などに彼女の家に隠れていられては、神経がおかしくなるし、おかしくなると彼女はわけもなく人を殴りかねない。彼女がそういいながら威嚇《いかく》するように竿秤《さおばかり》を振り上げたので、ふたりは驚いてすたこら逃げていった。「博士なんてみな奸賊《かんぞく》よ」彼女は妹の夫にそういって、つづいて嘲笑うように目をぱちくりした。「妹は相変わらず家庭を築くのに夢中になってるの？」妹の夫は答えた。そのとおりだ、彼は彼女のそういう熱心さが好きだが、毎日おまるを上げ下ろしするのは実に大変で、もし赤ん坊でもできたら——ああ、まったく想像もできない。「糞のにおいでその子は頭が変になってしまうにちがいない。環境というものは恐ろしいからな」彼は力なく頭を垂れた。「ふたりともわたしの店に手伝いに来たら？　一日じゅう屋根裏に坐っていては、妹は足が麻痺《まひ》してしまう。よく一日じゅうじっとしていられるわねえ」「だめですよ」彼はあわてていった。「彼女はもう崩壊してるんです。今どんなに神経質になっているか想像もつかないでしょう。昼も夜も警戒しどおしなんですよ」「槍《やり》投げでも教えてやったらいいわ」「遅すぎますよ、姉さん。今では朝から晩まで机の下にいるんです。屋根の上で騒ぐやつがいるからって。いい医者を呼んでやりたいけど、残念ながらだれも縄梯子を登りたがらないし、塞いだ通路を開くなんていったら彼女は窓から飛び下りてしまう」

X女史が代表になる件はうやむやには終わらなかった。これが一度や二度の手合わせで目鼻がつくような問題でないことは、今までのことを少し思い起こせばだれにでもわかる。話が通じない以上、当の女史は欠席のまま選挙を行うしかなかった。忠実な石炭工場の若造たちがあきらめきれずにまた何度も呼びに行ったのだが、彼女は高い窓敷居に坐ったまま、本当に耳も聞こえず目も見えなくなっていたため、がっかりして仕方なく帰ってきたのだ。その後暗い部屋の中で選挙が行われ、予想どおりX女史がほとんどすべての票を集めて圧勝し、名実ともに代表となった。ただ一部の野心家どもは、身の程もわきまえず自分が代表になろうとして反対票を投じ、夢破れた後集まって陰謀をめぐらし、その後X女史の夫の親友に一喝されて蜘蛛《くも》の子を散らすように逃げていった。そのなかにはX女史の同業女史やB女史がいたため、みなはようやくはたと気づいた。B女史はもともとX女史が代表になるのを望んでおらず、煎り豆屋に行ったのはそれをぶち壊すためだったのだ！　X女史がどうしても選挙に出てこようとしない責任はすべて彼女にある！　X女史の夫の親友は憤慨のあまりその場で鉄シャベルをひっつかみ、B女史の頭を「かち割ろう」とした。「こんなに大勢の人が」彼はかんかんになっていった「こんなに大勢の人がここに集まってX女史をひと目見たいと思っているのに、影も形も見えないじゃないか。おれの何年もの努力は、おれのすべての希望は、今日この日のためではなかったか？　あの以前の悲しいことを思い起こすと今でも胸が張り裂けそうだ。そんな苦しい日々がようやく終わったと思ったら、またこんな女が現れるとは！　いいか、おまえのようなやつはまったく生きつづける理由がないんだ。おれに打撃を与えたうえ、友達の石炭工場の若造の理想まで打ち砕いた。あの男を見てみろ（若造は泣き面をして鼻をほじっていた）、あの男がおれの隣人になってから、ふたりでどれだけ苦労をしてきたことか！　この尻尾の禿げたカラス野郎、死んでしまえ、死んでしまえ！」彼はついに高々と振り上げたシャベルを振り下ろした。しかし、割れたのは自分の足の甲だった。彼は歯をむきだして跳びはねながら部屋を五周もした。やがて彼は急に嬉しそうな顔をして石炭工場の若造の肩を抱き、いった。「これで最後の検証ができた。おれの足の傷口から骨が見えるんだ。尊敬すべき女史が世に出た今日、おれの栄光の日々もすぐやってくる。おれは以前から、彼女はわれわれの未来を代表する人だと思っていた。その信念は一時も揺らいだことがない。思うにこれは潜在意識の働きにちがいない。おれには天賦《てんぷ》の才があるんだ、わかるだろう！　友よ！　おれたちはふたりとも天才なんだよ。だれにも理解されず孤軍奮闘しながら、おれたちは今日までがんばってきた。おれの頭の後ろのこぶを見てくれ。長い間石の板の上に寝ているうちにできたものだ。X女史とはだれか？　彼女こそおれが造りだした模範的人物であり、名声赫々《かっかく》たる未来派なのだ！　おれの人知れぬ努力があったればこそ、同志たちはここでかくも盛大な選挙の儀式を行うことができた。友よ、今夜はふたりで夜なべして、新たな計画を練ろう。おまえ、緊張してるんじゃないか？」石炭工場の若造はきっぱりといった。「はらわたまで緊張しきって」息もできないほどだ。重要なのは、X女史がわけもなく欠席したこの件に無数の危険な兆候がひそんでいることだ。いや、彼は今日の選挙に陶酔したりはしない、なにか陶酔に値することがあるとも思えないのだ。彼は今までXの手口をさんざん思い知らされてきた。いつもみなが彼女のせいでばたばたしたり、陶酔したりしていても、彼女はまったく意に介さない。はじめのうち、彼は彼女の注意を引くためにさまざまな手を使ってみたが、どれも無駄だった。ある日街でたまたま出会って声をかけたら、彼女は彼のことを「新しく来た人」と呼んだものだ。もちろん、陶酔しないというのは努力を放棄《ほうき》することではない。選挙をしたことで、やるべきことを半分までやったことにはなるが、X女史は出席していないのだから、あと半分はまだすんでいない。X女史を会議に出席させることができないようでは、竜頭蛇尾《りゅうとうだび》に終わってしまう。

X女史を招請《しょうせい》する重責は筆者の双肩《そうけん》にかかった。「なにしろあんたは速記人だからな、こういうことにはうってつけだ」みなは厳粛にわたしにいった。そこで筆者は朝から晩まで煎り豆屋に詰め、X女史に代表になることの重要性を説くとともに、障害物を置いて彼女が仕事に専念できないようにし、こっちに注意を向けさせた。女史はついに折れて筆者と会場に行くことに同意したが、ひとつ条件をつけた。行くことは行くが、壇上で二回とんぼ返りをしたらすぐ帰ってくる、彼女は「決して下らないことには時間を浪費しない」と。彼女が行くと、全員が起立して粛然と襟《えり》を正した。彼女はまっしぐらに壇上に上がり、ひょいひょいと二回とんぼ返りをしたと思うと、そのまま脱兎《だっと》のごとく出ていって影も形も見えなくなってしまった。みなは夢から醒めたように感慨に浸り、口々にいった。「まったく素晴らしい、見事なものだ。あの技、あのかまえ、一朝にしてできるものではない」。筆者の歴史的使命はなし遂げられ、これでXの夫の親友も石炭工場の若造もいうことはなくなった。演説こそなかったものの、効果は演説の何十倍もあった。X女史は今や有名人なのだ。有名人の行動はもちろん一般とはちがっており、とんぼ返りひとつとっても独特の風格がある。「未来派」なら当然こうあるべきで、こうでなくしてどうして未来派などと呼べよう？　もちろん目下のところ、筆者のような高級知識分子はともかく、ほかの者はX女史がとんぼ返りをした真意は理解しがたいことだろう。ある種の人の演技は数十年、数百年後の観衆を楽しませるためのものである。だがそのような演技をもわれわれはほかのもの同様鼓《こ》舞《ぶ》激励し、歓迎するのである。とんぼ返りが自在に打てていれば、われわれはそれを高尚な芸術と見なす。われらが五香街《ウーシャンチエ》のこの文化の舞台は、今やまさに百花爛漫となった！　X女史が去った後、みなは唱いだし踊りだし、市内の撮影技師もどっとやってきて、「陽剛《ようごう》の気《き》」に類する写真をどんどん撮った。個人写真もあればグループのもあり、女たちがその芸術写真に花を添えた。熱気溢れるなかでみなは今度は「雄獅子《おじし》」（すなわち男のリーダー）を選挙し、このたびはほぼ全員一致でA博士を推挙した。時の検証を経て、みなはすでにA博士が真の硬骨漢《こうこつかん》であるのを見てとっていた。しかも剛中に柔あり、女性に対しては常に礼儀正しく決して失礼な真似をせず、まして学問についてはいうまでもなく、実に謙虚であり、実に遠くを見通している！　というわけで、A博士はすぐさま雄獅子となり、撮影技師は彼の髪の毛をもじゃもじゃにさせ、「勇敢で畏《おそ》れを知らない眼光を発射」させて、何枚も写真を撮り、今度は髪をきちんと梳《と》かせ、頬杖をつかせ、「暗く沈んだ目」をさせて何枚も撮った。

しかし最後にとんぼ返りをするところを撮りたいと撮影技師がいうと、彼は断固拒絶し、息巻いてみなにいった。とんぼ返りは芸術家や未来派のやる芸当だ。彼のような謹厳な哲人がどうしてそんな真似をできよう？　イメージがぶちこわしになってしまう。べつに彼がとんぼ返りを打てないというのではなく、X女史より何倍もじょうずに打てるのだが、そんなのが好きだったのは昔のことで、もう過ぎたことだ。この歳になって若いふりをする気はない。今、髪を長く伸ばしているのは、近いうちに山に登るためだ。彼はまもなく親しい、愛する者たちと別れることになろう。あの世界に行ってからもみなの切なる願いは忘れず、みなの苦難を心にとどめ、しかも頻繁に山を下りてみなと連絡をとり、民衆の悩みを解決するであろう。これらの写真は、どうかみなが撮っておいてほしい。写真を見れば彼本人に会ったも同然、ならば、彼は永遠にみなのなかで生きつづけることになる、と。撮影技師が来たせいで会議のスケジュールは狂ってしまった。みなは必死に押し合って前に出て、壁に掛ける永久に記念になる写真を撮ってもらおうとし、この会議の趣旨《しゅし》など気にもかけようとしなかった。彼らが会議に出たのは写真を撮ってもらうため、自分の陽剛の気を体現するためだったのだ！　めったにない機会ではないか、と。筆者は人々が目立とうとして先を争うのを目《ま》の当たりにし、内心すっかり腹を立てていた。A博士もあえぎながら人波をかきわけてやってきて、筆者に向かって深いため息をついていった。芸術の普及のなんと難しいことか！　彼はこれから一冊の書物を書いて、X女史のあの二回の奇妙なとんぼ返りについて詳細に解明するつもりだ。その書物は空前絶後のものとなるにちがいない。もちろん、それは今日の読者のためではなく、数百年後の読者のためのものだ。「われわれはX女史を手放せない」A博士はいった、「凡《およ》そ今日理解できないものは、すべて手放すことはできない。歴史の教訓がわれわれに教えるところによれば、理解できないものは往々にして最高級のものなのだ。その点についてはわたしには先見の明があり、絶対にまちがいない。たとえば先ほどの二度のとんぼ返りをわたしは録音しておいた。いつも周到に考えているのだ。明日から毎日その録音を何十遍も流して一種の条件反射を形成し、その後で感性から理性への飛躍をなし遂げる。われわれは過去においてあまりにも多くの過ちを犯した。もしみながわたしのように未来派に対して慎重な態度をとってきていたならば、今日のような俗っぽい場面は出現しなかっただろう」彼は何度も「俗っぽい」と繰り返したあと、解明の仕事をしに家へ帰っていった。部屋の中はまだわいわいがやがや、撮影技師は押し合う人にぶつかられて顔を青く腫らしている。筆者は見ていられなくなって、やはり大声で「俗っぽい」といい捨てるなり家に帰った。

X女史はとんぼ返りを終わるとそのまま煎り豆屋に帰っており、自分が引き起こした騒ぎにも少しも気づかず、仕事をしながら「孤独な小舟」の歌を口ずさんでいた。彼女がかごの落花生を木の盆に空けたとき、突然目の前でカシャッカシャッとフラッシュが光った。彼女はぎくりとし、かごを下に置いて後ろに跳びのくと、むっとしていった。「だれよ？」外にはふたりのぬけめない撮影技師が隠れていたが、うんともすんともいわず、満面に冒険家の喜びをたたえていた。X女史が腹を立てて跳び出してきたら、そこを正面からまた二、三枚撮るつもりだったのだ。ところがX女史はだれよといったきり、いっこうに出てくる気配がない。何時間待ってもやはり出てこず、そのドラマチックな場面は撮れずじまいだった。ふたりがしびれた足で立ち上がったとき、中から声がした。「仕事が終わったからポーズをとってあげる。でもお金をもらうわよ」ふたりは恐れ入り、米をついばむニワトリのようにぺこぺこしながら、あわててカメラを向けた。なんとX女史はもう服を着替えており、腰にベルトを締め、手にひとふりの剣を持ち、「颯爽《さっそう》たる勇姿」といってまったく差し支えない。彼女は謙虚にいった。「残念ながら剣舞はできないの。この剣の上に坐ったところを一枚撮って！」撮影技師がそれはいい考えだと賛成したので、彼女は剣を尻に敷き、一枚どころか十枚も撮ってもらった！　その十枚はそれぞれ特色があり、表情は同じものの、撮影技師の高度な技術のおかげで見ればみるほど深みがあり、見事であった。数日後、X女史は手紙を書いて撮影技師に金を請求した。その行動は写真館を仰天させた。世の中には妙なやつがいるものだ。人が有名にしてやろうというのに、まるでこっちが借金でもしているようだ。それもやけに強気で、今、自分はふところが苦しいといって、写真撮影のために犠牲にした仕事を並べ立てる。大小の撮影技師たちははじめは目をむいていたが、やがて突然歓声をあげた。A博士が新聞に発表したあの名文を思い出したからだ。その大綱《たいこう》に照らせば、すべてが釈然とする。未来派たるもの、まさにこういう奇行があって当然なのだ。彼女が月並みな人間であれば、あれほど苦労して写真を撮る甲斐はなかったのであって、このたびの彼女の常人とちがった行動こそ彼らの苦労が価値あるものだったことを示すものである。彼らには人を見る目があった。彼女の行動は奇妙であればあるほどいい、それは直接写真館の名誉につながる。速記人にも連絡をとり、彼女と写真館との奇妙な関係を記してもらおう。金については彼女の要求を完全に満たすことはできないが（経理上、問題になる）、彼らが募金をしてポケットマネーを出し合い、心ばかりの謝意を表すことにした。みな自分が物語の中の人物になったような気がした。

X女史を代表に選んでから、人々はやけに興奮し、なにかというと集会を開いてそのことを論じ合った。「われわれの五香街《ウーシャンチエ》には本当に人材が多い」。そしてついにそれが引き金になり、五香街《ウーシャンチエ》に「創新運動」が巻き起こった。はじめは自発的なもので、ある朝、数人の若者が期せずして同時にセーターを頭に巻いて街に出たのであるが、その巻き方が実に新式で、遠目にはなんだか頭のてっぺんに大きな包みが生えたように見え、ある者はそれを「思想の重みに頭を垂れているかのようだ」などといった。その数人の若者は通りを何度も行ったり来たりしていたが、翌日、五香街《ウーシャンチエ》の半数以上の者が頭にセーターを巻くようになった。それは主に青年たちで、彼らが創新運動の中堅となり、もちろんA博士のような老哲人も運動の指導に当たった。だがA博士は運動を指導し発展させる過程において、ある致命的な欠点を発見した。ある種の人々が大衆から遊離して単純に奇抜さと軽薄さを追い求め、しかも四、五人ずつ群れて「どうも謀叛《むほん》を企んでいるらしい」のである。その一部の連中はセーターを頭に巻くのをやめて日夜議論にうつつをぬかし、興奮すると窓に跳び上がって「わめきたて」、街じゅうの者の神経をぴりぴりさせた。A博士はじっくりとその連中を観察し、ついに問題の原因をつきとめた。あんな現象が出てきたのは、はじめから綱領に曖昧さがあったからだ。X女史を代表に選んだとき、われわれはある種の情緒に浸るばかりで、あの女史が今のところまだわれわれと目標が一致しているわけではなく、単なる象徴、ひと筋の未来の曙光《しょこう》にすぎないことをつい忘れていた。われわれが彼女を高く評価するのは決して今日のためではなく、数百年後の子孫のためなのだから、一部の者のようなやみくもな模倣はわずかでもあってはならないのである。彼女のあのやり方を現実生活に持ちこんだりしたら、実にろくでもない、笑止千万《しょうしせんばん》なことになる。A博士はさらに数回の討論会を開くよう提案し、はっきりとみなに告げた。X女史が今日やっていることは、現実の生活とは微塵の関係もない。あれは一種のシミュレーションであって、われわれがそれを誤って理解するとしたら、彼女を評価することになんの積極的意味があろう？　A博士はこうもいった。このような運動は、彼の指導のもとでしか行うことはできない。これは大きな冒険精神を必要とするもので、へたをすると「謀叛」になり、首が飛びかねない。彼が始終目を光らせ、遅滞なく「偏向を正し」

に乗り出さなければ、どんなことになるかわからない。彼は百戦錬磨の経験豊富な人間だ。十数年前にも似たような運動を経験したが、その運動には彼のような指導者がいなかったため、ついに先へ発展せず、しまいに子供の隠れん坊のようなゲームになってしまった。今思い出しても胸が痛む。あれは人類の知力の退化であった。A博士はそういったあと、この前の「どちらが先に仕掛けたか」の討論会で論争したことを思い出し、みなに注意をうながした。「象徴」という言葉の意味、「それは一種の形式、ひとつの不確かなモデルにすぎない。われわれがひとりの女をその典型として選出したのは、いかにもふさわしいことであった。そこには多くの考えるべきことがある」X女史が代表に選ばれても平然としていることについて、A博士はこう論評した。「彼女には自分の立場がよくわかっているのだ。女、とりわけX女史のようにみなに注目されている女は、ほかにどうしようがあろう？　代表などというのは形式にすぎず、みなが気前よく贈った栄誉にすぎない。彼女はますます自愛し、誇りを持ってとんぼ返りに習熟する以外、ほかの面では実際、いかなる変化があってもならないのだ。いい気になってこれ以上稽古もせず、技も磨かずにいるようでは、彼女の栄誉は失われる。栄誉とは決して尽きぬ元手ではなく、悪くすれば重荷にさえなるのだ！」

（十一）X女史が足取り軽く、五香街《ウーシャンチェ》の広い大道を明日へと向かう

この複雑な物語はここにきてすでに一段落しようとしている。筆者は今朝、代表になったばかりのX女史に会った。筆者の目には女史がこの数年少しも老けていないように映ったが、じっくり何度も見てみたら額にかすかに細い皺ができていた。あれは歳月の痕跡であったが、少しも目立たない、ほとんど無視してかまわない程度のもので、依然として「光彩人を照らし」、「情欲人をそそる」女史であった。もし彼女が独身主義をやめる気があるならば、賭けてもいいが、A博士のような彼女より十いくつも歳上でなお壮健な地位も高い男さえ（妻が急病で世を去れば）、彼女と結婚したがることだろう。まして石炭工場の若造や彼女の夫の親友となればいうにおよばず、結婚するなら真っ先に彼女を相手にと考えることだろう。筆者は今朝、小計をめぐらし、遠回しにX女史にたずねてみた。夫が家を出てQとのことが発覚したあと、新規巻き直し、歳のつりあう見栄えのする男と夫婦になるつもりはないか？　代表の重責を負って、仕事上の同志を見つけ、ふたりで手に手を取って輝かしい明日に向かって歩いていきたくはないか、と。X女史は筆者にいった（だれかが盗み聞きしていないかと

あたりをきょろきょろ見回しながら)。彼女の人生で最大の望みは、まわりの人間が彼女のことを「忘れる」か、あるいは彼女という人間の存在をまったく感じなくなることだ。そうなったらどんなに気楽なことだろう。ここ数年の観察でだんだんとわかってきた。彼女という人間は多くの人とはちがい、決して他人と同じであることによってひとりの人間であるのではなく、単に一種の主観的願望の体現として存在する。ところがその願望が永遠に実現されないため、人心を攪乱《かくらん》する作用でしかありえないのだ。もしみながA博士がいうように彼女をただの記号と見なし、しかも時間の流れとともに彼女のことを忘れてくれれば、それほど素晴らしいことはない。しかし、そうは問屋《とんや》がおろさない。みなは彼女を記号と見てくれず、どうしても人間と見なし、人間としての基準に則《のっと》って不断に彼女に要求を出し、面倒をかけ、とんぼ返りをさせたと思えば写真を撮り(彼女は撮影技師が約束どおり報酬を払わなかったことに、また大いに憤慨を示した)、今度は結婚させようとする(彼女は筆者をじろりとにらんだ)。おかげで彼女の身分はきわめて曖昧になり、ふつうの庶民でもなければ一個の抽象的な記号でもなくなって、両者の間を揺れ動き、サッカーボールのようにあっちへ蹴られこっちへ蹴られするようになった。思うに彼女の一生はそうなる運命だったのだろう。ふつうの庶民にもなれず、かといって記号にもなれない。まったくたまったものではない。しかし、だから生きていけないなどとは思わないでほしい。彼女にはまだ「鋼板のような保護膜がある」。だから今も「意外なほど楽しく」過ごしており、だれも結婚のことを気にかけてくれるには及ばない。彼女には「自分なりの心づもりがある」（そういってにやりと笑いかけたので、筆者は二秒ほど胸がどきどきした）。彼女はいった。「ついきのう、夢のような逢いびきをしたばかりなの。そのことはあなたがたに調べはつかないわ、無駄よ」。筆者はとっさにひらめいて、それはＰではないかと急いで聞いた。「Ｏかもしれないわよ。とにかくだれかいるけど、あなたがたには調べられないわ」「どうしてそんなに浮気っぽいんです？」筆者は大いに憤慨した。「いいですか、われわれがＰを想定してまだいくらもたっていないんですよ。そのＰの影も見とどけていないというのに、今度はＯときた。代表の身でありながら、どうしてそんな恥ずべき真似ができるんですか？」筆者はＸに考え直してもとどおりＰに注意を向けるよう懇願した。なにしろ彼女は以前とはもう立場がちがう。なにをするにも大衆への影響を考えねばならない。さもなければ筆者はどうして大衆に申し開きできよう？　筆者が繰り返しそれを強調し、粘りに粘ったため、Ｘ女史は根負けして最近逢いびきした相手をＰと改めた。しかし話しているうちに上の空になり、またＯだのＤだのと呼びはじめる。そこで筆者はまた面倒も厭《いと》わずその男はＰだと訂正した。「いったいあなたとなんの関係があるの？」彼女は突然怒りだし、さもいやらしそうに筆者の頭上をにらみつけた。まるでそこに腐った魚か蝦《えび》でもぶら下がっているように。筆者はいった。この件は筆者個人にはまったく無関係だが、五香街《ウーシヤンチエ》全住民の運命に関係がある。あのＰを全住民が偶像にしているというのに、それをたちまちたたき壊し、大胆不敵にすりかえるようなことがどうしてできよう？　そんなことをしてはいけない、たとえ相手を変えるにしても、民心に適応過程を与えねばならない。こんな奇襲攻撃をかけたり、一日ごとに相手を取り替え、走馬灯のようにやっていては、この世に信じられるものはなにもないような錯覚を与えてしまう。信ずるものを失った民衆は根を切られた大木も同然だ。いけない、どうかそんなことはしないでほしい、それではあまりにも危険だ。あのPはすでに民衆とは切っても切れない縁で結ばれている。彼の話になればみな興奮し、限りない元気が湧いて、議論し、想像し、計画し、八十の老人（たとえば老懵《ラオモン》）さえ例外ではない。Pの出現はすべての民衆のなかに青春の活力をかきたてている。ゆえにPはよきものなのであって、X女史が取り替えたりできない客観的存在なのだ。どうか物分かりのよい態度でその存在を遇し、自分の私有財産と見なさないでほしい。彼は彼女の私有財産などではまったくなく、全人民が共同で創り出したものなのだ。筆者はPに関わるさまざまな利害を力説してから、こうもいった。あの選挙のあと、彼女はすでにみなの友人になっており、彼女の考えの大方向は民衆と一致している。遠からず、彼女の小さな家は門前市《いち》を成すであろう。筆者の統計によれば、ほとんどすべての者（精鋭や天才さえ含む）が、彼女と胸のうちをさらけ出し合い、親密な関係を築きたいと切望しているのだが、以前の誤解と隔たりが残っているせいで、今のところは訪問を差し控えている。あまりことを急いでまずい結果になるのを心配し、彼女が態度を表明するのを待っているのである。彼女のほうからなにか声明のようなものを貼りだすか、黒板新聞に寄稿でもして、民衆への歩み寄りの第一歩とすべきではないだろうか？　もしそういう形式に馴染めないようなら、単に窓を開け放って窓がまちに花瓶を置き、その窓辺に坐ってポーズをとるだけでもいい。それだけで、彼女の内面が変化し、われわれ民衆に胸襟《きょうきん》を開いたことがだれにでも見てとれるのだ。彼女にもよくわかっているはずだ。彼女は多くの「型破り」なことをしてこなかったか？　それでもわれわれはこれまで彼女を「どうこう」せずに来たではないか？　今日の新たな眼差しで彼女を見、ああいう型破りなことを深く追及しないばかりか、それを未来派のイメージに結びつけてさえやった。彼女が自分からQを捨てたからこそ、われわれはPを想定したのであって、もし彼女が今もなおQと穀物倉庫で密会しており、「離れられない」でいたとしたら、われわれはそれによって「深い啓発を受け」さえしたかもしれないのだ！　とにかく、五香街《ウーシャンチエ》がめったにない素晴らしい場所だということは、彼女にもわかっているはずだ。道路はなんと広いことか！　建物はなんと古くおごそかなことか！　この不可思議きわまりない土地においてのみ、彼女はかくも尊重され、自由自在に自己を発展させることができるのだ。筆者はそういい終わったとき、X女史がもう家にいないのに気づいた。その後煎り豆屋で彼女を見つけ、窓を開け放って花瓶を置くよう提案しようとしたら、突然彼女が大声で文句をいった。「この前のお金をまだ返さないの！」「だれが？」「撮影技師のやつよ！　ほかにだれがいるの？　もう二度とだまされないから！　ふん！」彼女はそういってまたもや盲目聾唖《ろうあ》になり、筆者がどんなに食い下がっても無駄だった。

まもなく、X女史の生活に大問題が生じた。彼女の家の通りに面した壁が、長年の風雨に浸食されて、どうやら倒壊しそうなのだ。X女史はその問題を午前中いっぱい考えた末、大衆団体あてに申請書を書き、修理の人を派遣してくれるよう頼むことにした。大して当てにはしていなかったし、申請書を出すなどという行動は、まわりの人々に「忘れられたい」という彼女の願望に矛盾してもいた。ではなぜ出したのか？ここで読者にいっておかねばならないが、X女史のある種の原則は不変のものではなく、ときには日に三度も変わるのである。彼女は援助依頼の件を少しも深刻に考えず、むしろ「芝居を見る」ような傍観者的な態度でいた。まるで倒壊しかけているのが彼女の家の壁ではなく、だれか無関係な人の家であるかのように。「連中がどうするか見てやるわ」彼女は面白がっていた。その後ものんびりしたもので、それ以上問い合わせもせず、その日から通りに面した側の戸に錠をかけ、いつも裏口にまわって出入りしていた。大衆団体が彼女の申請書を受け取ると民衆は感激していった。X女史がはじめて民衆と結びつきを持った！　彼女がわれわれの一員になった！　魚が水から離れられようか？　瓜がつるから離れられようか？　X女史は結局は広汎な人民大衆から離れられないのであって、われわれが彼女を代表に選んだのは完全に正しかった。かりに彼女がもっと早くわれわれと直接連絡をとっていたならば（たとえば越してきたその日に申請書を出していたら）、とうの昔に代表になっていたかもしれないのだ！　ところが彼女ときたら妙な原則を守ってずっと申請を出さず、みなも代わりにやってやるわけにもいかなかったため、両者はずっとあいうつかず離れずの関係にあった。実際はわれわれはもともと彼女をわれわれの一員に数えており、その点だけは変えたことがなかった。今日彼女が申請を出したことにより、これまでのしこりは消えた。今やみなは彼女を身近に感じ、家族も同然と見なし、「われわれのX女史」と呼ぶようになり、これ以上ないほど親しみを覚えるようになった。彼女が申請した壁の修理については、みなは真剣には対応しなかった。それはひとつの言い訳であり、彼女がみなに近づくための口実だと考えたからだ。重要なのは彼女が申請を出したことであり、そのことこそ空前の大事件なのだ！　A博士は筆者の意を受けて夜っぴて壁新聞を書いた。「街じゅうを揺るがす特大ニュース！」を。「あの壁は少なくともあと五十年はもつわよ」寡婦は口角泡を飛ばしていった。「『頑丈そのもの』といってもいいすぎではない。それなのになぜ申請など出すの？　相変わらずの虚栄心がなせるわざ、恰好をつけずにはいられないのよ。それでもわれわれは歓迎するわ。あれは結局のところひとつのポーズ、窓を開け放ち、窓辺に花瓶を置いてそこに坐るのと同じことだもの。ただ、彼女はなんでもひねくれたやり方でやりたいのよ」。石炭工場の若造と夫の親友も黒板新聞に投稿し、万言《まんげん》を費やした文章（黒板を十数枚も使った）の中で、彼らと現在の代表との親密な関係を述べ、そのひと言ひと言で人々を泣かせた。それによれば、X女史が今日のように目覚めたのは、ふたりの汗馬《かんば》の労《ろう》のおかげだという。ふたりはほとんど「生命と引き換えに今日の素晴らしい展望を勝ち取った」のである。ふたりの住んでいるところを見てほしい、ふたりが食べているものを見てほしい、それに心を動かされないのは石ぐらいなものだろう！　彼らは大地に足をつけた実際の活動家であり、A博士のような高級な理論家さえ、論文を書くにはふたりが提供するすぐれた素材を欠かせない。だが、ふたりは栄誉を前にして手も伸ばさず、無名に甘んじ、それがますます大きな喜びを与えてくれた。今では彼らが敬愛する女史はついに精神の枷《かせ》をふり払い、足取り軽く素晴らしい明日に向かって邁進《まいしん》しており、こんなにうれしいことはない！　ふたりはずっと以前からただこの特別な日を待ちつづけてきたのだ！　黒板新聞が出るとふたりはひしと抱き合い、熱い涙を流した。そしてますますX女史を熱愛した。なにしろ、あんな素敵な口実を思いついてくれたのだから。彼女が今後、ますます多くの口実を思いつき、ますます多くの申請書を書き、そのおかげでますます彼らの才能が発揮されるよう、ふたりは祈った。

「壁は多少傷《いた》んではいるものの当分倒れそうもない。それなのに申請を出すなんて、実に愛すべき行動ではないか。もしも、今にも倒れるというときに申請したとすれば、功利的なきらいはあるが」

ところが二週間後、人々はX女史の家を通りかかり、あの通りに面した部屋が瓦礫《がれき》の山と化しているのを発見した。幸いX女史は前もってそれに備え、大事な物はそっくり奥の部屋に移しておいたし、奥の部屋の四方の壁はまだしっかりしていて「あと五十年はもちそう」だった。X女史はどうやら喜んでいるようで、会う人ごとにいった。「こうなることはとうにわかっていたわ。だから申請書を出して、連中に墓穴を掘らせてやったの」。家が崩れた後、案の定、彼女は長い静かな時間を手に入れた。そわれわれ五香街《ウーシャンチエ》の民衆は、X女史の思想動向にもとより多大な関心を持っていた。それが各人の運命と直接関係していたからだ。だが家の補修の話になると、みなは躊躇《ちゆうちよ》した。そんな必要があるだろうか？　彼女を甘やかしすぎて、また増長させ、ようやく獲得したわずかな進歩、わずかな成績を台無しにさせることにはならないか？　だめだ、この問題については、ぜひとも慎重にならねばならない。彼らの態度は今後の前途に関わる。こう考えたあと、みなは家の問題については耳も口も閉ざすようになった。だれもが申請書をその目で見てはいないといい、あるいははっきりとは見ていないといった。「あれは上のやることさ、われわれの博士がなにもかも考えてくれる。聞くところによれば、博士はこの問題について独特な見解を持っているそうだ」。この間《かん》、ある者は言葉を濁《にご》して責任逃れをした。人々はX女史に関心を持ってはいたが、彼女を訪ねる者はなかった。訪ねていくにはあの瓦礫をよけて遠回りしなければならないし、万一彼女につかまって補修の手伝いでもさせられたらたまらない。手伝うのはなんでもないが、問題は原則を破ることだ。それにわれわれはみな忙しくてたまらない。われわれのX女史については、心にかけていればそれでよいのであって、毎日出かけていって彼女を煩わすにはおよばない。やがて彼らは家の問題を「T」という代用記号で表すようになった。「Tの問題については」彼らはいった、「A博士が考えてくれる」。X女史は今やひとつの経験を得た。人々に自分のことを忘れてもらいたいときは、わざと人々を訪ね、自分に注意を向けてほしいと頼むことによって、はじめて目的が達せられることがある。彼女はその経験則を何度も繰り返し暗唱し、そこに精神的な楽しみを見いだした。またその経験則を繰り返し運用し、「残らず成功した」という。X女史の主観的な意図がどうあれ、とにかく彼女が申請を出したということは、X女史がみなと良好な、正常な関係を持つようになったことを示すものである。外から代表団がやってくるたびに、われわれはX女史の申請書をひけらかし、われわれの五香街《ウーシャンチエ》がいかなる街であるか、外では想像もつかないことがいかにして実現を見るかを説明した。X女史はつづけざまに五通も申請書を出した。一通は家の補修を求めるものであったが、ほかの四通のうち一通は金と穀物の補助を求めるもの、一通は彼女の社会活動免除を求めるもの（理由は、来訪者があまりにも多く、その応接自体が間接的な社会活動への参加になっているため）、一通は店の補修を求めるもの（店はもう古く、ペンキの赤い字が薄れて目立たなくなっている）、もう一通は静かな環境を求めるもの（未来派の研究に専念したいので、だれも彼女の部屋に入れないようにしてほしい）である。われわれは今では彼女が申請書を出すことを一種の象徴的行動と見なすようになっており、彼女がそれを出すたびに、みなはえもいわれぬ喜びされて付を感じ、ひとりひとりが清々《すがすが》しいものを覚えた。その五通の申請書はいちいち注が付され、額に収められて、会議室の精鋭の肖像の下に飾られた。われわれはX女史が今後も申請書を書きつづけるよう希望する。まったく、このような環境、このような人民になんの不満があろう？　彼女はあまりにも幸運だった。きっと五香街《ウーシャンチェ》に来たその日に、この地を一歩も動かぬ決心をしたにちがいない。そしてこの地で自分の一切の願望を実現したといえる。うまい汁を吸ったあとは外部の者に知られないよう（ねたまれないよう）、申請書を書くという形式によって、彼女と人民との水魚の交わりを表現するようになった。したがってあの申請書の中身については、われわれが取り上げる必要はない（まして彼女自身もまるで気にしていないらしく、一度も催促に来たことがないのだ）。とはいえ彼女がとった形式については、大いに宣伝せねばならない。これまでもそうしてきたが、今後もますますうまくやらねばならない。彼女は半分崩れた家の中で、相変わらず快適に暮らしているではないか。人間は、物質的に恵まれすぎると精神的な追求がおろそかになるものだ。だからわれわれが取り合わないのは、実のところ、先を見越してのことなのだ。これによって彼女はさらに精進《しょうじん》し、さらに大きな成果をおさめるであろう。

X女史はあの半分崩れた小さなぼろ家で、毎日、彼女に注目するよう人々に求める申請書を書くという方式によって、人々に彼女を忘れさせる実効をあげていた。今ではその種の申請書を書くのにすっかり慣れっこになり、以前顕微鏡をいじっていたのと同程度に熟練し、これをもまた一種の創造と呼んでいた。他人とはちがうところを見せるため、彼女の申請書はやたらに長たらしくくどく、たわごとばかり並び、だれが読んでもわけがわからなかった。はじめはまだ標題があり、前の五通などはしてほしいことや欲しい物が大きな字で真っ先に書いてあったため、われわれも申請内容を知ることができた。しかし、彼女が申請を一種の「創造」と見なすようになってからは、だれにも理解できなくなった。そこには一面に不完全な文が書き散らされ、たがいになんの関係もない語がつないであって、同じことの繰り返しばかりでくだくだしいといったらない。幸いわれわれは最初から大方向を決めていたため、だれもその罠にはかからなかった。そんな無意味なものをはっきりさせてどうする？　ことはいたって簡単だ。X女史は毎日申請書を出しに来る。ついに孤立することの誤りを認識したのだ。この行動はわれわれに有利であり、われわれは歓迎する。彼女はときに愚痴をこぼし、それを申請書に書き込んでいるらしいが、それも結構だ。どうせだれも読みはしないのだから。いや、われわれはそれを読んでいないのだから、どうして昔変わらぬ目で彼女を見ることができよう。ひょっとしたら彼女の申請書には、愚痴などまったく書かれておらず、賛辞ばかりかもしれないではないか？　どうしてそういうことがありえないといえよう？　彼女が得た地位（労せずして得たものだ）、広汎な大衆の彼女への愛護を思えば、彼女がそういう賛辞を書いてても決しておかしくはなく、それこそが彼女の霊感の源であろう。われわれは彼女がさらに多くの玄妙な語やさらに奇抜な構文方式を思いついて、そういう賛辞を書いてくれるよう希望する。われわれはそれをできるかぎり保存して、数十年、数百年後の子孫に残そう。われわれのこうした鼓舞激励の態度を受けて、X女史はさらにこまめに申請書を出すようになり、ほとんど毎日一通ずつ出した。彼女の妨げにならないよう、また他人に邪魔されたくないという彼女の要求に配慮して、われわれは決して彼女の家まで申請書を取りに行ったりせず、ひとりのメンバーを客を装わせて派遣し、彼女の店でそら豆を買わせた。彼女のほうも以心伝心でその意を汲み、申請書でそら豆を包んでそのメンバーに渡した。断言するが、彼女は大衆団体のこの苦心の心遣いをわかっているはずだ。一度そら豆を渡すとき、X女史が「目のふちを赤くしている」のを、筆者は見た（そのときはちょうど筆者が買いに行っていた）。申請書を手にした後、民衆は思わず一度また一度とため息をついた。X女史は素晴らしい！　申請書でそら豆を包むという形式は素晴らしい！　「未来」よりもっと「未来」へ行っている！　さらに素晴らしいのはその無《む》造作《ぞうさ》さだ――彼女はたしかに申請書を無造作に包装紙にしている！　われらの五香街《ウーシャンチエ》に大物が出て、われわれ全員が大物になった！　彼女は申請書を書くほどに激情が湧いてきたのにちがいない。紙の上だけでなく、あの半分になった家のしっくい壁にまで書くようになった。われらのA博士はナイフのように鋭い眼差しで彼女の家の壁を透視し、あのぎっしり書かれたおたまじゃくしのような小さな字を発見した。X女史もべつに自分の夜の行為をはばかることなく、よく自分から進んでお客に話した。「きのうは眠れなかったから、またひと晩じゅう書いたの」。その口ぶりは「また落花生が五キロ売れたの」というのと同じくらいこともなげだった。申請書を書くのが落花生を売るのと同等になって以来、彼女の私生活がわれわれの注意を引くことは二度となくなった。しかもあの半分崩れた危なっかしい家は見ただけで後ずさりしたくなる代物で、彼女の夫の親友のような世話好きな男さえ、もはや「戸籍《こせき》を盗み見に」もぐりこむ度胸はなかった（X女史は「少なくともあと五十年はもつ」と断言しているが）。筆者は賭けてもいい。たとえX女史が大通りに出て一軒一軒の家の壁にチョークで申請を書いてまわったとしても、それを取り巻いて見るようなものはだれもいないだろう。なぜならば、第一に、彼女の罠にはまってそんなややこしいものを苦労して理解しようとする者などいない。第二に、その行為自体は単調で面白みに欠け、以前の桃色事件とはまるでちがう。彼女がチョークででたらめを描きまくるのを見るために、後をついてまわるような者がいるだろうか？　描きたければ勝手に描けばいいのであって、われわれは彼女が描き出すものに関心を持つ気などない。たとえどれほど研究価値があろうとも、それは後世の者のことで、われわれの責任は単に彼女に場所を提供し、その仕事を保護して後世に伝えるだけである。しかも今のところ彼女の仕事を鑑定しに来た者もいないのだから、彼女も自分がなんらかの特権を享受できるなどと思ってはならない（彼女が享受しているものはすでに多すぎる！）。彼女が純金なのか黄銅なのかは、後世の鑑定を待たねばならないのだ！　正式な鑑定が行われるまではわれわれは、彼女の勝手な判断をもとに、彼女がわれわれを凌駕《りょうが》しているなどと考えるわけにはいかない。われわれは彼女が相変わらず落花生売りだと思うほうが馴染めるし、親しみもあり、神秘的な気もする。思ってもみよ、外から来た代表団に経験を紹介するとき、われわれは滔々と未来派の前途を語り、それがわれわれのこの土地でいかに発達したかを語る。そこにどれほど深い哲理がこめられることか。その後、われわれはだしぬけにいう、「われわれの未来派の代表は、落花生売りなんですよ！」と。代表団は唖然《あぜん》とする。なんと愉快なことだろう！　今やわれわれはついに悟った。これ以上彼女をわれわれ精鋭の隊伍に引き入れようと努力したりせず、彼女には永遠に落花生売りをやらせておこう。それがわれわれにとっても彼女にとっても、いちばんいい形式なのだ。彼女にさらに望むのは、自分はどうせ落花生売りだからと申請書を書くのを怠けたりしないでほしいということだ。申請書は休みなく書かねばならない。人にぬきんでるためには、死後に認められるためには、申請書を書く以外、ほかにどんなよい方法があるというのか？　われわれは彼女がどれだけ申請書を書いたか、その多寡《たか》によって彼女の地位を決めるしかなく、それがとりもなおさず彼女が生きる価値なのである。X女史は畢竟《ひっきょう》するに、きわめてぬけめない人物だ。われわれがヒントを与えてやるまでもなく、以上の道理はわかっており、自覚的にそのとおりにやっているはずだ。そしてわれわれは延々と途切れることなく彼女の申請書を（依然として包装紙の形式で）受け取りつづけるであろう。彼女のわけもなく騒ぎ立てる日常活動にもわれわれは満足している。われわれと彼女はこうして、一種の暗黙の約束、まさに水と魚の黙約を守りつづけるのである。

ある曇った朝、X女史は徒歩で郊外に行き、ずっと前にある若い男と一夜を過ごした石の板の上に坐り、そこで一枚の硬貨を拾った。それはあの晩、男のポケットから落ちたものだった。彼女はあの晩のさまざまなことを思い出し、結局ふたりが良いことをせずに終わったことと、そのいきさつを思い出した。そしてわけもなく笑いだし、拾った硬貨を力いっぱい遠くの草むらに投げた。そのすぐ近くの灌木の茂みにわれら五香街《ウーシャンチエ》のふたりの偵察兵が隠れていることを彼女は知らなかった！　われわれはX女史の早朝の行動に手放しでおれず、尾行をつけたのだ。万一彼女が事故にでもあっては、われわれの計画は台無しになり、面子《メンツ》もなくなる。彼女が石の上に坐ったのを見て、われらの偵察兵は思った。Pを待っているのだろうか？　ふたりが同時にPを思いついたのは、その人物のことがそれだけ深く五香街《ウーシャンチエ》住民の心にしみこんでいたからだ。もし本当にPを待っているのなら、彼らは手に汗握る場面を見ることになる。ふたりはそう思うとひどく興奮し、なにか呪文でもとなえて、そのどこにいるのかわからぬ伝奇的人物Pをここに呼び寄せ、五香街《ウーシャンチエ》全住民の宿願を果たしたいと思った。だが待てどくらせどその人物は現れず、X女史は石の上に仰向《あおむ》けになって寝てしまった（寝たふりかもしれない）。いや、X女史はたしかに眠ってしまっていた。もちろん、眠っていなかったともいえる。なぜなら彼女の夢は真昼のように澄み渡っていたからだ。目は大きく見開かれていたが、なにも見えてはいなかった。彼女はそのまま黄昏どきまで眠り、それからあくびをして身を起こし、五香街《ウーシャンチエ》のほうへと歩いていった。われらの偵察兵はその後をつけながら、彼女が足取り軽く明日に向かって、素晴らしい未来に向かって邁進していくのを見た。偵察兵はふと胸を打たれ、ふたりで大声でいった。「歴史の広大な背景から見て、われらが五香街《ウーシャンチエ》に起きたことはなんと感動的であることか！」その壮観きわまりない場面は、もちろんすぐさま筆者の記録帳に出現した。こうした一連の洗礼を経て、今ではみながX女史を「なんともいえないほど素晴らしい」と認めるようになった。寡婦さえも例外ではない。もちろん、その「なんともいえない」ことの感じ方は人それぞれであるが。

（一九八七年十月湖南長沙賜閑湖にて脱稿）

訳者あとがき

「残雪《ツアンシユエ》は今世紀半《なか》ばの動乱期以来、中国の文学シーンに出現したもっとも驚異的、独創的な声である。要するに、われわれのなかに新たな世界の巨匠が現れたということだ」――先頃、アメリカの前衛作家ロバート・クーヴァーは、残雪《ツアンシユエ》の三冊目の英訳書刊行に寄せてこう語っている。たしかにひとつの奇怪な世紀が終わろうとしている今、振り返ってこの世界で巨匠とよぶに値する作家を挙げるとすれば、そのひとりは間違いなく残雪《ツアンシユエ》となろう。

残雪《ツアンシユエ》――まわりの雪が消えても最後まで融《と》けずに残っている冷たい雪（当人の解説）――この風変わりなペンネームを持つ作家が中国の文芸誌上に小説を発表しはじめたのは、文化大革命の終結からまだ十年を経ない一九八〇年代中頃のことである。開放政策により堰《せき》を切ったように流れ込んだ外国の文芸思潮の影響のもと、空前の文学熱のなかで続々と新しい作家が現れ、さまざまな野心的試みを競った時期であるが、彼女の小説はなかでも際立って異彩を放っていた。風の夜の悪夢のようなその不思議な小説は、まるでどこからか降って湧いたようにわれわれの前にあった。そこに中国文学の系譜に連なるものが皆無だったというのではない。底なしの袋から取り出すように無造作に並べられる異様なイメージの数々は、彼女が、二千年も昔から想像力の極北を旅してきた人々の末裔《まつえい》であることを思い出させたし、またそうしたイメージの果てに痛烈な皮肉と絶望に近い悲哀をこめて描き出される社会の根源の構図と人の姿は、彼女が、中国現代文学の創始者魯迅《ろじん》の直系の子孫であることを示してもいた。

しかし残雪《ツアンシユエ》がそうした伝統の枠を越え、しかも流行《はや》りの外国文学の枠にからめとられることなく、明らかに、彼女個人に属する何物かを生み出したことも、またたしかなのである。「残雪《ツアンシユエ》はめったにいない奇才だ」。同じ中国の作家王蒙《ワンモン》がいうとおり、彼女は「彼女自身以外のだれにも似ていない」。現在、残雪《ツアンシユエ》の小説はアメリカや日本をはじめ、フランス、ドイツ、デンマーク、オランダ等でつぎつぎに翻訳されている。世界の読者を震撼させ、当惑させるその何物かがいったい何であるかについての議論はまだ始まったばかりであるが。

本篇『突囲表演《とついひょうえん》』は残雪《ツアンシユエ》の八〇年代の代表作であるとともに、残雪《ツアンシユエ》という作家とその世界成立の謎を解く鍵となる小説でもある。これまでの四冊の邦訳書『蒼老たる浮雲』『カッコウが鳴くあの一瞬』『黄泥街』『廊下に植えた林檎の木』（いずれも河出書房新社刊〔編集部注：『蒼老たる浮雲』『カッコウが鳴くあの一瞬』『黄泥街』はその後白水社より刊行〕）に収めた多くの作品とは趣《おもむき》を異《こと》にし、あのとらえどころのない寡黙さの代わりにけたたましいほどの饒舌に溢れており、しばしば難解と評される残雪《ツアンシユエ》の小説の中では、もっとも読みやすい作品になっている。なによりも興味深いのは、主人公X女史が明らかに残雪《ツアンシユエ》自身をモデルとしていることだ。Q男史との「姦通事件」のようなものが残雪《ツアンシユエ》自身にあったかどうかはともかく、あのX女史をX女史にしている例の「謀殺の心理」が、残雪《ツアンシユエ》のそれとぴたりと重なるのである。

「筆者がこの世界に生まれ出、眼を見ひらいたとき、はじめて発見したのは、全世界が彼女に対する敵意に満ちているということだった。この改造と反改造の闘いのなかで、ある暗い謀殺の心理が体内に芽生えてきた。復讐と謀殺、もしかしたらこれこそ最初の創作の導火線だったかもしれない」。一九九〇年、来日の折に記した「井戸の中の戯言《ざれごと》」と題する文章の中で、残雪《ツアンシユエ》はこう述べている。同じ文章の中で「すでにその初一念を超越した」と語ってもいるが、そこでいう「謀殺の心理」が彼女に広大な新境地を開かせたのだとすれば、X女史の包囲突破の物語はそのまま作家残雪《ツアンシユエ》の誕生の物語でもある。幼いときから残雪《ツアンシユエ》は世間の常識や既成概念に激しい嫌悪を示し、「大人が東といえば自分は西という」反逆心の旺盛な子供だったという。その「狂気じみた火を吐くような黒い目をした」子が、自分を包囲する言葉とその言葉が織りなす世界に対する「謀殺の心理」に駆られたのは決して不思議ではない。世界はその子にとって、たしかに理不尽と敵意に満ちていたのだ。

　残雪《ツアンシユエ》（本名鄧小華《トンシヤオホア》）は一九五三年五月三十日、中国の湖南省長沙市に八人兄弟の六番目、三女として生まれた。彼女が四歳の年、「反右派闘争」として知られる政治運動のなかで、湖南日報社の社長をしていた父親が〝湖南反党集団の頭目〟とされ、同社の人事課長をしていた母親ともども〝極右〟のレッテルを貼られる。以後二十年にわたって一家はさまざまな迫害を受け、飢餓線上をさまようなど、言語に絶する苦難の日々を過ごすのである。残雪《ツァンシュエ》は〝極右〟の娘として周囲の人々の白眼視のなか、「授業中に指されたとき以外はひと言も口をきかない」まま、小学校を卒業する。その年に始まった文化大革命のせいで中学には進学できず、私設監獄に収監された父親に差し入れをしながら、近くの暗い階段裏の部屋でひとり暮らしをする。その後町工場の製鉄工、組立工、〝裸足の医者〟、中学の英語代用教員などを経て結婚。両親の名誉回復後、夫婦で自営の仕立屋を開き、そのかたわら創作を始めてやがて専業作家となった。現在も旺盛な意欲で創作をつづけており、作風も徐々に変化している。近作に「痕《ヘン》」（季刊『中国現代小説』39に拙訳あり）「思想報告」「弟」「新生活」などがある。

本篇の原題は〈突囲表演《トゥーウエイビヤオイエン》〉。一九八八年上海文芸出版社《長編小説専輯《せんしゅう》》一期に収録された後、同社の単行本になったが、「性交」という文字及びそれに関わる描写が大幅に削除《さくじょ》されていたため、作者が訳者のために削除部分を手書きで補ってくれた《長編小説専輯》を底本とした。一九九〇年に香港の青文書局から出た単行本では削除部分が補われているが、見出しの体裁《ていさい》が多少異なり、傍点がないほかに、数カ所にわずかな異同があることをお断りしておく。

最後になったが、原文と原稿を丹念に対照して貴重な意見を出して下さった劉玉城さんに心からお礼を申し上げる。

一九九七年夏

近藤直子

解説　突破せよ、女たち！

斎藤美奈子

『突囲表演』は奇妙な小説です。冒頭から、私たちは迷宮に誘い込まれます。

本書の主人公らしきX女史とはいったいだれなのでしょうか。

まず年齢不詳です。見る人によって二十二歳にも五十歳にも見える。〈五香街《ウーシャンチエ》ではまさに諸説紛々《しょせつふんぷん》、一致した見解はなく、少なくともしめて二十八通りの意見がある〉というのですから、尋常ではありません。

職業も謎に包まれています。X女史にはれっきとした夫と六歳になる息子がおり、夫と「煎《い》り豆屋」を営んでいます。しかし、ここに来る前の職業は「国家機関職員」だったらしい。「お国の人」が煎り豆屋に身を落としたからには、役所でなにか面倒を起こして追い出されたにちがいない。人々の妄想は膨らみます。じつは煎り豆屋のほかに、なにか秘密の職業をもっているのではないか。こっそり夜の仕事をして、大もうけしているのではないか。

しかもX女史には奇行が目立ちます。急におかしな演説をはじめるし、自分の姿をしょっちゅう鏡で見ているし、超能力があるという人もいる。

X女史とその一家は五香街《ウーシャンチエ》の生まれではなく異邦人、つまり「よそ者」です。閉鎖的な街においては、こういう人がしばしば好奇の対象にされます。

ですが、人々がX女史に関心を寄せる理由はもうひとつあります。夫も子どももいるのにX女史には姦通（不倫ですね）の相手がいることです。それがQ男史です。そのうえ、みなが「姦夫《かんぷ》」と呼ぶQ男史の正体がまたわからない。容貌ひとつとっても醜い大男だという人もいれば、美男だという人もいる。妻とふたりの息子がいるよき家庭人である彼が、なぜX女史と関係をもったのか。

X女史の夫も謎といえば謎です。妻の不貞を不問にしているうえ、ずっと妻に首ったけ。五香街《ウーシャンチエ》の人々にとっては〈X女史の近くにいる者にはみな多少気がふれたようなところがある〉のですが、X女史の夫はいいます。〈ぼくの妻はいちばんふつうの人間だよ〉。もう、わけがわかりません。

しかしまもなく、読者は気づくでしょう。おかしいのはX女史ではなく、X女史に好奇の目を向ける五香街《ウーシャンチエ》の住人たちではないのか、と。それぞれに妄想を膨らませ、勝手なX女史像をつくりあげ、勝手に彼女を敵視し、やがてX女史に関する調査や研究が人生最大の関心事になって、自ら奇行に走ったり、生活に支障をきたす者まで出はじめる。それを優雅にやりすごすX女史のほうがよほどマトモに見える。

『突囲表演』が特異な小説なのは、X女史をめぐってくり広げられる右のような街の状況を、おそるべき密度と回転速度で描き出していることでしょう。目次を見ると、いかにも順序だって物語が語られているように見えますが、どうしてどうして、X女史の正体と姦通事件の真相の周りを物語はぐるぐると回りつづけ、読んでいる自分がどこにいるのかさえ、だんだんわからなくなってくる。

「突囲表演」とは、「囲いを突破する演技」といったほどの意味だそうですが、囲いとはもちろん、五香街《ウーシャンチエ》というこの街を指します。パパラッチとストーカーしか住んでいないような、究極の監視社会ともいうべき五香街《ウーシャンチエ》。

一九五三年生まれの残雪《ツァンシュエ》は、少女時代に文化大革命を経験した世代です。したがってX女史のモデルは作者自身、五香街《ウーシャンチエ》は彼女を取り巻く当時の中国社会と解するのが順当なのでしょう。残雪《ツァンシュエ》の事実上のデビュー作『黄泥街』（一九八六年）も、汚物と噂話にまみれたおそるべき通りの姿を描いた怪作／快作でした。

しかし、それはそれとして、五香街《ウーシャンチエ》はけっして特殊な環境ではなく、私たちにもなじみのある世界だ！　と感じる読者が多いのではないでしょうか。ひとむかし前の村落共同体はみんなこんな感じだったはずだし、人の不倫に異常なまでの関心を示す芸能マスコミも、執拗に「いじめ」がくり返される学校や職場も、現代日本の「五香《ウーシャン》街《チエ》」です。『突囲表演』が時代も国境も超えて世界中の人々を震撼させた理由のひとつは、その普遍性ゆえであろうと想像されます。

さらにもうひとつ、二十一世紀のいま『突囲表演』を読む意味を考えると、アナーキーなフェミニズム小説としての側面が浮かび上がります。

一例をあげましょう。五香街《ウーシャンチエ》の人々の目に、X女史は性的に放埓な女として映っています。痩せ型でおよそ性的な魅力があるとは思えないのに、なぜか男をひきつける力があるらしいX女史。そのX女史とQ男史の関係がいつどんな風にはじまったのか、先にしかけたのはX女史だったのかQ男史だったのか。

もともと登場人物がてんでに持論を語るこの小説は、一面では「論争小説」ともいえるのですが、とりわけ「物語」の「(六) どちらが先に仕掛けたか」で披露される三人の演説は、XとQの関係を超えて、私たちの脳天を直撃します。

A博士の意見は〈女は、からだの構造からして決して主動的になどなりえず、まして先に仕掛けるなどとんでもない〉。これに対してB女史は敢然と反論します。〈女に主動性がないなどとだれがいった？　まったくとんでもない誤解だ。断言できるが、女の九十パーセント以上は主動的で、性欲は男よりもはるかに強く、態度も行動もはるかにストレートだ〉。C男史の意見はまた別で、双方が主導権を握ろうと争った結果、〈どちらも得るところがあり、極楽だったはずだ〉というものです。〈性の快感とは、世にも不思議な雲の上のものなのだ〉。

本書におけるX女史は、一種のトリックスターといえましょう。「筆者」という名で登場する語り手（たぶん男性であろうこの「筆者」も怪しげな人物ではあるのですが）は、〈X女史は決して天才などではなく、煎り豆屋の仕事といんちきな巫術《ふじゅつ》のほかはなんの取り柄もない女でしかない〉と述べています。そんな平凡な一市民にすぎないX女史が、なぜ五香街《ウーシャンチエ》の人々をここまで翻弄することになったのか。彼女が「よそ者」で「女」であったことに加え、姦通事件の主であるがゆえに「性的に放縦」という噂が定着したためでしょう。

「性的に放縦な女」が、保守的な共同体に波紋を巻き起こし、半分眠っていたような住人の意識を激しくゆさぶる。X女史（に対する勝手な妄想）は、彼ら彼女らの性に対する観念をあぶり出し、自意識はもうガタガタ、グラグラ。必然的にそれは彼ら彼女らの男性観、女性観もゆさぶらずにはおきません。本書の重要な「語り部」のひとりである「寡婦」などは、自身の性的な魅力に妙な自信をもっているぶん、ちょっと気の毒になるほどですし、X女史に魅了されてしまった「X女史の夫の親友」や、「石炭工場の若造」の滑稽さにも同情したくなります。

しかしそのかん、当のX女史はたえずひょうひょうとして、人々を煙に巻くような言動をとりつづける。この清々しさは、物語のヒロインというより、新手のスターの誕生を感じさせます。最後、彼女がどのようにして包囲網を突破するかはお読みになった通りですが、かつてあれほど反発を買ったX女史が、人々の尊敬を集めるにいたる過程は、苦笑を誘われると同時に爽快です。小説の冒頭近くで、X女史は自身の仕事を〈他人様のためのうさ晴らし、あるいは一回の悪ふざけ〉と呼んでいますが、ほんとうにその通りだったのかもしれない。

訳者の近藤直子さんによると、中国で本書が出た際、「性交」およびそれに類する描写が大幅に削除されたそうですから、作者自身、「性的に放縦」な表現を多発することで、当局をゆさぶってやろうという意図があったのかもしれません。

この作品が発表されたのは一九八八年。日本語訳の初出は一九九七年です。ちょうど同じころ、日本でも、それまでになかったタイプの女性作家が続々と登場しました。松浦理英子、笙野頼子、多和田葉子、小川洋子、川上弘美といった人たちです。リアリズム文学ではとらえきれない現実を描く。カフカ、ボルヘス、ピンチョン、ベケット、カルヴィーノなど、残雪《ツァンシュエ》の小説を語るうえで参照される作家は多数いますが、とりわけ私は笙野頼子を連想しました。

おそらくそれは偶然で、互いの影響関係があったかどうかはわかりません。しかし、ジェンダー研究が大きく進んだこの時代に、台湾や韓国も含めた東アジアのあちこちで、新しい女性文学が誕生したのではないか、と想像するのは楽しいことです。

突破せよ、女たち！　軽やかに、ひょうひょうと。『突囲表演』のラストシーンで、X女史は私たちにそんなシグナルを送っているように思えてなりません。

本書は、一九九七年に文藝春秋より刊行された『突囲表演』を文庫化したものです。

突囲表演《とついひょうえん》

二〇二〇年 九 月一〇日 初版印刷
二〇二〇年 九 月二〇日 初版発行

著 者 残雪《ざんせつ》
訳 者 近藤直子《こんどうなおこ》

発行者 小野寺優
発行所 株式会社河出書房新社
〒一五一－〇〇五一
東京都渋谷区千駄ヶ谷二－三二－二
電話〇三－三四〇四－八六一一（編集）
〇三－三四〇四－一二〇一（営業）
http://www.kawade.co.jp/

ロゴ・表紙デザイン 粟津潔
本文フォーマット 佐々木暁

本文組版 株式会社創都
印刷・製本 凸版印刷株式会社

Printed in Japan ISBN978-4-309-46721-4

黄金の少年、エメラルドの少女

イーユン・リー　篠森ゆりこ〔訳〕　46418-3

現代中国を舞台に、代理母問題を扱った衝撃の話題作「獄」、心を閉ざした四〇代の独身女性の追憶「優しさ」、愛と孤独を深く静かに描く表題作など、珠玉の九篇。O・ヘンリー賞受賞作二篇収録。

さすらう者たち

イーユン・リー　篠森ゆりこ〔訳〕　46432-9

文化大革命後の中国。一人の若い女性が政治犯として処刑された。物語はこの事件に否応なく巻き込まれた市井の人々の迷いや苦しみを丹念に紡ぎ、庶民の心を歪めてしまった中国の歴史の闇を描き出す。

幻獣辞典

ホルヘ・ルイス・ボルヘス　柳瀬尚紀〔訳〕　46408-4

セイレーン、八岐大蛇、一角獣、古今東西の竜といった想像上の生き物や、カフカ、C・S・ルイス、スウェーデンボリーらの著作に登場する不思議な存在をめぐる博覧強記のエッセイ一二〇篇。

ラテンアメリカ怪談集

ホルヘ・ルイス・ボルヘス他　鼓直〔編〕　46452-7

巨匠ボルヘスをはじめ、コルタサル、パスなど、錚々たる作家たちが贈る恐ろしい15の短篇小説集。ラテンアメリカ特有の「幻想小説」を底流に、怪奇、魔術、宗教など強烈な個性が色濃く滲む作品集。

ボルヘス怪奇譚集

ホルヘ・ルイス・ボルヘス　アドルフォ・ビオイ=カサーレス　柳瀬尚紀〔訳〕　46469-5

「物語の精髄は本書の小品のうちにある」（ボルヘス）。古代ローマ、インド、中国の故事、千夜一夜物語、カフカ、ポオなど古今東西の書物から選びぬかれた九十二の短くて途方もない話。

夢の本

ホルヘ・ルイス・ボルヘス　堀内研二〔訳〕　46485-5

神の訪れ、王の夢、死の宣告……。『ギルガメシュ叙事詩』『聖書』『千夜一夜物語』『紅楼夢』から、ニーチェ、カフカなど。無限、鏡、虎、迷宮といったモチーフも楽しい百十三篇の夢のアンソロジー。

ナボコフの文学講義　上

ウラジーミル・ナボコフ　野島秀勝〔訳〕　46381-0

小説の周辺ではなく、そのものについて語ろう。世界文学を代表する作家で、小説読みの達人による講義録。フロベール『ボヴァリー夫人』ほか、オースティン、ディケンズ作品の講義を収録。解説：池澤夏樹

ナボコフの文学講義　下

ウラジーミル・ナボコフ　野島秀勝〔訳〕　46382-7

世界文学を代表する作家にして、小説読みの達人によるスリリングな文学講義録。下巻には、ジョイス『ユリシーズ』カフカ『変身』ほか、スティーヴンソン、プルースト作品の講義を収録。解説：沼野充義

ナボコフのロシア文学講義　上

ウラジーミル・ナボコフ　小笠原豊樹〔訳〕　46387-2

世界文学を代表する巨匠にして、小説読みの達人ナボコフによるロシア文学講義録。上巻は、ドストエフスキー『罪と罰』ほか、ゴーゴリ、ツルゲーネフ作品を取り上げる。解説：若島正。

ナボコフのロシア文学講義　下

ウラジーミル・ナボコフ　小笠原豊樹〔訳〕　46388-9

世界文学を代表する巨匠にして、小説読みの達人ナボコフによるロシア文学講義録。下巻は、トルストイ『アンナ・カレーニン』ほか、チェーホフ、ゴーリキー作品。独自の翻訳論も必読。

チリの地震　クライスト短篇集

H・V・クライスト　種村季弘〔訳〕　46358-2

十七世紀、チリの大地震が引き裂かれたまま死にゆこうとしていた若い男女の運命を変えた。息をつかせぬ衝撃的な名作集。カフカが愛しドゥルーズが影響をうけた夭折の作家、復活。佐々木中氏、推薦。

居心地の悪い部屋

岸本佐知子〔編訳〕　46415-2

翻訳家の岸本佐知子が、「二度と元の世界には帰れないような気がする」短篇を精選。エヴンソン、カヴァンのほか、オーツ、カルファス、ヴクサヴィッチなど、奇妙で不条理で心に残る十二篇。

見えない都市

イタロ・カルヴィーノ　米川良夫〔訳〕　46229-5

現代イタリア文学を代表し世界的に注目され続けている著者の名作。マルコ・ポーロがフビライ汗の寵臣となって、様々な空想都市（巨大都市、無形都市など）の奇妙で不思議な報告を描く幻想小説の極致。

柔かい月

イタロ・カルヴィーノ　脇功〔訳〕　46232-5

変幻自在な語り部 Qfwfg 氏が、あるときは地球の起源の目撃者、あるときは生物の進化過程の生殖細胞となって、宇宙史と生命史の奇想天外な物語を繰り広げる。幻想と科学的認識が高密度で結晶した傑作。

なぜ古典を読むのか

イタロ・カルヴィーノ　須賀敦子〔訳〕　46372-8

卓越した文学案内人カルヴィーノによる最高の世界文学ガイド。ホメロス、スタンダール、ディケンズ、トルストイ、ヘミングウェイ、ボルヘス等の古典的名作を斬新な切り口で紹介。須賀敦子の名訳で。

白痴 1

ドストエフスキー　望月哲男〔訳〕　46337-7

「しんじつ美しい人」とされる純朴な青年ムィシキン公爵。彼は、はたして聖者なのか、それともバカなのか。ドストエフスキー五大小説のなかでもっとも波瀾に満ちた長篇の新訳決定版。

白痴 2

ドストエフスキー　望月哲男〔訳〕　46338-4

純朴なムィシキン公爵と血気盛んな商人ロゴージン。絶世の美女ナスターシヤをめぐり二人の思惑が交錯する。自らの癲癇による至高体験や、現実の殺人事件に想を得たドストエフスキー流の恋愛小説。新訳。

白痴 3

ドストエフスキー　望月哲男〔訳〕　46340-7

エパンチン家の末娘アグラーヤとムィシキン公爵は、互いの好意を確認する。しかし、ナスターシヤの呪縛を逃れられない公爵は、ロゴージンとの歪な三角関係に捕われ悲劇を迎える。画期的な新訳の最終巻。

緋色の習作　シャーロック・ホームズ全集①

アーサー・コナン・ドイル　小林司／東山あかね〔訳〕　46611-8

ホームズとワトスンが初めて出会い、ベイカー街での共同生活をはじめる記念すべき作品。詳細な注釈・解説に加え、初版本のイラストを全点復刻収録した決定版の名訳全集が待望の文庫化！

シャーロック・ホームズの冒険　シャーロック・ホームズ全集③

アーサー・コナン・ドイル　小林司／東山あかね〔訳〕　46613-2

探偵小説史上の記念碑的作品《まだらの紐》をはじめ、《ボヘミアの醜聞》、《赤毛組合》など、名探偵ホームズの人気を確立した第一短篇集。夢、喜劇、幻想が入り混じる、ドイルの最高傑作。

バスカヴィル家の犬　シャーロック・ホームズ全集⑤

アーサー・コナン・ドイル　小林司／東山あかね〔訳〕　46615-6

「悪霊のはびこる暗い夜更けに、ムアに、決して足を踏み入れるな」――魔犬の呪いに苛まれたバスカヴィル家当主、その不可解な死。湿地に響きわたる謎の咆哮。怪異に満ちた事件を描いた圧倒的代表作。

四つのサイン　シャーロック・ホームズ全集②

アーサー・コナン・ドイル　小林司／東山あかね〔訳〕　46612-5

ある日ホームズのもとへブロンドの若い婦人が依頼に訪れる。父の失踪、毎年のように送られる真珠の謎、そして突然届いた招待状とは？　死体の傍らに残された四つのサインをめぐり、追跡劇が幕をあける。

シャーロック・ホームズの思い出　シャーロック・ホームズ全集④

アーサー・コナン・ドイル　小林司／東山あかね〔訳〕　46614-9

学生時代のホームズや探偵初期のエピソードなど、ホームズを知る上で欠かせない物語満載。宿敵モリアーティ教授との対決を描き「最高の出来」と言われた《最後の事件》を含む、必読の第二短編集。

シャーロック・ホームズの帰還　シャーロック・ホームズ全集⑥

アーサー・コナン・ドイル　小林司／東山あかね〔訳〕　46616-3

《最後の事件》で滝底に消えたホームズ。しかしドイルは読者の強い要望に応え、巧妙なトリックでホームズを「帰還」させた（《空き家の冒険》）。《踊る人形》ほか、魅惑的プロットに満ちた第三短編集。

恐怖の谷　シャーロック・ホームズ全集⑦

アーサー・コナン・ドイル　小林司／東山あかね〔訳〕　46617-0

ある日ホームズに届いた暗号の手紙。解読するも殺人は既に行われていた。奇妙な犯行現場と背後に潜む宿敵モリアーティ教授。そして事件は残酷な悪の歴史をひもといてゆく……。ホームズ物語最後の長編作。

シャーロック・ホームズ最後の挨拶　シャーロック・ホームズ全集⑧

アーサー・コナン・ドイル　小林司／東山あかね〔訳〕　46618-7

ホームズ最大の危機を描く《瀕死の探偵》、探偵業引退後を描いた《最後の挨拶》ほか、死の影と怪奇、そしてなにより奇想と冒険に満ちあふれた第４短編集。コナン・ドイル晩年の円熟期の傑作群。

シャーロック・ホームズの事件簿　シャーロック・ホームズ全集⑨

アーサー・コナン・ドイル　小林司／東山あかね〔訳〕　46619-4

《高名な依頼人》、《這う男》など数々の難事件を鮮やかに解決するホームズともついにお別れ。40年間の「ホームズ物語が幕を閉じる、最後の短編集。決定版「シャーロック・ホームズ全集」の最終巻。

猫のパジャマ

レイ・ブラッドベリ　中村融〔訳〕　46393-3

猫を拾った男女をめぐる極上のラブストーリー「猫のパジャマ」、初期の名作「さなぎ」他、珠玉のスケッチ、ＳＦ、奇譚など、ブラッドベリのすべてが詰まった短篇集。絶筆となったエッセイを特別収録。

塵よりよみがえり

レイ・ブラッドベリ　中村融〔訳〕　46257-8

魔力をもつ一族の集会が、いまはじまる！　ファンタジーの巨匠が五十五年の歳月を費やして紡ぎつづけ、特別な思いを込めて完成した伝説の作品。奇妙で美しくて涙する、とても大切な物語。

とうに夜半を過ぎて

レイ・ブラッドベリ　小笠原豊樹〔訳〕　46352-0

海ぞいの断崖の木にぶらさがり揺れていた少女の死体を乗せて闇の中を走る救急車が遭遇する不思議な恐怖を描く表題作ほか、ＳＦの詩人が贈るとっておきの二十二篇。これぞブラッドベリの真骨頂！

プラットフォーム

ミシェル・ウエルベック　中村佳子〔訳〕　46414-5

「なぜ人生に熱くなれないのだろう？」――圧倒的な虚無を抱えた「僕」は父の死をきっかけに参加したツアー旅行でヴァレリーに出会う。高度資本主義下の愛と絶望をスキャンダラスに描く名作が遂に文庫化。

ある島の可能性

ミシェル・ウエルベック　中村佳子〔訳〕　46417-6

辛口コメディアンのダニエルはカルト教団に遺伝子を託す。2000年後ユーモアや性愛の失われた世界で生き続けるネオ・ヒューマンたち。現代と未来が交互に語られるSF的長篇。

服従

ミシェル・ウエルベック　大塚桃〔訳〕　46440-4

二〇二二年フランス大統領選で同時多発テロ発生。極右国民戦線のマリーヌ・ルペンと、穏健イスラーム政党党首が決選投票に挑む。世界の激動を予言したベストセラー。

闘争領域の拡大

ミシェル・ウエルベック　中村佳子〔訳〕　46462-6

自由の名の下に、人々が闘争を繰り広げていく現代社会。愛を得られぬ若者二人が出口のない欲望の迷路に陥っていく。現実と欲望の間で引き裂かれる人間の矛盾を真正面から描く著者の小説第一作。

エドワード・ゴーリーが愛する12の怪談　憑かれた鏡

ディケンズ／ストーカー他　E・ゴーリー〔編〕　柴田元幸他〔訳〕　46374-2

典型的な幽霊屋敷ものから、悪趣味ギリギリの犯罪もの、秘術を上手く料理したミステリまで、奇才が選りすぐった怪奇小説アンソロジー。全収録作品に描き下ろし挿絵が付いた決定版！　解説＝濱中利信

血みどろ臓物ハイスクール

キャシー・アッカー　渡辺佐智江〔訳〕　46484-8

少女ジェイニーの性をめぐる彷徨譚。詩、日記、戯曲、イラストなど多様な文体を駆使して紡ぎだされる重層的物語は、やがて神話的世界へ広がっていく。最終３章の配列を正した決定版！

ヌメロ・ゼロ

ウンベルト・エーコ　中山エツコ〔訳〕　46483-1

隠蔽された真実の告発を目的に、創刊準備号（ヌメロ・ゼロ）の編集に取り組む記者たち。嘘と陰謀と歪んだ報道にまみれた社会をミステリ・タッチで描く、現代への警鐘の書。

ウンベルト・エーコの文体練習［完全版］

ウンベルト・エーコ　和田忠彦〔訳〕　46497-8

『薔薇の名前』の著者が、古今東西の小説・評論、映画、歴史的発見、百科全書などを変幻自在に書き換えたパロディ集。〈知の巨人〉の最も遊戯的エッセイ。旧版を大幅増補の完全版。

フィネガンズ・ウェイク　1

ジェイムズ・ジョイス　柳瀬尚紀〔訳〕　46234-9

二十世紀最大の文学的事件と称される奇書の第一部。ダブリン西郊チャペリゾッドにある居酒屋を舞台に、現実・歴史・神話などの多層構造が無限に浸透・融合・変容を繰返す夢の書の冒頭部。

フィネガンズ・ウェイク　2

ジェイムズ・ジョイス　柳瀬尚紀〔訳〕　46235-6

主人公イアーウィッカーと妻アナ、双子の兄弟シェムとショーンそして妹イシーは、変容を重ねてすべての時代のすべての存在、はては都市や自然にとけこんで行く。本書の中核をなすパート。

フィネガンズ・ウェイク　3・4

ジェイムズ・ジョイス　柳瀬尚紀〔訳〕　46236-3

すべての女性と川を内包するアナ・リヴィア＝リフィー川が海に流れこむ限りなく美しい独白で世紀の夢文学は結ばれる。そして、末尾の「えんえん」は冒頭の「川走」に円環状につらなる。

とうもろこしの乙女、あるいは七つの悪夢

ジョイス・キャロル・オーツ　栩木玲子〔訳〕　46459-6

金髪女子中学生の誘拐、双子の兄弟の葛藤、猫の魔力、美容整形の闇など、不穏な現実をスリリングに描く著者自選のホラー・ミステリ短篇集。世界幻想文学大賞、ブラム・ストーカー賞受賞。

著訳者名の後の数字はISBNコードです。頭に「978-4-309」を付け、お近くの書店にてご注文下さい。